新版 蜻蛉日記 全訳注

上村悦子

講談社学術文庫

まえがき

蜻蛉日記は女流文学の先頭に立つ作品である。もしこれが書かれなかったら、『枕草子』や『源氏物語』などもあるいは生まれなかったかも知れない。作者は受領の娘に生まれたが絶世の美貌と歌才をうたわれた才媛で、二十歳ごろ、摂関家の磊落な貴公子兼家（道長の父）と結婚し、道綱という子をもうけたので、道綱母と呼ばれる。兼家はこの麗人と結婚する前、同じく受領の娘である時姫と結婚し、道隆をあげていた。しかし一夫多妻の風習下、多情な兼家は二人の妻だけで満足せず、他の女性をいつも物色し、色好みというレッテルを貼られていた。まじめ・誠実で生一本な作者は、兼家に純粋な愛情を持っただけに、相手にも「三十日三十夜はわがもとに」と彼の愛を十分得ることを希った。妻の出産後他の女性をあさる悪癖を持つ兼家は、道綱誕生後、町小路女と関係し、その出産の時は天下に道も多いのに、作者邸前を同車で通り京の話題をさらったので、作者を苦悩のどん底に落し入れた。我の強い作者は町小路女を罵倒し、自分も子の親であるのに、彼女が儲けた男児を失い、かつ兼家の寵を失って零落した時、快哉を叫んでいる。

時姫は道隆はじめ二女三男を恵まれ、長女は冷泉帝に入内した。作者は稲荷、賀茂、初瀬にも子宝を祈願したが、その後子宝は授からなかったので、結局、時姫が子女とともに落成した本邸に迎えられた。今まで時姫と対等の北の方であったのに、これ以後、時姫は嫡妻として押しも押されもせぬ存在となったが、作者は兼家が気の向いた時のみ通い、いつ捨てられるかわからない不安定な身となった。そこへ逝去（せいきょ）した実頼（さねより）の召人（めしうど）であった近江（おうみ）に通い出し、「三十日三十夜はわがもとに」のキャッチフレーズと逆に三十日四十夜、兼家は訪れなかった。しかも、結婚以来欠かさなかった元日来訪を怠（おこた）り、かつ「おはしますおはします」と連呼して中門を開き、「殿お通りあれ」とひざまずいている作者宅の従者（じゅうしゃ）を尻目に邸前を素通りする兼家！　翌夜伊尹邸（これまさてい）大饗のときも、夜中、全身を耳にして車の音毎に胸を騒がせたのに寄らなかったので、作者は侍女（じじょ）・従者の手前居たたまれず長精進（ながしょうじん）をはじめ、鳴滝（なるたき）の山寺に参籠（さんろう）してしまう。

このように、蜻蛉日記は天暦八年初夏の兼家求婚から始まり、上巻十五年、中巻三年、下巻三年間の彼女の身の上を書いた日記である。竹のカーテンに閉ざされた上流夫人のありのままの生活の告白だという。万人の女性が、多妻下の男性の横暴をただ諦（あきら）めて忍従（にんじゅう）生活を送る時、作者は耐えないで、敢然（かんぜん）と自分の生活を開陳（かいちん）して見せたその勇気、自我の強さは驚嘆に値する。ただし、これはかげろうのごとき身の上を書いた文学作品・日記文学である。そこには文学的操作や虚構もはいり、作家としての力量のほどもうかがわれる。また、夫の来訪を待つ王朝夫人の心情が多くの歌に結晶していて、読む者の心を打つ。私は本文にできるだけ忠実に、かつ道綱母になりきってこの日記を読み、現代語に改め、また、鑑賞・味読できるよう、わかり易く解説することに努めた。

上村悦子

目次

蜻蛉日記

まえがき……3
凡例……19

上巻

天暦八年
一　序文……26
二　夏　兼家の求婚……28
三　秋　兼家と結婚……32
四　新婚時代の兼家と作者の贈答……41
五　父倫寧（ともやす）の陸奥国赴任……47
六　横川（よかは）の雪……52
天暦九年
七　道綱誕生……54
八　兼家の愛人町の小路女（こうぢのをんな）の出現……57
天暦十年
九　桃の節供（せく）……62
一〇　姉との離別……65
一一　時姫と歌の贈答……67

一二　晩夏から初秋にかけて……70
一三　兼家の夜離(よが)れつづきがち……75

天徳元年

一四　千鳥の贈答歌……79
一五　町小路(まちのこうぢ)の女、兼家の子を産む……82
一六　仕立物を送り返す……85
一七　花すすきの贈答歌……87
一八　前栽(せざい)の花を見やりて……90
一九　野分(のわき)の後の日……94
二〇　時雨の夜……97

天徳二年（推定）

二一　町小路(まちのこうぢ)の女の零落……98
二二　長歌で胸中を兼家に訴ふ……101
二三　兼家の返しの長歌……108
二四　歌の贈答……112

（天徳三年・同四年・応和元年記事欠）

応和二年

二五　兼家兵部大輔(ひやうぶたいふ)に任ぜらる……116
二六　兵部卿章明(のりあきら)親王と兼家との交誼(かうぎ)……118

二七　章明親王と兼家と歌の贈答……122
二八　「とこなつに」の歌をめぐりて……126
二九　加持のため山寺へ……131

応和三年

三〇　禊(みそぎ)の日……133

康保元年

三一　宮邸の薄(すすき)を懇望して賜る……135
三二　ひぐらしの初声……139
三三　母の死去……142
三四　京の家に帰る……150
三五　大徳(だいとこ)の袈裟(けさ)……154

康保二年

三六　母の一周忌……158
三七　姉の離京……162
三八　兼家作者邸で発病して自邸へ帰る……166
三九　作者兼家邸へ見舞に赴く……172

康保三年

四〇　賀茂祭に時姫と連歌の贈答……180
四一　五月の節……184
四二　蓬(よもぎ)の生ふる宿……187

康保四年

四三 泔坏(ゆするつき)の水 …… 189
四四 稲荷と賀茂詣(まう)で …… 192
四五 かりの卵(こ)を十重ねて贈る …… 198
四六 村上天皇の崩御 …… 201
四七 佐理夫妻の出家 …… 203
四八 兼家邸の近隣へ移居 …… 206

安和元年

四九 登子と人形を種に歌の贈答 …… 207
五〇 文たがへ …… 211
五一 登子を訪れたとき …… 213
五二 登子と歌の贈答 …… 215
五三 初瀬詣(まう)で㈠ …… 220
五四 初瀬詣で㈡ …… 223
五五 初瀬詣で㈢ …… 227
五六 御禊(ごけい)のいそぎ …… 236
五七 結び かげろふの日記 …… 238

中巻

安和二年

五八　年頭の寿詞（よごと）　三十日三十夜（みそかみそよ）はわがもとに……242
五九　転居……246
六〇　三月（やよひ）の節供（せく）……248
六一　小弓のかけ物……249
六二　高明（たかあきら）の配流（はいる）……251
六三　山寺の兼家と歌の贈答……254
六四　病床につく……256
六五　遺書を認（したた）む……259
六六　愛宮（あいみや）へ長歌を贈る……264
六七　兼家の御嶽詣（みたけまう）で中に自宅へ帰る……272
六八　愛宮（あいみや）と歌の贈答……275
六九　屏風歌（びやうぶうた）の依頼をうけて……278
七〇　降り積む雪に嘆く……285

天禄元年

七一　内裏（うち）の賭弓（のりゆみ）　道綱の活躍と栄誉……288

七二　松にかかる露……295
七三　実頼（さねより）の薨去……298
七四　兼家の夜離（よが）れ三十よ日……300
七五　唐崎祓（はらへ）(一)……302
七六　唐崎祓(二)……308
七七　軒端（のきば）の苗……315
七八　貞観殿登子（ぢやうぐわんでんとうし）と歌の贈答……316
七九　道綱鷹（たか）を放つ……321
八〇　盆供養届く……324
八一　兼家の通ひ所……326
八二　石山詣（まう）で(一)……328
八三　石山詣で(二)……332
八四　石山詣で(三)……335
八五　相撲（すまひ）のころ……344
八六　兼家の狂態……346
八七　道綱の元服……348

天禄二年

八八　大嘗会（だいじゃうゑ）のころ……350
八九　年の暮……354
九〇　兼家の前渡り……358
九一　石木（いはき）の如く明かす……362
九二　さ筵（むしろ）の塵（ちり）……365
九三　呉竹（くれたけ）を植ゑる……367
九四　思はぬ山に……370
九五　父の家……371
九六　長精進（ながしゃうじん）を始む……374
九七　夢二つ……377
九八　菖蒲ふくころ……378
九九　里住みの悔み……380
一〇〇　世に侍る身の怠り……383
一〇一　問はず語り……385
一〇二　鳴滝参籠（なるたきさんろう）(一)　山寺に到着……389
一〇三　鳴滝参籠(二)　兼家迎へに来山……393

一〇四　鳴滝参籠㈢　山寺からの文……399
一〇五　鳴滝参籠㈣　物思ひの住み処(か)……401
一〇六　鳴滝参籠㈤　道綱と語る……404
一〇七　鳴滝参籠㈥　妹の訪れ……408
一〇八　鳴滝参籠㈦　兼家の使者来訪下山を勧む……412
一〇九　鳴滝参籠㈧　京へ出かけた道綱……419
一一〇　鳴滝参籠㈨　人々からのお見舞だより……422
一一一　鳴滝参籠㈩　兼家と交信……427
一一二　鳴滝参籠(十一)　親族(しぞく)の訪れ……429
一一三　鳴滝参籠(十二)　登子(とうし)よりの文など……434
一一四　鳴滝参籠(十三)　道隆の来訪……437
一一五　鳴滝参籠(十四)　父の来訪……442
一一六　鳴滝参籠(十五)　鳴滝へ兼家の再度の迎へ……444
一一七　帰宅の夜……450
一一八　下山後の生活……454
一一九　その後の兼家……460

一二〇　再度の初瀬詣で(一)……463
一二一　再度の初瀬詣で(二)……468
一二二　あしたのかごとがち……474
一二三　問はぬはつらきもの……476
一二四　晩秋のころ……478
一二五　霜の朝……481
一二六　あまがへるの異名……483
一二七　師走つごもりの日……488

下巻

天禄三年

一二八　年頭……492
一二九　袍の仕立直しをめぐりて……496
一三〇　兼家大納言に昇任……499
一三一　所せき身の夫来訪……504
一三二　夫の訪れにとまどふ……507
一三三　夢解きのことば……512

一三四　養女を迎へる㈠……516
一三五　養女を迎へる㈡……524
一三六　養女を迎へる㈢……529
一三七　紅梅花盛りの日……538
一三八　近火……543
一三九　賀茂・北野・舟岡めぐり……547
一四〇　鴫(しぎ)の羽(はね)がき……550
一四一　八幡(やはた)の祭……554
一四二　隣邸の火事……557
一四三　物忌(ものいみ)しげきころ……563
一四四　道綱大和(やまと)だつ女に歌を贈る……567
一四五　五月(さつき)五日……571
一四六　訪れぬ兼家……574
一四七　六月(みなづき)のころ……579
一四八　秋を迎へて……584
一四九　道綱と大和(やまと)だつ女と歌の贈答……588

天延元年

一五〇　一条の太政大臣薨去……594
一五一　鶯の初音（正月）、色濃き紅梅（二月）に感慨深し……599
一五二　花やぐ兼家の訪れに嘆きの芽をもやす……602
一五三　道綱の殊勲……605
一五四　八幡の祭……607
一五五　道綱の求婚歌の応援……609
一五六　近火の夜……611
一五七　道綱と大和だつ女と歌の贈答……614
一五八　兼家から歌の依頼……617
一五九　広幡中川へ転居……621
一六〇　広幡中川の暮し……624
一六一　縫ひ物の依頼……628
一六二　出産の祝ひ……631

天延二年

一六三　物詣で……634
一六四　儺火……638
一六五　道綱右馬助に任官……641

一六六　奥山の寺詣(まう)で……644
一六七　右馬頭(うまのかみ)養女に求婚……647
一六八　右馬頭の来訪……656
一六九　右馬頭と初対談……660
一七〇　右馬頭のしげき訪れ……667
一七一　焦立(いらだ)つ右馬頭……672
一七二　右馬頭の訴嘆……679
一七三　女絵(をんなゑ)……683
一七四　右馬頭の重なる来訪に兼家嫌味(いやみ)の文(ふみ)……685
一七五　道綱と右馬頭との文通・往来……688
一七六　女神(めがみ)に雛衣(ひひなぎぬ)・和歌を奉納……690
一七七　端午(たんご)の節供(せく)……694
一七八　右馬頭懊悩(あうなう)の後来訪・対談……697
一七九　昨夜(よべ)見せし文(ふみ)……704
一八〇　右馬頭の失態でこの件破談……710
一八一　道綱疱瘡(もがさ)を患ふが、後平癒(へいゆ)……713

一八二　道綱、大和（やまと）だつ女に歌を贈る……717
一八三　堀川の太政大臣（おほきおとど）より懸想文（けさうぶみ）……719
一八四　賀茂の臨時の祭……725
一八五　道綱と八橋（やつはし）の女との歌の贈答……730
一八六　年の暮……743
巻末歌集……746
補注……784
系図……789
地図……792
年表……794
解説……820

凡　例

一、本書の本文は宮内庁書陵部蔵桂宮本蜻蛉日記三巻を底本とし、校訂にあたって次の基準に従った。

1、かなづかいは歴史的かなづかいに統一した。

2、なるべく底本の姿を示すことに努めたが、本文を読みやすくするために、適宜、かなに漢字をあて、濁点・句読点などをつけた。

3、現存の蜻蛉日記本文はきわめて誤謬、脱落が多く乱れているので、底本の本文を重要視はしたが、明らかに誤脱、衍字と推定されるところは、他本（主として阿波国本・吉田本・松平本・徴古館本・上野本など）により、また先学の研究成果を慎重に勘考の上訂正した。その場合明らかに誤謬・脱落・衍字と見られるものは煩を避けて語釈には掲げなかった。ただし、文章の意味に関係のあるものや先学において異見のあるものは語釈に底本の本文を明示して復元を可能ならしめた。

4、あて字は正しい漢字またはかなに改めた。

5、活用語を漢字でしるして、活用語尾をおくっていない場合には活用語尾を補った。

6、適宜、段落を分けて改行し、その上にまとまった大きい段落を設けて、それには小見出しと、全巻通じての通し番号とをつけた。

7、会話や心中思惟には「 」をつけ、会話の方は改行し、会話中に引用された第三者のことばなどには『 』をつけた。

8、使用者の便を考え、読みにくい漢字や誤りやすい漢字には、適宜「ふりがな」をつけた。

9、助動詞「ん」「らん」「なん」などはそれぞれ「む」「らむ」「なむ」などに統一した。

10、消息文や引歌には「 」をつけた。

11、「ゝ」「〳〵」などの反復記号は避けて、同文字をくりかえした。

12、同じ語で底本に二つの表記のしかたのある「むま・うま」「しやうぞく・さうずく」「だいじやうゐ・だいざうゐ」などは、それぞれ底本のままにした。

一、現代語訳は、原文に対して正しく対応する現代語を見いだすことに最も努力を費(ついや)した。また原文から離れないよう、できるだけ忠実に現代語で原文を再現するよう心がけた。引用文を除いては当用漢字や新かなづかいを用いた。

一、語釈については次の基準に従った。

1、注釈を必要とする語句については簡潔に解説し、また注意すべき語法・文法を説明し、現代語訳と補いあって、作品の理解が深められるように配慮した。

2、校異に関しては、底本に疑いのあるものについてのみ明示した。

3、妥当と思われる旧注や先学の秀れた高説は簡潔に掲載させていただいた。また異見は一説としてあげておいた。

4、引用文を除いては当用漢字や新かなづかいを用いた。

一、解説については段落ごとに行なった。ただし、初瀬詣(もう)でや鳴滝(なるたき)ごもりなどは一括して末尾に解説した。解説は、本文が理解しやすいよう人物の心理状態や、当時の風習について述べ、また本文の鑑賞・批評を行なった。

一、巻末歌集は底本をはじめ、伝来の諸写本・版本にも付載されており、またほぼ同じ内容のものが、宮内庁書陵部に「傅大納言殿母上集（ふのだいなごんどのははうえのしゅう）」「道綱母集（みちつなのははのしゅう）」の題号をもって二本所蔵されている。

新版　蜻蛉日記　全訳注

上巻

一　序文

かくありし時過ぎて、世の中にいとものはかなく、とにもかくにもつかで、世に経る人ありけり。かたちとても人にも似ず、心魂もあるにもあらで、かうものの要にもあらであるも、ことわりと、思ひつつ、ただ臥し起き明かし暮らすままに、世の中に多かる古物語の端などを見れば、世に多かるそらごとだにあり、人にもあらぬ身の上まで書き日記して、珍しきさまにもありなむ、天下の人の品高きやと問はむためしにもせよかし、とおぼゆるも、過ぎにし年月ごろのこともおぼつかなかりければ、さてもありぬべきことなむ多かりける。

〈現代語訳〉

　このようにはかなく生きてきた過去半生も過ぎてしまって、まことに頼りなく、中途半ぱな状態で暮らしている女があった。容貌といっても十人並みにもいかず、思慮分別もあるわけでもなく、こんな役立たずな有様でいるのも、もっともなことだと思いながら、ただ無意味に日々を過ごすつれづれのままに、世間に流布している古物語の一端などをのぞいてみると、どれもこの世に実在しないような作りごとばかり、それでさえもてはやされているので、つまらない自分の身の上でも日記としてありのままに書いてみるなら、なおのこと、珍しく思われるであろう。この上なく高い身分の人が訪れる妻の生活はどんなものなのかと問われたら、その答えの実例にでもしてほしいと思われるのだが、なにぶん過ぎ去った長年来のことは、記憶も薄れてはっきりしないので、なんとかまあがまんができるという程度の記述が多くなってしまった。

〈語釈〉○**かくありし**　このようにはかなく生きてきた過去半生。○**とにもかくにもつかで**　ああでもこうでもなくどっちつかずの心細い有様。すなわち兼家(かねいえ)の妻であるが、彼は通って来ない状態をいう。○**世に経(ふ)る人ありけり**　作者は自身のことを三人称形式で表わしている。物語的筆法。○**かたち**　容貌風采(ふうさい)。○**心魂(こころだましひ)**　しっかりした考え。思慮分別。○**ものの要(えう)にもあらで**　これという役にも立たない状態で。○**世に多かる**　世間にありふれた。序にしばしば「世に」「世の中」が出てくるが、近接同語である。反復により強調する場合もあるが、当時の文体の一特色でもある。○**そらごと**　この世に実在しないような荒唐無稽(こうとうむけい)な話。架空な作り物語。○**人にもあらぬ**　人並みでもない。○**天下(てんげ)の人**　「あめのした」と読んでもよい。最大限に強めた言い方で、この上ない高い身分の人。○**おぼつかなかり**　記憶が薄れてはっきりしない。○**年(とし)月(つき)ごろ**　「年ごろ」「月ごろ」をつづめた言い方。○**さてもありぬべきこと**　なんとかしんぼうできる程度の記述。

〈解説〉この部分は蜻蛉日記の序文で、本日記中重要な箇所の一つであり、また難解な文章でもある。前半は兼家との結婚生活を回顧し、はかなく生きがいのないわが身の上を述べ、後半はこの日記執筆の動機や意図・方法、さらに執筆後の感想を述べている。権門家の一(いち)妻として、むなしく充たされない十数年を過ごした今、よりいっそうわびしい、せつない、深い悲しみに直面した作者は、もはや古物語を愛読することでは「生きて生けらぬ」世界から脱出することは不可能であった。その苦悩の累積から自己を救済するただ一つの方法は自己の体験を素材として、一夫多妻の招婿婚下の権門家の一夫人の生活を日記として書き綴ることであった。こうした貴顕の女性自身がカーテンに閉ざされた自己の生活に取材した作品はこれまでになかった。この風変りなわが身の上を書いた日記を世の中に公開したなら珍しがられるであろうと執筆意欲を示した。ここに古物語に対して一つの新しい文学的自覚がうかがわれる。以上のようにこの序には、はっきりと古物語と自己の書く日記との異質性を述べ、そらごととして前者の伝奇性・浪漫性・非現実性・架空性が指摘され、それに対立して、この日記では自己の実人生に取材したきわめて現実的な内容のものを書くという宣言を作品の主人公にさせている。こうした古物語を意識して批判したものは今までに見当らない。これまでの非現実的な虚妄的な古物語と写実的なこの作品との区別を唱えたこの序に紫式部は刺激を受け、源氏物語の螢の巻に見られるような理路整然と委曲を尽した物語論に発展させたと考えられるのである。

この冒頭の文は上巻末の結びの文とも呼応するが、同時に、本日記全体の総序ともなっている。

天暦八年

二　夏　兼家の求婚

さて、あはつけかりしすきごとどものそれはそれとして、柏木の木高きわたりより、かくいはせむと思ふことありけり。例の人は、案内するたより、もしはなま女などして、いはすることこそあれ、これは、親とおぼしき人に、たはぶれにも、まめやかにもほのめかししに、「びなきこと」といひつるをも知らず顔に、馬にはひ乗りたる人して、うちたたかす。「たれ」などいはするには、おぼつかなからず騒いだれば、もてわづらひ、取り入れてもて騒ぐ。見れば、紙なども例のやうにもあらず、いたらぬ所なしと聞きふるしたる手も、あらじとおぼゆるまで悪しければ、いとぞあやしき。ありけることは、

　音にのみ聞けば悲しなほととぎすこと語らはむと思ふこころあり

とばかりぞある。

「いかに。返りごとはすべくやある」など、さだむるほどに、古代なる人ありて、「なほ」とかしこまりて書かすれば、

　語らはむ人なき里にほととぎすかひなかるべき声なふるしそ

〈現代語訳〉

さて、あっけなく終った結婚話のあれこれはまあさしおくとして、摂関家の若者である兵衛佐さまから、私に求婚の意向を示されたことがあった。普通の殿方なら、しかるべき手づるを求めたり、またはお邸づとめの年配の女房を間に立てて取りつがせるものなのに、この方といったら、私の父に冗談とも本気ともつかずほのめかしたので、私は「困りますわ」と

答えたのに、一向おかまいなしで、馬に乗った人を使者として門をたたかせた。どなたさまからと問わせるには、あまりに分りきった騒ぎようなので、当惑の体で手紙を受け取って、ひとしきり一家は大騒ぎした。見ると、紙などもこうした際のものとは違って、少しも凝っていず、至れり尽くせりに見事に書くものだと、常々聞き慣れていた筆跡も、別人かしらと思われるほどまずいので、どうも腑に落ちない。書かれているのは、

　評判ばかり伺っているだけでまだご麗姿に接する機会がないのは、まことにせつないことです。お目にかかって、親しくお話したいと思っています。

という歌だけだった。「どうしましょう。お返事しなければわるいかしら」などと相談していると、昔かたぎの母が、「やはり、お返事を」と恐縮して書かせるので、

　お相手をするすなわち求婚をお受けするような者のいない所に、いくらお手紙をいただいてもむだでございます。

〈語釈〉○あはつけかりしすきごと　実らず、いつとなく立ち消えとなった求婚話。○柏木の木高きわたり　柏木に葉守の神が宿るという信仰から宮中を守護する兵衛・衛門の官人の異名となる。ここは天暦五年五月二十三日右兵衛佐に任ぜられた兼家（二十六歳）をさす。彼は藤原摂関家の若君で家柄が高いので、柏木の

縁語で、「木高き」といった。○かく　執筆当時作者はすでに兼家との結婚生活を長く続けてきているので、「かく」といった。○なま女　初老の女。○親とおぼしき人　婉曲的な言い方で、父親倫寧のこと。○びなき　具合が悪くて困る。おとめの羞恥心よりの発言で父に洩らしたのである。○馬にはひ乗りたる人　兼家の求婚文を持参した使者。騎馬の武官。○いたらぬ所なし　一点の非の打ち所なくすみずみまで行き届いていること。○音にのみの歌　兼家の求婚歌。『風雅集』恋一に第二句「聞けばかひなし」で載る。兼家の求婚第一号歌で作者をほととぎすにたとえているので初夏であることが分る。○古代なる人　古風な人。作者の母親。主殿頭春道女か。○語らはむの歌　贈歌にあわせて詠んだ道綱母の歌。贈歌にあわせて詠んだが、逆に兼家をほととぎすにたとえた。「効」に「卵」をかけ、卵・声はほととぎすの縁語。『風雅集』恋一に入る。

〈解説〉前年兼家の妻の一人である時姫が道隆を生んだあと例の浮気癖が出て、兼家は本朝三美人の一人と謳われている作者に求婚して来た。天暦八年ほととぎすの鳴くころである。兼家は右大臣藤原師輔の三男で二十六歳、当時右兵衛佐にすぎないが、前途洋々たる貴公子である。同じ北家の出とはいえ、受領階級に落ちている作者の家とは格段の権門である。父倫寧はじめ一家はまたとない良縁と喜んだに違いない。作者は美貌と歌才を備えた才媛である。磊落な兼家は求婚第一号のたいせつな手紙もむぞうさに有り合せの紙に走り書きの筆跡ですませたので、作者の期待ははずれたが、母の勧めで前述のように返歌した。いかに願ってもない良縁と心中喜んでいても、「お受けします」とけっして答えないのが当時のしきたりであった。返歌を見た兼家も拒否されたとは思わない。返歌が来たのは大いに脈があるので、彼も精を出して次々と歌を贈ってよこすのである。

日記という書名であっても、これは男性の漢文日記のように日々の備忘的な記録ではなく、また現代の日記とも性格を異にし、テーマ・構想を持つ一作品で現代では日記文学と呼ばれている。したがって根源的には虚構を本質とするが、源氏物語などの創作と違う点は執筆者がわが身の上すなわち自己の実人生に取材して書き綴るので、主要人物は作者および作者周辺の実在人物に限られ、事件や行事も史実に即したものが主であり、また作品の世界の進行が、作者の生存している歴史的年月の順序に依存していることである。本日記は作者と兼家との間柄をテーマとしているので、兼家の求婚に筆を起しているのである。

三　秋　兼家と結婚

これをはじめにて、またまたもおこすれど、返りごともせざりければ、また、

　おぼつかな音なき滝の水なれやゆくへも知らぬ瀬をぞたづぬる

これを、「いまこれより」といひたれば、痴(し)れたるやうなりや、かくぞある。

　人知れずいまやいまやと待つほどにかへりこぬこそわびしかりけれ

とありければ、例の人、「かしこし、をさをさしきやうにもきこえむこそよからめ」とて、しげう通(かよ)はす。

また、添へたる文見れば、

浜千鳥あともなぎさにふみ見ぬはわれを越す波うちやけつらむ

このたびも、例の、まめやかなる返りごとする人あれば、まぎらはしつ。

またもあり。「まめやかなるやうにてあるも、いと思ふやうなれど、このたびさへなうは、いとつらうもあるべきかな」など、まめ文の端に書きて添へたり。

いづれともわかぬ心はそへたれどこたびはさきに見ぬ人のがり

とあれど、例のまぎらはしつ。かかれば、まめなることにて、月日は過ぐしつ。

秋つかたになりにけり。添へたる文に、「心さかしらづいたるやうに見えつる憂さになむ、念じつれど、いかなるにかあらむ、

鹿の音も聞こえぬ里に住みながらあやしくあはぬ目をも見るかな」

とある返りごと、

「高砂のをのへわたりに住まふともしかさめぬべき目とは聞かぬをげにあやしのことや」とばかりなむ。

また、ほどへて、

逢坂の関やなになり近けれど越えわびぬれば歎きてぞふる

返し、

越えわぶる逢坂よりも音に聞く勿来をかたき関と知らなむ

など言ふ。

まめ文、通ひ通ひて、いかなるあしたにかありけむ、

ゆふくれのながれくるまを待つほどに涙おほゐの川とこそなれ

返し、

思ふことおほゐの川のゆふくれはこころにもあらずなかれこそすれ

また、三日(みか)ばかりのあしたに、

しののめにおきける空は思ほえであやしく露と消えかへりつる

返し、

さだめなく消えかへりつる露よりもそらだのめするわれはなになり

〈現代語訳〉

この歌を最初として、その後たびたび手紙をよこしてくるが、こちらから返事も出さなかったところ、また、

ほんとに気がかりなことだなあ、あなたはあの音無しの滝の水なのでしょうか。いくらお手紙をさしあげても、いっこうにお返事がないので、この分ではいつお目にかかれるやら、めどのつかない逢う瀬をさがしもとめているばかりです。

この歌に対して、「のちほど、こちらからお手紙をさしあげます」と言ってやると、まるで良識を持たないように、追いかけて次のような歌が届けられる。

内（ない）心、あなたからのお返事をもう届くかもう届くかと待っておりますのに、いつまでたってもいただけないのはまことにつらいことです。

と書いてあったので、例の母が、

「まあ、おそれ多いことです。ちゃんとしたお返事をさしあげるのがよいでしょう」

と言って、こうした場合に行き届いた返事の書ける侍女に、ふさわしく書かせて届けた。そのような代筆の返事をも、あの方はとても喜んで、以後しきりに手紙を書いてよこしてくる。

また、手紙に書き添えられた私へのたよりを見ると、

いくらお手紙をさしあげても、いっこうにお返事がいただけないのは、私以上のよい候補者（おかた）がおありで、そのため私など無視していらっしゃるからでしょうか。

今度も、例のように、儀礼的な返事をしてくれる侍女がいたので、その代筆ですませた。

またしてもお手紙が届く。「きちんと折目正しくお返事をくださるのも、たいへん結構なことと思ってはいますが、今回さえも御本人のじきじきのお返事がいただけなくては、とてもたえがたいというものですよ」などと、儀礼的な手紙の端に書き添えてある。

代筆にしろ、自筆にしろ、区別なくうれしく思いますが、この度は、以前よりお返事をいただかないお方のもとへさしあげたく思います。御じきじきのお返事を期待して。

とあるが、例によって代筆ですませた。こんなふうで、あの方と私との間は表面的な歌のやりとりを続けながら、月日を過ごした。

秋ごろになってしまった。当家への手紙に添えられた私あての手紙に、

「あなたが分別ありげにかまえていらっしゃるようにお見受けされるのがつらくてじっとがまんしておりましたが、いったいどうしたことでしょうか、

雄鹿が雌鹿を恋うて啼くせつない声も聞こえない静かな町中に住みながら、私は妙にこのところ眠れないのですよ。逢えないあなたのことを思うとね」

と書いてよこした返事に、

「おっしゃいましたわね。雄鹿が雌鹿を恋うてせつない声を立てるあの鹿の名所、高砂(たかさご)の山の頂(いただき)辺りにあなたが住みなれていらっしゃったとしても、そのようにねざめがちになる方だとは聞いていませんのに、

ほんとに変な話ですわね」とだけしたためた。

また、しばらくたって、

人に逢(あ)うという名を持った逢坂(おうさか)の関は、いったい何なのでしょう。すぐ目と鼻の近さにありながら、まだ越えかねる、すなわちあなたに逢うことができないので、嘆きくらしています。

返事は

あなたが越えにくいと嘆いていられる逢坂の関は、まだ名前だけでも逢うということばを持っていますが、私の方は名前からして勿来(なこそ)といって来てくれるなというなかなか人を寄せつけない、堅固な難関だと知ってくださいませ。

などというような表向きの手紙のやりとりをかわしているうちに、いったいどんなことのあった翌朝であっただろうか、

あなたにふたたび逢える夕暮がやってくるのを待つ間、あなた恋しさに、思わず知らず

涙が溢れて、まるで川のようになっていますよ。

返事、

あなたの妻になって思うことがあれこれ多い私はあなたにふたたび逢える夕暮までの間、思わず知らず泣けてまいります。

また、三日ばかりたった日の朝に

露の置くあけ方に起きてあなたと別れて帰る途中、私はまるで心もうわの空で、奇妙に、あの露のように、身も消えてしまいそうなせつない思いでしたよ。

返事、

すぐ消えてしまう露はまことにはかないものですが、その露にあなたは自身を擬していられますが、そのようなあてにならない露のようなあなたを頼みにさせられて生きて行かねばならない私はいったい何なのでございましょう。

〈語釈〉○音なき滝　音無の滝。京都市左京区大原、来迎院付近。歌枕。作者からの返事のないことをたとえた。瀬は水の縁語で逢う機会をいう。○痴れたるやうなりや　挿入句。執筆時の批判。○例の人　古代なる人。母をさす。○それをしも　そつなく書かれた代筆の文。○添へたる文　結婚承諾を頼む父母あての文に添えた作者への手紙。○浜千鳥の歌　兼家の歌。「なぎさ」に「無」を掛け、「ふみ」に「文・踏」を掛ける。浜・渚・踏・こす・波・うつ・千鳥は縁語。「浜千鳥頼むを知れとふみそむるあとうち消つなわれを越す波」（『後撰集』恋二・平貞文）を本歌とする。また、「君をおきてあだし心をわが持たば末の松山波も越えなむ」（『古今集』東歌）をもふまえている。○心さかしらづいたる　作者が賢ぶった冷たい態度をとっている。うちとけた返事をしないことをいう。○鹿の音もの歌　兼家の歌。「山里は秋こそことにわびしけれ鹿の鳴くねに目をさましつつ」（『古今集』秋上・壬生忠岑）を本歌とする。「あはぬ」に目が「合はぬ（眠れぬ）」と「逢はぬ」を掛ける。○高砂　兵庫県加古川市。加古川の川口辺の地名。鹿の名所。「しか」に「然か」と「鹿」を掛ける。○越えわぶるの歌　道綱母の歌。『新千載集』恋三に入る。「なこそ」は常陸と磐代との国境、今の福島県勿来町にあった関。来るなの意を掛け、「難き」に「固き」を掛ける。○いかなるあしたにかありけむ　結婚の翌朝を暗示する。○ゆふくれのの歌　兼家の歌。新婚翌朝の後朝の歌。「ゆふくれ」に「結（紐で結ぶ）榑（山から伐り出し筏にして川に流す木）」と「夕暮れ」、「流れる」に「泣かれる」、「大井」に「多い」を掛け、川の縁語であやなす。大井川は京都の桂川の上流、嵐山あたりの呼称で大堰川とも書く。○三日ばかりのあした　婿君が通い始めて第三夜にあたる露顕の翌朝。○しののめにの歌　兼家の歌。「起き」と「置き」は掛詞。置く・空・消えと露の縁語であやなす。

〈解説〉当時の習慣として、求婚者は目指す女性のもとにしきりに手紙を送りつづける。女性の方はほとんど黙殺して返歌をしないか、またはこの場合のように代筆ですませる。代筆でも来れば大いに脈ありで、求婚者はいよいよ張りきって求婚歌を送って来る。ただしこの間、女性の両親は相手の人柄・財産・将来性や現在何人妻や子供があるかを調査するのである。求婚者はライバルの有無がもっとも気にかかるので、「浜千鳥あともなぎさにふみ見ぬはわれを越す波うちやけつらむ」のような歌を送り打診する。そうして女君の方で、これなら娘の婿にとってもよいとなると男君の手紙に対して女君も返歌をよこし始める。その場合男君の方が低姿勢で自分の心情を披瀝して女君の心をゆさぶろうとするが、女君の方が高姿勢で相手をからかったり、皮肉ってやりこめたり、はぐらかしたりするのが常である。この場合も兼家が「鹿の音も」の歌で、あなたを思うと興奮して夜も熟睡できないと訴えたのに対し、作者は「高砂の」の歌でからかって返答している。また、兼家が逢坂の関で迫ってくると、勿来の関で応酬する。作者が歌が上手であるだけ兼家の心はいっそうかき立てられ、この女征服せずばやまじの意を強うする。

「秋つかたになりにけり」以後は兼家と作者の結婚の日どりもほとんど内定し、作者の家では侍女を増したり、家具・調度を新調したりして結婚準備は着々と進んでいるが、兼家、作者当人同士は相変らず揚げ足とりの歌合戦に終始し、まだ顔も知らず、肉声さえも耳にする機会も持たない状態である。そして吉日を選んで兼家は作者のもとに婿入りするのである。当時は招婿婚（婿入り）で婿は妻のもとに夕方に通って来て一晩を共にし、翌朝辞去する風習であった。

「いかなるあしたにかありけむ」は朧化表現が用いられているが結婚当夜の翌朝にあたる。簡単に結婚当日のことを記すと、婿君は供人を従えて牛車で夕方六時ごろから八時ごろ訪れる。中門で牛車から下り、供人の照らす松明の光と、姫君の家から迎えに出た「さぶらひ」の持つ紙燭に導かれて寝殿中央の階段より靴を脱いでのぼる。靴は姫の両親が片足ずつ抱いて寝る。婿の足が姫の許にとどまるようにという呪(まじな)いである。母屋(もや)で婿君と姫君は対面し結婚する。翌朝しののめのころ、婿君は牛車に乗って姫君のもとから辞去し、早速後朝(きぬぎぬ)の文を送り届ける。姫君邸ではその使者をもてなし、その間に姫君は返歌をしたためる。二日目も同様、婿君は嫁君のもとに通い、翌朝、後朝の文を送る。三日目は露顕(ところあらわし)といい、現代の披露宴(ひろうえん)にあたり、婿君は嫁君のもとに訪れると、正式に迎えられ、母屋(もや)で嫁君の両親や兄弟と縁かための杯(さかずき)をくみ交わし、供人も饗応を受け禄(ろく)をもらう。新郎新婦は新婦の年の数だけ調製した碁石大のお餅三個をかまずにたべる。この日より婿君は公然と嫁のところへ通うようになる。結婚を境として男君と女君の地位は逆転し、女君は低姿勢で夜がれがないよう男君のきげんをとり、夜の訪れの有無に一喜一憂するようになる。

四　新婚時代の兼家と作者の贈答

かくてあるやうありて、しばし旅なるところにあるに、ものして、つとめて、「今日(けふ)だにのどかにと思ひつるを、びなげなりつれば。いかにぞ。身には山隠れとのみなむ」とある返りごとに、ただ、

　思ほえぬ垣ほにをればなでしこの花にぞ露はたまらざりける

などいふほどに九月(ながつき)になりぬ。

　つごもりがたに、しきりて二夜(ふたよ)ばかり見えぬほど、文ばかりある返りごとに、

　消えかへり露もまだひぬ袖のうへに今朝(けさ)はしぐるる空もわりなし

たちかへり、返りごと、

　思ひやる心の空になりぬれば今朝はしぐると見ゆるなるらむ

とて、かへりごと書きあへぬほどに見えたり。

また、ほど経て、見えおこたるほど、雨など降りたる日、「暮に来む」などやありけむ、

　柏木の森の下草くれごとになほたのめとやもるを見る見る

返りごとは、みづから来てまぎらはしつ。

かくて十月になりぬ。ここに物忌なるほどを心もとなげに言ひつつ、

　歎きつつかへす衣の露けきにいとど空さへしぐれそふらむ

返し、いと古めきたり。

　思ひあらばひなましものをいかでかはかへす衣のたれも濡るらむ

とあるほどに、わがたのもしき人、陸奥国へ出で立ちぬ。

〈現代語訳〉

　こうしているうちに、ある事情があって、しばらく自宅を離れていると、そこへあの方が訪れて来て、その翌朝、「せめて、今日一日だけでも、あなたとゆっくり過ごしたいと思っていたのに、都合が悪そうだったので帰って来たのですよ。どうなんですか。私にはあなたが、私を避けて山に隠れたとしか思えないのですがね……」と書いてよこした手紙の返事に、ただ、

思いもかけぬ他所にいて垣根のなでしこの花を手折りますと、花から露がはらはらと落ちるように、私もさびしさにこらえきれずに涙がしきりにこぼれ落ちることでございます。

など言ってやったりするうちに、九月になった。

その下旬ごろに、ひきつづいて二晩ばかり訪れなかったとき、手紙だけがよこされた、その返事に、

二晩もおいでがないので、消え入るような思いで夜を泣きあかして、袖の涙もまだかわかないでいるのに、今朝はさらに空までしぐれて、しめっぽく、いっそう堪えがたい思いがいたしております。

おりかえし、あの方よりの返事、

あなたのことばかりを思っている私の心が空に通じたので、今朝はしぐれているのであろうよ。あれはただのしぐれでなく私の涙雨ですよ。

とあって、私がその返事を書き終わらないうちに、あの方は見えた。

また、しばらくたって、訪れがとだえているころ、雨などが降ったりしていた日、「夕方伺うつもりです」などと言いよこした折だったかしら、私は、

柏の木からしたたる露に夕べごとに下草が濡れるように、あなたの庇護（ひご）のもとにある私は夕暮ごとに悲しみの涙を流しているのにやはりあなたをあてにして待っていよとおっしゃるのですか。来るのお言葉があてにならないのを知りつつ。

この返事は、ご当人がやって来て、うやむやにしてしまった。

こうして、十月になった。私の方が、物忌（ものいみ）である期間中、気がもめてならないとしきりに言いよこして、

あなたに逢えないのを嘆きながら、せめて夢にでも逢いたいとねがって、裏返して着て寝たきものも、あなたを恋う涙でぬれているのに、まだそのうえ、どうして、空までもしぐれてしめっぽさを添えるのだろう。

返歌、それは、まことに古風なものになった。

私への思いの火がおありでしたら、ぬれたきものもかわくでしょうに、どうして、あなたも私も裏返して着たきものが涙でぬれたままなのでしょうか。

と歌の贈答をしているうちに、私の頼りにしている父が、陸奥国へ出立することになった。

〈語釈〉○旅　わが家以外の所で泊る場合をいう。○ものす　居る、行く、来る、言う、食うなどの動作を直接さす語を用いず、婉曲に一般的な動作として把握し表現する場合に使う語。○思ほえぬの歌　道綱母の歌。作者自身をなでしこにたとえ、可憐な風情を出している。「折る」「居る」は掛詞。○消えかへりの歌　道綱母の歌。『後拾遺集』恋二に入る。消え、露、しぐる、空は縁語。○思ひやるの歌　兼家の歌。第四句「けさや時雨と」で『続拾遺集』恋四に入る。天象の雨でなく、私の悲恋の涙雨である意。『和泉式部日記』中の帥宮の「おほかたに五月雨るるとや思ふらむ君恋ひわたる今日のながめを」も同類の発想の歌である。思いつめると魂が肉体を離れ、相手のもとに天翔けるという俗信に基づく。○柏木の歌　道綱母の歌。兼家を柏木（前掲二）、作者を下草にたとえた。『後拾遺集』雑二に入る。○物忌　天一神や太白神の運行にあたって方が塞がった場合や、近親の不幸や動物の死にふれた場合など、門を閉じ、身をつつしみ家に籠もることをいう。○歎きつつの歌　兼家の歌。『新勅撰集』恋二に入る。衣を裏返して寝ると恋しい人の夢が見られるという俗信。『古今集』にも小野小町の「いとせめて恋しき時はうば玉の夜の衣を返してぞ着る」とある。本歌か。○いと古めきたり　執筆時の自詠批判のことば。○わがたのもしき人　父の倫寧。○陸奥国へ出で立ちぬ　陸奥守となり赴任。倫寧は小野宮実頼の家司なのでその筋よりの推輓か。また娘婿兼家の縁故関係も預るか。

〈解説〉新婚時代の甘い思い出の一こまで、兼家はほんのしばらく作者が自家を離れていると、そこまで、わざわざ追って訪ねて一晩を共にし、翌朝帰るや早速、後朝(きぬぎぬ)の文をよこし、「今日だにのどかにと思ひつるを」と夫らしい愛情を告白し、また、「身には山隠れとのみなむ」といちまつの不安を訴えて作者に対する執着ぶりを述べている。兼家の言動は作者のプライドを満足させ、侍女の手前鼻も高かったであろう。

それに答えた作者の、なでしこの歌もなんという可憐で素直な新妻らしい風情の出た歌であろう。また二晩通えないと早速、手紙をよこして弁解と愛情を披瀝(ひれき)する兼家であり、作者の孤閨(こけい)の寂しさ、愛情の不足を訴えた返歌には即座にこまやかな愛情をこめた(ただし、前述のごとく、当時の男性がよく使う発想である)歌で応答し、かつ作者の返歌が間に合わないほど早速訪れてくれた。

しかし一夫多妻下、彼の足がちょっととぎれたとき、雨模様の中を、「今夜訪れるよ」と前ぶれしてくれたことづけに対し、作者が贈った「柏木の森の下草くれごとになほたのめとやもるを見る見る」の歌を見るとただちに姿を見せた。この歌は『後拾遺集』にもとられたが王朝の人妻らしい風情が百パーセントうたわれた秀歌で、兼家も飛んで来ずにはいられなかったであろう。

十月に入って作者邸で物忌(ものいみ)のころ(天一神(なかがみ)の運行のときであろうか)兼家はしばしば物忌のあけるのが待遠しいと言ってよこし、珍しく自分の方から「歎きつつかへす衣の露けきにいとど空さへしぐれそふらむ」の歌を贈って来た。このあたり、求婚時代と違って、文はよこしても歌を詠む努力を怠っている兼家であり、作者の歌の方が多く先に送られている。しかも求婚時代の返歌のように彼女の歌には高姿勢や高飛車な皮肉、からかう詠み口はまったく影をひそめて、いつも孤閨（こけい）のやるせなさ、愛情不足の訴えに終始している。

五　父倫寧（ともやす）の陸奥国赴任

時はいとあはれなるほどなり、人はまだ見馴（な）るといふべきほどにもあらず、見ゆるごとに、ただざしくめるにのみあり、いと心細く悲しきこと、ものに似ず。見る人も、いとあはれに、忘るまじきさまにのみ語らふめれど、「人の心はそれにしたがふべきかは」と思へば、ただひとへに悲しう心細きことをのみ思ふ。

いまはとて、みな出で立つ日になりて、ゆく人もせきあへぬまであり、とまる人はたまいていふかたなく悲しきに、「時たがひぬる」といふまでも、え出でやらず。かたへなる硯（すずり）に、文（ふみ）をおしまきてうち入れて、またほろほろとうち泣きて出でぬ。しばしは見む心もなし。見出ではてぬるに、ためらひて、寄りて、なにごとぞと見れば、

君をのみたのむたびなる心にはゆくすゑ遠く思ほゆるかな

とぞある。見るべき人見よとなめりとさへ思ふに、いみじう悲しうて、ありつるやうに置きて、とばかりあるほどに、ものしためり。目も見あはせず、思ひ入（い）りてあれば、「などか。世の常のことにこそあれ。いとかうしもあるは、われを頼まぬなめり」

などもあへしらひ、硯なる文を見つけて、

「あはれ」と言ひて、門出(かどで)のところに、
　われをのみたのむといへばゆくすゑの松の契(ちぎ)りも来てこそは見めとなむ。
　かくて、日の経(ふ)るままに、旅の空を思ひやるここちいとあはれなるに、人の心もいとたのもしげには見えずなむありける。

〈現代語訳〉

時節はしみじみとした感傷を催す初冬であり、あの方とはまだ深くなじんだ仲といえるほどでもないし、逢うたびごとに、私はただ涙ぐんでいるばかり、たいそう心細く悲しいことはまったくたとえようもない。こうした私に、訪れたあの方もたいそうしみじみと、見捨てるようなことはけっしてありえないとしきりに誓ってくれるのであるが、あの方の心はいつまでもその言葉どおりにゆくはずがないと思うので、ただもういちずに悲しく、心細いことばかりを思いつづける。

さあいよいよお別れだといって、みな出発する日になって、旅立つ父も涙をおさめかねるほどであり、あとに残る私は、なおさら言いようもなく悲しみに沈んでいるので、「予定の時刻が狂ってしまう」とせき立てられるまでも、父はよう出かけることもできず、父は傍らにあった硯(すずり)箱に手紙を巻いて入れて、また、ぽろぽろと涙を流しながら出て行った。しばらくの間は、それを開けて見る気も起らない。すっかり見送ってしまってから、気をとりなお

して、いざり寄って、いったい何事が書かれてあるのかと思って、開けて見ると、

　兼家殿、貴殿ばかりを頼りとして娘を京に置いて旅立つ私の心持ちでは、私の旅の行く末が大そう遠く思われると同様に、貴殿と娘との契りも末長いように感じられ、それを心から祈られます。

と認(したた)めてある。夫であるあの方にぜひ見てもらいたいというのであろうと思うと、たいそう悲しくなって、もと通りに手紙をもどして、しばらくたつうちに、あの方が見えた。私が顔もあげずに思いに沈んでいると、「どうしてそんなに悲しんでいるの。このような別れは世間にざらにあることではないか。それなのにこんなにまでひどく嘆いているのは私を信頼しないからだね」などととりなし慰め、硯(すずり)箱の手紙を見つけて、「ああ、これほどになあ」といって、父が門出のために移っている所へ、

　倫寧(ともやす)殿、私だけを頼りにして娘を京へ残してゆくというお言葉、たしかに承りました。貴殿の長い奥州への旅の途中ご覧になる末の松山の松のように、貴殿の娘さんと私の夫婦の契りは千年も長く続くことをふたたび帰京してご覧いただきますよう。

と書いて届けた。

こうして、日が経つにつれて、旅を行く父の心境を思いやる私の気持はとても心細くてならなかったが、いっぽう、あの方の心も、それほど信頼できそうには見えないのであった。

〈**語釈**〉〇**見る人**　作者のめんどうを見る人、兼家をさす。〇**めれ**　動作を直接的に叙述することを避けて表現し、それによって婉曲（えんきょく）化を計った。このやわらげた表現は平安朝女流文学において好まれ、しばしば使用された。〇**人の心**　兼家の心。〇**時たがひぬる**　従者の催促のことば。「ぬる」は確述の用法。〇**ためらひて**　気持をしずめて。〇**君をのみの歌**　倫寧の歌。『後拾遺集』別に入る。「旅」に「度」を掛け、「ゆくする」に空間的な意の「旅の行く先」と、時間的な意の「将来」を掛ける。〇**見るべき人**　作者のめんどうを見る人、兼家をさす。〇**いとかうしもあるは**　悲嘆に沈みきっているのは。〇**門出のところ**　旅立ちにあたって、日が悪いとか、行く方角が悪い場合、それを避け、立つために一時移る場所。〇**われをのみの歌**　兼家の歌。『後拾遺集』別に第二句「たのむといはば」、第四句「松の千代をも」、第五句「きみ」で入る。『古今集』の「君をおきてあだし心をわが持たば末の松山波も越えなむ」の歌をふまえて、浮気心を持たないことをいう。また、松の契りに千年のかたらいを誓う。〇**こそは見め**　「こそ……め」はそうしてほしいと勧める意。〇**人の心**　兼家の心。

〈**解説**〉この個所は蜻蛉日記中でも白眉（はくび）の文である。父倫寧が陸奥守となって赴任するところである。この大国の国守を射とめた一家は喜びに湧きかえっている最中であろう。『枕草子』二三段の「すさまじきもの」や『更級日記』の除目（じもく）の翌朝の記事などを見ると、国守になることが容易でないことがうかがわれ、猟官運動も活潑に行われたことが察せられる。まして黄金の産出する大国である陸奥守に就任できたのはおそらく倫寧が家司として仕えた小野宮実頼の推輓であろう。倫寧も在任中実頼に毎年砂金三千両を贈ってその恩義に報いている。倫寧もこの幸運をどんなにか喜び、一家も浮き浮きと出発準備に忙殺されていたであろう。

しかしこの段にはそうした一家の喜びの雰囲気は全然記されてはいない。京の邸にのこす娘の身を案じる倫寧の姿、父との離別に際して身も世もあらぬ作者の悲嘆のみが執拗に描かれ、京に残る実母や兄姉などにも触れていない。もちろん、招婿婚下、たとえ結婚しても一家の大黒柱は父親であり、その父倫寧が家族圏から脱けることで歯の抜ける寂寥がこの一家に訪れるのは当然である。

また父親にとって女の子はこのうえもなくいとしいものであり、ましてまれな美貌と歌才にめぐまれ、名門の貴公子兼家の妻になったばかりの作者はまさに掌中の珠であったであろう。大国任官の喜びもさることながら、愛娘の悲嘆の姿に嗚咽を抑えることが出来なかったであろう。倫寧も大いに奮発して親心の百パーセントあらわれた歌を詠じ兼家に贈ったが、この歌のおかげで倫寧も勅撰歌人に仲間入りできる栄を得た。以上のように一家の華やかな喜びの空気には触れず、ただ嘆きのるつぼに沈んだ自己の姿のみを過剰に描いているのは、作者の規定したテーマである〝かげろふ〟にも似た身のはかなさを強調するためである。さらに末尾に「人の心もいとたのもしげには見えずなむありける」と述べているのも、同様、「人にもあらぬ身の上」であることを読者に印象づけるためであろう。もしこの言葉に相当する事実があれば作者は必ず書き立てたに相違ないからである。

六　横川の雪

十二月になりぬ。横川にものすることありて登りぬる人、「雪に降りこめられて、いとあはれに恋しきことおほくなむ」とあるにつけて、

こほるらむ横川の水に降る雪もわがごと消えてものは思はじ

などいひて、その年はかなく暮れぬ。

〈現代語訳〉

十二月になった。横川に用事があって登ったあの方が「雪に降りこめられて、まことにしみじみと、あなたのことがとても恋しく思われてならない」と言ってよこしたのにつけても、

さだめし凍っているであろう横川の流れに降る雪は、すぐにとけて消えることはないでしょう。雪に閉じこめられた横川でさびしいと言われるあなたも、私のように消えいるほどのもの思いはなさっていられないでしょう。

などと言っているうちに、その年（天暦八年）は、はかなく暮れてしまった。

〈語釈〉○横川　比叡山三塔（東塔・西塔・横川）の一。東塔の正北約四キロ、円仁の建てた楞厳院、四季講堂などを総称する。○人　兼家。この年十二月五日、法華八講のため登山の師輔に同行か。○こほるらむの歌　道綱母の歌。横川を川と見立て、こほる、水、降る、雪、消えるなど縁語であやなす。女人禁制の横川に兼家が雪に閉ざされているだけに作者の女らしい慕情がかき立てられ、素直な表現の歌となっている。

〈解説〉天暦八年十二月の記事である。直前に作者は、「人の心もいとたのもしげには見えずなむありける」と書いているが、兼家は父の供をして横川にのぼっても、ただちに、「雪に降りこめられて、いとあはれに恋しきことおほくなむ」と手紙をよこしており、作者もその歌に和して妻らしい心情を述べているにもかかわらず、直後に「その年はかなく暮れぬ」と結んでいる。兼家は横川から下山するやおそらく作者のもとに年内度々訪れているに違いないが、作者はそうした甘いうれしいことには筆を染めず、あたかも兼家に顧みられないでいるかの口吻で結んでいるのは前項に述べたような作者の文学上の操作でもある。

天暦九年

七　道綱誕生

正月ばかりに、二三日見えぬほどに、ものへ渡らむとて、

「人来ば、取らせよ」とて、書きおきたる、

知られねば身をうぐひすのふりいでつつなきてこそゆけ野にも山にも

返りごとあり、

うぐひすのあだにてゆかむ山辺にもなく声聞かばたづぬばかりぞ

など言ふうちに、なほもあらぬことありて、春、夏、なやみ暮らして、八月つごもりに、とかうものしつ。そのほどの心ばへはしも、ねんごろなるやうなりけり。

〈現代語訳〉

正月ごろに、二、三日あの方が訪れて来なかったとき、よそへ出かけようとして、「殿が見えたら、さしあげてね」と言って、書き残して置いた歌、

私の将来がどうなるか知られないので、我が身を憂く感じて、鶯が野山に出て声をふりしぼって鳴くように、私も泣きながら野山に出て行きます。

返事が届いた。

鶯が野山で鳴くように、あなたが気まぐれな心をおこして山辺に出ていっても、なく声を聞いて居所がわかり次第、どこまでもきっと尋ねて行きますよ。

などと言い合っているうちに、私は普通のからだでなくなって、春から夏にかけてずっと苦しみ通して、八月下旬に、どうにかこうにかお産をすませた。その前後の、あの方の心づかいといったらまことに至れり尽くせりのように感じられたのだった。

〈語釈〉○正月　天暦九年（九五五）兼家二十七歳、作者十九歳くらい。道綱一歳。○知られねばの歌　道綱母の歌。うぐいすの「うく」に「憂く」を掛ける。「ふりいづ」は声をふりしぼるで鶯の鳴き声と作者の泣く声の両方をいう。「梅の花散るてふなへに春雨のふり出でつつなく鶯の声」（『後撰集』春上・読人知らず）を本歌とする。さらに「いづくにか世をば厭はむ心こそ野にも山にもまどふべらなれ」（『古今集』雑下・素性）また、『素性集』の「うちたのむ人の心のつらければ野にも山にもいざかくれなむ」による。○うぐひすのの歌　兼家の歌、鶯は作者の歌同様作者をたとえる。夫らしい力強い歌である。○なほもあらぬこと　懐妊のこと。

〈解説〉この鶯の歌の贈答の前後に次の歌のやりとりがあったが、日記には見えない。『後拾遺集』恋四に、

女の許(もと)につかはしける　入道摂政

わが恋は春の山べに付けてしを燃えても君が目にも見えなむ（八二二）

返し　大納言道綱母

春の野に付くる思ひのあまたあればいづれを君が燃ゆるとか見む（八二三）

同じ女に　入道摂政

春日野(かすがの)は名のみなりけりわが身こそ飛ぶ火ならねど燃えわたりけれ（八二四）

鶯の歌といい、ことにこの兼家と作者との贈答歌は結婚後一ヵ年以内のもので愛情がこまやかににじみ出ているが、日記には見えない。かげろふのごとき身の上を書くというこの日記の意図に抵触(ていしょく)する歌であるから省いたのであろうか。とにかく天暦八年から九年にかけては、ほとんど作者のもとに兼家の足を繋くとどめ得たと思われ、彼女にとっては生涯での最上最良の時であったであろう。

早くもめでたく懐妊していた作者はこの年の八月下旬に無事出産し、兼家により道綱と命名され

た。彼女は兼家との間に愛の結晶を得、兼家妻としての地位を確保できたことに安堵と誇りを有したであろう。そしていよいよ三十日三十夜を我がもとにと期待と希望に胸はふくらんだにちがいない。それはさておき生涯ただ一回の出産の体験！　陣痛や初産の不安もあったであろうが、初めて我が子を得た彼女の喜びはどんなに大きかったであろう。また兼家の喜びもきわめて大きかったにちがいない。しかし作者はそうしたことには筆を尽くさず、ただ兼家の足が繁かったことや何くれと物質的にめんどうを見てくれたことをごく簡単に淡白に書くのみである。

八　兼家の愛人町の小路女(こうぢのをんな)の出現

　さて、九月(ながつき)ばかりになりて、出(い)でにたるほどに、箱のあるを手まさぐりに開(あ)けて見れば、人のもとに遣(や)らむとしける文あり。あさましさに、「見てけりとだに知られむ」と思ひて、書きつく。

　うたがはしほかに渡せるふみ見ればここやとだえにならむとすらむ

など思ふほどに、むべなう、十月(かみなづき)つごもりがたに、三夜(みよ)しきりて見えぬ時あり。つれなうて、「しばしこころみるほどに」など気色(けしき)あり。

　これより、夕さりつかた、「うちのがるまじかりけり」とて出(い)づるに、心えで、人をつけて見すれば、「町(まち)の小路(こうぢ)なるそこそこになむ、とまり給ひぬる」

とて来たり。さればよと、いみじう心憂しと思へども、いはむやうも知らであるほどに、二三日ばかりありて、あかつきがたに門をたたく時あり。「さなめり」と思ふに、憂くて、開けさせねば、例の家とおぼしき所にものしたり。つとめて、「なほもあらじ」と思ひて、

　歎きつつひとり寝る夜のあくるまはいかに久しきものとかは知る

と、例よりはひきつくろひて書きて、移ろひたる菊にさしたり。返りごと、「あくるまでもこころみむとしつれど、とみなる召使の来あひたりつればなむ。いとことわりなりつるは。

　げにやげに冬の夜ならぬ真木の戸もおそくあくるはわびしかりけり」

さても、いとあやしかりつるほどに、ことなしびたる、しばしは、忍びたるさまに、「内裏に」など言ひつつぞあるべきを、いとどしう心づきなく思ふことぞ、限りなきや。

〈現代語訳〉

　さて、九月ごろになって、あの方が帰っていったあと、そこに置いてあった文箱をなにげなく開けてみると、ほかの女のもとに遣ろうとした手紙がはいっている。驚きあきれて、せめてそれを見たということだけでも、あの方に悟らせようと思って、書きつけた。

　とっても疑わしいこと！　よその女におやりになるお手紙を見ますと、こちらへのおいでは、もう途絶えてしまうのでしょうか。

などと思っているうちに、あの方は、案のじょう、十月下旬ごろに三晩つづけて姿を見せない時があった。訪れるや、そしらぬ顔をして、「しばらくあなたの気持をためしているうちに（イヤハヤこっちがまいってしまってね。飛んで来たよ）」などと弁解をする。当家から、夕暮ごろ、「どうしてものっぴきならぬ用事があるのだった」と言って出て行くので、不審に思い、人にあとをつけさせて行く先を見届けさせたところ、「町の小路のこれこれの所に殿の車をおとめになりました」と報告してきた。やっぱり思ったとおりだ、まったくゆううつ至極だ！　と思うけれども、どう言ってやってよいやらわからずにいるうちに、二、三日ばかりたって、夜明け方前ごろに門を叩く音のするときがあった。あの方のおいでらしいと思ったが、気がすすまず、開けさせずにいたところ、例の女の家と思われるあたりに行ってしまった。翌朝、このまま黙ってすますわけにもいくまいと思って、

あなたのおいでもなく寝返りを打ちつづけて嘆きながらひとり寝をする夜の明けるまでが、どんなにつらく長く感じられるものかご存じでしょうか。イヤイヤ門の戸を開けるのさえ待ちきれず、しびれをきらしてお帰りになるあなたでは、おわかりにならないでしょうね。

と、いつもよりは改まって書いて、色変わりした菊にさして届けた。その返事には、「夜が明けるまで、イヤ門をあけてもらえるまで、戸をたたいて待って見ようと思ったのだが、急

ぎの召使が来合わせたので。あなたの言い分はまことにもっともだよ。

　なるほど、仰せごもっともごもっとも。冬の夜はなかなか明けず夜明けが待ち遠しくつらいものですが、イヤイヤ冬の夜だけではありませんよ、真木の門の戸もなかなか開けてもらえないのはつらいものだと思い知りましたよ。あなたの気持よっく解りましたとも」

それにしても、いったいどういう了簡なのか納得しかねるくらいに、平気の平左で通うありさま、せめてしばらくは、私の目をはばかるように、「宮中に」とでも言ってとりつくろってくれるのが当然なのに、そのような無神経さがいっそうやりきれなくかんに触ってならなかった。

〈語釈〉○うたがはしの歌　道綱母の歌。『拾遺集』雑賀に第四句「われやとだえに」で入る。「うたがはし」に「橋」を掛け、わたす・ふみ（「踏み」に「文」を掛ける）とだえは縁語。「とだえの橋」は陸奥の名所の説がある。○三夜しきりて　兼家と町小路女との結婚を暗にいう。○うちのがるまじかりけり　「うち」を接頭辞と見ず「内裏」ととり、内裏へ行かねばならないとも解される。底本は「うちのかたるましかりけり」である。○町の小路　西洞院と室町との間にある南北の小路をいう。○なほもあらじ　このまま黙っていられない。○歎きつつの歌　道綱母の歌。『拾遺集』恋四（『拾遺抄』にも）、『大鏡』兼家伝にも所載、『百人一首』にも入る。綿々たる閨怨の情がうたわれている。「あくる」に「夜が明ける」と、「戸を開ける」を掛ける。○移ろひたる菊　色の褪せてきた菊。兼家の愛情が作者から他の女へ移ったことを諷する。○召使　宮中で雑用をする卑官。○げにやげにの歌　兼家の歌。『大鏡』に所載。作者の歌には必死の女心が表われているのに対しこの歌はやや諧謔的な余裕が見える。「あくる」に「夜が明ける」と「門を開ける」が掛けられている。○ことなしびたる　何事もないようにふるまう。しゃあしゃあとしている。

〈解説〉兼家は妻が出産すると他の女性を物色する悪癖を持つらしい。町小路女のもとに通い出した彼は作者のもとに夜離れをはじめた。それは彼女の手箱に不用意にも置き忘れた町小路女あての兼家の文によって作者の知るところとなり、さらに訪れた兼家が、あたふたと「うちのがるまじかりけり」と述べて出かけた際、作者の遣わした付け馬によって確認された。道綱という兼家との愛の結晶を得た直後であり、あらゆる点で自分よりはるかに劣っていると思われる町小路女に見返えされたことは彼女の誇りを極度に傷つけ、怒りと悲しみのどん底に沈められた。兼家にすれば一夫多妻の風習下、時姫や作者以外に新しい通い所を持ってもだれからも文句の言われるわけはないし、自分の兄弟や友人でもいく人かの女性と関係を持っている。自分のどこがわるいのだと考え、作者がどんなに打撃を受け深く傷心しているかまったく理解できないのである。

もちろん彼はこの麗人を忘れたわけではない。ある暁方ひょっこり門を叩く時があった。憤怒・嫉妬・悲嘆に燃えた作者は家人に命じ、断乎として兼家に閉め出しを食わせた。なおそのうえ、翌朝追打ちをかけて、「歎きつつひとり寝る夜のあくるまはいかに久しきものとかは知る」の歌を念入りにしたためてうつろった菊にさして兼家に贈った。王朝全貴夫人の代弁歌で、通って来ぬ多情の夫に向かって心の底から抗弁せずにおられない閨怨の情が百パーセントうたいあげられ、全王朝貴夫人の共感共鳴を得たことと思う。公任もこの歌を愛唱したと見えて『拾遺抄』にも入れている。この歌に対する兼家の歌は作者をなめた余裕しゃくしゃくのもので、「げにやげに冬の夜ならぬ真木の戸もおそくあくるはわびしかりけり」と浮き浮きとした調子で諧謔を飛ばし、ちゃかして平然としている。兼家には時姫や町小路女があり、作者が柳眉をさか立て閉め出しをくわせても痛痒を感じない。嫉妬は愛情の変形ぐらいに考え、かつ、道綱母が自分から離れ去ることは絶対にあるまいと見越しているからである。

天暦十年

九　桃の節供

年かへりて、三月ばかりにもなりぬ。桃の花などやとりまうけたりけむ、待つに見えず。いまひとかたも、例は立ち去らぬここちに、今日ぞ見えぬ。さて、四日のつとめてぞ、みな見えたる。昨夜より待ち暮らしたるものども、なほあるよりはとて、こなたかなた取り出でたり。心ざしありし花を折りて、うちのかたよりあるを見れば、心ただにしもあらで、手習ひにしたり。

待つほどの昨日すぎにし花の枝は今日折ることぞかひなかりける

と書きて、よしや、憎きにと思ひて、隠しつる気色(けしき)を見て、奪(ば)ひ取りて、返ししたり。

　三千年(みちとせ)を見つべきみには年ごとにすくにもあらぬ花と知らせむ

とあるを、いまひとかたにも聞きて、

　花によりすくてふことのゆゆしきによそながらにて暮らしてしなり

〈現代語訳〉

　年が改まって、三月ごろにもなった。桃の花などを用意しておいたのだったかしら、待っているのにあの方はやって来ない。もう一人の方も、いつもは見えない日はない様子なのに、今日に限って訪れがない。

　そうして、四日の早朝に、二人ともそろって訪れて来た。昨夜から待ち暮らした侍女たちが、そのままにしておくよりはというので、私の所からも、姉の所からも用意の品々をとり出した。昨三日に出すつもりでいた桃の花を折って、奥の方から持ち出したのを見ると、平静な気持ではいられず、ふと心に浮かぶままに気がるに書きつけた。

　お待ちしていた三日はむなしく過ぎ、だれかさんのもとで桃の花酒を飲まれたあなたを
　四日の今日迎え、桃の枝を折っても六日の菖蒲(あやめ)同様意味のないことですわ。

と書いて、エエままよ、憎らしいんだもの、と思って、隠した様子を見てとって、あの方は

無理やり取りあげて、こんな返歌をした。

三千年に一度みのる西王母の桃のようにあなたに末長く変らぬ愛情を抱いている私ゆえ、今年の三日来ないからとて他の好きな女のもとで桃の花酒を飲んだのではないと知ってほしいよ。

と言うのを、もう一人の方も聞いて、

桃の花酒を飲む三日に来たのではそれに引かれて好くというういかにも軽薄な色好みのように誤解されてはたいへんですから、昨日はわざとよそで暮らしたのですよ。

〈語釈〉○**年かへりて**　天暦十年（九五六）兼家二十八歳。作者二十歳くらい、道綱二歳。○**いまひとかた**　作者の姉婿藤原為雅をさすのか。○**今日**　桃の節供の三日。○**待ち暮らしたるものども**　侍女たち。一説では用意した節供関係の品々。○**手習ひ**　気軽に書くすさび書き。○**待つほどのの歌**　道綱母の歌。三月三日の節供には桃の花を浮かべた酒を飲む。「過ぎ」に「飲き」を掛ける。○**奪ひ取りて**　奪ひとりて。○**三千年をの歌**　兼家の歌。三千年に一度みのるという西王母の桃の伝説を踏まえて詠まれている。「実」に「身」、「飲く」に「好く」を掛ける。○**花によりの歌**　為雅の歌、「飲く」と「好く」を掛ける。

〈解説〉うららかな春の光が溢れる三月三日桃の節供をめぐってのエピソードで、桃の花酒を詠み入れた歌のやりとりで、王朝貴族ならではの生活が描かれている。この項を見るかぎりでは幸福な時期のように見えるが、町小路女の一件があり、桃の節供の日でも夫と桃の花酒をくみ交わすことのできない多妻下の作者の悲しい姿が髣髴（ほうふつ）とする。

為雅は作者の姉婿で、小野に広大な山荘を持つ中納言藤原文範の次男であり、弟為信（文範三男）は紫式部の母方の祖父にあたる。『蜻蛉日記』にもこの個所とこの直後にも出て来る。

一〇　姉との離別

かくて、今は、この町の小路にわざと色に出でにたり。□は人をだに、あやしう、くやしと思ひげなる時がちなり。いふかたなう心憂（う）しと思へども、なにわざをかはせむ。このいまひとかたの出で入りするを見つつあるに、今は心やすかるべき所へとて、率（ゐ）て渡す。とまる人まして心細し。影も見えがたかべいことなど、まめやかに悲しうなりて、車寄するほどに、かく言ひやる。

などかかるなげきは茂さまさりつつ人のみかるる宿となるらむ

返りごとは、男ぞしたる。

思ふてふわがことのはをあだ人のしげきなげきに添へて恨むな

など言ひ置きて、みな渡りぬ。

〈現代語訳〉

こうして、今はもう、あの町小路に住む女のもとに、公然と通って行くようになった。□は、あの方とのことさえ、どうしてか、関係しなければよかったと思う気持になりがちであった。言いようもなくつらいと思うけれども、どうしようもない。

あのもう一方（かた）、為雅さまが姉のもとに通ってくるのをずっと見ながら過しているうちに、今はもう気兼（きがね）のない所へ移ろうというので、姉を連れて行くことになった。あとに残る私はいっそう心細い。これからは人影もなかなか見られないだろうなあと、心の底から悲しくなって、車を寄せるときに、次のように言いやる。

どうして、私の家は、このように嘆きばかりが日ましにつのり、人がみな離れてしまうのでしょう。

返事は姉婿の方がした。

あなたのことを心にかけておりますという私の言葉を、あなたがいつも嘆いていられる浮気なお方のあてにならない言葉といっしょにしてお恨みにならないでください。

などと言い残して、姉一家は行ってしまった。

〈語釈〉○□は　底本では「本は」とある。これは書写の場合、親本に脱字があったり、あいまいな字の折、親本のとおりに書写したという意味で傍記した、「本」が本文に紛れこんだものと考えられる。あるいは「いまは」とあったのではあるまいか。「いまは」が近接するので不審を抱いてつけた注記の本文誤入か。通説では「本つ人（時姫）」との仲さえ兼家が後悔する意とする。○などかかるの歌　道綱母の歌。「歎き」の「き」に「木」、「離るる」に「枯るる」を掛け、木、枯るる、茂さと縁語であやなした。○思ふてふの歌　為雅の歌。しげき、なげき（木）言の葉と木の縁語であやなす。

〈解説〉町小路女のもとへ兼家は公然と通い出したので作者宅への訪れも絶え間がちで邸内が寂しくなったところへ、姉婿為雅も摂関家の御曹子兼家と同じ邸へ通うのも気兼があるので、別の家へ姉を引き取ってしまった。この項はその際の為雅と作者の歌の贈答が中心である。いきおい人々の出入りも急にさびれて、作者はいっそう深い孤独感を味わう。

二一　時姫と歌の贈答

思ひしもしるく、ただひとり臥し起きす。おほかたの世のうちあはぬことはなければ、ただ人の心の思はずなるを、我のみならず、年ごろの所にも絶えにたなりと聞きて、文など通ふことありければ、五月三四日のほどに、かく言ひやる。

そこにさへかるといふなる真菰草いかなる沢にねをとどむらむ

返し、

真菰草かるとはよどの沢なれやねをとどむてふ沢はそことか

〈現代語訳〉

案の定、ただひとりで寝起きをする。世間的には我々夫婦仲に不都合なことは何もないので、ただひとつ、あの方の心が私のねがうところと一致しないことだけが、どうにもならないのだが、私ばかりでなく、ずっと以前からの御方の所にも、すっかり訪れがとだえてしまったらしいと聞いて、これまでも手紙などの往復があったので、五月三、四日ごろに、次のように送った。

あの方は、あなたさまのもとにまでも訪れぬそうでございますが、いったいどんな女の所に居ついているのでございましょうか。

返歌、

あの方が寄りつかぬ所とは私の方のこと、何でも、居ついているのはあなたさまの所とか伺っておりますよ。

〈語釈〉○おほかたの世　兼家と夫婦である対世間的な面。兼家北の方としては。○人の心　兼家の作者に対する愛情。○年ごろの所　摂津守藤原中正の女、時姫で、天暦六年に兼家と結婚している。○そこにさへの歌　道綱母の歌。「そこ」に「底」と「其所（そこ）（そなた）」、「かる」に「刈る」と「離（か）る」、「ね」に、「根」と「寝」をかけ、真菰草（兼家をたとえる）の縁語であやなしている。○真菰草の歌　時姫の歌。「淀（山城国久世（くぜ）郡淀町）の」に「夜殿」、「根」に「寝」、「刈る」に「離る」、「底」に「其所（そこ）」を掛け、やはり、真菰草の縁語であやなす。

〈解説〉町小路女が兼家の寵愛を独占しているので作者は時姫と共同戦線を張って兼家の浮気をとっちめようとした。しかし時姫にとっては町小路女よりももっともこわいライバルは作者の方である。天暦八年夏から九年にかけてすなわちごく最近まで歌才と美貌を兼備したこの才媛は時姫などは眼中になく兼家を独占し道綱をもうけたではないか。自分にさんざん煮え湯をのませたご本人が兼家の夜離（よが）れが続いたからといって今更、「そこにさへ……」の歌を贈って来たからとて素直に応じられるものではない。時姫もさるもの、空とぼけて「真菰草（まこもぐさ）かるとはよどの沢なれやねをとどむてふ沢はそことか」と、表面は穏やかに、しかも内心ピシャリと「おとといおいで」と言わんばかりに突放し溜飲（りゅういん）を下げている。（時姫の肚（はら）の中＝因果はめぐる小車ってよく言ったものネ。私だってあなたのためにずいぶん涙をこぼしましたヨ。今更あの方が来ない。行方はどちらナンテ私に訴えるのはお門違いザンショ。今度はあなたの番。せいぜいお泣きのほどを。ハイご免遊ばせ）時姫の方が役者は上である。贈歌と同じ技巧を使用し、しかも夜殿に真菰草の産地淀をかけ本妻は私ですよと駄目を押している。歌人として令名高い作者に一歩もひけをとらない心にくい作である。真綿に針を包んだ歌とはこれであろう。

一二　晩夏から初秋にかけて

六月（みなづき）になりぬ。ついたちかけて長雨いたうす。見出（い）だして、ひとり言に、

　わが宿の歎きの下葉（したば）色深くうつろひにけりながめふるまに

などいふほどに、七月（ふみづき）になりぬ。

「絶えぬと見ましかば、かりに来るにはまさりなまし」など、思ひつづくる折に、ものしたる日あり。ものもいはねば、さうざうしげなるに、前なる人、ありし下葉のことを、もののついでに言ひ出（い）でたれば、聞きてかくいふ。

　をりならで色づきにける紅葉葉（もみぢば）は時にあひてぞ色まさりける

とあれば、硯（すずり）引き寄せて、

　あきにあふ色こそましてわびしけれ下葉（したば）をだにもなげきしものを

とぞ書きつくる。

かくありありて、絶えずは来（く）れども、心のとくる世なきに、あれまさりつつ、来（き）ては気色（けしき）

悪しければ、たふるるにたち山と立ち帰る時もあり。近き隣に心ばへ知れる人、出づるにあはせて、かく言へり。

藻塩焼く煙の空に立ちぬるはふすべやしつるくゆる思ひに

など隣さかしらするまでふすべかはして、このごろはことと久しう見えず。

ただなりし折はさしもあらざりしを、かく心あくがれて、いかなるものと、そこにうち置きたるものも見えぬくせなむありける。「かくてやみぬらむ、そのものと思ひ出づべきたよりだになくぞありけるかし」と思ふに、十日ばかりありて、文あり。なにくれと言ひて、「帳の柱に結ひつけたりし小弓の矢取りて」とあれば、これぞありけるかしと思ひて、解きおろして、

思ひ出づる時もあらじと思へどもやといふにこそ驚かれぬれ

とてやりつ。

〈現代語訳〉

六月になった。先月末からこの月初めにかけて、長雨がひどく降った。庭をながめながら、独り言に、

この長雨の降りつづいている間に、私の家の木々の下葉は濃く変色してしまった。私ももの思いに沈んで日を過ごすうちに深い嘆きにしおれて、容色もすっかり衰えてしまっ

たことよ。

などと言っているうちに七月になった。

いっそのこと、あの方の訪れが絶えたと見てとったならば、言いわけのように通って来るよりはましであろうなどと思いつづけているときに、姿を見せた日がある。私が口も利かないので、もの足りなそうだったが、前に控えていた侍女が、いつかの「下葉」の歌を、話のついでに言い出すと、それを聞いて、こう言う。

まだその季節でもないのに色づいていた紅葉(もみじ)は秋を迎えてまたいちだんと美しくなった。あなたも今や女盛りでいよいよ美しくなったねえ。

と言うので、私は硯(すずり)を引き寄せて、

秋になって木の葉が色づくのはますますわびしいものです。たまにあって美しさがますどころか、あなたに飽きられてゆく私の身がひとしおわびしく感じられます。下葉の色あせるような身の衰えさえも嘆いていたのですもの。

と書きつけた。

このような状態で時が経って、あの方はとだえずに訪れて来るけれど、心のうちとける時もなく、ますます二人の仲は悪化していって、訪ねてきても、私のきげんが悪いので、閉口して、強情ぶりに負けた、倒されたのに立って出てゆくとはと、早々に帰ってゆく時もある。近所の、内情をよく知っている人が、あの方の立ち帰るのと同時に、こう言ってよこした。

塩を焼く煙が空に立ちのぼるように、ご主人が来る早々立ち帰られたのは、くやしさのあまり、あなたが嫉妬の思ひ（火＝やきもち）をお焼きになったからでしょうか。

などと、隣からおせっかいを言われるまで、互いにすねあって、このごろはとりわけ長い間、訪れて来ない。

ふだんの場合はそれほどでもなかったが、このようにぼんやりとして心がうわの空のような状態になると、そこにちょっと置いてある物もまったく目にはいらぬ時がありがちであった。このまま私たちの仲は絶えてしまうのであろう。これが、形見と思い出すことのできるよすがさえなくなってしまったわ、と思っていると、十日ばかりたって、手紙が来た。何やかやと述べた末に、「帳台の柱に結びつけておいた小弓の矢を取って」とあるので、思い出のよすがとしてこれがあったのだったわと思って、ひもをほどいて矢をはずして、おいでが絶えてあなたのことを思い出すときもあるまいと思っておりましたが、「やあ、矢を取って」とおっしゃいましたので、はっと気がつきました。残っていた矢のことに。イヤあなたのことも。

と書いて矢につけてやった。

〈語釈〉○わが宿のの歌　道綱母の歌。「歎き」の「き」に「木」、「長雨(ながめ)」に「眺め」、「降る」に「経る」をかける。長雨で木の下枝の葉が変色してきたことに作者が兼家の夜がれを悲しみ嘆いて過している間に容色や女の魅力がすっかり衰えてしまった意をもたせた。『古今集』春下・小野小町の「花の色は移りにけりないたづらにわが身よにふるながめせしまに」と同発想の歌。この日記最初の独詠歌だが贈答歌へと展開。**○をりならでの歌**　兼家の歌。すねに傷持つ彼は作者のきげんをとっている。**○あきにあふ歌**　道綱母の歌。「秋」に「飽き」をかける。**○かくありありて**　底本かくありつゝき。**○たふるるにたち山**　「たふるる」と「立つ」とは対蹠(たいしょ)語であり、「たふるる」、「たち山」（富山県にある山で現代では、たてやまという）、「たち」と韻を踏む。「たふるる」は閉口する意。あなたの強情に私は負けてしまった。それに私は立って出て行く。当時の俗諺のようであるが、「倒れて立つ」としゃれの一種である。**○藻塩(もしほ)焼くの歌**　隣人の歌。煙が空に「立つ」に兼家が「立ち」帰る、「ふすぶ」に煙を「けむらす」と「嫉妬する」、「くゆる」に「けぶる」と「くやむ」、「思ひ」に「火」を掛ける。いずれも火の縁語であやなす。**○そのものと思ひ出づ**　兼家の使用したものだったとそれによって兼家をしのぶ。**○帳(ちやう)**　帳台。寝殿造の母屋(もや)に浜床(はまゆか)（黒塗の一段高い床）を造り、天井を張り、四方に帳(とばり)を垂れた貴人の居所や寝所。**○小弓の矢**　遊戯のときの矢。魔よけのまじないに帳台の柱に結ぶ。**○思ひ出づるの歌**　道綱母の歌。『後拾遺集』誹諧歌に第二、三句「こともあらじと見えつれど」で入る。「や」によびかけの感動詞「や」と「矢」を掛ける。

〈**解説**〉作者と兼家の間はいわゆる倦怠期に入ったのであろうか。一夫多妻の風習下の王朝では倦怠期はなく、むしろ冷戦期と云った方が適しているかもしれない。いずれにせよ兼家は時姫や町小路の女のもとへ通うからよいが、訪れのない作者の方は欲求不満で堪えられないし、町小路の女のことを思うと平静でいられない。純情でお姫様気質（かたぎ）の失せない作者はたまに兼家が訪れても鷹揚に目をつむって歓迎する気になれない。ついふきげんになり、愛想よくお相手をしないので兼家も居心地わるくさっと帰ってしまうか、痴話げんかがおちである。久しく兼家が訪れないので一種のノイローゼとなり、そこに置いたものも目にはいらない状態、いわゆるヒステリー失明症の状態に時折おちいることもあった。

「思ひ出づる」の歌は作者の機知も見える誹諧歌ではあるが、この歌がふと口ずさまれて、この場面が設定されたのかも知れない。

一三　兼家の夜離（よが）れつづきがち

かくて、絶えたるほど、わが家は内裏（うち）よりまゐりまかづる道にしもあれば、夜中、暁（あかつき）と、うちしはぶきてうち渡るも、聞かじと思へども、うちとけたる寝（い）もねられず、夜長うして眠（ねぶ）ることなければ、さななりと見聞くここちは、何にかは似たる。「今はいかで見聞かずだにありにしがな」と思ふに、「昔すきごとせし人も今はおはせずとか」など、人につきて聞えごつを聞くを、ものしうのみおぼゆれば、日暮れはわびしうのみおぼゆ。

子どももあまたありと聞く所もむげに絶えぬと聞く。「あはれ、ましていかばかり」と思ひて、とぶらふ。九月ばかりのことなりけり。「あはれ」など、しげく書きて、

　吹く風につけてもとはむささがにの通ひし道は空に絶ゆとも

返りごとは、こまやかに、

　色変る心と見ればつけてとふ風ゆゆしくも思ほゆるかな

とぞある。

かくて、常にしもえいなびはてで、ときどき見えて、冬にもなりぬ。臥し起きはただ幼き人をもてあそびて、「いかにして網代の氷魚に言問はむ」とぞ、心にもあらでうち言はるる。

〈現代語訳〉

こうして、あの方の訪れがとだえているころ、私の家はちょうど、あの方の参内退出の道筋に当っているので、夜中にしろ暁にしろ、せきばらいをしながら通って行くのを、聞くまいと思っても、耳について安眠もされず、「夜長うして眠ることなし」という古詩の句さながら、秋の長夜をまんじりともせずに、ああ、あの方のお通りなのだわと想像する気持は、何にたとえようもない。今は何とかして、せめても見たり聞いたりせずにいたいものだとねがっているのに、「以前には、ご熱心にお通いであったお方も、今ではすっかりお見限りで

すってね」などと、あの方について、陰口を利いているのを耳にすると、不愉快でならないので、夕暮どきは、ただもうわびしい気持でいっぱいになる。

子どもが幾人もいると聞いている所も、あの方のお通いがすっかり絶えてしまったという噂である。ああ、私以上にどんなにかしらと思って、手紙をさしあげる。九月ごろのことであった。同情の言葉をしきりに述べて、

あの方があなたさまの所にも私のもとへもすっかり訪れて来なくなってしまいましても、私は吹く風にことづけてでもお手紙をさしあげ、ご様子をお伺いしたいと存じます。

返事は、心こまやかに書かれていて、

吹く風にことづけてお手紙をくださるとのことですが、今は草木の色の変わる秋風の吹く時期、いずれはあなたの心変りが……と思いますといまわしく感じられてまいりますわ。

と書かれている。

こうして、あの方もいつもいつも私に背を向けきることもできず、時々は姿を見せ、とい

った状態がつづいて、冬になってしまった。明け暮れ、ただ幼い人、道綱を相手にして過ごしながら、「いかにして網代の氷魚に言問はむ（ほんとに、どうして訪ねて来てくれないの）」という古歌が、思わず、ふと口ずさまれるのであった。

〈語釈〉○**わが家**　一条西洞院の地にある。○**夜長うして眠ること……**　「秋ノ夜長シ、夜長クシテ眠ルコト無ケレバ天モ明ケズ」（『白氏文集』上陽白髪人。『和漢朗詠集』上にも見える）上陽人は唐の玄宗皇帝の後宮に十六歳で入ったが、美貌のため楊貴妃にねたまれ、別殿に移されて、帝にまみえることなく六十歳で世を終った悲劇の女性。○**いかで見聞かずだに**　兼家のせきばらいを耳にしながら、作者宅にも寄らず、素通りされるのは、ほんとにつらいので、せめて彼の謦咳に接しないで。○**子どもあまたありと……**　時姫をさす。当時時姫は兼家との間に道隆と超子（推定）をもうけていた。この表現は執筆時の作者の意識の反映であろう。○**吹く風にの歌**　道綱母の歌。『新古今集』恋四に第五句「空に絶ゆとも」で入る。「ささがに」は形が小蟹に近似しているので蜘蛛の異名となった。「わが背子が来べき宵なりささがにの蜘蛛のふるまひかねてしるしも」（『古今集』墨滅歌・衣通媛）による、兼家をたとえる。○**色変るの歌**　時姫の歌。○**いかにして網代の氷魚に言問はむ**　これは、「いかでなほ網代の氷魚にこと問はむなにによりてか我をとはぬと」（『拾遺集』雑秋・修理内匠允藤真行女）を本歌とする。下の句に作者のいいたい意がある。またこの歌は『大和物語』八九段にも見える。

〈解説〉この項に漢詩と引歌が始めて見えるが、いずれも本詩や本歌の語句をきわめて巧みに活用していて、作者の詩歌に対する教養ならびに文才の並々でないことを示している。

前回（第一一項）のようにこの項にも時姫との間に歌の贈答をしている。兼家の足がすっかり絶えたとき、またまた作者の方から「吹く風に云々」を贈ったが、これに対し、時姫はさりげなく、表面はねんごろに見舞のお礼を述べ自分も儀礼的に丁重にあいさつし「色変る心云々」の歌を返している。これだけの歌を返す時姫は頭がよくしっかりしている。作者も同じ受領出身であり、年上でかつ、自分より先に兼家の妻となり、子宝にも恵まれている時姫に一目を置き、いつの場合も作者の方から先に歌を贈っている。一夫多妻の風習下、妻同士は季節の移りめとか何か祝い事や不祝儀の場合、社交的、儀礼的な手紙を贈答しあっていたのであろう。作者としては先輩格の時姫に対し、兼家の浮気を訴え、ともに慰め合おうの気持で今回も自分から先に贈ったのであるが、こと兼家の浮気に関してはこの時点では素直に共鳴できなかったのであろう。なぜなら時姫は生涯で結婚生活中もっとも危機感を抱き苦しんだのは作者が兼家の愛情を独占した天暦八年から九年にかけてであったからである。

天徳元年

一四　千鳥の贈答歌

年また越えて春にもなりぬ。このごろ読むとてもてありく書、取り忘れても、なほ取りに

おこせたり。包(つつ)みてやる紙に、

ふみおきしうらも心もあれたれば跡(あと)をとどめぬ千鳥なりけり

返りごと、さかしらに、たちかへり、

心あるとふみかへすとも浜千鳥うらにのみこそ跡はとどめめ

使ひあれば、

浜千鳥跡のとまりを尋ぬとてゆくへも知らぬうらみをやせむ

など言ひつつ、夏にもなりぬ。

〈現代語訳〉

また、年が明けて、春を迎えた。このごろ読むつもりで持ち歩いている書物を、私の所に置き忘れた時にも、やはり、取りによこした。その書物を包んでやる紙に、書きつけた。

今まではお訪ねくださって、うちとけて書物も置いて行かれたのに、二人の心が冷たくなってしまったので、荒れた浦に千鳥が足跡をとどめないように、あなたも訪ねて来る心も失せ、書物もおとどめにならないのですね。

返事を、よせばよいのに、おりかえし、

書物を返すにあたって、私の心が冷たくなってもう訪れて来ないのだろうと言われても、浜千鳥が浦に足跡をとどめるように、私もあなたの所より他に行く所などないのですよ。

使いがまだいたので、

浜千鳥が、どこの浦にとまるのかと、見て回っても、その行くえがわからないように、あなたの泊り先を探しても、どこに行ってよいかもわからず、ただ恨めしい思いをするばかりでしょうか。お通い所が多くって。

などと詠み交(かわ)しているうちに、夏になった。

〈語釈〉○年また越えて　天徳元年（九五七）となって。十月改元。兼家二十九歳。作者二十一、二歳。道綱三歳。○ふみおきしの歌　道綱母の歌。「踏み」に「文」、「浦」に「心(うら)」、「荒れ」に「離れ」、「跡(あと)」に「千鳥の足跡」と「文字（書物）」を掛ける。千鳥の縁語であやなされている。○心あるとの歌　兼家の歌。やはり千鳥の縁語であやなされ、掛詞も贈歌とほぼ同じ。ただし、下の句の「跡」には「文字（書物）」の意はない。○浜千鳥の歌　道綱母の歌。「浦見」に「恨み」を掛けている。

〈解説〉兼家も教養ある青年官吏である。書物（漢籍）を抱えて外出するところ現代の青年と共通する。ただしその書物を作者のもとに訪れた際、置き忘れて帰り、あわてて取りに使いをよこした。今夕訪ねて来るなら使いをよこさないであろう。来ないつもりだなあと思った作者は皮肉も言いたくなるのは当然で、書物を包んでやる紙に「ふみおきし云々」と書きつけた。いきおい、兼家たるもの弁解の歌を返さないではいられない。作者の歌に合わせて千鳥の縁語で仕立ててよこしたが、いくらへ理屈を並べても訪ねて来てくれなければ何にもならない。作者はふたたび兼家の浮気を恨む歌を千鳥の縁語を駆使して返した。最後の「など言ひつつ、夏にもなりぬ」と書かれると春から夏になるまで、ずっと長期間、兼家の夜がれがつづいたかのような印象を読者に与える。「かげろふ」のごときはかない身の上であることを強調する文学的操作と考えられる。

一五　町小路の女、兼家の子を産む

この時のところに、子産むべきほどになりて、よきかたえらびて、ひとつ車にはひ乗りて、一京響きつづきて、いと聞きにくきまでののしりて、この門の前よりしも渡るものか。われはわれにもあらず、ものだに言はねば、見る人、使ふよりはじめて、「いと胸いたきわざかな。世に道しもこそはあれ」など、言ひののしるを聞くに、「ただ死ぬるものにもがな」と思へど、心にしかなはねば、「今より後、たけくはあらずとも、絶えて見えずだにあらむ、いみじう心憂し」と思ひてあるに、三四日ばかりありて、文あり。「あさましうつべたまし」と思ふ思ふ見れば、「このごろここにわづらはるることありて、えまゐらぬを、昨日なむ、平らかにものせらるめる。穢らひもや忌むとてなむ」とぞある。あさましうめづらかなることかぎりなし。ただ「給はりぬ」とて、やりつ。使ひに人問ひければ、

「男君になむ」

といふを聞くに、いと胸塞がる。三四日ばかりありて、みづからいともつれなく見えたり。なにか来たるとて見いれねば、いとはしたなくて帰ること、たびたびになりぬ。

〈現代語訳〉

あの時めく女の所では、今や出産する予定の時を迎えて、よい方角を選んで、あの方と同車して、京中にセンセーションをおこしながら、とても、聞くに堪えないくらいまで大騒ぎをして、道も多いのに、よりもよって、この家の前を通ってゆく！　こんなふみつけたことってあるものか。私はただ茫然として、一言さえ口を利かず、歯を食いしばっているので、その様子を見る人は、身近に召し使う侍女をはじめ、一同、「ほんとに胸の煮えくりかえることですよ。天下にいくらだって道はありますのに」など、口々に言い立てるのを聞くと、ただもう今、死ぬことができたらと思うけれど、命は思うままにならないものだから、今後は、私にできる精いっぱいのことではないにせよ、せめて、全然、姿を見せないでほしいものだ、憂鬱でたまらないと思っていると、三、四日くらいたって、ひょっこりあの方から手紙が来た。まああきれた！　背筋がぞーっとすると思い思い見ると「このごろ、当家にやす

んでいられる人があって、あなたの所へ、よう伺えなかったが、昨日無事にすまされたようだ。お産の穢れを受けた私が伺ってはご迷惑だろうと思ってね」と書いてある。あきれて開いた口が塞がらぬくらい、まったく珍無類である。ただ一言「ちょうだいいたしました」とだけ、言い送った。使いの者に家の者が尋ねると、「男のお子さまで」と答えるのを聞くと、胸がつまってしまう。三、四日ほどたったころ、当のご本人が、まったく平気の平左で姿を見せた。私は何しにおいでなさったのかと見向きもしないでいるので、まったく取りつくしまもなく帰ってゆくといったことが幾度もくりかえされた。

〈語釈〉○この時のところ　兼家の寵愛を受けて時めくところ。町小路の女をさす。○ものか　強い語調。そんなことがあってよいものかと理不尽なやり方を非難する気持を表わしている。○たけくはあらずともこれが最善のことではなくても、せめてできる範囲のこととして。○つべたまし　情がない。○わづらはる　町小路の女がお産で臥床していること。「るる」は敬語。○ものせらるめる　お産をせられたふうだ。「めり」は動作を直接に叙述することを避け、間接、婉曲に表現する用法である。「らる」も敬語。○穢らひ　出産の穢れは七日間の忌である。○めづらか　前例がないさま。○はしたなし　中途はんぱな状態できまりがわるく、引込みがつかないこと。

〈解説〉この項は蜻蛉日記中一つの山場をなしている個所で、読者の目の前に、作者ならびに一家の姿がありありと浮んで来る。作者はきわめて激しい口調で自己の心情を吐露している。いくらなんでも兼家が臨月の町小路の女を同車させて、天下に道も多いのに選りに選って作者邸前を練り歩いたとは思えないが、このようになまなましく書かれると、当時の彼女の無念さ、憤懣、懊悩が読者にじんと伝わり、全面的に世にも気の毒な女性と同情の念を禁じがたくなる。この文は恐らく作者の場面設定（虚構）であろうが、さらに勘ぐってみると、執筆時、すでに子を失い、落魄し、行方もわからないであろう町小路女自身に対する怒りや嫉妬よりも、道隆のあと、次々に四児を産み、兼家北の方としてのゆるぎない地位を固めつつある時姫への、かつ、表面に出し得ない作者の羨望、反感、苦悩、鬱情のひそやかな発散ではなかろうか。あるいは近江（下巻に登場する。やはり兼家の愛情を独占し、綏子を出産している女性で、対の御方と呼ばれたことが『栄花物語』「さまざまのよろこび」に見える）などに対する感情をもこめているのかもしれない。いずれにせよ上巻中でも白眉の文である。

一六　仕立物を送り返す

七月になりて、相撲のころ、古き新しきと、ひとくだりづつひき包みて、「これ、せさせ給へ」とてはあるものか。見るに目くるるここちぞする。古代の人は、

「あな、いとほし。かしこにはえつかうまつらずこそはあらめ」

なま心ある人などさし集りて、

「すずろはしや、えせで、わろからむをだにこそ聞かめ」

などさだめて、返しやりつるもしるく、ここかしこになむもて散りてすると聞く。かしこに

も、いと情(なさけ)なしとかやあらむ、二十余日(よ)おとづれもなし。

〈現代語訳〉

七月になって、相撲(すまい)の節会(せちえ)のころ、古いのと新しいのと仕立物を一組ずつ包んで、「これを仕立ててください」と言ってよこすとは！　こんなことってあるかしら。それを見ると、胸が煮えくり返って目先がくらくらっとする。昔かたぎの母は、「まあ、お気の毒な。あちら様では、ようお仕立てなされないのでしょうよ」と言うと、思慮の不十分な連中が集まって、

「あんまりだわ、できもしないくせに、あらさがしで悪口を言われるのが関の山でしょうよ」

などと話し合って、送り返してやると、案の定、あちらこちらに分散して、仕立てていると言う。あちらでも、ひどく薄情だとでも思ったのかしら、二十日以上も音さたがない。

〈語釈〉○相撲(すまひ)　七月末ごろに宮中で全国から集めた強力の士に相撲をとらせ天覧される行事。ただしこの年は康子内親王の薨去等で中止となった（『日本紀略』）。○古き新しき　仕立直しと新調の衣服の両方。○古代の人　二項参照。昔かたぎな人。母を指す。○かしこ　兼家邸をさす。○なま心ある人　まだ思慮分別も十分具えていない、なまはんかな侍女。○すずろはし　なんとなくいやな感じでじっとしていられない気持。まあ気にくわない。

〈解説〉上巻には日時を書かずに「相撲のころ」といった表現が多い。兼家は作者に対して踏みつけたことをしながら、困ったときには用事を平気で言いつけてくる身勝手者である。夫らしい顧み、細やかな心遣い、思いやりも持たず、権利ばかり行使してくる彼に作者の胸は納まらない。侍女の言うままに仕立物をつき返した。そのときの作者宅での会話が描かれているが日記中難解な個所の一つでもある。「古代の人」と、「なま心ある人」が対照的に用いられているので、後者も地の文と見て、「さし集りて」や「さだめて」の主語と考える。

『落窪物語』などでも衣服は妻のもとで仕立てるので、兼家から届けられた衣服の仕立物も兼家の衣服の仕立直しと新調と考えるのが自然であろう。「かしこ」は兼家邸をさすが、まさか、兼家邸で町小路の女の衣服が仕立直されたり、新調されて縫われることはまずないと思われる。したがって作者邸でこれらの仕立物を兼家の命のまま仕立てるなら、出来上った衣服を見て兼家邸の侍女たちが、あらさがしをして悪口を利くのがおちだからと言って、つき返したと見るのが穏やかであろう。

一七　花すすきの贈答歌

いかなる折にかあらむ、文ぞある。「まゐり来まほしけれど、つつましうてなむ。たしかに来とあらば、おづおづも」とあり。「返りごともすまじ」と思ふも、これかれ「いと情なし。あまりなり」などものすれば、

穂に出でていはじやさらにおほよそのなびく尾花にまかせても見む

たちかへり、

穂に出でばまづなびきなむ花薄（はなすすき）こちてふ風の吹かむまにまに

使ひあれば、

あらしのみ吹くめる宿に花薄穂（はなすすきほ）に出でたりとかひやなからむ

など、よろしう言ひなして、また見えたり。

〈現代語訳〉

どんな場合であったろうか、手紙が届いた。「参上したいけれど、遠慮されてね。はっきりいらっしゃいと言ってくれたら、おそるおそるでも」と書いてある。返事もすまいと思うが、まわりの者たちが、「それでは薄情すぎます。あんまりです」などと言って返事を勧めるので、

言葉に出して、いらっしゃいとは、けっして申しませんわ。だいたい、どうなさろうと、お心まかせにして、見ていようと存じます。

折り返し、

東風（こち）という風の吹くにつれて、薄（すすき）の穂がこちらへとばかりになびくように、言葉に出してはっきりこちらへ来いと言われるなら、早速そちらへ伺いましょう。

使いがまだいたので、

嵐ばかりが吹き荒れている所に薄が穂を出してもなんのかいもないように、あなたに冷たくされてばかりいる私が、来てくださいと申しましても、なんのかいがありましょうか。

などと、適当に歌をやりとりして、あの方はまた訪れて来た。

〈**語釈**〉○穂に出での歌　道綱母の歌。薄の穂が出ることに、言葉に出して言うの意を掛け、「なびく」に薄が風に「靡（なび）く」と「言うままになる」を掛ける。ともに尾花の縁語。○穂に出でばの歌　兼家の歌。花薄は尾花（穂の出た薄）に同じで兼家自身をたとえる。前歌において、作者が兼家の心のままになることを比喩（ひゆ）的に表わしていた「なびく尾花」を、この返歌では逆に作者が来てほしいと言うなら兼家は早速それに従うよの意に変えて詠んだ。贈答歌の微妙なあり方を示している。「東風（こち）」に「此方（こち）」をかける。○あらしのみの歌　道綱母の歌。嵐が吹くとは兼家と作者の仲がスムーズにいかないことをたとえる。「穎（かひ）（穂）」に「効（かひ）」をかける。花薄の縁語であやなす。○よろしう　ほどよく。教養ある人間らしく感情を押えて尋常に。

〈解説〉兼家は町小路の女とねんごろになっても作者を捨て去る気持はさらさらない。作者の激情が納まったころを見計らって、また手紙をよこして彼女の様子を打診して来た。まだまだ心中穏やかでない作者は返事も渋るが、侍女が作者をなだめて返歌を勧める。貴族、とくに上流階級で古参の侍女の存在、果す役割がきわめて大きいことは『源氏物語』や日記文学にその例をよく見るところである。侍女の発言や行為によって貴公子、姫の仲が進展したり停滞したりもするくらいである。

歌の贈答によって作者の感情も和らげられ、兼家との仲もようやく絶交状態から旧に復する。歌はやはり「力をもいれずして……男女の仲をもやはらげ云々」の効能を有する。

一八　前栽の花を見やりて

前栽の花いろいろに咲き乱れたるを見やりて、臥しながらかくぞ言はるる。かたみに恨むるさまのことどもあるべし。

ももくさに乱れて見ゆる花の色はただ白露のおくにやあるらむ

とうち言ひたれば、かく言ふ。

みのあきを思ひ乱るる花の上の露の心は言へばさらなり

など言ひて、例のつれなうなりぬ。寝待ちの月の山の端出づるほどに、出でむとする気色あり。さらでもありぬべき夜かなと

思ふ気色や見えけむ、
「とまりぬべきことあらば」
など言へど、さしもおぼえねば、
　いかがせむ山の端にだにとどまらで心も空に出でむ月をば
返し、
　ひさかたの空に心の出づといへば影はそこにもとまるべきかな
とて、とどまりにけり。

〈現代語訳〉

　前栽の花が色とりどりに咲き乱れているのを眺めて、横になったまま、こんな歌がとり交わされる。お互いに不満に思うことがあったのであろう。

　あれこれと思い乱れている様子が、あなたの顔色にあらわれているが、それは、とりもなおさず、私に心へだてして、うちとけてくれないせいであろうか。

と言ったので、私は次のように答えた。

　あなたに飽きられたわが身のつらさに種々思い乱れている胸の中が表にあらわれている

のですもの、その苦悩はとうてい言葉では言い尽くせません。

などと言い交わして、またしてもよそよそしくなってしまった。

寝待ちの月が山の端を出るころに、あの方は出かけようとする素ぶりが見えた。今さら出て行かなくてもよさそうな夜なのになあと思っている気持が、顔色に出たのだろうか、「どうしても泊らねばならないことがあるなら」などと言うけれど、それほどぜひにとも思えないので、

山の端にさえとどまらないで空へ出て行く月のように、心もうわのそらで出て行こうとするあなたをば、どうしてひきとめられるでしょうか、仕方がありませんわ。

返歌、

空に月が出ると、その影は水底にとどまりますね。同様に、「心がうわの空になって出る」と言われた私も、身体はここにとどまらねばならないだろうね。

と言ってとどまったのだった。

〈語釈〉○前栽（せざい）　庭先の植込み。「るる」は自発。○ももくさにの歌　兼家の歌。「ももくさ」は種々様々の意、「くさ」に「草」を響かし、花の縁語。「おく」は露が「置く」意に心を「隔く（おく）」を掛ける。○みのあきをの歌　道綱母の歌。「秋」に「飽き」を掛ける。「身」に「実」を掛け、露とともに秋の縁語。花は作者。○寝待ちの月　十九日の月をいう。臥待ち（ふしまち）月ともいう。月の出が遅く、八月では午後八時半ごろ出る。○いかがせむの歌　道綱母の歌。「山の端」は作者宅、「月」は兼家をたとえる。「そら」は「空」とうわの「そら」を掛ける。『後拾遺集』雑一に「いかがせむ」「心の」「いづる」で入る。○ひさかたの歌　兼家の歌。ひさかたのは空の枕詞。「影」は「月の影」と「兼家の姿（かげ）」を掛け、そこは「底」と「其所（作者のもと）」を掛ける。

〈解説〉秋草が咲き乱れている前栽（せんざい）を眺めながら、貴公子と美しい北の方とが横になったまま、趣向をこらした歌のやりとりをしている場面でこのまま絵巻になりうる素材である。しかし町小路女の一件でしっくりいかないご両人であることは「かたみに恨むるさまのことどもあるべし」や「例のつれなうなりぬ」で窺われ、さらに寝待の月が山の端に姿を見せる時分に兼家がこの美しい北の方のもとから、さっさと帰り支度を始めたことによってはっきりする。そうした夫の姿を見て、わざわざ訪れてくれたのに今ごろ帰るなんて！　という作者のまなざしを見、彼女の気持を汲みとって兼家は「とまりぬべきことあらば」と切り出すが、コケティシュにふるまえないきまじめで自我の強い作者は「さしもおぼえねば」と考え、「いかがせむ……」の歌を詠む。こう言われたからとて兼家は「ではご免」と帰れない。「ひさかたの……」の歌を詠んでとどまった。泊る気さえあればどんな理窟でもつくものである。

一九　野分（のわき）の後の日

さて、また、野分（のわき）のやうなることとして、二日ばかりありて来たり。

「一日（ひとひ）の風は、いかにとも、例の人は問ひてまし」

と言へば、げにとや思ひけむ、ことなしびに、

　ことのはは散りもやするととめ置きて今日（けふ）はみからもとふにやはあらぬ

と言へば、

　散り来てもとひぞしてましことのはをこちはさばかり吹きしたよりに

かく言ふ。

　こちと言へばおほぞうなりし風にいかがつけてはとはむあたら名だてに

負けじ心にて、また、

　散らさじと惜しみおきけることのはをきながらだにぞ今朝（けさ）は問はまし

これは、さもいふべしとや、人ことわりけむ。

〈現代語訳〉

　さて、また野分（のわき）のような風が吹いて、二日ばかりたってから見えた。

「この間のような風には、どんな具合かと、普通の人なら、見舞ってくれたでしょうに」

と言うと、もっともだと思ったのだろうか、でもけろりとした顔つきで、

　風で木の葉が散るように、手紙は紛失する恐れがあるので、手もとに残しておいて、今日はこうして私自身が見舞いに来たではないか。

と言うので、

　実際、見舞いの手紙をお書きになったのなら、風に散らされても私のもとに届いたでしように。東風がこちらへあれほどひどく吹いたのに運ばれて。

すると、こう言う。

　こちらへ吹くなどと言っても、東風といえばどこにでも吹く通り一ぺんの風、そんな風にあなたへの大切な手紙を託すことができようか。あたら浮名を立てるだけなのに。

負けん気で、また、

　よそへ散らすまいと、そんなに大切にしていられたお手紙でしたら、せめて今日お見え

になったらすぐに、いただけそうなものですのに。
これは、もっともなことだと、あの方も判断したようであった。

〈語釈〉○野分（のわき）　二百十日のころに吹く強風。○ことなしびに　何でもないようにぬけぬけと。○ことのはの歌　兼家の歌。「ことのは」に「言葉」と「木の葉」、「みから」に「自から（みず）」と「幹（から）（木の幹）」を掛ける。○散り来てもの歌　道綱母の歌。「こち」に「東風（こち）」と「此方」を掛ける。○おほぞう　とおり一ぺん。大ざっぱ。○あたら　もったいないことに。○名だて　評判を立てること。○散らさじとの歌　道綱母の歌。「来ながら」に「木ながら」を掛ける。

〈解説〉平安貴族社会では、野分（のわき）した、五月雨（さみだれ）が続いた、初時雨（しぐれ）が訪れたといえば歌を贈り、案否を問うのが慣習である。源氏も野分の直後、六条院に住む北の方たちを見舞っている。「（野分）」ところが兼家は野分のあと二日ほどして訪れて来たのに、いっこう見舞の言葉も述べない。そこで作者は「一日の風は、いかにとも、例の人は問ひてまし」と催促する。「例の人」は平安貴族の教養人ならの意である。兼家も気がついて、そんなこと何でもないよと「ことのはは」の歌で答える。野分を見舞うという素材で二人の揚足取りの歌合戦が展開されるが、歌の応対にかけては作者の方が役者は一枚上で、「散らさじ」の歌で、兼家も「さもいふべし」と矛（ほこ）を納めた。

二〇　時雨の夜

また、十月(かみなづき)ばかりに、

「それはしも、やんごとなきことあり」

とて出でむとするに、時雨(しぐれ)といふばかりにもあらず、あやにくにあるに、なほ出(い)でむとす。

あさましさにかく言はる。

　ことわりの折とは見れどさよ更(ふ)けてかくや時雨のふりは出づべき

と言ふに、強(し)ひたる人あらむやは。

〈現代語訳〉

また、十月ごろに、「それは、とてものっぴきならない用事がある」と言って、出かけようとした時に、時雨と言った程度でなく、あいにくひどい降りになってきたのに、それでもやはり出て行こうとする。あきれかえって、思わずこう口ずさまれる。

　あなたがお帰りになるのも、やむをえない理由がおありと存じますが、こんな夜更けに、雨の中をふりきって出て行かなくてもよいではありませんか。

と言うのに、無理やりに出かける人ってあるだろうか。

〈語釈〉○やんごとなき　そのまま捨ておかれない。たいせつな。○ことわりのの歌　道綱母の歌。「降り出づ」に「振り出づ（振り切って出る）」を掛ける。

〈解説〉寝待月の場合は作者の「いかがせむ」の歌が効を奏して同夜はとどまってくれたが、今日は、「ことわりの」の歌を詠んでも兼家は雨の中をさっさと帰ってしまったので作者は「強ひたる人あらむやは」とはげしい口調で慨嘆している。

天徳二年（推定）

二一　町小路の女の零落

かうやうなるほどに、かのめでたき所には、子産みてしより、すさまじげになりにたべかめれば、人憎かりし心思ひしやうは、「命はあらせて、わが思ふやうに、おしかへし、ものを思はせばや」と思ひしを、さやうになりはて、はては、産みののしりし子さへ死ぬるものか。孫王の、ひがみたりし皇子の落胤なり。言ふかひなくわろきことかぎりなし。ただこのごろの知らぬ人のもて騒ぎつるにかかりてありつるを、にはかにかくなりぬれば、「いかなるここちかはしけむ。わが思ふには今少しうちまさりて歎くらむ」と思ふに、今ぞ胸はあきたる。今ぞ例の所にうち払ひてなど聞く。されど、ここには例のほどにぞ通ふめれば、ともすれば心づきなうのみ思ふほどに、ここなる人、片言（かたこと）などするほどになりてぞある。出づとては、必ず、

「今来むよ」

と言ふも、聞きもたりて、まねびありく。

〈現代語訳〉

こんなふうに過していているうちに、あの方の愛情を独占していた女（町小路の女）の所では、出産して以来、熱愛もさめきってしまったようなので、意地悪くなっていた私の気持では、あの女、やすやすと死なさず、生き長らえさせておいて、私が苦しんでいるのと同様に、逆に苦しめてやりたいと思っていたところ、そのようになってしまったその挙句（あげく）には、大騒ぎをして生んだ子供まで死んでしまったではないか。あの女は天皇の孫に当たり、嫡出ではない皇子の落胤（らくいん）である。とるに足りないつまらぬ素姓であることはこのうえもない。ただ最近の実情を知らぬ人たちがちやほや持ち上げたのにいい気になっていたのだが、突然こんなふうになってしまったので、どんな気持がしたことであろう。私が苦しんでいるよりも、もう少しよけいに嘆いているだろうと思うと、今ようやく胸がすっとした。あの方は今

は例の所に通いつめているなどと耳にする。けれど、こちらへは、いつもの程度に時たま通ってくるので、ややもすれば不満に思うことが多かったが、そのうちに、私の幼児が片言などいうようになっていた。あの方が帰りがけには、必ず、「今来むよ（追っつけ来るよ）」と言うのを聞きおぼえて、しきりに口まねをする。

〈語釈〉○かのめでたき所　町小路の女をいう。○なりはてはては　底本なりそていてはては。「そ」は「は（盤の草体）」の誤写、「いて」の「い」は「は（八の草体）」の誤字、「はて」は衍字とも考えられる。○孫王のひがみたりし……　町小路女の素姓。ひがみたりし御子。嫡出でない皇子。○今少し……今ぞ……今ぞ　近接同語であるが作者の強い感情の表現。○例の所　時姫の所。○うち払ひて　夫のとだえの間に積った寝床の塵を払い、夫を迎える意。○ここには　作者のもとには。○まねびありく　「ありく」は動詞の連用形について、「……してまわる」とか「絶えずあれこれ……する」意。

〈解説〉線香花火のような存在であった町小路の女の末路とそれについての作者の露骨な感情が書かれている。兼家は愛人との間に子供が生まれると通わなくなる悪癖を持っている。時姫の場合も作者の場合もそうであった。町小路の女も男児を産んだあと兼家に顧みられなくなったが、しかし子は父母の鎹であるから、兼家も時折は通って来るはずであった。町小路の女にとってその掌中の珠ともいうべき男児が不幸にもなくなってしまった。したがって兼家はもう彼女のもとには足をむけなかった。町小路の女は兼家の通い所圏から脱落したのである。ここには町小路の女に対する作者のはげしい敵意、憎悪、怒りが爆発している。「人憎かりし心思ひしやうは、『命はあらせて、わが思ふやうに、おしかへし、ものを思はせばや』と思ひしを、さやうになりはて、はては、産みののしりし子さへ死ぬるものか」「『……わが思ふには今少しうちまさりて歎くらむ』と思ふに、今ぞ胸はあきたる」とあるが、夫の愛を失い落魄し、かつ愛児をも失った町小路女、妻として母として最大の苦悩・悲嘆を味わっている同性に対して、人の子の母である作者が、いつ自分も同じ運命をたどるかもわからない身でありながら、こうした冷酷な言葉を吐く。いかに兼家の愛情を一時奪われたとはいえ、人間としてこうした不遜の暴言を吐く作者の自我の強さ、はげしさ、エゴがこの日記を書き得る原動力の一つとなったのである。

二二　長歌で胸中を兼家に訴ふ

かくてまた、心のとくる世なく歎かるるに、なまさかしらなどする人は、「若き御ここちに」など、かくては言ふこともあれど、人はいとつれなう、「われやあしき」など、うらもなう罪なきさまにもてないたれば、いかがはすべきなど、よろづに思ふことのみしげきを、「いかでつぶつぶと言ひ知らするものにもがな」と思ひ乱るる時、心づきなき胸うち騒ぎて、もの言はれずのみあり。

なほ書きつづけても見せむと思ひて、

思へただ　昔も今も　わが心　のどけからでや　果てぬべき　見初めし秋は　言の葉の

薄き色にや　うつろふと　歎きのしたに　歎かれき　冬は雲居に　別れゆく　人を惜しむと　初時雨　曇りもあへず　降りそほち　心細くは　ありしかど　君には霜の　忘るなと　言ひ置きつとか　聞きしかば　さりともと思ふ　ほどもなく　とみにはるけきわたりにて　白雲ばかり　ありしかば　心そらにて　経しほどに　霧もたなびき　絶えにけり　また古里に　雁の　帰るつらにやと　思ひつつ　経れどかひなし　かくしつつ　わが身空しき　蟬の羽の　今しも人の　薄からず　涙の川の　はやくより　かくあさましき　うらゆゑに　ながるることも　絶えねども　いかなる罪か　重からむ　行きも離れず　かくてのみ　人のうき瀬に　ただよひて　つらき心は　みづの泡の　消えば消えなむと　思へども　悲しきことは　みちのくの　躑躅の岡の　くまつづら　くる程をだに　待たでやは　宿世絶ゆべき　阿武隈の　あひ見てだにと　思ひつつ　歎く涙の衣手に　かからぬ世にも　経べき身を　なぞやと思へど　あふはかり　かけはなれてはしかすがに　恋しかるべき　唐衣　うちきて人の　うらもなく　なれし心を　思ひてはうき世を去れる　かひもなく　思ひ出で泣き　われやせむ　と思ひかく思ひ　思ふまに山と積もれる　しきたへの　枕の塵も　独り寝の　数にし取らば　つきぬべし　なにか絶えぬる　たびなりと　思ふものから　風吹きて　一日も見えし　天雲は　帰りし時の慰めに　今来むと言ひし　言の葉を　さもやとまつの　みどりごの　絶えずまねぶも聞くごとに　人わろげなる　涙のみ　わが身をうみと　たたへども　みるめも寄せぬ御津の浦は　かひもあらじと　知りながら　命あらばと　頼めこし　ことばかりこそ

しらなみの　立ちも寄りこば　問(と)はまほしけれ

と書きつけて、二階(にかい)の中に置きたり。

〈現代語訳〉

こうして、また、心の休まるときもなく嘆きつづけていると、よけいなおせっかいなどする人は、「まだお気持がお若いですから」などと、こんな状態だと、言うこともあるが、あの方はまったく平然と、「自分のどこがわるいンだい」などと、悪びれもせず、非難される所はないふうに振舞っているので、どうしたらよかろうと、あれこれ物を思うことばかりが多いものだから、何とかしてつぶさに言い知らせてやりたいものだと思い乱れる折も折、歯がゆいことに、胸がどきどきするばかりで、全然言葉とならずじまいであった。

やはり、胸の中を書き連ねて見せようと思って、

どうぞ、お察しください。昔も今も変りなく、いつだって私の心は安らかな片時もなく、悩みつづけてまいりましたが、こんな不安な気持のままで一生を終えてしまうのでしょうか。はじめてお逢いいたしました秋には、木の葉の色があせてゆくように、あなたに飽きられ、愛に満ちた言葉もあてにならなくなってしまうのではないかと、内心では嘆きに沈んでおりました。冬には遠い遠い国へ出かける父との別れを惜しんで、曇る間もなく初時雨(しぐれ)が降りそぼつ空同様に、涙がとめどもなくこぼれ落ちて心細くてなりま

せんでしたが、「娘をお見捨てくださるな」と父が言い残しておいたとか聞きましたから、いくらなんでもと思っていたのもつかの間、父がはるか遠い所に行ってしまったうえに、その父のたのみもむなしく、あなたまでも急に足が遠のいてしまわれたので、私は心もうわの空で過ごしているうちに、霧が間を隔てるように、あなたとの仲もますます隔たって、消息もすっかり絶えてしまいました。春になると雁(かり)が古里(ふるさと)に帰るように、あなたも私のもとにもどって来られるかと思いながら日を送っていましたが、そのかいもありません。こうして私の身は、蟬(せみ)のぬけがらのように空(むな)しくはかないものでありますが、その蟬の羽にも似たあなたの薄情は今に始まったことではなく、以前からこのようなあきれはてるあなたの御心ゆえに、尽きぬ涙川に身をなして、絶えず泣き暮らしていましたが、いったい前世にどんな重い罪を犯したと言うのでしょうか、あなたとの宿縁(えにし)からのがれることもできず、こうして定めない憂き世にただよって、つらい思いをするばかり、いっそのこと、水の泡のように、はかなくこの世から姿を消せるなら消してしまいたいと思うのですが、悲しいことには、陸奥(みちのく)にいる父の帰京を待たずには親子の縁を断ちきることはできようか、せめて父に一目逢ってからと思い思い、嘆いていますと、涙が袖にふりかかるばかりなので、こんな悲しい目にあわずにすむ境涯(きょうがい)に暮らすこともできように、どうしてまあと思いますけれども、すっかり離れてしまってお目にかかるあてどがなくなっては、そうはいうものの、やはり恋しく思うことでしょう。以前おいでくださって、うちとけてなじみを重ねたお心を思い出しては、せっかく俗世を捨てたかいもなく、追憶の涙にくれて執着を絶ちきれないかも知れません。ああも思いこうも思い、思い乱れていますうちに、山のように積った枕のおびただしい塵の数も、ひとり寝の夜数に比べると、とても及びもつかないことでありましょう。どうせ、あなたとの仲は遠い旅のように離れ離れになって、お目にかかることもなくなったのだと思って見ますものの、あの野分のあとの一日、ひょっこりお見えになって、お帰りがけに、気休めに、「追っつけ来るよ」とおっしゃったお言葉を、真に受けておいでを待っています幼児が、たえず口まねするのを耳にするごとに、気まりが悪いことには、わが身をつらいと感じている涙が、それこそ海のように溢れて来ますけれども、私のもとへは全然おいでくださるよしもなく、かいのない希みとは知りながらも、いつか、「命のあるかぎりは見捨てはしない」とあてにおさせになりましたことが、あなたの真実の御心かどうかわかりかねますので、こんどお立ち寄りいただきましたら、お尋ねいたしたく存じております。

と書きつけて、二階棚の中に置いた。

〈語釈〉○若き御ここちに　作者がいちずすぎて世慣れていない意ともとれるが、あとの「われやあしき」の関連から、兼家が若くて浮気がちなことを述べたと見る方が自然だと思う。○うらもなう　悪びれず、開けっぱなしで。○思へただ　この句から「果てぬべき」までは序。強い調子に作者の黙っていられないという烈しい訴えがこめられている。○見初めし　この句から「歎かれき」までに、真の人生の出発である結婚の成立したとき、一夫多妻の招婿婚であるゆえの不安をまず抱いたことを述べている。「言の葉」（愛に満ちたことば）に「木の葉」、「歎きのした」（心中の嘆き）に「木の下」を掛け、薄き色、移ろふ（移るに継続反復の助動詞がついたもの）など木の縁語であやなした。○冬は雲居に　この句より「絶えにけり」までは、雲居・初時雨・曇り・降りそぼち・霜・置く・はるけき・白雲・空・霧・たなびく・絶えなど天象の縁語であやなす。天暦八年十月の父倫寧の陸奥赴任と兼家と作者の仲の疎遠を合せていう。そして次第に後者の意味にだけなる。○古里に　作者のもとに。○雁の　この句より「かひなし」まで、つら（列）、かひ（「効」に「卵」を掛ける）は鳥の縁語であやなす。○今しも人の薄からず　兼家の愛情の薄いことは今、始まったわけでない。彼の浮気は町小路女で体験済みと述べる。蟬の羽、薄からずも縁語であやなす。○涙の川の　この句より「消えば消えなむと」まで、涙の川、速く、うら（「心」を掛ける）、流るる（「泣かるる」を掛ける）絶え、浮き瀬（「憂き境涯」を掛ける）ただよひ、水（「見」を掛ける）の泡、消えなど水の縁語であやなす。涙の川……は、「流れてはゆく方もなし涙川わが身のうらやかぎりなるらむ」（『後撰集』恋二・藤原千兼）に拠ったのであろうか、同じ発想である。○みちのくの　この句より「躑躅の岡」（東北の歌枕。仙台市の東方）、「阿武隈」（川の名）など父の任地の縁で詠み入れた。「みちのく（「み」に「見」を掛ける）の躑躅の岡のくまつづら（馬鞭草）」はくる（「繰る」に「来る」を掛ける）の序詞。「阿武隈の」は類似音「あ」の反復により美しいリズムをねらった序詞で、「あひ」にかかる。○かからぬ世　「懸らぬ」と「斯からぬ」を掛ける。袖に涙のかからぬ出家遁世の道を表わす。○あふはかり　「はかり」に「秤」と「目あて」を掛け、その縁語で、かけ（接頭辞と秤に「掛け」る）を出す。○唐衣　「着る」の枕詞だが「来て」をかける。このあたり、うら（「裏」に「心」を掛ける）なれし（「褻〈よれよれになる〉れ」と「馴れ」を掛ける）など衣の縁語であやなす。○しきたへの　「枕」の枕詞。○天雲　「天雲のよそにも人のなりゆくかさすがにめには見ゆるものから」（『古今集』恋五）による。兼家をさす。○言ひし言の葉　葉の縁語として、まつ（「松」に「待つ」を掛ける）、緑（みどりご＝嬰児を掛ける）を出す。〇涙のみ　このあたり、うみ（「海」と「憂み」を掛ける）、たたへ、みるめ（「海松布」と「見る目」＝兼家の姿）、みつの浦（大津市下坂本の浜。作者宅をたとえる）、貝（「効」を掛ける）白波（「知らぬ」を掛ける）、たち、よる等、水の縁語であやなす。〇二階　二階棚のことで、上下二段になった調度で室内に置き、火取、泔坏、硯箱、唾壺などを置く。

〈解説〉一二三句の大長歌で、兼家に見て貰う目的で詠まれた。一夫多妻の慣習下、結婚当初の愛に満ち満ちた甘い言葉も信頼が置けなく感じたことから説き起こし、頼りにしていた父の遠国への赴任と兼家の夜離れの始まったことを述べ、彼の愛情不足、顧みの薄さに嘆き悲しむ自分の生活を述べ、死まで思いつめたが陸奥在任中の父を思うとそれもならず、出家をも考えたが、兼家に対する愛執から決行しきれぬことを述べ、最後に、兼家が作者宅を辞去する際のあいさつ「今来むよ」を片言で道綱がしじゅうまねぶので、侍女の手前居たたまらぬと述べて、いつぞや、「命あらば」と誓ってくださった言葉は真実なのかたしかめたいと結んでいる。

　兼家との結婚生活の縮図を述べたもので、数々の縁語や掛詞、譬喩、枕詞、序詞などの修辞技巧の粋のかぎりを尽くし、縁語の連想で語句が次々と導き出され、内容が展開している。そのためやや無理な個所もないではないが作者の歌に対する蘊蓄、歌才のほどがうかがわれる。かように彼女が蘊蓄を傾け、想を練ってこれ程の大長歌を作り上げて兼家に訴えたのは、町小路の女の一件を体験し、権門家の妻の座のはかなさを味わい尽す一方、道綱の成長する姿を日々ながめ、兼家の愛情をぜひとりもどしたいと願い、彼女の特技の歌才をフルに使って練り上げたのがこの長歌であるといえよう。

作者は、水がわき出すよう、雲がむくむくとわきひろがるように詩情が流露し、詩魂が躍動した和泉式部とタイプを異にし、勘考に勘考を重ね、語句を精選し縁語、掛詞を駆使してソツのない知的、巧緻(こうち)な歌を作り上げる努力肌であるので、こうした長歌は彼女の特質を発揮するのにふさわしい歌態ともいえる。

二三　兼家の返しの長歌

例の程にものしたれど、そなたにも出(い)でずなどあれば、居わづらひて、この文(ふみ)ばかりを取りて帰りにけり。さて、かれよりかくぞある。

折りそめし　時の紅葉(もみぢ)の　さだめなく　うつろふ色は　さのみこそ　あふあきごとに
常(つね)ならめ　歎きの下(した)の　この葉には　いとど言ひ置(お)く　初霜に　深き色にや　なりにけ
む　思ふ思ひの　絶えもせず　いつしかまつの　緑児(みどりご)を　行きては見むと　するがなる
田子(たご)の浦波(うらなみ)　立ち寄れど　富士(ふじ)の山辺(やまべ)の　煙(けぶり)には　ふすぶることの　絶えもせず　天雲(あまぐも)
とのみ　たなびけば　絶えぬわが身は　しら糸の　舞ひくる程を　思はじと　あまたの
人の　ゐ(ん)にすれば　身ははしたかの　すずろにて　なつくる宿(やど)の　なければぞ　古巣(ふるす)に
帰る　まにまには　とひくることの　ありしかば　ひとりふすまの　床(とこ)にして　寝覚(ねざめ)の
月の　真木(まき)の戸に　光残さず　漏(も)りてくる　影だに見えず　ありしより　うとむ心ぞ

つきそめし　たれか夜妻と　明かしけむ　いかなる罪の　重きぞと　言ふはこれこそ罪ならし　今は阿武隈の　逢ひも見で　かからぬ人に　かかれかし　何の石木の　身ならねば　思ふ心も　いさめぬに　浦の浜木綿　幾重ね　隔て果てつる　唐衣　涙の川に　そほつとも　思ひし出でば　薫物の　このめばかりは　乾きなむ　かひなきことは　甲斐の国　速見の御牧に　あるる馬を　いかでか人は　かけとめむと　思ふものから　たらちねの　親と知るらむ　片飼の　駒や恋ひつつ　いなかせむと　思ふばかりぞ　あはれなるべき

とか。

〈現代語訳〉

あの方はいつもくらいの日数をおいて訪れて来たけれど、私がそちらへ顔を出さずにいると、居づらくなって、この手紙だけを持って帰ってしまった。さて、あちらからこんな返歌があった。

秋の美しい紅葉が時とともに色褪せてゆくように、新婚当時の愛情も飽が来ると次第に薄れて行くのが、世のならわしであろうけれど、私の場合は違うのだよ。悲嘆に沈んでいるあなたのことを、くれぐれも頼みますと言い残して旅立たれた倫寧殿のお言葉により、ひときわ私の愛情も深まってきたといえよう。あなたを思う思いは絶えることもなく、私の訪れるのを心待ちにしている幼い子を、早く行って見ようと思い、田子の浦に波が立ち寄るように、幾度も訪れて行くけれども、富士の煙が立ち上るようにあなたはたえず嫉妬の炎を燃やし、まるで天雲のようにお高く構えてとりつくしまもなく、一方、あなたとの仲を絶つまいと、たえず私はあなたのもとを訪れるのだが、私に愛情が足りないと言って侍女たちが恨むので、私はどっちつかずで落ち着かず、それかといって他になじみの所とてないものだから、やむなく我が家へもどる始末。そうした間にいつかわざわざ訪れたとき、あなたはひとり寝の床にさびしく目覚めているらしいのに、いくら真木の戸をたたいても、強情に開けてもくれず、ただ月の光を浴びるばかりであなたにまったく逢えずに帰ったその時から、あなたをうとむ気持が出はじめたのだ。だれが、いったいあだし女などと夜をすごしたりするものか。あなたは前世でどんな重い罪を犯したためかと嘆いておいでだが、あなたのその嘆きこそ罪というものだろうよ。今はもう私との関係をきっぱりと断ち、嘆きを与えないだれかの世話になったらよかろう。私とてけっして木石のような非情な身体ではないから、あなたを思う気持がおさえきれず、二人の仲が幾重にも隔たってしまった悲しみの涙できものを濡らすことがあっても以前のことを思い出すなら、その思いの火で涙だけは乾くことであろう。今さら言ってもかいのないことだが、甲斐の国の速見の御牧にいる荒馬のように、冷たく離れてゆくあなたの心を、どうしてつなぎとめることができようか、とは思うものの、私を父親と知っている片親育ちのあの子を父恋しさにどんなに泣かせるだろうかと思うと、そればかりが不憫でならない。

といった具合のものだった。

〈語釈〉○折りそめし　天暦八年作者と結婚した当初をいう。折り・うつろふ色・秋（「飽き」を掛ける）・嘆き（「木」を掛ける）・木（「子」を掛ける）の葉・初霜・深き色など紅葉の縁語であやなす。○思ふ思ひ　思ひ（「火」を掛ける）、絶え、火の縁語。○まつの　「まつ」に「松」と「待つ」を掛け、緑児（嬰児）の緑、松は縁語。○するがなる　「する」と「駿河」をかけ、以下駿河の縁語、田子の浦波（「立ち」の序詞）、寄り、富士の山、煙、ふすぶる（煙を立てる意に、作者が嫉妬する意を掛ける）、絶え、天雲、たなびく、とあやなす。○絶えぬわが身　絶え、白糸の（「舞ひ繰る」の枕詞）、舞ひ繰る（「参来る」を掛ける）は縁語。○ゑにすれば　怨（「餌」を掛ける）ん。このあたり、舞ひ来る、餌、はしたか（小形の鷹。狩に使用。「はした（中途はんぱ）」を掛ける）、「すずろ」（そわそわと落ち着かない意。「鈴」を掛ける）なつくる、古巣、飛ひ（訪ひ）来る、と鷹の縁語を用いる。○ひとりふすまの　「臥す」と「衾（夜具）」を掛ける。○影だに見えず　作者の影（月の縁語）。○夜妻　忍び会う夜の仇し女。○阿武隈の　「あひ」の枕詞。○石木の　「人木石ニ非ズ、皆情有リ」（『白氏文集』李夫人）○いさむ　制する。おさえとめる。兼家が作者への愛着をとめることができないと告白。○浦の浜木綿　「いくかさね」の序。「みくまのの浦の浜木綿いくかさね我をば君が思ひへだつる」（『古今六帖』五）より「へだて」の序詞。○思ひし出でば　「思ひ」（「火」を掛ける）。「薫物（練り香）の」はこの目（「籠の目」と「此の目」を掛ける）の枕詞。かわく、以上縁語。○速見の御牧　甲斐国（山梨県）巨麻郡にある朝廷御料の牧場。以下、馬の縁語を使用。○あるる馬　奔馬。作者をたとえる。○片飼の駒　片親育ちの馬。道綱をさす。○いなかせむ　泣かせる。「せ」は使役。馬の縁語。

〈解説〉兼家の長歌は八十九句より成っている。秋に結婚したが愛情は不変であり、特に遠国赴任の倫寧（ともやす）殿からの言葉もあり、愛情はまさる一方であったが、せっかく訪れてもあなたはお高くとまって寄せつけず、侍女まで恨むので居たたまれず逃げ出す始末。先日は訪れた私を閉め出して拒んだときからいや気がさしたのだ。そんなにご不満なら私以外の男にめんどうを見てもらったらよいと思うが、私もあなたに別れるのはつらいがどうしようもない。ただ物心（ものごころ）ついた道綱が片親育ちで寂しがるのがふびんでならないと兼家も縷々（るる）と結婚以来の心情、経緯を述べ、最後に作者同様道綱のことに言及し結んでいる。

子は夫婦の鎹（かすがい）で道綱の存在が安全弁となっている。一対一の夫婦愛不毛の平安時代、女性はいつも忍従を強いられる。自我に目覚めた作者はいつも欲求不満で苦しんでいる。そのはけ口としてこうした長歌をつくり、腹ふくるる思いをこなさずにはいられない。作者の長歌はそうした不満、苦悩を解消する一つの手段でもあるといえよう。作者に愛情を持ち続けている兼家は早速長歌で返してくれた。兼家の長歌を得たことで彼の愛情を確認し、彼女の不満、苦悩はある程度やわらげられた。そして彼女は危機（クライシス）を踏み越えて、また権門家兼家の妻としての道を歩み続けるのである。

二四　歌の贈答

使ひあれば、かくものす。

なつくべき人もはなてば陸奥のむまやかぎりにならむとすらむ

いかが思ひけむ、たちかへり、

われが名を尾駮の駒のあればこそなつくにつかぬ身とも知られめ

返し、また、

こまうげになりまさりつつなつけぬをこなはたえずぞ頼みにける

また、返し、

「白河の関のせけばやこまうくてあまたの日をばひきわたりつる

明後日ばかりは逢坂」

とぞある。時は七月五日のことなり。長き物忌にさしこもりたるほどに、かくありし返りごとには、

天の川七日を契る心あらば星あひばかりのかげを見よとや

ことわりにもや思ひけむ、すこし心をとめたるやうにて月ごろになりゆく。

〈現代語訳〉

使いがいたので、こう書き送る。

可愛いがるはずの飼い主が手放したら、陸奥の馬はそれっきりもどらないように、愛撫してくださるべきあなたまでお見捨てになりましたので、私はもうこれっきりになって

しまうのでしょうか。

どう思ったのか、折り返し、

私が、あの尾駮（おぶち）の駒が暴れ離れるように、冷淡になって離れてゆくのなら、なじもうにもなじめないであろうが、私はそんな男ではないのだから、いくらだってなじめるはず。

返歌を、また、

あなたは、日ましに私の所へ訪ねてくださるのをおっくうがって、なじんでくださらなくなりましたが、私の方ではずっとあなたをお頼りしてまいりました。

また、返歌がある。

「私が訪ねて行きづらくて、幾日も過ぎてしまったのは、白河の関が、陸奥（みちのく）の駒をせきとめるように、あなたの方で私を拒んでいられるせいであろうかな。

明後日ごろは逢坂に（お目にかかりに）」と書いてある。ちょうど七月五日のことである。私が長い物忌にこもっていたころだったので、こう言って来た返事には、

彦星さまと織女さまとが天の川で一年に一度お逢いなさるその七月七日に逢おうと約束なさるおつもりならば、私に一年にたった一度の逢瀬でがまんせよとおっしゃるのでしょうか。

私の言うことをもっともだと思ったのであろうか、すこし心にとめているような具合で、幾月かが過ぎて行く。

〈語釈〉○なつくべきの歌　道綱母の歌。作者を「むま」にたとえ、「いまや」をかける。○われが名をの歌　兼家の歌。尾駮は青森県上北郡にある地名。○こまうげにの歌　道綱母の歌。「来ま」と「駒」を掛ける。馬の縁語、「小縄」に「こなた(此方)」を掛けて、作者を表わす。○白河の関の歌　兼家の歌。白河の関は福島県白河市南郊に関趾があり、歌枕である。作者をたとえる。○逢坂　「逢う」をかける。前歌等このところ、駒牽の行事を修辞的に用う。○天の川の歌　道綱母の歌。『玉葉集』恋四に第三・四句「心ならば星逢ひばかり」で入る。「かげ」は「星の光」と「兼家の姿」をかける。

〈解説〉二十項は天徳元年の出来事と考えられるが二十一項以下何年に属する記事か判明しない。次項は「四つの品」や、「大輔」が出て来るので応和二年のことになる。天徳元年（九五七）より応和二年（九六二）までの間に天徳二年、三年、四年、応和元年と四ヵ年が介在する。二十二項（長歌）二十三項（長歌）より天徳二年、この項も天徳二年と見る見解と、応和元年とする見解もあるが、いずれも決め手はない。また「明後日ばかりは逢坂」を「白河の関のせけばやこまうくて云々」の歌とは別の場合ととり、切り離して無関係と見る説もある。理由は「文言のやっと逢えるといった口調は、『なつくべき』の歌以下、作者と兼家とがお互いに歌で強く張り合ってきた調子にはただちにつながらない」というのである。一理あるが、贈答歌は揚足とりの歌合戦でもあるので張り合うが、「明後日ばかりは逢坂」と前歌とも関連もあり、従来の見解のように続けて読んでも差支えないと思われるので続けておく。

応和二年

二五　兼家兵部大輔（ひゃうぶたいふ）に任ぜらる

めざましと思ひし所は、今は天下（てんげ）のわざをし騒ぐと聞けば、心安し。昔よりのことをばいかがはせむ、たへがたくとも、わが宿世（すくせ）のおこたりにこそあめれなど、心を千々（ちぢ）に思ひなしつつあり経るほどに、少納言の年経て、四つの品になりぬれば、殿上もおりて、司召に、いとねぢけたるものの大輔など言はれぬれば、世の中をいとうとましげにて、ここかしこ通ふよりほかのありきなどもなければ、いとのどかにて二三日などあり。

〈現代語訳〉

目に余ると思っていたあの女の所では、今はありったけの手段を尽くして、あの方の寵愛をとりもどそうと騒いでいると耳にするので、一安心である。以前から思うようにいっていない夫婦の仲は今更どうしようもない。いくらしんぼうしかねても、それが自分の運命のつたなさなのであろうなどと、心をさまざまに砕きながら過ごしているうちに、あの方は、少納言を長年勤めて、四位になったため、殿上出仕もおりていたが、今度の司召で、たいそうひねくれていると考えられた兵部大輔などと言われるようになったので、世の中がどうも面白くないといったふうで、あちらこちらの通い所に通うよりほかは外出もしないので、まことにのんびりと、私の所にも二、三日滞在したりする。

〈語釈〉〇めざましと思ひし所　町小路の女をさす。〇天下のわざ　ありとあらゆる方法。〇少納言の年経て　兼家は天暦十年九月十一日少納言、応和二年正月七日従四位下。同年五月十六日兵部大輔。応和二年は三十四歳、作者二十六歳、道綱八歳。〇司召　官吏の任命をいうが、とくに京官任命の場合に使うことが多い。

〈解説〉町小路の女に関する記事の最終で、作者は一時兼家の寵を誇った町小路の女の零落をそれ見たことかと見くだし安堵の情をもらしている。しかし兼家と作者の仲はちっとも好転せず彼女の苦悩は絶えないままである。兼家は四位にのぼり殿上出仕もなくなり、やがて兵部大輔に任官された。変りばえのない新しい任務に気乗りのしない兼家は出仕も怠りがちでのんびりと二、三日作者のもとに逗留することもあった。この項は次項の兵部卿章明親王との交歓を記す前提ともなっている。

二六　兵部卿章明親王と兼家との交誼

さて、かの心もゆかぬ官の宮よりかくのたまへり。

　乱れ糸のつかさ一つになりてしもくることのなど絶えにたるらむ

御返り、

　絶ゆと言へばいとぞ悲しき君により同じつかさにくるかひもなく

また、たちかへり、

　夏引のいとことわりや二め三めよりありくまにほどのふるかも

御返り、

　七ばかりありもこそすれ夏引のいとまやはなき一め二めに

また、宮より、

「君とわれなほ白糸のいかにして憂きふしなくて絶えむとぞ思ふ

二め三めはげに少なくしてけり。忌あれば、とめつ」

とのたまへる御返り、

世をふとも契りおきてし仲よりはいとどゆゆしきことも見ゆらむ

ときこえらる。

〈現代語訳〉

さて、あの気乗りのしない役所の宮さまから、このようにおっしゃってこられた。

乱れた糸が束ねられて、一つになるように、せっかく同じ役所に勤めるようになりながら、なぜあなたのご出仕が絶えてしまっているのでしょうか。

御返事、

絶えるなどとおっしゃいますとまことに悲しゅうございます。宮さまがおいでになりますので、同じ役所に移ってまいりましたかいもございませんで。

また、折り返し、

ご出仕のないのもなるほどごもっとも。二人も三人もの北の方の所を歩きまわっていられる間に時がたって、出仕のひまがなくなったわけですなあ。

御返事、

イヤイヤ実は七人ばかりも妻がございまして。たった二人や三人の妻では出仕のひまがないということはございませんで。

また、宮さまから、

「あなたと私とは、やはりなんとかして、気まずいうるさいことがおきないうちに、おつきあいをやめてしまいたいと思いますよ。

二人三人の北の方と申しましたのはほんとに少なすぎました。これ以上はさしさわりがあるので、やめておきます」

とおっしゃった、そのお返事に、

たとえ、長年連れそったとしても、契りを交わした夫婦の仲からは、別れ別れになるというようなひとしお忌わしいこともあるでしょう。しかしわれわれ男同士の間では、そのようなことがおこるはずはけっしてございません。今後もよろしくお願い申し上げます。

とこのようにあの方から申し上げられる。

〈語釈〉○宮　兵部卿章明親王。醍醐天皇の皇子。母は藤原兼輔女桑子（更衣）。延長二年生誕。永祚二年九月二十二日薨去。六十七歳。作詩、管弦の造詣深い風雅な方であった。○乱れ糸の歌　章明親王の歌。「つか」は「束」に「司」、「くる」に「繰る」と「来る」をかける。糸の縁語。○絶ゆと言へばの歌　兼家の歌。「いと（副詞）」に「糸」、「より（助詞）」に「縒り」を掛け、絶ゆ、束（つかさ）、繰る（来る）と縁語であやなす。○夏引のの歌　章明親王の歌。「夏引」は夏につむいだ糸。「いと（副詞）」に「糸」、「め」に「匁」（糸の目方を計る単位）と「妻」、「より」に「寄り」と「縒り」、「ふる」に「経る」と「綜る」（縦糸をひきのばして機にかける）を掛ける。以上糸の縁語を使用。催馬楽の「夏引」をふまえている。○七ばかりの歌　兼家の返歌。「ばかり（助詞）」に「斤」、「め」に「妻」と「匁」を掛け、はかりの縁語を使う。催馬楽の「夏引」による。○君とわれの歌　章明親王の歌。「白糸の」は「絶え」の枕詞。「ふし」（糸のこぶ）も「絶え」とともに糸の縁語。○忌　あたりさわり。○世をふともの歌　兼家の歌。「ふ」に「経」と「綜」、「契り」に「切り」、「より（助詞）」に「縒り」、「いとど（副詞）」に「糸」を掛け、一首を糸の縁語であやなす。

〈解説〉風流な宮という聞えの高い兵部卿章明親王は摂関家の有望で磊落な貴公子兼家とかねて交誼を結んでいられたが、たまたま同じ役所の次官に兼家が任ぜられたのに、うだつのあがらぬこの役柄に不満で、出仕を怠っているので上司の宮から出仕を促す和歌を送って来られた。恐懼した兼家はすぐ返歌でごあいさつする。かねがね色好みとして浮名を流している兼家に、宮は催馬楽の「夏引」を踏まえて諧謔の歌を送って来られるが、兼家もそれに輪をかけた愉快な歌でお答えする。つれづれでいられる宮と鬱情をもて余している兼家との男同士の揚足取りの歌合戦で、いきおい「通い所」が話題にのぼる。教養人同士で「夏引」を利用しているがもちろん兼家の歌には作者が応援し協力しているのであろう。兼家が「夏引の白糸七ばかりあり」を踏まえて大きく「七人ばかり妻がありまして」と出たが、宮も「二め三めはげに少なくしてけり（失礼しました）」と言われる。作者と兼家は笑いながらお歌を拝見している光景が髣髴する。兼家にとっては公職の不遇は致命的苦悩であるが、作者にとっては夫の数日の滞在は何ものにも替えがたい喜びで、男女の幸福の相違が浮き彫りにされている。

二七　章明親王と兼家と歌の贈答

そのころ五月二十よ日ばかりより、四十五日の忌違へむとて、あがたありきの所に渡りたるに、宮ただ垣を隔つる所に渡り給ひてあるに、六月ばかりかけて、雨いたう降りたるに、たれも降りこめられたるなるべし、こなたには、あやしき所なれば、漏り濡るる騒ぎをするに、かくのたまへるぞ、いとどものぐるほしき。

　つれづれのながめのうちにそそくらむことのすぢこそをかしかりけれ

御返り、

　いづこにもながめのそそくころなれば世にふる人はのどけからじを

また、のたまへり。「のどけからじとか。

　天の下騒ぐこころしも大水にたれもこひぢにぬれざらめやは」

御返り、

　世とともにかつ見る人のこひぢをも干す世あらじと思ひこそやれ

また、宮より、

　しかもゐぬ君ぞぬるらむ常にすむ所にはまだこひぢだになし

「さもけしからぬ御さまかな」など言ひつつ、もろともに見る。

〈現代語訳〉

　そのころ、五月二十日過ぎあたりから、四十五日の物忌を避けようと思って、地方官歴任の父の住いに出かけたところ、宮さまが垣根を隔てた目と鼻の所においでになっていたが、六月ごろにかけて雨がひどく降ったので、宮さまもあの方も、みな降りこめられていたのであろう。こちらでは、そまつな家であるので、雨漏りがして濡れる騒ぎのさいちゅうに、宮さまがこうおっしゃったのは、まことに酔狂な感じがする。

長雨のために時間・身をもて余してぼんやりしていると、あなたの方では、雨水の降り注ぐ中で、何やら忙しそうにしていらっしゃるご様子、それもまた趣がありますね。

お返事、

私どもに限らず、どこにでも長雨の降り注ぐ季節ですから、この世に暮らす人は宮さまのようにすべてのんびりしてはいられないでしょうに。

また、こうおっしゃった。

「のんびりしてはいられないと言われるのですか。

世の中の人はすべて、長雨で落ち着かないこのごろのこと、だれでもかれでも大水ででき た泥んこにまみれるように、愛人に逢えない嘆きに袖を濡らさない人はないでしょう。だれものんびりなどしてはいられないはず。あなただってね」

お返事、

いつだって愛人を持っている人は、その恋路のために、涙をかわかす間もないことだろうと推察いたします。宮さまにおかれましてもやはり、その例にお洩れ遊ばさないのでは。

また、宮さまから、

そのように一つ所に腰を落ちつかせていないあなたなら、恋の涙に濡れていられることでしょうね。でもいつも変らず妻一人を守りつづけている私には、まだ、恋路など経験しておりませんよ。

「まったく妙なおっしゃりようだなあ」などと言いながら、いっしょに読む。

〈語釈〉○四十五日の忌（いみ）『口遊（くちずさみ）』によると、陰陽道の禁忌で、一年を立春以下冬至までの八つ、各々四十五日ずつに区分し王神相神の宿る方角を避けて方違え（かたたがえ）をする。ここは夏至（げし）後の四十五日間の禁忌で南方に王神西南方に相神が宿る。○あがたありきの所　倫寧（ともやす）の別邸か。京洛の東北辺の末、鴨河堤の内に章明親王の邸があるのでその隣であろう。○つれづれのの歌　章明親王の歌。「長雨」に「眺め」、「注（そそ）く」に「そそく（忙しくする）」、「事の筋（物事のむき、様子）」に、「筋（雨の線）」を掛ける。雨の縁語を使用。○いづこ

にもの歌　兼家の歌。「経る」に「降る」を掛け、前歌と同じく、ながめ、そそくとともに雨の縁語であやなす。○天の下の歌　章明親王の歌。天の下の天に「雨」、「泥」に「恋路」を掛け、大水、ぬれと雨の縁語であやなす。○世とともにの歌　兼家の歌。「世とともに」はいつも。「かつ見る」は恋いしく思うはしからすぐにまた逢うの意。「泥」に「恋路」をかけ、泥、干すは雨の縁語。○しかもゐぬの歌　章明親王の歌。濡る、泥（恋路）は雨の縁語。

〈解説〉この項も前項同様に宮と兼家との洒脱な歌の贈答である。どの歌も雨の縁語であやなされているが、『日本紀略』を見ると、「応和二年五月一日丁巳。今日以後霖雨」（応和二年五月一日以後長雨となった）、「廿九日乙酉。洪水泛溢。京路不レ通。鴨河堤壊破」（鴨河堤が破壊したため、水が京中にはんらんし、道路が通れなくなった）「六月十一日丁酉。奉二幣伊勢。石清水。賀茂。松尾。平野。稲荷。春日。大原野。大神。大和。石上。広瀬。龍田。住吉。丹生。貴布祢等一。祈レ止二霖雨一。」（伊勢・石清水など各地の諸社に幣を奉って長雨が止むよう祈願した）とあり、長雨で被害も大きかったのであろうが、親王や兼家階級の人たちはのんきな歌の贈答でつれづれを散じている。

二八「とこなつに」の歌をめぐりて

雨間に例の通ひ所にものしたる日、例の御文あり。

「『おはせず』と言へど、『なほ』とのみ給ふ」とて、入れたるを見れば、
　「とこなつに恋しきことや慰むと君が垣ほにをると知らずや
さてもかひなければ、まかりぬる」とぞある。
　さて、二日ばかりありて、見えたれば、
「これ、さてなむありし」とて見すれば、
「ほど経にければびんなし」とて、ただ、
「このごろは仰せ事もなきこと」と、きこえられたれば、かくのたまへる、
　「水まさりうらもなぎさのころなれば千鳥の跡をふみはまどふか
とこそ見つれ、恨み給ふがわりなさ。みづからとあるはまことか」
と、女手に書き給へり。男の手にてこそ苦しけれ、
　うらがくれ見ることかたき跡ならば潮干を待たむからきわざかな
また、宮、
　「うらもなくふみやる跡をわたつうみの潮の干るまもなににかはせむ
とこそ思ひつれ、ことざまにもはた」とあり。

〈現代語訳〉

　雨の晴れ間に、あの方がいつもの通い所に行った日、以前のように宮さまからお手紙が届く。「『殿はおいでになりません』と申しましたけれど、『それでもどうぞ』との一点ばり

で、下さるのです」と言って、取次ぎの者が渡したのを見ると、「あなたの家の垣根に咲いているなでしこの花を折りとってながめていたら、イヤあなたのお隣にいたら、恋しい気持が慰むかしらと思って、いつまでもここに滞在しているのだと、おわかりではありませんか。

それにしても、その効がありませんから、引き下がりますよ」と書いてある。それから二日ほどたって、あの方が見えたので、「このお手紙、こういう次第で、ありました」と言って見せると、「日数がたったので、今さら返歌するのも具合がわるい」と言って、ただ、「このごろは、お手紙も頂戴いたしませんね」と、あの方から申し上げたところ、宮さまはこうおっしゃってこられた、

「雨で水かさが増して、このごろは浦も渚もなくなったので、千鳥の足跡も消えてしまうように、あなたがたが隔意なくうちとけていられ、私の手紙など気にもとめてくださらないので、その間に手紙も宙に迷っているのかなあ、

と見ておりますが、お恨みになるなんてすじ違い。ご自身でお見えくださるとあるのは本当でしょうか」と女手でお書きになっている。こちらは男手で心苦しいことだけれど、

せっかくお手紙をいただきましたのに、どこかに迷っており、まだ拝見できませんのでしたら、出て来るまで待っていましょう。それにつけてもまことにつらいことでございます。

また、宮さまから、

「なんの下心もなく届けた手紙ですから、手紙の出て来るのを待っていられても、きっと期待はずれに終ることでしょうよ、

と思っていますが、それにしても変なふうにおとりになって」というお便りがあった。

〈語釈〉○例の通ひ所　時姫の所をさす。○とこなつにの歌　章明親王の歌。「とこなつ」に「常夏（なでしこ）」と「永久」、「をる」に「折る」と「居る」を掛ける。常夏・折る・垣ほは縁語。○水まさりの歌　章明親王の歌。「浦（うら）」に「心」、「渚（なぎさ）」に「無き」を掛け、「鳥の跡（あと）」に「筆跡・手紙」、「踏み」に「文」を掛ける。千鳥の縁語であやなしてある。○みづから　自分がお伺いすると兼家の手紙にあったのであろう。○女手　草仮名（そうがな）と平仮名とを合わせて女手と言ったが、のちにはもっぱら平仮名をさしていうようになったようである。本来は女が多く使用した。男性も公的には漢字を使用したが、私的には女手を用いることもあった。仮名字体の一種。○男の手　女手に対して言い、真名（まな）ともいって漢字の音訓を用いた、いわゆる万葉仮

名の楷書、行書である。○うらがくれの歌　兼家の歌。「浦」に「心」、「海松」に「見る」、「跡」（鳥の足跡）に「手紙」、「鹹き（塩からい）」に「辛き」（つらい）を掛け、潮の縁語であやなす。○うらもなくの歌　章明親王の歌。うら（「浦」と「心」）、ふみ（「踏み」と「文」）、跡（「足跡」と「筆跡」）すなわち「手紙」）、干ると潮の縁語。「わたつうみ」は「潮」の枕詞。

〈解説〉 兼家の不在中、宮は作者あての手紙をよこされた。作者に好意を有していることを示されたのであろう。もちろん作者は兼家の北の方であるから、そう深い下心はおありにならなかったであろうが、兼家との愉快な贈答歌に作者が裏では兼家に協力していたことを宮は見抜いていられたからでもあろう。もらった作者も悪い気持はしなかったであろうが、返事はせず、あくまで兼家あてのものとして、やって来た兼家に見せた。兼家はさりげなく、今さら返歌するには日数がたっているからと言って、「このところお手紙も頂きませんが」と宮にとりつくろって、水を向けたので、宮から早速歌が届いた。宮の社交的な心遣いの見える歌の内容で、かつ、兼家がごぶさたのおわびに伺候するとあった文言をとりあげて歓迎する意を洩らして来られた。なかなかすみにおけないすき者の宮である。歌の贈答は貴族階級における社交の一手段であるので、お互いに内心を見せず、虚々実々のかけ引きをする場合が多い。「うらがくれ」と「うらもなく」の贈答歌もそういったたぐいのものである。

二九　加持のため山寺へ

かかるほどに、祓(はらへ)のほども過ぎぬらむ、七夕(たなばた)は明日ばかりと思ふ。忌(いみ)も四十日ばかりになりにたり。日ごろ悩(なや)ましうて、咳(しはぶき)などいたうせらるるを、もののけにやあらむ、加持(かぢ)も試みむ、せば所(どころ)のわりなく暑きころなるを、例もものする山寺へ登る。十五六日になりぬれば、盆(ぼに)などするほどになりにけり。見れば、あやしきさまに、担(にな)ひ、頂(いただ)き、さまざまにいそぎつつ集まるを、もろともに見て、あはれがりも笑ひもす。さて、ここちもことなることなくて、忌(いみ)も過ぎぬれば、京に出でぬ。秋冬はかなう過ぎぬ。

〈現代語訳〉

こうしているうちに、六月祓(みなづきはらえ)のころも過ぎたろう、七夕は明日あたりと思う。四十五日の忌(いみ)も、四十日ほども経過してしまった。ここしばらく気分がすぐれず、咳(せき)がひどく出たりするので、物怪(もののけ)なのであろうか、加持でもして見ようと思い、狭い家で、やりきれないほど暑い時分でもあるから、いつも出かける山寺へ登った。七月も十五、六日になったので、盆供(ぼんく)養(よう)などをするころになってしまった。見ていると、人々が奇妙なかっこうで物をかついだり、頭に載せたりして、いろいろに支度をして集まってくる、その有様をあの方といっしょにながめて、殊勝に思ったり、笑ったりもする。さて、気分も別条もなく、忌(いみ)の期間も終ってしまったので、京へもどった。その秋も冬もとり立てていうこともなく過ぎた。

〈**語釈**〉○祓(はらへ) 六月晦日(みそか)の祓。夏越(なごし)の祓(はらえ)ともいう。神に祈って前半年に行った災い、罪、穢(けが)れを除く行事。○七夕(たなばた) 七月七日の夜の星祭で、裁縫、習字等女芸の上達を祈る風習があった。乞巧奠(きっこうでん)。○忌(いみ) 前述の四十五日の忌。○せば所 狭い家。四十五日の忌違えに作者が移った倫寧(ともやす)の別邸をさす。○山寺 鳴滝の般若(はんにゃ)寺。後掲。

〈**解説**〉作者は中肉中背のごく華奢(きゃしゃ)な美しい人であったようである。咳(せき)などが続くので加持をしてもらうため、行きつけの般若寺に登った。このところ、うだつの上らない役職で勤務を怠りがちな兼家も同行してくれた。心が満ち足りているときなので、周囲のものをながめる心の余裕があった。盆供養のために寺に集まる庶民の珍しい姿を見て、兼家ともども興じている。この幸せな体験は彼女の心に強く印象づけられたと見え、のち、鳴滝のこの寺に長期参籠(さんろう)する際にも思い出して書いている。

応和三年

三〇　禊の日

年かへりて、なでふこともなし。人の心のことなるときは、よろづおいらかにぞありける。このついたちよりぞ殿上許されてある。

禊の日、例の宮より、

「物見られば、その車に乗らむ」

とのたまへり。御文の端にかかることあり。

わがとしの　ほんのまま

例の宮にはおはせぬなりけり。町の小路わたりかとてまゐりたれば、うべなむ、

「おはします」といひける。まづ硯乞ひて、かく書きていれたり。

君がこの町の南にとみに遅き春には今ぞ尋ねまゐれる

とて、もろともに出で給ひにけり。

〈現代語訳〉

年が改まっても、格別変ったこともない。あの方の心が平常と違って親切なときには、万事平穏に感じられるのであった。この月初めから、あの方は昇殿を許されている。

賀茂の斎院の禊の日、例の宮さまから、

「見物に行かれるなら、そちらの車に乗せて頂きましょう」

と仰せがあった。その御手紙の端に、このような歌が書いてある。

わがとしの　（本のまま）

宮さまはいつものお邸にはいらっしゃらないのだった。町の小路あたりかと思って、お伺いすると、はたして「おいでになります」ということだった。まず硯を貸していただいて、こう書いてさし入れた。

宮さまのいられるこの町の南に急におそい春が訪れてくるように、おくればせながらやっとお探しあて申し、ただいま参上しました。

……と言って宮さまもいっしょにお出かけになったのだった。

〈語釈〉○年かへりて　応和三年（九六三）兼家三十五歳。作者二十七、八歳。道綱九歳。○殿上許され　藤原兼家応和三年正月三日昇殿（『公卿補任』）。昇殿停止が解けふたたび昇殿が許されるのを還昇とか還殿上という。○禊　賀茂祭に先立って斎院が賀茂川原で行なう禊。応和三年四月十三日斎院禊。四月十六日丁酉、賀茂祭（『日本紀略』）。○例の宮　兵部卿章明親王。○わがとしの　宮の歌の初句か。以下脱落文。○ほんのまま　脱落文の注記で、そのとおりに写したことをことわった意。○例の宮　県歩きの隣。○

うべなむ　なるほど。果たして。あるいは「上」で宮の妃をさすか。その場合は会話の中に入り、末尾「けり」となる。○君がこの歌　兼家の歌。「町」と「待」を掛ける。○とて　この前に宮の返歌があったのであろうが、脱落したのであろう。

〈**解説**〉この項も前項にひき続き作者の生涯での幸福な時期である。幸福な記事には筆を割かない作者はごく簡単に「人の心のことなるときは、よろづおいらかにぞありける」とのみしるしている。賀茂祭に先立って行われる斎院の賀茂川原の禊の儀に行かれる行列は美しくりっぱであるので、われもわれもと見物に出かけた。作者も兼家といっしょに出かけることになっていたが、当日宮が同車を申し出ていられ、歌もよこされたが、このあたり脱文や錯簡（禊は四月十三日に行われているのに、その後に、春の歌が出てくるなど）があって、はっきりしない。現存している写本にも、「ほんのまま」と記されている。兼家も還殿上している。

三一　宮邸の薄を懇望して賜る

そのころほひ過ぎてぞ、例の宮に渡り給へるに、まゐりたれば、去年も見しに花おもしろかりき。薄むらむら茂りて、いと細やかに見えければ、

「これ掘りわかたせ給はば、少し給はらむ」

ときこえおきてしを、ほど経て河原へものするに、もろともなれば、

「これぞかの宮かし」など言ひて、人を入る。

「『まゐらむとするに折なき。類のあればなむ。一日とり申し薄きこえて』と、さぶらはむ人に言へ」

とて、引き過ぎぬ。はかなき祓なれば、ほどなう帰りたるに、

「宮より薄」

と言へば、見れば、長櫃と言ふものに、うるはしう掘り立てて、青き色紙に結びつけたり。見れば、かくぞ、

穂に出でば道行く人も招くべき宿の薄をほるがわりなさ

いとをかしうも、この御返りはいかが、忘るるほど思ひやれば、かくてもありなむ。されど、さきざきもいかがとぞおぼえたるかし。

〈現代語訳〉


その時節が過ぎて、例のお邸に宮さまがおいでになっているときに、参上すると、――昨年見た折にも花が見事だった――薄が群がり茂っていて、とてもほっそりと形よく見えたので、

「これを株分けなさいますなら、少しいただきとうございます」と申しあげておいたが、しばらく経って賀茂の河原へ出かけるときに、あの方といっしょだったので、

「このお邸が宮さまのね」

などと話したりして、供人を宮邸へ遣わした。

「『お伺い申上げたく存じますが、機会がございませんで。ただいまも連れがございますのでご無礼申し上げます。先日お願い申しました薄のことをよろしく申し上げて』とおそばの方に言うように」

と言って、通り過ぎた。簡単なお祓いなので、まもなく帰ったところ、

「宮さまから薄が届いております」

と言うので、見ると、長櫃という物に、掘り取った薄をきちんと並べ、青い色紙に歌を書いて結びつけてあった。見ると、こうある。

　穂が出ると、道を通る人をも招き入れるにちがいない、このたいせつな我が家の薄をご所望なので、掘ってさしあげますが、どうもとてもつらいことで。

とてもおもしろいお歌だこと！　このご返歌はどのようにしたかしら。忘れてしまうくらいで、たいしたできばえでなかったと思うので、返歌を記さなくてもまあよいだろう。けれど、これまでの歌や記事にもどうかしらと思われるようなものもあったろうと思われることだ。

〈語釈〉○まゐりたれば　「薄むらむら茂りて」にかかる。○もろともなれば　兼家と作者がいっしょに行っ

たので。○類(るい)　連れ・仲間の意。作者の姉妹かも知れないが、この文よく読んで見ると、宮邸に寄って薄を懇望するのもどうかと思われるので、実際は兼家と作者のみで、連れはいなかったのではないか。兼家、作者が宮邸に寄らないための口実のような気がする。○青き色紙　薄と同色配合である。青い色紙に歌を書いて薄に結びつけた。○穂に出でばの歌　章明親王の歌。「掘る」に「欲(ほ)る」を掛けた。

〈解説〉この項も章明親王と兼家・作者との交誼の思い出である。作者は序でも、「天下(てんげ)の人の品(しな)高きやと問はむためしにもせよかし」と述べているし、町小路女の身分を罵倒していることで解るように、上流階級の人間だという意識が強い。章明親王や兼家の妹たち、貞観殿登子(じょうがんでんとうし)や怤子女御(ふしにょうご)、愛宮などとも対等に交際している。自尊心の強い人で、自分は町小路女風情ではないという気持があり、特技である和歌の才能を活用し、兼家の北の方として社交的に活躍した。この項も彼女の自尊心を満足させうる幸福な時期で、兼家といっしょに賀茂の河原にも出かけているし、その途中宮家のきれいな薄を懇望し、宮の好意で倫寧(ともやす)の別邸に植えている。執筆時から見れば、とてもなつかしい幸福な時として思い出されたであろう。

康保元年

三二　ひぐらしの初声

春うち過ぎて夏ごろ、宿直がちになるここちするに、つとめて、一日ありて、暮るればまゐりなどするをあやしう、と思ふに、ひぐらしの初声聞こえたり。「いとあはれ」と驚かれて、

あやしくも夜のゆくへを知らぬかな今日ひぐらしの声は聞けども

といふに、出でがたかりけむかし。

かくて、なでふことなければ、人の心をなほたゆみなく、たのみたり。月夜のころ、よからぬ物語して、あはれなるさまのことども語らひても、ありしころ思ひ出でられて、ものしければ、かく言はる。

曇り夜の月とわが身のゆくすゑのおぼつかなさはいづれまされり

返りごと、たはぶれのやうに、

おしはかる月は西へぞゆくさきはわれのみこそは知るべかりけれ

など、たのもしげに見ゆれど、わが家とおぼしき所は、ことになむあんめれば、いと思はずにのみぞ、世はありける。さいはひある人のためには、年月見し人も、あまたの子など持たらぬを、かくものはかなくて、思ふことのみしげし。

〈現代語訳〉

春が過ぎて夏のころ、あの方は宿直(とのい)の夜が多くなった気がしたが、朝早く訪れて、一日いて、日が暮れると参内したりするのを、おかしいなあと思っていると、ひぐらしの初声が聞こえた。「ほんとにまあ、ひぐらしが鳴きはじめたわ」とはっとさせられて、

あなたも日ぐらしここにおいでになったのに、夜になってからのお出かけはいったいどこへやら、ほんに不思議でなりませんのよ。

と言うと、さすがに出て行きにくかったのだろう、そのままとどまった。

こうして、特にこれということもなく日が過ぎてゆくので、あの方の心を今のところ、相変らずおたのみしていた。

月夜のころ、月光を浴びながら語り合うなど不吉なことをするにつけても、しみじみとした話を心こめて語り合った以前のことが思い出されて、気がめいってきたので、こんな歌がふと口ずさまれた。

鮮明に見えず気がかりな曇った夜の月と、不安で心細い私の将来と、いったい、頼りなさはどちらが上でしょう。

返事は、冗談にまぎらわせて、

曇った夜の月でも西へ行くことが推察できるように、あなたの将来についても、この私だけは十分承知しているつもり。すこしも案ずるには及ばないよ。

などと言って、頼もしそうに見えるけれども、あの方が結局自分の落ち着き先と思っているらしい所は、私の所以外であるようだから、まことに予期に反して思うに任かせぬ夫婦仲であった。幸運に恵まれたあの方のために長い年月連れ添って来た私自身も、大ぜいの子どもに恵まれていないので、このように心細い有様で思い悩むことばかりが多いのである。

〈語釈〉○春　康保元年（九六四）兼家三十六歳。作者二十八、九歳。道綱十歳。○あやしくもの歌　道綱母の歌。「蜩（ひぐらし）（蟬の一種）」に「日暮らし」を掛け、「夜のゆくへ」と対照させる。日が暮れると参内せねばと言って兼家が出かけるのであやしいと作者が思うのである。○たのみたり　底本「こりにたり」たのみにしていたととる。一説わびにたり。一説見えたり。○よからぬ物語　月光を浴びつつ物語をするのは不吉とされた。中国伝来のもの。○曇り夜のの歌　道綱母の歌。『後拾遺集』雑一に第一句「曇るよの」第三句「ゆくすゑと」で入る。○おしはかるの歌　兼家の歌。「西へぞゆく」の「ゆく」に「ゆくさき（将来の意）」を掛ける。○わが家とおぼしき所　兼家の落ち着く所、妻をさす。○ことになむ　他所に。時姫の所をさす。○さいはひある人　兼家をさす。○年月見し人　長年妻として関係を持った人。自分自身をさす。

〈解説〉日中兼家がせっかく訪れてくれても夕方になると、今夜も宿直だ、参内せねばと、そそくさと帰り支度をして出かける。女の勘で作者は「これはあやしい。臭い！」とにらんだ。兼家は三月左京大夫（『公卿補任』）。ただし『尊卑分脈』では五月右京大夫）になっている。一説では兼家が、道義母である藤原忠幹女のもとに通いはじめたので参内を口実に出かけるのだという。ある日暮、例のように、「宮中へ」と出かけようとするとたん、折も折、ひぐらしが初声を聞かせたので、作者はとっさに、「ひぐらし」を詠み入れて歌を詠んだ。『古今集』の序の歌の効能そのままに、兼家の心を動かし、力を入れずして彼の足をひきとめた。「曇り夜の月とわが身のゆくすゑのおぼつかなさはいづれまされり」の歌もなにげなくすらりと詠まれているが、不安定な夫婦関係、いつどうなるかわからない心細い身のうえの実感がしみじみと出ている。やはり彼女は歌人である。兼家は磊落に作者の将来を保証するがどこまで信頼できるか疑わしい。時姫はすでに道隆、超子、道兼、詮子の四児の母となり、でんとかまえて北の方としての貫録が次第に備わりつつあるのに比べ、道綱一人しか恵まれないわが身の不運がしきりに嘆かれる作者である。

三三　母の死去

さいふいふも、女親といふ人あるかぎりはありけるを、久しうわづらひて、秋の初めのころほひ空しくなりぬ。さらにせむかたなくわびしきことの、世の常の人にはまさりたり。あまたある中に、これはおくれじおくれじと惑はるるもしるく、いかなるにかあらむ、足手などただすくみにすくみて、絶え入るやうにす。

　さいふいふ、ものを語らひおきなどすべき人は京にありければ、山寺にてかかる目は見ればば、幼き子を引き寄せて、わづかに言ふやうは、

「われ、はかなくて死ぬるなめり。かしこにきこえむやうは、『おのがうへをば、いかにもいかにもな知り給ひそ。この御後のことを、人々のものせられむ上にも、とぶらひものし給へ』ときこえよ」とて、

「いかにせむ」

とばかり言ひて、ものも言はれずなりぬ。

　日ごろ月ごろわづらひてかくなりぬる人をば、今は言ふかひなきものになして、これにぞ皆人はかかりて、まして、

「いかにせむ。などかくは」

と、泣くが上にまた泣き惑ふ人多かり。ものは言はねど、まだ心はあり、目は見ゆるほどに、いたはしと思ふべき人寄り来て、

「親は一人やはある。などかくはあるぞ」

とて、湯をせめて沃るれば、飲みなどして、身などなほりもてゆく。

　さて、なほ思ふにも、生きたるまじきここちするは、この過ぎぬる人、わづらひつる日ごろ、ものなども言はず、ただ言ふこととては、かくものはかなくてあり経るを夜昼歎きにしかば、

「あはれ、いかにしたまはむずらむ」

と、しばしば息の下にものせられしを思ひ出づるに、かうまでもあるなりける。

人聞きつけてものしたり。われはものもおぼえねば、知りも知られず、人ぞ会ひて、

「しかじかなむものしたまひつる」

と語れば、うち泣きて、穢らひも忌むまじきさまにありければ、

「いとびんなかるべし」

などものして、立ちながらなむ。そのほどのありさまはしも、いとあはれに心ざしあるやうに見えけり。

かくて、とかうものすることなど、いたつく人多くて、みなしはてつ。今はいとあはれなる山寺に集ひて、つれづれとあり。夜、目も合はぬままに、歎き明かしつつ、山づらを見れば、霧はげに麓をこめたり。「京もげにたがもとへかは出でむとすらむ、いで、なほここながら死なむ」と思へど、生くる人ぞいとつらきや。

かくて十よ日になりぬ。僧ども念仏のひまに物語するを聞けば、

「このなくなりぬる人の、あらはに見ゆる所なむある。さて、近く寄れば、消え失せぬなり。遠うては見ゆなり」

「いづれの国とかや」

「みみらくの島となむ言ふなる」

など、口々語るを聞くに、いと知らまほしう、悲しうおぼえて、かくぞ言はるる。

ありとだによそにても見む名にし負はばわれに聞かせよみみらくの島

といふを、せうとなる人聞きて、それも泣く泣く、

いづことか音にのみ聞くみみらくの島がくれにし人を尋ねむ

かくてあるほどに、立ちながらものして日々に訪(と)ふめれど、ただ今は何心もなきに、穢(けが)らひの心もとなきこと、おぼつかなきことなど、むつかしきまで書きつづけてあれど、ものおぼえざりしほどのことなればにや、おぼえず。

〈現代語訳〉

そうは言いながらも、母親が生きている間はなんとか過ごしていたが、その母も長らくわずらって、秋の初めのころ、なくなってしまった。今さらどうしようもなくわびしい気持と言ったら、世間のふつうの人以上であった。大ぜいの姉妹兄弟の中で、この私は、母に死におくれまい、いっしょにあの世へと、気も転倒するばかりだったが、案の定、そのとおりになって、どうしたのかしら、手足がただもうこわばって、息も絶えそうになった。そうなりながらも、いろいろと後事を託すべきあの方は京にいたし、山寺でこんな目に会ったので、まだ幼い子をそばに呼び寄せて、苦しい息の下からやっと言い聞かせたことは、「私はこのままむなしく死んでしまうでしょう。お父上さまに申し上げてほしいことは『私のことは、けっして、けっしておかまいくださいますな。亡きおばあさまのご法事を、他の方々のなさる以上に十分お弔(とむら)いなさってください』と申し上げてね」と言って、「どうしよう」と言っ

たきり、口も利けなくなってしまった。

長い月日をわずらったあと、こうなった母のことは、今は言っても仕方がないものとあきらめて、私の方に人々はかかりきりで、以前よりもひどく、「どうしましょう。どうしてこんなふうに」と、言って泣いていたうえに、さらにはげしく泣く人が大ぜいいた。私は口は利けないが、まだ意識ははっきりしていたし、目は見える、そこへ、私をいたわってくれる父が寄って来て、「親は亡き母上だけではないぞ。どうしてこんなふうにおなりなのだ」と言って、薬湯（やくとう）をむりに口中へ注ぎこむので、それを飲んだりなどして、からだもだんだんと回復してゆく。

さて、やはり、どう考えて見ても、生きていられるような気がしないのは、この亡くなった母が、病床にいた日ごろ、ほかのことは何も言わず、ただ口にすることと言えば、私がいつも頼りなく日々を過ごしているのを明け暮れ嘆いてばかりいたので、「ああ、あなたはこれから先、どうなさることでしょう」と、たびたび、苦しい息の下から言われたのを思い出すと、こんな状態にまでなったのだった。

あの方が聞きつけて訪れて来た。私は意識がはっきりしないので、何もわからず、侍女が会って、「これこれのご様子でいられました」と語ると、あの方は涙を流して、穢（けが）れもいとわず近づこうとする様子だったので、「とんでもないことでございます」などとひきとめたところ、立ったままで見舞ったとのこと。その当時のあの方の様子は、まことに愛情がこもっているように見受けられた。

こうして、あれこれ母の葬儀万端など、とり計らってくれる人が大ぜいいて、すべて滞りなくすませた。今は、たいそう悲しい思いのする山寺で、みないっしょに喪に服して、所在ない気持で過ごしていた。夜、眠れないままに一晩じゅう嘆きとおして、明け方、山のあたりをながめると、霧は、古歌そのまま、麓（ふもと）に立ち込めている。もうすぐ帰る京も、いったい、だれのもとへ身を寄せたらいいのかしら、イヤモウやはりこの山寺で死にたいと思うのだが死なせてくれない人のあるのはまことに辛いことだ。

こうして十日余りにもなった。僧侶たちが念仏の合間によもやま話をするのを聞いていると、「この亡くなった人の姿が、はっきり見える所がある。そのくせ、近寄っていくと、消え失せてしまうそうだ。遠くからなら、亡者の姿が見えるということだ」「それは何という国だね」「みみらくの島という所だそうだ」などと、口々に語っているのを聞くと、とてもその島のありかを知りたくて、すっかり悲しい気持になって、こんな歌が自然と口ずさまれる。

亡き母上の姿が見える、そんなうれしい話で耳を楽しませるというその名のとおりのみみらくの島なら、どこにあるのか私に聞かせてほしい。せめて遠くからでも母上の姿を見たいから。

と言うのを、兄にあたる人が聞いて、その兄も泣きつづけながら、亡者が行く所と、話にだけ聞いているみみらくの島に隠れてしまった母上を、いったいどこにおいでかと尋ねて行けばよいのだろうか。

こうしている間にも、あの方は立ったまま訪れて、毎日見舞ってくれるようであるが、私の方は、目下ぼうっとして気抜けの状態であるのに、穢れの期間がじれったい、気がかりなことなど、煩わしいくらい書き連ねてあるけれども、なにぶん意識のはっきりしない時分のことだったせいか、おぼえていない。

〈語釈〉○**さいふいふも**　前を受け、このように心細い有様で、あれこれ思い悩むことばかり多くはあったけれども。そうは言いながら。○**これ**　自称代名詞、作者をさす。○**さいふいふ**　前を受け、息も絶えそうになりながら、近接同語ではげしい語調でくりかえし述べていく。○**人**　兼家をさす。○**知る**　めんどうをみる。○**この御後のこと**　亡母の葬式や法事など。○**いたはしと思ふべき人**　父倫寧をさす。○**この過ぎぬる人**　亡くなった人、母をさす。○**かうまでもある**　心の支えとしていた母の死でショックを受け、手足が硬直して息も絶え絶えになったことをいう。○**人聞きつけて**　兼家が作者の病気を知って。○**人ぞ会ひて**　作者付きの侍女が兼家に会って。○**立ちながら**　当時は穢れがあるときでも、立ったままで会えばその穢れに触れないとされた。○**つれづれとあり**　喪にこもっているので、時間をもてあまし所在ない日々であった。○**霧はげに麓をこめたり**　「川霧の麓をこめて立ちぬれば空にぞ秋の山は見えける」（『拾遺集』秋・清原深養父）による。○**生くる人**　道綱をさす。死にたくても道綱の存在がきずなとなって、作者をこの世にひきとめて死なせないのである。○みみらくの島　五島列島の福江島の三井楽（北端）で、遣唐使一行の船はかならず三井楽で飲料水や食糧を積み込み、外国へ向うのがつねであった。三井楽を旻楽済とか川原浦の西済とか、みみらくとも言った。『肥前国風土記』、『万葉集』巻十六、『続日本後紀』などにも見える。俊頼の歌「みみらくのわが日の本の島ならば今日もみかげにあはましものを」（『散木弃歌集』）があり、『袖中抄』が「能因坤元儀」を引いて「ひびらこの崎と云ふ所あり、其所には夜となれば死にたる人あらはれて、父子相見る」という。○ありとだにの歌　道綱母の歌。「みみらく」の地名にうれしい伝説が耳を楽しませる意味を含ませる。○いづことかの歌　おそらく兄理能の詠であろう。せうとは兄人の音便であるが、「なる人」は朧化的表現。○何心もなき　放心、虚脱状態にあること。

〈解説〉時代を越えて女の子にとって母親は絶対的な存在である。まして一夫多妻の通い婚の風習下、さらに男親は県歩きで京を留守がちであった作者の場合、母親は何よりの心の支えであったであろう。古風で律義な母であり、身分違いの娘婿、兼家にも遠慮がちで、批判がましいことや恨みがましいことはいっさい口にしなかった。夫らしい責任を果さず、権利のみを乱用して仕立物を頼んできたときも、ご無理ごもっともで、してあげるよう娘の作者や侍女にとりなしている。ジェネレーションの相違もあってそういうとき反発した作者ではあったが、母がそばにいることだけで彼女は心じょうぶであった。その掛け替えのない母がなくなった。なくなられてみるといっそう母のありがたみ、余人ではかえられない母ならではの海のような大きな温かみ、気強さ、ワッとすがりつけるものがすっとなくなってしまった感がしてならなかった。心の中にポッカリ穴があいたようなむなしさを覚えた。作者が悲しみの余り手足に異常を来し、失神状態におちいったというのもあながち誇張とはいえない。

父も「親は一人やはある。などかくはあるぞ」と励まし、慰め、力づけてくれるが、父に母の代りはできない。彼女の状態を耳にした兼家も穢れを意に介さず、毎日立ちながらでも見舞ってくれる。兼家と作者の間に夫婦らしい愛情が通い合った期間であるが、作者は母の死去というあまりにも大きな犠牲を払ってのことである。作者も母の存在のありがたみを心の底から感じたと見え、病床でも道綱に、自分のことはどうなってもかまわないから捨てておいて、母の葬儀万端や法事など、倫寧家で営む以上に兼家の力でやってほしいと父上に伝えるようにと言っている。

みみらくの島の伝説は僧侶同士のよもやま話にふさわしいものであり、同時に母を亡くし喪にこもっている作者にとってはまことに耳よりなお話で、この部分にうまくはまって色彩を添えている。

三四　京の家に帰る

里にも急がねど、心にしまかせねば、今日みな出で立つ日になりぬ。来し時は、膝に臥し給へりし人を、いかでか安らかにと思ひつつ、わが身は汗になりつつ、さりともと思ふ心添ひて、頼もしかりき。こたみは、いと安らかにて、あさましきまでくつろかに乗られたるにも、道すがらいみじう悲し。降りて見るにも、さらにものおぼえず悲し。もろともに出で居つつ、つくろはせし草なども、わづらひしよりはじめて、うち捨てたりければ、生ひこり

て、いろいろに咲き乱れたり。わざとのことなども、みなおのがとりどりすれば、われはただつれづれとながめをのみして、

「ひとむら薄虫の音の」

とのみぞ言はるる。

　手触れねど花は盛りになりにけりとどめ置きける露にかかりて

などぞおぼゆる。

　これかれぞ殿上などもせねば、穢らひもひとつにしなしためれば、おのがじしひきつぼねなどしつつあめる中に、われのみぞ紛るることなくて、夜は念仏の声聞きはじむるより、やがて泣きのみ明かさる。四十九日のこと、たれも欠くことなくて、家にてぞする。わが知る人、おほかたのことを行ひためれば、人々多くさしあひたり。わが心ざしをば、仏をぞ画かせたる。

　その日過ぎぬれば、みなおのがじしいきあかれぬ。ましてわがここちは心細うなりまさりて、いとどやるかたなく、人はかう心細げなるを思ひて、ありしよりはしげう通ふ。

〈現代語訳〉

　京のわが家へも急いで帰る気はないけれども、思いどおりにはできないので、今日は一同、寺を引きあげる日になった。

山寺へ来たときには、私の膝に臥していられた母上を、なんとか楽なようにと気を遣っ

て、自身は汗びっしょりになりながら、いくらなんでもと期待する気持も手伝って、張りのある道中であった。今度は、まったく楽々として、あきれるぐらいゆったりと乗れたにつけても、道々、とても悲しい。家に着いて車から降りてあたりを見ると、まったく、何もわからぬくらいただただ悲しい。生前、母といっしょに端近に出ては、手入れをさせた庭の草花なども、発病以来、ほうりっ放しにしてあったので、いちめんに生い茂って、色とりどりに咲き乱れている。母のための特別の供養なども、みながめいめい思い思いにしているので、私はただ所在なくぼんやりもの思いにふけってばかりいて、「ひとむら薄虫の音の」という古歌が、ただもう口ずさまれるのであった。

　　手入れもしないけれど花はまっ盛りになってしまった。亡くなった母上がこの世に残しておかれた慈しみの露を受けて。

などと、感じられた。

　身内の人はだれも殿上勤めなどもしないので、いっしょに喪にこもっているらしくて、めいめい部屋を仕切ったりなどして過ごしているらしいその中で、私だけは悲しさの紛れることもなく、夜は念仏の声が聞こえ出すときからずっとただもう一晩じゅう泣き明かしてしまう。四十九日の法事はだれもかれも丁寧に、家でとり行った。夫であるあの方が法要の万端を取りしきってくれたようなので、大ぜいの人たちが参会した。私は供養の志を表わすものとして、仏像を描かせた。その日が過ぎてしまうと、みなめいめい引き揚げて行って散り散りになった。今まで以上に、しだいに心細さが募ってきて、私はどうしようもなく、あの方は私のこんな心細い気持を察して、以前よりは足しげく通ってくれる。

〈語釈〉○**乗られ**　乗ることができた。「れ」は可能。○**わざとのこと**　特別に行う追善供養。○**ひとむら薄虫の音の**　「君が植ゑしひとむら薄虫の音のしげき野辺ともなりにけるかな」（『古今集』哀傷・御春有輔）の二、三句を引用。○**ひきつぼね**　屏風などで仕切りをして小さい部屋のようにする。○**わが知る人**　自分のめんどうを見る人。夫兼家をいう。○**その日**　四十九日。○**人**　兼家。

〈解説〉いつまでも母の死んだこの山寺に滞在したい気がするが、そうもいかず、作者は京の自宅にもどることになった。この山寺へ病気の母を連れて来るときは、狭い車中、少しでも病人が楽なようにと気を配って全身びっしょり汗をかきながら登って来たが、道々、山寺での加持祈禱で母上はきっと快癒されるだろうという希望で気は軽かった。ところが一人で下山する今、ゆうゆうと車に乗られ、からだは楽であったが、道中、亡き母を思うと悲しみが込み上げてきてどうしようもなかった。母のいない自宅に入るといっそうせつなくて堪えられない。生前母と簀の子に出て草花の手入れを指図したことが思い出され、母はなくなったが草花は前年どおり、青々と一面にはびこって色とりどりに咲き乱れているのを見ると、人間のはかなさがしみじみ感じられて、同じ思いで詠まれた御春有輔の哀傷歌が口ずさまれた。有輔の場合は知人の藤原利基の逝去後、秋の夜、利基の旧邸に赴くと、今はすっかり荒廃した庭に虫の音のみが高いので感慨無量になって詠んだ歌で、作者はその二、三句を引用したのである。「手触れねど花は盛りになりにけりとどめ置きける露にかかりて」の歌は作者の実感が素直に述べられた秀歌である。

四十九日の法要も兼家が先に立って経済的にも、また高僧などを呼ぶ手配もしてくれてりっぱにしてくれたので作者も満足したであろう。身内の人たちが引き揚げたあと、寂しい家に悄然としている作者を思いやって兼家は足しげく通って来て傷心の作者を慰めている。この日記では主題の関係もあって、兼家の厚い心持ややさしい心遣いにはあまり触れていない。触れてもごく簡潔に述べるのみである。母の死去の場合でも兼家のねんごろな見舞に対して、みみらくの島の歌がよめるくらいであるのに、「ものおぼえざりしほどのことなればにや、おぼえず」と逃げて筆を割こうとしないし、この項でも「人はかう心細げなるを思ひて、ありしよりはしげう通ふ」とだけ記しているに過ぎない。

三五　大徳の袈裟

さて、寺へものせし時、とかう取り乱りしものども、つれづれなるままにしたたむれば、明け暮れ取り使ひし物の具なども、また書きおきたる文など見るに、絶えいるここちぞする。弱くなり給ひし時、忌むこと受け給ひし日、ある大徳の袈裟を引き掛けたりしままに、やがて穢らひにしかば、ものの中より今ぞ見つけたる。これやりてむと、まだしきに起き

て、「この御袈裟」など書き始むるより、涙にくらされて、

「これゆゑに、
蓮葉の玉となるらむ結ぶにも袖ぬれまさるけさの露かな」

と書きてやりつ。

また、この袈裟のこのかみも法師にてあれば、祈りなどもつけてたのもしかりつるを、にはかになくなりぬと聞くにも、このはらからのここちいかならむ、われもいと口惜し、頼みつる人のかうのみ、など思ひ乱るれば、しばしばとぶらふ。

さるべきやうありて、雲林院にさぶらひし人なり。四十九日など果てて、かく言ひやる。

思ひきや雲の林をうちすてて空の煙に立たむものとは

などなむ、おのがここちのわびしきままに、野にも山にもかかりける。

〈現代語訳〉

さて、寺へ行ったとき、あれこれ取り散らした物などを、所在なさにまかせて整理すると、母上が、平常使っていた道具類や、それからまた、書き残しておいた手紙などを見つけると、絶え入るようなたまらない思いがする。母上が衰弱されたとき、受戒なさったその日、そこに居合せたお坊さまの袈裟を引き掛けていたので、そのまま袈裟が死の穢れに触れてしまったので、ほかの品々の中に紛れ込んでいたのを、今やっと見つけ出した。これを返そうと思い、朝まだ暗いうちから起きて、「この御袈裟」などと書き始めると、たちまち涙

にかきくれて、「この御袈裟のおかげで、

亡くなった母上は今ごろ極楽の蓮（はちす）の葉の玉となっていることでしょう。けれども今朝（けさ）、この袈裟の紐（ひも）を結ぶにつけても、私の方はなおいっそう涙が溢れまして、袖がいちだんとびっしょり濡れてまいります」

と書いて持たせてやった。

また、この袈裟の持主の兄君も法師であったので、祈禱などもしてもらって頼りにしていたところが、突然亡くなってしまったと聞くにつけ、この弟君の胸中はどんなであろう、私もとってもがっかりした。頼りにしていた人にかぎってこんなになってゆく、などと心が乱れておさまらないので、たびたびお見舞いする。この兄君は、しかるべきわけがあって、雲（う）林院（りんいん）にお仕えしていた人である。四十九日などが終ってから、次のような歌を送った。

雲林院をあとに、兄君が空の煙となって立ち登られ、あの世に行っておしまいになろうとは、思っても見ませんでした。

などと言ってやったが、当時私自身がさびしくてならないばっかりに、野にでも山にでもさまよい出てしまいたい心情でいっぱいであった。

〈語釈〉○忌むこと受け　受戒。仏の戒律を受けて仏門にはいることであるが、この場合は病気を直すために仏の弟子となってそのお加護を願うのである。○ある　そばに居あわせた。○大徳　徳の高い僧。転じて僧侶を尊んでいう。○袈裟　僧が衣の上に左肩から右の脇へかけて着る長方形のきれ。「けさ」は梵語で、不正色を言い、青・赤・黄・白・黒（以上正色）以外の色をいったが、僧衣は廃物の布を綴り合わせたもので不正色と考えられ、けさと呼ばれるようになった。袈裟は仏門に入ったしるしとしてつける。○穢らひにし　袈裟をかけたまま亡くなったので、その袈裟が死の穢れに触れたのである。○これゆゑに　この袈裟のおかげで。歌の「蓮葉の玉となるらむ」につながる。○蓮葉の歌　道綱母の歌。「結ぶ」は蓮の葉に露が置くことと、袈裟の紐を結ぶとを掛け、「今朝」に「袈裟」を掛ける。「蓮葉の玉となる」とは極楽往生することをいう。○雲林院　京都市北区紫野にあった天台宗の寺。○思ひきやの歌　道綱母の歌。雲の林は雲林院のこと。○野にも山にも　「いづくにか世をば厭はむ心こそ野にも山にもまどふべらなれ」（『古今集』雑下・素性法師）による。

〈解説〉自宅にもどってようやく心も落ちついたころ、所在ないままに、不在中散らかしたものの整理を始めた作者は母が平常使用していた道具類や母の筆蹟を見つけ出してたちまち目の前がまっくらになってしまう。いろいろの中から、山寺で母が重態に陥って受戒した節、かけてもらった袈裟がいま出て来たので、持主の僧に返すため歌を詠んでいる。この項ではその歌が中心であるが、作者の歌才が十分発揮された秀歌である。この法師の兄の急逝を聞いてかねて祈禱などで世話になっているだけに作者は心から同情されて弔問歌を送って慰めている。最近肉親を失った作者だけに同じ思いの法師にだまっていられなかったのであろう。

康保二年

三六　母の一周忌

はかなながら秋冬も過ごしつ。ひとつ所には、せうと一人、叔母とおぼしき人ぞ住む。それを親のごと思ひてあれど、なほ昔を恋ひつつ泣き明かしてあるに、年かへりて、春夏も過ぎぬれば、今は果てのことすとて、こたびばかりは、かのありし山寺にてぞする。ありしことども思ひ出づるに、いとどいみじうあはれに悲し。導師の初めにも、

「うつたへに秋の山辺を訪ね給ふにはあらざりけり。眼閉ぢ給ひし所にて、経の心解かせ給はむとにこそありけれ」

とばかり言ふを聞くに、ものおぼえずなりて、のちのことどもはおぼえずなりぬ。あるべきことども終りて帰る。やがて服脱ぐに、鈍色のものども、扇まで祓へなどするほどに、

　藤衣流す涙の川水はきしにもまさるものにぞありける

とおぼえて、いみじう泣かるれば、人にも言はでやみぬ。

忌日など果てて、例のつれづれなるに、弾くとはなけれど、琴おしのごひてかきならしな

どするに、忌(いみ)なきほどにもなりにけるを、あはれにはかなくてもなど思ふほどに、あなたより、

　今はとて弾き出(い)づる琴の音(ね)を聞けばうちかへしてもなほぞ悲しき

とあるに、ことなることもあらねど、これを思へば、いとど泣きまさりて、

　なき人はおとづれもせで琴の緒(を)を絶ちし月日ぞかへりきにける

〈現代語訳〉

むなしい心持のままで、秋冬を過ごした。同じ家には、兄が一人と、叔母(おば)にあたる人がいっしょに住んでいる。その叔母を親のように思っているのだけれど、やはり、母の生きていた昔をいつも恋いつづけながら、涙がちな日々を送っているうちに、新年を迎え、春夏も過ぎてしまったので、秋になった今は一周忌の法事をするというので、今度だけは、母が息を引きとったあの山寺で営む。あの当時のことをあれこれ思い出すと、いよいよ感無量で胸がいっぱいになる。導師が開口一番、

「ご参集の皆さまがたは、なにも秋色の山べを賞美するためにおいでなされたのではございませぬ。故人が逝去された所で、経義を会得(えとく)なさろうとしてでございます」

と言うのを耳にするだけで、胸がこみあげてぼうっとなり、その後のことなどはいっさいわからなくなってしまった。法事万端が終って帰宅するとすぐそのまま喪服を脱いだが、鈍色(にびいろ)の喪服はじめ扇にいたるまで、お祓(はら)いなどをするときに、

喪服を川に流しお祓いをする今、それを着ていたときよりもいっそうせつなくて、流れ出る涙のために川の水は岸にも溢れるほどで、喪があけても悲しみはつのるばかりである。

と思われて、とめどなく涙が溢れてくるので、だれにも言わずにそのままになった。

ご命日などもすんで、例によって所在ないままに、弾くというほどでもないが、琴の塵(ちり)を払って爪弾(つまび)きなどすると、もう喪はあけてしまったが、感深くむなしくても月日はたってしまうものだとしみじみ思っているときに、叔母の方から、

もう喪があけたというので、取り出して弾き出された琴の音を聞きますと、昔のことがよみがえってきて、いっそう悲しくなってまいります。

と言って来たので、何も格別のことはないけれども、亡き人をしのぶせつない気持を思うと、なおさらひどく泣けてきて、

亡き母上はもうふたたび帰ってみえず、琴の緒(お)を切ってもう弾くまいと誓った日すなわち母上の祥月(しょうつき)命日はまたふたたび帰ってきたことです。

〈語釈〉○せうと　兄理能か。○それ　叔母をさす。○年かへりて　康保二（九六五）年、兼家三十七歳。作者二十九歳ぐらい。道綱十一歳。○果てのこと　一周忌の法事。○導師　法会のときなどに首席を勤める僧。○うつたへに　下に否定を伴い、けっして、かならずしもの意を表わす。○鈍色　薄墨色で喪服の色。○藤衣の歌　道綱母の歌。「藤衣」は藤づるや葛の繊維で織った衣。じょうぶだがそまつな服。喪服をいう。「流す」には喪服などを川に「流し」て穢れを祓う意と涙を「流す」意を掛ける。「岸」に「着し」を掛ける。流す・川・岸など縁語である。『拾遺集』に類歌「藤衣祓へてすつる涙川きしにもまさる水ぞ流る る」（哀傷・読人しらず）がある。○あはれにはかなくても　母があっけなく死んだ意にとることもできる。○今はとての歌　叔母の歌。喪中は琴など楽器を弾かない。「かへす」は琴の奏法の一つで琴の縁語。○これ　故人をしのぶ悲しい気持。○なき人はの歌　道綱母の歌。伯牙の絶絃の故事をふまえる。琴の名手伯牙は自分の琴のもっともよき理解者鍾子期が死んだとき琴の絃を切って以後二度と弾かなかったという（『呂氏春秋』）。『後拾遺集』雑一に作者を誤って、大納言道綱朝臣で入っている。

〈解説〉亡き母の一周忌を迎えた作者は喪服を脱ぐにつれてまた悲しみを新たにして自分の心中を「藤衣」の歌に托して表わした。喪中手にしなかった琴を忌明けの今、爪びいたので、琴をテーマに叔母と歌の贈答をするが、作者の歌は伯牙の絶絃の故事を踏まえた秀歌で彼女の漢詩の教養の程がうかがえ、かつそれを歌に活用した才能は相当なものである。

三七　姉の離京

かくて、あまたある中にもたのもしきものに思ふ人、この夏より遠くものしぬべきことのあるを、服果ててとありつれば、このごろ出で立ちなむとす。これを思ふに、心細しと思ふにもおろかなり。

今はとて出で立つ日、渡りて見る。装束一くだりばかり、はかなきものなど硯箱一よろひに入れて、いみじう騒がしうののしりみちたれど、われも行く人も目も見合はせず、ただむかひゐて、涙をせきかねつつ、皆人は、

「など」

「念ぜさせ給へ」

「いみじう忌むなり」などぞ言ふ。されば、車に乗り果てむを見むはいみじからむと思ふに、家より、

「とく渡りね。ここにものしたり」

とあれば、車寄せさせて乗るほどに、行く人は二藍の小袿なり、とまるはただ薄物の赤朽葉を着たるを、脱ぎ換へて別れぬ。九月十余日のほどなり。家に来ても、

「などかく、まがまがしく」と咎むるまで、いみじう泣かる。

さて、昨日今日は関山ばかりにぞものすらむかしと思ひやりて、月のいとあはれなるに、

ながめやりてゐたれば、あなたにもまだ起きて、琴弾きなどして、かく言ひたり。

　ひきとむるものとはなしに逢坂（あふさか）の関のくちめの音（ね）にぞそほつる

これも同じ思ふべき人なればなりけり。

　思ひやる逢坂山（あふさかやま）の関の音（ね）は聞くにも袖ぞくちめつきぬる

など思ひやるに年もかへりぬ。

〈現代語訳〉

　こうして、多くのきょうだいの中でもとりわけ頼りにしている姉が、この夏ごろより、遠国に行かねばならない事情があったのを、母上の喪があけてからにしようと延ばしていたので、近く出かけることになった。姉との別れを思うと、心細いなどいうありきたりの言葉ではとても私の気持は言い表わせない。

　いよいよ出発という日、姉の家に赴いて会った。装束一組ばかりと、ちょっとした品物などを硯箱（すずり）一そろいに入れて、持って行くと、家ではひどく取り込んで騒ぎ立てていたが、私も出かける姉もお互いに視線をそらしたまま、ただ向いあって涙をこらえきれなくていると、まわりの人たちは、だれもかれも口々に、

「どうしてそれほどまでお泣きなさいます？」

「しんぼうなさいませ」

「旅立ちに涙はひどく不吉だとか申します」などと言う。こんな具合では、車に乗り込んで

しまうのを見届けるのはどんなにつらいことかしらと思っていると、自宅から、「早速帰っておいで。こちらへ来ているんだよ」と、あの方の言葉を伝えてきたので、車を寄せさせて乗るときに、旅立つ姉は二藍の小袿を着用、後に残る私は、ただ、薄物の赤朽葉色の小袿を着ていたが、それをお互いに脱いで取替えて別れた。九月十日過ぎのことである。家にもどって来ても、

「どうしてこんなにまで泣くの。不吉なくらい」

と聞きとがめるほど、ひどく泣けてくるのだった。

さて、昨日今日あたりは逢坂山の辺にさしかかっているだろうと思いやって、月がたいそうしんみりと見えるので、ながめながらもの思いにふけっていると、叔母の方でもまだ起きていて、琴を弾いたりなどして、このように言ってよこした。

人をひきとめるのが役目である逢坂の関も、その関の入口で姉上の一行をひきとめることもなしに、同じく私もひきとめることができずに、ただお琴を弾いては泣き濡れております。

この人も私同様、姉のことを心にかけて嘆いているからだった。

今ごろは逢坂山の関あたりを越えているかしらと姉のことを思いやりながら、叔母さま

のお弾きになる琴の音を聞いておりますと、涙はあとからあとから流れて、私の袖が朽ちてしまいそうでございます。

などと姉のことを思いやっているうち、年も改まった。

〈語釈〉○たのもしきものに思ふ人　姉。為雅の妻となった人であろう。○遠くものしぬべき　為雅の国守赴任のためであろう。○硯箱一よろひ　硯箱の蓋と身であろう。物を入れて人前に出したりもした。○涙をせきかねつつ　「あれば」を補って訳す。○など　「かく泣き給ふ」を補って訳す。○とく渡りね。ここにものしたり　兼家の言葉。○行く人　姉。「とまるは」と対句。○二藍　藍と紅との二色で染めた色。また、襲の色目をいうときもある。その場合は、表は濃い縹、裏は縹。○小袿　女性の通常礼装で、裳や唐衣をつけない場合、打衣の上に着た。○薄物　紗や絽、縠といった薄い織物。○赤朽葉　赤みがかった黄褐色。ここでは小袿の色である。ただし一説では作者は小袿は着ず、表着の色だろうという。○脱ぎ換へてお互いに本人の身替りとして持っているため。○などかく、まがまがしく　兼家の言葉。○関山　関のある山をいう。ここは逢坂山をさす。○あなた　叔母をさす。○ひきとむるの歌　叔母の歌。「ひき」に姉を引きとめる意の「引き」と琴を弾く意の「弾き」を掛ける。「くちめ」の「くち」は逢坂の関の入口であるが、和琴の名器、「朽目」を掛ける。ただし叔母が弾いたのは箏の琴であろう。○思ひやるの歌　道綱母の歌。「くちめ」には「朽目」（和琴）と涙で袖に朽ちた個所ができたという意を掛ける。○年もかへりぬ　康保三（九六六）年になった。兼家は三十八歳。作者三十歳くらい。道綱十二歳。

〈解説〉母の一周忌も過ぎ、家の内も心中もいよいよ寂しい作者に追打ちをかけるように姉との離別の日が訪れた。夫為雅がすでに地方の国守に任官しているのであろうが、母の死で姉は同行できずに京にとどまった。しかしいつまでも夫を遠国に捨てておくわけにはいかないので姉も一周忌があけるのを待って地方へ出かけることになった。天暦八年冬の父倫寧（ともやす）の陸奥（みちのく）への出発の日のことが思い出される項である。母亡きあと、なんでも打ちあけられ、心の通いあえるのは姉妹であろう。作者も何かとたよりにし心の支えにもしていた姉である。旅立ちの際お互いに形代（かたしろ）として衣服を取替えて持って行く風習が書かれているのは文献としても注意すべきものである。最後に姉のことをテーマに叔母と作者の歌の贈答があり、女同士だけにいたわり合っている。作者の身辺からまずたのもしき人の父倫寧（ともやす）が姿を消し、次にもっとも頼りとしていた母が帰らぬ旅に出かけ、さらに何かと心の支えになり合っていた姉が離れて行った。もっとも頼れるはずの夫兼家は今でも適当な女性を鵜（う）の目鷹（たか）の目で物色している漁色家（ぎょしょくか）で、作者を苦しめこそすれ、全面的信頼など程遠い存在である。一子道綱は幼くてまだ頼られる方で話し相手にもなれない。作者は孤独をかみしめるばかりの日々である。

康保三年

三八　兼家作者邸で発病して自邸へ帰る

三月（やよひ）ばかり、ここに渡りたるほどにしも苦しがりそめて、いとわりなう苦しと思ひ惑（まど）ふ

を、いといみじと見る。言ふことは、

「ここにぞいとあらまほしきを、何事もせむにいとびんなかるべければ、かしこへものしなむ。つらしとなおぼしそ。にはかにもいくばくもあらぬここちなむするなむ、いとわりなき。あはれ、死ぬとも思し出づべきことのなきなむ、いと悲しかりける」

とて、泣くを見るに、ものおぼえずなりて、またいみじう泣かるれば、

「な泣き給ひそ、苦しさまさる。よにいみじかるべきわざは、心はからぬほどに、かかる別れせむなむありける。いかにし給はむずらむ。ひとりは世におはせじな。さりとも、おのが忌のうちにし給ふな。もし死なずはありとも、限りと思ふなり。ありとも、こちはえ参るまじ。おのがさかしからむときこそ、いかでもいかでものし給はめと思へば、かくて死なば、これこそは見奉るべき限りなめれ」

など、臥しながらいみじう語らひて泣く。これかれある人々、呼び寄せつつ、

「ここにはいかに思ひきこえたりとか見る。かくて死なば、また対面せでや止みなむと思ふこそいみじけれ」

と言へば、みな泣きぬ。みづからはましてものだに言はれず、ただ泣きにのみ泣く。

かかるほどにここちいと重くなりまさりて、車さし寄せて乗らむとて、かき起こされて、人にかかりてものす。うち見おこせて、つくづくうちまもりて、いといみじと思ひたり。とまるはさらにもいはず。このせうとなる人なむ、

「なにか、かくまがまがしう。さらになでふことかおはしまさむ。はや奉りなむ」

とて、やがて乗りて、抱へてものしぬ。思ひやるここちいふかたなし。日にふたたびみたび文をやる。「人憎しと思ふ人もあらむ」と思へども、いかがはせむ。返りごとはかしこなるおとなしき人して書かせてあり。

「『みづからきこえぬがわりなきこと』とのみなむきこえ給ふ」

などぞある。ありしよりもいたうわづらひまさると聞けば、言ひしごと、みづから見るべうもあらず、いかにせむなど思ひ歎きて、十余日にもなりぬ。

〈現代語訳〉

三月ごろ、あの方は私の家に来ていたちょうどそのとき、苦しみ出して、めっぽうどうしようもなく苦しい様子で油汗を出しているのを見て、大変なことになったと思った。言うことは、

「ここにいたいのはやまやまだが、何をするにもとても都合が悪いだろうから、あちらへ帰ろうと思う。薄情だとお思いくださるな。急に、あといくらも生きていられないような気持がすることが、とても耐えられない。ああ、私が死んでも、思い出してくださるようなことが何一つとしてないのが、とっても悲しいことだ」

と言って泣くのを見ると、私も気が転倒してしまって、またひどく泣けてくるので、あの方は、

「お泣きなさるな。いっそう苦しくなる。何よりもつらく感じることは、思いがけないとき

に、こんな別れ方をすることなんだよ。私の死後、いったいどうなさるおつもりだろう。とうていひとり身ではいなさるまいな。そうであったとしても、私の喪中にはさし控えてくださいね。万が一死なずにいたとしても、これっきりと思うのだ。命をとりとめても、この体(からだ)では、とてもこちらへは伺えまい。私がしゃんとしている間はなんとしてでも私から離れずにいてほしいが、このまま死んだら、これが見納めということになるだろうよ」

などと、横になったまま、あれこれお話しして涙をこぼす。居合わせた侍女たちを傍らに呼び寄せては、

「私がこの君をどんなに心におかけ申していたかわかるかね。こうして私が死んだら、ふたたびお目にかかれずじまいになるだろうと思うのがとてもたまらない」と言うので、一同涙にくれた。私自身はましてものも言えず、ただ泣きくずれるばかりだった。

こうしているうちに、病状は悪化する一方で、車を寄せて乗ろうとして、抱き起こされ、人に寄りかかってやっと乗り込む。こちらをふりかえり、私の顔をじっと見つめて、とてもつらそうな様子である。あとに残る私のせつなさはいうまでもない。私の兄にあたる人が、

「なんだって、こう縁起でもなく涙をこぼすのです。まったく何ほどのことがおありになりましょうか。さあ、お乗り遊ばしますよう」

と言って、そのまま自分も同乗して、あの方を抱きかかえて行ってしまった。思いやる私の気持のせつなさはなんとも言い表わしようもない。一日に二度も三度も手紙をやる。感情を害する人もあろうとは思うけれども、やむを得ない。返事はあちらの年かさの侍女に書かせ

てよこす。

「『自身で手紙をさしあげられないのが、とってもつらい』とばかり申しておられます」などと書いてある。あの当時よりももっと病状が悪化したと聞くと、あの方が言っていたように、私自身が看病することもできず、どうしたらよかろうと嘆いているうちに十日以上もたってしまった。

〈語釈〉○何事も　公人としての仕事の応接や治療にも。○かしこ　兼家の邸。○ありとも　「死なずはありとも」の略。○こそ……め　五〇頁参照。こそ……めど（ども）の意で逆接。○これかれある人々　そばに居合せた侍女たち。○ここには　話し手が自分をさす。兼家のこと。○とまる　作者のこと。○せうと「兄人（せひと）」の音便。姉妹から見た兄弟。理能（まさとう）であろう。○奉りなむ　「奉る」は「召し上がる」、「お着（き）になる」、「お乗りになる」などの意である。「奉り給へ」と命令形で言うのよりも丁寧な言い方。○人憎しと思ふ人　「人憎し」は作者の行為を人が見て憎らしいと思うことで、「思ふ人」は時姫を暗にさすのであろう。○みづから……わりなきこと　兼家が侍女に言ったことばをそのまま伝えたところ。

〈解説〉作者の家で発病した兼家は公務や加持祈禱の関係から自邸へもどることになった。盲腸のたぐいかどんな病か不明であるが、人の死ぬときや重病のときは「その言良し」と言うが、気持が純粋になり、またいよいよ会えなくなるというときには愛情が湧いて出るのが人情である。「ここにはいかに思ひきこえたりとか見る」と言い、「また対面せでや止（や）みなむと思ふこそいみじけれ」と言う。

こんなやさしいことばを吐く兼家の病状が悪化してゆくので作者はおろおろして涙ばかりこぼしている。兼家の病という代償によって二人の間に愛情がよみがえっている。兼家がこんなに多弁なのはこの日記の中でここのみである。苦しい息の下から思っていることを次々言うので、「もし死なずはありとも、限りと思ふなり」とか、「かくて死なば、これこそは見奉るべき限りなめれ」とか、「かくて死なば、また対面せでや止みなむと思ふこそいみじけれ」と同じ言葉をくりかえし述べている。

　さすがに兄は冷静で、一刻も早く手当をした方がよいと考えて兼家を抱えて同乗して兼家邸へつれてゆく。発病当初の兼家を見ているだけに、また愛情に満ちた彼の言葉を耳にしているだけに作者は他人の思わくなど顧慮する余裕もなく、日に二度も三度も見舞の手紙を送っている。他の所で発病していたらこのように素直、純情にはなれなかったかもしれない。

　瀬戸内晴美の「まどう」には愛人の家で胆石が発病し、救急車で病院に運ばれた夫のことを聞いて妻典子がショックを受け、病状のわからないときはおろおろし心配するが快方に向ってからは非常に腹を立てる複雑な心理が描かれているのを連想した。それにしても一夫多妻の王朝、病の夫を看護することもできず、遠くからただ悲しみながらやきもきする妻のあわれさがよく出ている。

　和泉式部の娘小式部内侍（こしきぶのないし）も教通（のりみち）が大病にかかったとき、毎日毎夜ハラハラしながら、自分も倒れそうになりながら案じ暮したのに、回復した教通から「死なむとせしになぞ問はざるぞ」と心ない言葉を投げかけられたとき「死ぬばかり歎きにこそは歎きしかいきて訪ふべき身にしあらねば」と即詠している。

三九　作者兼家邸へ見舞に赴く

読経修法などして、いささかおこたりたるやうなれば、案のごと、みづから返りごとす。「いとあやしう、おこたるともなくて日を経るに、いと惑はれしことはなければにやあらむ、おぼつかなきこと」など、ひとまにこまごまと書きてあり。「ものおぼえにたれば、あらはになどもあるべうもあらぬを、夜の間にわたれ。かくてのみ日を経れば」などあるを、「人はいかがは思ふべき」など思へど、われもまたいとおぼつかなきに、たちかへり同じことのみあるを、いかがはせむとて、「車を給へ」と言ひたれば、さし離れたる廊のかたに、いとようとりなししつらひて、端に待ち臥したりけり。火ともしたる、かい消たせて降りたれば、いと暗うて、入らむかたも知らねば、「あやし、ここにぞある」とて、手を取りて導く。「など、かう久しうはありつる」とて、日ごろありつるやう、くづし語らひて、とばかりあるに、「火ともしつけよ。いと暗し。さらにうしろめたなくはな思しそ」

とて、屏風の後に、ほのかにともしたり。

「まだ魚なども食はず、今宵なむ、おはせば、もろともにとてある。いづら」

など言ひて、ものまゐらせたり。少し食ひなどして、禅師たちありければ、夜うち更けて、護身にとてものしたれば、

「今はうち休み給へ。日ごろよりは少し休まりたり」と言へば、大徳、

「しかおはしますなり」とて、立ちぬ。

さて、夜は明けぬるを、

「人など召せ」と言へば、

「なにか。まだいと暗からむ。しばし」

とてあるほどに、明うなれば、をのこども呼びて、蔀上げさせて見つ。

「見給へ。草どもはいかが植ゑたる」とて、見出だしたるに、

「いとかたはなるほどになりぬ」など急げば、

「なにか。今は粥などまゐりて」とあるほどに、昼になりぬ。さて、

「いざ、もろともに帰りなむ。または、ものしかるべし」などあれば、

「かくまゐり来たるをだに、人いかにと思ふに、御迎へなりけりと見ば、いとうたてものしからむ」といへば、

「さらば。をのこども、車寄せよ」

とて、寄せたれば、乗る所にもかつがつと歩み出でたれば、いとあはれと見る見る、

「いつか、御ありきは」など言ふほどに、涙浮きにけり。
「いと心もとなければ、明日明後日のほどばかりにはまゐりなむ」
とて、いとさうざうしげなる気色なり。少し引き出でて、牛かくるほどに見通せば、ありつる所に帰りて、見おこせて、つくづくとあるを見つつ引き出づれば、心にもあらで、かへりみのみぞせらるるかし。

さて、昼つかた、文あり。なにくれと書きて、

　　かぎりかと思ひつつ来しほどよりもなかなかなるは侘しかりけり

返りごと、
「なほいと苦しげに思したりつれば、今もいとおぼつかなくなむ。なかなかは、

　　われもさぞのどけきとこのうらならでかへる波路はあやしかりけり」

さて、なほ苦しげなれど、念じて、二三日のほどに見えたり。やうやう例のやうになりもてゆけば、例のほどに通ふ。

〈現代語訳〉

読経や加持祈禱などをして、少し病状がよくなった模様なので、案の定、あの方自身の返事が来た。
「まことに不思議にも、快方に向う様子もなくて幾日もたったが、今度ほどひどく苦しんだことがなかったせいか、あなたのことが気がかりで」

など、人のいない隙(すき)をみて、こまごまと書いてある。

「気分がよくなったので、おおっぴらというわけにはいかないだろうが、夜分の間にこちらにおいで。こうして長らく会わずに日を過しているから」

などと書いてあるので、他の人はどう思うかしらと気をつかうものの、私自身もまた心配でならなかったし、それに、折り返し同じことばかり言ってくるので、やむを得ないと思って、

「では迎え車をおよこしください」

と言って、出かけてゆくと、寝殿(しんでん)から離れた渡殿(わたどの)の方にたいそうきれいに部屋を用意し、調度もととのえて、端近かな所で横になったまま待っていた。ともしていた火を消させて車を降りたので、まっ暗で、入り口もわからずにいると、

「どうしたの、こっちだよ」と言い、手を取って案内してくれる。

「どうして、こんなにひまどったの」

と言って、先日来の経過を、ぼつぼつ話して、しばらくしてから、

「燈火(あかり)をつけよ。まっ暗だ。けっして心配なさることはないよ」

と言い、屏風(びょうぶ)の後ろに、ほんのりと灯(ひ)をともした。

「まだ精進落しの魚なども食(た)べていない。今夜来られたら、いっしょにと思って支度してあるよ。さあ、これへ」

などと言ってお膳を運ばせた。すこし食べたりしていると、祈禱(きとう)のお坊さんたちが居たの

で、夜が更けたころ、「護身に」と言って部屋へ来たので、

「もうお休みください。いつもよりはいくらか楽になりました」と言うと、お坊さんは、

「そのようにお見受けいたします」と言って、立ち去った。

さて、夜が明けてしまったので、

「だれかお呼びください」と言うと、

「なあに、まだまっ暗だろうよ。もうしばらくしたらね」

と言っているうちに、明るくなったので、召使いの男たちを呼んで、蔀（しとみ）を上げさせ、外をながめた。

「見てごらん。庭の草花はどんなふうに植えているかな」と言って庭の方をながめているので、私は、

「とても明るくて不体裁な時刻になってしまいました」などと言って、帰りを急ぐと、

「なあに、いいではないか。さてご飯でも召し上ったうえで」と言っているうちに、昼になってしまった。そこで、あの方は、

「さあ、あなたといっしょに帰ろう。またあなたが来るのはいやだろうから」などと言うので、

「このように参上しただけでさえ、人がどう言うかと気になりますのに、お迎えに伺ったのだったと見られたら、それこそほんとにいやですわ」と答えると、

「では、仕方がない。男ども、車を寄せよ」

と命じて、車を寄せると、私が乗る所まで、あぶない足どりで歩み出てきたので、とてもせつない気持でその姿を見ながら、

「いつになりましょうか。お出かけは」などと言っているうちに、もう涙が浮かんでしまった。

「とても気がかりでならないから、明日か明後日ごろには訪れよう」

と言って、たいそう物足りなさそうな様子である。車をすこし外へ引き出して、牛を轅につけているときに、車の中からずっと見ると、あの方はもとの所に帰って、こちらに視線を向けて、しょんぼりとしている、その姿を見ながら車を進めていくと、思わず知らず、後ろばかりがふりかえられるのだった。

　さて、昼のころ、手紙がよこされた。何やかやと書いて、

　あなたに会うのもこれが見納めかと思って別れてきたあの時より、なまじっかな逢瀬だった今度の方が、かえってつらいものであったよ。

返事は、「まだとても苦しそうにしておいで-でしたので、今もほんとに心配で。なまじっか会ってかえってつらいとおっしゃるご心情は、

　私も同様で、のんびりと床の中で語り合うこともできずに帰る道すがら、不思議なほど

あなた恋しさで胸がいっぱいになり、つろうございました」
さて、まだ苦しそうだったが、がまんして、二三日過ぎたころ訪れて来た。こうして次第にもとのからだにもどってくると、またいつものような間隔で通って来る。

〈語釈〉 ○**読経**(どきやう)　お経の本を見ながら読むこと。○**修法**(ずほふ)　密教の法に従って加持祈禱を行うこと。○**惑はれしことはなければ**　兼家が今度のような大病をした経験がなかったので。あるいは病中頭が呆(ぼ)け分別を失うことがなかったので。○**人は**　第三者。作者の胸中には時姫を意識しているであろうが、作者側に立たない人たちをさす。○**さし離れたる廊のかたに**　この上に、兼家からの迎え車に乗って出かけ、兼家邸に到着した記述が省略されている。こうした筆法は古典にきわめて多い。筆者の心に印象深くやきついた点を叙して行き、細かい描写は省略する法である。「廊」は寝殿造りで建物をつなぐ渡り廊下であるが、幅も広く部屋として使用される。○**いづら**　どうしたか。さあ。相手(侍女をさす)に促していう。○**禅師**　宮中の内道場に奉仕する僧をいうが、転じて一般に僧侶をいう。○**護身**　密教でいっさいの魔障を除き、身心を守り固めるために、印を結び陀羅尼(だらに)を唱えて修法(ずほう)の初めに行う加持の法。○**大徳**(だいとこ)　元来は高徳の僧をいうが、転じて僧を尊んでいう称。○**蔀**(しとみ)　光線や風雨を防ぐために格子の片面に板を張った戸で、上下二枚にわかれる。上は釣り上げて軒下の掛金に止め、下ははずすこともできる。○**粥**(かゆ)　堅粥(かたがゆ)と汁粥(しるがゆ)との総称。前者は現代のご飯にあたり、後者はお粥である。ここは前者。○**人**　前述と同様。○**かつがつ**　こらえこらえやっと。徐々に。○**さうざうしげ**　久しぶりにようやく会えたのにわずかの時間で別れねばならない物足りなさ。○**ありつる所**　廊の部屋。○**かぎりかとの歌**　兼家の歌。以前、兼家が発病した当時「もし死なずはありとも、限りと思ふなり」などのことばによる。なまじっか再会したことが、別れのつらさを感じさせる。○**なかなか**

は　兼家の歌にある「なかなか」の意で、それが直接、和歌の「われもさぞ」へ続く。○われもさぞの歌　道綱母の歌。「とこのうら」は「床（寝床）のうら」と「鳥籠の浦（滋賀県犬上郡鳥籠山付近の琵琶湖畔か）」を掛け、波路はその縁語。「かへる」に波が「かへる」と「帰る」を掛ける。○例のやうに　平常の身体に復すこと。

〈解説〉この当時兼家がどこに住まっていたかは不明であるが時姫も同居していなかったことはたしかである。作者は生涯でただ一度、単身兼家邸を訪れる経験を持った。作者が夫の病気を案じて日ごとに何回も手紙をよこしていたのに心打たれた兼家は危機を脱するや来てほしいと要請したからである。作者も一刻も早く自分の目で兼家の快方に向った姿をたしかめたかったので出かけることを決心した。

二人の純粋な愛情交歓は兼家の大病を代償として得られたものである。正式な北の方の一人でありながら兼家邸に人目をはばかって夜陰にまぎれてしかも迎え車で行き、到着するや松明(たいまつ)の火も消させ、夜明けを気にし、せっかく兼家がいっしょに帰ろうと申し出ているのに作者は人の思わくを気にして遠慮する。当時の貴顕の夫人の哀れさが百パーセント出ている。

兼家はご馳走(ちそう)をいっしょに食べようと用意し、部屋を明るくし、なんの心配も要(い)らないよとやさしく作者をいたわり、護身に来た僧をもことわる気の遣いようであり、夜明けを気にする作者に、まだだいじょうぶだよと引き留め、明るくなると召使いの男を呼んで蔀(しとみ)を上げさせ、庭を見せてくれる。気が気でない作者が帰りを急ぐと食事をすすめ、昼近くなったころ、作者を送って行くと言い出し、かえって作者を当惑させる有様である。まったく大病を境に心の細(こま)やかな夫に変貌している。作者が車に乗る所にも危なっかしい足どりで出て来たので作者は涙ぐんでしまった。
悄然と名残りを惜しむ兼家の様子に後ろ髪をひかれる思いで振り返り振り返り帰途につくと早速兼家から手紙が来る。真心と愛情をみなぎらせた夫婦ならではの贈答歌の往復の後、苦しいのをがまんしてやがて作者のもとに約束どおり訪れた。しかしのど元過ぎればなんとやらでこの状態はいつまで続くのであろう。

この項でおもしろく感じたのは貴顕の邸に出入する大徳の姿で、兼家が「今はうち休み給へ。日ごろよりは少し休まりたり」と護身を断るとお察しよく「しかおはしますなり」と答えてさっさと引き上げて行く。幇間のような態度である。

四〇　賀茂祭に時姫と連歌の贈答

このごろは四月、祭見に出でたれば、かのところにも出でたりけり。さなめりと見て、むかひに立ちぬ。待つほどのさうざうしければ、橘の実などあるに、葵をかけて、

　あふひとか聞けどもよそにたちばなの

と言ひやる。やや久しうありて、

　きみがつらさを今日こそは見れ

とぞある。

「憎かるべきものにては年経ぬるを、など今日とのみ言ひたらむ」

といふ人もあり。

帰りて、「さありし」など語れば、

「『食ひつぶしつべきここちこそすれ』とや言はざりし」とて、いとをかしと思ひけり。

〈現代語訳〉

そのころは四月、祭見物に出かけると、あの方も来ていた。そうらしいと見て、そのむかい側に私の車をとどめた。祭の行列を待つ間が手持無沙汰だったので、持ち合せていた橘の実に、葵を載せて、

今日は人に逢うという「あふひ」祭と聞いておりますのに、そ知らぬ顔でお立ちになって……

と言ってやる。ややひまどって、

あなたの薄情さを今日はっきり見知りましたよ。

と書いてある。

「久しい間ずっと憎らしく思ってきたでしょうに、どうして『きょう』と限って言ったので

しょう」

と言う侍女もある。

帰宅して、「こんなことがありました」と話すと、あの方は、

「『食ひつぶしつべきここちこそすれ』と言ってこなかったかね」と言って、ひどくおもしろがっているのだった。

〈語釈〉 ○祭　賀茂祭。康保三年の賀茂祭は四月十四日（『日本紀略』）。○かのところ　時姫。○むかひ　道の反対側。○あふひとかの句　道綱母の句。「あふひ」に「葵」と「逢ふ日」をかけ、「たちばな（橘）」の「たち」に「立ち」をかける。○きみがつらさをの句　時姫の句。「きみ」に「君」と「黄実」（橘の縁語）をかけ、「きみがつらさ」に「かつら」が詠みこまれている。「かつら」は葵祭に使用されるので。○今日時姫の返しの中のことばを指す。○語れば　作者が来訪してきた兼家に語るとの意。○食ひつぶしつべきここちこそすれ　兼家の猿楽言（さるごうごと）。あなたをこの橘の実として食いつぶしてやりたい気がする。○思ひけり　兼家が自分の放った当意即妙の猿楽言にうまく言えたと悦に入っている。

〈解説〉 前述のように兼家の病気を媒介として二人の間に純粋な愛情の交流が行われた直後の四月であるだけ作者は夫の愛を得ているという自信があったのであろう。それは見物に来ていた時姫の正面に車をとどめたところにも窺えるし、歌を自分から贈ったのも「待つほどのさうざうしければ」だったからと記（しる）していることにも窺える。歌作について自信・自負を持っている作者は葵祭（あおいまつり）にふさわしい歌の上句を橘の実に葵をのせて贈った。教養豊かな上流夫人のみやびの行為である。

時姫の方は虚をつかれたのであわてたであろう。

そもそも、一条・三条両帝の祖母であり、摂政・関白の実母であり、兼家の嫡妻である時姫の歌詠が勅撰集に一首もとられていないところを見ると彼女は歌を得意としなかったのであろう。この「きみがつらさを今日こそは見れ」も時間がやや経ってから返されている。あるいは侍女の代詠かもしれない。歌自身も修辞的にはソツがないが贈った方は作者で、時姫の方はそっけなく立っていたのだから「きみがつらさ」は逆になり、上乗の出来栄えとはいえない。

揚足をとった侍女が「憎かるべきものにては年経ぬるを、など今日とのみ言ひたらむ」と浮き浮き晴れやかな調子で言っているが、「憎かるべきもの」はまさに時姫の気持で、彼女にとっては当時もっとも脅威を感じていた女は作者にほかならなかった。表面は上流夫人として何かにつけて歌の贈答をしてきれいにつきあっているが、所詮、兼家という一人の夫を共有して生きて行かねばならない二人の宿命的確執はいかんともしがたいことであろう。

祭見物から帰った作者からこの連歌のことを聞いた兼家は橘の縁語で「『食ひつぶしつべきここちこそすれ』と言わなかったかい」と言って、呵々(かか)大笑した。この言葉は磊落(らいらく)な彼の性格を思わすが、時姫と作者を両手の花と持つ兼家の満足の上に放った諧謔(かいぎゃく)である。自分の猿楽言(さるごうごと)に悦に入っている兼家の姿が見えるようである。

この項の「四月、祭見……（中略）……いとをかしと思ひけり」が鎌倉時代に「かげろふ日記絵」として描かれ、その絵詞(えことば)書の断簡が国宝手鑑『見ぬ世の友』（東京・出光美術館蔵）と国宝手鑑『藻塩草』（京都国立博物館蔵）とに収められているのである。発見者は田村悦子氏でこの断簡について精緻(せいち)な考証をして、同氏は『美術研究』（昭和四十一年三月刊二四一号）に詳細に発表されている。

なお『源氏物語』葵巻の車争いなどはこの項からもヒントを得て紫式部が構想したのかもしれない。

四一　五月の節

今年は節きこしめすべしとて、いみじう騒ぐ。いかで見むと思ふに、所ぞなき。

「見むと思はば」とあるを聞きはさめて、

「双六うたむ」と言へば、

「よかなり。物見つくのひに」

とて、目うちぬ。喜びてさるべきさまのことどもしつつ、宵の間、静まりたるに、硯引き寄せて、手習ひに、

あやめ草生ひにし数をかぞへつつ引くや五月のせちに待たるる

とてさしやりたれば、うち笑ひて、

隠れ沼に生ふる数をばたれか知るあやめ知らずも待たるるかな

と言ひて、見せむの心ありければ、宮の御桟敷の一続きにて、二間ありけるを分けて、めでたうしつらひて見せつ。

〈現代語訳〉

今年は五月五日の節会をお催しになるはずだといって、大騒ぎである。なんとかして見たいと思うが、見物の席がない。「見たいと思うなら」とあの方が漏らした言葉を私は小耳にはさんで、その後、「双六を打とう」と言われたので、「ええやりましょう。見物席を賭にして」と言って相手をし、よい目を打ち出して勝った。喜んで、その日の準備をあれこれしながら、宵の間の人の静まったころに、硯を引き寄せて、すさび書きに、

菖蒲の伸びた数をかぞえながら、その根を引く五月の節供の日がしきりに待たれるのですよ。見物の席を用意してくださるというので今からその日を待ちこがれておりますの。

と書いて、さし出すと、あの方はにっこりして、

人目にふれぬ沼に生えている菖蒲の数をだれが知るものですか。それと同じように見物の席もあるかどうかわからないのにあなたはただむやみに待っているのですね。

と言って、祭を見物させてやろうの気があったので、宮さまの御見物席と一続きで二間あった席を仕切って、りっぱにととのえて、見物させてくれた。

〈語釈〉○節　五月五日の端午の節会。『日本紀略』に「五日己巳、天皇幸二武徳殿一、有二競馬一。六日庚午、天皇幸二武徳殿一」とあるのを指す。「今年は」とあるのは皇后安子崩御（康保元年四月二十九日）のため、元年、二年と行われなかったのによる。○所　見物の席。○見むと思はば　兼家のことば。○聞きはさめて　主語は作者。○双六うたむ　作者のことばともとれるが、兼家のことばともとり得る。双六は古く中国より伝来した遊戯で、盤の上に黒白十二の馬を配置し二箇の采を筒よりふり出してその数で勝負を争う。○物見つくのひに　祭見物を賭の代償にする。○目うちぬ　よい目を出して勝った。○あやめ草の歌　道綱母の歌。「引くや」の「や」は間投助詞。「引く」は菖蒲を沼から引き抜くこと。「せち」に「切」と「節」を掛ける。○隠れ沼にの歌　兼家の歌。「隠れ沼」は人目につかぬ沼。「あやめ」は「菖蒲」に物の道理の意の「あやめ」を掛ける。○宮　章明親王。○桟敷　物見のために床を一段高く作った席。○間　柱と柱との間を「間」と言う。

〈解説〉この項も前項にひき続いて穏やかな貴族の生活における一こまを描いている。兼家、作者の仲も円満で実力者兼家の頼もしい夫ぶりや鷹揚で磊落な性格も窺われる。兼家の方は時姫と比べて、歌も即詠できるしこの面での社交にも事欠かない。勅撰集にも十六首（『続古今集』の一首も含む）『蜻蛉日記』にも上巻三十六首（長歌一首を含む）、中巻三首、下巻三首が見えるが、余裕のある諧謔を含んだ歌が多く、ここにも日の当る道を歩んでいる、明朗闊達な貴公子の面影がうかがわれる。

四二　蓬の生ふる宿

かくて、人憎からぬさまにて、十といひて一つ二つの年はあまりにけり。されど、明け暮れ、世の中の人のやうならぬを歎きつつ、尽きせず過ぐすなりけり。それもことわり、身のあるやうは、夜とても、人の見えおこたる時は、人少なに心細う、今は一人を頼むたのもし人は、この十余年のほど、県ありきにのみあり、たまさかに京なるほども、四五条のほどなりければ、われは左近の馬場を片岸にしたれば、いと遥かなり。かかる所をも、とりつくろひかかはる人もなければ、いと悪しくのみなりゆく。これをつれなく出で入りするは、ことに心細う思ふらむなど、深う思ひよらぬなめりなど、ちぐさに思ひ乱る。

「ことしげし」

といふは、なにか、この荒れたる宿の蓬よりもしげげなりと、思ひながむるに、八月ばかりになりにけり。

〈現代語訳〉

このように見た目には好ましい夫婦仲の状態で、結婚生活も十一、二年が経った。けれども、実際のところ私自身は日々、世間の人並みでない身の不しあわせを嘆きながら、尽きぬ物思いをしつづけて暮らしているのだった。それもそのはずで、わが身のありさまといったら、夜になってもあの方が訪れてくれないときには人少なで心細く、今ではただ一人頼りにしている父は、この十年余りの間は受領として地方まわりばかりしていて、たまたま京にいるときも四条五条あたりに住んでいたし、私の家は左近の馬場の横がわにあったので、ずいぶん離れている。

そこでこんな女世帯の家を修理し世話してくれる人もいないので、だんだんひどくいたんでゆく一方である。この家を平気であの方が出入りしているのは、私がひどく心細い思いをしているだろうとは、深くも気にかけていないらしいなどと、とつおいつ思い乱れる。「公務繁忙で」と言っているのは、なにさ、この荒れた我が家に生い茂っている蓬よりも茂げだそうな、と物思いにふけっているうちに、八月ごろになってしまった。

〈語釈〉○**人憎からぬさま**　道綱の様子とも考えられるが作者に関しての語句ととっておく。○**十といひて一つ二つの年**　作者が兼家の妻となった天暦八年からこの年まで十二ヵ年が経った。○**今は一人を頼むたのもし人**　父倫寧をさす。○**県ありき**　受領として地方めぐりの身。倫寧は陸奥守の後、応和三年河内守（『公卿補任』菅原輔正の項）。○**左近の馬場**　一条西洞院（『河海抄』）。○**ことしげし**　公務繁忙だという兼家の口癖。○**なにか**　あざけりの気持を反語的に現わした挿入句。なにさ。なんだって。○**宿の蓬よりもしげげ**　荒れたわが家の庭には蓬がたくさんはびこっているが、その蓬の数よりも忙しいンですってさ。皮肉な言い方。

〈解説〉兼家の病気を契機として作者との仲には愛情が甦り、祭の見物にもひと膚脱いでくれた兼家であったが、一夫多妻の風習下、摂関家の子息で色好みな兼家の妻として、受領（ずりょう）為雅妻の姉と違って世間並みの北の方としての仕合せは望むべくもなかった。子供が多ければ兼家の夜がれも「パパまたどこのお泊りかしら」と思いつめないで居られるが、十二年も連れ添っていても、作者には道綱以外子宝は授からない。道綱と二人の生活では夫の夜がれはこたえる。父倫寧（ともやす）は地方在任が続いている。男気がなければ人の出入りもほとんど無く屋敷には蓬（よもぎ）や葎（むぐら）が生い茂って寂しく荒れていく。

四三　泔坏（ゆするつき）の水

心のどかに暮らす日、はかなきこと言ひ言ひのはてに、われも人も悪しう言ひなりて、うち怨（ゑん）じて出づるになりぬ。端（はし）の方（かた）にあゆみ出でて、幼き人を呼び出でて、

「われは今は来じとす」

など言ひおきて、出でにけるすなはち、はひ入りて、おどろおどろしう泣く。

「こはなぞ、こはなぞ」

と言へど、いらへもせで、論（ろん）なうさやうにぞあらむと、おしはからるれど、人の聞かむもうたてもの狂ほしければ、問ひさして、とかうこしらへてあるに、五六日ばかりになりぬるに、音もせず。例ならぬほどになりぬれば、「あなもの狂ほし、たはぶれごととこそわれは思ひしか、はかなき仲なれば、かくてやむやうもありなむかし」と思へば、心細うてながむ

るほどに、出でし日使ひし泔坏の水は、さながらありけり。上に塵ゐてあり。かくまでと、あさましう、

　絶えぬるか影だにあらば問ふべきをかたみの水は水草ゐにけり

など思ひし日しも見えたり。例のごとにてやみにけり。かやうに胸つぶらはしき折のみあるが、世に心ゆるびなきなむ、わびしかりける。

〈現代語訳〉

のんびりした気分で過ごしていたある日、ささいなことで言い合ったあげくに、私もあの方も気まずい事まで言ってしまって、あの方がいやみを言って出てゆく始末となった。縁がわの方に歩み出て、子どもを呼び出して、

「私はもうここへは来ないつもりだ」などと言い残して出て行ってしまうやいなや、あの子がはいって来て、大声を立てて泣き出した。

「これは、いったいどうしたの」

とくりかえし尋ねるけれど、なんの返事もしないで泣いているので、きっとそんなことであろうと察せられたけれども、侍女たちの耳にはいるのもいやで、やりきれないので、尋ねるのはやめて、あれこれと言いなだめているうちに、五、六日ばかり過ぎたが、なんの音さたもない。例になく長いとだえになってしまったので、「まあ、なんてひどいこと、冗談だとばかり私は思っていたのに、なにぶん、はかない二人の仲だから、このままで、終ってしま

うようなことにもなりかねない」と思うと、心細くなってぼんやりもの思いに沈んでいるときに、ふと見ると、あの方が出ていった日に使った泔坏の水は、そのまま残っている！　水面にほこりが浮いている。まあこんなになるまでと、あきれ果てて、

私たちの仲はもう絶えてしまったのだろうか。せめてこの泔坏の水にあの方の面影なりとうつっているなら、なぜ来ないのと尋ねられるだろうに、あいにく形見の水には水草（塵）が浮いていて、あの方の影は見えない。

などと思っていたちょうどその日に、あの方が見えた。いつものように、しっくりとうちとけないままに終ってしまった。こんな具合に、はらはらする不安なときばかりで、少しも心が安まるひまのないのが、やりきれないことだった。

〈語釈〉○人　兼家。○幼き人　道綱。○例ならぬほど　いつもは三日に一度ぐらい訪れて来たが、いつもの隔たりより長く姿を見せないのをいう。○もの狂ほし　常軌を逸している。○泔坏「ゆする」とは洗髪または頭髪を梳くときに使う水で強飯を蒸したあとの粘り気のある汁（蒸器にたまる）である。また、米のとぎ汁を使ったともいう、坏は「ゆする」を入れておく器である。○絶えぬるかの歌　道綱母の歌。『新古今集』恋四に第二句を「影だに見えば」ではいる。水草は塵をこういった。泔は水であるから水鏡すなわち人の顔、姿がうつるので「影だにあらば」と言ったのである。兼家の面影はうつらないで代りに水草が浮かんでいたので「なぜ来ないの」と問うすべもないというのである。○胸つぶらはしき折　どきっとする場合が

あるので夫婦仲とはいえ、気が許せないことがつらいのである。

〈解説〉印象深い場面の一つである。大人同士の痴話げんかの飛ばっちりがなんの罪もない力弱い幼い者にふりかかった。道綱にとってはいつも同居してくれない父の帰りがけのあいさつ「今来む(こ)よ」はうれしいが、今日はわざわざ呼び出して「われは今は来じとす」はひどい。どんなに当惑し悲しかったであろう。意地っぱりな作者にとりつく島もなかったのであろうが、兼家ともあろう者が大人げない捨て(す)ぜりふを子に残して帰るなんて彼らしくないことで、道綱は大声で泣くより仕方がない。侍女の手前作者はこまっていろいろなだめすかし黙らせたが案の定、兼家の足はとだえた。作者は二人の仲もこれっきりになるのかの不安で満たされる。

泔坏(ゆするつき)の歌は語釈にも書いたが、水面には面影が宿るものだが、この泔坏の水には兼家の面影が残っていず、代りに水草が浮かんでいる。なぜ来ないのと問うすべもなく、やるせない作者の気持がこの歌によく表現されている。十三項に見える「いかにして網代(あじろ)の氷魚(ひを)に言問はむ」の場合と同様、兼家の訪れが絶えると「なぜ来ないの」と言わずにいられない。一夫多妻の通い婚下、作者はいく度この言葉をつぶやいたであろう。子供もこの風習下の犠牲者となる場合が多い。

四四　稲荷と賀茂詣(まう)で

九月(ながつき)になりて、「世の中をかしからむ、ものへ詣でせばや、かうものはかなき身の上も申さむ」などさだめて、いと忍び、あるところにものしたり。一(ひと)はさみの御幣(みてぐら)に、かう書きつ

けたりけり。まづ下の御社に、

いちしるき山口ならばここながらかみのけしきを見せよとぞ思ふ

中のに、

稲荷山おほくの年ぞ越えにける祈るしるしの杉をたのみて

果てのに、

かみがみと上り下りはわぶれどもまださかゆかぬここちこそすれ

また同じつごもりに、あるところに同じやうにて詣でけり。二はさみづつ、下のに、

かみやせくしもにや水屑つもるらむ思ふ心のゆかぬみたらし

また、

榊葉のときはかきはに木綿垂やかたくるしなるめな見せそ神

また、上のに、

いつしかもいつしかもとぞ待ちわたる森のこまより光見むまを

また、

木綿襷むすぼほれつつ歎くこと絶えなば神のしるしと思はむ

などなむ、神の聞かぬところにきこえごちける。

秋果てて、冬はついたちつごもりとて、あしきもよきも騒ぐめるものなれば、独り寝のやうにて過ぐしつ。

〈現代語訳〉

九月になって、「自然の情趣はすばらしいことだろう。物詣でもしたいもの、このような心細い身の上のことも神さまに言上してお願いしよう」などと決心して、ごく内密にある所に参詣した。一串の幣帛に、次のような歌を書いて結びつけた。まず下の御社に、

霊験あらたかな神の山の入口でありますなら、この下の神社で、ただちに神の霊験をおあらわしくださるよう、お願いいたします。

中の御社に、

この稲荷神社の杉を毎年持ち帰り、その杉に期待をかけて、長年祈りつづけてまいりました。どうか早くご利益を得させていただきたくお願いいたします。

上の御社に、

上中下の神々に次々お参りするための上り下りの坂道はつらく感じられますが、まだ霊験を得た気がいたしませぬ。

また、同じ九月の月末に、ある所に、前と同様に参詣した。二串（ふたくし）ずつ、下（しも）の御社（みやしろ）に、

御手洗（みたらし）川の流れがとどこおるように、私の願いが叶わないのは、神さまがそれをさえぎっていられるのでしょうか。それとも私の心のつたなさのゆえなのでしょうか。

また、

常緑の榊葉（さかきば）に木棉（ゆう）しでをかたく結んで一生懸命お祈り申し上げます。どうか神さま私にだけ苦しい目をお見せにならないでください。

また、上（かみ）の御社（みやしろ）に、

森の木の間から神さまのみ光の出現を早く、早くと待ちつづけております。

また、

心が結ぼれ、うつうつと嘆く私のもの思いがなくなりましたら、神さまにお祈りした験（しるし）があったと思いましょう。

などと神さまのお耳にはいらぬ所で、申し上げた。
秋が終って、冬の上旬、下旬だといって貴賤上下の別なく、だれもかれも忙しがっているようなので、あの方も訪れず、私はひとり寝のような有様で過ごした。

〈語釈〉○世の中　外界、自然界。○あるところ　稲荷神社をさす。京都市伏見区深草藪之内町にある。元明天皇の和銅四年に秦公伊呂具が創祀した。祭神は倉稲魂神、素盞嗚尊、大市媛命の三座で後世、田中神・四大神を配して五座とされた。福徳を授け給う神として世人の信仰が厚い。もと稲荷三箇峰といって上中下の峰にそれぞれ前記三柱の神が祭られてあった。○御幣　神に奉る物の総称。絹布、木綿、麻が多いが、後には紙、布で作り、串にさして神前に供える幣の意に用いることが多い。○いちしるきの歌　道綱母の歌。「かみ」に「神」と「上」を掛ける。○稲荷山の歌　道綱母の歌。しるしの杉は伊呂具が餅を的にして射たところ、白鳥となって飛び立ち、やがて降りた山で稲となった。その「稲なり」が稲荷の名の起源だといい、その子孫に至り、前非を悔いて、社の木を抜じて家に植えて、その木が無事に成長したら「福」を得るが、その木が枯れると福を得られないという。この伝説によって参詣人は杉の枝を持ち帰り自分の家の庭に植えて、枯れないとご利益があると信じられた。その杉を「験の杉」という。○かみがみとの歌　道綱母の歌。「かみがみ」に「神々」と「上々」、「さか」に「栄」と「坂」を掛ける。上り、下りは坂の縁語。○あるところ　賀茂神社。○かみやせくの歌　道綱母の歌。「かみ」に「神」と「上」(「上の社」と「上流」を掛ける)。「しも」に「下の社」と「下流」、「みたらし」の「み」に「身」を掛ける。表面は、川の流れが滞っているのは上流で塞きとめているからか、下流で塵がたまっているからか、の意。○榊葉の歌　道綱母の歌。「ときはかきは」は常緑の葉にの意に永久にの意をひびかす。「木綿」は楮のあま皮の繊維をよった糸で幣にして垂らしたものをいう。「結ふ」を掛ける。「堅く」と「片苦し」を掛ける。○いつしかもの歌　道綱母の歌。「いつしかも」に物名（隠しことば）として「賀茂」を詠みこむ。○木棉襷の歌　道綱母の歌。○ついたちつごもりとて　上旬を迎えたと思うまもなくその月の下旬となる。年末の月日の慌ただしい流れのさまを表わしたことばであろう。

〈解説〉当時は物詣では遊山でもあった。現代とちがい他に興味深い催しもほとんどないので、桜の美しい時期、紅葉のさかりのころ、神社や仏閣にお参りがてら、自然の美しさを満喫するのが常であった。したがって春秋には京周辺の神社やお寺は参詣でにぎわった。それがこの項の「九月になりて、『世の中をかしからむ、ものへ詣でせばや』」である。特に作者はもっと子宝を授かりたい、兼家の愛情を得たいと常に願っているので、「かうものはかなき身の上も申さむ」と書かれている。

稲荷神社は古来参詣するとかならず霊験が得られるというので有名な社であり、賀茂は京の氏神であるので人々の信仰は厚く参詣人は絶えない。稲荷神社のことは『枕草子』「うらやましげなるもの」にも、坂を上下することの苦しさを述べているし、『更級日記』にも「しるしの杉」のことが書かれている。賀茂神社のことは葵祭や斎院に関して王朝文学作品には多かれ少なかれ描かれていて賀茂神社は作品と深いかかわりあいを持っている。

康保四年

四五　かりの卵を十重ねて贈る

三月つごもりがたに、かりのこの見ゆるを、「これ十づつ重ぬるわざをいかでせむ」とて、手まさぐりに、生絹の糸を長う結びて、一つ結びては結ひ結ひして、引き立てたれば、いとよう重なりたり。「なほあるよりは」とて、九条殿の女御殿の御方に奉る。卯の花にぞつけたる。なにごともなく、ただ例の御文にて、端に、

「この十重なりたるは、かうてもはべりぬべかりけり」

とのみきこえたる御返り、

　数知らず思ふ心にくらぶれば十重ぬるものとやは見る

とあれば、御返り、

　思ふほど知らではかひやあらざらむかへすがへすも数をこそ見め

それより、五の宮になむ奉れ給ふと聞く。

〈現代語訳〉

三月の末ごろに、かりの卵（こ）が目についたので、これを十ずつ積み重ねることをなんとか工夫してみたいと思って、手慰みに、生絹（すずし）の糸を長く結んでは卵を一個結びつけ、また次の一箇を結びつけて、十個結びつけて立ててみるとよい具合につながった。このままにしておくよりはと思って、九条殿の女御（にょうご）さまのもとにさしあげた。卵の花に結びつけた。何も格別なことも書かず、ただいつものようなお手紙で、端に、

「この十個積み重ねた卵はこのようにでもいられるのでございました」

とだけ申しあげた、そのお返事は、

数かぎりなくあなたをお思い申している私の心に比べますと、十個重なった卵など物の数ではありません。あなたのご好意とはけたちがいですよ。

とあったので、私からのお返事は、

女御さまがどのくらい私をお思いくださっているのか存じ上げなくては、なんのかいもございません。くれぐれも、数知らず思うとおっしゃる、そのほどをお示しいただきとうございます。

そののち、その卵は五の宮さまにさしあげさせなさったとのことである。

〈語釈〉○かりのこ　雁・鴨・軽鴨の卵など諸説あり不明。一般に鳥の卵をいうとも言われる。○十づつ重ぬるわざ　中国で危険な事をたとえて「累卵」というが、『伊勢物語』に「鳥の子を十づつ十は重ぬとも思はぬ人を思ふものかは」（『古今六帖』では下句を「人の心をいかが頼まむ」）とあって、至難のわざの比喩となっている。本項の場合にも右の歌をふまえて、きわめてむつかしいわざを試みようというのである。○生絹　生糸で織ったままで、練っていない絹布。ここではその生糸のこと。○九条殿の女御殿　藤原師輔女怤子、安和元年十二月七日冷泉帝の女御となる（『日本紀略』）。兼家の同母妹。○この十重なりたるは、かうてもはべりぬべかりけり　『伊勢物語』の歌をふまえていう。卵を十個積み重ね得た。したがって思ってくれない人だって思うことはできよう。あなたが思ってくださらなくても私はあなたを思っているの意をこめて述べた。諧謔的な巧みな表現。○数知らずの歌　怤子の歌。○思ふほどの歌　道綱母の歌。「かひ」に「卵」と「効」を掛け、「かへす」に「孵す」と「返す」を掛け、卵の縁語であやなす。○五の宮　村上天皇の第五子。兼家の姉安子の腹である。守平親王でのちの円融天皇。

〈解説〉王朝上流階級の社交生活の一端がうかがえる。兼家の顧みが少ないとつねづね嘆いているが、れっきとした兼家の北の方で彼の姉妹とも対等に交誼している。自我が強く上流貴夫人という意識、プライドの高い作者は怤子や貞観殿登子（後述）と歌の贈答をすることに満足を感じていたであろう。作者は卵を見た際『伊勢物語』の「鳥の子を」の歌を思い出したので十個重ねる手すさびをしたのである。『伊勢物語』は王朝女性に愛読され、彼女らの歌才を啓発したと思う。

四六　村上天皇の崩御

五月（さつき）にもなりぬ。十余日に内裏（うち）の御薬（くすり）のことありて、ののしるほどもなくて、二十余日のほどに、かくれさせ給ひぬ。東宮（とうぐう）、すなはち、代（か）はりゐさせ給ふ。東宮亮（とうぐうのすけ）といひつる人は、蔵人頭（くらうどのとう）などいひてののしれば、悲しびはおほかたのことにて、御（おほん）よろこびといふことのみきこゆ。あひこたへなどして、少し人ここちすれど、私（わたくし）の心はなほ同じごとあれど、ひきかへたるやうに騒がしくなどあり。

御陵（みささぎ）やなにやと聞くに、時めき給へる人々いかにと、思ひやりきこゆるにあはれなり。ややう日ごろになりて、貞観殿の御方（かた）に、「いかに」などきこえけるついでに、

　世の中をはかなきものとみささぎのうもるる山に歎くらむやぞ

御返りごと、いと悲しげにて、

　おくれじとうきみささぎに思ひいる心は死出の山にやあるらむ

〈現代語訳〉

五月になった。十日過ぎに、帝（みかど）の御病気ということが起きて、大騒ぎであったが、まもなく、二十日過ぎにおかくれ遊ばされた。東宮さまがすぐに代わって践祚（せんそ）遊ばされた。東宮亮（のすけ）であったあの方は蔵人頭（くろうどのとう）に任ぜられたりして騒いでいるので、崩御の悲しみは表向きのこと

で、実は昇進の御祝いということばかり言上に来る。会って応対などして、少し人並みになった気持がするが、私自身の気持は以前とまったく同様でなんら変らない。しかし、これまでとはうって変ったように身辺が騒々しく感じられるのだった。

御陵だの、なんだのと聞くにつけ、栄えていられた方々は今はどんなにお嘆きだろうかとお察し申し上げると、しみじみとした思いに満たされる。次第に日数が過ぎていってから、貞観殿(じょうがんでん)さまに「どのようにお過ごしでいらっしゃいますか」などとお伺い申し上げたついでに、

　御方さまはこの世を無常なものとお観じになり、御なきがらの埋れている御陵の山をしのんでお嘆きのことでございましょうね。

お返事は、とっても悲しそうに、

　亡き帝(みかど)におくれ申すまい、この憂い身も共に御陵にと思いつめております私の心は、すでに死出の山にはいっているのでございましょうか。

〈語釈〉○**内裏(うち)の御薬(くすり)**　村上天皇、「五月十四日　壬寅(みずのえとら)、除目(じもく)。今日天皇初(メテ)御不予」(『日本紀略』)。○**かくれさせ**　「五月廿五日　癸丑(みずのとうし)、巳刻(みのこく)天皇崩(ズ)于清涼殿(ニ)、春秋四十二在位廿一年」(『日本紀略』)。○**東宮**　村上

天皇第二皇子、憲平親王。安子腹。十八歳。○**東宮亮**　兼家。「二月五日東宮亮。六月十日蔵人頭」（『公卿補任』）。○**御陵**　山城国葛野郡田邑郷北中尾に土葬（『日本紀略』）。現在の京都市右京区鳴滝町にある。○**貞観殿の御方**　兼家の同母妹。はじめ醍醐天皇皇子重明親王の妃であったが、親王の死後、村上天皇の後宮に入り、寵を受く。安和二年に尚侍となった。登子。○**世の中をの歌**　道綱母の歌。「見」と「み陵」の「み」を掛ける。○**おくれじとの歌**　貞観殿登子の歌。「み陵」の「み」に「身」を掛ける。

〈解説〉村上天皇の崩御によって冷泉天皇の践祚となる。新旧交代により浮かび上る人と沈む人のあるのは世の常である。兼家は前者で蔵人頭の要職につき時を得ていく。後者の妹登子は村上天皇の寵愛を一身に集めていた（『大鏡』にくわしい）だけに急に寂しい境遇になり悲嘆も大きい。作者は兼家北の方として夫の昇進に伴い、お祝いのあいさつを受ける一方、登子にお悔みの歌を贈りまた悲しみに満ちた返歌を得ている。

四七　佐理夫妻の出家

御四十九日果てて、七月になりぬ。上にさぶらひし兵衛佐、まだ年も若く、思ふことありげもなきに、親をも妻をもうち捨てて、山にはひ登りて、法師になりにけり。「あないみじ」とののしり、「あはれ」といふほどに、妻はまた尼になりぬと聞く。さきざきなども文通はしなどする仲にて、いとあはれにあさましきことをとぶらふ。

　奥山（おくやま）の思ひやりだに悲しきにまたあまぐものかかるなになり

手はさながら、返りごとしたり。

　山深く入（い）りにし人もたづぬれどなほあまぐものよそにこそなれ

とあるもいと悲し。

〈現代語訳〉

先帝の御四十九日が終って、七月になった。殿上（てんじょう）に出仕していた兵衛佐（ひょうえのすけ）は、まだ年も若く、なんの悩みもありそうにないのに、親も妻もあとに残して、叡山に登って法師になってしまった。「まあ、大変なことだ」と騒ぎ、「ああ、いたわしい」と言っているうちに、妻がまた尼になったと聞く。これまでも文通などしていた間がらなので、とっても胸打たれ、意外だったこの出来事について、見舞の歌を送る。

　奥深い山に入られて出家されたご夫君のことをお察しするだけでも悲しいのに、そのうえ、あなたまでもこのように尼になって、遠く隔たってしまわれるとはなんということでしょう。

以前どおりの筆跡で、返歌をされた。

山深く分け入った夫を尋ねて行こうとしましたけれど、同じ出家の身であってもやはり会うことはできませんで、二人の間は隔っております。

と書かれているのもまことに悲しい。

〈語釈〉○兵衛佐（ひゃうゑのすけ）　藤原佐理（すけまさ）。敦忠の子。時平の孫。法名真覚。○親　権中納言敦忠をさすがすでに当時故人（天慶（てんぎょう）六年死去）。ここでは肉親ぐらいの意。○奥山のの歌　道綱母の歌。「天雲」の「天（あま）」に「尼」を掛ける。「懸かる」に「斯かる」を掛ける。○山深くの歌　佐理妻の歌。「天雲のよそにも人のなりゆくかさすがにめには見ゆるものから」（『古今集』恋五、『伊勢物語』）による。

〈解説〉『大鏡』にも「敦忠中納言の御子あまたおはしけるなかに、兵衛佐（ひゃうゑのすけ）なにがし君とかやましし、その君出家して往生したまひにき」とあり、貴顕の子息が突如比叡（ひえい）山に登って出家したので世評にのぼったのであろう。応和元年十二月五日には兼家異母弟高光がやはり突然比叡山に登り仏門に入っている。肉親のきずなを絶って出家するにはよくよくの理由があるであろうが、第三者から見ればなんの不足もないように見える人たちであるだけにショックを受けたのであろう。この場合は交友関係のある妻までが尼となったのでさらに衝撃は大きかったと思われる。作者は、早速慰めの歌を贈ったが佐理妻も以前と変らぬ筆跡で返歌をよこした。

四八　兼家邸の近隣へ移居

かかる世に中将にや三位（さんみ）にやなど、よろこびをしきりたる人は、「ところどころなる、いとさはりしげければ、悪（あ）しきを、近うさりぬべき所出できたり」とて、渡して、乗物（のりもの）なきほどに、はひ渡るほどなれば、人は思ふやうなりと思ふべかめり。十一月（しもつき）なかのほどなり。

〈現代語訳〉

このような世の中に、中将になったり、三位になったりして昇進の喜びを重ねているあの方は、「離れ離れに住んでいるのは、たいそう支障が生じがちなので具合が悪いのだが、近くに手ごろな家が見つかった」と言って、私を移らせて、そこは乗物がなくても、すぐに来られるほどの所なので、世間の人は私の願いどおりになったと思っていることであろう。それは十一月の中旬のことであった。

〈語釈〉　○人　兼家をさす。ただし兼家は康保四年十月七日左中将になったが、従三位になったのは翌安和元年十一月二十三日である。○人は思ふやうなり　世間の人ととったが一説では兼家がうまくいったと満足している様子だととる。いずれにもとりうる。

〈解説〉前項のように諒闇中であり先帝の縁故者は悲しみに沈んでいるし、佐理夫妻の出家もあって暗い出来事が続出する一方、新帝関係者は昇任したり明るい道を歩んでいる。その一人兼家は中将になり出世街道をさっそうと進んで行く。多忙になるにつれ、時姫や作者を近くの適当な家にそれぞれ住まわせたのであろう。

安和元年

四九　登子と人形を種に歌の贈答

十二月つごもりがたに、貞観殿の御方、この西なる方にまかでたまへり。つごもりの日になりて、儺などいふもの、こころみるを、まだ昼より、ごほごほはたはたとするに、ひとり笑みせられてあるほどに、明けぬれば、昼つかた、客人の御方、男なんどたちまじらねば、のどけし。われも、ののしるをば隣に聞きて、

「待たるるものは」

なんどうち笑ひてあるほどに、ある者、手まさぐりに、かいくりをあみたてて、贄にして木を作りたるをのこの、片足に尰つきたるに担はせて、もて出でたるを、取り寄せて、ある色

紙の端を脛におしつけて、それに書きつけて、あの御方に奉る。

かたこひや苦しかるらむ山賤のあふこなしとは見えぬものから

ときこえたれば、海松の引干の短くちぎりたるを結ひ集めて、木の先に担ひかへさせて、細かりつる方の足にも、ことの𦨞をも削りつけて、もとのよりも大きにて返し給へり。見れば、

山賤のあふこ待ちいでてくらぶればこひまさりけるかたもありけり

日たくれば、節供まゐりなどすめる、こなたにもさやうになどして、十五日にも例のごとして過ぐしつ。

〈現代語訳〉

十二月の末ごろに、貞観殿さまが、私の邸の西の対にさがっておいでになった。大みそかの日になって、追儺などという行事をしてみるが、まだ昼間から、ごほごほばたばたと騒いでいるので、つい一人でにこにこしているうちに、一夜明けて元日になると、昼ごろお客さまの方は男客など訪れてこないので、のどかである。私の方も同様で、隣の騒ぎを耳にしながら、「待たるるものは」などと言いつつ笑っているときに、そばにいた侍女が、手なぐさみに、かいくりを糸でかがりつけて進物の体裁にして、下僕の木彫り人形で、片足に腫物が出来ているのに担わせて、持ってきたのを手にとって、そばにあった色紙の端を人形の脛に張りつけ、それにこんな歌を書きつけて、あちらの御方にさしあげる。

片足がはれてどんなにかつらいことでしょう。山家者が朸の持ち合せがないとは思えませんが、見たところ使っていないので。こちらばかりお慕い申し上げる片恋はまことにつらいもの、会う機会がないとは思われませんのに。

と申しあげると、海松の乾物の、短くちぎったのを束ねて朸の先につけ、前の荷物ととりかえて担わせ、細かった方の足にも別の腫物をくっつけて、前のよりも大きな腫物にして、お返しになった。見ると、

山家者がやっと朸を手に入れた今の方が腫物が大きくてつらいようです。恋しい御方に会う機会を待ち受けて、比べて見ると貴方のいわれる片恋よりも私の方が倍以上もお慕いしていることがわかりました。

日が高くなったので、あちらではおせち料理を召し上っているようで、こちらでも同じようにして、十五日にも例の風習どおりにして過ごした。

〈語釈〉○西なる方　作者の移った邸の西の対であろう。○儺　追儺。大晦日の夜、宮中で行う悪鬼追放の行事。寺社や民間でもこの年中行事は行われた。○明けぬれば　安和元年（九六八）兼家四十歳、作者三十二歳くらい。道綱十四歳。○客人の御方　貞観殿登子のところ。○われも　「聞きて」にかかる。○隣　兼

家邸。○待たるるものは　素性の「あらたまの年たちかへるあしたより待たるるものは鶯の声」（『古今六帖』第一）。兼家来訪を待つ意を含む。○ある者　そばにいた侍女。○かいくり　不明。『今昔物語』二八にも「掻栗」とある。栗を使った菓子か。一説に、貝・栗という。○贄　贈物。進物。供物。○尰　足が腫れ硬直する病で低湿地の人に多いという。「毛詩注云腫足曰尰」（『和名抄』）。○あの御方　登子をさす。○かたこひやの歌　道綱母の歌。「かたこひ」に「片尰（片足の尰）」と「片恋」、「あふこ」に「朸（天秤棒）」と「逢ふ期」を掛ける。一首は「人恋ふることを重荷と担ひもてあふこなきこそわびしかりけれ」（『古今集』雑体・読人しらず）を本歌とした俳諧的な歌。○海松の引干　海松は食用にする海藻。引干は引っ張って干した海藻で食用にする。○山賤のの歌　登子の歌。道綱母の歌と同じ技巧を使用する。○十五日にも例のごと　正月十五日には望粥（七種粥）を食べる習慣があり、粥を煮た木（薪とも粥をかき回した木ともいう）で女の尻を打つと子供が出来るといわれている。

〈解説〉兼家の妹登子と作者とは元来うまが合ったので宮中から作者邸の西の対に退出して来たのであろう。作者の生涯中での幸福な年末年始であった。作者の笑い声が絶えず、明るい色彩で終始している。歌の造詣の深い二人は木こりの人形を種として、愉快な、しかも相手を敬慕する意味をこめて歌の贈答を行って楽しんでいる。ことばを二重に使用して巧みに一首を作りあげる知的遊戯であり、教養の豊かな仲のよい上流貴夫人どうしの社交生活の一こまでもある。こうした生活が続けば『蜻蛉日記』は執筆されなかったであろう。十五日には粥の杖でお尻を十分打ってもらったと思われる。

五〇　文たがへ

三月(やよひ)にもなりぬ。客人の御方にとおぼしかりける文をもてたがへたり。見れば、なほしもあらで、

「近きほどにまゐらむと思へど、『われならで』と思ふ人やはべらむとて」

など書いたり。

年ごろ見給ひ馴れにたれば、かうもあるなめりと思ふに、なほもあらで、いと小さく書いつく。

松山のさし越えてしもあらじ世をわれによそへて騒ぐ波かな

とて、

「あの御方にもてまゐれ」とて返しつ。見給ひてければ、すなはち御返りあり。

松島の風にしたがふ波なれば寄るかたにこそたちまさりけれ

〈現代語訳〉

三月になった。お客さまへあてたと思われるお手紙を、まちがって私の方へ持ってきた。見ると、私のことに触れないでおくわけにはいかないので、「近日お伺いしようと思いますが、『われならで』と思う人がおそばにいるかもと存じまして」などと書いてある。いつも

親しくしていらっしゃるので、こんな遠慮のないこともいうのであろうと思うと、そのまま黙殺できず、ごく小さく書きつける。

あの方がそちらへお伺いしても、私がとやかく言うはずはございませんのに、いつも浮気をしているあの方は自分と同じように気を回していうのでございます。

と書き、「あちらさまにお持ちなさい」と言って手紙を返した。御覧になるや早速御方さまからお返事があった。

松島の風に従う波のように、兄もあなたに心を寄せているからこそ、私あての手紙があなたの方に行ったのですわ。私よりもずっとあなたの方を兄が思っているからでしょう。

〈語釈〉 ○文　兼家からの手紙。○なほしもあらで　文言に入れる説もある。○われならで　「われならで下紐解くな朝顔の夕影待たぬ花にはありとも」（『伊勢物語』三十七段）により、兼家が登子を訪れると、作者が「われならで」と嫉視するだろうから、と冗談を言ったもの。兼家得意の諧謔。○松山のの歌　道綱母の歌。「君をおきてあだし心をわが持たば末の松山波も越えなむ」（『古今集』東歌）による。○松島のの歌　登子の歌。末の松山と同じ東国の歌枕の松島を出し、「風」、「波」、「寄る」、「たち」は縁語。「たち」に「波が立ち」と「立ちまさる」を掛ける。

〈**解説**〉この項もまるで屈託のない貴夫人の生活が描かれている。文たがえもつれづれな彼女たちのこのうえない贈答歌の話題となる。兼家、作者、登子(とうし)いずれも『伊勢物語』の愛読者でインテリであるからこそである。

五一　登子を訪れたとき

この御方、東宮の御親のごとしてさぶらひ給へば、参り給ひぬべし。

「かうてや」など、たびたび、

「しばししばし」

とのたまへば、宵のほどに参りたり。時しもこそあれ、あなたに人の声すれば、

「そそ」などのたまふに、聞きも入れねば、

「宵惑ひし給ふやうに聞こゆるを、ろなうむつかられ給ふは。はや」とのたまへば、

「乳母(めのと)なくとも」

とて、しぶしぶなるに、もの歩(あゆ)み来て、きこえたてば、のどかならで帰りぬ。

またの日の暮(くれ)に、参り給ひぬ。

〈現代語訳〉

この御方さまは東宮さまの御親代りとしてお仕えになっていられたので、やがて参内なさるにちがいないであろう。

「このままお別れするのでしょうか」などおっしゃり、幾度も、「ほんのしばらくの間でも」とおっしゃるので、宵の間に参上した。時もあろうに、あいにくと私の住まいの方で、あの方の声がしたので、

「それそれ」などとおっしゃるが、聞き入れようともしないでいると、

「大きい坊やが宵のうちから、ねむたがってぶつぶつ言っているみたいに聞えますが、きっとぐずられますよ。さあ早く」とおっしゃるので、

「乳母（めのと）がついていなくても、だいじょうぶですわ」

と言って、帰りしぶっていると、家の者がやってきて、やかましく催促申し上げるものだから、のんびり落ちついているわけに行かず帰った。

貞観殿（じょうがんでん）さまは、翌日の夕方に宮中に参られた。

〈語釈〉 ○東宮　村上天皇の第五皇子、守平親王。後の円融天皇。康保四年九月一日立太子（『日本紀略』）。九歳。○あなた　作者の住居をさす。○人の声　兼家の声。○そそ　注意を促す感動詞。そらそら殿（兼家）が見えたので早く帰ってあげなさいと、登子が作者に注意することば。○宵惑（よひまど）ひ　宵のうちからねむたがること。共寝をしたがる意。○むつかられ給ふは。はや　だだをこねられますよ。さあ早く行ってあげな

さい。○乳母なくとも　登子が兼家を「宵惑ひ」とか「むつかられ」などまるで幼児のように冗談を言ったのに答えて自分を「乳母」にたとえた。○きこえたてば　登子に向って申し上げたので。

〈解説〉 守平親王の母君安子は選子内親王出産後なくなられたので（康保元年四月二十九日）、太上天皇の後宮にあった同母妹の登子が母代となったのである。後のことになるが定子腹の敦康親王の場合も定子皇后崩御後、妹の四ノ君御匣殿が敦康親王の母代となられ、後、彰子が敦康親王の養母となられた。

登子と作者との交情はさらに深まったし、作者の貴夫人としての誇り、虚栄心は満足された。前項にひきつづき幸福な時期である。

五二　登子と歌の贈答

五月に、帝の御服脱ぎにまかで給ふに、さきのごとこなたになどあるを、「夢にものしく見えし」など言ひて、あなたにまかで給へり。

さて、しばしば夢のさとしありければ、「ちがふるわざもがな」とて、七月、月のいとあかきに、かくのたまへり。

見し夢をちがへわびぬる秋の夜ぞ寝がたきものと思ひ知りぬる

御返り、

さもこそはちがふる夢はかたからめあはでほど経る身さへ憂きかな

たちかへり、

あふと見し夢になかなかくらされてなごり恋しく覚めぬなりけり

とのたまへれば、また、

こと絶ゆるうつつやなにぞなかなかに夢は通ひ路ありといふものを

また、「『こと絶ゆる』はなにごとぞ。あな、まがまがし」とて、

かはと見てゆかぬ心をながむればいとどゆゆしくいひやはつべき

とある御返り、

渡らねばをちかた人になれる身を心ばかりは淵瀬やはわく

となむ、夜一夜言ひける。

〈現代語訳〉

五月に、先帝の御喪あけのために、貞観殿さまが退出なさるときに、この前のように私の方へなどということだったが、「不吉な夢を見たので」ということで、あちらにおさがりになった。

それからも、たびたび夢のお告げがあったので、「不吉な夢を避ける方法でもあればよいのに」と言っていられたが、七月の、月のとても明るい夜に、こう言っておよこしになった。

不吉な夢を見て、夢ちがえがなかなかできないで困っております秋の夜長は、まことに寝苦しいものだとほとほと思い知りました。

御返事、

まったく仰せのとおり夢ちがえはむずかしいものでございましょうが、方違(かたたが)えならおできになれましょう。長らくお目にかからずに日を過ごす私までもつらい思いをいたしております。

おりかえし、

なまじっかあなたとお逢いした夢を見たばっかりに私の心がぼんやりして、その夢のなごりが恋しく、いまだに夢からさめきらないで、かえって現実にはお目にかかれずにいるのでした。

とおっしゃったので、また、

お目にかかることの絶えているこの現実は、いったいどうしたことでしょうか。夢ならかえって、思うままに人に逢えると申しますのに、私は現実ではもちろん、夢の中でさえもお目にかかれずにおります。

また、「『こと絶ゆる』とはいったい何事ですか。まあ縁起でもない」とあって、

あれがそうだと見ることができるくらい近くにおりながら、川にさまたげられて自由に行けずに思いに沈んでいるのですから「こと絶ゆる」などと、私たちの間をいよいよ不吉に言い切ってしまってよいものでしょうか。

とあったお返事に、

その間を隔てている川を渡らないので、あちら、こちらと別れている人のように、なかなかお目にかかれませんが、体はともかく心だけはふち瀬の別もなく御方さまのもとにまいっております。

と夜どおし歌を詠(よ)み交わした。

〈語釈〉○**帝の御服脱ぎに**　村上天皇崩御のとき着用した喪服を一周忌後脱ぐために。賀茂の川原に出てお祓いをする。○**夢のさとし**　夢のお告げ。まちがいや悪事が起ることを夢によって神仏が警告するのである。○**ちがふるわざ**　悪夢から逃れ、善いことへ転ずる方法。○**見し夢をの歌**　登子の歌。○**さもこそはの歌**　道綱母の歌。○**あふと見しの歌**　登子の歌。なごりは後味。夢であなたに逢ったゆえにかえってその夢から覚めきらない思いのため現実にはあなたに逢えなくしていると答えたもの。○**こと絶ゆるの歌**　道綱母の歌。『万葉集』の「うつつにはことも絶えたり夢にだにつぎて見えこそただに逢ふまでに」(巻十二)や「住の江の岸に寄る波よるさへや夢の通ひ路人目よくらむ」(『古今集』恋二・藤原敏行朝臣)などによるか。○**かはと見ての歌**　登子の歌。「かは」に「川」と「彼は」を掛ける。ゆかぬ心は作者の許に行かれぬことと、思いが満たされないこととを表わす。○**渡らねばの歌**　道綱母の歌。

〈解説〉悪夢を見たとき、夢ちがえ観音に参拝して悪夢を解消し、できたら善いことへ転ずる方法もあるし夢解きに合せてもらい気を安める場合もあるが、この項のように一晩じゅう眠らないで歌をやりとりするのもいかにも歌を教養の第一とする王朝上流階級らしい風習である。

登子と作者は最初は夢ちがえのための贈答であったがしだいに目と鼻の近くに滞在している登子なのに逢えないもどかしさを表わす歌に変っている。登子も時姫より作者の方がうまがあい親しく交際したのであろう。色好みで歌を愛された村上天皇にあれだけの寵を得た登子は美貌はもとよりであるが歌才も豊かに備えていた才媛であったのであろう。

五三　初瀬詣で㈠

かくて年ごろ願あるを、いかで初瀬にと思ひ立つを、立たむ月にと思ふを、さすがに心にしまかせねば、からうじて九月に思ひ立つ。

「立たむ月には大嘗会の御禊、これより女御代出で立たるべし。これ過ぐしてもろともにやは」

とあれど、わが方の事にしあらねば、忍びて思ひ立ちて、日悪しければ、門出ばかり法性寺の辺にして、暁より出で立ちて、午時ばかりに宇治の院に到り着く。

見やれば、木の間より水の面つややかにて、いとあはれなるここちす。忍びやかにと思ひて、人あまたもなうて出で立ちたるも、わが心の怠りにはあれど、われならぬ人なりせば、いかにののしりてとおぼゆ。

車さし廻はして、幕など引きて、しりなる人ばかりをおろして、川にむかへて、簾巻き上げて見れば、網代どもし渡したり。行き交ふ舟どもあまた見ざりしことなれば、すべてあはれにをかし。しりの方を見れば、来困じたる下衆ども、悪しげなる柚や梨やなどを、なつかしげに持たりて食ひなどするも、あはれに見ゆ。

破子などものして、舟に車かき据ゑて、いきもていけば、贄野の池、泉川など言ひつつ、鳥どもゐなどしたるも心にしみてあはれにをかしうおぼゆ。かい忍びやかなれば、よろづにつけて涙もろくおぼゆ。

その泉川も渡らで橋寺といふ所に泊りぬ。酉の時ばかりに降りて休みたれば、旅籠所とおぼしき方より、切り大根、柚の汁してあへしらひて、まづ出だしたり。かかる旅だちたるわざどもをしたりしこそ、あやしう忘れがたうをかしかりしか。

〈現代語訳〉

さて、数年来の心願の筋があったので、なんとかして初瀬にお参りしたいと思い立って、来月にはと思ったが、どうも思うままにはならないので、やっとのことで九月に出かけることに決めた。あの方は、

「来月には、大嘗会の御禊があり、私の所から女御代が立たれることになっている。これをすませていっしょに出かけては」

とのことだったけれども、私の方には関係のあることでもないので、こっそりと参詣を思い立って、予定の日が出立ちに悪かったので、門出だけを法性寺のあたりにして、翌日夜明け前から出発して、午の時ごろに宇治の院に到着した。

ずっとながめると、木の間から川の水面がきらきら光って見えて、とても感深く心に残る思いがする。目だたぬようにと思って、供の者もあまり大ぜい連れずに出て来たのも、私の不用意ではあったけれども、私のような人間でなければ、どんなにおおぎょうな道中をするだろうと思われた。

車の向きを変え、幕などを引きめぐらして、車の後ろに乗っている人だけをおろして、車を川に真正面に向けて、簾を巻き上げて見ると、川には網代が一帯にしかけてある。こんなにたくさんの舟が行き交う光景はまだ見たことがなかったので、なにもかもが趣ぶかくおもしろく感じられた。後ろの方を見ると歩き疲れたしもべたちが、みすぼらしげな柚子や梨などをだいじそうに持って食べたりしている姿も身に染みて感じられる。

お弁当などを食べて、舟に車をかつぎ乗せて川を渡り、さらにずんずん進んでゆくと、贄野の池だとか、泉川だなどと言いながら、水鳥などが群がっていたりする風景をながめるのも心に染みて感慨深くおもしろく思われる。ひっそりした内輪の旅なので、何事につけても涙のこぼれそうな思いがする。

その泉川もまだ渡らないで橋寺という所にとまった。夕方酉の時刻ごろに、車から下りて休んでいると、調理場と思われる所から、刻んだ大根を柚子の汁であえ物にして、最初に出してきた。このような旅先らしい経験をしたことは不思議に忘れられない、おもしろい思い出となった。

〈語釈〉 **○願ある**　子宝を授かりたいという願をかける。一説には年来かけていた願果たしの御礼参りととる。**○初瀬**　長谷寺。奈良県桜井市初瀬町にある。本尊は十一面観世音。真言宗豊山派の本山である。**○立たむ月**　十月。**○大嘗会の御禊**　大嘗会とは天皇即位の儀式の後、はじめて行う新嘗祭をいい、その年の新穀を天皇みずから神々に供える大礼で神事の最大なもの。それに先立ち十月下旬に賀茂の河原で行なうみそぎの儀式を御禊という。この年の御禊は『日本紀略』十月の条に「廿六日丙子天皇禊二于東河一〈二条末復日也（二条の末復日なり）〉依二大嘗会一也」とある。復日とは暦の上の日のこと。○女御代　御禊に女御に代って奉仕する女性。この場合兼家女超子（時姫腹）が女御代となった。十月の条「十四日甲子……今日中将兼家女超子入内」（『日本紀略』）。○門出　旅の方角や日取りが悪いとき、それを避けて出発するためにとりあえず移る場所。○法性寺　藤原忠平の創建した寺。九条の地にあった由。○午時　今の正午、およびその前後の二時間。一説に十二時より二時間。○宇治の院　宇治にあった別荘。兼家の所領か。○われならぬ人　私以外の人。時姫と限定する必要はない。○しりなる人　道綱か。○網代　竹や木をすきまなく川の瀬に立て、その端に簀をつけて氷魚をとる仕組み。○破子　内部に仕切りのある折り箱で食物を入れる。お弁当にあたる。○贄野の池　所在は不詳。『枕草子』、『更級日記』などにも見ゆ。○泉川　木津川をいう。

五四　初瀬詣で㈡

明くれば川渡りていくに、柴垣し渡してある家どもを見るに、いづれならむ、かもの物語の家など思ひいくに、いとぞあはれなる。今日も寺めく所にとまりて、またの日は椿市といふ所にとまる。

またの日、霜のいと白きに、詣でもし帰りもするなめり、脛を布の端して引きめぐらかしたる者ども、ありきちがひ、騒ぐめり。蔀さし上げたる所に宿りて、湯わかしなどするほどに見れば、さまざまなる人のいきちがふ、おのがじしは思ふことこそはあらめと見ゆ。

とばかりあれば、文ささげて来る者あり。そこにとまりて、

「御文」といふめり。見れば、「昨日今日のほど、なにごとか、いとおぼつかなくなむ。人少なにてものしにし、いかが。言ひしやうに、三日さぶらはむずるか。帰るべからむ日聞きて、迎へにだに」とぞある。返りごとには、「椿市といふ所までは平らかになむ。かかるついでに、これよりも深くと思へば、帰らむ日を、えこそきこえさだめね」と書きつ。「そこにてなほ三日さぶらひ給ふこと、いと便なし」など定むるを、使聞きて帰りぬ。

それより立ちて、いきもていけば、なでふことなき道も山深きここちすれば、いとあはれに水の声す。例の杉も空をさして立ちわたり、木の葉はいろいろに見えたり。水は石がちなる中よりわきかへりゆく。夕日のさしたるさまなどを見るに、涙もとどまらず。道はことにをかしくもあらざりつ。紅葉もまだし。花もみな失せにたり。枯れたる薄ばかりぞ見えつる、ここはいと心ことに見ゆれば、簾巻き上げて、下簾おしはさみて、見れば、着なやしたる、ものの色もあらぬやうに見ゆ。薄色なる薄物の裳をひきかくれば、腰などちがひて、こがれたる朽葉に合ひたるここちも、いとをかしうおぼゆ。

乞食どもの、坏、鍋など据ゑてをるも、いと悲し。下衆近かなるここちして、入り劣りしてぞおぼゆる。眠りもせられず、いそがしからねば、つくづくと聞けば、目も見えぬ者の、いみじげにしもあらぬが、思ひけることどもを、人や聞くらむとも思はず、ののしり申すを聞くも、あはれにて、ただ涙のみぞこぼるる。

〈現代語訳〉

夜が明けると、泉川を渡って行くと、その途中、柴垣をめぐらしてある家々を見て、いったいどれだろう、かもの物語に出てくる家は、などと思って行くと、とても心ひかれる。今日も寺のような所に泊って、次の日は椿市という所に泊る。

その翌日、霜が真っ白に置いている朝、参詣に行こうとする者、すでに参詣を終えて帰ってくる者であろう、いずれも脛を布きれで巻いている者たちが、行き来して、騒いでいる様子である。蔀を上げてある所に宿っていて、潔斎の湯を沸かしたりする間に外をながめると、種々様々な人が行き来しているが、その人たちもめいめい悩みごとがあるのであろうと思われた。

しばらくすると、手紙を捧げ持って来る者がある。そこに立ちどまって、

「お手紙でございます」と言っている様子。見ると、

「昨日今日あたりは――いったいどうしたのか。急に出かけてしまって――とても気がかりだ。供回りも小人数で出かけたが、変ったことはないか。先に言っていたとおり三日間参籠するおつもりかね。帰る予定の日を聞いて、せめて迎えにだけでも行こう」と書いてある。

返事には、「椿市という所までは、無事にまいりました。こうしたついでに、これよりも奥深い山にはいりたいと思いますので、帰る日どりをいつと決めて申し上げることはできません」と書いた。

「あそこでやはり三日もお籠もりなさいますことは、ほんとによろしくございません」など

と侍女たちで相談して決めるのを、使いの者は聞いて帰っていった。

　そこから出立して、だんだん進んで行くと、これという見ばえもしない道筋も、山深い感じがするので、川の流れる音がとても趣ぶかく響く。古歌で有名な二本の杉も大空に向って昔からの姿でずっとそびえており、木の葉は色とりどりに色づいて見えている。川の水はごろごろした石の間をわきかえるようにして流れて行く。夕日のさしている光景などを見ると自然と涙が溢れ出てとまらない。今までの道中は、格別景色もすぐれていなかった。紅葉もまだ早いし、花もすっかり散ってしまっている。ただ枯れた薄(すすき)だけが目についた。ここは、これまでとは格別に情趣があるように見えるので、車の簾(すだれ)を巻き上げ、下簾も横にはさみこんでながめてみると、着くたびれた着物が、すっかり光沢を失ったように見える。薄色の薄物の裳(も)をつけると、その裳の引腰(ひきごし)などが交差して、焦げ朽葉色(くちばいろ)の着物と調和した感じなのも、とても興味深く思われる。

　乞食(こじき)どもが、食器や鍋(なべ)などを地面に置いて坐っているのも、いかにもあわれである。いやしい者の中にはいりこんだような感じがして、境内に入ってから、清浄・厳粛な気分がそこなわれたような気がした。御堂に参籠(さんろう)している間、眠ることもできず、一方忙しいお勤めでもないので、つくねんと聞いていると、盲人で、それほどみじめでもなさそうな者が、心に思っている願いの筋を、人が聞いているかもしれないとも思わずに、大声でお願い申しているのを聞くにつけ、しみじみと心打たれ、思わずただ涙ばかりがこぼれ落ちるのだった。

〈**語釈**〉○**かもの物語**　散逸物語で内容不明。○**椿市**　『万葉集』や『枕草子』などに名が見える。古く市場が開かれて軽市（大和）や餌香市（河内）、難波市（摂津）とともに有名。初瀬詣での人たちが参籠準備のために泊った。現在の奈良県桜井市金屋町にあたる。○**蔀**　光線や風雨を防ぐため、格子の内がわに板をはったものをいう。上下二枚。○**昨日今日のほど**　兼家から作者にあてた手紙。○**なにごとか**　いったいどうしたのか。こんなにあわただしくはやばやと出かけたりして。一説に昨日今日変ったことはないかの意に解す。○**これよりも**　『多武峰少将物語』に「六郎君、弟子まさりとおぼさば、これより深からむ山にこそ入りはべらめ、……禅師の君御返し、これよりも深き山べに」とあり。○**例の杉**　「初瀬川古川の辺に二本ある杉　年を経てまたも逢ひ見む二本ある杉」（『古今集』雑体・読人しらず）を踏まえる。○**簾**　車の簾。○**下簾**　牛車の前後の簾の内がわに懸けて垂らし、絹布でその端を簾の下から外に出す。○**ものの色**　色つや。光彩。○**薄色**　薄紫色または薄紅色をいう。○**薄物の裳**　紗や絽、縠など薄い織物でできた裳。裳は婦人の正装の際、一番上に腰から下を被うようにまとった袴の後半分ぐらいの布である。ひだのあるものが多い。寺詣でのため着用。○**腰**　裳の紐。引腰か。○**朽葉**　赤味を帯びた黄色。

五五　初瀬詣で㈢

かくて、今しばしもあらばやと思へど、明くれば、ののしりて出だし立つ。帰さは、忍ぶれど、ここかしこ、饗しつつとどむれば、もの騒がしうて過ぎゆく。三日といふに京に着きぬべけれど、いたう暮れぬとて、山城の国久世の三宅といふ所に泊りぬ。いみじうむつかしけれど、夜に入りぬれば、ただ明くるを待つ。まだ暗きよりいけば、黒みたるものの、調度負ひて、走らせて来。やや遠くより下りて、ついひざまづきたり。見れば随身なりけり。

「なにぞ」とこれかれ問へば、

「昨日の酉の時ばかりに、宇治の院におはしまし着きて、『帰らせ給ひぬやとまゐれ』と仰せ言侍りつればなむ」といふ。先なるをのこども、

「とう促せや」など、おこなふ。

宇治の川に寄るほど、霧は来し方見えず立ちわたりて、いとおぼつかなし。車かきおろして、こちたくとかくするほどに、人声多くて、

「御車おろし立てよ」とののしる。霧の下より例の網代も見えたり。いふかたなくをかし。みづからはあなたにあるなるべし。まづかく書きて渡す。

人心うぢの網代にたまさかによるひをだにもたづねけるかな
舟の岸に寄するほどに、返し、
帰るひを心のうちにかぞへつつたれによりてか網代をもとふ
見るほどに車かき据ゑて、ののしりてさし渡す。いとやんごとなきにはあらねど、いやしからぬ家の子ども、なにの丞の君などいふ者ども、轅、鴟の尾の中に入りこみて、日の脚のわづかに見えて、霧ところどころに晴れゆく。あなたの岸に、家の子、衛府の佐など、かいつれて見おこせたり。中に立てる人も旅だちて狩衣なり。

岸のいと高き所に舟を寄せて、わりなうただあげに担ひあぐ。轅を板敷にひきかけて立てたり。

としみの設けありければ、とかうものするほど、川のあなたには按察使大納言の領じ給ふ所ありける、

「このごろの網代御覧ずとて、ここになむものし給ふ」といふ人あれば、

「かうてありと聞き給へらむを、まうでこそすべかりけれ」

など定むるほどに、紅葉のいとをかしき枝に、雉、氷魚などをつけて、「かうものし給ふと聞きて、もろともにと思ふにも、あやしうものなき日にこそあれ」とあり。御返り、「ここにおはしましけるを、ただ今さぶらひ、かしこまりは」など言ひて、単衣脱ぎてかづく。さながらさし渡りぬめり。また、鯉、鱸など、しきりにあめり。

あるすき者ども、酔ひ集まりて、

「いみじかりつるものかな。御車の月の輪のほどの日にあたりて見えつるは」

とも言ふめり。車のしりの方に、花紅葉などやさしたりけむ、家の子とおぼしき人、

「近う花咲き実なるまでなりにける日ごろよ」と言ふなれば、しりなる人も、とかくいらへなどするほどに、あなたへ舟にてみなさし渡る。

「ろなう酔はむものぞ」とて、みな酒飲む者どもを選りて、ゐて渡る。川の方に車むかへ、榻立てさせて、二舟にて漕ぎ渡る。

さて、酔ひまどひて、うたひ帰るままに、

「御車かけよ、かけよ」とののしれば、困じて、いとわびしきに、いと苦しうて来ぬ。

〈現代語訳〉

こうして、私はもうしばらく参籠（さんろう）していたいと思っているのに、夜が明けると、騒ぎたてて出で立たせる。帰途は、微行の道中だが、あちらこちらで、もてなしてくれて引き止めるので、にぎやかな旅となってしまった。

三日めに京に帰り着くはずであったが、すっかり暮れてしまったというので、山城の国の久世（くぜ）の三宅（みやけ）という所に宿をとった。とてもむさくるしい所であったが、夜になってしまったので、ただもう夜が明けるのを待った。

まだ暗いうちから出かけて行くと、黒っぽい人影が、弓矢を背負って、馬を走らせてやって来る。かなり離れた所で馬から下りて、ひざまずいている。見ると、あの方の随身（ずいじん）であった。

「何事です」と二、三の供回りの者が尋ねると、

「殿は、昨日の夕方、酉（とり）の時刻のころ、宇治の院にご到着なさいまして、『お帰りあそばされたかどうか、お迎えにまいれ』とご命令がございましたので」と言う。先頭にいる男たちが「さっさと進ませよ」などと、車の指図をする。

宇治川に近づくころ、霧は、通ってきた方が見えないくらい一面にたちこめて、まことに心もとなく不安である。車から牛をはずして轅（ながえ）をおろし、あれやこれや渡河の準備をしているうちに、大ぜいの人声がして、

「お車をおろして川べりにとどめよ」と大声で言う。霧の下から例の網代（あじろ）も見えている。た

とえようもなく風情がある。あの方自身は向う岸に居るのであろう。とりあえず、次の歌を書いて、使いの舟を出した。

あなたは私をわざわざ迎えに来られたのでなく、宇治の網代にたまさかにかかる氷魚をも見過さずに訪ねて来られたそのついでなのでしょう。そのあなたのお心が憂く思われます。

舟がこちらの岸に引き返して来るときに、あの方の返事が届けられる。

私はあなたの帰る日を心の中で数えつつわざわざ宇治まで出迎えたのだよ。あなた以外のだれのために宇治の網代を訪ねたりするものかね。

読むうちに、車を舟にかつぎ入れて据え、大きな掛け声をかけて、棹をさして渡す。大して高貴な身分ではないが、けっして卑しくない良家の子息たちや、某の丞の君などという人たちが、車の轅とか鴟の尾の間にぎっしりはいりこんで渡って行くと、日ざしがわずかに洩れはじめ、霧があちらこちら晴れてゆく。向う岸には良家の子息や衛府の佐などが連れだってこちらに視線を向けている。その中に立っているあの方も、旅先らしく、狩衣姿である。岸のとても高い場所に舟を寄せて、ただもう、がむしゃらにかつぎ上げる。轅を簀の子にかけて車を立てておいた。

精進落しの準備がしてあったので、食べたりしているときに、川の対岸には按察使大納言さまのご領有の別邸があったのだが、

「大納言さまが、このごろの網代見物にこちらにおいでになっていられます」と言う人があったので、

「私たちがこうしてここに来ているとお耳にはいっているだろうから、ごあいさつに上るべきだったよ」

などと話し合っているところに、紅葉のとても美しい枝に、雉や氷魚などをつけて、「こうしておそろいでおいでの由を伺って、ごいっしょにお食事でもと思いますが、あいにく、今日はこれというめぼしいもののない日でありまして」と言ってよこされた。お返事には、「ここにお越しあそばしておいでてでしたのに、失礼いたしました。すぐさま伺候いたしまして、ごあいさつ申し上げます」などと言って使いの者に、単衣を脱いで、祝儀に与える。使いはそれを肩に掛けたままで、川を渡って帰ったようである。また、鯉や鱸などが、次々に届けられてきた模様である。

居合せた風流者たちが、酔って集まってきて、

「すばらしいものだったなあ。お車の月の輪のあたりが、日の光に輝いて見えていたのは」とも言っているようだ。車の後ろの方に花や紅葉などをさしていたらしく、良家の子息と思われる人が、

「やがて花が咲き実がなるように、御開運のときが近づいたこのごろですよ」と言うのが聞える。それに対して車の後ろの方に乗っている人も、あれこれ応答などしている間に、対岸の大納言さまの所へ舟でみな渡ることになった。「きっと、酔っぱらうことになるだろうよ」ということで、酒に強い者たちを選りすぐって、あの方がひきつれて、渡ってゆく。川の方に車を向けさせ、轅を榻に立てさせて見ていると、二艘の舟で漕いで渡って行った。さて、すっかり泥酔して、歌いながら、帰って来るやすぐさま、「お車に牛をつけよ、つけよ」と大声で叫び立てるので、私は疲れて、とてもつらいのに、ひどく苦しい思いをしながら帰ってきた。

〈語釈〉○出だし立つ　供回りの者が作者を促して出立させる。○饗しつつ　兼家北の方のお通りだというので兼家の縁故の荘園の管理者などがもてなしをする。あらかじめ兼家の方から連絡があったのである。○久世の三宅　山城国久世郡久世郷にある三宅。みやけは屯倉と書き朝廷のご料田の稲を納める倉で、その倉のある土地の名ともなった。○黒みたる者　夜明け前なので、黒くぼんやり見える人影。○調度　武人の持つ弓矢などの武具。○宇治の院　二二二頁参照。○車かきおろして　牛車から牛を外し轅をおろす。○みづから　兼家。○人心の歌　道綱母の歌。「人心う」の「う」に「憂し」の「う」と「宇治」の「う」をかける。○帰るひをの歌　兼家の歌。「心のうちに」の「うちに」に「内に」と「宇治に」をかける。○家の子　由緒正しい血統の家に生れた子。○なにの丞　なにがしの丞の君。「丞」は三等官。○轅　車の軸から前方に出た二本の棒。その先に軛をつけ牛にひかせる。○鴟の尾　車の後方に突き出ている二本の棒。○衛府の

佐（すけ）　兵衛（ひょうえ）や衛門（えもん）の府の次官。兼家の長男道隆か。当時、侍従だがこの日記執筆時のころの称か。○**中に立てる人**　兼家。○**狩衣**（かりぎぬ）　元来、狩猟や蹴鞠（けまり）など用の服だが、当時貴族の常服となった。身分の高い人は直衣（のうし）を平常服とし、狩衣は私用の外出の場合などに着用する。○**板敷**　簀（す）の子。縁がわ。○**としみ**　精進落し。参詣中は精進なので精進落しをする。○**按察使**（あぜち）**大納言**　兼家の叔父。藤原師氏（もろうじ）。○**かしこまり**　おそれうやまう。おわびを言う。○**さながら**　使いが祝儀にもらった単衣（ひとえ）を肩にひっかけてそのまま川を渡って帰っていく。○**しきりにあめり**　師氏の所からしきりに届けられる。○**月の輪**　作者の車の車輪を月にたとえたもので、その月と日とを対照させたところにおもしろみがある。この前後の言葉は作者に対する追従（ついしょう）的な感じがある。○**花咲き実なる……**　いよいよ作者が幸運にめぐまれると述べて追従（ついしょう）した。もちろん、兼家や道綱の将来の繁栄をも含めている。○**しりなる人**　道綱であろうか。○**榻**（しぢ）　牛車を牛から外した際、車の安定を保つため轅（ながえ）を乗せる台。また車に乗降する際、踏み台とする台。作者がおかせたのである。○**漕ぎ渡る**　兼家がみなをひきつれて対岸の師氏の所へ出かけたことをくり返して言った。

〈解説〉　作者が時姫のように適齢期の姫を持っていたら女御（にょうご）にも上げることができたであろう。時姫も受領（ずりょう）の娘であるが姫と呼ばれている。おそらく作者も○○姫と呼ばれていたのであろう。初瀬詣での箇所を読み、また今までの箇所（たとえば章明（のりあきら）親王、貞観殿登子（じょうがんでんとうし）、忯子（ふし）などとの交友）を読み合せると作者が兼家夫人として社会的に高い地位を持っていることを感じる。

作者はどんなにか子供の少ないわが身の不運をしみじみ感じたに違いない。この点から「かくて年ごろ願（ぐわん）あるを」は子宝を授かりたいという宿願と考えたいが、今こそ切実な願いとなって初瀬参（さん）詣（けい）を思い立ったのであろう。当時、長谷寺は人々の信仰のきわめてあつい寺であった。自我の強い彼女は時姫に対する羨望・嫉妬で京に居るに堪えられなかったのであろう。しかし長女超子の入内を控えてとりこみ最中の兼家は同行したくても不可能なので、作者に超子入内後にするよう求めたが、作者は「我が方の事でないから」と気強くこっそり出かけてしまった。

京育ちの彼女の初めての遠出であろう。網代や宇治川を往来する舟に目を見張りながら、ごく内輪の女主人の微行に悲しい感慨を催しながら旅をつづけているので、「をかし」と感ずる場合にも「すべてあはれにをかし」、「あはれにをかしうおぼゆ」と「あはれ」という限定をつけており、この項の前半に七つも「あはれ」が出ている。

時期から云っても九月は紅葉に早く、自然の木々の美しさも期待はずれであったせいもあるが、後述の石山詣で紀行の清新で豊かな自然描写、渋滞のない達筆に比べてはまだまだ生硬な感じはまぬがれないし、自然描写の記事も少いが、最初の遠出の体験だけに自然を観照する態度も真剣で叙述も克明である。作者は旅の中で自己を解放し、素直な心となって路端で坏・鍋を据えているこじきを「悲し」とながめ、お堂で一心不乱に祈願している盲人に同情の涙を注いでいる。

こうした心境になれたのも無断で出掛けたとはいえ、作者の心情を察して兼家がせめて帰途宇治まで迎えに行こうと日程を聞きに使いをよこし、夫らしく未知の旅をつづける作者の身を案じやさしい文を言づけてくれたせいもあろう。御堂周辺の描写や御堂・寺そのものの叙述はほとんど見られない。

帰途は兼家の手配もあって道筋の荘園の人たちの歓待を受けつつ明るい旅を続け、随身の到着によって兼家が宇治まで来ていることを知り、気持に余裕も出来たと見えて「霧の下より例の網代も見えたり」と書いている。作家らしい冷静な目が宇治川の景物である網代をとらえ、「いふかたなくをかし」と明るい気分で反応している。いちはやく対岸の兼家一行を認め歌を贈った作者は家の子一党をひきつれた兼家の颯爽とした狩衣姿をクローズアップして書きとめている。作者のため魚肉の料理が用意されており、精進落しを兼家ともどもしている折、宇治に網代見物に滞在中の叔父師氏から贈物が届けられたりして華やかな賑やかな旅となった。お酒が入って口の軽くなった良家の子息が作者に追従的な賛辞を述べるが作者も悪い気がしなかったと見えて批判せず書きとめている。

初瀬紀行は前述のように往路の旅では暗い色彩で染められているが、兼家の出迎えを受けて帰路は一転して明るい満足感がみなぎり、作者の心情の変化は自然現象や景物の把握にも影響を与えている。もし兼家が迎えに来なければ師氏の贈物や饗応もなかったであろうし、家の子の追従的な賛辞も聞かれなかったであろう。往路と帰路の変化ある記事なればこそ、本紀行が生の体験記という感をいっそう強く与えるのである。初瀬詣での文は最初のまとまった紀行文として『蜻蛉日記』上巻の末尾にどっしりと位置して生彩を添えている。

五六　御禊のいそぎ

明くれば御禊近くなりぬ。「ここにし給ふべきこと、それそれ」とあれば、「いかがは」とて、し騒ぐ。

儀式の車にて引き続けり。下仕へ、手振りなどが具しいけば、色ふしに出でたらむここちして、今めかし。

月立ちては、大嘗会（だいざうゑ）の毛見（けみ）やとし騒ぎ、われも物見のいそぎなどしつるほどに、つごもりにまたいそぎなどすめり。

〈現代語訳〉

一夜が明けると、大嘗会（だいじょうえ）の御禊の準備が迫ってきた。あの方から、「こちらでして頂きたいことは、これこれ」と知らせてきたので、「承知しました」と言って大わらわになってする。

当日は、威儀を正した車で、続いてゆく。下仕え（しもづか）や手振り（てぶ）などが付き従ってゆくので、まるで晴れの儀式に自分も参加しているような気持がして華やかであった。

月が変ると、大嘗会の下検分だと騒ぎ立て、私も見物の用意などして暮らしているうちに、年末には新年の準備などをしている模様である。

〈語釈〉　○下仕へ（しもづか）　院御所・宮家・摂関家などで、雑用をする女房。○手振り（てぶ）　男の従者。下男。○大嘗会（だいざうゑ）の毛見（けみ）　主基（すき）・悠紀（ゆき）両田の神稲のでき具合の検分。転じて大嘗会の準備の点検をいう。

〈解説〉　初瀬からの帰路で、兼家の愛情を確認したこと、何よりも十一面観世音菩薩（ぼさつ）の霊験を信じ期待することによって、心の安らぎを得て落着いた作者は超子入内に全面的に協力する姿勢を見せている。また素直に禊(みそぎ)の行列の見物にも出かけている。一方兼家は長女を冷泉院(れいぜいいん)の後宮(こうきゅう)に入れ、陽のあたる道をまっしぐらに前進して行く。

五七　結び　かげろふの日記

かく年月はつもれど、思ふやうにもあらぬ身をし歎けば、声あらたまるもよろこぼしからず。なほものはかなきを思へば、あるかなきかのここちするかげろふの日記(にき)といふべし。

〈現代語訳〉

こうして十五ヵ年という年月は経ったけれど、思うようにもならないわが身の上を嘆いているので新しい年を迎えてもすこしもうれしい心持もせず、あいも変らぬものはかなさを思うと、あたかも、あるのかないのかわからない、かげろうのようなはかない身の上の日記ということができるであろう。

〈語釈〉○声あらたまる　新しい年を迎えること。「もも千鳥さへづる春は物ごとにあらたまれどもわれぞふりゆく」（『古今集』春上・読人しらず）を踏まえている。○かげろふ　従来陽炎(かげろう)（野馬とも）、蜉蝣(かげろう)、蜻蛉(かげろう)、ゴサマー（gossamer 飛行蜘蛛(ぐも)の出した糸）の諸説があるが、陽炎と考えるべきであろう。しかし平安時代の勅撰集の歌や古今六帖、物語などの例を徴しても、「かげろふ」は陽炎の現象自体を指すというよりも陽炎の現象が実体がなく、むなしくはかないところから、「あるかなきかの」の枕詞や譬喩（ひゆ）として用いられており、この日記の「かげろふ」も陽炎の現象のはかなさ、むなしさに通ずるわが身の上、心情を当時の和歌を踏まえて、端的、象徴的に表わしたものであろう。

〈解説〉この結びは序文と照応するものであり、この結びの「あるかなきかのここちするかげろふの日記といふべし」の言葉から、本日記を「かげろふの日記」と呼ばれるようになり、『大鏡』などは「この殿の通はせ給ひけるほどのこと、歌など書きあつめて、かげろふのにきと名づけて世にひろめ給へり」とあって作者の命名と考えているが、おそらくこれは当時の歌（『古今集』や『後撰集』などの「かげろふ」の歌）を踏まえて、はかないものの象徴「かげろふ」にわが身を擬し、〝あるかなきかのここちするいわばかげろうのごときはかないわが身の上の日記〟の意で作者の感懐を述べたものと思われ、直接日記自身への命名と考えてよいかどうかは疑問である。しかし『大鏡』が書かれるころには広く一般に「かげろふのにき」と呼ばれていたと思われる。

　前述のごとくこの結びの直前の作者の心情は穏やかで満足しており、生涯の中では新婚一ヵ年とともに幸福な時期で、「人にもあらぬ身の上」とか「かげろふの身」とか「ものはかなし」と長嘆息し「書き日記」せねばいられぬほどの追いつめられた、みじめな境涯ではなかった。それなのにこの結びの文句がその直後に書かれているのは木に竹をついだように唐突な感じがする。貞観殿（じょうがんでん）登子との交友や初瀬詣（もう）での記事とまったく違和感を与えるこの文句をあえて結びに据えた作者の意図は何であろうか。もしこの結びの文句「かく年月はつもれど……かげろふの日記といふべし」がなく初瀬詣でや御禊の記事で終わっていたら、上巻は序や主題（かげろふの如き身の上を書く）と無縁のもの、むしろ逆な印象さえも読者に与えかねないであろう。この結びの言葉により読者に今一度上巻全体がはかない身の上の告白であるという認識を与えるためにこの結びの言葉は上巻末に必要であり、この結びの言葉によって上巻が、主題のもっとも鮮明に出ている中巻と密着し得ているのである。

中巻

安和二年

五八　年頭の寿詞(よごと)　三十日三十夜(みそかみそよ)はわがもとに

かくはかなながら、年立ちかへる朝(あした)にはなりにけり。年(とし)ごろ、あやしく世の人のする言忌(ことい み)などもせぬ所なればや、かうはあらむとて、起きて、ゐざり出(い)づるままに、

「いづら、ここに、人々、今年(ことし)だにいかで言忌などして、世の中こころみむ」

と言ふを聞きて、はらからとおぼしき人、まだ臥(ふ)しながら、

「ものきこゆ。天地(あめつち)を袋に縫ひて」

と誦(ず)するに、いとをかしくなりて、

「さらに、身には、『三十日三十夜(みそかみそよ)はわがもとに』と言はむ」

と言へば、前なる人々笑ひて、

「いと思ふやうなることにも侍るかな。同じくは、これを書かせ給ひて、殿にやは奉らせ給はぬ」と言ふに、臥したりつる人も起きて、

「いとよきことなり。天下(てんげ)のえほうにもまさらむ」

など笑ふ笑ふ言へば、さながら書きて、小さき人して奉(たてまつ)れたれば、このごろ時の世の中人

にて、人はいみじく多く参りこみたり。内裏へも疾くとて、いと騒がしげなりけれど、かくぞある。今年は五月二つあればなるべし。

年ごとにあまれば恋ふる君がため閏月をばおくにやあるらむ

とあれば、祝ひそしつと思ふ。

〈現代語訳〉

このように、はかなく暮しながら、新しい年の元旦ともなった。今までずっと、私の所では、世間の人たちが行っている言忌などもしないせいだろうか、こんなに幸薄い身の上なのかしらと思い、起きて外へいざり出るとすぐに、「さあさあ、あのね、みなさん、今年だけでも、ぜひ言忌などして、ひとつ、運だめしをしてみましょう」というと、それを聞いて、私の妹が、まだ横になったまま、

「申し上げます。『天地を袋に縫ひて……』」と寿歌を唱えるので、とてもおもしろくなって、

「それに加えて、私には、『三十日三十夜はわがもとに……』と言いたいわ」

と言うと、前にいた侍女たちが笑って、

「そうなりましたら願いどおりの御身の上でございますね。いっそのこと、これをお書きなさいまして、殿におさし上げなさってはいかがでしょう」と言うと、横になっていた妹も起きてきて、

「それはとてもよい思いつきですわ。どんなすばらしい恵方(えほう)参りよりもまさっていましょうよ」

などとニコニコしながら言うので、そのことばどおり書いて、子どもに持たせてさしあげさせたところ、あの方はこのごろ、時を得て栄えている権勢家で、非常に多くの人々が参賀につめかけてごったがえしていたうえ、宮中へも早く参内しなければということで、とてもとりこんでいたけれども、次のように歌を返してきた。今年は閏(うるう)で五月が二度あるからであろう。

あなたの言葉「三十日三十夜」では毎年日が余り、あなたの恋心もはみ出るので天も粋をきかして、今年は閏月を置くのだろうね。

とあるので、十分祝詞をかわし得たものと思った。

〈語釈〉○**年立ちかへる**　安和二年（九六九）兼家四十一歳。作者三十三歳ごろ。道綱十五歳。「あらたまの年立ちかへるあしたよりまたるるものは鶯(うぐひす)の声」（『古今六帖』素性(そせい)）を本歌。○**言忌**(こといみ)　不吉な言葉を忌み慎んで口にしない。事忌なら縁起の悪いことをしないようにする。一七七頁参照。○**ここに**　人の注意をひくための発語的呼びかけ。あるいは一人称の代名詞で「私ね」の意ともとれる。○**はらからとおぼしき人**　同腹の姉妹をさすのが原義だが異腹でもよい。妹であろうか。○**天地**(あめつち)**を袋に縫ひて**　年頭の寿(ことほぎ)

歌「天地を袋に縫ひて幸を入れてもたれば思ふことなし」。これを三べん唱えるという。伴信友の『比古婆衣』巻四に詳しい。○三十日三十夜はわがもとに　この下に「宿らせむ」の意で兼家を毎夜自分の所に通わせたいという妻としての願いが卒直に出ている。一説に替歌と見る向きもあり、即興の替歌とも考えられるが、寿歌にあわせておのずから七五調になったのであろう。○えほう　不詳。「恵方」（歳徳神のいる方角）、「会（仏事）・法（修法）」とか「修法」など諸説あり。一応、恵方参りの略ととる。○小さき人　道綱。○奉れ　下二段。神に祈る寿歌であるから、また侍女の「殿にやは奉らせ給はぬ」に引かれて、兼家に関して「奉る」の敬語を使用した。地の文ではここのみの例である。○年ごとにの歌　兼家の歌。旧暦では小の月が二十九日か二十八日であったので、「三十日三十夜」と、一ヵ月を三十日とすると、毎年作者の恋心の方が余ってしまうので。○そす　十分にする。徹底的にする。度を越して……する。

〈解説〉　中巻は「かげろふ」の身の上の記という主題がもっともよく出ている中心の巻であるが、安和二年の年頭は上巻の貞観殿登子との交歓、初瀬詣で、大嘗会の御禊の記事につづいて、まだまだ幸福な時期の記事で明るい雰囲気がみなぎっている。もし不幸な時なら、声をはずませて、「さらに、身には、『三十日三十夜はわがもとに』と言はむ」などと言ったり、その文句を書いて兼家に贈ったりしないであろう。兼家は従三位の右近中将で出世街道を驀進する実力者になりつつある。

　彼の将来を見越す連中が年始に大ぜいつめかけ混雑しているうえ、兼家自身も参内の準備に忙殺されている最中にかかわらず、作者の喜びそうな歌を閏月に合わせて詠んで道綱に託してくれた。彼女はふたたび彼の愛情を確認し得たのである。

五九　転居

またの日、こなたあなた、下衆(げす)の中より事出(い)できて、いみじきことどもあるを、人はこなたざまに心寄せて、いとほしげなる気色(けしき)にあれど、われは、すべて近きがすることなり、くやしく、など思ふほどに、家移りとかせらるることありて、われは少し離れたる所に渡りぬれば、わざときらぎらしくて、日まぜなどにうち通ひたれば、はかなごこちには、なほかくてぞあるべかりけるを、錦(にしき)を着てとこそいへ、古里(ふるさと)へも帰りなむと思ふ。

〈現代語訳〉

あくる日、私の方とあちらのお方の所と、下衆(げす)の間からもめ事がおこって、めんどうなことがあれこれあったが、あの方は私の方に同情を寄せて、気の毒がっている様子だったけれど、私は、何もかも住居の近いせいなのだ、近くへ来なければよかったなどと思っているうちに、移転とかいうように取り計らわれることがあって、すこし離れた所に移ったので、あの方はわざわざ美々しい行列を整えて、隔日に通って来るので、はかない現在の心情から考えると、やはりこれで満足すべきであったのに、「錦(にしき)を着て」という諺があるけれども、そうでなくてもいっそのこと、もとの家へ帰ってしまいたいと思う。

〈語釈〉○こなたあなた　作者と時姫。○事　もめ事。なぐり合いであろうか。○人　兼家。○錦を着て　「富貴不レ帰ニ故郷　如ニ衣レ錦夜行ニ」（富貴ニシテ故郷ニ帰ラザルハ錦ヲ衣テ夜行クガ如シ）『史記』。「卿衣レ錦還レ郷」（卿錦ヲ衣テ郷ニ還ル）『南史』柳慶遠伝。こうした流布の諺による。「こそいへ」は逆接。錦を着て故郷へ帰るという言葉があるが（私はそうではないが）もとの家へ帰る。○古里　もと住んでいた所。一条西洞院の家。

〈解説〉時姫と作者は北の方同士として表面は手紙の贈答をしてきれいにつきあっているが、内心穏やかでなかったであろう。時姫は多くの子女を持ち超子を入内させ、子息も任官しつつありれっきとした北の方の貫禄をつけていっている。美貌と歌才を有して兼家の寵を得ているとはいえ、道綱一人で作者の方は寂しい。時姫にすれば超子入内の大多忙の時にさっさと初瀬に詣でて協力しようとしない作者なのにわざわざ宇治まで迎えに行った兼家にも腹立たしいのである。東三条邸の造営も始まっていたであろう。時姫、作者は内心では事ごとに火花を散らしていたと思われる。

そうした主人同士の意中が反映して下衆たちの反目ともなり、ちょっとしたことばの端々からにらみ合いとなり実力行使に及んだのであろう。兼家も両者の住居の近隣すぎるのが衝突の直接原因と見て作者を他に移居させ、隔日に美々しい行列で作者のもとに通って北の方としての誇りを傷つけないように配慮し、時姫の面目も立てまずまず両者を丸く収めてやれやれと思ったのであろう。『源平盛衰記』に出てくる兼家北の方の逸話「三つ妻錐」が連想される。

六〇　三月の節供

三月三日、節供などものしたるを、人なくてさうざうしとて、ここの人々、かしこの侍に、かう書きてやるめり。たはぶれに、

桃の花すきものどもを西王がそのわたりまで尋ねにぞやる

すなはちかい連れて来たり。おろし出だし、酒飲みなどして、暮らしつ。

〈現代語訳〉

三月三日、節供のお供えなど支度したのに人少なで、もの足りないといって、私方の侍女たちが、あちらの侍たちに、こんな歌を書いてやったようだ。冗談に、

桃の花をひたした酒を飲む風流人たちを探し求めて、あなたがたの所まで使いを出します。そちらは西王母の園で、桃の節供にふさわしい風流人がいられるでしょうからお招きいたします。

早速連れ立ってやって来た。お供えのおさがりを出し、酒を飲んだりして、一日を過ごした。

〈語釈〉○桃の花の歌　侍女の歌。「飲き」と「好き」、「其の」と「園」とを掛ける。桃から西王母を連想し、兼家邸をたとえ、「すきもの」は侍をさす。○おろし出だし　主語は作者の侍女たち。○酒飲み　兼家の侍たち。

〈解説〉作者と時姫との間はまずくなったが、兼家邸の侍を三月三日の節供に招いて、作者の侍女たちがごちそうをふるまって交歓している。本日記ではこうした人たちの交流の記事は初めてであるが、これまでにも行われていたのであろう。作者も愉快そうに見守っている。

六一　小弓のかけ物

中の十日のほどに、この人々、方分きて、小弓のことせむとす。かたみに出居などぞ、し騒ぐ。しりへの方のかぎり、ここに集まりて馴らす日、女房に賭物乞ひたれば、さるべき物やたちまちにおぼえざりけむ、わびざれに青き紙を柳の枝に結びつけたり。

山風のまへより吹けばこの春の柳の糸はしりへにぞよる

返し、口々したれど、忘るるほどおしはからなむ。ひとつはかくぞある。

かずかずに君かたよりて引くなれば柳のまゆも今ぞ開くる

「つごもりがたにせむ」と、定むるほどに、世の中に、いかなる咎まさりたりけむ、天下の、人々流るるとののしること出できて、紛れにけり。

〈現代語訳〉

二十日ごろに、この人たちが、二組に分かれて、小弓の試合をすることになった。それぞれ互いに練習だなどと騒いでいる。後手組の連中全員が私方に集まって練習をする日、侍女に賞品をねだったところ、適当な物がとっさに思い浮かばなかったのだろうか、苦しまぎれのしゃれに、青い紙に、つぎの歌を書いて、柳の枝に結びつけてさし出した。

山風が山形をなびかして前から吹いてくるので、今年の春の柳の枝はうしろの方へばかりよじれます。私たちも後手組の方に応援しているのですよ。

返歌は、めいめいしてきたけれど、忘れてしまう程度のできばえなので、お察しいただきたい。その一つは次のような歌だった。

あれこれとみなさま方が味方となって引き立ててくださっているそうですから、柳の芽が開くように、私たちの愁眉もやっと開きました。

試合は下旬ごろにしようと、とり決めていたところ、世間では、どんな重罪にあたったのであろうか、人々が流されるという、めっぽうもない騒動が勃発して、とりまぎれてしまった。

〈語釈〉○出居　練習場とか、そこで練習すること。○青き紙を柳の枝に　養由基が柳の葉を的にして射た故事によるか（『史記』）。○山風のの歌　侍女の歌。「山風」は山形（的の後ろの幕）を吹く風の意。前手組と後手組を対照させ後手組に心が寄る（「縒る」を掛け、糸の縁語）。○おしはからなむ　読者のご想像に任せたい。○かずかずにの歌　侍の歌。○天下の　二七頁参照。「人々流るるとののしること」にかかる。安和の変のことを次項で書く。

〈解説〉この項も前項につづいて、作者邸侍女と兼家方の侍との和やかな交歓風景を描いている。こうした交流により侍と侍女との恋愛も生れ結婚に発展することもあり得るであろう。『堤中納言物語』の「ほどほどの懸想」や『和泉式部日記』の小舎人童と樋洗童のことなども連想される。

六二　高明の配流

二十五六日のほどに、西の宮の左大臣流され給ふ。見たてまつらむとて、天の下ゆすりて、西の宮へ、人走りまどふ。いといみじきことかなと聞くほどに、人にも見え給はで、逃げ出で給ひにけり。「愛宕になむ」、「清水に」などゆすりて、つひに尋ね出でて、流したてまつると聞くに、「あいなし」と思ふまでいみじう悲しく、心もとなき身だに、かく思ひ知りたる人は、袖を濡らさぬといふたぐひなし。

あまたの御子どもも、あやしき国々の空になりつつ、行方も知らず、ちりぢり別れ給ふ、あるは、御髪おろしなど、すべていへばおろかにいみじ。大臣も法師になり給ひにけれど、しひて帥になしたてまつりて、追ひ下したてまつる。

そのころほひ、ただこのことにて過ぎぬ。身の上をのみする日記には入るまじきことなれども、悲しと思ひ入りしもたれならねば、記しおくなり。


〈現代語訳〉

二十五、六日ごろに、西の宮の左大臣さまがお流されになる。ご様子を拝見しようというので、京じゅう大騒ぎをして、西の宮へ、人々があわてふためいて走ってゆく。これは一大事出来！　と思って聞いているうちに、だれにもお姿をお見せにならずに、お邸を逃げ出してしまいになった。「愛宕にいられる」、「清水だ」などと大騒ぎして、とうとう探し出して、流罪に処し申し上げたと聞くと、胸がつまってしまうと思うまでとてもとても悲しく、私のような実情にうとい者でさえもこんなにせつなくなって同情されるのだから、実際事情をわきまえている人は、だれ一人として袖を涙で濡らさぬ人はなかった。
大ぜいのお子さまたちも辺鄙な国々に流浪する身の上になって、行き方もわからず、ちりぢりに離散なさったり、あるいは出家なさるなど、何もかも、ことばでいいあらわせぬ痛ましさであった。

左大臣さまも法師におなりあそばしたけれど、無理に大宰権帥(だざいのごんのそち)にお貶(おと)し申し上げて、九州へご追放申し上げた。

その当時は、ただこの事件で持ちきりの有様で日が過ぎた。自分の身の上だけを書くこの日記には書きつけるべき事柄ではないけれども、しみじみと悲しく感じたのは、ほかならぬ私自身なのだから、書かずにいられず、書きとめておくのである。

〈語釈〉　**○西の宮の左大臣**　源高明(たかあきら)で醍醐天皇の皇子。当時左大臣左大将で五十六歳。西の宮は四条の北、朱雀の西にあった高明の邸。**○流され給ふ**　「廿五日壬寅(みずのえとら)、以(テ)二左大臣兼左近衛大将源高明(ヲ)一為(ス)二大宰員外帥(だざいのいんがいのそち)(ト)一」(『日本紀略』)。**○愛宕(あたご)**　愛宕山。京都市右京区梅ヶ畑の西方。**○清水(きよみづ)**　清水寺(きよみずでら)。京都市東山区。**○あまたの御子ども**　忠賢(ただかた)・致賢(むねかた)・惟賢(これかた)・俊賢(としかた)など。経房(つねふさ)はこの年出生。**○あやしき国々の空**　忠賢は出家したうえ左遷。致賢も出家するが詳細は不明。**○身の上をのみする日記**　「日記」に対する作者の考え方をうかがい得る。

〈解説〉　村上天皇崩御後、冷泉(れいぜい)天皇が即位されると東宮には兄の四の宮為平親王を越えて同腹の五の宮守平親王がなられた。これは為平親王の妃が源高明の女であったので、時の太政大臣藤原実頼や右大臣師尹(もろまさ)たちの策謀で藤氏以外の人に政権が移ることを恐れたからである。そこへ為平親王を思って源連、橘繁延らが謀反を起こそうとしている事が源満仲や藤原善時の密告で判明したので左大臣源高明に罪をかぶせて大宰権帥に左遷した事件で「安和の変」と呼ばれる。結局藤原氏の他氏排斥の政治的謀略で高明および彼の一家はその犠牲者であった。

作者は高明の北の方が兼家の妹二人（三の君はすでに没しその後、五の君愛宮）であったのでかねて親しくしていただけに非常なショックを受け心から高明一家の突然の受難に同情を惜しまなかったのである。『大鏡』や『栄花物語』にも記されている。

六三　山寺の兼家と歌の贈答

その前の五月雨の二十余日のほど、物忌もあり、長き精進も始めたる人、山寺にこもれり。雨いたく降りて、ながむるに、「いとあやしく心細き所になむ」などもあるべし、返りごとに、

時しもあれかく五月雨の水まさりをちかた人の日をもこそふれ

とものしたる返し、

真清水のましてほどふるものならば同じ沼にもおりも立ちなむ

と言ふほどに閏五月にもなりぬ。

〈現代語訳〉

その最初の五月、五月雨の降る二十日過ぎのころ、物忌もあり、長精進も始めたあの方

は、山寺に籠もっていた。雨がひどく降って、ぼんやり物思いにふけっていると、「実際、妙に心細い感じのする所でして」などと手紙が来たのであろう。その返事に、

私も寂しくあけくれております。その折も折、このように五月雨が降りつづき、水かさも増し、遠くの山寺で日を経ておられるあなたのお帰りがいつまでもないのではほんとにつらいことです。

と言ってやったお返事に、

水かさが増え、逢えずに過ごす日が重なるのなら、その雨でできた沼にいっしょに下り立つことにしよう。精進など中止して早速あなたの所へ下りて共に暮そうよ。

と言い交わしている中に閏五月にもなった。

〈語釈〉○長き精進　後項の御嶽に詣でる前に行う長精進であろうか。○時しもあれの歌　道綱母の歌。「経れ」に「降れ」を掛ける。「もこそ」は将来に対する懸念危惧を表わす。○真清水の歌　兼家の歌。「真清水」は同音の反復によって音律の効果をねらう序詞で「まして」に掛かる。「経る」に「降る」をかけ、「水」、「降る」、「藻」（もの）、「沼」は縁語。

〈解説〉この項も作者のもとへ参籠中の兼家が山寺から手紙をよこしており、作者も早速甘い返歌を贈り、さらに折返し、兼家からも誠実なやさしい情をこめた夫らしい返歌をよこしている。あたかも新婚当時の天暦八年十二月、横川に登った兼家が、「雪に降りこめられて、いとあはれに恋しきことおほくなむ（六項）」と書いてよこしたのと類似している。

六四　病床につく

つごもりより、なにごこちにかあらむ、そこはかとなく、いと苦しけれど、さはれとのみ思ふ。命惜しむと人に見えずもありにしがなとのみ念ずれど、見聞く人ただならで、芥子焼きのやうなるわざすれど、なほしるしなくて、ほど経るに、人はかくきよまはるほどとて、例のやうにも通はず、新しき所造るとて、通ふたよりにぞ、立ちながらなどものして、「いかにぞ」などもある。

ここち弱くおぼゆるに、「惜しからで悲し」くおぼゆる夕暮に、例の所より帰るとて、蓮の実一本を、人して入れたり。「暗くなりぬれば、参らぬなり。これ、かしこのなり。見給へ」となむ言ふ。返りごとには、ただ、「『生きて生けらぬ』ときこえよ」

と言はせて、思ひ臥したれば、「あはれ、げにいとをかしかなる所を、命も知らず、人の心も知らねば、『いつしか見せむ』とありしも、さもあらばれ、やみなむかし」と思ふもあはれなり。

　花に咲き実になりかはる世を捨てて浮葉の露とわれぞ消ぬべき

など思ふまで、日を経て同じやうなれば、心細し。

〈現代語訳〉

　月末ごろから、どういう病気なのだろうか、どことなく、ひどく苦しいけれど、どうなってもかまわないとばかり思っていた。命を惜しんでいると人には見られたくない一心で、苦痛をじっとがまんしているけれど、まわりの人々が案じて、芥子焼きのような祈禱をしてくれるが、やはり、効験がなくて、日数がたってゆくのに、あの方は、私が潔斎中だからといって、いつものようにも通って来ず、新邸造営のために行き来するついでには、立ったまま見舞って、

「どんな具合だね」などと言ってくれる。

　気が弱くなったように感じられて、「惜しからで悲しきものは身なりけり」といった古歌を思い出してせつなく思われる夕暮に、例の新邸からの帰りだと言って、蓮の実を一本、使いに持たせてよこした。

「すっかり暗くなったから、伺わないのだ。これは、あそこのだよ、ご覧」

と言う。返事には、ただ、

「『生きていても、しかばね同然です』と申しあげるように」と侍女に言わせて、くよくよ思いつつ臥していると、「ああ！　とってもすごくすばらしい邸宅だと聞いているが、私の命のほどもわからず、あの方の心中もわからないので、『早く見せたい』と言っていたのも、どうなろうとかまわないものの、それっきりになってしまうだろう」と思うとしみじみとめいってくる。

今や花と咲き実になってゆくように、しだいに栄えてゆくのに、その世を捨てて、まるで蓮の露のように、はかなく消えてしまうのであろう。

などと思うまでに、何日経っても同じような状態なので、心細くてならない。

〈語釈〉○芥子焼き　真言宗で病気平癒を祈り護摩木・ケシを火中に入れて加持祈禱を行なうこと。○きよまはる　作者が潔斎していること。○新しき所造る　東三条邸の改築造営。○立ちながら　立ったまま。潔斎中なので。○惜しからで悲しくおぼゆる　「惜しからで悲しきものは身なりけり人の心のゆくへ知らねば」（『貫之集』西本願寺本・類従本）を引く。○例の所　建築中の東三条邸。○さもあらばあれ　「さもあらばあれ」の略。ええどうなってもかまわない。挿入句。○花に咲きの歌　道綱母の歌。上の句は、兼家・作者たちの繁栄。

〈解説〉「病は気から」というが、作者の病気の原因はあるいは東三条邸の造営にかかわりがあるのではあるまいか。落成後、果たして自分が道綱といっしょに迎え入れられるだろうか。それがはっきりしないので苦しい。以前には兼家が東三条邸でいっしょに生活する夢をよく作者に語ってくれたが、最近は全然その話には触れない。兼家にすれば先ほどの、時姫・作者両方の下衆（げす）のいさかいで手をやいた苦い経験から今では思い直し、時姫やその子女のみを本邸へ迎え入れることに心中でほぼ決めたが、それがなんとなく自然に漏れ、作者の耳にも入ったのであろう。作者の誇りや自我が兼家に卒直に噂（うわさ）が本当かと問いただせなかったのであろうし、またその答えを聞くのもこわかったのであろう。この精神的苦悩が内攻して病臥（びょうが）したのであろう。「惜しからで悲しきものは身なりけり人の心のゆくへ知らねば」の引歌がまったくぴったりと所を得て活用されている。本邸に入れてもらえねば生きていてもまったくかいがない。そこで「生きて生けらぬ」のことばともなったのである。

六五　遺書を認（したた）む

よからずはとのみ思ふ身なれば、つゆばかり惜しとにはあらぬを、ただ、「このひとりある人いかにせむ」とばかり思ひつづくるにぞ、涙せきあへぬ。

なほあやしく、例のここちにたがひておぼゆる気色（けしき）も見ゆべければ、やむごとなき僧など呼びおこせなどしつつ試みるに、さらにいかにもいかにもあらねば、「かうしつつ死にもこそすれ、にはかにては、おぼしきことも言はれぬものにこそあなれ、かくて果てなば、いと口惜しかるべし。あるほどにだにあらば、思ひあらむにしたがひても語らひつべきを」と思ひて、脇息(けふそく)におしかかりて、書きけることは、

「命長かるべしとのみのたまへば、見はてたてまつりてむとのみ思ひつつありつるを、かぎりにもやなりぬらむ、あやしく心細きここちのすればなむ。常にきこゆるやうに、世に久しきことのいと思はずなれば、ちりばかり惜しきにはあらで、ただこの幼き人の上なむ、いみじくおぼえはべるものは、ありける。たはぶれにも御気色(みけしき)のものしきをば、いとわびしと思ひてはんべめるを、いと大きなることなくてはべらむには、御気色(みけしき)など見せ給ふな。いと罪深き身にはべれば、

　風だにも思はぬ方に寄せざらばこの世のことはかの世にも見む

はべらざらむ世にさへ、うとうとしくもてなし給ふ人あらば、辛(つら)くなむおぼゆべき。年ごろ、御覧じはつまじくおぼえながら、かはりもはてざりける御心を見たまふれば、それ、いとよくかへりみさせ給へ。譲りおきてなど思ひたまへつるもしるく、かくなりぬべかめれば、いと長くなむ思ひきこゆる。折しもあれ、対面にきこゆべきほどにもあらざりければ、あらむとすらむ。人にも言はぬことの、をかしなどきこえつるも、忘れずや

　露しげき道とかいとど死出の山かつがつ濡るる袖いかにせむ」

と書きて、端(はし)に、「あとには、『とひなども、ちりのことをなむあやまたざなる才(ざえ)よく習へと

なむ、きこえおきたる』と、のたまはせよ」と書きて、封じて、上に、「忌などはてなむに、御覧ぜさすべし」と書きて、かたはらなる唐櫃に、ゐざり寄りて入れつ。見る人あやしと思ふべけれど、久しくしならば、かくだにものせざらむことの、いと胸いたかるべければなむ。

〈現代語訳〉

どうせよくなることなどありっこない身なのだから、すこしも命が惜しいわけではないが、ただ、この一人ぼっちの息子をどうしたらよかろうと、それればかりを思い続けていると、涙がおさえきれない。

やはり妙に気分が普通でないと思われる様子が表にあらわれるので、あの方が、一流の僧侶などを呼んでよこしてくれたりして祈禱をしてもらってみるが、いっこうに効験が現われないので、こうしている間に死んでもしまうだろう、突如死期に直面したら思っていることも言えないものであろうのに、このまま死んだなら、とても心残りであろう。せめて命のある間に姿を見せてさえくれれば、思いの浮かぶままに語らうことができるのだが、と思って、脇息に寄りかかって書いたことは、

「まだまだ寿命が長いだろうと、いつもおっしゃってくださいますので、私もあなたと末長く添いとげ申し上げようと思いつづけておりましたのに、いよいよ私の寿命も限りになったのでございましょうか、妙に心細い気持がいたしますので、こうして認めて置くのでござい

ます。いつも申し上げておりますように、長生きなどまったく考えてもおりませぬゆえ、ちりほども命が惜しいわけではございませんで、ただこの幼いわが子の身の上ばかりが、この上なく気がかりに思われることなのでございます。冗談にもごきげんの悪いことを、とってもつらく思っているようでございますが、格別大事がございませぬかぎり、ふきげんなご様子などお見せくださいますな。私はまことに罪深い身でございますので、

せめて風さえも物思いのない彼岸に不如意なわが身を吹き寄せてくれないならば、この世で味わった不幸を来世でもまたふたたび見ることでしょう。どうか私を安心して死ねるようお志をいただきとうございます。

私がいなくなりました後でも、あの子につれなくなさる方がございましたら、恨めしく思われることでございましょう。数年来、私どもをずっと最後までお世話くださることはあるまいと感じながら、結局、お見捨てにならなかった御心のほどを拝見しておりますゆえ、どうぞ、この子をよくお世話くださいませ。子どものことをお任せ申しあげておいてと、かねがね存じておりましたとおりに、いまわの際になってしまったようでございますから、何とぞ末長くよろしくお願い申しあげます。だれにも漏らさず、睦言にあなただけに申し上げた秘密のあのことも、いつまでも忘れずにいてくださるでしょうか。折あしく、お目にかかって直接申し上げられる時でもございませんので、

死出の山路はひとしお露しげく袖の濡れるつらい道と聞きますが、もう今からボツボツ
　私の袖が濡れてくるのをどうしたらよろしいのでしょう」

と書いて、端に、「私のなきあとに、『試問なども、わずかなことをも間違えないよう、学才を十分身につけなさいと、母が言いのこしておいた』とあの子に仰せくださいますよう」と認(したた)めて、封をして、その上に、「忌日などが終ってから、殿にご覧に入れるよう」と書いて、そばの唐櫃(からびつ)に、にじり寄って入れた。見ている者は妙なことをすると思うであろうが、万が一病気が長引いた時に、こんなことすらしておかなかったとしたら、きっと胸をいためることになるにちがいないから……。

〈語釈〉○ひとりある人　道綱。○脇息　ひじをかけてよりかかる道具。○罪深き身にはべれば　この世の苦悩は前世に犯した罪が因(もと)となり、現世にその結果が表われているという三世の因果思想に基づく。このようにまことに罪業の深い身であるから、と和歌へ直接つながることば。○風だにもの歌　道綱母の歌。「思はぬ方」は物思いのない方角で、極楽浄土をさす。○うとうとしくもてなし給ふ人　道綱を疎略に扱う人。兼家を暗にいう。○人にも言はぬことの「の」は同格を示す助詞。だれにも知られないことで、二人だけの「をかし」と感じて語りあった睦言(むつごと)のたぐい。○露しげきの歌　道綱母の歌。「かつがつ」はボツボツ。次第に。○とひ　不詳の語。「問」と解して、官吏登用試験の問題とる説に従う。○才(ざえ)　身につけるべき教養。主として中国風の学問・技芸をいう。○忌(いみ)　作者の服(ぶく)。死後の四十九日をいうが、夫としては三ヵ月

が妻の喪中にあたる。○唐櫃「からびつ」の音便。衣服類や夜具、調度などを納めておく櫃。外がわへ反った六本の足がある。○胸いたかるべければ　後になって道綱のためにしておけばよかったと後悔することになるにちがいないから。

〈解説〉作者の精神的苦悩からの病気は原因が解消しないかぎり真実には快癒しないであろう。しかし作者にはそのことはわからない。気分はすぐれない。高僧が兼家によってさしむけられて祈禱をしてもらっても効能がない。作者は死を予想するが一番気がかりなことは一粒種の道綱のことである。一人子というものは覇気に乏しくたくましくない場合が多い。時姫腹の道隆、道兼、道長に見劣りするのであろう。兼家にも他の三人に比べて道綱が歯がゆく、かい性がないように感じられる。神経質で父の顔色が気になる線の細い少年なのであろうが、作者は自分亡き後、かばう人がないだけ兼家に道綱のことをこまかく頼まずにはいられなかった。「いと大きなることとなくてはべらむには、御気色など見せ給ふな」とか、「うとうとしくもてなし給ふ人あらば、辛くなむおぼゆべき」とかいい、終りに、「『とひなども、ちりのことをなむあやまたざなる才よく習へとなむ、きこえおきたる』とのたまはせよ」とまで言っている。やはり母なればこそである。

六六　愛宮へ長歌を贈る

かくて、なほ同じやうなれば、祭・祓などいふわざ、ことごとしうはあらで、やうやうなどしつつ、六月のつごもりがたに、いささかものおぼゆるここちなどするほどに、聞けば、帥殿の北の方、尼になり給ひにけりと聞くにも、いとあはれに思うたてまつる。西の宮は流され給ひて三日といふに、かきはらひ焼けにしかば、北の方、わが御殿の桃園なるに渡りて、いみじげにながめ給ふと聞くにも、いみじう悲しく、わがここちのさはやかにもならねば、つくづくと臥して思ひ集むることぞ、あいなきまで多かるを、書き出だしたれば、いと見苦しけれど、

あはれいまは　かくいふかひも　なけれども　思ひしことは　春の末　花なむ散ると騒ぎしを　あはれあはれと　聞きしまに　西のみやまの　鶯は　かぎりの声を　ふりたてて　君が昔の　あたご山　さして入りぬと　聞きしかど　人言しげく　ありしかば道なきことと　歎きわび　谷隠れなる　山水の　つひに流ると　騒ぐまに　世をう月にも　なりしかば　山ほととぎす　たちかはり　君をしのぶの　声絶えず　いづれの里か鳴かざりし　ましてながめの　五月雨は　うき世の中に　ふるかぎり　たれが袂かただならむ　たえずぞうるふ　五月さへ　重ねたりつる　衣手は　上下分かず　くたしてき　ましてこひぢに　おりたてる　あまたの田子は　おのが世々　いかばかりかは　そぼちけむ　四つにわかるる　むら鳥の　おのがちりぢり　巣離れて　わづかにとまる巣守にも　何かはかひの　あるべきと　くだけてものを　思ふらむ　言へばさらなり九重の　内をのみこそ　馴らしけめ　同じ数とや　九州　島二つをば　ながむらむ　かつは夢かと　いひながら　逢ふべき期なく　なりぬとや　君も歎きを　こりつみて　塩

焼くあまと　なりぬらむ　舟を流して　いかばかり　うら寂しかる　世の中を　ながめかるらむ　ゆきかへる　かりの別れに　あらばこそ　君が夜床も　あれざらめ　塵のみ置くは　むなしくて　枕のゆくへも　知らじかし　今は涙も　みなつきの　木陰にわぶる　うつせみも　胸さけてこそ　歎くらめ　ましてや秋の　風吹けば　籬の荻の　なかなかに　そよと答へむ　折ごとに　いとど目さへや　あはざらば　夢にも君が　君を見で　長き夜すがら　鳴く虫の　同じ声にや　たへざらむと　思ふ心は　大荒木の　森の下なる　草のみも　同じく濡ると　知るらめや露

また、奥に、

宿見れば蓬の門もさしながらあるべきものと思ひけむやぞ

と書きて、うち置きたるを、前なる人見付けて、

「いみじうあはれなることかな。これをかの北の方に見せたてまつらばや」

など言ひなりて、

「げに、そこよりと言はばこそ、かたくなはしく見苦しからめ」

とて、紙屋紙に書かせて、立文にて、削り木につけたり。

「『いづこより』とあらば、『多武の峰より』と言へ」

と教ふるは、この御はらからの入道の君の御もとよりと言はせよとてなりけり。人取りて入りぬるほどに、使ひは帰りにけり。かしこに、いかやうにか定めおぼしけむは知らず。

〈現代語訳〉

さて、からだの具合もやはり同じ状態なので、病気平癒のための祭や祓(はら)いなどといった事を大げさではなく、徐々に行ったりして、六月の下旬ごろになってすこし気分がよくなったころ、聞くと、帥殿(そちどの)の奥方さまが尼におなりになったと耳にするにつけても、まことにお気の毒なこととお察し申し上げる。

西の宮のお邸は帥殿がお流されになって三日めに、すっかり焼失してしまったので、奥方さまはご自分の桃園のお邸に移って、たいへん悲嘆にくれていられると聞くにつけ、私もとても悲しく、自分の気分がすっきりしないので、床に横たわったまましみじみとあれやこれや思い合わせることが、むやみなくらい多いのを書き表わしてみると、まことに見苦しいけれど、

ああ、今となっては、こう言ってみてもなんのかいもないことではございますが、思い起こすと、春の末に、花が散るようにお殿さまがお流されになるとの世の騒ぎを、お気の毒なことよ、おいたわしいことよと聞いていましたうちに、深山(みやま)のうぐいすが声をかぎりに鳴き立てて飛んで行くように、西の宮のお殿さまは悲痛な嘆きを遊ばしながら、どんな前世の因縁ゆえか、愛宕山(あたごやま)をさしておはいりになったと聞きましたが、それもすぐさま人の口の端にのぼり、道なき深山(みやま)で非道なことよと悲嘆にくれていられましたのに、見あらわされ、とうとう流されておしまいになったと騒ぎたてておりますうちに、

このうとましい世の中が四月になりますと、うぐいすの代りに山から出てきたほととぎすが鳴くように、お殿さまをしのんで泣く声がどこの里でも絶えることはございませんでした。それにもまして、物思いがちな五月雨(さみだれ)のころには、この憂き世の中に生きている人すべて、だれひとりとしてたもとを濡らさぬ者とてございませんでした。そのうえ、雨ばかりの五月まで閏(うるう)で重なり、乾くひまのない袖は、身分の上下を問わず、すっかり涙でぬれとおってしまいました。ましてや、お父君を恋い慕っていられる大ぜいのお子さまがたは、それぞれ、どんなに泣き沈まれたことでございましょう。四散されたお子さまがたは巣を離れてとび立つ群鳥(むらとり)のように、ちりぢりばらばらに別れて行かれ、わずかに幼いお方が残られても、これではなんの生きがいがあろうかと、心も千々(ちぢ)に乱れて物思いにくれていられることと、お察しいたします。今さら口にいたしますまでもございませんが、お殿さまは九重(ここのえ)の宮中にばかり住み慣れていられましたが、同じ数とは言いながら、遠い九州の地で、島二つをば物思いにふけりつつながめておいでででございましょう。奥方さまにおかれても夢かしらと言いながら、もう再会の折もなくなってしまったと、嘆きに嘆きをつみ重ねて、とうとう尼とおなりになったのかと存じます。海人(あま)が大事な舟を流して途方にくれるように、また、長海布(ながめ)を刈るつらい日々のように、お殿さまを遠く放たれ、また今は御身も尼となられて、どんなにかお心さびしく物思いにふけってあけくれておいでのことでございましょう。去ってもまた帰って来る雁(かり)のようにかりそめのお別れでございましたら、奥方さまの夜の臥床(ふしど)も荒れ果てることはございますまいが、長の別れともなれば、床にはむなしくちりが積もるばかりで、枕は涙に流されて行方もわからぬほどでございましょう。今はその涙もみな尽きはて、六月の木陰には、裂けた殻からぬけ出て蟬が鳴き立てるように奥方さまも胸がはり裂ける思いで日々お嘆きと存じます。まして、秋の風が吹きはじめるころになると、籬の荻が、なまじ、「そうよ、そうよ」とご傷心に答えているように風にそよぐのが聞える度ごとに、いっそう目が冴えておやすみになれず、夢の中でもお殿さまにお目もじもかなわず、長い秋の夜通し、鳴き通す虫に声を合わせて、堪えかねて、忍び音をお漏らしのこととお察しいたしまして、大荒木の森の下草の実同様、私もまたご同情の涙を催しているとご存じでございましょうか、多少なりとも。

また、奥の方に、

お邸を見ますと、蓬が生い茂り、門もしめきったままですが、このようにすっかり荒れてしまうとは、まったく思いもよりませんでした。

と書いて、なにげなく置いていたのを、侍女が見つけて、「たいへん情のこもったお歌ですこと。これをあの奥方さまにご覧にいれたいものでございますね」などということになって、

「ええ、そうしましょう。でも、どこどこからとはっきり言って贈るのでは、気がきかないうえ、またみっともないしね」と言って、紙屋紙に書かせて、立文にして、削り木につけてさしあげる。

「『どちらさまから』と聞かれたら、『多武の峯から』と答えるように」

と教えたのは、奥方さまのご兄弟の入道の君の御もとからと言わせようと思ってのことであった。持たせてやるとあちらでは侍女が受け取って奥へ入った間に、使いは帰ってしまった。奥方さまの方ではどのようにご判断されたか、それはわからない。

〈語釈〉 **○祭・祓** 作者の病気平癒のために行なう。**○帥殿** 大宰権帥に左遷された前左大臣源高明。**○北の方** 高明室愛宮。師輔の五女。兼家の異母妹、雅子内親王の腹。**○焼けにしかば** 「安和二年四月一日、午刻、員外帥西宮家焼亡、所レ残雑舎両三也」(『日本紀略』)。**○わが御殿の桃園** 愛宮が父師輔から伝領の桃園にある邸であろう。桃園は一条の北、大宮の西の地で桃の木が多く王朝貴族の別荘地であった。現在桃薗小学校に名が残る。**○花なむ散る** 高明の追放をたとえる。**○西のみやま** 「西の宮」と「深山」を掛ける。**○君が昔のあたご山** 「愛宕山」に君が昔の「あた」(前世の因縁)の意を掛ける。**○道なきこと** 山の中の道がない意と高明に対する道理の通らない処置とを重ねて意味する。**○谷隠れなる山水の** 谷間を流れて目につかない山中の細い川が、最後には川の姿が表に出て人目につく意から、「つひに流ると」の序。**○世をう月** 「四月」の「う」に「憂」を掛ける。**○鳴かざりし** ほととぎすが「鳴く」ことと人々が高明をしのんで「泣く」の両方を掛ける。**○ながめ** 「長雨」と物思いにふけってぼんやりながめる「ながめ」を掛ける。**○ふる** 「経る」に「降る」を掛ける。**○うるふ** 「潤ふ」と「閏」を掛ける。**○重ねたりつ**

る　五月が閏五月もあって五月を「重ねること」と、衣手を「重ねること」を掛ける。○上下分かず　着物の「上下」と身分の「上下」を掛ける。○こひぢ　「泥」と「恋路」を掛ける。○田子　「農夫」の意に高明の「子たち」を掛ける。○四つにわかるる　『孔子家語』に見える「四鳥の別れ」の故事による。○巣守　孵化しないで巣の中に残っている卵をいう。北の方のもとに残った幼児をたとえる。○かひ　「効」に「卵」を掛ける。○島二つ　壱岐と対馬。○こりつみて　「嘆きを重ねる意」と「山から伐り出した木を塩を焼くため積み重ねる意」を掛ける。○君　北の方。○あま　「海人」と「尼」を掛ける。○舟を流して　「……年経て住みし　伊勢の海人も　舟流したる　心ちして　寄らむ方なく　悲しきに……」（『古今集』雑体・伊勢）による。○うら寂しかる　「うら」に「心」と「浦」を掛ける。○ながめかる　物思いにふけってぼんやり「ながめる」の意と、「長海布」を掛ける。○かりの別れ　「仮」と「雁」を掛ける。○みなつき　「皆尽き」に「六月」を掛ける。○うつせみ　蟬のぬけがらの意もあるが、ここは殻からぬけ出た蟬をもいう。○胸さけて　蟬がぬけ殻が「裂けて」出てくる意と胸のはり「裂ける」ような思いを掛けて表わす。○なかなかに　なまじい慰めてくれるように聞えるので、かえって。○そよと答へむ　荻の葉ずれのそよそよという音が、北の方の嘆きを肯定して「そうよ、そうよ」と答えているかのように聞える。○君が　北の方が。○君を　高明を。○大荒木の　「大」に「多」、「草の実」の「実」に「身」を掛ける。「人につぐたよりだになし大荒木の森の下なる草のみなれば」（『後撰集』雑二・躬恒）を本歌とする。大荒木の森は、歌枕として有名で、大和国宇智郡荒木神社の森とも、山城国乙訓郡ともいう。○露　涙を象徴する「露」に、反語「知るらめや」の強い否定をさらに強調する副詞の「つゆ」を掛ける。○宿見ればの歌　道綱母の歌。長歌の反歌のような役目をしている。「さしながら」は「鎖しながら」（しめたまま）と「然しながら」（そっくりそのまま）を掛ける。「あるべき」の「在る」に「荒る」を掛ける。○前なる人　側近の侍女。○そこより　どこそこからと送り主の名。○かたくなはしく　愚直で、野暮ったく。気が利かない。洗練された教養のある人らしくない。○紙屋紙　京都市北野を流れる紙屋川のほとりに紙屋院（図書寮の別院）があって、ここで漉き返した紙をいう。薄墨色の場合が多く時には漉く前の字が多少残っている場合もある。厚手でじょうぶ。宣旨を書くのに使われたところから宣旨紙とも呼ばれた。○**立文**　書状の形式の一つで正式な場合に使う。包紙で縦に包み、余った上下をひねる。○**削り木**　神事に用いる白木のこと。○**多武の峰**　奈良県桜井市にある山。山中に談山神社がある。少将藤原高光が籠もった山。○**入道の君**　師輔の男で愛宮の同母兄高光。応和元年十二月五日出家して横川に入り、同二年八月多武峰に登り修行する。多武峰少将と呼ばれ、『多武峰少将物語』の主人公である。

〈解説〉病床につきひとしお感傷的であった作者は近親者の昨日に変る落魄、突然の不仕合せにひじょうな衝撃を受けたので一一七句の大長歌が作り出された。縁語・掛詞・枕詞など修辞の粋を尽したこの大長歌は彼女の苦心の結晶でもあろう。高明配流の有様から始ってご家族離散の状態、悲嘆の余り尼となった北の方の心中のせつなさをしのび同情に堪えない自分の気持をねんごろに述べている。特に北の方の独り寝のわびしさ、夫君を恋ふる心情を切々と述べ連ねているところは作者の体験を通しての実感のほとばしりで女心が如実に訴えられている。侍女の勧めもあり、作者もこうした大長歌をやみに葬り去るにしのびず、高明北の方に贈ることにしたが、平素昵懇でないだけに作者からと名を出して贈るのも気がひけたので、北の方と格別文通のしげくあった兄入道の君の名を借りて届けた。しかも使者が文を渡してすぐ帰ったので後述のような文違えが起きる。

六七　兼家の御嶽詣で中に自宅へ帰る

かくあるほどに、ここちはいささか人ごこちすれど、二十よ日のほどに、御嶽(みたけ)にとて急ぎ立つ。幼き人も御供(とも)にとてものすれば、とかく出(い)だし立ててぞ、その日の暮にぞ、われも、もとの所など修理(すり)しはてつれば、渡る。供なるべき人などさし置きてければ、さて渡りぬ。それより、まだ、うしろめたき人をさへ添へてしかば、「いかにいかに」と念じつつ、七月(ふみづき)一日(ついたち)の日、暁に来て、

「ただ今なむ帰り給へる」

など語る。ここは程(ほど)いと遠くなりにたれば、しばしはありきなどもかたかりなむかしなど思ふに、昼つ方(かた)、なへぐなへぐと見えたりしは、なにとにかありけむ。


〈現代語訳〉


こうしているうちに、気分はいくらかよくなってきたけれど、二十日過ぎのころ、あの方は御嶽詣(みたけもう)でにと急いで出かけることになった。子どもも、御供にといって同行するので、あれこれ支度をして送り出して、その日の夕方に、私も、もとの家などの修繕が終ったので、移った。あの方が供に連れて行くはずの人などもこちらへ残しておいてくれたので、それを使って引っ越した。それ以来、まだまだ気がかりな子どもまでもいっしょに行かせたので、しじゅう、どうしているかしら、無事なようにと祈念し続けていると、七月一日の夜明前に子どもが帰ってきて、

「たった今、お父上はお帰りになりました」

などと話す。この家はあちらから距離もひどくへだたってしまったので、ここ当分は訪れてくることもむつかしいだろうよなどと思っていると、昼ごろ、ふらふらした疲れた足どりで訪れて来たのは、いったいどういう風の吹きまわしだったのだろうか。

〈語釈〉○御嶽(みたけ) 金(かね)のみたけ。金峰山。奈良県吉野郡。入山する前、長期間の精進をする。○急ぎ立つ 兼家。○幼き人 道綱。○もとの所 一八八頁参照。○まだ 底本「さかり」。一説「さばかり」、「さも」とあるが、誤写過程から、「まだ」に従う。

〈解説〉兼家はどんな念願で急いで、しかも道綱を連れて御嶽(みたけ)に詣(もう)でたのであろう。他の息子たちも同伴したのであろうか。まったく不明である。

その留守中兼家とも打ち合せてあったと見えて、引越に要する手伝人を残していってくれたので、作者は一条西洞院(にしのとういん)の旧邸へ移った。七月一日の暁に道綱が帰って来たので、数日来案じ暮していた作者もほっと一安心しているところへ昼ごろ足をひきずりながら、兼家が姿を表した。このころ兼家は作者に愛情を見せている。憶測だが、東三条本邸へ作者を迎えない決意をしてから、兼家はたとえ迎えなくても北の方として時姫同様作者を重んじるという心持を作者に示そうといろいろの行動で愛情を披瀝(ひれき)しているのではなかろうか。

六八　愛宮（あいみや）と歌の贈答

さて、そのころ、帥殿（そちどの）の北の方、いかでにかありけむ、ささの所よりなりけり、と聞き給ひて、この六月所（みなづきどころ）とおぼしけるを、使、もてたがへて、今一所（ひとところ）へもていたりけり。取り入れて、はたあやしともや思はずありけむ、返りごとなどきこえてけり、と伝へ聞きて、かの返りごとを聞きて、所たがへてけり。言ふかひなきことを、また同じことをものしたらば、伝へても聞くらむに、いとねぢけたるべし。いかに心もなく思ふらむとなむ騒がるる、と聞くがをかしければ、かくてはやまじと思ひて、さきの手して、

　山彦の答へありとはききながらあとなき空を尋ねわびぬる

と浅縹（あさはなだ）なる紙に書きて、いと葉しげうつきたる枝に、立文（たてぶみ）にしてつけたり。また、さし置きて消えうせにければ、さきのやうにやあらむとて、つつみ給ふにやありけむ、なほおぼつかなし。あやしくのみもあるに、など思ふ。ほど経て、たしかなるべきたよりを尋ねて、かくのたまへる、

　吹く風につけてもの思ふあまのたく塩の煙（けぶり）は尋ね出（い）でずや

とて、いときなき手して、薄鈍（うすにび）の紙にて、むろの枝につけ給へり。御返りには、

　あるる浦に塩の煙は立ちけれどこなたに返す風ぞなかりし

とて、胡桃（くるみ）色の紙に書きて、色変りたる松に付けたり。

〈現代語訳〉

さて、そのころ、帥殿（そちどの）の奥方さまは、どうしておわかりになったのだろうか、例の歌はこれこれの所からであったと、お聞きになって、私が六月まで住んでいた所へとお思いになったのに、使いが間違えて、もう一人のお方の所へ持参してしまった。そちらでは受け取って、別に変だとも思わなかったのだろうか、返事などさしあげたと、人づてに私の耳にもはいったが、奥方さまの所では、その返事を聞いて、届け先を間違えてしまった、とるに足りない歌なのに、また、同じ歌を贈ったら、前の歌を人づてにでも耳にしているだろうに、とても具合が悪いであろう、二番煎（せん）じを贈った場合、なんとたしなみのないことだと思うだろうと途方にくれていらっしゃるとのこと、私も興味をそそられたので、このままではすますまいと思って、前のと同じ筆跡で、

お返事を頂きましたと耳にいたしましたが、どちらへまいりましたやら、山彦のようにむなしく大空に消えてしまいましたので、探しあぐねております。

と浅縹（あさはなだ）色の紙に書いて、とても葉のいっぱいついた枝に、立文（たてぶみ）にして、結びつけた。今度もまた、使いが手紙を置くなり姿を消してしまったので、この前のようなことになってはと、慎重にしていられるのであろうか、やはり音沙汰がない。どうも妙なことばかりするゆえに

などと思っていると、しばらくたって、間違いなく届くようなつてを捜し当てて、こんな歌をくださった。

あなたからのおたよりにつけて嘆き悲しんでいる尼の私は早速お返事いたしましたが、それをまださがし出していただけないのでしょうか、海人のたく塩の煙のようなとりとめもないその歌を。

と、幼げな筆跡で、薄鈍色の紙に書いて、むろの木の枝につけてよこされた。お返事には、

あなたの悲しいご心情を託された歌をくださったと伺いましたが、お邸から立った煙を私のもとに届ける風がなかったと見えてあいにく私のもとには届きませんでした。

という歌を、胡桃色の紙に書いて、赤茶けた松につけて、さしあげた。

〈語釈〉○帥殿の北の方　愛宮をさすが愛宮方のことを以下「と伝へ聞きて」、「と聞くがをかしければ」と作者が伝聞したところを記す。○ささの所　これこれの所。兼家の北の方すなわち作者の所。○六月所　作者が六月二十余日まで住んでいた所。作者のもと。○今一所　時姫であろう。○所たがへてけり　届け先を間違えた。兼家の北の方が二人（作者と時姫）あるので使者が手紙を間違って時姫の方へ届けてしまったの

である。○言ふかひなきこと　つまらない歌。○山彦のの歌　道綱母の歌。○浅縹(あさはなだ)　ごくうすい藍(あい)色。○吹く風の歌　愛宮の歌。「海人(あま)」に「尼」を掛ける。長歌に「塩焼くあま（尼）」とあったのをふまえる。○薄(うす)鈍(にび)の紙　薄いねずみ色。○むろの枝　河柳とも、松杉科の常緑樹ともいう。○あるる浦の歌　道綱母の歌。荒るる浦（桃園邸）、塩、煙、たつ、かへす、風は縁語。

〈解説〉先日の長歌に作者は名を明かさず、また、「多武峰(とうのみね)」からといって届けた使者はすぐ帰ってしまったが、あれほどの堂々たる大長歌はそうだれでもが作れるものでないので、歌才の令名高い作者に違いないと分って、愛宮も早速返歌したが、兼家は北の方を二人有しているゆえに使者が時姫の方に届けてしまい、時姫の方でもそれに返歌を贈った。今昔物語にも最近寵愛している若い妻に旅先から蛤(はまぐり)と海松(みる)を贈り届けたところ使いが誤って最初の旧妻の方に届ける話がある。こうした文や品物の届け先たがえは多妻の風習下まああることである。

愛宮は作者のもとに二番煎(せん)じの歌を贈ってはエチケットに反するので途方にくれていられると聞いて年上らしく作者が今一度歌を贈って出しよいようにしてあげると、ようやく今度は慎重に間違いなく作者のもとに返歌してこられた。作者は歌才という特技を活用して、年若い悲運の愛宮にあたたかい気持で対している。

六九　屏風歌(びゃうぶうた)の依頼をうけて

八月になりぬ。そのころ、小一条の左大臣の御とて、世にののしる。左衛門督の、御屏風のことせらるるとて、えさるまじきたよりをはからひて、責めらるることあり。絵の所々書き出だしたるなり。いとしらじらしきこととて、あまたたび返すを、責めてわりなくあれば、宵のほど、月見るあひだなどに、一つ二つなど思ひてものしけり。

人の家に、賀したる所あり。

　大空をめぐる月日のいくかへり今日行く末にあはむとすらむ

旅行く人の、浜づらに馬とめて、千鳥の声聞く所あり。

　一声にやがて千鳥と聞きつれば世々をつくさむ数も知られず

粟田山より駒牽く、そのわたりなる人の家に引き入れて見る所あり。

　あまた年越ゆる山べに家居してつなひく駒もおもなれにけり

人の家の前近き泉に、八月十五夜、月の影映りたるを、女ども見るほどに、垣の外より大路に笛吹きて行く人あり。

　雲居よりこちくの声を聞くなへにさしくむばかり見ゆる月影

田舎人の家の前の浜づらに松原あり、鶴群れて遊ぶ。「二つ歌あるべし」とあり。

　波かけの見やりに立てる小松原心を寄することぞあるらし

　松の陰真砂の中と尋ぬるはなにの飽かぬぞ鶴のむら鳥

網代のかたある所あり。

　網代木に心を寄せてひを経ればあまたの夜こそ旅寝してけれ

浜べに漁火ともし、釣舟などある所あり。
漁火もあまの小舟ものどけかれ生けるかひある浦に来にけり
女車、紅葉見けるついでに、また紅葉多かりける人の家に来たり。
万代をのべのあたりに住む人はめぐるめぐるや秋を待つらむ
など、あぢきなく、あまたにさへしひなされて、これらが中に漁火とむら鳥とはとまりにけり、と聞くに、ものし。

〈現代語訳〉

八月になった。そのころ、小一条の左大臣さまの長寿の御祝ということで、世間では大騒ぎである。左衛門督さまが、さし上げなさる賀の御屛風をお作りになるとのことで、ことわりきれないつてを通じて、屛風歌をぜひにとのぞまれることがあった。あちらこちらの風景を描き出した屛風絵である。とても気のりのしないことだと思って、いく度もいく度も辞退したが、ぜひにと無理に言ってくるので、宵のうちや月をながめている間などに、一首二首など、思案して作ってみた。

ある家に、賀宴を催している所の絵がある。

大空を月や日が廻りつづけるように、この人たちは、これからも何度、今日と同様、めでたいお祝いにめぐりあうことでしょう。

旅行く人が浜べに馬をとどめて、千鳥の声を聞いている所の絵がある。

たった一声聞いただけで千鳥の声だと分ったのですから、その千鳥の「千」のように、
千代も万代もかぎりなく栄えてゆくことでしょう。

粟田山(あわたやま)を通って馬を引いて行くが、その近辺の人家に馬を引き入れて見ている所の絵がある。

長年、駒牽(こまひき)の馬が越えて行く山べに住まいして、荒れまわる奔馬(ほんば)でもすっかりなつくようになってしまいました。

人家のそば近くにある泉水に、八月十五夜、月影が映っているのを、女たちがながめているとき、かきねの外を通って大路で笛を吹いて行く人の絵がある。

はるかかなたの大空からこちらへ、胡竹(こちく)の笛の音がだんだん近づいてくるにつれて泉に映った月影が、まるで手にすくいとれそうなくらいに見えますよ。

田舎家の前の浜べに松原があり、鶴がたくさん集って遊んでいる。その絵には、「二首歌を詠んでください」とある。

群れをなして飛び遊んでいる鶴は、波のしぶきのかかる向う岸の見渡されるあたりに立っている小松原に波がおし寄せるように松に好意を寄せているらしい。

鶴の群れたちよ、あちらの松の陰、こちらの砂の中をまだあさりまわっているのは、このうえ、何の不足があって捜し求めているのでしょう。

網代の絵のある所がある。

氷魚を寄せてとる網代のおもしろさに心をひかれて日をすごし、ずいぶん多くの夜を旅寝してしまいました。

浜べで漁火をともし、釣舟などのある所がある絵がある。

漁火も海人の乗る舟ものどかであってほしいと願われます。生きた貝もある、まことに生きがいのある美しい景色のこの浦にやって来たのですから。

女車が、紅葉見物をしたついでに、また紅葉のたくさんある家に立ち寄っている絵には、

長年生き長らえて美しいこの野べのあたりに住んでいる人は、毎年毎年めぐり来る紅葉の秋をたのしみに待っていることでしょう。

など、気が進まないのに、いく首もいく首も無理やりに詠まされさえもして、これらの中で、「漁火」と「むら鳥」の歌とが採用になったと聞くにつけ、なんとなくおもしろくない気持である。

〈語釈〉 ○**小一条の左大臣**　藤原師尹。兼家の叔父。○**御**　御賀の略。師尹五十歳の賀は七月二十一日に行われた（『日本紀略』）。○**所あり**　屏風絵の図柄を表わしたことばで、その絵に合わせて詠んだ屏風歌であることを示すもの。○**左衛門督**　藤原頼忠か。○**大空をの歌**　以下九首道綱母の歌。「月日」は「月と太陽」に時日の「月日」を掛ける。「今日行く末」はこれから将来。「今日」は強め。○**一声にの歌**　「一声」の「一」は「千鳥」の「千」に対比する妙をねらう。○**粟田山**　京都東山の一峰で、東国、北国より京へ出入する粟田口の南にそびえている。○**駒牽く**　毎年八月、諸国から朝廷や貴顕へ献上する馬をひいて来ること。朝廷ではその献馬を十五日紫宸殿で天覧される行事あり。○**あまた年の歌**　「越ゆる」に年を越える意と山を越える意を掛ける。「綱引く」は動物がつながれている手綱に引かれまいと逆らう。それから強情を張る意ともなる。ここは原意。○**雲居よりの歌**　「こちく」に胡竹（笛の一種）に「此方来」を掛ける。「な

へに」は、二つの事柄が同時に並行して行われることを表わす連体助詞。「さしくむ」は汲みとるの意。○二つ歌あるべし　作者への注文の言葉。二首ねがいますの意。○波かけのの歌　「波かけ」は波のかかる所。「見やり」は向こうに見渡される所。「心を寄する」は好意を寄せる。○松の陰の歌　「真砂」は砂の歌語。「鶴」は鶴の歌語。○網代木にの歌　「ひを」に「日を」と「氷魚」を掛ける。○漁火もの歌　「かひ」に「効」と「貝」を掛ける。○万代をの歌　「のべ」に「野べ」と「延べ」を掛ける。○漁火とむら鳥　「漁火もあまの小舟も」の歌と、「松の陰真砂の中と」の歌。○とまりにけり　採用されたの意か。一説、不採用になった意もある。

〈解説〉この屏風歌は、巻末歌集（日記本文の巻末に作者の家集が付けられているのを指す）には「賀の歌は日記にあれば書かず」と書いて省略され、『傅大納言殿母上集』には見えず、『道綱母集』には末尾に「他本」として記載されている。師尹左大臣の五十歳の賀に頼忠が中心となって屏風歌を作成して贈呈するのだが、この屏風歌に作者も作歌してほしいとのっぴきならないつてを通じて依頼された。ひとかどの歌人として認められたことになり、名誉なことだと内心喜んだと思われるが、日記には、「いとしらじらしきこととて、あまたたび返す」とか「責めてわりなくあれば」とか、「あぢきなく、あまたにさへしひなされて」とあって、あまり気乗りがしていないようであるのはなぜだろう。一説にはおもはゆさのためととる。また一説には師尹の家人と兼家の家人との乱闘があったり、師尹は高明左遷の張本人であったためと考えられている。なぜ作者が気が進まなかったのであろうか。

(1)貴顕兼家の北の方なのに元輔たちプロの歌人（後述）と肩をならべるのを、(イ)快く思わなかったか、(ロ)または面はゆく感じたのか。

(2)師尹に贈呈する屏風歌であったからか。

(3)結果から見れば二首しか採用されなかったので執筆時に不愉快に思ったのか、こうした理由が考えられるがもちろん判明せず疑問が残る。努力肌の作者が苦心しいしい作ったので型にはまっているが、屏風歌としてはおめでたい素材を選びソツなく詠んでいるのはさすがである。

ところがおそらくこの時の屏風歌に依頼を受けて作歌したと思われる歌が二首ある。『元輔集』(正保版本『歌仙家集』)＝私家集大成より引用。

148　小一条の右おとゝの五十賀し侍しに、屏風ゑたけのもとに花うへたり「なよ竹のよなかき秋の露をゝきときはに花の色もみえなん」

149　はまつらをゆく人、ちとりなけはひきとゝめたり「千鳥なくうらそ過うくおもほゆる我ゆくかたははるかなれとも」

「右」が問題が残るが師尹は安和二年三月二十六日左大臣高明失脚のあとをうけて右大臣より左大臣になったばかりである。まだ紹介されていないが種々の点で参考になるのであげておく。

七〇　降り積む雪に嘆く

かうなどしゐたるほどに、秋は暮れ、冬になりぬれば、なにごとにあらねど、こと騒がしきここちしてありふるうちに、十一月に雪いと深くつもりて、いかなるにかありけむ、わりなく、身心憂く、人辛く、悲しくおぼゆる日あり。つくづくとながむるに、思ふやう、

降る雪につもる年をばよそへつつ消えむ期(ご)もなき身をぞ恨むる

など思ふほどに、つごもりの日、春のなかばにもなりにけり。

〈現代語訳〉

こんな事などしているうちに、秋は終り、冬になったので、とりたててどうというほどのことはないけれど、あれこれいそがしい気持で過しているうちに、十一月に、雪がたいそう深く積もって、どうしたわけなのだろうか、無性に、わが身が情なく、あの方が恨めしく、悲しく思われる日があった。つくねんと物思いに沈みながら、思ったことは、

降り積む雪に自分の積る年齢を比べながら、雪は消えるが、いつ消えるともないわが身がしみじみ恨めしく思われる。

などと思っているうちに大晦日(おおみそか)になり、新年を迎え、春の半ばにもなってしまった。

〈語釈〉〇**しゐたる**　している。〇**こと騒がしきここち**　安和(あんな)二年秋から冬にかけてはまず冷泉(れいぜい)天皇の譲位、円融(えんゆう)天皇践祚(せんそ)（八月十三日）、兼家東宮大夫(だいぶ)をやめ、昇殿、道綱童殿上(わらわてんじょう)（同日）、兼家正三位（九月二十一日）、天皇即位式（九月二十三日）、登子尚侍(とうしないしのかみ)に任ぜらる（十月十日）、師尹薨去(こうきょ)（十月十五日）などの事が朝廷や作者の周辺で起こっている。それらをさしていった言葉。〇**人**　兼家。〇**降る雪にの歌**　道綱母

の歌。「降る」に「経る」を掛ける。〇つごもりの日　三十日。〇春　新しい年すなわち天禄元年の春。

〈解説〉「わりなく、身心憂く、人辛く、悲しくおぼゆる日あり」と暗いせつないことばを書き連ねた箇所は『蜻蛉日記』の中ではここのみであり、そのあとに、生きるすべを失ったような絶望に瀕した、「降る雪につもる年をばよそへつつ消えむ期もなき身をぞ恨むる」の歌が書かれている。彼女は円融天皇のご即位や兼家の栄達、道綱の童殿上など明るい晴れやかな話にはまったく触れずただ自己の鬱積した暗澹とした心情のみを書き綴っているのはどうしたのであろう。晴れやかな記事を書く気になれないほど憂鬱であったのであろうか。いったいなぜそんなめいった気持になったのであろうか。私は六十四項でも述べたように東三条邸がだんだん竣工し、このごろになるといったいだれが新邸入りするかが人々の話題にのぼり、時姫母子は確実に新邸の住人になろうが、道綱母子は恐らく迎え入れられないだろうという噂がひろがり、兼家も今はそれを否定せず、噂どおりに事が着々と進捗しつつあったからではなかろうか。作者の何よりの宿望は生涯兼家の夫人として世人から一目を置かれることと、道綱が兼家息として栄達し大臣の座にも就くことで、そのためぜひ本邸に迎えられたかったのであろう。本邸入りにより時姫は正室的存在となり作者は一介の妻として兼家の気が向く時だけ通う。場合によってはいつ捨てられるかもしれない。道綱の将来も案じられる。作者にとっては号泣すべき、きわめて大きな出来事であったのである。作者は時姫を羨望し兼家を怨恨し、生きる張合いをまったく喪失し、だれにも怒りのぶちまけようのない絶望のふちに落ち込んだのだが、やはり書くに堪えなかったのであろう。しかもプライドも許さなかったのであろう。そこではっきりと理由を表面に出さず、独詠でもって絶望感を表わしたのではあるまいか。

天禄元年

七一　内裏の賭弓　道綱の活躍と栄誉

人は、めでたく造りかかやかしつる所に、明日なむ、今宵なむと、ののしるなれど、我は思ひしもしるく、かくてもあれかしになりにたるなめり。されば、今は懲りにしかばなど、思ひのべてあるほどに、三月十日のほどに、内裏の賭弓のことありて、いみじくいとなむなり。幼き人、しりへの方にとられて出でにたり。「方勝つものならば、その方の舞もすべし」とあれば、このごろは、よろづ忘れて、このことをいそぐ。舞ならすとて、日々に楽をしののしる。出居につきて、賭物とりてまかでたり。いとゆゆしとぞうち見る。

十日の日になりぬ。今日ぞ、ここにて試楽のやうなることする。舞の師、多好茂、女房よりあまたの物かづく。男方も、ありとあるかぎり脱ぐ。「殿は御物忌なり」とて、をのこどもはさながら来たり。事果てがたになる夕暮に、好茂、胡蝶楽舞ひて出で来たるに、黄なる単衣脱ぎてかづけたる人あり。折にあひたるここちす。

また十二日、「しりへの方人さながら集まりて舞はすべし。ここには弓場なくて悪しかりぬべし」とて、かしこにののしる。「殿上人数を多く尽して集まりて、好茂埋もれてなむ」と聞く。

われは「いかにいかに」とうしろめたく思ふに、夜更けて、送り人あまたなどしてものしたり。さて、とばかりありて、人々あやしと思ふに、はひ入りて、

「これがいとらうたく舞ひつること語りになむものしつる。みな人の泣きあはれがりつること。明日明後日、物忌、いかにおぼつかなからむ。五日の日、まだしきに渡りて、事どもはすべし」

など言ひて、帰られぬれば、常はゆかぬここちも、あはれに嬉しうおぼゆることかぎりなし。

その日になりて、まだしきにものして、舞の装束のことなど、人いと多く集まりて、し騒ぎ、出だし立てて、また弓のことを念ずるに、かねてよりいふやう、

「しりへはさしての負けものぞ。射手いとあやしうとりたり」など言ふに、

「舞をかひなくやなしてむ、いかならむいかならむ」と思ふに、夜に入りぬ。

月いとあかければ、格子なども下ろさで、念じ思ふほどに、これかれ走り来つつ、まづこの物語をす。

「いくつなむ射つる」「敵には右近衛中将なむある」「おほなおほな射伏せられぬ」

とて、ささとの心に、嬉しうかなしきこと、ものに似ず。

「まけものとさだめし方の、この矢どもにかかりてなむ、持になりぬる」

と、また告げおこする人もあり。持になりにければ、まづ陵王舞ひけり。それも同じほどの童にて、わが甥なり。ならしつるほど、ここにて見、かしこにて見など、かたみにしつ。されば、次に舞ひて、おぼえによりてにや、御衣賜はりたり。内裏よりはやがて車のしりに陵王も乗せてまかでられたり。ありつるやう語り、わが面をおこしつること、上達部どものみな泣きらうたがりつることなど、かへすがへすも泣く泣く語らる。弓の師呼びにやる。来て、またここにてなにくれとて、物かづくれば、憂き身かともおぼえず、嬉しきことはものに似ず。

その夜も、後の二三日まで、知りと知りたる人、法師にいたるまで、

「若君の御よろこびきこえにきこえに」

と、おこせ言ふを聞くにも、あやしきまで嬉し。

〈現代語訳〉

あの方は、輝くばかり見事に竣工した新邸に、明日引越しだ、イヤ今夜だと大騒ぎをしているようだけれど、私の方は、案の定、現在どおりのままでいいではないかということになった模様である。だからやっぱり、あの方も、今はあの一件で懲りてしまったからなどと気持を納めているうちに、三月十日ごろに、内裏の賭弓の催しがあって、その準備が盛大にされているそうである。子どもも後手組の射手に選ばれて出場することになった。「味方が勝った場合、その組の舞もしなければならない」というので、このごろはすべてを忘れてその

準備に精を出す。舞の練習をするといって毎日毎日音楽を奏して騒いでいる。弓の練習場に出かけて、賞品をもらって退出して来た。とてもすばらしいと、わが子の姿をながめやる。

十日の日になった。その日は、私の所で舞楽の予行演習といったふうのことをする。舞の師匠、多好茂が、侍女たちからたくさんの被け物を受ける。男の連中も、こぞって衣服を脱いで与える。「殿は御物忌です」ということで、あの方は来ず、召使たちはそろってやって来た。その日の行事も終りがたになった夕暮に、好茂が胡蝶楽を舞って出て来たので、それに、黄色の単衣を脱いで被けた人がある。いかにもその場にぴったりの感じだった。

また、十二日に、「後手組の仲間が全員集まって、舞をさせる予定。こちらでは弓場がなくて、具合がわるいだろうから」とのことで、あちらで大騒ぎする。「殿上人がずいぶん大ぜい集まって、好茂は被け物に埋まってしまった」と聞く。

私はどうだったかしら、うまくやれたかしらと気がかりに思っていると、夜がふけてから、大ぜいの人々に送られて帰ってきた。それから少したったころ、あの方は、人々が変に思うのもかまわず、私の帳の中へはいって来て、「この子が実に可愛いらしく舞ったことを話しにやって来た。みんなが涙を流して感動したよ。明日とあさって、私の方は物忌。その間どんなに心配であろう。十五日の当日には、朝早くに訪れて、いろいろ世話をしよう」などと言って帰られたので、私はふだんは万事満足のゆかぬ心持も、今日は限りなく身に染みてうれしく思われるのだった。

当日になると、あの方は早朝から姿を見せて、舞の装束のことなどを、大ぜいの人が集ま

って、万端にぎやかにととのえ、送り出してから、私がまた弓の運を祈りながら、前評判では、

「後手組はまったく勝ち目はないぞ。射手の選び方がまずかったね」ということなので、

「せっかく練習した舞もむだにしてしまうのかしら、どうかしら、だいじょうぶかしら、首尾いかに」と案じているうちに夜になった。

月がとっても明るいので、格子なども下ろさず、心で祈っていると、召使たちが走って来ては、まっ先に、この競射の話をする。

「何番まで進みました」「若君のお相手には右近衛中将が当っています」「懸命になって若君がうち負かしておしまいになりました」

と言うので、あんなに首尾を案じていた私はうれしくて、よくやったと思うことは何にたとえようもない。

「負けは決定的だと言われていた後手組が、若君の矢のおかげで、引き分けになりました」

と、また告げてよこす人もある。引き分けになったので、最初に先手組が陵王を舞った。その子もわが子と同じ年ごろの少年で、私の甥である。練習していたころ、ここで見たり、あちらで見たり、お互いにし合った。そこで次にわが子が舞って、好評を博したためか、御衣を賜った。

宮中からは、拝領姿のまま、陵王姿の甥も同車させて、退出して見えた。事の次第を語り、子どもが自分の面目を大いに立ててくれたこと、上達部たちがみな涙を流していとおし

がったことなどを、くり返しくり返し涙にむせびながら話される。弓の師匠を呼びにやる。彼が来ると、またここで何やかやとご祝儀を与えるので、私はつらい身の上などということもすっかり忘れて、うれしく思うことは、何ものにも比べようがない。

その夜はもちろん、その後の二、三日まで、ありとあらゆる知人が、法師にいたるまで、若君のお喜びを言上にと、つぎつぎ使者をよこしたり、言いに見えたりするのを聞くにつけても、不思議なくらいにうれしかった。

〈語釈〉○人　兼家。○所　新造営の東三条邸。○今は懲りにしかば　底本きわめてあいまいな字で、「げに」とか「今は（半）」のくずれた草体によめる。「懲りにし」の主語を作者にとる見解もあるが、兼家と見ておく。すでに五十九項にあった時姫と作者両方の下衆同士の争いで兼家が手を焼いた一件で、すっかり懲りていたから。○内裏の賭弓　宮中で弓射の試合をして、天皇の御覧に供する行事。恒例としては毎年正月十八日に行われるが、ここは臨時であろう。○幼き人　道綱。○出居　二五一頁参照。○ゆゆし　「ゆゆし」は物事のはなはだしいことをいうが、ここでは作者がすばらしいと喜ぶ気持。○試楽　公式に行なう前の舞楽の予行演習。○多好茂　多氏は舞楽相伝の家柄で現代までつづく。代々雅楽寮に務む。好茂はこの時三十七歳。○胡蝶楽　背に胡蝶の羽を型取ったものをつけ、山吹の造花を持って舞う。高麗楽の一つ。四人で舞う。○かしこ　兼家の東三条邸。○人々　「送り人」とか「侍女」とか二説あるが、作者邸にそのとき居合せた人たちであろう。○らうたく　「労痛し」の約。いじらしい。○五日の日　中の五日で十五日。○その日　賭弓の当日で十五日。「天禄元年三月十五日丙辰……今日殿上賭弓、天皇出御、親王以下参入、奏楽」（『日本紀略』）。○さしての　これと指して。とりわけ。誤写か。「まけもの」の衍か。○いくつなむ射つる　何番試合が進んだ、という召使の報告で、以下の言葉も召使のそれぞれの報告の言葉である。○敵ライバルをいう。道綱の相手。○右近衛中将　源忠清か。醍醐天皇皇孫、有明親王の男。○おほなおほな　全力を打ち込んで、一所懸命にの意と考えておく。諸説あって定説なし。○射伏せられぬ　「られ」は道綱に対する敬語。○ささとの心　道綱の首尾を案ずる作者の心。○かなしき　でかしたと感銘する気持。○この矢ども　道綱の射た矢。甲矢と乙矢と二本射るので「矢ども」と言った。○持　あいこ。互角。○陵王　蘭（羅）陵王。入陣曲ともいう。左方の舞。一人舞でここは童舞。この答舞が納蘇利。陵王舞の次に道綱が納蘇利を舞った。○甥　作者の姉と為雅との間の子、中清と思われる。○御衣賜はりたり　「兼家卿息童舞態已得骨法。仍主上給紅染単衣一」（兼家卿ノ息ノ童舞ノ態、已ニ骨法ヲ得タリ。仍ッテ主上紅染ノ単衣ヲ給フ）（『日本紀略』）。○陵王も乗せて　陵王の服装をした中清とも陵王を舞った中清ともとれるが前者の方がよいか。

〈解説〉この「内裏の賭弓」の項は中巻中では晴れやかな、明るい記事の随一である。作者は新邸に迎えられず、希望のない暗鬱な日々を送っていたがたまたま内裏の賭弓が行われ、道綱も後手組の選手として出場することになった。つねは線の細い神経質な少年に思えたが真剣に射弓の練習にはげみ、勝った場合に舞う納蘇利の舞楽にも精進した。作者邸で準試楽の催しも行われ、さらに兼家邸では大ぜいの殿上人の見物の中を道綱は舞ったりして本番に備えた。兼家も新邸に迎えぬ埋合せの心持もあるのであろうが、親らしく応援し、当日は早朝から姿を見せて万端指図し、兼家に付いて来た連中もにぎやかに手伝って道綱の門出を見送った。みなが行ってしまうと作者は前評判を気にしつつひたすら武運を祈っていると、道綱が奮闘して劣勢の後組を持に持ち込むという抜群の手柄を立てたと召使が息せき切って注進に駆けつける。今までの心配もふっとんで作者は天にも昇る喜びである。さらにこの上ない吉報が舞い込む。それは中清の陵王に続いて道綱が納蘇利を舞ったところ、称賛の嵐を浴びて、歴史（『日本紀略』）にも残る栄誉、天皇から御衣を賜り、父兼家の車に同乗して帰宅した。兼家も手放しの喜びようで感激の涙をこぼしつつ委細をくりかえしくりかえし作者に語って、弓の師を呼びにやり祝儀をはずんでくれる。兼家もひ弱だと思っていた道綱が男の真の実力の世界で活躍し、大の男右近衛中将に一歩も譲らなかった姿を目のあたり見て親として心の底からうれしかったのであろう。親の面目をあげてくれたと述べていることでよくうかがわれる。兼家も道綱を見直したにちがいない。それと知った親戚や知人たちはじめ、俗世とはあまり縁のない法師までがお喜び言上にやって来て、しばらくの間作者の家は慶祝一色に包まれ作者も応対に忙しかった。

七二　松にかかる露

かくて四月になりぬ。十日よりしも、また、五月十日ばかりまで、「いとあやしくなやましきここちになむある」とて、例のやうにもあらで、七八日のほどにて、「念じてなむ。おぼつかなさに」など言ひて、「夜のほどにてもあれば。かく苦しうてなむ。内裏へもまゐらねば、かくありきけりと見えむもびんなかるべし」とて、帰りなどせし人、おこたりてと聞くに、待つほどすぐるここちす。「あやしと、人知れず今宵をこころみむ」と思ふほどに、はては消息だになくて久しくなりぬ。
　めづらかにあやしと思へど、つれなしをつくりわたるに、夜は世界の車のこゑに胸うちつぶれつつ、ときどきは寝入りて、明けにけるはと思ふにぞ、ましてあさましき。幼き人通(かよ)ひつつ聞けど、さるはなでふこともなかなり。いかにぞとだに問ひ触れざなり。ましてこれよりは、なにせむにかは、あやしとももののせむと思ひつつ、暮らし明かして、格子などあぐるに、見出だしたれば、夜、雨の降りける気色にて、木ども露かかりたり。見るままにおぼゆるやう。

　夜のうちはまつにも露はかかりけり明くれば消ゆるものをこそ思へ

〈現代語訳〉

　こうして四月になった。その十日から、また、五月十日ごろまで、「どうも妙に気分がすぐれない」ということで、いつものように通ってこないで、七日目か八日目の間(ま)をおく訪れで、「苦しいのをこらえて来たのだよ。気がかりなので」などと言って、「夜分の間だからな、そっとやって来た。こう苦しくてはやりきれない。参内もしていないので、こうして出歩いていたと人に見られては具合が悪いだろう」と言って帰ったりなどしたあの方は、病気がよくなったとのことなのに、来るはずの日がとっくに過ぎたのに来そうな気配がない。どうしたのだろう、そっとひとりで今夜はどうか様子を見てみようと思っているうちに、ついには手紙一つよこさず、そのまま久しく日かずが経ってしまった。

こんなことってありゃしない、どうも腑におちないながらも、うわべは平静をよそおいつづけていたけれど、夜は外を通る車の音ごとに、もしやもしやと胸をどきどきはずませ、時たまはうとうと寝込んでしまい、ああ独り寝のまま夜が明けてしまった！　と思うにつけ、なおさらあきれてしまう。子どもが本邸へ行くたびに聞いてみるが、実のところは、これと言って別だん変ったこともないらしい。「お母さま、どうしている」とすら一向様子を尋ねることもない由。ましてこちらからは、どうして、「どうも様子がおかしいですね」とは尋ねられよう、と思いながら、日々を過ごして、ふと格子などを上げるときに、外をながめると、夜のうちに雨が降ったと見えて、木々に露がかかっている。見るにつれて思い浮かんだのは、

夜のうちには夫の訪れを待ちつつ、松に露がかかるように、涙で頬をぬらしているが、一夜あけると、独り寝のわびしさにただもう消え入るばかりのせつなさ、はかなさにおそわれていることよ。

〈語釈〉○例のやう　一九一頁参照。○念じて　がまんして、以下兼家のことばはとぎれとぎれで、苦しい体の様子を表わす。○帰りなどせし人　自邸へもどって行った兼家。○めづらか　八四頁参照。○世界　世

間。外のこと。○夜のうちはの歌　道綱母の歌。「まつ」に「松」と「待つ」、「露」に「涙」を掛け、「消ゆる」に「露が消える」と「身心の消え入る思いをする」ことを掛ける。「夜のうち」と「明くれば」が対比されている。『玉葉集』恋二に入る。「夕暮はまつにもかかる白露のおくるあしたや消えは果つらむ」（『後撰集』）など類歌が多い。


〈解説〉前項とまったく色調が一変して『蜻蛉日記』本来の「あるかなきかのかげろふの身」という主題に直結する内容を持つ項である。

そもそも兼家が浮気で勝手な人であることは結婚以来十数年間にいやというほど味わった作者であり、それだけに本邸入りを期待・希求し、それまでのがまんと忍耐して来たのであるが、今や、新邸入りの夢も破れて不安でたまらないところ、案じていたとおりの兼家の長期の夜離れが早くも現実に訪れたのである。

「夜のうちは」の歌は技巧的すぎるとはいえ、作者の現在の心情が自然の光景を媒介としながら巧みに表現されている。

七三　実頼の薨去

かくて経るほどに、この月のつごもりに、「小野の宮の大臣かくれ給ひぬ」とて、世は騒ぐ。ありありて、「世の中いと騒がしかなれば、つつしむとて、えものせぬなり。服になりぬるを、これら、疾(と)くして」とは、あるものか。いとあさましければ、「このごろ、ものする者ども里にてなむ」とて返しつ。これにまして心やましきさまにて、たえて言づてもなし。さながら六月(みなづき)になりぬ。

〈現代語訳〉

こうして日々を送るうちに、その月の下旬に、「小野の宮の大臣さまがおかくれになった」というので、世間は騒いでいる。ずっと長い無沙汰の末に、あの方から、「世間がたいへん騒がしいようだから、慎んでいて、よう訪ねられないのだ。喪中になったので、これらを早く仕立てて」とはよくも言えたものだ。まったくあきれかえったので、「このところ、裁縫をする者どもが里下がりをしておりまして」と言って返してやった。これでますます、きげんを損じたふうで、とんと言づてさえもない。そのまま六月になった。

〈語釈〉○小野の宮の大臣(おとど)　摂政太政大臣藤原実頼。兼家の伯父。天禄元年五月十八日薨（『日本紀略』）。○これら　新調または縫直しの衣服。喪服か。

〈解説〉兼家が勝手者である一つの証左でもある。夫らしい義務を尽さず、作者をほうりっぱなしにして、勝手なときに夫の権利のみを行使する、身勝手さががまんできない。反発したくなるのも無理がない。仕立人が今は不在だといってつき返すと兼家は急ぎの仕立物なのにと腹を立ててまったく音さたがない。上巻の天徳元年七月にもこれと同様な件があり、兼家は仕立物を分散してたのみ、作者のもとへ、二十余日おとずれが絶えた。実頼の薨去をわざわざとりあげたのは後述の近江（実頼の召人で後、兼家の愛を受け、寵を専らにする）の一件があるからであろう。

七四　兼家の夜離れ三十よ日

かくて、数ふれば、夜見ることは三十よ日、昼見ることは四十よ日になりにけり。いとにはかにあやしといへばおろかなり。心もゆかぬ世とはいひながら、まだいとかかる目は見ざりつれば、見る人々もあやしうめづらかなりと思ひたり。ものしおぼえねば、ながめのみぞせらるる。人目もいと恥づかしうおぼえて、落つる涙おしかへしつつ、臥して聞けば、鶯ぞ折はへて鳴くにつけて、おぼゆるやう、

鶯も期もなきものや思ふらむみなつきはてぬ音をぞなくなる

〈現代語訳〉

こうして、指折り数えて見ると、夜逢ってから三十余日、昼逢ってからは四十余日の日が過ぎたことになる。あまりにも急激な変りようで変だというぐらいでは言い足りない。不満足な夫婦仲とは言っても、まだこれまでこんな目にあったことはなかったので、まわりの者

たちも、変だ、ついぞないことだと思っている。あまりのことに私は茫然(ぼうぜん)となってしまったので、ただもうもの思いに沈んでしまうばかりである。人目もとっても恥かしい気がして、こぼれる涙をじっとこらえながら、横になっていると、うぐいすが時節はずれに鳴くのが聞えてくるにつけて思ったことは、

あのうぐいすも私同様、無期限に物思いをつづけるのかしら、六月になっても物思いがつきないで鳴いているよ。

〈語釈〉○おしかへし　ぐっとこらえて。○折はへて　時期を延ばして。○鶯(うぐひす)もの歌　道綱母の歌。「皆尽き」に「六月(みなづき)」を掛け、「鳴く」に「泣く」を掛ける。

〈解説〉安和二年元旦の「『三十日三十夜はわがもとに』と言はむ」のキャッチフレーズとうらはらに「夜見ることは三十よ日、昼見ることは四十よ日になりにけり」で兼家の訪れが絶えたことを嘆かずにはいられなかった。あの「『三十日三十夜はわがもとに』と言はむ」と書いて夫のもとに送り、ただちに返歌までもらったときは本当に仕合せであった。本邸入居の夢もあったとしみじみ思う。かように「夜見ることは三十よ日云々」の文句は「三十日三十夜……」の文章と対応している。
作者はしばしば「秋冬はかなう過ぎぬ」（一三二頁）とか、「秋果てて、冬はついたちつごもりとて……独り寝のやうにて過ぐしつ」（一九三頁）と書いているのできわめて長期の夜がれが続いた

ように読者は感じるが、この「夜見ることは三十よ日……」の文章のあとに、「心もゆかぬ世とはいひながら、まだいとかかる目は見ざりつれば」とあるのでこれまで一ヵ月近くの夜離れがなかったことがわかる。『蜻蛉日記』は文学作品である。多かれ少かれ、誇張や虚構のあるのは当然であることを指摘しておきたい。それはさておき、作者のつらさはもちろんであるが、侍女の手前、兼家の長期の夜離れはいたたまれなかったであろう。

「鶯も」の歌も「夜のうちは」の歌や「降る雪に」と同様、夫の愛が薄れたからといっても、どこにも抗議のしようのない、所詮、一人で堪えていかねばならない、しかも身もよもあらぬ孤独の思い、苦悩がにじみ出た述懐歌であるが、種々想を練り自分の心情を歌に詠むことによってのみ、ようやく苦悩をやわらげ生きることができているのである。大伴家持も『万葉集』巻十九・四二九二の歌の後注に「春日遅々にして鶬鶊正に啼く。悽惆の意歌にあらずは撥ひがたきのみ。仍りてこの歌を作り、式ちて締緒を展ぶ」と述べている。果たして作者は歌詠が自身を救っていたことを自覚していたかどうかは分らないが、歌才に恵まれたことは仕合せなことであった。

七五　唐崎祓㈠

かくながら二十よ日になりぬるここち、せむかた知らず、あやしくおきどころなきを、いかで涼しきかたもやあると、心ものべがてら浜づらのかたに祓へもせむと思ひて、唐崎へとてものす。

寅の時ばかりに出で立つに、月いとあかし。わが同じやうなる人、また、ともに人ひとりばかりぞあれば、ただ三人乗りて、馬に乗りたるをのこども七八人ばかりぞある。

賀茂川のほどにて、ほのぼのと明く。うち過ぎて、山路になりて、京にたがひたるさまを見るにも、このごろのここちなればにやあらむ、いとあはれなり。いはむや、関にいたりて、しばし車とどめて、牛飼ひなどするに、むな車引き続けて、あやしき木、こり下ろして、いとを暗き中より来るも、ここちひきかへたるやうにおぼえていとをかし。

関の山路あはれあはれとおぼえて、行先を見やりたれば、行くへも知らず見えわたりて、鳥の二つ三つゐたると見ゆるものを、しひて思へば、釣舟なるべし。そこにてぞ、え涙はとどめずなりぬる。いふかひなき心だにかく思へば、まして異人はあはれと泣くなり。はしたなきまでおぼゆれば、目も見合せられず。

行先多きに、大津のいとものむつかしき屋どもの中に、引き入りにけり。それもめづらかなるここちして行き過ぐれば、はるばると浜に出でぬ。来し方を見やれば、湖づらに並びて集まりたる屋どもの前に、舟どもを岸に並べ寄せつつあるぞ、いとをかしき。漕ぎゆきちがふ舟どももあり。

いきもて行くほどに、巳の時果てになりにたり。しばし馬ども休めむとて、清水といふ所に、かれと見やられたるほどに、大きなる楝の木ただ一つ立てる陰に、車かき下ろして、馬ども浦にひき下ろして、ひやしなどして、

「ここにて御破子待ちつけむ。かの崎はまだいと遠かめり」

と言ふほどに、幼き人ひとり、疲れたる顔にて寄りゐたれば、餌袋なる物取り出でて食ひな

どするほどに、破子持て来ぬれば、さまざまあかちなどして、かたへはこれより帰りて、「清水に来つる」とおこなひやりなどすなり。

さて、車かけて、その崎にさし到り、車引きかへて、祓へしに行くままに見れば、風うち吹きつつ波高くなる。行き交ふ舟ども、帆引き上げつついく。浜づらにをのこども集まりゐて、

「歌つかうまつりてまかれ」と言へば、いふかひなき声引き出でて、うたひて行く。

祓へのほどに、けだいになりぬべくながら来る。いと程せばき崎にて、下の方は、水際に車立てたり。網下ろしたれば、重波に寄せて、余波には、なしと言ひふるしたる貝もありけり。後なる人々は落ちぬばかりのぞきて、うちあらはすほどに、天下の見えぬものども取り上げまぜて騒ぐめり。若きをのこも、程さし離れて並みゐて、「ささ浪や志賀の唐崎」など、例のかみ声振り出だしたるも、いとをかしう聞えたり。

風はいみじう吹けども、木陰なければ、いと暑し。いつしか清水にと思ふ。未の終りばかり、果てぬれば帰る。

〈現代語訳〉

こんな状態のままで、二十日過ぎになってしまった私の気持は、どうしようもなく、変にやりきれないので、涼しい所でもあるかしらと、気晴しかたがた、浜べの方で、ぜひお祓いもしてみたいと思って、唐崎へと出かける。

寅の時刻に出発したが、月がとっても明るい。私と同様な人、それに侍女一人が同行したので、その三人が同じ車に乗り、馬に乗った従者たちが七、八人ほどいる。

賀茂川のあたりで、ほのぼのと夜があける。そこを過ぎて、山路にさしかかって、京とはまるっきり打って変った景色を見るにつけても、近ごろの沈鬱な気持のせいであろうか、とても感慨深い。まして、逢坂の関に着くと、しばらく車をとどめて、牛にまぐさを与えたりしていると、荷車を何台も引きつらねて、見慣れぬ木を伐り出して、薄暗い木立の中から出て来るのを見ると気分が一転したように感じられて、とてもおもしろく思われる。

関の山路にしみじみ感動をおぼえながら、行くてに視線を向けると、果てしもなく湖がながめ渡されて、そこに鳥が二つ三つ浮かんでいるなあと見られたのは、ようく考えてみると釣り舟なのであろう。そこの所で、とうとう涙がようとどめきれなくなってしまった。言うに足りない私の心でさえ、これほどに感動するのだから、まして同行の他の方はなんてすばらしい！　と感じ入って涙を流している様子。お互いにきまりが悪いまでに感じられるので、顔を合せることもできない。

行く先はまだ遠いが、車は大津のたいそうむさ苦しい家並の中にはいっていった。それももの珍しい感じがして通り過ぎると、はるばると開けた浜に出た。通って来た方に目を向けると、湖畔に並んでいる一かたまりの家々の前に、舟をずらっと岸に並べ寄せてあるのが、とてもおもしろい光景である。湖上を漕いで行き来する舟などもある。

どんどん進んで行くうちに、巳の刻限の終りごろになってしまった。しばらく馬を休ませようというので、清水という所に、遠方からでもあれがそうだとながめられるぐらいに大きな棟の木が一本立っている、その木陰に、車の轅を下ろして、馬どもを浜べにひいて行って、冷やしたりして、

「ここでお弁当の届くのを待ちうけましょう。目指す唐崎はまだまだずっと遠いようです」と言っていると、子どもが一人だけ、疲れた顔つきで、物に寄りかかっているので、餌袋の中の食べ物をとり出して与え、食べたりしているところへ、お弁当を持って来たので、あれこれ分配したりなどして、従者の一部はここから引き返して「清水につきました」と知らせてやるよう手はずなどするようである。

さて、車に牛をつけて出発し、唐崎に到着し、車の向きをかえて、お祓いをしに行きながらながめると、風が出て来て波が高く立っている。湖上を行き来する舟は、帆を張って行く。浜べに下衆たちが集って腰を下ろしていたが、従者が、

「歌をお聞かせして行け」と言うと、なんともひどい声を張り上げて、うたって行く。

お祓いのときに気分がだらけそうになりながら到着した。とても幅の狭い崎で、下手の方は水際すれすれに車をとめている。網を下ろしたところ、波がしきりにうち寄せるそのあとには、無いと言い古されている貝もまあ、あったよ。ここに来たかいもあったというもの。車の後ろに乗っている人たちは、車から落ちてしまいそうなくらい全身をのり出して、のぞき込んでいると、漁師たちが、世にも珍しい魚や貝などをあれこれ取り上げて、騒いでいる様子。若い男たちも、すこし離れた所に並んで坐り、「ささなみや志賀の唐崎」などと、例

の神楽声を張り上げてうたっているのも、とてもおもしろく聞えた。

風はひどく吹いているけれど、木陰がないので、とても、暑い。早くあの清水に行きたいと思った。未の時刻の終りごろ、お祓いがすんだので、帰途につく。

〈語釈〉○いかで　「祓へもせむ」に掛かる。○唐崎　琵琶湖の西岸にある崎。滋賀県大津市下阪本。祓所として当時七瀬（七つの主要な祓所）の随一で歌にも詠み込まれている。○寅の時　午前三時から五時。一説では四時より二時間。○関　逢坂の関。○むな車　車箱や屋形のない車。荷車。○異人　同行の女性。前述の「わが同じやうなる人」。○湖づら　湖畔。○巳の時　午前九時より十一時。一説では午前十時より二時間。○かれ　楝の木をさす。○楝　栴檀の古名、初夏に青紫の小花をこずえの先につける。○破子　二二二頁参照。○待ちつける　お弁当が届く手はずになっているのを待ちうける。○幼き人　道綱。子どもが同行していたことがはじめて明らかになる。○餌袋　食料を携帯するのに使う袋。元来、鷹の餌を入れて持って行く袋であった。○来つる　底本「けつる」。一説つけよ（乾飯を水につける）。○おこなひやり　知らせの手はずをする。○車引きかへて　車の方向をかえて。一説に車の牛をとり替えて。○けだい　底本「けいた」。懈怠と解しておく。気分がだらけそうになる。緊張感が失せること。○網下ろし　底本「みな」。後の歌に、「粟田右大臣（道兼）家の障子に唐崎の祓へしたるところに網引くかたかけるところ」と詞書した、「みそぎするけふ唐崎におろす網は神のうけひくしるしなりけり」（『拾遺集』神楽歌・平祐挙）などが参考となる。唐崎の祓いと網は障子や屏風の絵のふさわしい素材である。○なしと言ひふるしたる貝　神楽歌「ささなみ」の末の句、「かひなげをするや」による。「蟹の手を動かすさま」を「かひなげ」とうたうが、それに「貝無げ」を掛けた軽口。「貝」に「効」をかける。浦には貝がないと言い古されたのに貝もあるではないか、来た効もあったよ、の意。○後なる人々　同行の女性や侍女。○天下の見えぬもの　めったに見られない珍しいもの（貝類や魚か）。○さざ浪や志賀の唐崎　神楽歌の「ささなみ」。歌詞は「ささなみや、志賀の辛崎や、御稲搗く、女のよささや、それもがな、かれもがな、いとこせに　真いとこせにせむや（本）。蘆原田の　稲舂蟹の　や　おのれさへ、嫁を得ずとてや、ささげてはおろし　や、おろしてはささげや。かひなげをするや（末）」である。○かみ声　神楽歌の調子。一説、上声（甲高にうたう声）。○未　午後一時から三時。一説、二時より二時間という。

七六　唐崎祓㈡

ふりがたくあはれと見つつ行き過ぎて、山口に到りかかれば、申の果てばかりになりにたり。蜩盛りと鳴きみちたり。聞けば、かくぞおぼえける。

　鳴きかへる声ぞきほひて聞ゆなる待ちやしつらむ関のひぐらし

とのみ言へる、人には言はず。

走り井にはこれかれ馬うちはやして先立つもありて、到り着きたれば、先立ちし人々、いとよく休み涼みて、ここちよげにて、車かきおろす所に寄り来たれば、後なる人、

　うらやまし駒の足疾く走り井の

と言ひたれば、

　清水にかげはよどむものかは

近く車寄せて、あてなる方に幕など引き下ろして、みな降りぬ。手足もひたしたれば、ここ

ちもの思ひはるくるやうにぞおぼゆる。石どもにおしかかりて、水やりたる樋の上に折敷ども据ゑて、もの食ひて、手づから水飯などするここち、いと立ち憂きまであれど、「日暮れぬ」などそそのかす。かかる所にてはものなど思ふ人もあらじかしと思へども、日の暮るれば、わりなくて立ちぬ。

　行きもて行けば、粟田山といふ所にぞ、京より松明持ちて人来たる。

「この昼、殿おはしましたりつ」

といふを聞く。いとぞあやしき、なき間をうかがはれけるとまでぞおぼゆる。

「さて」

など、これかれ問ふなり。われはいとあさましうのみおぼえて来着きぬ。降りたれば、ここちいとせむかたなく苦しきに、とまりたりつる人々、

「おはしまして、問はせ給ひつれば、ありのままになむきこえさせつる。『なにごとか、この心ありつる。悪しうも来にけるかな』となむありつる」

などあるを聞くにも、夢のやうにぞおぼゆる。

　またの日は、困じ暮らして、あくる日、幼き人、殿へと出で立つ。あやしかりけることもや問はましと思ふも、もの憂けれど、ありし浜べを思ひ出づるここちのしのびがたきに負けて、

　うき世をばかばかりみつの浜べにて涙になごりありやとぞ見し

と書きて、

「これ見給はざらむほどに、さし置きて、やがてものしね」
と教へたれば、
「さしつ」
とて帰りたり。もし見たる気色もやと、した待たれけむかし。されど、つれなくて、つごもりごろになりぬ。

〈現代語訳〉

いつまでも離れがたく、しみじみと心ひかれて景色をながめながら、通り過ぎて、逢坂山（おうさかやま）のふもとにさしかかると、申（さる）の時の終りごろになってしまっていた。蜩（ひぐらし）が今を盛りと鳴き満ちている。それを聞くと、このように感じられた。

関の蜩がさかんに鳴いて私の泣き声に競っているように聞こえる。私の帰りを一日じゅう待っていたのだろうか。

とだけ口の中で言ってだれにも言わなかった。

走り井には、従者の中に馬の足を早めて先に行った者も、二、三人あって、私たちが到着すると、その先に行った連中が、十分休息をとり涼んで、気持よさそうな顔をして、車の轅（ながえ）を下ろす所に寄って来たので、車の後ろに乗っていた人が、うらやましいことですね。馬が足速く走って、とっくに走り井に着いて涼んでいるとは。

と言ったので、私は、

こんこんと湧き出る清水に影がとどまらないように、足の速い鹿毛の馬なら清水でゆっくり休んでいるものですか。うらやむことはありませんよ。

清水の近くに車を寄せて、道から奥へ引っこんだ所に、幕など引きめぐらし垂らして、みな車から降りた。手も足も水にひたすと、うっとうしいもの思いもすっかり解消し晴れ晴れとなるような感じがする。石などにもたれて、水を流してあるかけ樋の上に折敷などを据えて、食事をし、自分の手で水飯などこしらえて食べる心持は、ほんとに帰るのがいやになるくらいだが、まわりの人たちは「日が暮れてしまいます」と言ってせき立てる。こんな所では、だれだって悩みごとなどふっ飛んでしまうであろう。いつまでもいたいなあと思うけれど、日が暮れるので、仕方なく出立した。

どんどん進んで行くと、粟田山という所に、京から松明を持って迎えの人が来ていた。「今日の昼、殿がおいでになりました」という報告を聞く。とても腑に落ちない。留守の間をねらわれたのだとまで思われる。「それから」などと供のだれかれが聞いているようである。私はまったくあきれたことにのみ感じながら、家に帰り着いた。車を下りると、気分がどうしようもないくらい苦しいのに、居残っていた侍女たちが、
「殿さまがおいでになりまして、お尋ね遊ばしましたので、ありのままに申し上げました。すると、『どうして、こんな気になったのかな。あいにくな時に来てしまったね』と仰せになりました」
と言うのを聞くにつけても、夢のような心持がする。

次の日は疲れきって一日を過し、その翌日、子供が、本邸へと言って出かける。腑におちなかったあの日のことなどを問いただしてみようかしらと思うのだが、気が進まない。でも先日の浜べのあの感動を思い出し黙っていられない気持をおさえかねて、

憂い世をこれほど見て泣き尽くし今は涙も尽きたはずですのに御津の浜べの佳景に存分
感動の涙を流しました。まだ涙が私には残っていたと見えまして。

と書いて、「これをご覧にならないうちに、そっと置いてすぐ帰っておいで」と言いつけると、「その通りにしました」と帰って来て言う。もしや私の歌を読んだ気配があるかしらとその当座、内心では反応のあるのを待っていたのであろうよ。でもその気配もなくて、月末ごろになってしまった。

〈語釈〉○**申**　午後三時より五時まで。一説では四時より二時間をいう。○**蜩**　蟬の一種。初秋の日暮や暁方にかなかなと鳴く。○**鳴きかへるの歌**　道綱母の歌。「鳴き」と「泣き」、「ひぐらし」に「蜩」と「日暮し」（一日じゅう）を掛ける。○**走り井**　逢坂の関付近の地名。大津市大谷町。現在月心寺の所にあり。○**後なる人**　同行の女性。「わが同じやうなる人」をさす。○**うらやましの句**　同行の女性の句。連歌の上句で呼び掛けた。「走り」に「走り井」の「走り」を掛ける。○**清水にかげはの句**　道綱母の句。右の上句につけた下の句。「影」に馬の「鹿毛」を掛ける。かつ、「逢坂の関の清水に影見えていまや引くらむ望月の駒」（『拾遺集』秋・貫之）を踏まえた巧妙な下句で作者の歌才のほどもうかがわれる。教養人同士が連歌のやりとりで興じた。○**あてなる方**　不詳の語句。上座の意か。道から引き込んだ奥の方か。誤写があるのか。○**樋**　水を送るための竹製または木製の長い管。○**折敷**　へぎで作られた、四角あるいは四すみのへこんだ盆で食器などを載せる。○**水飯**　水をかけた飯。また乾飯を水につけたもの。すいはん。○**なき間をうかがはれける**　作者の留守を見越して来た。不在を承知でわざわざ訪れた。作者の兼家に対する不信感が言わせることば。○**殿へ**　東三条邸をさす。道綱のいつもいうことば。○**あやしかりけること**　兼家が夫らしく平素訪れるべきなのに姿を見せないで、不在の時わざわざ訪れるなんて作者には腑におちないことをさす。○**うき世をばの歌**　道綱母の歌。「みつ」に、「見つ」と「御津」の浜（琵琶湖畔、大津市下阪本）の「御津」を掛ける。○**これ**　作者の書いた歌。○**した待たれけむかし**　内心では返歌か来訪を切に期待しているのに、まるでひと事のように「けむ」ということばを使用している。

〈解説〉作者は京に居てむなしく夫の来訪を待つにたえかねて、暑い折から涼遊をかねて琵琶湖畔の唐崎に祓いに出かけた。午前三時ごろ京を出発し夜帰宅する日帰りの旅である。左に簡単に記してみる。

自宅寅の刻に出発↓賀茂川で夜が明ける↓逢坂山で木を積んだ木こりの車に会う（いとをかし）山路（いとあはれなり。あはれあはれあはれとおぼゆ）視野に湖面ひろがる（涙とどめず、あはれと泣く）↓漁師町に入る（めづらかなる心地）ふり返り湖岸の舟の列を見る（いとをかしき）巳の刻の末清水到着昼食↓唐崎（せまい崎で水際に車を立てる。網を下ろす。珍しい貝などあり。祓の事書かれず。）神楽歌（いとをかしう聞く）〔帰途につく〕↓（ふりがたくあはれと見つつ通る）逢坂山ふもとに申の刻の末着く。蜩が鳴く（鳴きかへるの歌詠む）↓走り井の清水で休憩、連歌の贈答、水飯を食べる↓粟田山で京の自宅より迎え人来る。今日兼家が来訪したことを報告（「なき間をうかがはれける」と思う）。帰宅して不在中来訪した兼家の言葉を聞く。

以上のように唐崎祓は日帰りの旅であったが一日の行程や途中の休み場（清水や走り井など）の状景が詳細に書きつづられ、波や風の模様も写実的に描写され、男たちの歌声も挿入され優れた紀行文となっている。とくに走井の箇所など、十分書くつぼを心得てさらさらと渋滞なく書いているところ散文作家としての作者の力量もよくうかがえる。次に歌を見たい。著名な歌人であるのに作者は初瀬の場合もこの唐崎祓にも叙景の秀歌を残していない。二首の歌と連歌が見えるが、縁語や掛詞で地名が出て来て、唐崎紀行での歌だとわかるが、もしそれがなければ旅の歌だとわからない。その点、清新な自然に触れてわき上がる感動を述べた歌とは言い難い。観念的、知的な歌であるのは古今集を座右の銘として学んだことも一因であろうか。

しかし関の山路や琵琶湖畔の清新な風景、珍しい景物が彼女の抒情の中に点綴された唐崎紀行の『蜻蛉日記』の中に占める位置はきわめて大きい。

不在中兼家が訪れたことを耳にし、彼女は「なき間をうかがはれけるとまでぞおぼゆる」と書いている。彼女の思い過ごしであろうが夫が信じられなくなっているので、こう勘ぐるのも無理がないが、兼家に旅の感想を述べた歌を贈るのに、「これ見給はざらむほどに、さし置きて、やがてものしね」と指図をしながら、内心ではあの歌を見てすぐ返歌をよこすか、すぐ訪れてくれるかと期待して、ひたすら彼の反応を待ちくたびれているのも偽らない作者の女らしい真実の心である。

七七　軒端(のきば)の苗

さいつころ、つれづれなるままに、草どもつくろはせなどせしに、あまた若苗(わかなへ)の生(お)ひたりしを取り集めさせて、屋の軒(のき)にあてて植ゑさせしが、いとをかしうはらみて、水まかせなどせさせしかど、色づける葉のなづみて立てるを見れば、いと悲しくて、

稲妻の光だに来ぬ屋がくれは軒端の苗ももの思ふらし

と見えたり。

〈現代語訳〉

先日、手持ぶさたなあまり、庭の草などの手入れなどをさせた時に、稲の若苗がたくさん生えていたのを取り集めさせて、家の軒下にあたるように植えさせた、その稲が、とてもおもしろく実を持って、水を引き入れたりなどさせたけれど、今では黄色くなった葉が委縮し

て立っているのを見ると、とても悲しくなって、

日の光はもちろん、いな光りさえもとどかぬわが家の軒かげでは、軒端の苗も思案にくれてしおれているようだ。まるで夫の来ない我が家の片すみでもの思いに沈んでいる私と同じように。

と思われた。

〈語釈〉○つれづれ　時間・体をもてあまし倦怠(けんたい)感を感じる状態。○なづむ　先へ進むのに難渋する意。伸びなやむ。○稲妻のの歌　道綱母の歌。上二句に兼家がすこしも訪れてこない意味を表わす。「軒端の苗」は作者をたとえた。当時、いな光りによって稲が実るという俗信があり、それに基づく歌。

〈解説〉兼家からは何の音さたもなく作者は気がめいるばかりで、たまたま植えさせた稲がしおれているのを見ても我が身によそえられるのである。

七八　貞観殿登子(ぢやうぐわんでんとうし)と歌の贈答

貞観殿(ぢやうぐわんでん)の御方(かた)は、一昨年(をととし)、尚侍(ないしのかみ)になり給ひにき。あやしく、かかる世をも問ひ給はぬ

は、このさるまじき御仲のたがひにたれば、ここをも気疎く思すにやあらむ、かくことのほかなるをも知り給はでと思ひて、御文奉るついでに、

　ささがにのいまはと限る筋にてもかくてはしばし絶えじとぞ思ふ

ときこえたり。返りごと、なにくれといとあはれに多くのたまひて、

　絶えきとも聞くぞ悲しき年月をいかにかきこし蜘蛛ならなくに

これを見るにも見聞き給ひしかばなど思ふに、いみじくここちまさりて、ながめ暮らすほどに、文あり。「文ものすれど、返りごともなく、はしたなげにのみあめれば、つつましくてなむ。今日もと思へども」などぞあめる。これかれそのかせば、返りごと書くほどに、日暮れぬ。

　まだ行きも着かじかしと思ふほどに、見えたる、人々、

「なほあるやうあらむ。つれなくて気色を見よ」など言へば、思ひかへしてのみあり。

「つつしむことのみあればこそあれ、さらに来じとなむわれは思はぬ。人の気色ばみ、くせぐせしきをなむ、あやしと思ふ」

など、うらなく、気色もなければ、気疎くおぼゆ。

　つとめては、「ものすべきことのあればなむ。今明日明後日のほどにも」などあるに、まこととは思はねど、思ひなほるにやあらむと思ふべし、もしはた、このたびばかりにやあらむとこころみるに、やうやうまた日数過ぎ行く。さればよと思ふに、ありしよりもけにものぞ悲しき。

〈現代語訳〉

貞観殿(じょうがんでん)さまは、おととし、尚侍(ないしのかみ)におなりになった。どうしてか、このような私の様子をお尋ねくださらないのは、仲たがいなさるはずのないむつましいご兄妹(きょうだい)の仲が気まずくなってしまったので、その縁につながる私までうとうとしくお思いになるのだろうか、こんなに、意外な状態になっている私たち夫婦の仲をもご存じなくてと思って、お手紙をさしあげるついでに、

私たち夫婦の仲はもうおしまいでございますが、夫のご血縁でありましても、あなたさまとは、こうして少しの間もとぎれることがないようにいたしとうございます。

と申し上げた。返事には、何やかやと、しみじみと身に染むことばをお書きになって、

あなた方ご夫婦の仲が絶えたと聞くのは、とても悲しゅうございます。これまでの長い間どのようにして来られましたか、信頼しあって来られた間柄でしょうに。

この歌を見るにつけても、私たちの仲をよくご存じであったから、こんな手紙をくださったのだと思うと、ますます悲しくなってきて、物思いに沈んで過ごしている時に、あの方か

ら手紙が来た。「手紙を出したけれど、返事もなく、まるでとりつくしまもない状態だから、つい伺うことが遠慮されてね。今日でも訪ねようと思っているが」などと書いてあるようだ。まわりの侍女たちがすすめるので、返事を書いているうちに、日が暮れてしまった。返事を持たせた使いが、まだ行き着くまいと思っているころに、あの方が姿を見せた。侍女たちが、「やはり、何かわけがおありなのでしょう。知らぬふりをして様子をご覧なさいませ」など言うので、じっとしんぼうしていた。

「慎むことばかり続いたので、来られなかったのだが、けっして訪れまいなどと私は思っていない。あなたがむっとしてすねているのを、不思議だと思うのだよ」などとけろりとしてきげんを損じた気配もないので、興ざめな感じがする。

翌朝になると、「しなければならぬ事があるので、今夜は来られない。すぐ明日か明後日のうちにでも」などと言うので、ほんとだとは思わないけれど、あの方は私のきげんがなおるだろうと思っているのだろう。ひょっとしたら、この訪れが、これっきりになるのかもしれないと思って、様子をみていると、だんだんとまたしても日数が経ってゆく。案の定そうだったと思うと、以前よりよけいもの悲しくなってくる。

〈語釈〉○**貞観殿の御方**　登子。二〇二頁参照。○**一昨年**　登子の尚侍任官は安和二年十月十日（『日本紀略』）。ただしこの記事の年次から言えば昨年になる。○**さるまじき御仲**　同腹の兄妹なので仲たがいするはずがない御仲、兼家と登子か。一説、兼家と兼通。○ささがにの歌　道綱母の歌。「ささがにの」は蜘蛛の異名で、「今」のい（糸、巣）にかかる枕詞。筋（糸の筋、血筋）、かく（巣をくむ、斯く）、絶ゆ（糸が切れる、絶交）はささがにの縁語。「かくて」に「掛く」（巣を掛ける）と「斯く」を掛ける。○絶えきともの歌　登子の歌。「いかに」の「い」に「糸」を掛ける。○文あり　兼家からの手紙。○人　作者をさす。○気色ばむ　思いが顔に何となく現われる。ここでは不愉快な気持をありありと見せること。○今　今すぐの意。○ありしよりもけにものぞ悲しき　「忘るらむと思ふ心のうたがひにありしよりけにものぞ悲しき」（『伊勢物語』二十一段）を本歌とする。以前よりいっそう悲しくてならない。

〈解説〉 兼家が寄りつかない苦しさ、寂しさをだれかに打ち明け、腹ふくるる思いをこなしたい。しかしだれにでもというわけにはいかない。格好な人、登子を憶い出した。今は尚侍である。我々夫婦仲をご存知なくてお手紙が頂けないのでしょうと歌で卒直に打ち明けたところ、登子からも折り返し、ねんごろな返歌が来たが、尚侍はうすうす作者と兼家とのことはご存じであったので、みじめで恥かしい気持にされ物思いはさらにつのったころ、ひょっこり兼家から手紙が来て、その夜やって来た。いろいろ弁解につとめ、けろりとしてほがらかでしっぽをつかまさない。

実はこのころ兼家は五月十八日に薨去した小野宮実頼の召人、近江に思いをかけていたのであるが、兼家も町小路女の場合のように手箱に文を残すようなへまはもうしない。時姫はたとえ夜、本邸に兼家が在宅しなくても、「殿って発展家ね。今度はどの方面かしら」と涼しい顔でいられるが、作者はそんなおうようなことを言っていられない。もうこれきり、足が絶えるのか、不安でたまらない。本邸にいない弱味で身も世もあられないのであるが、兼家に会うとつい愚痴や憤懣こそ漏らしても、かわいい顔はしない。にこやかに媚を含んでごきげんがとれない彼女なのである。

七九　道綱鷹を放つ

つくづくと思ひつづくることは、なほいかで心として、死にもしにしがなと思ふよりほかのこともなきを、ただこの一人ある人を思ふにぞ、いと悲しき。人となして、うしろやすからむ妻などにあづけてこそ、死にも心やすからむとは思ひしか、いかなるここちしてさすらへむずらむと思ふに、なほいと死にがたし。

「いかがはせむ。かたちを変へて、世を思ひ離るやとこころみむ」

と語らへば、まだ深くもあらぬなれど、いみじうさくりもよよと泣きて、

「さなり給はば、まろも法師になりてこそあらめ。なにせむにかは、世にもまじらはむ」とて、いみじくよよと泣けば、われもえせきあへねど、いみじさに、たはぶれに言ひなさむとて、

「さて鷹飼はではいかがし給はむずる」

と言ひたれば、やをら立ち走りて、し据ゑたる鷹を握り放ちつ。見る人も涙せきあへず、まして、ひぐらし悲し。ここちにおぼゆるやう、

あらそへば思ひにわぶるあまぐもにまづそる鷹ぞ悲しかりける

とぞ。

日暮るるほどに、文見えたり。天下のそらごとならむと思へば、「ただ今ここち悪しくてあれば」とて、やりつ。

〈現代語訳〉

つくづくと思い続けることといえば、やはりなんとかして思い通りに死んでしまいたいと思うことよりほかに何もないが、ただこの一人子のことを思うと、とても悲しくなってくる。一人前にして安心できる妻に任せた後でなら、死ぬにしても気が楽だろうと思っていたのに、今死んだら、あの子はどんな気持でよりどころもなく心細く暮らしてゆくことだろうと思うと、やはりとうてい死にきれない。

「どうしよう。しかたがない。尼となって、この世のことを思い捨てられるか、ひとつためしてみよう」

と話してみると、まだ子供で深い事情もわからないのだが、ひどくよよと声を立てて泣きじゃくり、

「そうおなりなさるなら、ぼくも法師になって暮します。なんで世間の人たちの中にまじって暮しましょうか」と言って、またいっそうよよと声を立てて泣くので、私も涙をこらえきれないけれど、あまりの真剣さに、冗談に紛らわしてしまおうと、

「では、法師におなりで、鷹が飼えなくなったら、どうなさるおつもりなの」

と言ったところ、おもむろに立ち上がり、走って行って、木にとまらせてあった鷹をつかん

で、空へ放してしまった。見ていた侍女も涙をこらえきれない。まして、私は、日がな一日悲しくてしようがない。心に浮かんだのは、

　夫との仲がうまく行かないので、思案に余って、尼になろうと決意をうち明けると、子どもも頭を剃(そ)って法師になると言って、まず手慣れの鷹(たか)を空に逃がしてやるとは、なんという悲しいことであろう。

ということである。

日の暮れるころに、あの方から手紙が届いた。まったく口からの出まかせなんだろうと思ったので、「ただ今は気分がすぐれませんので」と言って、使いを返した。

〈語釈〉○死にもしにしがな　「死に」は動詞の連用形から転成した名詞。「し」はサ変の動詞。「しが」は願望を示す助詞。○一人ある人　道綱。○いみじさに　あまりの思いつめた様子に。○鷹(たか)　鷹狩りに使う鷹。○ひぐらし　朝から夕暮までの一日じゅう。○あらそへばの歌　道綱母の歌。「天雲」の「あま」に「尼」、「逸(そ)る」に「剃(そ)る」を掛ける。

〈解説〉本日記中もっとも印象鮮烈な場面の一つである。夫の長期の夜離(よが)れに恥かしさと欲求不満に堪えかねて、ただもう死んでこの世から姿を消したいと作者はいちずに思いつめたが、道綱のこ

とを考えると後ろ髪をひかれて決意も鈍る。一歩後退して尼になって浮世との縁を切ろうかと道綱に心中を打ち明けたところ、彼も泣きじゃくりながら自分も母さま同様出家すると真剣な表情でいうので、作者は深刻な気分をほぐすため、「鷹をどうするの」と言うと意外なことが起きた。道綱は黙ったまま鷹の所へ走っていって、大空へ放してしまった。これで道綱の決意のほどもわかる。そばにいた侍女たちも涙にむせぶが、たいせつにしていた鷹さえも捨てて母に従おうとするわが子の愛情に作者はただもう涙、涙、涙で一日じゅう暮れた。きわめて切迫した状態がビビッドに活写されている。

八〇　盆供養届く

七月十よ日にもなりぬれば、世の人の騒ぐままに、盆のこと、年ごろは、政所にものしつるも、離れやしぬらむと、あはれ、亡き人も悲しう思すらむかし、しばしこころみて、斎もせむかしと思ひ続くるに、涙のみ垂り暮らすに、例のごと調じて、文添ひてあり。「亡き人をこそ思し忘れざりけれと、惜しからで悲しきものになむ」と書きて、ものしけり。

〈現代語訳〉

七月十日過ぎにもなったので、世間の人がお盆の支度で騒いでいるにつけ、供え物のことは今までいつもあの方の政所でととのえてくれたが、それももうやってくれないのかしら、ああ！亡き母上もさぞ悲しくお思いのことだろう、しばらく様子を見ていて、もし届かなければ、こちらでお斎のこともしようと思い続けると、涙ばかりがこぼれ落ちる有様で日を過ごしたが、いつものようにととのえて、手紙も添えて届いた。「亡き母のことはお忘れなさいませんでしたけれど、それにつけても、古歌の『惜しからで悲しきものは』という思いそのままでございまして」と書いて、送った。

〈語釈〉○盆　ぼん。んの表記法が、「に」、「む」、「う」、などで書かれる。盂蘭盆の供養。○政所　上流貴族の家で、家政や所領の事務を扱う機関。○斎　法要。仏事のとき僧たちに出す食事をいうが転じて、法要、仏事をいう。ここは盆供。○惜しからで悲しきもの　「惜しからで悲しきものは身なりけり人の心のゆくへ知らねば」（西本願寺本・類従本『貫之集』）を本歌とする。

〈解説〉作者は兼家が自分をまったく顧みない状態なので、ましてや母のため例年送ってくれる盆供もとりやめるだろうと予想していたところ、政所から、ちゃんと彼の文も添えて届けてくれた。するとその返事にも、古歌を踏まえて自分の心情を訴えずにはいられない。引歌は上の句のみが出ているが、作者の本当に言いたいことは下の句の「人の心のゆくへ知らねば」の方で、兼家の自分に対する愛情の有無が解らないので悲しいのである。将来いついつまでも、自分をけっして見捨てないという保証が得られない、宙ぶらりんな我が身がなんともやりきれない。亡き母だって盆供養を届けてくれるより娘の身の保証をもらう方がうれしいだろうとさえ思い、兼家に訴えずにいられないのである。

八一　兼家の通ひ所

かくてのみ思ふに、なほいとあやし。めづらしき人に移りてなどもなし。にはかにかかることを思ふに、心ばへ知りたる人の、「失せ給ひぬる小野の宮の大臣の御召人どもあり。これらをぞ思ひかくらむ。近江ぞ、あやしきことなどありて、色めく者なめれば、それらに、ここに通ふと知らせじと、かねて断ちおかむとならむ」と言へば、聞く人、「いでや、さらずとも、かれらいと心やすしと聞く人なれば、なにか、さわざわざしうかまへ給はずともありなむ」などぞ言ふ。「もし、さらずは、先帝の皇女たちがならむ」と疑ふ。

〈現代語訳〉

こんな状態がずっと続くので、考えてみると、やはりどうもおかしい。新しい女にあの方の心が移ったなどとも聞かないし、急にこんな風になったことを腑に落ちないでいると、消息通の侍女が、「亡くなられた小野の宮の大臣さまのお召人たちがいます。この人たちに懸想しておいでなのでしょう。中でも近江（おうみ）という女は、けしからぬ振舞などがあって、色気たっぷりの女のようですから、そんな連中に、こちらに通っていると知らせまいと思って、あらかじめ、関係を断っておこうというのでしょう」と言うと、そばで聞いていた侍女が、

「さあ、どうでしょうか、そうまでしなくても、あの連中はまったく気がおけない人だそうですから、なあに、そんなごたいそうな手を打ってお置きなさらずともよいでしょう」などと言う。

「ひょっとしたら、あの女でなければ、先帝の皇女さまたちのもとでしょうよ」と勘ぐったりする。

〈語釈〉○かかること　兼家の足がぱったりとまったこと。○召人（めしうど）　主人と情交関係を持つ侍女。○近江　藤原国章（くにあき）女か。兼家女（むすめ）綏子の母。○先帝の皇女　村上天皇女三宮保子内親王だという。

〈解説〉すっかりその道のベテランになった兼家は作者たちに浮気の相手を嗅（か）ぎつけさせない。そこでいろいろの憶測がなされるが、いつ、どこにも消息通はあるもの、かなり的確な下馬評が伝わっている。

八二　石山詣で㈠

ともあれ、かくもあれ、ただいとあやしきを、

「入る日を見るやうにてのみやはおはしますべき。ここかしこに詣でなどもし給へかし」

など、ただこのころは、ことごとなく、明くれば言ひ、暮るれば嘆きて、さらば、いと暑きほどなりとも、げにさ言ひてのみやはと思ひ立ちて、石山に十日ばかりと思ひ立つ。

忍びてと思へば、はらからといふばかりの人にも知らせず、心一つに思ひ立ちて、明けぬらむと思ふほどに出で走りて、賀茂川のほどばかりなどにて、いかで聞きあへつらむ、追ひてものしたる人もあり。有明の月はいと明けれど、会ふ人もなし。河原には死人も臥せりと見聞けど、恐しくもあらず。

粟田山といふほどに行きさりて、いと苦しきを、うち休めば、ともかくも思ひわかれず、ただ涙ぞこぼるる。人や来ると涙はつれなしづくりて、ただ走りて行きもて行く。

山科にて明けはなるるにぞ、いと顕証なるここちすれば、あれか人かにおぼゆる。人はみなおくらかし先立てなどして、かすかにて歩み行けば、会ふ者見る人あやしげに思ひて、ささめき騒ぐぞ、いとわびしき。

からうじて行き過ぎて、走り井にて、破子などものすとて、幕引き廻はして、とかくするほどに、いみじくののしる者来。いかにせむ、誰ならむ、供なる人、見知るべき者にもこそ

あれ、あないみじと思ふほどに、馬に乗りたる者あまた、車二つ三つ引き続けて、ののしりて来(く)。

「若狭守(わかさのかみ)の車なりけり」

といふ。立ちも止(と)まらで行き過ぐれば、ここちのどめて思ふ。「あはれ、程にしたがひては、思ふことなげにても行くかな、さるは、明け暮れひざまづきありく者、ののしりて行くにこそはあめれ」と思ふにも胸さくるここちす。下衆(げす)ども車の口につけるも、さあらぬも、この幕近く立ち寄りつつ、水浴(あ)み騒ぐ。振舞(ふるまひ)のなめうおぼゆること、ものに似(に)ず。わが供の人、わづかに、

「あふ、立ちのきて」など言ふめれば、

「例も行(ゆ)き来(き)の人、寄るところとは知り給はぬか。咎(とが)め給ふは」

など言ふを見るここちはいかがはある。

やり過ごして、今は立ちて行けば、関うち越えて、打出(うちいで)の浜に死にかへりて到りたれば、先立ちたりし人、舟に菰屋形(こもやかた)引きてまうけたり。ものもおぼえずはひ乗りたれば、はるばるとさし出(い)だして行く。いとここち、いとわびしくも苦しうも、いみじうもの悲しう思ふこと、類(たぐひ)なし。


〈現代語訳〉

いずれにせよ、ただもう腑(ふ)に落ちないが、

「入り日を見るように、ふさぎ込んでばかりいらしてはよくございません。あちらこちらに物詣でなどなさいませよ」など勧めるので、このごろは、他事にはまったく気が向かず、ただ夜が明けると愚痴をこぼし、夕方になるとためいきをついて日々を過ごす始末、それでは、酷暑の時節だとしても、実際、そう嘆いてばかりいても始まらないと決心して、石山寺に十日ほどと思い立った。

こっそりとと思ったので、妹のような身近な人にも知らせず、自分の胸一つに思い立って、夜が明けただろうと思われる時分に、小走りに家を出て、賀茂川のあたりにさしかかったころ、どうして聞きつけたのか、あとを追っかけてきた者もいる。有明の月はとても明るいけれど、出会う人もいない。賀茂の河原には死骸がころがっているということだが、恐しくもない。

粟田山というあたりにやって来て、とても苦しいので、ひと休みすると、心が乱れてどうにも判断ができず、ただ涙ばかりがこぼれる。人がやって来ないかと、涙を見せないようにつくろって、ただもう小走りに道を急いだ。

山科のところで夜がすっかり明けきると、ひどくむき出しで人目につくような感じがするので、やり場のない思いになる。供人はだれもかれも後にしたり、先に行かせたりなどして、目立たないようにして歩いて行くと、出会う人や目にとめた人が、けげんに思って、ひそひそささやき合っているのは、とてもつらかった。

やっとの思いで通り過ぎて、走り井でお弁当などをしたためようとして、幕を引き回し、食事をとっている時に、ひどく大声で先払いする一行がやって来る。どうしよう、だれだろう。供人を見知っている者であったら困るが、さあ大変だ！　と思っていると、馬に乗った者を大ぜい従え、車を二、三台つらねて、がやがやとやって来る。

「若狭守（わかさのかみ）の車でした」

と供人が言う。立ちどまりもせずに通り過ぎたので、ほっと胸をなでおろす。「ああ、受領（ずりょう）は受領なりに満足しきった体（てい）で行くものよ、そのくせ、明け暮れ、人前ではぺこぺこ頭を下げまわっている者が、一歩京を外にすると、威張りちらして行くという寸法なのだろう」と思うと、胸が張り裂けるような思いがする。下衆（げす）ども、それは車の口についている者も、そうでない者も、この幕近く寄ってきては、がやがやと水浴びをする。そのしぐさの無礼に感じられることといったら、たとえようがない。私の供人が、やっと、

「おい、そこからどいてくれ」などと言っている様子、すると、

「いつも往来の人が立ち寄る所だとはご存じなさらぬか。とがめ立てなさるのは」

などと言っているのを見る心地はどんなだったことか。

その一行をやり過ごしてから、そこを出かけて行き、逢坂（おうさか）の関を越えて、打出（うちいで）の浜にまったく死んだようになって到着したところ、先に行った人が菰屋形（こもやかた）をつけた舟を用意して待ちうけていた。夢中で乗りこむと、はるばると漕（こ）ぎ出して行く。気分がとてもわびしいやら、苦しいやらで、たいそうもの悲しく思われることは、たぐいがない。

〈語釈〉○石山　石山寺。大津市石山にある真言宗の寺。本尊、如意輪観音。天平勝宝元年聖武天皇の勅願により僧良弁の開基。○十日ばかり　十日間くらい。一説、中の十日ごろ。○行きさりて　「さる」は移動する意。どんどん歩みを進めて。○顕証　姿が丸見えになること。むき出し。○あれか人かにおぼゆる　強いショックをうけると自分が、自分なのか他人なのかわからなくなるほどの気持をいう。茫然自失。○供なる人　作者の供人か。一説、若狭守の供人とか両方の供人ととる。○もこそ　将来に対する危惧・懸念を表わす。○ひざまづきありく　「ありく」は動詞の連用形につき「……してまわる」の意。○あふ　感動詞か。○打出の浜　大津市の東部湖岸。松本・石場付近か。○菰屋形　屋形を菰で葺くこと。その屋形をさす場合もある。

八三　石山詣で㈡

中の終りばかりに寺の中に着きぬ。斎屋に物など敷きたりければ、行きて臥しぬ。ここちせむ方知らず苦しきままに、臥しまろびてぞ泣かるる。

夜になりて、湯などものして、御堂に上る。身のあるやうを仏に申すにも、涙に咽ぶばかりにて、言ひもやられず。夜うち更けて、外の方を見出だしたれば、堂は高くて、下は谷と見えたり。片崖に木ども生ひこりて、いと木暗がりたる、二十日月、夜更けていと明かりけれど、木陰にもりて、所々に来し方ぞ見えわたりたる。見下したれば、麓にある泉は、鏡のごと見えたり。高欄におしかかりて、とばかりまもりゐたれば、片崖に、草の中に、そよそよしらみたる

もの、あやしき声するを、
「こは何ぞ」と問ひたれば、
「鹿のいふなり」
といふ。「などか例の声には鳴かざらむ」と思ふほどに、さし離れたる谷の方より、いとうら若き声に、はるかにながめ鳴きたなり。聞くここち、そらなりと言へばおろかなり。思ひ入りて行なふここち、ものおぼえでなほあれば、見やりなる山のあなたばかりに、田守のもの追ひたる声、言ふかひなく情なげにうち呼ばひたり。「かうしもとり集めて、肝を砕くこと多からむ」と思ふに、はてはあきれてぞゐたる。さて、後夜行なひつれば下りぬ。身弱ければ斎屋にあり。

〈現代語訳〉

夕方、申の刻限の終りごろにお寺の中に着いた。斎屋に敷物などが敷いてあったので、そこへ行って横になった。気分がどうしようもなく苦しいので、臥して身もだえしつつ涙にくれてしまう。

夜になって、湯を浴びて身を清め御堂にのぼる。わが身の上をみ仏さまにお訴え申すにも涙にむせぶばかりでことばがとぎれてしまう。真夜中になって、外の方をながめると、御堂は高い所にあって下は谷と見えた。片がわの崖には木々が生い茂って、すっかり薄暗くなっている。折しも二十日の月が、夜ふけてとても明るいけれど、所々、木陰のあい間あい間から、通って来た方がずっと見えている。見下ろすと、ふもとにある池は、鏡のように見えた。

　高欄にもたれて、しばらく見すえていると、片がわの崖の草の中で、そよそよと白っぽいものが、奇妙な声をたてるので、

「これは何？」と尋ねたところ、

「鹿が鳴いているのでしょう」

と言う。「どうして聞き慣れたあの声で鳴かないのだろう」と思っている折に、かなり離れた谷の方から、とても若々しい声で、遠く余韻嫋々と鳴くのが聞えて来る。それを耳にするここちといったら、心もうわの空になるというどころではない。一心に勤行をしているなかで、ふとぼんやりしたここちになって、そのままでいると、遠方に見える山のむこうあたりで、田の番人の獣や鳥などを追い払うためにあげる無風流な容赦のない蛮声がひびいた。なんと種々様々に胸をしめつけるようなことが多いのだろうと、しまいにはどうしようもなく茫然としていた。さて、後夜の勤行が終ったので御堂から下りた。体が疲れきっていたので斎屋で休んだ。

〈語釈〉○**斎屋**　参籠者の斎戒沐浴のため、あるいは控えの間として設けられた、寺社の一隅の建物をいう。○**片崖**　片一方ががけになっている所。○**高欄**　殿舎のまわりや廊。階段などの両がわに設けた欄干。○**鹿のいふなり**　「なり」は伝聞推定。鳴き声で鹿だと推定する。○**ながめ**　朗詠のように余韻をひびかせ

て鳴くこと。○なほあれば　そのままの状態を続けていると。○見やりなる　二八四頁参照。○田守（たもり）　鳥やけものが田を荒さないように番をする人。○後夜（ごや）　六時（ろくじ）の一。夜半から朝までの間、またその間に行なう勤行（ごんぎょう）をいう。

八四　石山詣（まう）で㈢

夜の明（あ）くるままに見やりたれば、東（ひんがし）に風はいとのどかにて、霧たちわたり、川のあなたは絵にかきたるやうに見えたり。川づらに放ち馬どものあさりありくも、遙（はる）かに見えたり。いとあはれなり。二なく思ふ人をも、人目によりて、とどめおきてしかば、出（い）で離れたるついでに、死ぬるたばかりをもせばやと思ふには、まづこのほだしおぼえて、恋しう悲し。涙のかぎりをぞ尽し果つる。

をのこどもの中には、

「これよりいと近かなり。いざ、佐久奈谷（さくなだに）見には出（い）でむ」

「口引きすごすと聞くぞ、からかなるや」

など言ふを聞くに、さて心にもあらず引かれいなばやと思ふ。

かくのみ心尽くせば、ものなども食はれず。

「しりへの方（かた）なる池に蕺（しぶき）といふもの生（お）ひたる」と言へば、

「取りて持て来（こ）」と言へば、持て来たり。笥（け）にあへしらひて、柚（ゆ）おし切りてうちかざしたるぞ、いとをかしうおぼえたる。

さては夜になりぬ。御堂にてよろづ申し、泣き明かして、あかつきがたにまどろみたるに、見ゆるやう、この寺の別当とおぼしき法師、銚子に水を入れて持て来て、右の方の膝に沃かくと見る。ふとおどろかされて、「仏の見せ給ふにこそはあらめ」と思ふに、ましてものぞあはれに悲しくおぼゆる。

〈現代語訳〉

夜が明けるにつれて、外をながめると、寺の東がわでは、風はのどかに吹いて、霧が一面に立ちこめ、川の向うはまるで絵にかいたような趣であった。川のほとりに放し飼いの馬がえさを探しまわっている状景もはるかに見える。とてもしんみりと感慨を催す。かけがえのない大事なあの人を、人目を気にして、京に残して来たので、家を離れて出て来たこの機会に、死ぬ思案をしたいと思うにつけて、何より先にこの子どものことが胸に浮かんで、恋しくせつなくてたまらない。涙がかれてしまうまで泣きくずれてしまった。

供人どもの間では、

「ここから目と鼻の間だそうだ。さあ、佐久奈谷を見物して来よう」

「何でも、谷の口から奥へずるずると引っぱり込まれてしまうと聞くが、それがけんのんだね」

など話しているのを聞くと、そのようにして、自分の意志からでなく、引きずり込まれて行ってしまいたいものだと思う。

　このように、くよくよ心を痛めてばかりいるので、食事ものどを通らない。「寺の裏側にある池に、しぶきという物が生えていますよ」と言うので、「取って持っていらっしゃい」と言うと持って来た。器に盛り合わせて、柚子(ゆず)を輪切りにして上に添えたのはとても風味があると感じた。

　そのうちに夜になった。御堂であれこれお祈り申し、一晩じゅう泣いて過ごし、明け方にうとうととしたとき、夢の中に見えたのは、この寺の別当と思われる法師が銚子(ちょうし)に水を入れて持って来て、私の右のひざに注ぎかけると思った。そのとたんはっと目をさまされて、ああ、この夢はみ仏さまがお見せくださったのであろうと思うと、いよいよしみじみと心に銘じて悲しく感じられる。

〈語釈〉○川　瀬田川。○川づら　河畔(かはん)。○いとあはれなり　放牧の馬が母子うちつれて餌(えさ)をあさっているのを見て、作者は道綱を思い出したため感慨に沈んだととる説もある。○二なく思ふ人　道綱をさす。○このほだし　「ほだし」は自由に動けないようにつなぎとめるもの。自由を束縛するもの。ここは道綱の存在が彼女の死の妨げとなることをいう。○佐久奈谷(さくなだに)　瀬田川を石山寺から数キロメートル下った下流にあり、現在、滋賀県栗太郡大石村の所。桜谷といい、景勝の地である。佐久奈度神社があり、祓所(はらえどころ)七瀬の一つ。○口引きすごす　奥は冥途(めいど)につながり、谷の口からずるずると引きまれてしまうという言い伝えがあったらしい。○からかなるや　危い、あやういことだね。○心にもあらず　自分から進んで死ぬのでなくそうした出来事で命をとられたいと願う。○蕺(しぶき)　どくだみの異名という。あるいはしぶくさ（ぎしぎし）か。『和名抄』に「菜名也」とある。○**別当**　大寺において一山の寺務を統括する僧。○**銚子**　酒などを注ぐための道具。注ぎ口があり、長い柄がついている。○**沃かく**　注ぎかける。○**夢**　『石山寺縁起絵巻』には左の詞書があってこの時のことが絵になっている。「傅大納言道綱の母陸奥守藤原倫寧朝臣女法興院の禅閤かれ〳〵にならせ給し比七月十日あまりの程にや当寺にまうてゝよもすからこのことを祈申けるかしはしうちまどろみたる夢に寺務とおほしき僧銚子に水をいれて右の膝にかくるとみてふとうちおとろきぬ仏の御しるへとたのもしくおほえけるに八月二日殿又おはして御ものいみなとゝてしはしおはすそれより又うとからぬ御中になりたまひけれはいよ〳〵信心をいたしてつねにこもりなとせられけるとなむ」

「明けぬ」と言ふなれば、やがて御堂より下りぬ。まだいと暗けれど、湖の上白く見えわたりて、さいふふ、人二十人ばかりあるを、乗らむとする舟の差掛のかたへばかりに見くだされたるぞ、いとあはれにあやしき。御燈明たてまつらせし僧の見送るとて岸に立てるに、ただきし出でにさし出でつれば、いと心細げにて立てるを見やれば、かれは、目馴れにたらむ所に、悲しくや止まりて、思ふらむとぞ見る。をのこども、

「今、来年の七月まゐらむよ」と呼ばひたれば、

「さなり」と答へて、遠くなるままに影のごと見えたるもいと悲し。

空を見れば、月はいと細くて、影は湖の面にうつりてあり。風うち吹きて湖の面いと騒がしう。さらさらと騒ぎたり。若きをのこども、

「声細やかにて、面痩せにたる」

といふ歌をうたひ出でたるを聞くにも、つぶつぶと涙ぞ落つる。いかが崎、山吹の崎などいふ所々見やりて、葦(あし)の中より漕ぎゆく。

まだものたしかにも見えぬほどに、遙かなる楫(かぢ)の音して、心細くうたひ来る舟あり。行きちがふほどに、

「いづくのぞや」と問ひたれば、

「石山(いしやま)へ、人の御迎へに」

とぞ答ふなる。この声もいとあはれに聞ゆるは、言ひ置きしを、おそく出でくれば、かしこなりつるして出でぬれば、たがひて行(い)くなめり。とどめて、をのこどもかたへは乗り移りて、心のほしきにうたひ行く。瀬田の橋のもと行きかかるほどにぞ、ほのぼのと明け行く。千鳥うち翔(かけ)りつつ飛びちがふ。もののあはれに悲しきこと、さらに数なし。

さて、ありし浜べにいたりたれば、迎への車ゐて来たり。京に巳(み)の時ばかり行(い)き着きぬ。

これかれ集まりて、

「世界にまでなど、言ひ騒ぎけること」など言へば、

「さもあらばれ、今はなほ然(しか)るべき身かは」などぞ答ふる。

〈現代語訳〉

「夜が明けた」という声がするので、すぐに御堂から下りた。まだひどく暗いけれど、湖上が一面に白々とながめられ、小人数の旅とはいっても、供人など二十人ばかりはいるのに、

乗ろうとする舟が、差掛(さしかけ)の沓(くつ)の片方ぐらいの大きさに、見下ろされたのは、とても心細く貧相な感じであった。

お燈明を仏さまにお供えさせた僧が、見送りに出て岸に立っていると、私たちの乗った舟はどんどん棹(さお)をさして漕ぎ離れて行ったので、いかにも心細そうな様子で立っている。その姿に目をあてると、あの僧は、私たちとなじみになり親しさをおぼえるようになったと思われるその寺に彼だけがとどまって、さぞ寂しく思っていることであろうと察せられた。私の供の男連中が、

「すぐにまた、来年の七月に参りますよ」と大声で言うと、

「はい承知しました」と答えて、遠く離れて行くにつれて、影のようにぼんやりと見えているのも、ひどく悲しく感じられた。

空を仰ぐと、月はとても細く、月影は湖面に映っている。風が吹いて、水の面がさらさらと波立っている。若い男たちが、

「声細(ほそ)やかにて、面痩(おもや)せにたる」

という歌をうたい出したのを耳にすると、ぽろぽろと涙がこぼれる。いかが崎、山吹の崎などという所を次々、視線を走らせながら、葦(あし)の間を漕(こ)いで行く。

まだ、物の形がはっきり見えぬ、かわたれ時(どき)に、遠くの方から楫(かじ)の音が近づいて、心細そうな声でうたって来る舟がある。行きちがうときに、

「どこの舟かね」と尋ねると、

「石山へ、お迎えに」と答えているらしい。この声もとてもしんみりと聞えるが、それは、迎えに来るように言いつけておいたのに、なかなか来なかったため、あちらにあった舟で出かけてしまったので、途中で行きちがって行くようである。その舟をとめて、供人たちの一部はその舟に乗り移って、気の向くままにうたって行く。瀬田の橋のあたりにさしかかったころに、ほのぼのと夜が明けてくる。千鳥が空高く舞いながら、飛び交わしている。何もかもしみじみ悲しく胸にこたえることは計り知れないくらいである。

さて、以前の浜べに着くと、迎えの車をつれて来ていた。京へは巳(み)の刻ごろに帰りついた。

侍女のだれかれが集ってきて、

「遠い遠い所まで行っておしまいになったのかしらなど大騒ぎでございましたよ」などと言うので、

「なんとでも言わせておけばよいわ。でもね、今は、やはり、そんなことのできる身ではないもの」などと答えた。

〈語釈〉○さいふいふ　供人が小人数だとはいいながら。一説には、お寺で感銘深い日夜を過ごしてきたので、立ち去りがたく思いながらと解し、「乗らむとする」へかける。○差掛(さしかけ)　浅沓(あさぐつ)の一種。四位以下の人の履く沓(くつ)。上から見下した舟の形容だが、きわめて巧みな表現。○目馴れにたらむ所　担当の僧が参籠(さんろう)中世話をした作者一行となじみになって親近感を覚えているだろう所。石山寺をさす。一説では僧の住み慣れた寺。○声細やかにて面痩せにたる　当時の俗謡の一節であろう。○いかが崎、山吹の崎　琵琶湖畔の歌枕。場所は現在不明。○人の御迎へに　「人の」はごく軽く添えた語。○たがひて　行きちがいになって。○巳の時　午前九時から十一時まで。一説、午前十時から二時間。○世界にまで　遠い未知の世界。○さもあらばれ　どうでもかまわない。言いたいように言わせておこう。

〈解説〉石山寺へ作者が突如、供人もそろえず、しかも最初の間、徒歩で家を抜け出るや小走りにどんどん進んで行った理由は何であろう。作者のような貴夫人の行為としてはまったく異常である。道綱も大ぜいの侍女も伴わないので遊山でないことはむろんであるが、なぜそんなに思いつめて石山詣でを決行したのであろう。

一説では兼家との仲を断念して出家しようと決意したからだろうといわれるが、そのすぐ前に、（七九項）作者が尼になる希望を道綱に漏らした時の子どもの反応の激しさに驚き、出家することを思いとどまっている。また微行のため、気がつかない若狭守一行の無作法な振舞を不愉快に思う心情がまる出しで、出家に程遠い心境のように思われる。また、道綱を思い出して、「恋しう悲し」と述べているし、石山寺参籠中に見た夢についても「『仏の見せ給ふにこそはあらめ』と思ふに、ましてものぞあはれに悲しくおぼゆる」と述べている。

そして最後に、「さもあらばれ、今はなほ然るべき身かは」と言っている。その他種々の事を考え合せ、出家する前提として作者は石山詣でを思い立ったとは思われない。「身のあるやうを仏に申す」、とあることや、夢を見て、「仏の見せ給ふにこそはあらめ」と思っているなどから総合して今一度兼家の愛情をとりもどしたい。出来たら子宝を得たい。また道綱の将来の出世も祈念したい。こうした願いから霊験あらたかな石山寺に参詣したのではないかと考える。侍女たちから兼家の愛人の名を具体的に種々聞かされただけに作者は矢も盾もたまらず、急遽出掛けたのであろう。

次に紀行文として本項をみると、石山寺の御堂の周辺の模様が上下遠近にわたって視野広く、また光や風・色・種々の音を入れて、きわめて克明にビビッドに描かれている。日常の苦悩多い身の上を書く時のあの近接同語の頻出やまわりくどい、わかりにくい、充分洗練されていない文章と比べると、これはまったく渋滞なくすらすらと写生するごとく紙面にうつしとられている。私たちの脳裏に千年前の風景や音が鮮やかによみがえる思いがする。絵心のある作者ということを思いおこさせる優れた文といえよう。

とくに帰途の湖上舟行は印象にのこる美しい一文である。必死の思いで石山寺にたどりつき、御堂で仏さまに涙ながらひたすらおすがり申し、暁方霊夢を見てしみじみせつなく胸をつまらせながら御堂より下りた作者！　このとき、つらい道中であったけれど、来てよかったとおそらく心が安らいだであろう。湖面が薄紙をはぐように白んで明け行くころ、見送りの僧と名残りを惜しみ舟は帰途につく。そこはかとなく哀愁をおぼえつつ空を見ると細い残月がかかりその影が湖面に映っている。やがて風が吹き始めて湖面にさざなみが立ってくる。若い供人たちが俗謡をうたい出すとたまらなくなって作者の眼から涙があふれ落ちる。

作者の自然描写は自然のみを切り離して描写するのでなく、その中に人物の行動と心理をとけこませて描写して行くので、主観的な叙情性がたたえられている。すがすがしい夏の暁方の琵琶湖を舞台として参籠を終え、京へ帰る作者の旅情がしみじみと身に迫り、空と湖上の光景が感覚的な筆致で描写された印象的な文でこの日記中の白眉と言い得る。この旅によって作者自身の人生観照も深まり、人生・自然を見る目もたしかとなり作家としての成長が感じられる。

八五　相撲のころ

おほやけに相撲のころなり。幼き人まゐらまほしげに思ひたれば、装束かせて出だし立つ。「まづ殿へ」とてものしたりければ、車の後に乗せて、暮には、こなたざまにものし給ふべき人の、さるべきに申しつけて、我はあなたざまにと聞くにも、ましてあさましまたの日も、昨日のごと、まゐるままに、え知らで、夜さりは、

「所の雑色、これらかれら、これが送りせよ」

とて、先立ちて出でにければ、ひとりまかでて、いかに心に思ふらむ、例ならましかば、もろともにあらましをと、幼きここちに思ふなるべし、うち屈したるさまにて入り来るを見るに、せむ方なくいみじく思へど、なにのかひかあらむ。身一つをのみ切り砕くここちす。

〈現代語訳〉

朝廷では相撲の節会のころである。子どもが参内して観覧したそうにしているので、装束をつけさせて出してやる。「最初に本邸へ」ということで出かけたところ、宮中への車に同乗させて連れて行ってくれたが、夕暮にはこちらの方面へお帰りのしかるべき人に、子ども

をたのんで、ご本人はあちらの方に行かれたと聞くにつけ、いよいよあきれるのみ。
次の日も、昨日同様、参内すると、全然かまってもくれないで、夜になると、「蔵人所の雑色のだれかれはこの子を送ってくれ」と言いつけて、一足先に出かけてしまったので、あの子は一人で退出して、心中どんなに悲しくつらく思っていることやら、両親の仲が、普通であれば、いっしょに帰るだろうにと、幼な心にも思っているようで、しょんぼりした様子ではいってくるのを見ると、慰めようもなく、とてもつらいと思うけれど、どうしようもない。わが身一つを切り砕くようなせつない思いがするばかりである。

〈語釈〉○相撲　七月末日（廿七、八日〈小〉・廿八、九日〈大〉）に節会が行われる。諸国から集められた相撲人の競技を天皇がご覧になり、後、群臣に宴を賜うのである。○幼き人　道綱。○車の後に乗せて　同乗させて、陪乗の人は後部に乗る。○我　兼家自身。底本「を」とあるが「𢦏」（越の草体）の仮名ちがいで「我」の誤写、あるいは「身（美の草体が越の草体に誤写、さらにをとなる）」とも思われる。○あなたざま　近江のところであろう。○夜さり　「さり」は移動する意。夜になるの名詞。夜。○所の雑色　蔵人所で雑用をする者。ここから兼家の言葉。○身一つ　身を強めていう。

〈解説〉兼家はせっかく本邸へ来た我が子を宮中に同乗させてくれたが、帰りこそ送って来てくれればよいのに、他人にたのんでさっさとよそへ行ってしまった。二日めも同様である。自分を顧みないばかりか、自身の血をわけた子であるのに道綱をそまつに遇することが作者は堪えられないのである。道綱にすれば父兼家が送りがてら来てくれれば母はどんなに喜ぶだろうと思うと、父と同行できなかったことが母に気の毒で悄然と力を落すのである。母と子の思いにずれがあるが、たがいに相手をいたわっている。兼家にしてみれば、近江に目下求婚中でひたすら彼女の愛情を得ようとしていたころであり、また自分に無断で唐崎のみならず性懲りもなく石山に数日も出かけて何くわぬ顔の作者が憎らしくも感じられ、しんぼうしてせっかく訪れてもうれしそうな様子も見せず愚痴や皮肉を聞かされるのが落ちだろうと足が遠のくのであろう。

八六　兼家の狂態

かくて八月になりぬ。二日の夜さりがた、にはかに見えたり。あやしと思ふに、

「明日は物忌なるを、門強く鎖させよ」

など、うち言ひ散らす。いとあさましく、ものの沸くやうにおぼゆるに、これさし寄り、かれ引き寄せ、

「念ぜよ念ぜよ」

と耳おし添へて、まねびささめきまどはせば、我か人かのおれ者にて、向かひゐたれば、むげに屈じはてにたりと見えけむ。

　またの日もひぐらし言ふこと、

「わが心のたがはぬを、人のあしう見なして」

とのみあり。いといふかひもなし。

〈現代語訳〉

こうして八月になった。二日の夜分に、突然あの方は訪れた。変だと思っていると、「明日は物忌なので、門をしっかりしめさせよ」などとだれかれなしに言い散らす。まったくあきれて、胸が煮えかえるような気持でいると、侍女を見境なくつかまえて、「がまんしろよ、こらえるンだよ」と耳もとへ口を寄せて、私の口ぐせのまねをしてささやきまわり困惑させるので、私はあっけにとられて、馬鹿みたいになって向かいに坐っていたが、それはすっかり卑屈な意気地なしの姿に見えたことであろう。

翌日も一日じゅうあの方の言うことは、「私の本心は変らないのに、あなたが悪くばかりとって」の一点ばりだった。ほんとにどうしようもないあきれたことだった。

〈語釈〉○これさし寄り、かれ引き寄せ　侍女たちの傍へにじり寄ったり、あるいは侍女をそばへ引き寄せたり、兼家がふざけるさま。○念ぜよ　がまんしなさい。○まねび　作者の口ぐせをまねるのか。○我か人かのおれ者　茫然と正気を失ったあほう。正気をなくしたふぬけ。

〈解説〉この項は誤写もあり、はっきりわからない。すねに傷もつ兼家は作者のもとにまともには来にくい。しかし北の方であり、作者を捨てる気持の毛頭ない兼家はたまには訪れねばならない。それかくしから狂態を演じたのであろう。もちろん一杯きこしめして酔の勢いでやって来たのであろうか。そして「わが心のたがはぬを……」これを言いに来たのであろう。

八七　道綱の元服

五日の日は司召とて、大将になど、いとどさかえまさりて、いともめでたし。それより後ぞ、少ししばしば見えたる。

「この大嘗会に院の御給ばり申さむ。幼き人にかうぶりせさせてむ。十九日」とさだめてす。ことども例の如し。引入に源氏の大納言ものし給へり。こと果てて、方塞がりたれど、夜更けぬるをとて、とどまれり。かかれども、こたみやかぎりならむと思ふ心になりにたり。

〈現代語訳〉

五日は司召ということで、あの方は大将に昇任などと、ますます栄達して、まことにおめでたいことである。それから後、いくぶんしげしげ訪れてくる。「今度の大嘗会に、院に叙爵を賜るようお願いするつもりだ。子どもに元服をさせておこう。十九日に」と決めて、とり行われる。万事型どおりである。引入には源氏の大納言さまがおなりになった。式が終って、方角がふさがっていたけれども、夜が更けてしまったからということで、当家にとまった。しかしながらあの方の訪れも今夜が最後ではないかしらと心の一隅でそういう気がした。

〈語釈〉○**大将**　兼家。八月五日兼㆓右大将㆒（『公卿補任』）。○**院の御給ばり**　「院」は冷泉院。「御給ばり」は院や東宮、三宮（皇后・皇太后・太皇太后）など叙位任官を朝廷に申請する権利を有する方が、推薦した人を叙位任官させ、代償としてその官位に見合った俸禄をその方に納めさせること。○**かうぶりせさせ**　「かうぶりす」は元服して初めて冠をつけること。元服する意。○**十九日**　底本「十の日」。道綱「天禄元十二（十一カ）二十従五下（大嘗会、冷泉院御給）」（『公卿補任』）。元服は叙爵より先に行う慣例。○**引入**　元服式の際、加冠をする役。○**源氏の大納言**　源兼明、醍醐天皇皇子。高明の兄、五十七歳。一度臣籍に降下、後親王宣下を受く。○**かぎり**　ふつう兼家の訪れとか夫婦仲が最後ととるが、一説には情愛を見せてくれる最後（道綱一人で元服・裳儀がないから）ととる。

〈解説〉兼家は八月五日に右大将に昇任して出世街道を驀進している。時折作者の所に姿を見せてもくれる。さらに十六歳になった道綱を元服させ、摂関家の息として、冷泉院の御給ばりも申請しようと言ってくれ、元服の式には皇族出の源兼明大納言を引入にお願いしてくれた。滞りなく元服の式も終わり、方がふさがっているのに作者のもとにとまった。作者の家にとってはこれほど大きな慶事はまれだと思われるのにこの項には明朗な色彩がほとんど感じられない。もっとも元服式だけが終って、道綱の叙爵は十一月のせいでもあろうが、それにしても道綱の喜ぶ姿が全然書かれていないのも不思議に思われるし、また、この項の色彩と関係があろう。

八八　大嘗会のころ

九　十月も同じさまにて過ぐすめり。世には大嘗会の御禊とて騒ぐ。われも人も、物見る桟敷とて、渡り見れば、御輿のつら近く、つらしとは思へど、目くれておぼゆるに、これかれ、

「や、いで、なほ人にすぐれ給へりかし。あなあたらし」

なども言ふめり。聞くにも、いとどもののみすべなし。

十一月になりて、大嘗会とてののしるべき。その中には少し間近く見ゆるここちす。かうぶりゆゑに、人もまたあいなしと思ふ人のわざも、習へとて、とかくすれば、いと心あわたたし。

事はつる日、夜更けぬほどにものして、

「行幸に候はであしかりぬべかりつれど、夜の更けぬべかりつれば、そら胸病みてなむまかでぬる。いかに人言ふらむ。明日はこれが衣着替へさせて出でむ」

などあれば、いささか昔のここちしたり。

つとめて、「供にありかすべきをのこどもなど、まゐらざめるを、かしこにものしてととのへむ。装束して来よ」

とて出でられぬ。よろこびにありきなどすれば、いとあはれに嬉しきここちす。それよりしも、例のつつしむべきことあり。

二日も、かしこになむと聞くにも、たよりにもあるを、さもやと思ふほどに、夜いたく更けゆく。ゆゆしと思ふ人もただひとり出でたり。胸うちつぶれてぞあさましき。

「ただ今なむ帰り給へる」

など語れば、夜更けぬるに、昔ながらのここちならましかば、かからましやはと思ふ心ぞいみじき。それより後も音なし。

〈現代語訳〉

九月、十月も同じような状態で過ごしたようだ。世間では、大嘗会（だいじょうえ）の御禊（ごけい）だと騒いでいる。私も家の者も観覧の席があるというので、行って見ると、あの方は御輿（みこし）のおそば近くお供していて、恨めしい人だとは思うけれど、威風堂々たる大将ぶりに、まぶしいような思いでいると、周囲の人々が、

「ほんとにまあ、なんといっても、やはり、人にずばぬけていられますね。なんてごりっぱなのでしょう」

などと言ったりしているようである。それを耳にするにつけ、ますますどうしようもなくせつない気持になる。

十一月に入って、大嘗会（だいじょうえ）ということできわめて多忙であるはずなのに、そのさ中として

は、わりあいしげしげと姿を見せるような気がする。叙爵のことがあるので、あの方も私も、幼いあの子にはまだ無理だと思う御礼言上の作法もよく練習をするようにと言って、あれこれめんどうを見てくれるので、ひどくあわただしい気持である。

大嘗会の終った日、真夜中にならないうちに訪れてきて、

「行幸に最後までお供しないで、ほんとに悪かったけれど、夜がすっかり更けてしまいそうだったから、胸が苦しいと仮病を装って退出して来たよ。人がどんなふうに噂をしているだろう。あしたはこの子の着物を五位の官服に着替えさせて出かけよう」

などと言うので、いささか昔にかえったような気がした。

翌朝、「お供に連れて行くはずの従者たちが、まだ参らぬようだから、邸へ帰って勢ぞろいしよう。装束をつけて来るように」

と言って出て行かれた。叙爵の御礼回りなどするので、とても身に染みてうれしい気がする。その後は例によって、物忌があるからとのことだった。

二十二日も、子どもが本邸へ行くとのことで、よいついでもあるから、ひょっとしたら見えるかしらと思って待っているうちに、真夜中近くになって行く。夜が更けて、気にかかる人もただ一人で帰って来た。事の意外に驚きあきれてしまう。「お父上はたった今あちらへお帰りになりました」などと語るので真夜中なのに、一人で帰宅させるなんて、昔に変らぬ心だったら、こんなことをせぬはずなのにと思うと、やりばのない気持だった。それから後も音さたがない。

〈語釈〉○大嘗会の御禊　この年は十月二十六日（『日本紀略』）。○人　同居の妹とも。家人。○御輿　天皇が行幸のとき乗られる輿。鳳輦。○や　呼びかけや驚きを表わす感動詞。○いで　感動詞。いやもう。○あたらし　りっぱだ。すばらしい。○人もまた　兼家もまた。○あいなし　妥当性がない。不似合いだ。○人　道綱。○事はつる日　十一月廿日（『日本紀略』）。○行幸　天皇が大嘗会のため八省院（十七日）、豊楽院（十八日〜二十日）に御幸すること。○衣　従五位に叙せられたので道綱に五位の緋色の袍を着せるのである。○かしこ　兼家の東三条邸。○つつしむべきこと　物忌であろう。○二日　二十二日。○ゆゆし　強く畏怖する気持からよしあしにつけてはなはだしい意。大変である。りっぱである。

〈解説〉大嘗会の御禊を見物に行って鳳輦に付き添って来る水際だった大将姿の夫を見ると、日ごろの夜離れに対する恨めしい気持も起きるが、一方、まぶしいような感じも催される。折しもまわりの観客が感に堪えないように称賛の声を立てているのを耳にすると作者は複雑な気持になり、「いとどもののみすべなし」と述べている。人目を引く風采を持ち、高い地位に昇り、現在政府の要職について活躍している夫を持つことは子どものため、自分のためにも喜ぶべきことにはちがいないが手放しで喜ぶことのできない悲しい時代であり、作者の立場でもあることをこの項では示している。

道綱が五位に叙せられ、出世の第一歩を踏み出し、兼家も父親らしく御礼回りに連れて行ってくれたり、大嘗会の公務多忙の中を縫って仮病までつかって来てくれるのをみて、作者も以前の兼家をとりもどしたようでうれしかった。久しぶりに「あはれに嬉しきここちす」と述べているが、その後手のひらを返したように音さたがなくなり、この三、四ヵ月の作者の兼家夫人の生活は邯鄲一炊(かんたんいっすい)の夢に過ぎなかった思いがしたであろう。

八九　年の暮

十二月(しはす)のついたちになりぬ。七日ばかりの昼、さしのぞきたり。今はいとまばゆきここちもしにたれば、几帳(きちやう)引き寄せて、気色(けしき)ものしげなるを見て、

「いで、日暮れにけり。内裏(うち)より召しありつれば」

とて立ちにしままに、おとづれもなくて十七八日になりにけり。

今日の昼つ方(かた)より、雨いといたうはらめきてあはれにつれづれと降る。まして、もしやと思ふべきことも絶えにたり。いにしへを思へば、わがためにしもあらじ、心の本性(ほんじやう)にやありけむ、雨風にも障(さは)らぬものとならはしたりしものを、今日思ひ出づれば、昔も心のゆるぶやうにもなかりしかば、わが心のおほけなきにこそありけれ、あはれ、障(さは)らぬものと見しものを、それまして思ひかけられぬと、ながめ暮らさする。

雨の脚(あし)同じやうにて火ともすほどにもなりぬ。南面(みなみおもて)にこのごろ来る人あり。足音すれば、「さにぞあなる。あはれ、をかしく来たるは」と、わきたぎる心をばかたはらにおきて、うち言へば、年ごろ見知りたる人、向かひゐて、

「あはれ、これにまさりたる雨風にも、いにしへは、人の障り給はざめりしものを」

と言ふにつけてぞ、うちこぼるる涙の熱くてかかるに、おぼゆるやう、

　思ひせく胸のほむらはつれなくて涙を沸すものにざりける

とくりかへし言はれしほどに、寝る所にもあらで、夜は明かしてけり。

その月、三度ばかりのほどにて年は越えにけり。そのほどの作法例のごとなれば、記さず。

〈現代語訳〉

十二月のはじめになった。七日ごろの昼、あの方がちょっと顔を見せた。今はとても顔を合せる気になれなかったので、几帳を引き寄せて、不愉快そうにしているのを見て、「どれ、もう日が暮れてしまった。宮中からお召しがあったので」と言って出て行ったまま、音さたもなくて、十七、八日になってしまった。

今日、昼あたりから雨がばらばらとひどく音を立てて降ってきて、しみじみとさびしく降りつづく。よけい、ひょっとしたら来るかもという望みも絶えてしまった。昔のことを考えてみると、かならずしも私への愛情による純な訪れではなく、持って生れたあの方の好き心からだったかもしれないが、雨風もいとわずいつも訪ねてくれたのに、今となって思いおこすと、昔だって気の許せるような時もなかったのだから、三十日三十夜はわがもとにと願う心が分に過ぎてもいたのだった。ああ！　あの方の訪れを雨風にも障らぬものと思っていたのに、そんなことは、ますます期待できないことだと、もの思いに沈みながらぼんやり日を

過ごした。

雨足はあいかわらずで、火ともしごろになった。南面（みなみおもて）の部屋の妹のもとにこのごろ訪れる人がある。足音が聞えたので、「いつものお方のようだわ。まあ！　この雨の中をよくおいでになったわ」と煮えくりかえる心はさしおいて、つぶやくと、長年私たち夫婦仲や私の気持を見知っている古参の侍女が、前に坐っていて、

「ほんとにまあ、殿さまは、これ以上の雨風の場合にも、昔は、苦にもなさらぬご様子でしたのに」

と話すのにつれてあふれ出る熱い涙がほおにこぼれかかるとき、心に浮かんだ歌は、

あの方の訪れのない切なさはいくら抑えてもおかまいなしに苦しい思いの炎を燃えたたせて悲しみの涙を沸（わ）きたぎらせるのだった。

といく度もつぶやかれているうちに、寝所でもない所で一夜を明かしてしまった。

その月は三回ぐらい訪れた程度で年を越してしまった。年末年始のしきたりはいつものとおりだから記さないでおく。

〈語釈〉○まばゆきここち　まともに顔を合わせず、そむけたくなる気持。○几帳（きちゃう）　他から見えないように、室内に立てる道具。土居（つちい）という四角な台に二本の細い柱を立て横木をわたして、これに帳（とばり）をかけて垂ら

さす。○雨風にも障らぬ「石上ふるとも雨に障らめや逢はむと妹に言ひてしものを」(『古今六帖』大伴像見)を踏まえる。○障らぬもの「雨風にも障らぬもの」を省略。詠嘆的な反復。○南面寝殿造りの南向きの部屋で正殿(一説対屋)をいうか。○来る人 妹婿をいうか。○年ごろ見知りたる人 長年仕えている侍女で、兼家と作者の夫婦の事情や作者の気持を十分知っている人。○思ひせくの歌 道綱母の歌。「思ひ」の「ひ」に「火」を掛ける。「ほむら」は炎。火、ほむら、沸すは縁語。「ものにぞありける」は「ものにざりける」の約。○年は越えにけり 年が改まった。天禄二年(九七一)を迎えたこと。

〈解説〉いよいよ天禄元年も十二月、兼家の訪れ方はまったく気まぐれで、月にせいぜい三回ぐらいしか顔を見せない。せっかく来ても作者はついよい顔をしないので、兼家も口実を見付けてすぐ立ち去ってしまう。しかも、口先ばかりでやって来ない。すると、作者の不満不安がつのる。そうした繰返しの中にも本項にはしみじみとした自己返照が見える。自分は心から兼家のみを愛し、すべてを捧げて来たのだが、あの方の方は昔だって自分を本当に愛し訪れていたわけではなく、男の好き心を満たす相手として来ていたのに過ぎない。それなのに自分はあの方が私に心底から愛情を抱いてくれているとばかり思い込んでいた。そこであの方に三十日三十夜、自分の傍にいてほしいと考えていたが、それは分に過ぎた高のぞみであったのだとようやく気がつきしゅんとする。しかしそう思うしたから兼家への恋慕がわいてきてどうしようもなく、自分がせつなくあわれでならない。年齢も三十五歳を迎えようとしているとき、自己の半生それは兼家との結婚生活の中の自分を静かに凝視し自己の哀切きわまりない心情に自ら涙を注がずにはいられない。

天禄二年

九〇　兼家の前渡り

さて、年ごろ思へば、などにかあらむ、ついたちの日は見えずしてやむ世なかりき。さもやと思ふ心遣ひせらる。未の時ばかりに、さき追ひののしる。「そそ」など、人も騒ぐほどに、ふと引き過ぎぬ。急ぐにこそはと思ひかへしつれど、夜もさてやみぬ。

つとめて、ここに縫ふ物ども取りがてら、

「昨日の前渡りは、日の暮れにし」

などあり。いと返りごとせま憂けれど、

「なほ、年の初めに、腹立ちな初めそ」

など言へば、少しはくねりて、書きつ。かくしも安からずおぼえ言ふやうは、このおしはかりし近江になむ文通ふ、さなりたるべしと、世にも言ひ騒ぐ心づきなさになりけり。

さて二三日も過ごしつ。

四日、また申の時に、一日よりもけにののしりて来るを、

「おはしますおはします」

と言ひつづくるを、一日のやうにもこそあれ、かたはらいたしと思ひつつ、さすがに胸走りするを、近くなれば、ここなるをのこども、中門おし開きて、ひざまづきてをるに、むべもなく引き過ぎぬ。今日まして思ふ心おしはからなむ。

またの日は大饗とてののしる。いと近ければ、今宵さりともとこころみむと、人知れず思ふ。車の音ごとに胸つぶる。夜よきほどにて、みな帰る音も聞こゆ。門のもとよりもあまた追ひちらしつつ行くを、過ぎぬと聞くたびごとに、心は動く。限りと聞きはてつれば、すべてものぞおぼえぬ。

あくる日、まだつとめて、なほもあらで文見ゆ。返りごとせず。

〈現代語訳〉

さて、これまでのことを考えると、不思議なことには、元日は姿を見せずじまいになる時はなかった。今日も来てくれるかしらと気がそわそわする。昼過ぎ、未の時刻ごろ、やかましい先払いの声がした。「そらそらおいでだ」などと侍女たちも騒ぎたっているうちに、さっさと門前を通り過ぎてしまった。急ぎの外出だろうと気をとり直したけれど、夜もそれっきりになってしまった。

翌朝、こちらに仕立物を取りに使いをよこしたついでに、

「昨日、門前を通ったが、すっかり日が暮れていたので」

などと言ってくる。とても返事をする気になれなかったが、侍女が、

「やはり、新年早々、腹立ちはじめなさいますな」

など言うので、すこしはいやみを含めた手紙を書き送った。このように心穏やかならず、思ったり言ったりするのはあの推量していた近江（おうみ）に手紙を通わせている、もうそんな仲になったのだろうと、世間でもさかんに話題にしている不愉快さのせいであった。

そんなふうで、二、三日を過ごした。

四日、また申（さる）の時に、先日よりもいっそう声高らかに先払いをして来るので、召使たちが

「お越しです。お越しです」

と連呼するが、この間のようになる恐れがある、心苦しくせつないことだと思いながら、それでもやはり、胸がどきどきしていたが、一行が近づいて来たので、召使たちが、中門のとびらを開けて、地面にひざまずいているのに、案の定、素通りしてしまった。今日、先日にましてどんなにつらい恥かしい思いであったか、私の心中を察してほしい。

その翌日は大饗（だいきょう）ということで騒がしい。私の宅とは目と鼻の距離なので、いくらなんでも今夜は来るのではないか、ようすを見ていようと、内心では思う。車の通る音ごとに胸が早鐘を打つ。夜がかなりふけたころ、招かれた人たちが帰って行く車の音が聞こえる。門のすぐそばを通って、次々と先払いをしながら過ぎて行く車の音をああ一台通り過ぎた、また一台！　と聞く度ごとに胸はうずく。やがてああ、今過ぎたのが最後の車だったと聞き終ってしまうと、私は茫然（ぼうぜん）と放心状態になってしまった。

次の日、まだ早朝に、捨ておかないであの方は手紙をよこした。私は返事をしない。

〈語釈〉○**未の時**　午後一時より三時まで。一説、二時より二時間をいう。○**四日**　底本三日。「さて二三日も過しつ」とあり、さらに「またの日は大饗」とあるので、四日が妥当であろう。右大臣伊尹家の大饗は五日である（『日本紀略』）。○**申の時**　午後三時より五時。一説、四時より二時間をいう。○**一日**　先日の意で一日をさす。○**かたはらいたし**　心苦し、気がひける、気恥かしい。苦痛である。○**中門**　寝殿造で、東西の門の内にあって、寝殿の南庭に通ずる門。○**むべもなく**　思ったとおり。悪い予感が適中した時に用う。○**大饗**　正月に中宮・東宮・摂関・大臣家で行なわれた大饗宴。臨時のもある。○**近ければ**　伊尹右大臣の家は一条南、大宮東。一条院と呼ばれる。

〈解説〉天禄二年元日、結婚後十六年間、一度も欠かさなかった元日の来訪を怠り、しかも作者の自宅門前を平気で素通りする兼家！

　四日にいたっては声高らかに前駆をさせながら近づいて来るので、てっきり作者宅へ来るものだと早合点した召使が、「お見えになります、お見えになります」と連呼しながら中門を開いて「さあお通りあれ」と地面にひざまずいているのに一瞥も与えずさっと素通りする兼家のやり方に作者は、侍女や召使の手前いっそういたたまれなかったであろう。

　さらに翌日の夜、大饗のある伊尹家が作者邸と目と鼻の至近距離なので、いくらなんでも今夜は来るだろうと寝もやらで、きき耳を立てている作者の耳に次々と車の音や前駆の声が入って来る。その度ごとに心臓をどきどきさせつつ自分の家に入って来るかと神経を耳に集中するが、さっさと通り過ぎる。先ほどのが最後だったと見えてもう車は通らずあたりは森閑と静まりかえってしまった。ああ、とうとう今夜も来なかった！　絶望感が作者を放心状態へ落ち入らせた。

なんという迫力のある文であろう。きわめて簡潔に書かれているのに読む者の胸の中に作者の心情が躍動して伝わって来る。町小路女(まちのこうじのおんな)の出産を控えて兼家と同車して作者邸前を通る記事とともに本日記中の圧巻である。

九一　石木(いはき)の如く明かす

また、二日ばかりありて、「心の怠りはあれど、いとことしげきころにてなむ。夜(よう)さりものせむに、いかならむ。恐しさに」などあり。「ここち悪(あ)しきほどにて、えきこえず」とものして、思ひ絶えぬるに、つれなく見えたり。あさましと思ふにうらもなくたはぶるれば、いとねたさに、ここらの月ごろ念じつることを言ふに、いかなるものと、絶えていらへもなくて、寝たるさましたり。聞き聞きて寝たるが、うちおどろくさまにて、

「いづら、はや寝給へる」

と言ひ笑ひて、人わろげなるまでもあれど、石木(いはき)のごとして明かしつれば、つとめてものも言はで帰りぬ。

それより後、しひてつれなくて、「例の、ことわり。これ、としてかくして」などあるもいと憎くて、言ひ返しなどして、言絶(ことた)えて二十よ日になりぬ。「あらたまれども」といふなる日の気色、鶯(うぐひす)の声などを聞くままに、涙の浮かぬ時なし。

〈現代語訳〉

また二日ばかりたって、「伺わないこと、たしかに私の怠慢には相違ないが、実際、公務繁忙の時でね。ところで今夜伺いたいと思うがご都合どうだろう、こわごわながら」などと便りがある。「気分のすぐれませぬ時でお答え申し上げかねます」と言ってやって、すっかりあきらめていると、平気な顔でやって来た。あきれかえっていると、けろりとしていちゃつくので、とてもいまいましくなって、ここずっとがまんにがまんを重ねてきたうらみつらみをぶちまけると、一言も弁解もせず、たぬき寝入りをきめこんだ。そして拍子ぬけした私が口をつぐむと謹しんで拝聴しているうちに不覚にも寝こんだが今ふと目をさましたという体(てい)でぬけぬけと、

「どれ、もうおやすみかね」

と言って笑い、きまりがわるいくらい愛撫するが、その手には乗りませんと私は、体を固くして一晩過ごしたので、翌朝物も言わずプイと帰ってしまった。

それから後、むりに平気を装うて「例によってごきげん斜めだろうが、ごもっとも。ごもっとも。この着物をこうして、ああして」などと言って、よこすのも、まったく憎らしくて、ことわって返したりして、そのまま音さたなくて二十日あまりになってしまった。「あらたまれども」と古歌にある春の日ざし、うぐいすの声などを耳にするにつけて、「ふりゆく」わが身が思われて、涙の浮かばぬ時とてない。

〈語釈〉○**心の怠りはあれど**　怠慢はたしかであるが。○**恐しさに**　こわごわお伺いを立てるのだが。兼家の諧謔。○**いかなるものと**　あの時はこういう理由でといちいち弁解すること。○**聞き聞きて寝たる**　作者のおことばを拝聴しながら不覚にも寝入ってしまった。たぬき寝入りして黙るにしくはなしという兼家の戦法。○**いづら**　どれどれ。作者がようやく口をつぐんで矛をおさめたので兼家は口をはさんだ。○**石木のごとして**　体を固くして兼家を寄せつけないのであろうか。○**しひてつれなくて**　兼家・作者両方とも不愉快であったであろうが、それを表面はこだわっていないように仕立物を頼んでくる。○**あらたまれども**　「百千鳥囀づる春は物ごとに改まれどもわれぞふりゆく」(『古今集』春上・読人しらず)

〈解説〉会話描写の際立った巧妙さ、消息文のうまさは光っている。まったくビビッドに写されていて、これらの文によって洒脱、濶達、諧謔に富んだ明朗磊落な兼家の性格、血のめぐりがよく、女をあしらうことに慣れ切ったその道のベテランの面目が丸出しであり、また気位が高く、世間知らずのきまじめな作者の気質がうかがわれ、短文中に性格の異なった夫婦間の王朝式トラブルが躍動して描かれている。

「いづら、はや寝給へる」とてれかくしに発した兼家の猿楽言に対して読者は思わず笑い出すが、作者はにこりともせず、冷然とした態度で彼を寄せつけまいとする。サービスが悪く居づらいように仕向けながら来ないと嘆く。兼家の愛情をぜひ得たいと願うのにそれがかなえられないことに対する作者の幼いお姫さま流の抵抗で、こうすれば兼家が反省して毎夜訪れるだろうと単純に考えた、男の心理を解せぬ作者の誤算である。さすがの兼家も作者の自我の強さに腹を立ててプイと帰るのも当然であろう。

九二　さ筵の塵

二月も十よ日になりぬ。聞く所に十夜なむ通へると、千種に人は言ふ。つれづれとあるほどに、彼岸に入りぬれば、なほあるよりは精進せむとて、上筵、ただの筵の清きに敷きかへさすれば、塵払ひなどするを見るにも、かやうのことは思ひかけざりしものを、など思へば、いみじうて、

うち払ふ塵のみ積もるさむしろも歎く数にはしかじとぞ思ふ

これよりやがて長精進して、山寺にこもりなむに、さてもありぬべくは、いかでなほ世の人の絶えやすく、背く方にもやなりなましと思ひ立つを、人々、

「精進は秋つ方よりすることそ、いとかしこかなれ」

と言へば、えさらず思ふべき産屋のこともあるを、これ過ごすべしと思ひて、たたむ月をぞ待つ。

〈現代語訳〉

二月も十日過ぎになった。噂の女の所へ十晩も通ったと、さまざまに人は言う。時間・からだをもてあましているうちに彼岸にはいったので、何もせずにいるよりは精進をしようと

思いつき、上筵を普通のこざっぱりした筵に敷き替えさせると、侍女が塵を払ったりなどする、それを見るにつけても、こんなに塵が積もるほど夫の訪れが絶えるとは思いもかけなかったのにと思うと、胸がせつなくなって、

夫の訪れが絶えているので筵には塵ばかりがいっぱいたまって今払うが、イヤこの筵の塵の数も私の嘆きの数の多さにはとうてい及ばないだろうと思う。

今から早速長精進して山寺に籠もろう、そしてなろうことなら、なんとか世間の人が気軽に訪ねて来にくく、また自分の方も俗世間と縁を絶って尼にでもなろうかしらと、そんな気になったが、侍女たちが、

「精進は秋ごろからするのが上乗だと申します」

と言うので、捨てておけない出産のこともあるので、これをすませてからにしようと思って、翌月になるのを待った。

〈語釈〉○聞く所　話題の人、近江。○十夜　いく晩も。一説、三日と考え結婚の成立ともと考えられるが一応底本に従っておく。○上筵　帳台の中の敷物。○うち払ふの歌　道綱母の歌。「しかじ」は「敷かじ」(筵の縁語)に「如かじ」を掛ける。この歌は『続千載集』恋四に入る。○山寺　鳴滝の般若寺であろうか。ばく然と山中の寺の意ともとれる。○産屋　作者の妹のお産か。○たたむ月　三月。この月に出産が予

定されているのか。

〈解説〉実頼が薨じて（天禄元年五月十八日）十ヵ月、兼家の長期の夜離れ（同五月―六月）、近江や先帝の皇女の下馬評（同七月中旬）、近江に文通う噂もっぱら（同二年正月）。

兼家が近江のもとに本格的に通いはじめたのであろうか。時間・体を一日じゅうもて余している作者は長精進を始めようと思いつき、侍女に漏らすと、みなは時期が悪いと止める。それに妹の出産を来月に控えたこともあって作者は延ばした。侍女にすれば長精進は歓迎するところではないので、現状のままの時を稼ぎたかったのであろうし、作者もそれほど思いつめてもいなかったのであろう。

九三　呉竹を植ゑる

さはれ、よろづにこの世のことはあいなく思ふを、去年の春、呉竹植ゑむとて乞ひしを、このごろ、

「奉らむ」と言へば、

「いさや、ありも遂ぐまじう思ひにたる世の中に、心なげなるわざをやしおかむ」

と言へば、

「いと心せばき御ことなり。行基菩薩は、行く末の人のためにこそ、実なる庭木は植ゑ給ひ

けれ」

など言ひて、おこせたれば、あはれに、ありし所とて、見む人も見よかしと思ふに、涙こぼれて植ゑさす。

二日ばかりありて、雨いたく降り、東風烈しく吹きて、一筋二筋うちかたぶきたれば、いかで直させむ、雨間もがなと思ふままに、

なびくかな思はぬ方に呉竹のうき世の末はかくこそありけれ

〈現代語訳〉

それにしても、何もかもこの世のことはおもしろくないと思うのだが、去年の春、呉竹を植えようと思って頼んでおいたのを、このごろになって、

「さし上げましょう」というので、

「さあどうしましょう、生きがいのある人生を送れそうもないと覚悟したこの世の中で、思慮がないと見られるようなことをしておく気にはなれません」というと、

「それはまことにお心の狭いことです。行基菩薩は後の世の人のためにこそ、実のなる庭木をお植えになりましたよ」

などと言って、呉竹を届けてきたので、この呉竹を見る人があるなら、ここがあの女が心細く住んでいた所だと、気の毒にと思って見るがよいと思い、涙をこぼしながら植えさせた。

二日ほどたって、雨がひどく降り、東風が激しく吹いて、一、二本、倒れかけていたの

で、なんとかして直させよう、雨の晴れ間がほしいのにと思いながら、

呉竹はもの思いのない西方浄土の方へなびいていることよ。私も今なお、つらい救いのない日々であるが、生活の最後はこの竹同様、もの思いのない世界に行きたいものだ。

〈語釈〉○呉竹　淡竹の一種で葉は細くて茂り、節が多い。呉から伝来した竹。○ありも遂ぐまじう　有意義な生涯を全うできない。○行基菩薩　薬師寺の僧。諸国を遍歴し、さまざまな福祉事業を行って庶民を教化した。○あはれに「ありし」、「見よかし」、「思ふに」のどれにもかかり得る語であるが、一応「ありし」にかけて解しておく。○雨間　降り続く雨の中の晴れ間。○なびくかなの歌　道綱母の歌。「世」に「節」を掛ける。「かくこそ」は呉竹が傾いた姿を見て作者のみじめな姿を竹にたとえる。また竹の向く西方浄土に自分も向きたい意。「須磨のあまの塩やく煙風をいたみ思はぬ方にたなびきにけり」（『古今集』恋四・読人知らず）による。『万代集』雑二にとられる。

〈解説〉作者は宮仕えもせず、両親の手から夫兼家の手に渡されたまったくの世間知らずの貴夫人で、ただ兼家の手生けの花としてしかあり得なかった。はけ口のない閉鎖的な境遇にただ夫の来訪のみを待つ日々、しかもその夫が浮気者で作者の苦悩の種を次々とまきつづける。自覚した女性である作者にとってそうした日々を送らねばならない自己の運命に暗然と憂鬱にならざるを得なかったのである。

九四　思はぬ山に

今日は二十四日、雨の脚いとのどかにて、あはれなり。夕づけて、いとめづらしき文あり。「いとおそろしきけしきにおぢてなむ。日ごろ経にける」などぞある。返りごとなし。五日、なほ雨やまで、つれづれと、「思はぬ山に」とかやいふやうに、もののおぼゆるままに、尽きせぬものは涙なりけり。

降る雨のあしとも落つる涙かなこまかにものを思ひくだけば

〈現代語訳〉

今日は二十四日、雨足がとてものどかで、しんみりとした感じである。夕方たいへん珍しいことに、あの方から手紙が届いた。「とても近寄りにくいあなたの様子に気おくれして、日数を重ねてしまった」などと書いてある。私は返事をしない。

二十五日、相変らず雨はやまないで、手持ぶさたでいると、「思はぬ山に」という古歌そのままの思いがするにつけても、尽きせぬものは涙なのであった。

ちぢに思い乱れていると、あの降る雨足のようにとめどもなく涙がこぼれ落ちることである。

〈語釈〉○文　兼家からの手紙。○いとおそろしきけしき　とてもひどいけんまくに。兼家の猿楽言。○思はぬ山「時しもあれ花の盛りにつらければ思はぬ山に入りやしなまし（『後撰集』春中・藤原朝忠）を引く。もの思いのない山。○尽きせぬものは涙なりけり　引歌としてはやや疑問が残るが（君まさでが兼輔の死を意味するゆえ）「君まさで年は経ぬれど古里に尽きせぬものは涙なりけり」（『後撰集』哀傷）か。この句は歌語として他にも歌に使用されている。○降る雨のの歌　道綱母の歌。『詞花集』雑上に入る。

〈解説〉このところの三項、まるで歌物語のように一首ずつ歌を含む。しかもしみじみとした述懐歌でいずれも夫に顧みられない綿々たる閨怨の情を自己の周辺のものを素材として述べている。

九五　父の家

今は三月つごもりになりにけり。いとつれづれなるを忌もたがへがてら、しばしほかにと思ひて、あがたありきの所に渡る。思ひ障りしことも平かになりにしかば、長き精進始めむと思ひ立ちて、物など取りしたためなどするほどに、「勘事はなほや重からむ。許されあらば暮に。いかが」とあり。これかれ見聞きて、「かくのみあくがらし果つるは、いと悪しきわざなり。なほこたみだに御返り。やむごとなきにも」

と騒げば、ただ、「月も見なくに、あやしく」とばかりものしつ。世にあらじと思へば、急ぎ渡りぬ。

つれなさは、そこに夜うち更(ふ)けて見えたり。例のわきたぎることも多かれど、程狭く人騒がしき所にて、息もえせず、胸に手を置きたらむやうにて、明かしつ。

つとめて、「そのことかのこともものすべかりければ」と急ぎぬ。なほしもあるべき心を、また今日や今日やと思ふに、おとなくて四月(うづき)になりぬ。

□もいと近き所なるを、

「御門にて車立てり。こちやおはしまさむずらむ」

など、安くもあらず言ふ人さへあるぞ、いと苦しき。ありしよりもまして心を切り砕(くだ)くここちす。返りごとをも、なほせよせよと、言ひし人さへ、憂く辛(つら)し。

〈現代語訳〉

今は三月の末になってしまった。とても所在ないので、忌違(いみたが)えかたがた、しばらくよそへと思って、地方官歴任の父の家に出掛けた。案じていたお産もつつがなくすんだから、いよいよ長精進(ながしょうじん)を始めようという気になって、身の回りのものなどを整理しているときに、あの方から「ご勘当はまだやはり解けませんか。お許しいただければこの夕方に伺いますが。ご都合いかがでしょう?」と言ってきた。侍女たちが知って、

「このようにとりつくしまもなくじらしつめるのはまったくよくないことです。やはり今度

だけでもお返事を。捨てておけないことでもありますから」とやかましく言うので、私はただ「月も……イヤいく月も見えないのに。どうしたことやら」

とだけ言ってやる。

めったに来はしまいと思ったので、急いで父の家に移った。いつものようでも、おかまいなしに、そこへ夜がかなりふけてからあの方は訪れてきた。いつものように胸の煮えかえることも多かったが、手狭で人がひしめきあっているところなので、息もできず、胸に手を置いたような苦しい態（てい）で、一晩を過ごした。

翌朝になると、「あれやこれや用事を片付けねばならないから」と急いで帰ってしまった。そのまま気にせずにおくべきなのに、また、今日は見えるか、今日は見えるかと思って心待ちにしていたが、音さたなくて四月になった。

□もごく近い所なので、「御門前に車がとまっております。こちらへお越しでしょうか」など、気が立つようなことを言う者まであるのはとてもつらい。今までより以上に心を切り砕くような気がする。返事をやはり出すようにとすすめた人まで、恨めしくいとわしくなった。

〈語釈〉○忌（いみ）もたがへがてら　四十五日の忌か。二二五頁参照。○あがたありきの所　地方官歴任の父倫寧（ともやす）の京の邸。場所は不詳。○思ひ障りしこと　妹のお産をさす。○勘事（かうじ）　罪を責めること。作者のふきげんに対して兼家の諧謔(かいぎゃく)的言い方。作者の気持をほごそうとするため。○あくがらし　心をうわの空にしてふらつかせる。○月も見なくに　下旬で月が見えないことといく月もおいでがなく会わないことを掛ける。引歌としては「あやしくも慰めがたき心かなをばすて山の月も見なくに」(『小町集』)が考えられる。○胸に手を置きたらむやう　寝苦しく窮屈な感じがすることをいう。○なほしもあるべき心　兼家に対してそれなりにすてておけばよいのに。「心」は作者の心。○□　底本一字分空白。兼家邸の脱か。

〈**解説**〉方違(かたたが)えに父の家に赴こうとするときひょっこり便りをユーモアまじりによこした。侍女の勧めで皮肉たっぷりの返事を送りさっさと出かけてしまったところ、父の家まで追いかけて真夜中にやって来た。新婚のときこういうこともあったが(四項)今は自宅にさえも来ないくせになんてあまのじゃくな！　と作者は思う。なにぶん手狭な所に割り込んだから窮屈な一夜を明かして翌朝帰ったあとはまたぞろ音さた無しの兼家さんである。

九六　長精進(ながしゃうじん)を始む

ついたちの日、幼き人を呼びて、「長き精進をなむ始むる。『もろともにせよ』とあり」とて始めつ。われはた、初めよりもことごとしうはあらず、ただ土器(かはらけ)に香(かう)うち盛りて、脇息(けふそく)(さいは)の上に置きて、やがておしかかりて、仏を念じたてまつる。その心ばへ、ただ、極めて幸ひなかりける身なり、年ごろをだに、世に心ゆるびなく憂しと思ひつるを、ましてかくあさましくなりぬ、とくしなさせ給ひて、菩提かなへ給へとぞ、行なふままに、涙ぞほろほろとこぼるる。あはれ、今様は女も数珠(ずず)ひきさげ、経ひきさげぬなしと聞きし時、「あな、まさり顔な、さる者ぞやもめにはなるてふ」など、もどきし心はいづちかゆきけむ。

夜の明け暮るるも心もとなく、いとまなきまで、そこはかともなけれど、行なふとそそくままに、あはれ、さ言ひしを聞く人、いかにをかしと思ひ見るらむ、はかなかりける世を、などてさ言ひけむと思ふ思ふ行なへば、片時涙浮かばぬ時なし。人目ぞいとまさり顔なく恥づかしければ、おしかへしつつ、明(あ)かし暮らす。

〈現代語訳〉

一日(ついたち)の日、子どもを呼んで、

「長精進を始めます。『いっしょにせよ』ということです」

と言って、始めた。といっても、私は初めから大げさには行わず、ただ土器(かわらけ)に香(こう)を盛って脇息(きょうそく)の上に置き、そのまま寄りかかって、仏さまに祈りを捧げる。その趣は、ただ、まことに不幸な身でございます、今までの長い年月でさえ、少しも気の安まる時とてなくつらいと思っておりましたが、近ごろではさらにこのようなあきれるばかりの夫婦仲になってしまいました。どうぞ、早く仏道に専念させてくださいまして、悟りを開かせてくださいませというふうに勤行(ごんぎょう)しながら、涙がぽろぽろとこぼれる。ああ、当節は女でも数珠(じゅず)を手にし、経を持たない者はないと聞いたとき、「まあ！　意気地のないこと。そんな女に限って寡婦になるというのに」などと陰口を言った、あの気持はいったいどこへ消え失せたのだろう。

夜が明け日が暮れるのももどかしく、わずかな間も惜しんで、といってもこれという仕事もないのだけれども、勤行に精を出しながら、ああ、あんなふうに言ったのを聞く人は、どんなにおかしいと思って見ることだろう。はかない夫婦仲だったのに、どうしてあんな不遜なことを言ったのかしらと思い思い、勤行をしていると、片時とて、涙の浮かばぬ時はない。人に見られたらとても意気地なしにうつるだろうと恥かしいので、涙をこらえながら日を過ごす。

〈**語釈**〉○幼き人　道綱。○とあり　ということだ。○とくしなさせ　「為成させ」で、ここは、仏さまのお導きで仏道に専念し成就させる。○菩提かなへ　煩悩を断ち切って悟りを得る。結局は極楽往生をする。○まさり顔な　「まさり顔なし」の語幹。人に自慢できる顔つきもない。○おしかへしつつ　落ちる涙をせきとめながら。

〈**解説**〉とうとう長精進に入った。山籠りの前提である。山寺に道綱を同行するつもりの作者は道綱にも長精進を強要する。道綱のことばが書かれていないので彼の気持はわからないが、母の言いつけでもあるから「いかがはせむ」で従っているのであろう。彼女が兼家の寵を得て得意であった時には数珠を手にしてお経を口ずさんでいる女を見ると、きっと未亡人になるに違いない。前げいこに精を出したりしてと批判したものだがと、うたた感慨にたえなかったであろう。自尊心の強い作者は人目に今の自分の姿がどう映るかと思うと恥かしさにまたしても涙、涙である。

九七　夢二つ

二十日ばかり行なひたる夢に、わが頭をとりおろして、額を分くと見る。悪し善しもえ知らず。七八日ばかりありて、わが腹のうちなる蛇ありきて肝を食む、これを治せむやうは、面に水なむ沃るべきと見る。これも悪し善しも知らねど、かく記し置くやうは、かかる身の果てを見聞かむ人、夢をも仏をも用ゐるべしや、用ゐるまじやと定めよとなり。

〈現代語訳〉

二十日ほど、勤行をした日の夢に、私の髪を切り落とし、額髪を分けて尼姿になると見た。その夢の吉凶は私には判断できかねる。それから七、八日ほどたって、私の腹の中にいる蛇が動きまわって内臓を食べる、これを治す方法は、顔に水を注ぎかけるとよいという夢を見る。これも良い夢なのか、悪い夢なのかわからないけれど、このように書きとめておくわけは、こんなわが身の行く末を見たり聞いたりする人に、夢や仏は信じるにたるのか、それとも信じられないかを判断してほしいと思うからである。

〈語釈〉○頭をとりおろして　頭髪を肩のあたりで切り下ろす。尼姿になる。○悪し善し　夢の吉凶。○沃る　注ぐ。

〈解説〉ここに二つの夢が出てくる。一つは尼姿になる夢であり、一つはかなりグロテスクな夢である。作者は夢に対して冷静で懐疑的である。そして両方の夢がいったい自分にとって吉夢なのか凶夢なのかまったくわからないと言っている。なぜ自分にとって大した意味もないこんな夢を記しておくかというと、自分の将来を見てくれて、あの時あんな夢を見たが、なるほど夢というものは当るものだ、夢は信じるべきものだと考えるか、いやいやまったく夢などよいかげんなもので信じるに足りないと考えるか、その材料にしてほしいためである。というのである。科学的というか、理智的・近代的な考え方である。

なおこの夢については（尼の夢は罪障観念から去勢恐怖の昇華、蛇の夢は性の苦悩の表出という）精神分析学的に、あるいは密教の灌頂と結びつけて解する見解もある。

九八　菖蒲ふくころ

五月にもなりぬ。わが家にとまれる人のもとより、
「おはしまさずとも菖蒲ふかではゆゆしからむを、いかがせむずる」
と言ひたり。いで、なにかゆゆしからむ、

世の中にあるわが身かはわびぬればさらにあやめも知られざりけり
とぞ言ひやらまほしけれど、さるべき人しなければ、心に思ひ暮らさる。

〈現代語訳〉

五月になった。自宅に残っている侍女のもとから、
「ご主人さまがお留守でも、菖蒲を葺(ふ)かなくては縁起がわるいでしょうが、いかがいたしましょうか」
と言ってきた。いや、いや、今さらなんの縁起が悪かろう。

私は生きがいのある生活を営んでいるだろうか、こんなつらい悲しい思いをしているので、一向物の道理もわきまえられず、また、世の慣習の邪気払いの菖蒲(あやめ)を葺(ふ)くことも考えていない。

と言ってやりたかったけれど、こんな私の気持をわかってくれる人はだれもいないので、心の中だけで思いつづけて日を過ごした。

〈語釈〉○菖蒲ふかでは　五月五日端午(たんご)の節供には、菖蒲を軒に葺(ふ)いて邪気を払う習慣があった。○せむず　「むず」は推量の助動詞「む」、助詞「と」、サ変動詞「す」（為）の結合した「むとす」の転、平安時代に始

まり中世に多く使用され、後、「うず」に転じた。……しよう。○世の中にの歌　道綱母の歌。「あやめ」に草の「菖蒲（あやめ）」と物の道理「文目（あやめ）」を掛ける。

〈解説〉作者の不幸の第一は孤独であることである。母が生存中はいろいろ相談相手になってくれたり、作者の愚痴を聞いて慰め手となり、腹ふくるる思いをこなしてくれた。姉がそばにいるときも自分の気持のはけ口となってくれ、歌の贈答もしあえた。父は地方官としてしじゅう京を外にしてほとんど顔のあう時もない。侍女たちは事なかれ主義というか、何かというと作者をおさえて兼家のごきげんをとることにきゅうきゅうとして、事があれば兼家がわに回り気が許せない。妹は出産をすませたばかりで幸福そうで姉の気持が理解できそうもない。道綱は男の子であり、かつ元服したとはいえ、まだまだ子供であるし、第一両親間の不和の話など打ち出しても泣かれるのが落ちである。

肝心の夫兼家が自分の不幸の元凶であることはいうまでもないが、昔と違って夜離（よが）れつづきは当りまえで気が向いたとき、ひょっこり顔を出し、絶えず諧謔（かいぎゃく）を飛ばして一人悦に入り、まじめに自分の話を聞いてくれない。作者はまったく孤独だと思う。

九九　里住みの悔み

かくて忌（いみ）果てぬれば、例の所に渡りて、ましていとつれづれにてあり。長雨（ながめ）になりぬれば、草ども生ひこりてあるを、行なひのひまに、掘りあかたせなどす。

あさましき人、わが門より例のきらぎらしう追ひちらして、渡る日あり。行なひしゐたるほどに、

「おはしますおはします」

とののしれば、例のごとぞあらむと思ふに、胸つぶつぶと走るに、引き過ぎぬれば、みな人、面をまぼりかはしてゐたり。われはまして、二時三時まで、ものも言はれず。人は、

「あなめづらか。いかなる御心ならむ」

とて、泣くもあり。わづかにためらひて、

「いみじうくやしう、人に言ひ妨げられて、今までかかる里住みをして、またかかる目を見つるかな」

とばかり言ひて、胸の焦がるることは、いふかぎりにもあらず。


〈現代語訳〉


こうして物忌が終ったので、わが家にもどって、以前にもまして、無聊の日々を過ごしている。長雨の季節になったので、庭の草が生い茂っているのを勤行のあいまに、掘って株分けさせたりもする。

あきれたあの人が、わが家の門前をば、いつものように、きらびやかに、先払いをさせながら、行く日があった。勤行をしているときに、

「お越しですお越しです」と大声で連呼するので、この前のように素通りだろうと思いながらも、胸をどきどきさせているると、さっと通り過ぎて行ったので、家人一同たがいに顔をじっと見合せていた。私はまして、二時（ふたとき）、三時（みとき）もの間、ものも言えない。いったいどういうお心なのでしょう」

「まあ、ついぞなかったことですね。いったいどういうお心なのでしょう」と言って泣く者もいる。私はやっと気をとりなおして、「ほんとに悔しいことったら、お前たちにあれこれ言われ引きとめられて、今までこんな町住まいをしているばっかりに、またしてもこんなつらい目に会ってしまったわ」とだけは言ったが、胸の焼けつくようなつらさはとてもことばでは表わせない。

〈語釈〉○例の所　作者の自宅。○あさましき人　兼家。○行なひしゐたる　山籠（やまごも）りのため長精進を続ける。○二時三時（ふたときみとき）　一時（いっとき）は約二時間をいう。○めづらか　八四頁参照。○人　侍女たち。○里住み　寺に対して俗人としての住まい。

〈解説〉父の家からわが家にもどると、またもや、兼家一行のきらびやかな門前素通りに会って、彼女のメンツは傷つけられ、いたたまれない。今は妥協・忍耐をすすめて返事を書かせた侍女までが恨めしくなる。ここを離れて早く山寺へ行きたい気をおこさせ山籠りの決意を固めさせた。

一〇〇　世に侍る身の怠り

六月のついたちの日、「御物忌なれど、御門の下よりも」とて、文あり。あやしくめづらかなりと思ひて見れば、「忌は今はも過ぎぬらむを、いつまであるべきにか。住み所、いとびんなかめりしかば、えものせず。物詣では穢らひ出できて、とどまりぬ」などぞある。ここにと、今まで聞かぬやうもあらじと思ふに、心憂さもまさりぬれど、念じて、返りごと書く。「いとめづらしきは、おぼめくまでなむ。ここには久しくなりぬるを、げにいかでかは思しよらむ。さても、見給ひしあたりとは思しかけぬ御ありきの、たびたびになむ。すべて、今まで世に侍る身の怠りなれば、さらにきこえず」とものしつ。

〈現代語訳〉

六月の一日の日に、「殿は御物忌中ですが、ご門の下からそっと」といって、手紙が届いた。どうしたことかしら、不思議なことだわと思って、見ると、「物忌はもう終っているだろうに、いったいいつまでいるつもりかね。その家は通うのにどうも具合が悪いようであったから伺わないでいる。物詣では穢れができてとりやめにした」などと書いてある。私がここにもどっていると、今まで聞かぬはずはあるまいと思うと、憂鬱(ゆううつ)さはつのるけれど、がまんして返事をしたためた。「とても珍しいお手紙なので、いったいどちらさまからと見当もつかぬほどでした。とっくの昔こちらにもどりましたが、実際どうしてお気付きになれましょう。それにしても、ここが以前お通いになられた所とは思い寄りもなさらないで、たびたび素通りなさいますことったら。何から何まで、今までこの世に暮しております私の至らなさにあるのですから、今さら何も申し上げません」と書いて送った。

〈語釈〉○**御物忌**(ものいみ)**なれど**　以下のことばは兼家の手紙を持参した使いのことば。○**御門の下よりも**　兼家が物忌を冒(おか)して書き届けた手紙なので作者宅の門の下からそっとお届けしますの意。一説、兼家邸の門の下。○**住み所**　父倫寧(ともやす)邸。○**物詣**(まう)**で**　兼家の物詣(もう)で。○**ここにと**　作者が自宅にもどっていること。○**おぼめく**　この手紙の送り主はだれかなと不審に思うくらい。あまり捨ておかれ、兼家の筆跡も忘れるほど。作者の皮肉。○**見給ひしあたりとは思しかけぬ御ありき**　外出のとき作者の門前を通りながら、ここが自分が以前通った妻の家だと気にもおつきにならないあなたのそぶり。兼家の、人をないがしろにした素通りに対する作者の皮肉。○**今まで……**　もっと早く気が付いて山寺へでも行けばよかったのに、のんびりとしていた自分の至らなさ。作者のいやみ。

〈解説〉作者は方違(かたたが)えを終えてとっくの昔（二十日ほど前）自宅にもどっている。いくら何でも知らぬはずはあるまいのに知らぬ顔の半兵衛を決めこんでしらじらしく「忌(いみ)は今はも過ぎぬらむを、いつまであるべきにか」と詰問的に言い、「住み所、いとびんなかめりしかば、えものせず」と訪れない理由を作者がわに転嫁してはばからない。そして平気で高らかに先払いをさせながら作者宅門前を素通りする。自宅にいないのだから寄らなくても当りまえというのであろう。憂鬱至極の作者もがまんして手紙を書き、しっぽを出させようと辛辣な皮肉といやみで応酬する。しかしそれで気が晴れようはずなくいっそう寂しくむなしさに堪えられなくなる。

一〇一　問はず語り

さて思ふに、かくだに思ひ出づるもむつかしく、さきのやうにくやしきこともこそあれ、なほしばし身を去りなむと思ひ立ちて、西山に、例のものする寺あり、そちものしなむ、かの物忌果てぬさきにとて、四日、出で立つ。

物忌も今日ぞあくらむと思ふ日なれば、心あわたたしく思ひつつ、物取りしたためなどするに、上筵の下に、つとめて食ふ薬といふ物、畳紙の中にさしれてありしは、ここに行き帰るまでありけり、これかれ見出でて、

「これ何ならむ」

と言ふを、取りて、やがて、畳紙の中に、かく書きけり、

　さむしろのした待つことも絶えぬればおかむ方だになきぞ悲しき

とて、文には「『身をし変へねば』とぞいふめれど、前渡りせさせ給はぬ世界もやあるとて、今日なむ。これもあやしき問はず語りにこそなりにけれ」とて、幼き人の、

「ひたや籠りならむ。消息きこえに」

とて、ものするにつけたり。

「もし問はるるやうもあらば、『これは書きおきて、早くものしぬ。追ひてなむまかるべき』とをものせよ」とぞ、言ひ持たせたる。

文うち見て、心あわたたしげに思はれたりけむ、返りごとには、「よろづいとことわりにはあれど、まづ行くらむはいづくにぞ。このごろは行なひにもびんなからむを、こたみばかり、言ふこと聞くと思ひて、とまれ。言ひ合はすべきこともあれば、ただ今渡る」とて、

「あさましやのどかに頼むとこのうらをうち返しける波の心よ

いとつらくなむ」とあるを見れば、まいて急ぎまさりてものしぬ。

〈現代語訳〉

さて、考えてみるに、こうしたことを思い出すだけでも憂鬱だし、この前のように後悔せずにいられないことがあってもいやだ。やはりしばらく身を引こうと決心して、西山にいつも参籠する寺がある。そちらへ行くことにしよう。あの方の物忌が終らぬうちにと思って、四日に出かけることにした。

物忌も今日は終るだろうと思う日なので気ぜわしく感じながら、物を片付けたりしていると、上筵の下に、あの方が早朝に服用する薬という物、それは畳紙の中にはさんであったのが、父の家に出かけて帰って来るまでそのままになっていた。それを侍女たちが見つけて、

と言うのを手に取って、そのまま、畳紙の中にはさみ、こんな歌を書いた。

「これは何かしら」

今ではもはやご来訪を心待ちすることもなくなってしまったので、薬を置く所もなく、
やるせない心のはけ口さえないのがむしょうに悲しゅうございます。

と書き、手紙には、「『身をし変へねば』という歌もあるようですけれど、それでも、あなたが私の門前を素通りなさらないところでもありはしないかと思って、今日出かけます。これも、妙な問わず語りになってしまいました」と書いて、子どもが、

「今後、お寺に籠もりきりになるのでしょう。それをお知らせに」

と言って出掛けるのにことづけた。

「ひょっと、お尋ねになるようなことがあったら、『母君は、この手紙を書き残して、早く出立いたしました。私も後を追って行くことになっております』とおっしゃいよ」と言い含めて持たせた。


手紙を読んで、あの方は、いかにもさし迫っていると思われたのであろう。あの方の返事には「何から何までまことにむりもないことではあるけれど、さしあたり、出かけて行くのはどこの寺だ。このごろの時候は、参籠するにも具合が悪かろうから、今度だけは、私の言うことを聞く気になって、思いとまりなさい。いろいろ談合しなければならないこともある

から、すぐさまそちらへ行く」と書いて、「あきれはてたことだ。のんびりと頼りにしきっていたのに、寝床をひっくり返すように私をうらぎってしまうとはなんというお人だ。

ほんとにひどいと思うよ」と書き添えてあるのを見ると、なおさら気がせいて出かけた。

〈語釈〉○さきのやうにくやしきこと　兼家の門前素通りのこと。○寺　鳴滝の般若寺。京都市右京区。○畳紙（たたうがみ）　畳んだ紙を重ねて懐中に入れておき、鼻紙や歌を書き記すことなどに用いたもの。○さむしろのの歌　道綱母の歌。「筵の下」とおいでを下心に待つ意とを掛け、「おかむ方」は、薬を「置く方」と我が心を「おく方」を掛ける。○身をし変へねば　「いづくへも身をしかへねば雲懸かる山ぶみしてもとはれざりけり」（『仲文集』）を本歌とする。○問はずがたり　聞かれもしないのに語る。○ひたや籠（ご）りならむ　山寺に籠もりきりになるのでしょう。道綱のことば。○をものせよ　「を」は間投助詞。○まづ　さしあたり。とりあえず。○このごろ　六月初旬。暑い盛りで参籠（さんろう）には不適当な季節。兼家にすればなんとかして作者を山寺へやりたくないので季節を持ち出してとめた。○あさましやの歌　兼家の歌。近江の国「鳥籠（とこ）の浦」と寝「床の裏（うら）」を掛けた。「うちかへす」はひっくりかえす意で、浦・うちかへす・波は縁語。

〈解説〉いよいよ山寺に出かけようと持物を整理しているときに兼家が早朝に服用する薬を帳台（ちょうだい）の上筵（うわむしろ）の下から見つけ出した作者は薬のはさんである畳紙（たとうがみ）に早速そのことを歌によみ入れ、現在の悲しい気持を訴える歌をしたためた。作者はいく度身の回りの物を材料として悲しい自己の心情を詠んだであろう。また兼家にも送ったことだろう。さて兼家の物忌の最終の日を選び山寺に赴こうとし、今の歌に手紙を添え、いっしょに参籠する道綱が長期不在になるので父のもとに挨拶に行くのにことづけた。そしてわざわざ、もし問われたらと「これは書きおきて、早くものしぬ。追ひてなむまかるべき」と口上まで教えた。さすがの兼家も作者が山寺に行くことをもしかしたら出家かもと案じ、まず道綱にことづけた返事に「よろづいとことわりにはあれど」と作者をなだめたことばを書き、「まづ行くらむはいづくにぞ」と問い、さらに「このごろは行なひにもびんなからむを、こたみばかり、言ふこと聞くと思ひて、とまれ」とひきとめ、積極的に「言ひ合はすべきこともあれば、ただ今渡る」と書いて返歌を添え、「いとつらくなむ」と書き加えてある。作者の期待したとおりの反応・効果があったのを見届け、さっさと山寺へ出掛ける。

今度は唐崎祓えのように日帰りの旅でも、また石山詣でのように数日の不在でもなく、三週間という長期の参籠であったので夫に告げる必要があったであろうし、また自分が今から山寺へ行くと告げたときの兼家の反応も見たかったのであろう。さらに山寺まで迎えに来てくれるかどうか（愛情の有無にもつながる）も見たかったのであろう。それにしても歌人らしく巧みな引歌の一句を活用しいやみまじりの文でもある。

一〇二　鳴滝参籠㈠　山寺に到着

山路なでふことなけれど、あはれに、古もろともにのみ、時々はものせしものを、また病むことありしに、三四日もこのごろのほどぞかし、宮仕へも絶え、籠りてもろともにありしは、など思ふに、はるかなる道すがら涙もこぼれゆく。供人三人ばかりそひて行く。まづ僧坊におりゐて、見出だしたれば、前に籬結ひ渡して、また、何とも知らぬ草どもしげき中に、牡丹草どもいと情なげにて、花散りはてて立てるを見るにも、「花も一時」といふことを、かへしおぼえつつ、いと悲し。

湯などものして御堂にと思ふほどに、里より心あわたたしげにて、人走り来たり。とまれる人の文あり。見れば、「ただ今、殿より御文もて 某 なむ参りたりつる。『ささして参り給ふことあなり。かつがつ参りてとどめきこえよ。ただ今渡らせ給ふ』と言ひつれば、ありのままに、『はや出でさせ給ひぬ。これかれも追ひてなむ参りぬる』と言ひつれば、『いかやうにおぼしてにかあらむとぞ、御気色ありつるを、いかがさはきこえむ』とありつれば、月ごろの御有様、精進のよしなどをなむものしつれば、うち泣きて、『とまれかくまれ、まづ疾くをきこえむ』とて、急ぎ帰りぬる。されば、論なうそこに御消息ありなむ。さる用意せよ」などぞ言ひたるを見て、うたて、心幼くおどろおどろしげにもやしないつらむ、いとものしくもあるかな、穢れなどせば、明日明後日なども出でなむとするものをと思ひつつ、湯のこと急がして堂に上りぬ。

〈現代語訳〉

山道はこれといって風情はないけれど、しみじみとした感じで、昔、あの方といっしょ四日も、そう、たしか今ごろだったわ、あの方が出仕もせずに、ここに籠もっていっしょに過したのは、などと思うと、はるかな道々、涙を催しながら行く。供人が三人ばかり付き添って行く。

寺につくと、まず庫裏に落ち着いて、外に目を向けると、庭先に籬垣を結いめぐらしてあり、また、なんというのか名も知らない草がこんもり茂っている中に、牡丹がまったく情ない姿で、すっかり花びらも散り失せて立っているのを見るにつけ、「花も一時」という古歌をくり返し思い浮かべつつ、ひどく悲しくなった。

湯などつかって身を浄めてから御堂にのぼろうと思っているところへ、京の家から、あわただしい様子で使いが走って来た。留守居の侍女の手紙が届いた。見ると、「ただ今、ご本邸から殿のお手紙を持ってなにがしが参りました。『これこれしかじかで山寺へお出掛けなさるということだ。とりあえずお前が伺っておとどめ申し上げよ、とのこと。今すぐ殿もおいでになります』と言いましたので、ありのままに『すでにお出掛けなさいました。侍女たちも後を追って参りました』と言いますと、『どういうつもりで山寺などへ行かれるのだろうと仰せがありましたのに、どうしてそんなことが申し上げられましょうか』と言いますから、これまでのご様子、ご精進の趣などを言って聞かせましたところ、なにがしは泣いて、『ともかくも、早速殿に委細申し上げましょう』と言って、急いで帰りました。それゆえ、きっとそちらにご沙汰がありましょう。その心づもりをなさいますよう」などと書いてあるのを見て、まあいやだわ。あとさきも考えず、大げさに話したのであろう。ほんとにいやになってしまうわ、月の障りにでもなったら、明日あさってにでも寺を出るつもりなのに、と思いながら、湯の支度を急がせ身を浄めて、御堂にのぼった。

〈語釈〉○**病むことありしに**　作者が病気をしたときに。○**三四日も**　応和二年七月、兼家に付き添われて数日この山寺に加持祈禱に来たときのこと。○**宮仕へも絶え**　兵部大輔のとき出仕を怠った。作者は思い出すままに記しているため、このあたり文章がよくととのっていない。○**僧房**　僧尼の起居する坊舎。○**籬**　竹や木であらく作られた低いかきね。○**花も一時**　「秋の野になまめき立てる女郎花あなかしがまし花も一時」（『古今集』雑体・遍昭）を本歌。花の散った牡丹を見ての感慨はやがて自己の身の上の返照につながる。○**某**　兼家の部下であろう。名前が言われたのであろうが、作品にはこういう書き方をする。○**ささして……とどめきこえよ**　兼家が某に言ったことばを使いの某が復元する。○**渡らせ給ふ**　兼家が来られる。○**とまれかくまれ**　いずれにせよ。ともかく。○**疾くを**　「を」は間投助詞。○**急ぎ帰りぬる**　連体形でとめ余情をこめる。○**心幼なく**　思慮分別もなく。○**穢れ**　月経。

〈解説〉　いよいよ般若寺目指して行く途中、昔（応和二年七月）兼家と同行した山寺行きのことを回想して感慨にふける。寺に着くとまず外の景色に目をとどめて自然を丹念に描写している。唐崎、石山行きでつちかわれた作家的な眼である。身を浄めて御堂にと思っているところへ鳴滝参籠決行に驚いた兼家が急遽使いを作者の自宅によこした。そのため留守の侍女から作者にその詳細な報告があり、おっつけかならず山寺へも連絡があるだろうからその心づもりをするようと言って来た。それを見ると作者は逆に湯を急がせてお堂にあがってしまう。多分兼家か、その意を受けた家司などが来ると予想して意地悪い（自分の参籠への意志の強さを示す心持もすこしはあるが、何よりも兼家が作者を捨てておかないで、あわてふためいて鳴滝にも何か連絡があるだろうと聞くと、ほっとして心に余裕ができて、逆にじらすような）態度に出たのである。追いかけられると、いやでもないのにもうすこしじらしてやろうと逃げるあの心理でもある。とにかく兼家の愛情を確認し得て作者も気が落着いたであろう。

一〇三　鳴滝参籠㈡　兼家迎へに来山

暑ければ、しばし戸おし開けて見渡せば、堂いと高くて立てり。山めぐりて懐（ふところ）のやうなるに、木立いとしげくおもしろけれど、闇のほどなれば、ただ今暗がりてぞある。初夜（そや）行なふとて、法師ばらそそけば、戸おし開けて念誦（ねんず）するほどに、時は山寺わざの貝四つ吹くほどになりにたり。大門（だいもん）の方に、

「おはしますおはします」と言ひつつ、ののしる音すれば、上げたる簾（す）どもうち下ろして見やれば、木間より火二ともし三ともし見えたり。幼き人けいめいして出でたれば、車ながら立ちてある、

「御迎へになむ参り来つるを、今日までこの穢（けが）らひあれば、え降りぬを、いづくにか車は寄

すべき」と言ふに、いとものぐるほしきここちす。返りごとに、

「いかやうに思してか、かくあやしき御ありきはありつらむ。今宵ばかりと思ふこと待りて
なむ、上り侍りつれば、不浄のこともおはしますなれば、いとわりなかるべきことになむ。

夜更け侍りぬらむ。疾く帰らせ給へ」

と言ふを始めて、行き帰ること、たびたびになりぬ。

一町のほどを、石階下り上りなどすれば、ありく人困じて、いと苦しうするまでなりぬ。

これかれなどは、

「あないとほし」など弱き方ざまにのみ言ふ。このありく人、「『すべて、きんぢいとくちを
し。かばかりのことをば言ひなさぬは』などて御気色悪し」とて、泣きにも泣く。されど、

「などてかさらにものすべき」と言ひ果てつれば、

「よしよし、かく穢らひたれば、とまるべきにもあらず。いかがはせむ。車かけよ」

とありと聞けば、いと心やすし。ありきつる人は、

「御送りせむ。御車の後にてまからむ。さらにまたはまうで来じ」

とて、泣く泣く出づれば、これを頼もし人にてあるに、いみじうも言ふかなと思へども、も
の言はであれば、人などみな出でぬと見えて、この人は帰りて、

「御送りせむとしつれど、『きんぢは呼ばむ時にを来』とておはしましぬ」

とて、ししと泣く。いとほしう思へど、

「あな疾れ。そこをさへかくてやむやうもあらじ」など言ひなぐさむ。

時は八つになりぬ。道はいと遙かなり。

「御供の人は、とりあへけるにしたがひて、京のうちの御ありきよりも、いと少なかりつる」と人々いとほしがりなどするほどに、夜は明けぬ。

〈現代語訳〉

暑いので、しばらく戸を開けてあたりを見渡すと、御堂はとても高い所に立っている。山が回りをとり囲んでいて懐のようになっている地形で、木立がこんもりと茂っていて、趣がある所だけれど、やみ夜のころなので、今はちょうど暗くなって見えない。

初夜の勤行をするということで、法師たちが、いそがしく立ち働いているので、私も戸を開けたままで、念誦しているうちに、時刻は山寺しきたりの法螺貝を四つ吹く時分になってしまった。

大門の方で、

「お越しですお越しです」と言いながら、やかましく騒ぐ声がするので、巻きあげていた簾を下ろして視線を向けると、木の間ごしに松明の火が二つ三つ見えている。子供が、取次の労を引き受けて出てゆくと、あの方は、車に乗ったまま、動かずに、

「お迎えに参ったのだが、今日までこの穢れがあるので、車から降りるわけにいかない。いったいどこへ車を寄せたらよいだろうか」

と言うので、ずいぶん常軌を逸した振舞だと感じる。返事に、

「どうお考えになってこんなとっぴなご外出をなさったのでしょうか。今夜だけのつもりでございまして上って（のぼ）まいりましたし、穢れ（けが）のこともおありでございますようですから、まことに道理にもとったことと存じます。夜もふけておりましょう。早くお帰りくださいませ」と言ってやったのを初めとして、取り次ぐ子供の往復することが度重なった。

一町ぐらいの間を、石段を下りたり上ったりするので、往復する子どもが疲れきって、ひどく苦しがるまでになってしまった。侍女などは、

「まあ、おかわいそうに」など、気の弱いことばかり言う。この往復する子どもは、

「『ぜんたい、お前がふがいないぞ。これしきのことをとりなせないなんて』などおっしゃってごきげん斜めなんです」と言って、しきりに泣く。けれど、

「どうしても帰るわけにはまいりません」と言い切ってしまったので、

「よしよし、私はこのとおり、穢れ（けが）があるので、いつまでも居るわけにはいかない。仕方がない。車に牛を掛けよ」

と言っていると聞いたので、ほっと安心した。連絡に往復して足を棒にしていた子どもは、

「父上をお送りして来ます。御車の後ろに乗ってまいりますから。もう二度とこちらへまいりますまい」

と言って、泣きじゃくりながら出て行くので、この子を頼りにしているのに、ずいぶんひどいことを言うものだと思ったけれど、黙っていると、一行はみな行ってしまったと見えて、子どもは帰って来て、

「お送りしようとしましたけれど、『お前は私が呼んだときにくればよい』と言って行っておしまいになりました」

と言って、しくしく泣く。かわいそうに思ったけれど、

「まあ、ばかな！　あなたまでこのままお見捨てになるわけはないでしょう」などと言って慰めた。

時刻は八つになっていた。京への道のりはとっても遠い。

「お供の人は居合せた人だけで間にあわせて、京の中のお出ましの時よりもずっと小人数でしたわ」

と侍女たちが気の毒がったりしているうちに、夜があけた。

〈語釈〉○**闇のほど**　四日で月は早く沈むため。○**初夜**　六時の一。夜を三分した最初の時間。また、その間に行なう勤行。○**そそく**　せかせかと仕事をする。忙しくする。○**念誦**　心に念じ、口に仏の名号・経文などを唱えること。○**山寺わざ**　山寺のしきたり。山寺の日課。○**貝**　法螺貝で時刻を知らせる。宮中では陰陽寮の漏刻博士（二人）の指図で守辰丁（二十人）が鐘か鼓を鳴らして時刻を知らせた。その鐘と同じ数を吹く。○**四つ**　巳と亥の刻。ここは亥の刻で午後九時より十一時まで。一説に午後十時より二時間。○**大門**　寺の総門。○**幼き人**　道綱。○**けいめい**　経営。奔走して世話をやくこと。○**車ながら**　物忌中のとき土を踏むと土が汚れるので車から降りない。車に乗ったまま。○**ものぐるほし**　常識にはずれている。とっぴな奇想天外な場合にいう。○**不浄のこと**　兼家の物忌をさす。○**ありく人**　父と母の間を連絡するため往来する道綱。○**弱き方ざまにのみ言ふ**　道綱に同情するので道綱を困らせ疲れさせぬよう、作者に穏やかに

兼家の迎えに従い下山することをすすめる。○すべて……なさぬは　父兼家のことば。○きんぢ　おまえ、多く目下の者にいう。○この人　道綱。○を来　「を」は間投助詞。○八つ　未の刻と丑の刻。ここは丑の刻で午前一時より三時。一説では午前二時より四時まで。

〈解説〉期待どおり兼家は物忌を犯して参籠当夜山寺に駆けつけてくれた。物忌のため下車できず大門の所にいる父と堂内にいる母との間の連絡係として道綱は一町ほどの石段を何回も上下する。是が非でも母を連れ帰ろうとする父から「母を説得できないなんてかい性がないぞ」としかりつけられるが母は意地を張って、てこでも動かない。多忙性急の父と自我が強く生一本で世間知らずな母との間に立って道綱はどんなに困惑したであろう。ついに匙を投げた道綱から「父を送って京へ行き二度とここへは来ない」と泣きべそをかきながら宣告されるが、作者は心中ショックを受けつつも気強く応答もせず、意地を張り通し、道綱を窮地に落し入れて平気である。平素はやや神経質ではあったが、貞節、誠実、純粋、しとやかで、たしなみの深い、美しい母であるのに、こと兼家との愛情生活になると道綱のことを考える余裕をなくし、利己的、感情的な我の強い女性になってしまう。ことに兼家の愛情を確認し得て彼女は強くなっているのである。

　兼家は京へお供をという道綱に「お前は呼んだ時に来ればよい」と言ってさっさと出かけてしまう。道綱は父に見限られたかと悲しがるが、兼家にすれば、我が子を妻のそばにつけておけばまず尼になるまいと考えてのことばであっただろうが、幼い道綱には父の心が読めなかったのであろう。

一〇四　鳴滝参籠㈢　山寺からの文

京へものしやるべきことなどあれば、人出だし立つ。大夫、「昨夜のいとおぼつかなきを、御門の辺にて御気色も聞かむ」とてものすれば、それにつけて文ものす。「いとあやしうおどろおどろしかりし御ありきの、夜もや更けぬらむと思ひ給へしかば、ただ仏を、送りきこえさせ給へとのみ、祈りきこえさせつる。さても、いかにおぼしたることとありてかはと思う給ふれば、今はあまえいたくて、まかり帰らむこともかたかるべきここちしける」など、細かに書きて、端に、「昔も御覧ぜし道とは見給へつつ、まかり入りしかど、たぐひなく思ひやりきこえさせし、いまいと疾くまかでぬべし」と書きて、苔付いたる松の枝につけてものす。

曙を見れば、霧か雲かと見ゆるもの立ちわたりて、あはれに心すごし。

昼つかた、出でつる人、帰り来たり。「御文は、出で給ひにければ、をのこどもに預けて来ぬ」とものす。さらずとも、返りごとあらじと思ふ。

〈現代語訳〉

京のわが家へ言ってやらねばならない用事などがあったので、使いを出すことにした。

大夫(たゆう)が、

「昨晩のことがとても気がかりですから、ご本邸に寄って、ご様子を伺ってみましょう」

と言って出掛けるので、それにことづけて手紙をやる。「ほんとにまあ、とっぴな大げさなお出ましでしたが、ご帰邸が夜も更けてしまったのではと存じましたので、ひたすら仏さまに無事にお送り届けくださいませとばかりお祈り申し上げておりました。それにしても、どのようにお考えになることがあって山寺までお出向きになったのだろうかとご真意をはかりかねまして、すぐには気恥かしくて、お伴して帰りかねる気持でございました」などと、こまごまとしたためて、その手紙の端に、「以前にも、あなたが私ともどもご覧になった道だと思いながら寺まで参りましたが、私、あのころを思い出して、この上なくなつかしくおしのびいたしましたの、やがて、できるだけ早く山を下りるつもりでございます」と書いて、苔(こけ)むした松の枝につけてやった。


あけぼのの景色をながめると、霧かしら、雲かな？　と思われるものがあたり一帯にたちこめ、身にしみてぞっとする感じにさせられる。


昼ごろ、京へ出かけていた大夫(たゆう)がもどって来た。

「お手紙は、ご不在でしたから、召使たちに預けてきました」

と言う。そうでなくても、返事はあるまいと思う。

〈語釈〉○人　召使。○大夫(たいふ)　道綱。元服して五位であるから。○おぼつかなきを　兼家がきげんを損じているのが心配だし、一方あんな真夜中無事に帰邸したか案じられるので。○いかにおぼしたることありてかは　兼家がどんなつもりでやって来たのか作者には彼の真意が計りかねる意。○苔(こけ)　松の苔。さるおがせ。老松などに垂れ下がる緑白色の糸状の苔。

〈解説〉昨夜のことを案じた道綱が父の様子を見に行くのにことづけて作者が兼家にあて手紙を送る。京へもどれば相変らずの生活であろうが、一応、夫の愛情を確認できた彼女はかたくなな昨夜と打って変って、やさしく素直な、いくぶん甘美な情をこめて書いている。もどって来た道綱が、あいにく父が不在だったので召使に手紙を預けて来たというので、居ても返事をくれまいと彼女は考える。

一〇五　鳴滝参籠㈣　物思ひの住み処(か)

さて、昼は日一日(ひひとひ)、例の行なひをし、夜は主(あるじ)の仏を念じたてまつる。めぐりて山なれば、昼も人や見むの疑ひなし。簾(すだれ)巻き上げてなどあるに、この時過ぎたる鶯(うぐひす)の、鳴き鳴きて、木の立ち枯れに、「ひとくひとく」とのみ、いちはやくいふにぞ、簾下ろしつべくおぼゆる。そも現(うつ)し心もなきなるべし。

かくてほどもなく、不浄のことあるを、出でむと思ひ置きしかど、京はみなかたち異に言ひなしたるには、いとはしたなきここちすべしと思ひて、さし離れたる屋(や)に下(お)りぬ。

京より、叔母などおぼしき人ものしたり。

「いとめづらかなる住まひなれば、静心もなくてなむ」

など語らひて、五六日経るほど六月盛りになりにたり。

木陰いとあはれなり。山陰の暗がりたる所を見れば、螢は驚くまで照らすめり。里にて昔物思ひうすかりし時、「二声と聞くとはなしに」と腹立たしかりしほととぎすも、うちとけて鳴く。水鶏はそこと思ふまで叩く。いといみじげさまさる物思ひの住み処なり。


〈現代語訳〉


さて、昼間はずっと、日課の勤行をし、夜はご本尊のみ仏さまを祈念申し上げる。周囲が山なので昼でも人に見られる懸念はない。簾を巻き上げたままでいる時など、この時期はずれのうぐいすがしきりに鳴いて、立ち枯れの木で「ひとくひとく」とばかり、す早くきつい声で鳴くので、簾を下ろしてしまいたいような気がする。それも心がうつろになっているせいなのであろう。

こうして、まもなく月の障りになったが、その場合、京へ帰るつもりであったけれど、京ではみな、私が尼になったとうわさを立てているからには、帰って行くのもひじょうにきまりが悪い思いをするにちがいないと考えて、寺から離れた家へ下がった。

京から叔母に当る人が来てくれた。

「まるで勝手のちがう住まいなので、気が落ち着かなくて」

など話したりして、それから、五、六日たつうちに、暑い六月のさ中になってしまった。木陰はとても趣が深い。山陰の暗くなった所を見ると、蛍がびっくりするくらいたくさん、集って光を放っている様子。京の家で、昔あまりもの思いもしなかったころ、「二声と聞くとはなしに」と腹立たしく思ったほととぎすも、ここでは気を許してしきりに鳴いている。水鶏はすぐそこにと思うほど近くで鳴く。いよいよわびしさのつのるもの思いの多い住まいである。

〈語釈〉○ひとくひとく　「梅の花見にこそ来つれ鶯のひとくひとくといとひしもをる」（『古今集』雑体・読人知らず）を本歌。うぐいすの鳴き声を「人来人来」と聞く。○かたち異に　普通の人と異なった風姿に。尼になること。○叔母　同居していた叔母か。○いとめづらかなる住まひ　作者のことば。○蛍は驚くまで照らすめり　「さ夜更けてわが待つ人や今来ると驚くまでに照らす蛍か」（『古今六帖』第六）を本歌。○二声と聞くとはなしに　「二声と聞くとはなしにほととぎす夜深く目をもさましつるかな」（『後撰集』夏・伊勢）を本歌。○水鶏はそこと思ふまで叩く　鳴き声がものをたたくように聞こえる。「水鶏だに叩けばあくる夏の夜を心短き人や帰りし」（『古今六帖』第六）も参考になる。

〈解説〉月の障りで体がけがれたので京へ帰ろうかと考えていたところ、京では口さがない京童たちの、中納言兼大将兼家北の方が鳴滝に出向いて尼になったそうだというデマで持ちきりとのこと、作者は出にくくなって近くの家に下りた。もとを正せば作者自身のまいた種でどこへも文句の持って行き場がない。せっかくの兼家の出迎えも拒み通したのであるから行くところまで行くより仕方がない。しかし兼家の帰ったあと、作者の心中では閑静な山中であるだけ、勤行(ごんぎょう)中でさえも夫への慕情が高まってどうしようもないことは次のことでもよくうかがえる。

鳴滝辺はきれいな水が流れており、折から六月で夜になるとほたるがたくさん飛ぶ。都会育ちの作者にとっては珍しい魅力ある景物であるが、参籠(さんろう)中の彼女はピカリピカリと光る螢さえ、兼家が迎えに来た松明(たいまつ)の火かとハッとする。まさに「さ夜更けてわが待つ人や今来ると驚くまでに照らす螢か」の詠者と作者とはまったく同一心境である。それゆえにこそこの古歌が思い出されたのである。

またこのやみ夜のほたるの光と対照的に次に音を主とする叙景としてほととぎすの声をとらえているが、娘の頃(ころ)は京でほととぎすの一声を聞きたいばかりに一晩じゅう眠りにつかないみやびの生活に生きた仕合せ者でもあったが、今は参籠(さんろう)中とても、夫に対する恋情、苦悩のため眠れず、皮肉にもほととぎすの声を思う存分聴くことができるのである。でも今の自分にはそうしたみやびに没頭する心情などを持ち合せていない。うぐいすの「くく」と鳴いたのさえ、兼家の訪れを今か今かと待ち受けている彼女には「人(ひと)（兼家）来(く)、人来(ひとく)」と聞いてしまう。もちろん彼女の古歌の教養が根底にあるには相違ないが、彼女にとっては触目触耳すべて兼家と自己の関係につながる。それほどまで思いつめた自己であるが、結局「そも現(うつ)し心もなきなるべし」と自嘲(じちょう)的口吻(こうふん)となってむなしくもどってくる。

一〇六　鳴滝参籠㈤　道綱と語る

人やりならぬわざなれば、とひとぶらはぬ人ありとも、夢につらくなど思ふべきならねば、いと心やすくてあるを、ただ、かかる住まひをさへせむとかまへたりける身の宿世ばかりをながむるにそひて、悲しきことは、日ごろの長精進しつる人の、頼もしげなけれど、見譲る人もなければ、頭もさし出でず、松の葉ばかりに思ひなりにたる身の同じさまにて食はせたれば、えも食ひやらぬを見るたびにぞ、涙はこぼれまさる。

かくてあるは、いと心安かりけるを、ただ涙もろなることぞ、いと苦しかりけれ。夕暮の入相の声、蜩の音、めぐりの小寺の小さき鐘ども、われもわれもとうち叩き鳴らし、前なる岡に神の社もあれば、法師ばら読経奉りなどする声を聞くにぞ、いとせむかたなくものはおぼゆる。かく不浄なるほどは夜昼のいとまもあれば、端の方に出でゐてながむるを、この幼き人、

「入りね入りね」と言ふ気色を見れば、ものを深く思ひ入れさせじとなるべし。

「などかくはのたまふ」

「なほいと悪し。ねぶたくもはべり」など言へば、

「ひた心になくもなりつべき身を、そこに障りて今まであるを、いかがせむずる。世の人の言ふなるさまにもなりなむ。むげに世になからむよりは、さてあらば、おぼつかなからぬほどに通ひつつ、かなしきものに思ひなして見給へ。かくていとありぬべかりけりと、身一つに思ふを、ただいとかく悪しきものして、ものをまゐれば、いといたく痩せ給ふを見るなむいといみじき。かたち異にても、京にある人こそはと思へど、それなむいともどかしう見ゆ

ることなれば、かくかく思ふ」
と言へば、いらへもせで、さくりもよよに泣く。

〈現代語訳〉

　自分が進んで始めた山籠(ごも)りであるから、なにも訪ねて来たり、見舞いに来てくれない人があったとしても、けっして恨みに思う筋合でもないので、とても気は楽であるが、ただこのような山住まいまでしようと企てた私自身の前世からの因縁をばつくづく思案するにつけ、かてて加えて悲しいことは、いく日もいっしょに長精進を続けている大夫(たゆう)が、すっかりやつれているように見えるのに、私に代ってめんどうを見てもらう人もないので、山寺に籠(こ)もりきりで、松の葉ばかり食べる覚悟でいる私と同じような食事をさせているので、食事がろくろくのどに通らないのを見るたびに、涙が後から後からこぼれてくる始末である。

　こうしているのは、とても気楽ではあったけれど、ただもう涙もろいことが、とてもつらいことであった。夕暮の入相(いりあい)の鐘の音、蜩(ひぐらし)の声、まわりにある小寺の小さい鐘をわれもわれもといっせいに打ち鳴らす音、前の岡には神社もあるので、法師たちが読経(どきょう)をしたりする声を耳にすると、どうしようもなくせつない感傷的な気分になる。このように月の障りで身がけがれている間は、夜も昼間もひまであるので、縁がわに出て座り、ぼんやりもの思いにふけっていると、この幼い人が、
「なかへおはいりなさいよ。さあさあ！」と言う様子を見ると、私にあまり深刻に思いつめ

させまいと思ってのことらしい。

「なぜ、そんなことおっしゃるの」

「やっぱり、ほんとにいけません。それに、私眠とうございます」などと言うので、

「ひと思いに死んでしまったらよかったと思うこの身を、あなたがいるばっかりに今まで長らえてきましたが、これから先、どうしたものかしら。世間の人がうわさをしているとおり尼にでもなってしまいましょう。まったくこの世から姿を消してしまうよりは、たとえ尼ででも生きていたら、不安にならない程度に訪ねてくれてふびんな母と思っていたわってくださいね。こうした暮しをしてほんとによかったと、私自身では思うのですが、ただあなたがこんなひどいそまつな食事を召上るので、めっきりおやせになったのを見るのがとてもつらいのです。私が尼姿になっても、京にいる父上はよもやあなたをお見放しにはなるまいと思うけれど、尼になること自体非難を受け後ろ指をさされるだろうと思われるので、あれこれ思案に余るのです」と言うと、子どもはオイオイと泣きじゃくる。

〈語釈〉○入相の声　日没時につく寺の鐘の音。○読経奉り　神社でお経をあげる風習が当時、本地垂迹の教説から行われた。○幼き人　道綱。この前「大夫」と呼んだが母親にとっては子どもは幾歳になっても、元服後でもやはりわが子であり、とくに改まらない時はつい、こうした言い方が自然と出るものである。○などかくはのたまふ　作者の言葉。○なほいと悪し……　道綱のことば。○世の人の言ふなるさま　尼になること。○京にある人　兼家をさす。○それなむ　作者が尼になること自体。○いともどかしう見ゆる　兼

家自身からも非難され、世間の人たちからも後ろ指をさされるようになる。

〈解説〉 作者が体の障りで参籠を中止している夕暮時、縁がわに出て入相の鐘の音やひぐらしの声などを耳にしながらぼんやり外をながめて感傷的になっていると、母を案じた道綱がやさしく内へ誘う。わが子にいたわられると作者も胸のつかえを吐露したくなり、これからの我が身の振り方を語るのでまた道綱をむせばせてしまう。

作者は山籠りしたことを後悔していないと言う。この際いっそのこと尼になってしまおうかとも考える。しかし兼家はそれをメンツにかけて許さないであろう。強行すればそれこそ兼家との縁はまったく切れるに違いない。世間の人々は、玉の輿に乗ってなんの言い分があるのだろう。道綱という子がありながら、がまんできないなんて。子がかわいくないのかしら、きっと後で悔むだろうよと後ろ指をさすに相違ないと思案にくれるのである。

『源氏物語』帚木の雨夜の品定めにも夫を信じようとせず夜離れの夫を恨み、早まって尼になった女が、夫の嘆きを知り後悔してうすら寒い頭をなでつつ涙にくれるが、覆水盆に返らずで皆から無思慮だと陰口をたたかれるという左馬頭の話があるが、一夫多妻の招婿婚の折からこれに似た実話はいくらでもあり、作者もそうした例も考え合せると尼にもなれない思いもあろう。いずれにせよ女性にとって分の悪い時代である。

一〇七　鳴滝参籠㈥　妹の訪れ

さて、五日ばかりにきよまはりぬれば、また堂に上(のぼ)りぬ。日ごろものしつる人、今日ぞ帰りぬる。車の出づるを見やりて、つくづくと立てれば、木陰にやうやう行(い)くも、いと心すごし。見やりてながめ立てりつるほどに、気(け)や上(あが)りぬらむ、ここちいと悪しうおぼえて、わざといと苦しければ、山籠(ごも)りしたる禅師(ぜじ)呼びて護身(ごしん)せさす。

夕暮になるほどに念誦(ねんず)声に加持したるを、あないみじと聞きつつ思へば、昔、わが身にあらむこととは夢に思はで、あはれに心すごきこととて、はた、高やかに、絵にもかき、ここちのあまりに言ひにも言ひて、あなゆゆしとかつは思ひしさまにひとつたがはずおぼゆれば、かからむとて、ものの知らせ言はせたりけるなりけりと、思ひ臥したるほどに、わがもとのはらから一人(ひとり)、また人もろともにものしたり。はひ寄りて、まづ、

「いかなる御ここちぞと里にて思ひたてまつるよりも、山に入(い)り立ちては、いみじくもののおぼえはべること。なでふ御住まひなり」とて、ししと泣く。

人やりにもあらねば、念(ねん)じかへせど、え堪へず。泣きみ笑ひみ、よろづのことを言ひ明(あ)かして、明けぬれば、

「るいしたる人急ぐとあるを、今日は帰りて後にまゐりはべらむ。そもそもかくてのみやは」

など言ひても、いと心細げに言ひても、かすかなるさまにて帰る。

〈現代語訳〉

さて、五日間ほどで月の障りがなくなったので、また御堂にのぼった。この間からここに来ていた叔母が今日は帰ってしまう。車が出で行くのを見送って、つくねんと立っていると、木陰をばだんだんと遠ざかってゆくのも身の内がぞくぞくするほどの寂しい感じである。いつまでも視線を向けて立ったままもの思いにふけっているうちに血の気が頭にのぼったのであろうか、気分がすっかり悪くなって、格別とても苦しいので、山籠り中のお坊さんを呼んで護身をさせる。

夕暮になるころに念誦声で加持しているのを、ああ結構な、としみじみ聞きながら、考えてみると、以前にはこんな出来事がわが身におころうとは夢にも思わず、まったく寒けを感じるような寂しいショッキングな出来事だとして、一方では思うがままに絵にもかいたり、気分につられて思う存分言い立てたりもし、その反面、ああ、縁起でもないと思ったその有様にまったく瓜二つのわが身に感じられるゆえ、こうなるだろうというので、あらかじめ、何かのお告げがあったのだったなあ！　と思いながら、横になっていると、京のわが家に共に住む妹が、別の人と連れ立って訪ねてくれた。そばに寄って、まっ先に、「どんなお気持かと家でお察し申し上げておりますよりも、こうして山にはいってみますと、ひどく心細く堪えられない感じでございますこと。なんという寂しいお住まいなのでしょう」と言って、しくしく泣く。

自分が進んで始めた山籠りであるから、涙を見せまいとこらえるけれど、とてもがまんしきれない。泣いたり、笑ったり、いろいろな話を語り明かして、夜が明けると、妹は、「連立った人が急ぐというので、今日は帰って、後ほど、また伺うことにいたしましょう。それにしても、こんなにばかりしていらしては……」などと言って、とても心細そうに言いながら、ひっそりとした様子で帰って行った。

〈語釈〉○**日ごろものしつる人**　見舞に来て数日滞在していた叔母。○**禅師**　一七七頁参照。○**護身**　一七八頁参照。○**念誦声**　念誦するときの低い静かな声。○**あはれに心すごきこと**　「心すごし」は索漠とした感じ。気持がぞっとするきわめてもの寂しい感じ。○**高やかに**　大声で、あたりはばからず。○**ものの知らせ言はせたり**　神霊といった超人間的なものが告げ知らせてくれる。○**わがもとのはらから**　同居の妹。○**また人もろともに**　底本「又人もかへりもに」とあるが、「又人もろともに」が妥当の説と考え従う。別の人もいっしょに。○**なでふ御住まひなり**　底本「なてふさすまるなり」で不詳。「さ（佐）」は「御」の誤写。「る」は「ゐ」の誤読であろう。「なてふ御すまゐなり」と考える。○**念じかへす**　思い返してじっとがまんする。

〈解説〉兼家の言動で心をゆすぶられない、閑静な山里生活で作者は自己の内部を凝視し、若い無思慮なころの自分を反省している。こうしていろいろの角度から自分をながめ、自照文学を書く作家として成長して行く。

一〇八　鳴滝参籠㈦　兼家の使者来訪下山を勧む

ここちけしうはあらねば、例の見送りてながめ出だしたるほどに、また、「おはすおはす」とののしりて来る人あり。「さならむ」と思ひてあれば、いとにぎははしく、里ここちして、美しきものども、さまざまに装束き集まりて、二車ぞある。馬どもなど、ふさに引き散らして騒ぐ。破子やなにやと、ふさにあり。誦経うちし、あはれげなる法師ばらに、帷子や布やなど、さまざまに配り散らして、物語のついでに、

「多くは殿の御催しにてなむ、参で来つる。『さしてものしたりしかど、出でずなりにき。またものしたりとも、さこそあらめ。おのがものせむには、と思へば、えものせず。上りてあはめたてまつれ。法師ばらにも、いと怠々しく経教へなどすなるは、なでふことぞ』となむのたまへりし。かくてのみは、いかなる人かある。世の中に言ふなるやうに、ともかくも限りになりておはせば、言ふかひなくてもあるべし。かくて人も仰せざらむ時、帰り出でてゐ給へらむも、をこにぞあらむ。さりとも今一度はおはしなむ。それにさへ出で給はずは、いと人笑はえにはなり果て給はむ」

など、ものほこりかに言ひののしるほどに、「西の京にさぶらふ人々、『ここにおはしまし

ぬ』とて奉らせたる」

とて、天下の物ふさにあり。山の末と思ふやうなる人のために、遙かにあるに、ことなるにも、身の憂きことはまづおぼえけり。

夕影になりぬれば、

「急ぐとあれば。え日々にはきこえず。おぼつかなくはあり。なほいとこそ悪しけれ。さて、いつとも思さぬか」と言へば、

「ただ今は、いかにもいかにも思はず。今ものすべきことあらば、まかでなむ。つれづれなるころなればにこそあれ」

などて、「とてもかくても、出でむも、をこなるべき、さや思ひなるとて、出づまじと思ふなる人の言はするならむ、里とても、何わざをかせむずる」と思へば、

「かくてあべきほどばかりと思ふなり」と言へば、

「期もなく思すにこそあなれ。よろづのことよりも、この君のかくそぞろなる精進をしておはするよ」

と、かつうち泣きつつ、車にものすれば、ここなるこれかれ、送りに立ち出でたれば、

「おもとたちもみな勘当にあたり給ふなり。よくきこえて、はや出だしたてまつり給へ」など、言ひ散らして帰る。この度の名残は、まいていとこよなくさうざうしければ、われならぬ人は、ほとほと泣きぬべく思ひたり。

かくおもておもてにとざまかくざまに言ひなさるれど、わが心はつれなくなむありける。

あしともよしともあらむを、いなむまじき人は、このごろ京にものし給はず、文にて、「かくてなむ」とあるに、「はたよかなり。忍びやかにて、さてしばしも行なはるる」とあれば、いと心やすし。

「人はなほすかしがてらに、さも言はるるにこそあらめ、限りなき腹を立つと、かかる所を見おきて帰りにしままに、いかにとも訪れ来ず。いかにもいかにもなりなば、知るべくやはありける」など思へば、これより深く入るともとぞおぼえける。

〈現代語訳〉

気分が悪くはないので、いつものように見送って、ぼんやりもの思いにふけりながら外をながめていると、また、

「おいでだ、おいでだ」

と大声で言い立てる声がして、こちらへ来る人がある。あの方からだろうと思っていると、たいへんにぎやかで、まるで京の町中(なか)のような感じで、美しくさまざまに着飾った人たちが大ぜい、車二台でやって来た。馬なども、たくさん、あちこちにつなぎとめて騒いでいる。お弁当や何やとたくさん持参している。

お布施(ふせ)をわたし、みすぼらしい法師たちに帷子(かたびら)とか反物とかを、いろいろ分配しまわり、話をするついでに、

「だいたいは殿のご配慮で参りました。殿は、『これこれの次第で山寺へ赴いたが、とうと

う寺から出ずじまいだった。また行っても二の舞をくり返すだけだろう。私が迎えに行ったのではかえって逆効果と思うのでもう行かぬ。山へ行っておたしなめ申し上げよ。法師たちにも、不届き千万にも経を教えたりしているのは何たることか』とおっしゃっていました。だれがこんなふうにばかりしていられますか。世間でうわさしているように、いずれにせよ尼になっておいでになるなら、下山をおすすめしてもはじまらないでしょう。さて、殿の仰せもなくなってから、山を下り帰宅なさってお暮しになるのも不体裁なことでしょう。それにしても、今ひとたびはお迎えにおいでになりましょう。その場合すら下山なさらなければ、実際、世間の物笑いになってしまわれるでしょう」

などと、兼家代理を鼻にかけてまくしたてているところへ、「西の京にご奉公の人たちが、『ここにおいでになった』というので、さし上げるよう送ってまいりました」

と言って、すばらしい珍品がたくさん届いた。山奥に常住しようと思っている私のために、はるばる届けてくれたが、場違いであるにつけても、わが身のつらさがまっ先に感じられるのだった。


あたりが暮色蒼然（そうぜん）としてきたので、

「帰りを急ぐという次第でして。とても毎日はお訪ね申し上げられませぬ。ほんとに気がかりでたまりません。どう考えても実際よろしくございません。それで、いつご帰宅かお心づもりはございませんか」と言うので、

「ただ今のところは少しも考えてはおりません。そのうち帰宅せねばならぬことが起きたら

下山いたしましょう。いずれにせよ、時間や体をもて余しているところなのですから」などと答えて、内心では、「どういう帰り方をしても、今さら帰っては笑い者になるに決っている、そういう考えになって、山を出ないのであろうと思っているあの方が下山をすすめさせるのであろう。今、里にもどっても何をすることがあろう。勤行しかないではないか」と思うので、

「こうしていられる間だけはと思っているのです」と言うと、

「いつまでという期限もなく居ようと思し召すのですね。なにはさておき、この若君がこのようないわれのない精進をしておいでなのがお気の毒で！」

と泣きながら、車に乗るので、こちらの侍女たちが見送りに出たところ、

「あなたたちもみな、殿のお怒りに触れておとがめをお受けになるでしょうよ。よくお話し申し上げて、一刻も早く山からお出し申しあげてください」

などとさんざん言って帰った。この度のみなが帰った後の気持は、これまで以上に格別にとっても寂しくなったので、私以外の侍女たちは今にも泣き出しそうな思いでいた。

このように各人それぞれから、あれこれと下山するように勧められるが、私の心は動かなかった。悪いと言われても良いと言われても父のことばには逆らうわけにはいかないが、父はこのごろ京にはおいでにならず、手紙で、「こういうわけで」と知らせると、「それもまた、よいだろう。ひっそりとそうしてしばらく勤行なさるのは」と言って来たので、とても気が楽になった。

「あの方は、やっぱり私をなだめかたがた、もう一度迎えに行くなどと言われるのであろうが、あの夜、立腹しきって、山籠りをしている所を見届けて帰ったまま、どうしているかとも便り一つよこしてくれない。私に万が一のことがあっても、夫らしいことをしてくれるのか、めんどうを見てくれそうもない」と思うと、これよりさらに山奥へはいろうとも、京へはもどるまいと思うのだった。

〈語釈〉○おはすおはす　作者がたの従者の声。○来る人　兼家のよこした人。兼家の家司であろうか。古参の女房とも考えられる。○破子　二二二頁参照。○誦経　経に節をつけて読む意と、誦経に対してお布施を差し出すことの意があるが、ここは後者の意。○帷子　裏をつけない衣服。○布　麻・苧など植物の繊維で織った織物の総称。絹に対していう。○催し　主催。企画・指図などの計らい。○ささして……　兼家のことばを使者が伝える。○あはめ　底本「あかめ」。「あはめ」の説に従う。お灸をすえる。小言を言う。一説「あがめ」。○かくてのみはいかなる人かある　このように山籠りのみはどうして続けられよう。○ともかくも限りになりて　いずれにせよ出家して。○言ふかひなくても……　下山をすすめても仕方がない。○人　兼家をさす。○西の京にさぶらふ人々　不詳。○天下の物　めったにない最上のもの。逸品。○山の末と思ふやうなる人　作者をさす。客観的な言い方。○え日々には　よう、毎日。底本「えひゝきには」。○とてもかくても……　いずれにしても下山するのはばかげたこと。不体裁だ。○さや思ひなるとて……　種々の説があり、底本も「さや思ひなるとていたさしと思ふなる人の」とある。「いたさし」は「出ま（万の草体）し」の誤写と考えて訳しておく。作者が下山したら世の人たちから物笑いの的となろうと思って、山から出るまいと、思っている人すなわち兼家。○おもと　女性の二人称の代名詞的に用う。あなた。○この度の名残　にぎやかな一行が去った後のなんともいえない空虚感、寂寥をいう。○いなむまじき人　作者が拒否できない人。父倫寧。○京にものし給はず　倫寧は在京しない。天禄元年五月十九日（『日本紀略』）に丹波守になっているようである。○人はなほ　兼家はやっぱり。○さも言はるる　いま一度山寺へ作者を迎えに来ることをさす。○いかにもいかにもなりなば　結局は死ぬことをさすのであろう。○知る　「領る」とも書く。世話をする（妻として）。めんどうを見る。

〈解説〉迎えに行っても下山せず、かってに山籠りを続けているとはいえ、兼家も北の方が山寺に滞在中とあってはやはり捨ておけず、今度は家司に意を含めて派遣して来た。家司（あるいは兼家邸の古参の女房とも思われる）は作者たちに精進料理を種々持参し、またお寺へお布施、僧侶たちに帷子や布などを用意しそれぞれに贈る。それは作者が兼家北の方であるからである。なすべきことを十分してから、まず僧侶に「不心得にも北の方にお経を教えて滞在を長びかすとはなんということだと殿もお腹立ちですぞ」と居丈高に文句を言い、また作者の侍女にも、勘当に値するときめつける。作者自身にさえも歯にきぬを着せず虎の威をかる狐よろしく、お説教をし、兼家がいま一度迎えに来ることを暗に述べて、下山の日を聞き出そうとする。作者がまさか尼になるまいと高をくくっているのに反発して、作者は当分下山の意志なしと言い切るので、道綱のことを最後に持ち出して涙を見せながら車で去った。にぎやかな一行が引き上げると急におそった寂しさ・空虚さに堪えかねて侍女たちも悄然とする。がんこな女君が恨めしくなったであろう。しかしもっとも孤独を感じているのは作者自身に違いない。外面では兼家令夫人として丁重にしてもらえても彼の心を得なければ作者は満足できない。物忌を冒して迎えに来たのに拒否しつづけた作者の微妙な女心を理解せずにいくら立腹したとはいえ、人気のないわびしい山寺のたたずまいを見届けて帰った彼が再度迎えに来てくれないのは愛情がないあかしであると悲しくなる。（たとえ今兼家が迎えに駆けつけたとしても、おそらく彼女は素直に出ないであろうが）このように彼女には彼女の言い分がある。兼家の立場はもちろんのこと、道綱の困惑や侍女たちの胸中も察しない、利己的な世間知らずの甘え、我がままともいえるが、女の屈折した複雑微妙な心理でもある。

一〇九　鳴滝参籠㈧　京へ出かけた道綱

今日は十五日、いもひなどしてあり。からく催(もよほ)して、

「魚(いを)などものせよ」

とて、今朝(けさ)、京へ出だし立てて、思ひながむるほどに、空暗がり、松風音高くて、神ごをごをと鳴る。「今はまた降りくべからむものを、道にて雨もや降らむ、神もや鳴りまさらむ」と思ふに、いとゆゆしう悲しくて、仏に申しつればにやあらむ、晴れて、程もなく帰りたり。

「いかにぞ」と問へば、

「雨もやいたく降りはべると思へば、神の鳴りつる音になむ、出でてまうで来(き)つる」

といふを聞くにも、いとあはれにおぼゆ。


こたびのたよりにぞ、文ある。「いとあさましくて帰りにしかば、またまたも、さこそはあらめ。憂く思ひ果てにためればと思ひてなむ。もしたまさかに出づべき日あらば、告げ

よ。迎へはせむ。恐しきものに思ひ果てにためれば、近くはえ思はず」などぞある。

〈現代語訳〉

今日は十五日、精進潔斎などしていた。子どもをようやく勧めて、

「魚など食べていらっしゃい」

と言って、今朝、京へ送り出して、もの思いにふけりながら、ぼんやり外をながめていると、空が暗くなり、松風の音も高くなって、雷がごろごろと鳴る。「今にも降り出しそうな様子なのに、途中で雨が降りはしないかしら、雷もいっそうひどく鳴りはしないかしら」と思うと、とても不吉な気がして悲しくなって、み仏さまにお祈りしたおかげだろうか、空が晴れて、まもなく帰って来た。

「どうだったの」と尋ねると、

「雨がひどく降ることでしょうと思いましたので、雷の音を聞くとすぐに、出て帰ってまいりました」

と答えるのを聞くにつけ、とてもいじらしいと思った。

今度の子どもの下山のついでに、あの方からの手紙があった。「先日は匙を投げて帰って来てしまったので、重ねて迎えに行っても以前の二の舞をするだけだろう。私の事をすっかりいやだと思いつめているようだからと思ってね。もし、ひょっとして帰る予定日が決ったら、知らせなさいよ。迎えに行こう。どうも恐しいくらいに思い込んでいられるようなの

で、ここ当分は山寺へ行く気になれない」などと書いてある。

〈語釈〉○いもひ　精進潔斎。毎月八日・十四日・十五日・二十三日・二十九日・三十日を六斎日（ろくさいにち）といって、斎戒し、正午を過ぎると食事を取らないことになっている。○からく催して　山寺にいれば十五日は「いもひ」なので栄養をつけるため京へ出した。母親らしく気を遣って道綱に勧めたのである。○神ごをごをと　雷がごろごろと。「ごをごを」は擬音。○ゆゆしう　道綱の身に何か危険なことが起きないかと案ずる気持。○たより　ついで。機会。道綱は父邸に寄ったのでそのついで。○文　兼家から作者あての手紙。○いとあさましくて帰りにし　物忌（ものいみ）を冒して、作者が山寺参籠（さんろう）の日兼家が迎えに赴いた時のこと。兼家がなすすべなく匙（さじ）を投げて帰った。○恐しきものに思ひ果て　兼家が恐れを抱くほど作者が思いつめる。

〈解説〉兼家の家司（けいし）からも「この君のかくそぞろなる精進をしておはするよ」と言われたこともあり道綱の健康を心配して、斎日（さいにち）にあたる十五日京へ栄養をつけに無理に勧めて出したところ、天候が悪化して雷まで鳴り出したので、案じた作者はひたすら仏さまに祈っていると、無事に思慮深く行動して帰って来て、ことづかった父の手紙をもたらした。家司の情報や道綱の話から尼にはならぬと判断した兼家は落ちつきはらった書きぶりで、近々訪れるつもりはないが、帰京の日が決ったら知らせるよう迎えに行くからとのことであった。

一一〇　鳴滝参籠(九)　人々からのお見舞だより

また、人の文どもあるを見れば、「さてのみやはあらむとする。日の経るままにいみじくなむ思ひやる」など、さまざまに問ひたり。またの日、返りごとす。「さてのみやは」とある人のもとに、「かくてのみとしも思ひ給へねど、ながむるほどになむ、はかなくて過ぎつつ、日数ぞつもりにける。

　かけてだに思ひやはせし山深くいりあひの鐘に音をそへむとは」

またの日、返りごとあり。「ことば書きあふべくもあらず。入相になむ肝くだくここちする」とて、

　言ふよりも聞くぞ悲しき敷島の世にふるさとの人やなになり

とあるを、いとあはれに悲しくながむるほどに、宿直の人、あまたありし中に、いかなる心あるにかありけむ、ここにある人のもとに、言ひおこせたるやう、「いつもおろかに思ひきこえさせざりし御住まひなれど、まかでしよりは、いとどめづらかなるさまになむ、思ひ出できこえさする。いかにおもとたちも思し、見たてまつらせ給ふらむ。『賤しきも』といふなれば、すべてすべてきこえさすべきかたなくなむ。

　身を捨てて憂きをも知らぬ旅だにも山路に深く思ひこそ入れ」

と言ひたるを、持て出でて読み聞かするに、またいといみじ。かばかりのことも、またいと

かくおぼゆる時あるものなりけり。

「はや返りごとせよ」とてあれば、

「『をだまき』は、かく思ひ知ることもかたきとよと思ひつるを。御前にも、いとせきあへぬまでなむ、思したるを、見たてまつるも、ただおしはかり給へ。

思ひ出づるときぞ悲しき奥山の木の下露のいとどしげきに」

となむ言ふめる。

〈現代語訳〉

また、他の人からの手紙を見ると、「いつまでもそんな状態でお過しなさるおつもりですか。日が経つにつれて、とても胸が塞がる思いでお案じいたしております」などいろいろ見舞ってくれる。次の日、返事を送る。「いつまでもそんな状態で」と言って来た人のもとへ、「こんなふうにばかり過そうとは思っておりませんが、もの思いにふけっている間に、なんということもなくいつのまにか日数が重なってしまいました。

かつて、予想もしないことでした。このように山奥へ入って、入相の鐘の音に私の泣く声を合わせようとは」

次の日、返事が届いた。「涙で目もふさがり、どうしたためてよいやら分りませぬ。入相の

お歌を拝見して断腸の思いがいたします」と書いて、
入相の鐘につれて泣くとおっしゃるあなた様よりも承る私のほうがさらに悲しゅうございます。あなた様が、住みなれていられた京で暮している者の気持はなんと申し上げたらよいでしょう。

と書き添えてあるので、とても身にしみて悲しくもの思いに沈みぼんやり外を見ているときに、数多くいた侍女のうち、宿直を勤めてくれた人が、どのような誠実な人だったのか、ここに来ている侍女のもとへ言ってよこした文面には、「いつとてもあだおろそかにお思い申し上げたことのないお邸でございますが、おひまをいただきましてからは、いっそう思いもよらない御有様だとおいたわしく、おしのび申し上げております。あなたがたも、どのようなお気持でご奉公申し上げておられるのでしょう。『賤しきも』と申しますようですから、まったくなんとも申し上げようもございません。

出家もせず、世のつらさをも知っていない人が、単なる物詣でをする場合ですら、山路に深く入りたいと思うものでございます。まして世のつらさを味わい尽された御方さまが山寺にお籠り遊ばすのはごもっともとお察し申し上げます」

と書いてあるのを、取り出して読んで聞かせてくれると、またしてもなんともやりきれない気持になった。こんな些細なことでもまた、とても身にしみて感じる場合もあるものだったのだ。

「早速お返事をなさいよ」と言って書かせると、

「『をだまき』のような私には、このように身にしみて深く感じることはなかなかむつかしいものだと存じておりましたのに。御方さまも、ほんとに涙をこらえかねるくらいに感じていられるご様子でしたが、そういうお姿を拝見いたします私の心中をも、せつにお察しくださいませ。

昔のよき日のことを思い出しますと今、ほんとに悲しゅうございます。この奥山では木の下露がひとしおしげく、いよいよ涙にくれてしまいまして」

としたためたようである。

〈語釈〉○かくてのみ……　このように参籠を続けることをさす。○かけてだにの歌　道綱母の歌。「いりあひ」の「いり」に「入」相と「入り」を掛け、鐘の「音」と泣き声の「音」を掛ける。○ことば　文章をさす。○入相になむ　作者の歌の「いりあひの鐘に音をそへむとは」を拝見すると。○言ふよりもの歌　某女の歌。「敷島の」は「ふる」の枕詞。「ふる」に「経る」と「ふる」さとを掛ける。「ふるさと」は京。○

宿直の人　作者の寝所近くにいて種々世話をする人。○**御住まひ**　作者の邸だが、作者を婉曲にさす。○**まかでしより**　お暇をいただいてから。○**めづらかなるさま**　「めづらか」は八四頁参照。単に「珍しい」意味の場合よりも、異常、不可思議な状態をいう。数奇なさま。○**賤しきも**　「古の倭文の苧環賤しきもよきもさかりはありしものなり」（『古今集』雑上・読人知らず）を本歌とする。「倭文」は日本古代の織物。「苧環」は績んだ麻をまいた巻子。栄枯盛衰は世の習いで、身分のよい方も自分のように「賤しい」者でも同じことで、賤しい私もご同情に堪えない意。○**身を捨てての歌**　もと侍女の歌。身をも捨てず、憂さをも知らぬの意。○**をだまき**　右に述べた歌により、身分のいやしい者の意になる。返事を書く作者つきの侍女。○**思ひ出づるの歌**　侍女の歌。作者が兼家の寵愛を受け栄えていたころを思い出す意。「露」は涙を暗にいう。

〈解説〉作者の身内の者はじめ知人やもと奉公していた人たちもお見舞の手紙や品物を届けてくれたり、またみやげの品々を持って訪れてくれる。手紙には作者の置かれた立場に同情し、かげながら感慨に堪えず自分も泣いているとあるので、お見舞の手紙も作者一行の涙の種となっている。同時代に書かれた『多武峰少将物語』にも比叡山に上って出家した高光のもとへ、兼家兄弟もお見舞いに行っているし、愛宮や姉妹、北の方からも日常の必需品（衣服や食糧など）とお見舞状をたびたび送り届けている。上流階級の人たちの長期参籠にはこうしたことは一種の社交的儀礼でもあった。

一一一　鳴滝参籠(十)　兼家と交信

大夫（たいふ）、

「一日（ひとひ）の御返り、いかで給はらむ。また勘当（かんだう）ありなむを、持て参らむ」と言へば、「なにかは」とて書く。「すなはちきこえさすべく思う給へしを、いかなるにかあらむ、まうでがたくのみ思ひてはべめるたよりになむ。まかでむことは、いつとも思う給へわかれねば、きこえさせむかたなく」など書きて、なにごとにかありけむ、「御端書（はし）はいかなることにかありけむと、思う給へ出でむに、ものしかむべければ、さらにきこえさせず。あなかしこ」など書きて、出だし立てたれば、例の、時しもあれ、雨いたく降り、神いといたく鳴るを、胸塞（ふた）がりて歎く。少し静まりて、暗くなるほどにぞ帰りたる。

「もののいと恐しかりつる陵（みささぎ）のわたり」

など言ふにぞ、いとぞいみじき。返りごとを見れば、「一夜（ひとよ）の心ばへよりは、心弱げに見ゆるは、行なひ弱りにけるかと思ふにも、あはれになむ」などぞある。

〈現代語訳〉

大夫（たゆう）が、

「先日のお返事をどうかいただきとうございます。また父上のおしかりを受けるでしょうか

ら、持ってまいります」と言うので、

「いいとも」と言って書く。「早速、お返事を申し上げなければと存じておりましたところ、どういうわけか、この子がお邸の敷居をば高く感じている様子なものですから、遅くなってしまいまして。下山のことはいつとも見当がつきかねますので、なんとも申し上げようもございません」などと書いて、なんのことだったかしら、「御端書きはどんなことだったかと思い出しましても私、不愉快になりそうですから、もう何も申し上げません。かしこ」などと書いて、子どもを送り出したところ、先日のように、折悪しく、雨が激しく降り、雷がとてもひどく鳴るので心配で胸がいっぱいになってため息が出る。すこしおさまって、あたりが暗くなる時分に帰って来た。

「御陵のあたりがとても無気味で恐ろしかったこと!」

などと話すので、とても胸がつまった。あの方からの返事を見ると、「先夜の意気込みよりは弱気に見えるのは勤行のせいで疲れたのかと思うと、気の毒でならない」などと書いてある。

〈語釈〉○一日の御返り　十五日に道綱が持参した兼家の手紙に対する返事。○なにかは　もちろん書きます。○なにごとにかありけむ　地の文とも手紙の中の言葉ともとれる。いちおう前者にとった。○御端書はいかなる……　先日の兼家の手紙の端書（作者は日記には記さなかった）であろうか。○ものの　ばく然と添えたことば。○陵　仁和寺の西方にある光孝天皇の陵をいうとの説に従う。○いみじき　道綱がかわいそうだと解する説やせつなくなる意の説もある。不憫（ふびん）だの意も考えられるし、心配で胸がつまる意とも解せる。○一夜（ひとよ）　物忌（ものいみ）を冒して兼家が山寺へ迎えに来たあの夜をさす。

〈解説〉先日道綱に託された兼家の手紙の返事は相変らず下山の意志なしでおし通している。内心は手紙の文面とは逆に兼家の迎えを期待していることは前項（一〇八項）の「かかる所を見おきて帰りにしままに、いかにとも訪れ来ず」によっても察せられる。作者の高姿勢に兼家が根負けして、今度下山したら門前を素通りしないと約束してくれれば、作者は山寺を離れるであろうが、一向兼家はそうした保証をしない。保証がなければ、京へ帰っても元の木阿弥（もくあみ）であることは分りきっている。兼家は作者が尼にならないだろうの確信を持ち、「鳴くまで待とうほととぎす」と腰をあげない。兼家の手紙は余裕しゃくしゃくで「一夜の心ばへよりは、心弱げに見ゆるは、行なひ弱りにけるかと思ふにも、あはれになむ」と少々、強者が弱者を高見から見下ろすようなからかい気分が含まれている。

京に赴いた道綱は帰途、また雷雨に見舞われ、作者を心配させる。

一一二　鳴滝参籠㈩　親族（しぞく）の訪れ

その暮れてまたの日、なま親族（しぞく）だつ人、とぶらひにものしたり。破子（わりご）などあまたあり。まづ、

「いかでかくは。なにとなどせさせ給ふにかあらむ。ことなることあらでは、いと便なきわざなり」

と言ふに、心に思ふやう、身のあることをかきくづし言ふにぞ、いとことわりと言ひなりて、いといたく泣く。日ぐらし語らひて、夕暮のほど、例の、いみじげなることども言ひて、鐘の声どもし果つるほどにぞ帰る。「心深くもの思ひ知る人にもあれば、まことにあはれとも思ひ行くらむ」と思ふに、またの日、旅に久しくもありぬべきさまのものども、あまたある、身には、言ひ尽くすべくもあらず、悲しうあはれなり。

「帰りし空なかりしことの、遙かに木高き道を分け入りけむと見しままに、いとどいみじうなむ」など、よろづ書きて、

「世の中の世の中ならば夏草のしげき山べもたづねざらまし

ものを、かくておはしますを見給へおきて、まかり帰ることと思う給へしにいぬる目もみなくれまどひてなむ。あが君、深くもの思し乱るべかめるかな。

世の中は思ひのほかになる滝の深き山路を誰知らせけむ」

など、すべてさし向かひたらむやうにこまやかに書きたり。鳴滝といふぞ、この前より行く水なりける。返りごとも、思ひいたる限りものして、「たづね給へりしも、げにいかでと思う給へしに、

もの思ひの深さくらべに来て見れば夏のしげりもものならなくに

まかでむことはいつともなけれど、かくのたまふことなむ思う給へわづらひぬべけれど、

身一つのかくなるたきを尋ぬればさらにかへらぬ水もすみけり

と見れば、例あるここちしてなむ」などものしつ。

〈現代語訳〉

その日が暮れて次の日、遠い親戚にあたる人が見舞いに見えた。破子などをたくさん持参してくれた。まっ先に、

「どうしてこのようなお暮らしをなさっているの、どんなおつもりで山籠りなどなさるのでしょう。よほどのことがなくてはとてもよくないことですわ」

というので、心に思っていることや、身の上の有様などを少しずつ余さずお話すると、なるほどごもっともと、しまいには言うようになってとってもひどく泣く。一日じゅう語り暮らして、夕暮時になると、まるで言い合せたように、だれもが別れの悲しい数々の言葉を述べて、入相の鐘の音が鳴り終るころ帰って行く。情愛の厚い、わけのわかった人なので、心から同情しながら山を下りているだろうと思っていると、次の日、山寺に長く滞在できるような日常の必需品を数多く届けてくれたのは、私自身としてはことばで言い尽せぬくらい、悲しくも感無量である。「あまりの悲しさに心もうわの空で帰途につきましたが、はるばると、樹木が高くそびえているこの山路を分け入って来られたのだろうと思うにつけて、いよいよ胸がいっぱいになりました」などといろいろ書いて、

「殿との仲が尋常(じんじょう)にいっておいででしたら、あのように夏草の茂った山のあたりまでお出むきにはならなかったでしょう。

ものを、こうして山に籠(こ)もっていられるあなたさまをあとにして下山することよと思いますと、涙があふれ、目もよく見えぬほどでございました。あなたさま！　あまりにも深刻に思い乱れておいでのご様子でございますね。

夫婦仲は意外なことになるもの、けっこうであられたあなたさまに奥深い鳴滝(なるたき)の山寺への道をだれがお教えしたのでしょう」

などと、まるで、面と向って話しかけるように、心こまやかにしたためてある。鳴滝というのは、実はこの寺の前を流れる川だったのである。お返事も、心に思いおよぶかぎりを書き尽して、「お尋ねくださいましたにつけても、仰せのとおり、われながらどうしてこのような山奥にはいったのかしらと存じましたが、

私のもの思いの深さと夏草の茂りの深さとを比べてみようと思ってここへ参りましたが、夏草の茂りなどは物の数ではございませんでした。

下山はいつともまだ考えておりませんが、あなたさまがあのようにおっしゃいますと、どうしようかと迷いそうになりますけれど、

憂き私一人が山住みを願って鳴滝を訪ねてみると鳴滝川の澄んだ水も流れてもうここへ帰らぬように、私も京へ帰らずに心を澄ましてこちらに住みつこうと存じます。

と思いますと、お手本がある気がしまして」などと書いて送った。

〈語釈〉○なま親族（しぞく）だつ人　遠縁にあたる人。○なにとなど　なんだって山籠（ごも）りなど。○ことなること　格別の理由。○例の　おきまりの。判で押したような。型どおりの。○旅　自宅を離れてよそで泊ること。○木高き道　樹木が空高くそびえた山路。○分け入りけむ　主語は作者。○世の中の歌　親族に当る人の歌。○ものを　和歌を受けている言葉。直接和歌につながる。○思う給へしにいぬる目もみな　底本「思ふ給へしにいぬめもみな」とあり、難解の箇所である。「いぬめ」誤写であろうか。一説に「いやめ（涙ぐんだ目つき）」と解すもの。一説には「には、目」と解すものもある。一応通説「いぬ（去ぬ）る目」と「る」を補って解しておく。帰る道で目も涙でくもる。○あが君　親愛の心持をこめた呼び掛け。作者をさす。○世の中はの歌　親族にあたる人の歌。「世の中」は夫婦の仲をいう。「思ひのほかになる滝」の「なる」に「成る」と「鳴（なる）」滝を掛ける。鳴滝は京都市右京区鳴滝。水の美しい所で滝のように落下して流れている。この川の名から作者の参籠場所が鳴滝の般若（はんにゃ）寺と推測されるのである。○なりける　作者は参籠の目的で来ているし、胸中は兼家のことで頭がいっぱいであり、訪れた人々と応対ばかりしているので、今、初

めて気が付いたらしく「なりける」のことばを使った。○もの思ひの歌　道綱母の歌。○かくのたまふ　親族だつ人が作者に帰宅を勧めたことをさす。○身一つの歌　道綱母の歌。親族(しぞく)だつ人も二首作者に贈ったので礼儀正しく作者も二首返す。川の水が流れて元へ「帰らぬ」意と作者が京へ「帰るまい」とする意を掛け、「住む」と「澄む」を掛ける。○例(ためし)　私だけでなく「帰らぬ」例として川の水がある。

〈解説〉また、破子(わりご)をたくさん持参して遠縁の人が見舞に来てくれた。作者が兼家令夫人として一目(いちもく)置かれているからで彼女の身分の高さがここでも感じられる。訪問者や見舞の品物がしじゅうあり、また訪問者の帰去のあいさつも言い合せたように同じようなことばを吐くので作者はそれをとらえている。幸福な時だったら紋切型のあいさつをされるとそれをまねして楽しそうに笑うのであろうが、そうした型どおりの挨拶も今の場合作者自身には涙を誘う材料となる。

この遠縁の人も相当な身分の女性のようで、翌日二首の和歌に添えて、山寺では手にはいらぬこまごまとした必需品を贈ってくれた。作者が当分帰宅しないだろうと感じたからであろう。作者も二首の歌を返しているが二首とも贈り主の歌と同じ修辞技巧をそれぞれ使用していて、エチケットを固く守っている。教養人同士の贈答歌の典型でもある。

一一三　鳴滝参籠(十三)　登子(とうし)よりの文など

また、尚侍(ないしのかん)の殿より問ひ給へる御返りに、心細く書き書きて、上文(うはぶみ)に「西山より」と書いたるを、いかが思しけむ、またある御返りに、「東の大里より」とあるを、いとをかしと思ひけむも、いかなる心々にもあるにかありけむ。

かくしつつ日ごろになり、ながめまさるに、ある修行者、御嶽より熊野へ、大峰どほりに越えけるがことなるべし、

　外山だにかかりけるをと白雲の深き心は知るも知らぬも

とて、落したりけり。

〈現代語訳〉

　また、尚侍さまからお見舞いくださった御返事に、心細い思いを種々書きつらねて、上書きに、「西山より」と書いたのを、どうお思いになったのか、また届いたお返事に、「東の大里より」と書いてあるので、私は非常におもしろく思ったのもそれぞれどんな気持でそのときあったのだろうか。

　こんなふうにしながら日が経って行き、以前よりさらにもの思いに沈んでいるときに、この山寺の修行者が御嶽より熊野へ、大峰越えをして行った者のしわざであろう。

　人里に近いこの山ですら白雲がかかり、寂しいのに、それに耐えて山籠りをなさる御方のご心中はいかばかりとお察し申し上げております。深い事情を知る者も知らぬ者もすべて。

という歌を落し文にしてあった。

〈語釈〉○尚侍　貞観殿登子。○上文　手紙の上書き。○東の大里　底本「とは」おそらく東の誤写であろうの説に従う。京の町をいうが、作者の「西山より」に対照させていったもの。機知のほどがうかがわれる。久しぶりに作者も明るい気持になり、微笑を浮かべたであろう。○いかなる心々にもあるにかありけむ　難解な箇所である。底本「いかなる心心にもたるきかありけむ」一説では「いかなる心心にてさるにかありけむ」、一説では「いかなる心々に見たるにかありけむ」としている。○ある修行者　この山にいる修行者。修行者は仏道修行のため諸国を行脚して歩く僧。○御嶽より熊野へ、大峰どほりに　御嶽（二七四頁参照）から大峰（奈良県吉野郡十津川の東の山脈）を越えて熊野に出る。○外山だにの歌　修行者の歌。「かかり」に「斯かり」と「懸かり」を掛ける。○落したりけり　落し文（公然と言えないことを匿名で書いて道などに落しておくもの）。

〈解説〉作者とうまがあう登子からもお見舞の手紙が届いた。作者が「西山より」と書いたのに合わせて、京の町のことを「東の大里より」と書いてある。この手紙を見て、日ごろ悲嘆に沈みきって涙をこぼしてばかりいた作者は久しぶりに登子の機知に明るい気持になり、微笑を浮かべたであろう。作者の笑顔はあたかもどんよりと雲が垂れこめた梅雨空に短時間とはいえ、雲間から青空がのぞいた感じで、作者も「いとをかし」と述べている。機知・ユーモアは人世や社会の潤滑油で上流階級の男女は苦しい労働生活がなく教養を備えているので機知のやりとりや諧謔を飛ばすことを好んだ。

いま一つ修行者の落し文のことが書かれているが、どの訪問者もまた手紙で見舞ってくれる人たちも作者に好意好感を持つ人たちばかりであり、見知らぬ当山寺の修行者までが同情した文を名も告げずに置いて行く。

一一四　鳴滝参籠(三)　道隆の来訪

かくなむと見つつ経るほどに、ある日の昼つかた、大門の方に、馬のいななく声して、人のあまたあるけはひしたり。木の間より見通しやりたれば、ここかしこ、直人あまた見えて歩み来めり。兵衛佐なめりと思へば、大夫呼び出だして、

「今迄、きこえさせざりつるかしこまり、とり重ねてとてなむ、参り来たる」

と言ひ入れて、木陰に立ちやすらふさま、京おぼえていとをかしかめり。このごろは、後にと言ひし人も、のぼりたれば、それになほしもあらぬやうにあれば、いたく気色ばみ立てり。返りごとは、

「いと嬉しき御名なるを。早く、こなたに入り給へ。さきざきの御不浄は、いかでことなかるべく祈りきこえむ」

とものしたれば、歩み出でて、高欄におしかかりて、まづ手水などものして入りたり。よろづのことども言ひもてゆくに、

「昔、ここは見給ひしは、おぼえさせ給ふや」と問へば、

「いかがは。いとたしかにおぼえて。今こそかく疎くてもさぶらへ」

など言ふを思ひまはせば、ものも言ひさして、声変はるここちすれば、しばしためらへば、人もいみじと思ひてとみにものも言はず。さて、

「御声など変はらせ給ふなるは、いとことわりにはあれど、さらにかく思(おぼ)さじ。よにかくてやみ給ふやうはあらじ」

など、ひがざまに思ひなしてにやあらむ、言ふ。

「『かくまゐらば、よくきこえあはめよ』などのたまひつる」と言へば、

「などか、人のさのたまはずとも、今にもなむ」など言へば、

「さらば、同じくは、今日(けふ)出でさせ給へ。やがて御供(とも)つかうまつらむ。まづは、この大夫のまれまれ京にものしては、日だにかたぶけば、山寺へと急ぐを見給ふるに、いとなむゆゆしきここちしはべる」

など言へど、気色もなければ、しばしやすらひて帰りぬ。

かくのみ出でわづらひつつ、人もとぶらひ尽きぬれば、または問ふべき人もなしとぞ、心のうちにおぼゆる。


〈現代語訳〉

こんなこともあったと思いながら、日を過ごしているうちに、ある日の昼ごろ、大門(だいもん)の方

で、馬のいななく声がして、人が大ぜいやって来るけはいがした。木の間越(まご)しにずっと見通すと、ここかしこに、ごくありふれた身分の者どもが大ぜい見えて、寺の方へ歩いて来るようである。兵衛佐(ひょうえのすけ)らしいと思っていると、大夫(たゆう)を呼び出して、

「今までお見舞い申し上げなかったおわびかたがた参上いたしました」

と来意を告げて、木陰にたたずんでいる姿は京を思わせて、まことに洗練されている。このごろは、後ほどまたと言って帰った妹も、ここに来ていて、その人にどうやら気があるようなので、ひどく気どって立っている。返事は、

「ほんとによくお訪ねくださいました。さあどうぞこちらへおはいりください。これまでのご罪障がどうぞ無事に消滅いたしますよう、み仏さまにお祈り申しましょう」

と言うと、木陰から歩み出て、高欄(こうらん)に寄りかかって、まず手水(ちょうず)などを済ませてからはいって来た。

いろいろな話を交わしているうちに、

「昔、私にお会いくださったことは、おぼえていらっしゃいますか」と尋ねたところ、

「どうして忘れたりしましょう。とてもはっきりとおぼえております。今でこそ、このようにお目にかかる折もなくおりますけれど」

など言うので、あれこれとさまざまのことを思いめぐらすと、ことばもつかえて、涙ぐんだ声になりそうなので、しばらく気を静めて黙っていると、相手もしんみりとして、すぐには何も言わない。しばらくして、

「お声などお変りなさいましたご様子、まことにごもっともではございますが、けっしてそのようにご心配なさるにはおよばないと存じます。まさかこのままで幕が下りることはございますまい」

などと、私の気持を勘違いしたのだろうか、そんなことを述べる。さらに、

「父上は『山寺に参上したら、よくよくおたしなめ申しあげよ』などとおっしゃいました」

と言うので、

「どうしてそんなふうにおっしゃるのでしょう。あちらからそのような仰せがなくても、そのうちに下山いたしますよ」と言うと、

「では、同じことなら、今日お下りなさいませ。早速お供をつかまつりましょう。何はさておき、この大夫（たゆう）がごくたまに京に出かけてきても、お日さまが西へ傾くや、山寺へと急ぐのを見ますと、ほんとに大変だな！　と思いやられます」

などと言うけれど、応じる様子を見せないので、しばらく休息してから帰って行った。

　こんなふうに出るに出られず思案にあまっていると、訪ねてくれる人たちはみな来てくれてしまったので、もうほかに訪ねてくれそうな人もいないと、心の中ではさびしく思われた。

〈語釈〉○ここかしこ　底本「すかた」。「ここかしこ」の誤写と考える説に従う。○直人（なほびと）　平凡な家柄の人。○兵衛佐（ひやうゑのすけ）　道隆をさす。安和（あんな）元年十二月十八日左兵衛佐に任官、天禄二年十二月十五日右衛門佐（うゑもんのすけ）になる

(『公卿補任』)。○後にと言ひし人　作者の妹。○なほしもあらぬ　黙ってそのまま見過されない。道隆が作者の妹にどうやらおぼしめしがある。○御名なるを　「を」は詠嘆をあらわす間投助詞。○さきざきの御不浄　道隆がこれまでに犯した罪や身についた穢れ。○手水などものして　手を洗い口をすすいで清める。作者が祈禱をするといったので。○昔……　作者の言葉。○ここ　一人称の代名詞的に用いて、私。○人も道隆も。○かく思さじ　このようにくよくよなさることはありますまい。主語は作者。○ひがざま　勘ちがいすること。○あはめよ　お灸をすえていらっしゃい。「あはむ」はたしなめる意。○人　兼家。

〈解説〉 時姫腹の長男道隆の見舞である。当時は前に述べたように北の方同士、内心はともかく表面きれいに交誼しあっていたので、道隆も道綱母子を迎えに初瀬詣での帰途、兼家のお供をして宇治まで行っている。ここへも兼家の言いつけで来たのであろう。現在左兵衛佐で、すっかり凜々しい青年に成長した道隆は——兼家の好色的な血を受けついでいて作者の妹の目を意識してしなを作って立っている——作者にも落ち着いたあいさつをするので、いっしょに暮している道綱の子供っぽさ——母親は子供がいくつになっても子供っぽく感じるものである——に比べて道隆の格段な成人ぶりにうたた感慨に堪えず、この長男や帝の女御超子はじめ、良き子女たちの母として、本邸にでんと腰を据えて仕合せな日々を送っている時姫への羨望、それにひきかえ、自分の今の境遇を考えるとついほろりとして涙で目頭がうるみ声もしめってくる。しばらく無言でいる作者の胸中——道隆はそうした作者の複雑で深刻な心中は読みとれない。父兼家が順風に帆をあげて出世街道を驀進している時であり、苦労がないうえ、若い（十九歳）ので単純に作者が父の顧みが少くて不満を持っているのだろうと思っている——を自分なりに考えて作者を慰め、父の伝言を伝え下山を勧めるのである。やはり道綱のことを言い出して作者の心を揺すぶる。結局作者は道隆の勧めにも応じなかったが、彼の訪問はかたくなな彼女の気持をだいぶほぐしたようである。家司(けいし)のような高飛車な能弁でなく、おっとりとやわらかに下山を勧められると作者も応じなかったものの里心が動き始めたように思われる。道隆派遣は効果があったといえるであろう。

一一五　鳴滝参籠㈣　父の来訪

さてあり経(ふ)るほどに、京のこれかれのもとより、文どもあり。見れば、「今日、殿おはしますべきやうになむ聞く。こたみさへ下りずは、いとつべたましきさまになむ、世人(よひと)も思はむ。またはた、よにものし給はじ。さらむ後にものしたらむは、いかが、人笑へならむ」と、人々同じことどもをものしたるに、「いとあやしきことにもあるかな、いかにせむ、こたみはよにしぶらすべくもものせじ」と思ひ騒ぐほどに、わが頼む人、ものより、ただ今上(のぼ)りけるままに来て、天下(てんげ)のこと語らひて、

「げにかくてもしばし行なはれよと思ひつるを、この君、いと口惜しうなり給ひにけり。はやなほものしね。今日も日ならば、もろともにものしね。今日も明日も、迎へにまゐらむ」

など、うたがひもなく言はるるに、いと力なく思ひわづらひぬ。

「さらば、なほ明日」とてものせられぬ。

〈現代語訳〉

郵 便 は が き

料金受取人払郵便

小石川局承認

1125

差出有効期間
2025年 4 月 9
日まで
（切手不要）

112-8731

東京都文京区音羽二丁目
十二番二十一号

講談社
学芸部
学術図書編集 行

ご購読ありがとうございました。今後の出版企画の参考にさせていただきますので、ご意見、ご感想をお聞かせください。

（フリガナ）
ご住所 〒□□□-□□□□

（フリガナ）
お名前

生年（年齢）
（ 歳）

電話番号

性別 1 男性 2 女性

ご職業

小社発行の以下のものをご希望の方は、お名前・ご住所をご記入ください。

・学術文庫出版目録 希望する・しない

・選書メチエ出版目録 希望する・しない

TY 000045-2302

この本の タイトル	

本書をどこでお知りになりましたか。

1 新聞広告で　2 雑誌広告で　3 書評で　4 実物を見て　5 人にすすめられて
6 目録で　7 車内広告で　8 ネット検索で　9 その他（　　　　　　　）
＊お買い上げ書店名（　　　　　　　）

1．本書についてのご意見、ご感想をお聞かせください。

2．今後、出版を希望されるテーマ、著者、ジャンルなどがありましたらお教えください。

3．最近お読みになった本で、面白かったものをお教えください。

そのようにして過ごしているうちに、京のだれかれのもとから、手紙が来た。見ると、「今日、殿がそちらへおいでになるご予定と伺っています。今回さえも下山なさらなければ、まったく情味に欠けているというふうに、世間の人も思いましょう。殿にしても、もう二度とおいでにはなりますまい。そうなって後に下山なさるのはどんなものでしょう。世間の物笑いの種となるでしょうよ」と、どの人も同じことを書いてよこすので、「とっても妙なことがあるものだわ。どうしたらよいだろう。今回は有無を言わせず連れもどそうとするにちがいない」と、落ち着かぬ思いでいると、私がだれよりも心の支えとしている父が、任国からたった今上京したその足で訪れて来て、種々ことばを尽して、

「先日のたよりに書いたように、こうしてしばらく勤行をなさるがよいと思ったが、この若君がすっかりおやつれになってしまわれた。早く、やはり山を下りなさい。今日でも日がらがよければ、私といっしょに下山しなさい。今日でも明日でも、あなたの都合のよい日にお迎えに参るから」

など、いかにもきまりきったことのように言われたので、ほんとにがっくりとして途方にくれた。

「では、やはり、明日」と言って、帰って行かれた。

〈語釈〉○つべたましき　冷酷である。人間味がない。○いかが　いかがあらむ（どんなものだろう）の略。○わが頼む人　父倫寧。作者がもっとも信頼している人。○天下のこと語らひて　なんとか作者を下山

させようと種々ことばを尽くして。○げに　先日の倫寧の手紙のとおり。○この君　道綱のこと。○日ならば　吉日ならば。○ものせられぬ　「られ」は敬語と見るのが普通であるが、受身と読む説もある。

〈解説〉ついに丹波から父が急遽上京し、作者のもとに直行する。作者も父のことを「あしともよしともあらむを、いなむまじき人」と言っているが、その父が、ことをわけて諄々と帰宅を勧め、とくに疲労憔悴している道綱の身を案じて言われると作者も動揺せずにはいられない。見舞に来る人も来尽したし、参籠も二十日間近くになり、いつまでもこうもしていられない。いつ下山しようか、どうしようかと心がしきりに騒ぐ。倫寧はおそらく兼家とあらかじめ打ち合せたうえ、鳴滝に来たのであろう。

一一六　鳴滝参籠㈤　鳴滝へ兼家の再度の迎へ

「釣する海人の泛子」ばかり思ひ乱るるに、ののしりて、もの来ぬ。さなめりと思ふに、ここちまどひたちぬ。こたみはつつむことなくさし歩みて、ただ入りに入れば、わびて几帳ばかりを引き寄せて、端隠るれど、なにのかひなし。香盛り据ゑ、数珠ひきさげ、経うち置きなどしたるを見て、

「あな恐し。いとかくは思はずこそありつれ。いみじく気疎くてもおはしけるかな。もし出で給ひぬべくやと思ひて、まうで来つれど、かへりては罪得べかめり。いかに大夫、かくて

のみあるをばいかが思ふ」と問へば、

「いと苦しうはべれど、いかがは」と、うちうつぶしてゐたれば、

「あはれ」とうち言ひて、

「さらば、ともかくもきんぢが心。出で給ひぬべくは車寄せさせよ」

と言ひも果てぬに、立ち走りて、散りかひたるものども、ただ取りて、つつみ、袋に入るべきは入れて、車どもにみな入れさせ、引きたる軟障なども放ち、立てたるものども、みしみしと取り払ふに、ここちはあきれて、あれか人かにてあれば、人は目をくはせつつ、いとよく笑みてまぼりゐたるべし。

「このこと、かくすれば、出で給ひぬべきにこそはあめれ。仏にことのよし申し給へ。例の作法なる」

とて、天下の猿楽言を言ひののしるめれど、ゆめにものも言はれず。涙のみ浮けれど、念じかへしてあるに、車寄せていと久しくなりぬ。申の時ばかりにものせしを、火ともすほどになりにけり。つれなくて動かねば、

「よしよし、われは出でなむ。きんぢに任す」とて、立ち出でぬれば、

「疾く疾く」と、手を取りて、泣きぬばかりに言へば、いふかひもなさに出づるここちぞ、さらにわれにもあらぬ。

　大門引き出づれば、乗り加はりて、道すがら、うちも笑ひぬべきことどもを、ふさにあれど、夢路かものぞ言はれぬ。このもろともなりつる人も、暗ければあへなむとて、同じ車に

あれば、それぞ時々いらへなどする。

はるばると到るほどに亥の時になりにたり。京には、昼さるよし言ひたりつる人々、心遣ひし、塵かいはらひ、門も開けたりければ、あれにもあらずながら、降りぬ。

〈現代語訳〉

「釣する海人の泛子」のように、あれこれ心が揺れていると、がやがやとやかましくやって来る一行がある。あの方の訪れだろうと思うとすっかり気持が混乱してしまう。今回は何はばかることなく、歩み寄って、つかつか部屋にはいりこんで来るので、私は困って几帳を後生大事と引き寄せてすこし隠れたけれど、なんの役にも立たない。香を盛って置き、数珠を手にさげ、お経を置いたりしてあるのを見て、

「まあ、恐ろしい。まさかこれほどとは思わなかった。まったく近づきにくいご様子でいられるなあ。もしかして下山なさるかもしれないと思って参ったけれど、かえって仏罰を被りそうだ。どうだ、大夫、こんな暮しをつづけているのをどう思うかね」と問うと、

「まことにつろうございますが、いたしかたもございません」と答えてうつむいているので、

「かわいそうに」と言い、

「それでは、どちらにしろ、お前の気持しだいだ。下山なさるようなら、車を寄せさせなさい」

と言いも終らないうちに、子どもは立ちあがるや走りまわり、散らばっている身の回りの物などを、どしどし取って、包みや袋に入れるべき物は入れて、車にみな運びこませ、引きめぐらしてある軟障（ぜじょう）などもはずし、立ててある調度などを、みしみしと取りのけるので、私はあきれはてて、ただ茫然（ぼうぜん）としていると、あの方は私の方にちらちら目くばせしながら、にこにこと相好（そうごう）をくずして取り片付けの様子を見守っていたようである。

「この取り片付けを、このとおりすませたので、お出かけなさらねばならぬようだな。仏さまに事の次第を申し上げなさい。きまった作法だよ」

といって、あとからあとから奇想天外な冗談を大きな声で飛ばされるようだけれど、私はまったく何も言えず、涙ばかりが浮んでくるが、それをじっとこらえているうちに、車を寄せてからずいぶん時間が経った。申（さる）の時ぐらいに訪れて来たのだが、もう火ともしごろになってしまった。私がそしらぬ顔をして動こうともしないので、

「よいよい。私は出かけよう。あとはお前に任す」と言って、出て行ってしまうと、大夫（たゆう）が「早く、さあ早く」と私の手を取って泣かんばかりに言うので、仕方なさに出て行く気持といったら、まったく自分のような気がしない。

大門を車が出ると、あの方も乗り込んできて、道々、吹き出してしまいそうな冗談を、次次飛ばしまくるが、私は夢路をたどる心持で、何も言えない。この、いっしょだった妹も、暗いからかまわないだろうということで、同じ車に乗っていたので、妹が時折返事などをする。

はるばると遠路を帰り着くと、亥の時刻になってしまっていた。京の家では、昼の間に、あの方の出迎えのことを知らせてくれた人たちが気を配って、掃除をし、門も開けてあったので、そのまま中へはいり、無我夢中で車を降りた。

〈語釈〉○「釣する海人の泛子」ばかり 「伊勢の海に釣する海人の泛子なれや心一つを定めかねつる」(『古今集』恋一・読人知らず)を本歌。「泛子」は浮き。このまま居つづけようか下山しようか決めかねて。彼女の心の動揺を古歌を踏まえて巧妙に表現。○つつむことなく 前回は物忌であったが今回はその遠慮もなく。○ひきさげ 底本「るきあけ」。「かきあげ」(厨子棚にのせ)とも解せるが、一説に従い、手にさげているると見ておく。○かへりては罪得べかめり 熱心に勤行している人を連れ帰ってはかえって仏罰を被るかも知れない。諧謔をこめた言い方。○立ち走りて 主語は坐っていた道綱。兼家も手伝ったであろう。車に入れたり軟障をとり放ったのは兼家の従者であろう。○つつみ ふろしきの類。「衣幞 古路毛都々美」(『和名抄』)。○軟障 室内の隔てなどに使う帳の類。白絹に紫などの縁をつけ、表は生絹・唐綾に四季の花などの絵を書き、裏は練絹が多い。綱を通して張る。○申の時 三六一頁参照。○よしよし 兼家のことば。○疾く疾く 道綱のことば。○乗り加はりて 兼家が作者の車に乗り加わる。○もろともなりつる人妹であろう。○亥の時 午後九時より十一時まで。一説、十時より二時間。

〈解説〉冒頭の「『釣する海人の泛子』ばかり」は語釈で述べたように引歌を踏まえているが、父の帰った直後の作者の心情で、近江にうつつを抜かして作者邸をたびたび素通りする兼家に対する不信感・怒り・悲しみ、本邸にも入れてもらえぬ宙ぶらりんなわびしい悲しい境涯、はけ口のないせつない鬱情、遠国から駆けつけてやさしくいたわってくれる老父の慈愛、腹を痛めた一人子の道綱の将来、さらに見舞に来てくれる人々も一巡したこと、侍女たちの気持を思い、下山して自宅へもどろうか。このまま山寺にとどまろうか、あれやこれやで作者の心が大きな振幅をもって揺れつづける気持がこの引歌を活用することによってきわめて鮮明に表出されている。「『釣する海人の泛子』ばかり」と語調も直線的で強く、水中であっちへ行ったり、こっちへ来たり一瞬の停止もなく動揺しつづける泛子こそ彼女の心情そのままの象徴ではないか！　この引歌は古歌の単なる借りものでなく、作者自身の心情表現になりきっている。

兼家は倫寧と打ち合わせ、その翌日――ちょうど三週間の参籠満了の時期――突如作者のこもる御堂にあらわれ、道綱らを指揮してお籠りの道具を全部車へ運びこませ、有無を言わさず作者を下山させこの鳴滝参籠は終止符を打った。颯爽とした兼家の姿は小気味がよい。作者はいく度も下山のチャンスを失い、今や自縄自縛の体でいた。この兼家再度の出迎えを拒否すれば世間の噂どおり尼にならねばならぬはめに落ち入ったかもしれない。不本意ながら夫の強制措置によって下山せざるを得なかったように記しているが、兼家、道綱ひいては倫寧の協力で兼家に連れられ、体裁よく帰宅できてほっとしたにちがいない。さんざん手を焼いた兼家も長髪の彼女を無事つれもどせて安堵したし、父倫寧、道綱、侍女たちも愁眉をひらき、一件落着を心から喜んだであろう。

この鳴滝参籠の記事は蜻蛉日記中もっとも印象に残る箇所でこの日記の危機を形づくっている。作者は三週間もこの山寺に滞在するのであるが、その間御堂に参籠したり、控え部屋で見舞に訪れた人たちと面接したりしていて、鳴滝周辺を逍遙したり、風物をながめたりはほとんどしていない。そのため自然描写が少ないのであろう。この箇所には知人や倫寧、道綱などとの会話が多く見られ、また作者の心情表出も多い。

一一七　帰宅の夜

ここちも苦しければ、几帳さし隔ててうち臥す所に、ここにある人、ひやうと寄り来て言ふ。

「撫子の種取らむとしはべりしかど、根もなくなりにけり。呉竹も、一筋倒れてはべりし。つくろはせしかど」など言ふ。

「ただ今言はでもありぬべきことかな」と思へば、いらへもせであるに、眠るかと思ひし人、いとよく聞きつけて、この一つ車にてものしつる人の障子を隔ててあるに、

「聞い給ふや。ここに事あり。この世を背きて家を出でて菩提を求むる人に、ただ今ここなる人々が言ふを聞けば、撫子は撫でおほしたりや、呉竹は立てたりや、とは言ふものか」

と語れば、聞く人いみじう笑ふ。あさましうをかしけれど、つゆばかり笑ふ気色も見せず。

かかるに夜やうやうなかばばかりになりぬるに、

「方はいづ方か塞がる」

と言ふに、数ふれば、むべもなく、こなた塞がりたりけり。

「いかにせむ。いとからきわざかな。いざもろともに近き所へ」

などあれば、いらへもせで、あなものぐるほし、いとたとしへなきさまにもあべかなるかな

と思ひ臥して、さらに動くまじければ、

「さふりはへこそはすべかなれ、方あきなばこそは参り来べかなれと思ふに、れいの六日の物忌になりぬべかりけり」

など、なやましげに言ひつつ出でぬ。

つとめて、文あり。「夜更けにければ、ここちいとなやましくてなむ。いかにぞ。はやとしみをこそし給ひてめ。この大夫のさもふつつかに見ゆるかな」などぞあめる。なにかは、かばかりぞかしと、思ひ離るるものから、物忌果てむ日、いぶかしきここちぞそひておぼゆるに、六日を過ごして七月三日になりにたり。


〈現代語訳〉


気分も苦しいので、あの方との間には、几帳を隔てて横になっているところへ、留守居をしていた侍女が、ひょいと近寄って来て言うには、

「なでしこの種を取ろうといたしましたけれど、枯れて根もなくなってしまいました。呉竹も、一本倒れていました。手入れさせましたけれど」などと言う。

「今すぐ言わなくてもよさそうなことだわ」と思ったので、返事もしないでいると、眠っているのかと思っていたあの方が、耳さとく聞きつけて、この同じ車で帰って来た妹が、ふすまを隔てて寝ているのに向って、

「お聞きになりましたか。ここに重大な事があります。この世を捨てて、家を出て、菩提を

求める人に、ただ今、当家の人たちが言うのを聞くと、なでしこはなでて大事に育てたとか、呉竹は立てたとか、言っているではありませんか」

と話しかけると、聞く妹も大笑いする。私もめっぽうおかしかったけれど、すこしも笑う様子を見せなかった。


こうしているうちに、夜もだんだん更けて夜半ごろになった時分に、あの方が、

「方角はどちらがふさがっているのか」

と言うので、日を数えてみると、案の定、本邸からこちらの方角がふさがっていたのだった。

「どうしたものだろう。これは弱ったなあ。さあ方違えにいっしょに近い所へ……」

などと言うので、私は答えもせずに、まあ、なんて非常識なことったら、それではまるで例のない、けたはずれなことだわ、と思って、横になったまま、いっこうに動こうともしないので、

「これから方違えに出かけるのは億劫だが、わざわざ行かなければならないだろう。方角があいてから伺った方がよさそうだと思うが、例の六日間の物忌になってしまうのだ」

などとつらそうに言いながら、出て行った。


翌朝、手紙が来た。「昨夜は夜中だったので、気分がとても悪くてね。あなたの方はどうしている？　早く精進落としをなさるがよいね。この大夫が、いかにもやつれた様子に見受けられるよ」などと書かれているようだ。なんの、こんな気遣いも手紙の上だけのことだわ

と気にかけはしないものの、物忌の終る日にはほんとに来てくれるかしらといぶかしい気もおきたりしているうちに、六日の物忌期間も過ぎて、七月三日になってしまった。

〈語釈〉○ここにある人　作者邸に残って留守していた人。○眠るかと思ひし人　兼家。○一つ車にてものしつる人　妹。○障子　屋内の間と間との隔てに立てて人目を防ぐもの。襖、衝立、明り障子の総称。ここは襖であろう。○撫子は撫でおほしたりや……「なでしこはなで……くれたけはたて」と同音を用いた興言利口。また、なでしこの「こ」に「子」を響かせ、子を愛育する意を含め、また「呉竹」はめでたい植物である。両方とも俗世間を捨て菩提を求める人には縁のないものなのに、いかにも大事件のように侍女が帰宅早々臥床中の作者にわざわざ報告しに来たので兼家がしゃれでからかったのである。不在の間十分めんどうをみるよう作者が侍女に命じていたのだろう。○つゆばかり笑ふ気色も見せず　主語は作者。○数ふれば　天一神・太白神の運行の日数を数えて、どの方角が方がふさがっているかをたしかめる。○こなた塞る　兼家邸から作者邸への方角がふさがっていたので兼家は作者邸に泊ることができない。○ものぐるほし　方ふさがりの今夜、自分が兼家と方違えに行くことは常軌を逸したこと。○たとしへなき　似ても似つかない。まるでちがう。○さふりはへこそはすべかなれ　「ふりはへ」はわざわざする。意は一人で方違えに行くのは億劫だがそうしなければならない。○六日の物忌　天一神は東西南北は五日間、東北・西北・東南・西南は六日間の滞在で運行する。それの物忌をいう。○文　兼家からの手紙。○としみ　精進落し。参籠中は精進料理なので、早く魚肉をたべることを兼家がすすめた。○ふつつか　栄養不足のためやつれるさま。

〈解説〉六月二十五日の夜、ようやく強引に、内心はともかくかたくなに片意地を張っていた作者を京の宅へ連れもどした兼家は愉快な気分で留守番の侍女のことばをつかまえてうまいしゃれを飛ばす。作者はおへそで茶が沸く思いであるが、意地を張って顔を能面のように動かさない。隣室の妹が吹き出して楽しんでくれても張り合いのないことおびただしい。兼家は手持ぶさたから方角のことを持ち出し、たまたま兼家邸から作者宅への方角がふさがっていたので、方違え(かたたがえ)を共にしようと言い出すが、作者が乗って来ないので出かけてしまった。しかし翌日は手紙をよこし、精進落しをして道綱に栄養をつけるよう父親らしく言ってくれる。そばにいれば兼家に協調しないくせに、物忌のあけた日兼家の来訪を期待している作者である。兼家の猿楽言(さるごうごと)は道隆や道長にひきつがれていて、『枕草子』や『紫式部日記』に書かれている。

一一八　下山後の生活

昼つかた、「渡らせ給ふべし。『ここにさぶらへ』となむ、仰せごとありつる」と言ふ者どもも来たれば、これかれ騒ぎて、日ごろ乱れがはしかりつる所々をさへ、ごほごほとつくるを見るに、いとかたはらいたく思ひ暮らすに、暮れ果てぬれば、来たる男(をのこ)ども、「御車の装束(さうぞく)などもみなしつるを、など今まではおはしまさざらむ」など言ふほどに、やうやう夜も更(ふ)けぬ。ある人々、「なほあやし。いざ人して見せにたてまつらむ」など言ひて、見せにやりたる人、帰りきて、「ただ今なむ御車の装束(しやうぞく)解きて、御随身(みずいじん)ばらもみな乱れはべりぬ」

と言ふ。さればよとぞまた思ふに、はしたなきここちすれば、思ひ歎かるること、さらに言ふ限りなし。山ならましかば、かく胸塞がる目を見ましやと、うべもなく思ふ。ありとある人も、あやしくあさましと思ひ騒ぎあへり。ことしも三夜ばかりに来ずなりぬるやうにぞ見えたる。「いかばかりのことにてとだに聞かば安かるべし」と思ひ乱るるほどに、客人ぞものしたる。ここちのむつかしきにと思へど、とかくもの言ひなどするにぞ、少し紛れたる。

さて、明けぬれば、大夫、

「何事によりてにかありけむと、参りて聞かむ」とてものす。

「昨夜は悩み給ふことなむありける。『にはかに、いと苦しかりしかばなむ、えものせずなりにし』となむのたまひつる」

と言ふしもぞ、聞かでぞおいらかにあるべかりけるとぞおぼえたる。「障りにぞあるを、もしとだに聞かば、何を思はまし」と思ひむつかるほどに、尚侍の殿より御文あり。見れば、まだ山里とおぼしくて、いとあはれなるさまにのたまへり。「などかは、さ繁さまさる住まひをもし給ふらむ。されど、それにも障り給はぬ人もありと聞くものを、もて離れたるさまにのみ言ひなし給ふめれば、いかなるぞとおぼつかなきにつけても、

妹背川昔ながらのなかならば人のゆききの影は見てまし」

御返りには、「山の住まひは秋のけしきも見給へむとせしに、また憂き時のやすらひにて、なかぞらになむ。繁さは知る人もなしとこそ思う給へしか。いかにきこしめしたるにか、おぼめかせ給ふにも、げにまた、

よしや身のあせむ歎きは妹背山（いもせやま）なかゆく水の名も変はりけり」

などぞきこゆる。


〈現代語訳〉


昼ごろ、「殿がおいでになるはずです。『こちらに控えているように』と仰せがありました」

と言って、あちらの供人たちも来たので、侍女たちがあわてて、このところ、乱雑になっていたあちらこちらまでも、ばたばたと片づけているのを見ると、とても心苦しい思いで一日を暮らしたが、すっかり日が暮れてしまったので、来ていた供人どもが、

「御車の仕度なども全部できていたのに、なぜ、今になってもおいでにならないのだろう」

などと言っているうちに、だんだん夜もふけてきた。侍女たちが、

「やはり、なんだか変ですよ。どれ、だれか様子を見せに参らせましょう」

などと言って、見せにやると、その使いが帰ってきて、

「たった今、お車の仕度を解いて、御随身（みずいじん）たちもみな解散しました」

と言う。案の定またしても、と思うと、居たたまれない気持がするので、こみあげてくる悲しさといったら、とてもことばでは言い尽せない。山寺にいるならば、これほど胸がいっぱいになるような悲しい目にあうことはないだろうに、やはり山寺での予感が当ったと思う。あ
家の者だれもかれも、どうも変だ、あきれたことだと思って、がやがや言い合っている。

たかも新婚早々婿君が通って来なくなったような騒ぎようである。「いったいどれほどの大事のために来られなかったのか、せめてその理由だけでも聞けば、気が安まるだろうに」と、あれこれ思い悩んでいるところへ来客があった。気分がくさくさしているのにと煩わしく思ったけれど、いろいろ話しているうちにいくらか気が紛れた。

さて、夜が明けると、大夫が、

「どんな理由だったのか、お邸に参って聞いてきましょう」と言って、出かけた。

「昨夜はご気分が悪くなられたのでした。『突然、むしょうに苦しくなったので、よう行けなくなった』とおっしゃいました」

と告げるので、そんな理由なら、何も聞かないで、鷹揚に構えていればよかったと思った。体の障りなのだから、もしかしたら行けぬとせめて一言だけでも伝えてくれたら、何をくよくよ心配などしよう、と不愉快になっているときに、尚侍さまからお手紙が届いた。見ると、私がまだ山里にいるとお思いのようで、たいそうしみじみと身に染むようなおたよりである。

「どうして、そんなもの思いのいやまさる住まいをしていられるのでしょうか。しかし、そんな山住まいをもかまわず訪ねて行くお方もあると伺っておりますのに、あなたさまは兄とすっかり疎遠になっているようにばかりおっしゃるようなので、いったいどうしたことかと気がかりになるにつけても、あなた方お二人が昔のままの夫婦仲でしたら、絶えず通って行く兄の姿を見ることができましょうに」

御返事には、「山の住まいは秋の景色をも見るまで続けるつもりでございましたが、山でも苦しさからのがれられず、とつおいつ思案のつかぬうちに下山して、今もどっちつかずのありさまでございまして。私のもの思いの深さは知る人もないと存じておりましたのに、どのようにお耳に入ったのでしょうか。それとなくおっしゃいますおことばも、実際そのとおりで、私の気持もまた、

この身の色があせてゆき、私ども二人の愛情も川の水が涸（か）れるようになくなって行く嘆きはどうしようもありませんが、あの妹山（いもやま）と背山（せやま）の間を流れる吉野川の名が変るように、円満であった私どもの仲も妹背（いもせ）といえないように変ってしまいまして」

などと申しあげた。

〈語釈〉 ○**御随身（みずいじん）**　貴人の外出の際、護衛として朝廷から賜る内舎人（うどねり）や衛府（えふ）の舎人（とねり）。弓矢を持って随従した。○**ことしも**　あたかも……のように。○**大夫（たいふ）**　道綱。○**障り（さはり）**　体の障りととる。月の障りととる説もあるが、月経のことは「不浄」、「穢れ」と言っているし、作者の月の障りは鳴滝参籠のはじめ、すなわち月の

六、七日から一週間であるし、月の障り中に兼家が来るというのもいかがであろうか。兼家の障りととっておく。○尚侍の殿　登子。○さ繁さまさる　「我が恋は深山がくれの草なれやしげさまされど知る人のなき」（『古今集』恋二・小野美材）を本歌。草がずんずん茂るのにかけて、ますます物思いの多くなる意を表わす。○それにも障り給はぬ人　「筑波山端山繁山しげけれど思ひ入るには障らざりけり」（『重之集』）を本歌。山住まいは通うのも大変なのに物ともせず行く人。兼家をさす。一説、作者とする。○妹背川の歌　登子の歌。妹背川は吉野川の下流が紀の川となり背山（北岸）と妹山（南岸）との間を流れるあたりをいう。○鳴滝川を見立てた。『玉葉集』巻十五・雑二に入る。ただし作者を尚侍藤原灌（満イ）子朝臣とする。○憂き時のやすらひ　「世を憂しと山に入る人山ながらまたうき時はいづち行くらむ」（『躬恒集』）を本歌。『古今集』にもあり。ただし第四句「なほ憂き時は」とある。○なかぞらに　「なかぞらに立ちゐる雲のあともなく身のはかなくもなりにけるかな」（『伊勢物語』二十一段）を踏まえるか。○繁さは　前掲の「我が恋は」の歌の下句「しげさまされど知る人のなき」を本歌とする。○よしや身のの歌　道綱母の歌。「流れては妹背の山の中に落つる吉野の川のよしや世の中」（『古今集』恋五・読人知らず）を本歌とする。

〈解説〉兼家は昼ごろ、供人を先によこしていかにも訪れそうであったがとうとう来なかった。坂上郎女が藤原麻呂に贈った。「来むといふも来ぬ時あるを来じといふを来むとは待たじ来じといふものを」（『万葉集』）の上句のように来ると言っていて実際出かけても途中で気が変ってだれかさんの方に行って来ないときもあるので、殿方というものは顔を見るまでは安心できない。翌日道綱が様子を見に行くと兼家は急病だったという。一言それならそれと知らせてくれれば待ちぼうけの苦しさ、侍女、供人たちへの気まりわるさ、心遣いもせずにすんだのにと腹が立ちせつなくなる。

登子から手紙が来るが、この方は作者がまだ山寺に居ると思っていられる書きぶりで、あなたは兄と疎くなったと嘆かれるが兄も山寺まで足を運んでいるように聞きますよ、と社交的にとりつくろって言い、文末の歌では作者のことばを肯定して、慰めのことばを述べている。登子も苦労を重ねた人であり、上流の社交夫人でもあるので一癖ある手紙である。教養があり豊かな歌才の持主である作者は引歌を次々使用し、自分の現状を文と歌とで述べて返している。

一一九　その後の兼家

かくて、その日をひまにて、また物忌になりぬと聞く。

あくる日、こなた塞がりたる、またの日、今日をまた見むかしと思ふ心こりずまなるに、夜更けて見えられたり。一夜のことども、しかじかと言ひて、「今宵だにとて急ぎつるを忌違にみな人ものしつるを、出だし立てて、やがて見捨ててなむ」など、罪もなく、さりげもなく言ふ。言ふかひもなし。

明くれば、「知らぬ所にものしつる人々、いかにとてなむ」といそぎぬ。

それより後も七八日になりぬ。県ありきの所、初瀬へなどあれば、もろともにとて、つつしむ所に渡りぬ。所変へたるかひなく、午時ばかりに、にはかにののしる。「あさましや、たれか、あなたの門は開けつる」など、あるじも驚き騒ぐに、ふとはひ入りて、日ごろ、例の香盛り据ゑて行なひつるも、にはかに投げ散らし、数珠も間木にうち上げなど、らうがはしきに、いとぞあやしき。

その日のどかに暮らして、またの日帰る。

〈現代語訳〉

こうして、その日は物忌がなく、次の日、また物忌になったとのことである。

あくる日は、こちらへの方角がふさがったが、その次の日、今日は見えるか待ってみようと、性懲りもなく、思っていると、夜が更けてから見えた。先夜のことについて、こうこうだと弁解して、

「せめて今宵だけでもと思って、急いだので、忌違えに皆が出かけるのを送り出して、そのままあとを見向きもせず、飛んで来た」

など、悪びれもせず、けろりとして、言う。なんとも言いようがない。

夜があけると、「はじめての所へ出かけた人々が、どうしているか気にかかるから」と言って、急いで帰った。

それから音さたがなく、七、八日経った。地方官歴任の父の所では、初瀬へご参詣になどいうので、いっしょに行くことにして、精進している父の邸へ赴いた。場所を変えたかいもなく、午の時ごろに、突然やかましく先払いの声がした。

「あきれたことだ。だれが、あちらの門を開けたのだ」

などと、主の父も驚き騒ぐなかを、つとはいって来て、このところ、例のように香を盛って

置いて勤行に使っていた物などを、ぱっと投げ散らし、数珠も間木に放り上げるなど、乱暴を働くので、まったくどうしたのかと怪訝に感じた。

その日、あの方はゆっくりくつろいで過ごし、あくる日に帰って行った。

〈語釈〉○その日をひまにて　その日は何もないこと、物忌にあたらぬこと。七月四日。○みな人　兼家邸の家人。○県ありき　倫寧をさす。○あるじ　倫寧。○間木　上長押の上などに設けた棚。

〈解説〉兼家邸も作者宅も物忌が続いたが、物忌が終った翌日、兼家は真夜中近くやって来て、先夜の弁解をして、全然悪びれもせずあっさりしているので作者の方が拍子抜けする。

一週間ばかり経ったころ、作者も父のお供で初瀬詣でをしようと精進中の父の邸に赴いていると、道綱から聞いたのか、作者邸に訪れて知ったのか、作者が精進をしていると耳にした兼家が飛んで来て、いきなりつかつかと部屋にはいるやいなや、盛った香をぱっとまき散らし、数珠を間木にほうり投げて乱暴を働いた。兼家は作者が、またぞろ、精進をして参籠すると勘違いしたらしい。もうもうあんなことは懲り懲りと駆けつけて実力を行使したのである。作者の鳴滝参籠がよほどこたえたのであろう。やっと初瀬詣でを父とすると分って、胸をなで下ろした兼家はその日うちくつろいで過ごし、翌日帰って行ったのである。

一二〇　再度の初瀬詣で㈠

さて、七八日ばかりありて、初瀬へ出で立つ。巳の時ばかり、家を出づ。人いと多く、きらぎらしうてものすめり。未の時ばかりに、この按察使大納言の領じ給ひし宇治の院に到りたり。人はかくてののしれど、わが心ははつかにて、見めぐらせば、「あはれに、心に入れてつくろひ給ふと聞きし所ぞかし、この月にこそは、御果てはしつらめ、ほどなく荒れにたるかな」と思ふ。

ここのあづかりしける者の、設けをしたれば、立てたる物、のこのなめりと見るもの、みくり簾、網代屏風、黒柿の骨に朽葉の帷子かけたる几帳どもも、いとつきづきしきも、あはれとのみ見ゆ。

困じにたるに、風は払ふやうに吹きて、頭さへ痛きまであれば、風隠れ作りて、見出だしたるに、暗くなりぬれば、鵜舟ども、かがり火さしともしつつ、ひとかはさし行きたり。をかしく見ゆること限りなし。

頭の痛さの紛れぬれば、端の簾巻きあげて、見出だして、「あはれ、わが心と詣でしたび、かへさに、あがたの院にぞ行き帰りせし、ここになりけり。ここに按察使殿のおはして、ものなどおこせ給ふめりしは、あはれにもありけるかな、いかなる世に、さだにありけむ」と思ひつづくれば、目も合はで夜中過ぐるまでながむる、鵜舟どもの上り下り行きちが

ふを見つつは、

　うへしたとこがるることをたづぬれば胸のほかには鵜舟なりけり

などおぼえて、なほ見れば、暁方には、ひきかへて漁といふものをぞする。またなくをかしくあはれなり。

　明けぬれば、急ぎ立ちて行くに、贄野の池、泉川、はじめ見しにはたがはであるを見るも、あはれにのみおぼえたり。よろづにおぼゆることいと多かれど、いともの騒がしくにぎはしきに紛れつつあり。ようたての森に車とどめて、破子などものす。みな人の口むまげなり。春日へとて、宿院のいとむつかしげなるにとどまりぬ。

　それより立つほどに、雨風いみじく降りふぶく。三笠山をさして行くかひもなく、濡れまどふ人多かり。からうじて、まうで着きて、みてぐら奉りて、初瀬ざまにおもむく。

　飛鳥に御燈明奉りければ、ただ釘貫に車を引きかけて見れば、木立いとをかしき所なりけり。庭清げに、井もいと飲ままほしければ、むべ「宿りはすべし」と言ふらむと見えたり。いみじき雨いやまさりなれば、言ふかひもなし。

〈現代語訳〉

　さて、七、八日ほど経って、初瀬へ出立する。巳の時ごろ、家を出た。一行は供人が多く、きらびやかな様子で行くようである。未の時分に、按察使大納言さまのご所領になっていた、あの宇治の院に到着した。一行の連中はこうしてにぎやかだけれど、私はしっとりと落ち着いた気分で、あたりを見回すと、感慨無量で、「ここが、心をこめてお手入れなさっているると伺った別荘なのだ、この月にはご一周忌を行ったのであろうが、いくらも経たぬうちに荒れてしまったものだなあ」と思った。ここの管理人が、私たちを迎える支度をしてくれていたので、立て回してある調度、大納言さまの遺愛の品々、みくり簾、網代屏風、黒柿の手に朽葉色の帷子をかけてある几帳など、いかにも場所がらにふさわしい様子なのも、しみじみと感深く感じられる。

疲れているところへ風は払うように強く吹いて、頭痛までしてくるので、風よけを作って、外を見ているうちに、あたりが暗くなると、鵜舟が何艘も、かがり火をともしながら、川いっぱいに棹さして行く。このうえもなくおもしろい風景である。

頭痛も紛れてしまったので、端の簾を巻きあげて外を見ながら、「ああ、自分から思い立って、初瀬に詣でたとき、京へ帰る途中、あの方はあがたの院に伺って帰ったことがあったっけ、あれはここだったのだわ。ここに按察使さまがおいでになっていて、いろいろ贈り物をおよこしくださったようだったが、ほんとにご芳情が身にしみたっけ、いったい、どんな前世の因縁で、あのようにたのしい時が持てたのだろう」と次々思い出の糸をたぐると、目がさえて、夜中過ぎまでもの思いにふけっていたが、鵜舟が川を上ったり下ったり行きちがうのを見ながら、

上と下と燃えてこがれるものはいったいなあに？　探すとそれは私の胸の中（夫への慕

情で燃えこがれもだえる）と鵜舟（舟上にかがり火を燃やし水中に火影を映す）でしたよ。

などという歌が浮んで、なおも見ていると、夜明け前には、まるっきり変わって網漁ということをする。比べるものもないほどおもしろく感じ入った。

夜が明けたので、急いで出立してゆくと、贄野の池や泉川が最初見たときとまったく変わっていないのを見るにつけ、うたた感慨に堪えない。何かにつけて感慨を催すことがまことに多いけれど、とても騒がしくにぎやかな周囲に取り紛れながら過ごす。ようたての森に車をとめて弁当をひろげた。たれもかれもおいしそうに食べている。春日神社にお参りしようというので、とてもむさくるしい宿院に泊った。

そこから出立して行くと、雨風が激しく吹きあれる。三笠山をさして行くのに、名前にあやからず、ずぶぬれになった供人が大ぜいいる。やっとのことで、お社に着き、幣帛を捧げて、初瀬の方へ向った。

飛鳥寺にお燈明をあげに寄ったので、私は車中のまま、轅を釘貫にひっかけて、あたりをながめると、木立のとても美しい所だった。境内がきれいで、泉の水も思わず飲みたくなるような清らかさなので、なるほど、「宿りはすべし」というのだろうと思われた。激しい雨がいっそう降りつのってくるので、どうしようもない。

〈語釈〉○巳の時　三〇七頁参照。○未の時　三〇八頁参照。○この按察使大納言　「この」は前回の初瀬詣でに出て来たので、「あの」の意で、「宇治の院」にかかる。師氏（二三三頁参照）をさす。○宇治の院　宇治の別荘。○はつかにて　不詳。「しづかにて」か。「のどかにて」と解する説あり。○立てたる物、のこのなめりと見るもの　この箇所ももっと検討を要する。一応通説に従った。障子、几帳の類と師氏の遺愛の調度。○みくり簾　「みくり（三稜草）」はミクリ科の草でその茎で作った簾のこと。○網代屏風　網代で張った屏風。○黒柿の骨　「黒柿」は黒みを帯びた縞が柿の木の心部にあるのでこの名がある。骨は几帳の横木、ここへ帷子をかける。○あがたの院　師氏の宇治の別荘。宇治の地名県に「あなた」（対岸）を掛けた。○ここに　底本「みし」。○さだにありけむ　そのようにご芳情を賜わったのか。○うへしたとの歌　道綱母の歌。「焦がる」に「舟上・水中で火が燃え焦がる」と「うわべ・胸中が慕情で苦しむ」を掛ける。「うへしたと」で『万代集』巻十四に入る。○ひきかへて　趣を変えて。○贄野の池、泉川　二二二頁参照。○ようたての森　本文に問題があり不詳。木津町の南部の市坂という部落のあたりの説あり。『枕草子』「森は」に「よこ（う）たての森」とある。○春日　春日神社。○宿院　寺院に参詣した人の宿泊する僧房。○三笠山　「笠」の縁語で「指して」と「差して」を掛ける。「さしてこと思ひしものを三笠山かひなく雨のもりにけるかな」（『後撰集』恋六・読人知らず）と同じ趣向。○飛鳥　飛鳥寺（奈良市にある新元興寺）。○釘貫　柱を立て横木を渡した柵である。○井　こんこんとわく水。○宿りはすべし　催馬楽「飛鳥井」に「飛鳥井に　宿りはすべし　や　おけ　陰もよし　みもひ（水）も寒し　みまくさもよし」とあるのを想起して、その文句どおりだと肯定する。

一二 再度の初瀬詣で(二)

からうじて、椿市に到りて、例のごと、とかくして出で立つほどに、日も暮れ果てぬ。雨や風、なほやまず。火ともしたれど、吹き消ちて、いみじく暗ければ、夢の路のここちして、いとゆゆしく、いかなるにかとまで思ひまどふ。からうじて、祓殿に到り着きけれど、雨も知らず、ただ水の声のいとはげしきをぞ、さなりと聞く。御堂にものするほどに、ここちわりなし。おぼろけに思ふこと多かれど、かくわりなきにものおぼえずなりにたるべし、なにごとも申さで、

「明けぬ」と言へど、雨なほ同じやうなり。昨夜にこりてむげに昼になしつ。音せでわたる森の前を、さすがに、「あなかまあなかま」と、ただ手をかき、面を振り、そこらの人のあぎとふやうにすれば、さすがに、いとせむかたなくをかしく見ゆ。椿市に帰りて、としみなどいふめれど、われはなほ精進なり。そこよりはじめて饗する所、行きもやらずあり。物かづけなどするに、手を尽くしてものすめり。

泉川、水まさりたり。いかになど言ふほどに、

「宇治より舟の上手具して参れり」と言ふに、

「わづらはし、例のやうにて、ふとわたりなむ」と男がたには定むるを、女がたに、

「なほ舟にてを」とあれば、さらばとて、みな乗りて、はるばると下るここち、いと労あ

り。楫取りよりはじめ、うたひののしる。宇治近き所にて、また車に乗りぬ。さて、「例の所には方悪し」とて、とどまりぬ。

さる用意したりければ、鵜飼ひ、数を尽くして、ひとかは浮きて騒ぐ。「いざ、近くて見む」とて、岸づらに、物立て、榻など取り持て行きて、下りたれば、足の下に鵜飼ひちがふ。魚どもなど、まだ見ざりつることなれば、いとをかしう見ゆ。来困じたるここちなれど、夜の更くるも知らず、見入りてあれば、これかれ、「今は帰らせ給ひなむ。これよりほかに、今はことなきを」など言へば、「さは」とてのぼりぬ。

さても、飽かず見やれば、例の夜一夜、ともしわたる。いささかまどろめば、舟端をごほごほとうち叩く音に、われをしも驚かすらむやうにぞさむる。

明けて見れば、昨夜の鮎、いと多かり。それより、さべき所々にやりあかつめるも、あらまほしきわざなり。

日よいほどにたけしかば、暗くぞ京に来着きたる。われもやがて出でむと思ひつれど、人も困じたりとてえものせず。

〈現代語訳〉

やっとのことで、椿市に着いて、例のように、いろいろ準備をして出立するころには、日も暮れてしまった。雨や風はまだやまない。松明をともしていたが、吹き消されてしまって、まっ暗なので、夢の中で道をたどるような気がして、とても気味が悪く、いったいどうなることかとまで思い案じた。やっとの思いで祓殿（はらえどの）にたどり着いたが、雨の模様もわからず、ただ川の音がとてもとても激しいので、まだ雨がひどく降っているらしいと思って聞く。御堂にのぼるとき、気分がむしょうに苦しい。切実な願いごとがいろいろあるが、このようにむしょうに苦しいので意識もぼんやりしてしまったのであろう。何事もお願いしないうちに、「夜が明けた」と言うけれど、雨は相変らずひどく降っている。ゆうべに懲（こ）りて、問題なく昼の出立にした。

物音をたてずに通ることになっている森の前を、いつもはにぎやかな連中も「しずかに、しずかに」と手を動かしたり顔を振ったりして、大ぜいの供人たちが、魚みたいに口をぱくぱくさせるので、いつも心のほぐれるときもない私もどうしようもなくついおかしくてならない。

椿市（つばいち）に帰って、精進落しだなどと人々は言っているようだが、私はまだ精進のままである。そこを初めとして、もてなしをしてくれる所が次々あって道中もはかどらない。被（かず）け物などを与えると、あらん限りのもてなしをしてくれるようである。

泉川は水かさが増していた。どうしようなどと言っているときに、

「宇治から腕利（き）きの船頭をつれてまいりました」と言うが、

「舟はめんどうだ。いつものように、さっと対岸へ渡ってしまおう」と男たちの方では決めたが、女の方では、

「やはり舟で」と言うので、それではということになって、みな舟に乗り、はるばると川を下ってゆくのは、とびきり上手な漕ぎ方で、すばらしい乗りごこちであった。船頭をはじめみな、大きな声で歌をうたった。宇治が近くなった所で、また車に乗った。さて、「例の家へは方角が悪い」ということで、宇治に泊った。

鵜飼いの準備がしてあったので、鵜飼舟が無数に、川一面に浮かんで、にぎやかだ。「さあ、近くで見物しましょう」と言って、川岸に幕などを立て、榻などを持参して、下りて見ると、すぐ足もとの所で、たくさんの舟が行ったり、来たりして鵜飼いをしている。魚など、まだ見たこともないので、とても興味深い。旅で疲れ気味だったけれど、夜の更けるのも忘れて、夢中で見つめていると、侍女たちが、「もうお帰りなさいますよう。これ以外には、もう珍しいものはございませんから」などと言うので、

「それでは」と言って岸を上った。

それでも、まだ飽きないでながめていると、前の時と同様、一晩じゅう、かがり火をあたり一帯にともしている。少し、うとうととしていると、舟端をごとんごとんとたたく音が、まるで私の目を覚まさせるかのように聞えて、目がさめた。

夜が明けてから見ると、昨夜とれた鮎が、ずいぶんたくさんある。そこから、しかるべきあちらこちらへ鮎をおみやげとして配る様子で、まことにうってつけの進物である。

日がすっかり高くなってから発ったので、暗くなって京に帰り着いた。私も早速父の家を

出ようと思ったけれど、侍女たちも疲れたというので帰れなかった。

〈語釈〉○椿市　二三六頁参照。○祓殿　寺社へ参拝する前に体のお祓を受ける所。○さななり　雨がまだ降っているようだ。一説では初瀬川の水音だなあと聞く。「なり」は伝聞推定。○おぼろけ　「おぼろけならず」の意。いいかげんでない。○むげに　問題なく。一説、そのまままずるずると。○音せでわたる森　音を立てないで、だまりこくって静かに通らねばならないという森。○あなかま　ああうるさい。しっしっと人声を制止することば。○あぎとふ　口をぱくぱくする。○例のやうにて　泉川は渡河したあとは陸を行くのが普通の行き方であろうか。○なほ舟にてを　「を」は間投助詞。珍しい舟旅を女性たちは望んだ。○いと労あり　腕利きの船頭なので舟旅が快適で乗ごこちのよいこと。一説には見どころがある意とする。○例の所　倫寧邸。○榻　底本「しき」。榻は車の轅を置くもの。ときには乗車の際踏み台にもしたり、腰もかけたりする。○うち叩く音　船頭や鵜匠が舟端を叩いて鵜をはげます音。一説波の音。

〈解説〉今回の初瀬詣では初度の場合とだいぶ趣が異なる。当然であろう。初度の場合には超子の入内という事実に刺激されて、ぜひ子宝を授かりたい願いをもってしゃにむに出かけた。また兼家を「三十日三十夜はわがもとに」と彼の訪れを十分得ることをねがってもいるころであったし、東三条邸入りの夢もふくらんでいた。

ところが今回は右の希求がどれもこれも破れてしまったあとである。天候も悪い日が多かった。しかし再度の初瀬詣での作者にはけっして暗いどうしようもない憂鬱な気持は感じられない。父倫寧といっしょであったことも関係があろうが、摂関家子息の北の方の一人としてしょせん夫の訪れを毎夜得ることが不可能なことも身に染みて悟り得て諦めの気持も持つようになっていたであろう。しかも鳴滝参籠で作者はやはり兼家の北の方として兼家はもちろん、すべての人に遇されていることもはっきり知り得る機会を持ち得て、その意味では心も落ち着いたであろう。

　道綱にしても摂関家の息子の一人として元服と同時に従五位下も得ているし、将来も兼家がなんとかめんどうを見てくれるであろう。自分も登子や兼家の妹たちとも従来どおり、兼家夫人として交誼して行かれるであろう。こうしたことが彼女にだいぶ落ち着きをもたらしたように思われる。

　しかし宇治においては今や不帰の人となった師氏の別邸で彼の遺愛の品々を見て故人をしのぶにつけ人世の無常をまざまざ見せつけられ、またこの師氏から、初瀬よりの帰途、兼家とともに、あたたかいもてなしや贈物を貰った当時を回想しうたた感慨に堪えなかったであろうし、心の一隅では寂寥の思いをぬぐい捨てることはできなかったに違いない。

　しかし再度の初瀬詣で全般の印象はけっして暗くなくかなり軽妙な感じすら受ける。「三笠山をさして行くかひもなく、濡れまどふ人多かり」とか、「庭清げに、井もいと飲ままほしければ、むべ『宿りはすべし』と言ふらむと見えたり」とも書いている。しかも天候はきわめて悪く、激しい雨風に見舞われている最中である。いつも孤独のこの人が同行の人たちに溶け込んでいて、「音せでわたる森」の前を通る一行の様子をうつして、「いとせむかたなくをかし」と書いている。さらに鵜飼いを夢中に見物して侍女から促がされてようやく帰途につく仕末である。

　再度の初瀬詣では天候にはあまりめぐまれなかったが作者にとっては楽しい、心身ともに苦悩から、一時解放された旅であった。

一二二　あしたのかごとがち

またの日も、昼つかた、ここなるに文あり。「御迎へにもと思ひしかども、心の御ありきにもあらざりければ、びんなくおぼえてなむ。例の所にか、ただ今ものす」などあれば、人々、

「はやはや」

とそそのかして、渡りたれば、すなはちと見えたり。かうしもあるは、昔のことをたとしへなく思ひ出づらむとてなるべし。

つとめては、「還饗（かへりあるじ）の近くなりたれば」など、つきづきしう言ひなしつ。あしたの、かごとがちになりにたるも、「今さらに」と思へば悲しうなむ。

〈現代語訳〉

次の日も、昼ごろ、父の邸にいると、あの方から手紙が来た。「お迎えにでもと思ったが、あなたの心のままの旅でもなかったので、具合が悪いと思われてね。いつもの家に帰っておいでか、今すぐに行く」などと書いてあるので、侍女たちが、

「早く早く」

とせきたてて、家に帰るや、早々に見えた。こんなにしてくれるのは、私が昔のことを思い出して、たとえようもなく悲しい気持におそわれているだろうと察してなのであろう。

　翌朝は、

「還饗が近づいたので」など、もっともらしいことを言って帰った。あれこれ言いわけがましいことを言っては帰る朝が多くなったが、「今さらにいいかげんな言葉だと思うものの今となってはそれを信じるほかない私です」の古歌どおりだと思うと悲しくてならない。

〈語釈〉○ここなるに　父倫寧邸。○文　兼家の手紙。○心の御ありき　作者一存の旅でなく、倫寧と同行なので、かってな別行動もとれないだろうから。○例の所　作者宅。○還饗　相撲の還饗で、相撲の節会の後、近衛大将がそれぞれ、部下や関係者を私邸に招いて饗応をする。兼家は右大将。○あしたのかごとがち　後朝が言いわけがちになる。○今さらに「いつはりと思ふものから今さらにたがまことをかわれは頼まむ」（『古今集』恋四・読人知らず）を本歌とする。

〈解説〉よほど鳴滝参籠で手を焼いたことがこたえたと見え、下山後わりあいよく兼家は顔を見せているが、今回の初瀬詣での直後、手紙をよこして迎えに行くことも考えたが、あなた一人の旅でないから……と言ってすぐ訪れている。倫寧が鮎を贈ってあいさつしたことに対する兼家の心遣いもあろうがこのところ殊勝である。しかし、訪れても翌朝もっともらしい口実を設けてさっさと帰ってゆくので真実の愛情が感じられないことを作者は「いつはりと思ふものから今さらにたがまことをかわれは頼まむ」のきわめて適切な歌の一部を引いて述べている。兼家の愛情と反比例に作者の歌才や文才は伸びて行っている。

一二三　問はぬはつらきもの

八月（はづき）といふは、明日になりにためれば、あれより四日、例の物忌（ものいみ）とか、あきて、ふたたびばかり見えたり。還饗（かへりあるじ）は果てて、いと深き山寺に、修法（ずほふ）せさすとてなど聞く。三四日になりぬれど、おとなくて、雨いといたく降る日、「心細げなる山住みは、人問ふものとこそ聞きしか、さらぬはつらきものといふ人もあり」とある返りごとに、
「きこゆべきものとは、人よりさきに思ひよりながら、ものと知らせむとてなむ。露けさは、なごりしもあらじと思う給ふれば、『よそのくもむら』もあいなくなむ」とものしけり。またもたちかへりなどあり。
　さて三日ばかりのほどに、「今日なむ」とて、夜（よう）さり見えたり。常にしも、いかなる心の、え思ひあへずなりにたれば、われはつれなければ、人はた罪もなきやうにて、七八日のほどにぞわづかに通ひたる。

〈現代語訳〉

八月と呼ばれるのは、明日になった次第で、それから四日間、あの方は例の物忌（ものいみ）とか、そ

れがすんでから二度ほど見えた。還饗（かえりあるじ）は終わって、山奥のお寺で祈禱（きとう）をさせるのだということを聞いた。三、四日過ぎたけれど、音さたもなくて、雨がひどく降る日に、「心細そうな山寺住まいのときは、人が見舞うものと耳にしていたが……見舞ってもらえないのはつらいものと嘆いている人もあるよ」と言ってきた返事に、「お見舞いすべきものとは、だれよりも先に気がついていながら、そのつらさを思い知っていただこうと存じまして。毎日泣きの涙で過ごし、もう涙は一滴も残っていまいと存じますので、『よそのくもむら』同様、すっかりお見限りで、もうあなたを思って泣くこともないはずですのに、どうしたのやら涙ばかりが流れてまいりまして」と書いて送った。またまた折り返し手紙が届いた。

それから三日ばかり経ったときに「今日下山した」と言って、その夜姿を見せた。いつもいったいどんな気でいるのか、さっぱりわからなくなったので、私は冷たい態度でいると、あの方はあいかわらず私のどこが悪いんだいといった顔をして七、八日ごとにやっと通（かよ）ってくる。

〈語釈〉○さらぬはつらきもの　「さ」は「人問ふ」をさし、「問はぬはつらきもの」の意で、「忘れねと言ひしにかなふ君なれど（ば）問はぬはつらきものにぞありける」（『後撰集』恋五・本院のくら。『古今六帖』第四・恨み）を本歌とする。○ものと知らせむ　「『問はぬはつらきもの』と知らせむ」で、音さたのないのはどんなにつらいかわからせようとの意。○露けさは……　折からの雨にちなんで涙をいう。作者自身かまってもらえず泣き尽くしたので、もう涙は一滴も残っていないだろうの意。○よそのくもむら　「今ははやうつろひにけん木の葉ゆゑよそのくもむらなにしぐるらむ」（『元良親王集』）を本歌。「くもむら」は「むらくも」の誤写とも考えられるが、御所本『元良親王集』に「くもむら」とあるので一応底本のままに読む。兼家と疎遠になった作者自身をたとえる。〇あいなく　もう涸れたと思うのに涙がまだ出てくるやりきれなさをいう。

〈解説〉『後撰集』『古今六帖』の「忘れねと言ひしにかなふ君なれど問はぬはつらきものにぞありける」、「君をいかで思はむ人に忘らせて問はぬはつらきものと知らせむ」（『源氏釈』引用の類歌あり）を踏まえて贈答された消息文である。山寺参籠中の兼家はこの巧みな引歌を思いついてわざわざよこしたらしく得意で諧謔気分でいるが、引歌を軸とした交信だけによそよそしい他人行儀なもので、夫婦としての愛情の交流がまったく見られないのに作者は絶望しつつ教養人だけに、「ものと知らせむとてなむ」と受けたが、その後、「『よそのくもむら』もあいなくなむ」とつけ加えずにはいられなかった。作者の引歌は語釈にも記したが、「今ははやうつろひにけん木の葉ゆゑよそのくもむらなにしぐるらむ」で、これによって自分の心情、わびしい現在の悲嘆の境涯を逆に訴えずにはいられなかった。しかも作者の引歌のうまさは兼家の引歌使用より格段上である。兼家は藪蛇といった感じがしたであろう。

一二四　晩秋のころ

九月のつごもり、いとあはれなる空の気色なり。まして昨日今日、風いとさむく、時雨うちしつつ、いみじくものあはれにおぼえたり。遠山をながめやれば、紺青を塗りたるとかやいふやうにて、「霰降るらし」とも見えたり。

「野のさまいかにをかしからむ、見がてらものに詣でばや」など言へば、前なる人、

「げに、いかにめでたからむ。初瀬に、この度は忍びたるやうにて、おぼし立てかし」

など言へば、

「去年もこころみむとて、いみじげにて詣でたりしに、石山の仏心をまづ見果てて、春つかたさもものせむ。そもそもさまでやはなほ憂くて命あらむ」

など、心細うて言はる。

　袖ひつる時をだにこそ歎きしか身さへ時雨のふりもゆくかな
すべて世に経ることかひなく、あぢきなき心ち、いとするころなり。


〈現代語訳〉


九月の末ごろ、とてもしんみりと風情のある空模様である。いつもより昨日今日は、風が非常に寒く、時雨が時折訪れて、ひどくしみじみと感深い思いがする。遠くの山をながめると、紺青を塗ったというようで、「み山には霰降るらし」といった感じである。

「野の景色はどんなにきれいでしょう。見がてら、どこかへお参りしたいわね」などと言うと、前にいた侍女が、

「ほんとに、どんなにすばらしいでしょう。初瀬に、今度はお忍びでそっとお出かけなさいませよ」など言うので、
「去年も、運をためそうと思って、ひどく身をやつして、お詣りしたのだが、石山のみ仏の霊験を先に見届けたうえで、春ごろ、お前の言うように出かけましょう。それにしても、そのころまで、こんな思いに任せぬさまで生きていられるかしら」
などと心細くて、ついこんな歌が口ずさまれる。

涙で袖が濡れたときでさえ、とても嘆いていたが、今では袖どころか、からだまでも時雨が降りそそぎ、涙でぐっしょりぬれて、年老いてゆくことよ。

何もかも、この世に生きていること自体無意味で砂をかむような思いにひどくかられるころである。

〈語釈〉○風いとさむく 「さむく」は底本「さけて」。また「さえて」とも考えられる。○紺青　濃い藍色の絵の具。山膚の色。○霰降るらし 「み山には霰降るらし外山なるまさきの葛色づきにけり」(『古今集』神遊びの歌)を本歌とする。○いみじげにて　ひどくやつした姿で。一説、つきつめた思いにかられて。○仏心　仏の心とも読み得る。○袖ひつるの歌　道綱母の歌。「降り」と「古り」を掛ける。

〈解説〉晩秋を迎えて自然は風情豊かな時節で、人々は物詣でをかねて遊山に出かけるのがつねである。侍女も初瀬行きを作者に勧めるが、石山の夢のお告げを思い出したりして、初瀬は来春にしたいがいったいそれまで命が永らえているだろうかと心細くなり、「袖ひつる」の歌が口ずさまれる有様である。ただ無意味に砂をかむような毎日がどうにもこうにもやりきれない作者である。

一二五　霜の朝

さながら明け暮れて二十日になりにたり。明くれば起き、暮るれば臥すをことにてあるぞ、いとあやしくおぼゆれど、今朝もいかがはせむ。今朝も見出だしたれば、屋の上の霜いと白し。わらはべ、昨夜の姿ながら、「霜くちまじなはむ」とて騒ぐもいとあはれなり。「あな寒。雪恥づかしき霜かな」と口おほひしつつ、かかる身を頼むべかめる人どものうちきこえごち、ただならずなむおぼえける。

十月もせちに別れ惜しみつつ過ぎぬ。

〈現代語訳〉

そうした状態のまま明け暮れて、二十日になった。夜が明けると起き、日が暮れると寝る、ただこれを仕事とする毎日はまったく奇異な暮しだと思うが、今朝だって、どうにもし

かたがない。今朝も外に目を向けると、屋根の上の霜がまっ白である。幼い召使たちが、昨夜の寝巻姿のまま、

「霜やけのおまじないをしましょう」と言って騒いでいるのも、ほんとにいじらしい。「おお寒い！　雪もはだしの霜だこと！」と口を袖でおおいながら、こんな心細い私を頼りにしているらしい召使たちがつぶやいているのを聞くと、平気でじっとしていられない気がするのだった。

　十月も日の経つのをせつに惜しんでいるうちに過ぎてしまった。

〈語釈〉○二十日　十月二十日。○霜くち　しもやけ。○口おほひ　寒さのあまり袖で口をおおうしぐさ。

〈解説〉三週間近くも兼家は訪れないのだろうか。女世帯はまったく単調で朝になると起き、夜になると寝るばかりのくりかえしの生活がそのまま写されている。いつもは筆にのぼらぬ女の童（めのわらわ）のしぐさが注意をひくのも無聊（ぶりょう）のせいであろう。こんな寂しい境遇の自分をあてにして生きている人たちのことばが耳にはいるにつけ責任を感じてしまう作者である。

　ところでこの前後の数項を読むと、作者と侍女、女（め）の童といった女世帯の感じがするが、実際は元服後の従五位下（じゅごいのげ）道綱がいるのである。若い貴公子中心の華やいだ空気があるにちがいないが、作者の筆はそのことにはまったく触れられていない。（中巻に道綱が出てくるのは愁嘆場の子役としてのみ）これはこの日記が、かげろふのごとき身の上を書くというテーマを持つ作品であるから

で、その意味で作者はテーマにそぐわない生活の部分は切り捨てているのである。こういう点に作家としての道綱母を感じる。

一二六　あまがへるの異名

十一月も同じごとにて二十日になりにければ、今日見えたりし人、そのままに二十よ日跡を断ちたり。文のみぞ、ふたたびばかり見えける。かうのみ胸安からねど、思ひ尽きにたれば、心弱きここちして、ともかくもおぼえで、「四日ばかりの物忌しきりつつなむ。ただ今、今日だにとぞ思ふ」など、あやしきまでこまかなり。はての月の十六日ばかりなり。

しばしありて、にはかにかい曇りて、雨になりぬ。たふるるかたならむかしと思ひ出でてながむるに、暮れゆく気色なり。いといたく降れば、障らむにもことわりなれば、昔はとばかりおぼゆるに、涙の浮びて、あはれにもののおぼゆれば、念じがたくて、人出だし立つ。

悲しくも思ひたゆるか石上さはらぬものとならひしものを

と書きて、今ぞ行くらむと思ふほどに、南面の格子も上げぬ外に、人の気おぼゆ。人はえ知らず、われのみぞあやしとおぼゆるに、妻戸おし開けて、ふとはひ入りたり。いみじき雨のさかりなれば、音も聞こえぬなりけり。いまぞ「御車とくさし入れよ」などののしるも聞こゆる。

「年月の勘事なりとも、今日の参りには許されなむとぞおぼゆる」など多く、

「明日は、あなた塞がる。明後日よりは物忌なり、すべかめれば」

などいと言よし。やりつる人は違ひぬらむと思ふに、いとめやすし。

夜の間に雨止みにためれば、

「さらば暮に」

などて帰りぬ。方塞がりたれば、むべもなく待つに、見えずなりぬ。「昨夜は、人のものしたりしに、夜の更けにしかば、経など読ませてなむとまりにし。例の、いかにおぼしけむ」

などあり。

山籠りの後は「あまがへる」といふ名をつけられたりければ、かくものしけり。「こなたざまならでは、方も、」など、けしくて、
おほばこの神のたすけやなかりけむ契りしことを思ひかへるは
とやうにて、例の、日過ぎて、つごもりになりにたり。


〈現代語訳〉

十一月も同じような有様で、二十日になってしまったので、その日に訪れたあの方は、そのまま二十日あまりもぱったり足がとだえた。手紙だけは二度ほどよこした。こんな具合で心の安まらない状態ばかりが続くが、さまざまのつらい思いをし尽してきたので、すっかり気が弱くなったようで、ただぼんやりと過ごしていると、「四日間ばかりの物忌が次々とあったので……。たった今、今日にでもと思っている」などと、不思議なくらいに、こまごま

と書かれた手紙がある。十二月十六日ごろのことである。

しばらくして、突然、空が一面に曇り、雨になった。この雨には閉口していることだろうよと、先ほどの手紙を思い浮べながら、もの思いにふけっているうちに、暮れてゆく様子である。とてもひどく降るので、雨ゆえに来られなくても無理はないと思う一方、昔はこんなことではなかったのにとしきりに思い出されるにつけても、涙がにじみ出てしみじみと悲しくなってきたので、堪えきれなくなって、使いを出した。

雨のためおあきらめになるとは悲しゅうございます。昔はいつも雨をいとわず来てくださいましたのに。

と書いてやって、今ごろ使いが行き着いただろうと思う時分に、南座敷の格子も閉めたままの外の方に、人の気配がする。家の者はだれも気がつかないで、私だけが変だと思っていると、妻戸を押し開けて、あの方が、つとはいって来た。どしゃ降りの最中なので、音も聞えなかったのである。今ごろ、「お車を早く入れよ」など大声で言っているのも耳にはいる。

「たとえ長期のご勘気でも、今日、この大雨の中を参上したことで許してもらえるだろうと思うよ」など多弁で、

「明日は、あちらの方角がふさがる。あさってからは物忌だ。しないわけにいかないだろうから」

など、まことに言葉たくみに言う。出した使いは行き違いになったのだろうと思うと、ほんとにほっとした。

夜の間に雨がやんだ様子なので、

「それでは、夕方に」

と言って帰って行った。「昨夜は、方塞がりになったので、案の定、待っていたけれど、見えずじまいになってしまった。そちらへ行くのを中止した。例によって、どんなに気をもまれたことだろうね」などと言ってよこした。

山籠りの後は、「あまがえる」というあだ名をつけられていたので、次のように歌を送った。

「こちら以外なら、方角もふさがらないと見えますね」などと皮肉って、

おおばこの葉を死んだ蛙にかぶせると生きかえると申しますが、「あまがえる」の私にはそのおおばこの神の助けもなかったのでしょうか。私との約束を破って来て下さらないのは。それで私は死ぬほどのつらい思いをしております。

といった具合で、例によって、日が経って、月末になった。

〈語釈〉○かうのみ胸安からねど　こんなふうにばかり心中穏やかならぬものがあるけれど。○思ひ尽きにたれば……　種々様々なつらい思いをしつくして、今ではもう怒ったり恨んだり自分の感情をぶつける気力さえなくなり。○たふるるかた　七四頁参照。○昔はと　昔は雨など物ともせず訪れたと。○悲しくもの歌　道綱母の歌。「石上」は大和国山辺郡布留（現在の奈良県天理市）にある神宮の名。「石上ふるとも雨に障らめや逢はむと妹に言ひてしものを」（『古今六帖』第一・大伴像見）の歌を踏まえる。「石上」は「ふる」の枕詞、ここでは「降る雨」と「古」（昔）の意。○南面　寝殿造りの建物で南向きの正殿。○妻戸　寝殿造りの建物で、四隅に、廂の間と簀の子との間にある両開きの板戸。○めやすし　安堵する。自分の歌をまだ見ていないので恥かしい思いをしなくてもよい。○あまがへる　「雨蛙」に「尼帰る」を掛けた諧謔。兼家が鳴滝から帰った作者につけたあだ名。○こなたざまならでは方も　手紙の詞書とも作者の心中思惟ともとれる。○おほばこの歌　道綱母の歌。「おほばこ」は車前子（『和名抄』）とも書き、オオバコ科の多年生草本。この葉を死んだ蛙にかぶせると蘇生するという俗信がある。兼家が約束を「変える」に「蛙」を掛けた。

〈解説〉兼家の夜離れですっかり気落ちした作者が雨の日、昔を思い出して兼家に歌を贈ると入れちがいに珍しく大雨を冒して訪れる。「年月の勘事なりとも、今日の参りには許されなむとぞおぼゆる」とかってなことを言うが、これと同じようなことを『落窪物語』で露顕の夜、大雨の中を糞まみれになって姫のもとに訪れた左近少将をかばって帯刀が阿漕に言っている。「あまがえる」のあだ名は秀逸で、作者も苦笑しながらうまいと感心したのであろう。自分の歌に詠み入れているくらいだから悪い感じはしなかったと見える。

一二七　師走つごもりの日

忌(いみ)の所になむ夜ごとに、と告ぐる人あれば、心安からであり経(ふ)るに、月日はさながら、鬼やらひ来ぬるとあれば、あさましあさましと思ひ果つるもいみじきに、人は、童(わらは)、大人(おとな)ともいはず、「儺(な)やらふ儺やらふ」と騒ぎのしるを、われのみのどかにて見聞けば、ことしも、ここちよげならむ所の限りせまほしげなるわざにぞ見えける。

雪なむいみじう降るといふなり。年のをはりには何事につけても、思ひ残さざりけむかし。

〈現代語訳〉

私の鬼門(きもん)の所に、あの方は夜ごとに通っていると知らせてくれる人があったので、心が穏やかでなく暮していると、月日はどんどん流れて、追儺(ついな)の日となったというので、あきれた、まあなんということかと、匙(さじ)を投げて、むしょうにやりきれない思いでいるのに、まわりの者は、子供も大人もみな、「鬼は外、鬼は外」と大声をあげて騒ぐのを、私だけはのんびりと落着いて見聞きしていると、追儺(ついな)などというものは、あたかも快くやっている所だけがしたがる行事のように思われるのだった。

雪がひどく降っているという声が聞える。年の終りには、何事につけても、ありとあらゆる物思いをしつくしたことであろうよ。

〈語釈〉○忌の所　忌みきらっている所。近江。○鬼やらひ　追儺と同じ。十二月三十日、禁中でする鬼を追い払う儀式にならい、民間でも行なわれた。○ことしも　四五八頁参照。○ここちよげならむ所　日の当る人々の家。○思ひ残さざり　ありとあらゆるもの思いをし尽くす。

〈解説〉兼家は愛人近江のもとにうつつを抜かして通いつめているという情報がはいり、作者の心中は穏やかでないが、もう処置なし、兼家につける薬なしとあきらめつつもやはり悲しみは彼女を包みどうしようもない。月日だけはどんどん流れて晦の日となった。追儺の行事でがやがや騒ぎ立っている家人の中で作者はやはり相変らず孤独の人である。

末尾の言葉には本日記中、もっとも苦渋に満ちた体験を重ね、しみじみ「かげろふ」の身と観じた天禄二年の年末を迎え、また中巻を結ぶに当っての深い感慨がこめられている。

下巻

天禄三年

一二八　年頭

かくてまた明けぬれば、天禄三年といふめり。ことしも、憂きもつらきも、ともにここち晴れておぼえなどして、大夫装束かせて出だし立つ。下り走りてやがて拝するを見れば、いとどゆゆしうおぼえて涙ぐまし。

行なひもせばやと思ふ今宵より、不浄なることあるべし。これ、人忌むといふことなるを、またいかならむとてにかと、心一つに思ふ。今年は天下に憎き人ありとも、思ひ嘆かじなど、しめりて思へば、いと心やすし。

三日は帝の御冠とて、世は騒ぐ。白馬やなどいへども、ここちすさましうて七日も過ぎぬ。

八日ばかりに見えたる人、

「いみじう節会がちなるころにて」

などあり。

つとめて帰るに、しばし立ちどまりたるをのこどもの中より、かく書きつけて、女房の中に入れたり。

下野やをけのふたらをあぢきなく影も浮かばぬ鏡とぞ見る

その蓋に、酒、果物と入れて出だす。土器に、女房、

さし出でたるふたらを見ればみを捨ててたのむはたまの来ぬとさだめつ

〈現代語訳〉

こうしてまた年が明けると、天禄三年という年になったようである。まるで、憂鬱なこともつらいことも、ともに拭い去ったような晴れやかな気分になって、大夫に装束をつけさせて送り出した。さっと庭に下りて、そのまま拝礼するのを見ると、ひときわりっぱに成長したと感じて、涙ぐましくなった。

勤行もしたいと思う今晩から、月の障りがあるはずである。このこと、世間では不吉だと言っていることなので、またしても自分はどうなっていくのかしらと内心案じた。今年はあの方がどのように憎く思われても、くよくよ嘆きはすまいなどと、しんみりと思っているので、とても気が楽になる。

三日は帝の御元服とのことで、世間では騒いでいる。白馬の節会だなどというけれども、しらけた感じがしたまま七日も過ぎてしまった。

八日ごろに訪れたあの方は、「たいそう節会のつづくころで」などと弁解をする。

あくる朝、帰る際、一服していた従者たちの中から、こんな歌を書きつけて、侍女のもと

へ、さし入れてきた。

この桶の蓋は丸くても鏡とちがって、つまらないことに、あなた方の姿も映りません。お心があれば映るのですがね。イヤお酒が入れば鏡のようにかげが映るのですがね。

その蓋に、酒と肴とを入れて、さし出した。土器に書きつけた侍女の歌、

　さし出された蓋を見ると身がない。これでは丸くても、イヤ一生懸命たのまれても鏡ではないので魔力を持たないから私たちを呼び出すことは出来ません。代りにお望みの品を入れてあげましょう。

〈語釈〉○天禄三年　九七二年で兼家四十四歳、作者三十六歳ごろ。道綱十八歳。結婚十八年目。○大夫　道綱。○拝する　作者に向って年賀のあいさつとして拝舞する。○いとどゆゆしう　わが子が晴れの装束をつけて拝舞する姿を見て、りっぱに成人したことをひとしお強く感じたのである。○天下に憎き人ありとも　兼家を頭においていう。○帝の御冠　円融天皇（十四歳）のご元服。○白馬　正月七日、天皇が豊楽院（後、紫宸殿）で左右の馬寮から引いた二十一頭の白馬を御覧になり、後、諸臣に賜宴の行事。白馬の節会。○ここちすさましうて　心が弾まないで。興がわかないで。○下野やの歌　従者の歌。「下野や」は「ふたら（二荒山の意）」の序詞で、その「ふた」に「蓋」を掛ける。相手がこちらを思ってくれていると鏡や水に相手の姿が映るという俗信に基づいて詠まれている。桶の蓋が空

なのでお酒を入れてほしいことをほのめかす。○果物（くだもの）　酒の肴（さかな）。副食物。○さし出（い）でたるの歌　侍女の歌。「み」に、蓋（ふた）に対する「実（み）」と「身」を掛ける。「身を捨てて」一生懸命になって。捨身の意。「ふたら」は下野の二荒山神社。「たのむ」は神社と侍女にたのむ。「鏡」には霊魂を招きよせる魔力があると信じられた。蓋は丸くても鏡でないから侍女の姿が映るはずもない。「来ぬ」は従者の側（がわ）からの言い方。

〈解説〉「かくてまた明けぬれば、天禄三年といふめり」と書かれ、年号が明記されているのはこの箇所のみであり、語調も強く、年頭の作者の新しい心持がうかがえる。

今までは愁嘆場（しゅうたんば）の子役であったり、父母の間に立っておろおろする泣虫の線の細い息子であった道綱が十八歳の元旦を迎え、五位の晴れの装束で、作者に階段の下から新年の挨拶（あいさつ）を朝廷でするように、儀式ばって拝舞（はいぶ）の礼を行ったので作者は格段の成人ぶりを見てほろりと涙ぐましくなる。

昨年は元日に兼家が邸前を素通りしたというので大騒ぎをし、鳴滝籠りにまで発展したがそれに比べて本年はなんという変り方であろう。勤行（ごんぎょう）でもしようかなどと考えているし、本年は兼家がどんな勝手な振舞をしても気にしないでおこうとも静かに決意しているが、兼家のことはどうしても頭から離れないのであろう。「ここちすさましうて七日も過ぎぬ」の言葉でうかがえる。やはり兼家が訪れないと心が弾まないのである。

一二九　袍の仕立直しをめぐりて

かくて、なかなかなる身のびなきにつつみて、世人の騒ぐ行なひもせで、二七日は過ぎぬ。

十四日ばかりに、古き袍、「これいとようして」など言ひてあり。「着るべき日は」などあれど、いそぎも思はであるに、使ひの、つとめて、「おそし」とあるに、

　久しとはおぼつかなしや唐衣うち着てなれむさておくらせよ

とあるに、たがひて、これより文もなくてものしたれば、「これはよろしかめり。まほならぬがわろさよ」とあり。ねたさにかくものしけり。

　わびてまたとくと騒げどかひなくてほどふるものはかくこそありけれ

とものしつ。それより後、「司召にて」などて音なし。

今日は二十三日、まだ格子はあげぬほどに、ある人起きはじめて、妻戸おし開けて、

「雪こそ降りたりけれ」

と言ふほどに、鶯の初声したれど、ことしも、まいてここちも老い過ぎて、例の、かひなき独り言もおぼえざりけり。

〈現代語訳〉

こうして、なまじっかあの方の妻であるというわが身ゆえに、さしひかえて、世間の人々が、熱心にする勤行(ごんぎょう)もしないで、二七日は過ぎてしまった。

十四日ごろに、古い袍(うえのきぬ)を、「これを仕立て直して」などと言ってよこした。「着る予定の日はこれこれ」などとあるが、急いで仕立てようとも思わずにいると、使いが、翌朝、「まだですか」と言ってきて、

長くかかるとは気がかりな。その着物をずっと着馴(な)れたい。——なじみのあなたといつまでも仲むつまじくしたいのでね——きものはそのまま送らせてほしい。

と言ってよこしたが、行きちがいに、こちらから手紙もつけずに仕立て物を届けたので、「これはまずまずの出来ばえのようだ。すなおでないのがいただけないな」と言ってきた。しゃくにさわって、こう言ってやった。

ご催促に困って、早く袍(うえのきぬ)を解いて仕立てようと大騒ぎするがかいもなく、古い袍の縫い直しは上手にできません。同様古ものの私ではお気に召さぬでしょう。

と言い送った。それから後、「司召(つかさめし)で」などといって、音さたがない。

今日は二十三日、まだ格子をあげないうちに、そばの侍女が起き始めて、妻戸をおしあけ

て、「まあ雪が降ったのだわ」と言っていると、鶯の初声が聞えたが、まるで、いよいよ気持が老いこんでしまったみたいで、例のようになんの役にも立たない述懐歌も思い浮かばないのだった。

〈語釈〉○**二七日**　十四日のこと。八日から七日間、宮中で御斎会、民間でも仏事を営むので、二七日と言う。○**袍**　朝廷に出仕する時の正装の表衣。束帯・布袴・衣冠の時に着用。○**久しとはの歌**　兼家の歌。「萎れむ（着物がよれよれになる意）」に「馴れむ（作者と馴染む意）」を掛ける。「さて」は仕立てずにそのままの意とも、仕立てての意ともとれるが、前者であろう。○**わびてまたの歌**　道綱母の歌。「疾く」に「解く」を掛け、「ほど経る」に古い袍と自分が古びてしまったことを掛ける。○**司召**　一一七頁参照。

〈解説〉袍の仕立直しを忘れていたのか、十四日ごろに急いで作者邸へ持って来た。お裁縫の上手な作者だが、平常あまり寄りつきもしないで、急ぎの縫い直しをおしつけた身勝手さに反発して、向うの指定日に合わせて精を出す気になれず、捨ておいたところ、矢の催促でとりに来たのであるが、行きちがいに仕立直した着物を手紙もつけずに届けさせた。これをめぐる兼家と作者の歌の贈答であるが、珍らしく兼家の方から歌をよこしている。求婚中は兼家からせっせと歌をよこしたが、結婚後はもっぱら作者から贈るのが常であった。歌は明るい、やや諧謔を含むもので、兼家も「さておくらせよ」と淡々と言っているし、作者も気楽に「ほどふるものはかくこそありけれ」と言っている。

初雪、鶯の初音、こうした自然現象を目にし耳にしては感慨もひとしおで、和歌を口ずさむのが歌人のたしなみであり、作者もその一人で、いつも歌が口をついて出るのが常であったが、どうも年が老けたせいか、歌がすらすら生まれて来ないことを述べている。兼家の訪れもなく、仕立物の縫い直しを頼まれる実用的な妻になって、教養人ならいちはやく感得する自然のうつり変りにも心も弾まず、感動も薄い人間になってしまったことを嘆くでもなく、かなり素直に述べている。

一三〇　兼家大納言に昇任

司召、二十五日に、大納言になどののしれど、わがためは、まして所せきにこそあらめと思へば、御よろこびなど、言ひおこする人も、かへりては弄ずるここちして、ゆめ嬉しからず。大夫ばかりぞ、え言はず、下には思ふべかめる。

またの日ばかり、「などか、『いかに』と言ふまじき。よろこびのかひなくなむ」などあり。

また、つごもりの日ばかりに、「なにごとかある。騒がしうてなむ。などか音をだに。つらし」など、はては、言はむことのなさにやあらむ、さかさまごとぞある。今日もみづからは思ひかけられぬなめりと思へば、返りごとに、「御前申しこそ、御いとまのひまなかべかめれど、あいなけれ」とばかりものしつ。

かかれど、今はものともおぼえずなりにたれば、なかなかいと心やすくて、夜もうらもなううち臥して寝入りたるほどに、門叩くに驚かれて、あやしと思ふほどに、ふと開けてければ、心騒がしく思ふほどに、妻戸口に立ちて、

「疾く開け、はや」

などあなり。前なりつる人々も、みなうちとけたれば、逃げ隠れぬ。見苦しさに、ゐざり寄りて、

「やすらひにだになくなりにたれば、いとかたしや」

とて開くれば、

「さしてのみ参り来ればにやあらむ」

とあり。

さて、あかつきがたに、松吹く風の音、いと荒く聞こゆ。ここらひとり明かす夜、かかる音のせぬは、ものの助けにこそありけれとまでぞ聞こゆる。

〈現代語訳〉

司召があって、二十五日に、あの方は大納言に昇任したなどと大騒ぎだけれど、私のためには今までよりさらに自由の利かない身になるであろうと思うと、お祝いなど言ってよこす人も、かえってからかっているように感じられて、まるっきりうれしくない。大夫だけは、内心、なんとも言えないほど喜んでいるようである。

次の日あたり、「なぜ、『どんなにお喜びでしょう』と言っていけないことがあろうかね。

あなたがなんとも言ってくれないので昇任した喜びのかいがないよ」などと言ってくる。

また、三十日ごろに、「何か変わったことはないか。こちらはとり込んでいてね。どうして便りさえくれないの、薄情な」などと、しまいには、言うことがなくなったのだろうか、逆恨(さかうら)みをしてくる。今日もあの方自身の訪れは期待できないとのようだと思ったので、返事に、「御前での御奏聞(そうもん)のお役目は、おからだの空(あ)くひまもないご様子ですけれど、私にはつまりませんわ」とだけ書いてやった。

　こんなふうで、足は遠のいているけれど、今はもう気にならなくなってしまったので、かえってとても気が楽で、夜も心おきなく横になって寝込んでいたところ、門を叩く音にはっと目がさめて、変だなと思っていると、召使がさっと門を開けたので、私がどぎまぎしていると、あの方は妻戸口に立って、

「さっさと開けよ。早く」

などと言う声がする。前にいた侍女たちも、みなくつろいだみなりだったので、逃げ隠れてしまった。迎えに出る人もなく弱ったあまり、私が妻戸口ににじり寄って、

「もしかしてお見えになるかしらと思って、戸締りをせずに寝ることすら、このごろではしなくなりましたので、すっかり錠がさびついて、開けにくくなったこと」

と言って開けると、

「ただ一途(いちず)にこちらを目指してやって来たせいで、戸も鎖(さ)して開かなかったのだろうかね」

と言う。

さて、夜明け前ごろに、松を吹く風の音が、とても荒々しく聞える。独り寝をして明かした幾晩もの間、こんなひどい音がしなかったのは、神仏の御加護であったのだわと思うくらいに荒々しく聞こえるのであった。

〈語釈〉○**大納言**　兼家、天禄三年正月二十四日権大納言、同年閏二月二十九日大納言（『公卿補任』）。○**騒がしうてなむ**　兼家が多忙のことをいう。○**などか音をだに**　なぜおめでとうと便りだけでもよこしてくれないのか。兼家の催促。○**つらし**　情がない感じである。思いやりがない。○**さかさまごと**　いつもとは逆に兼家の方が恨みごとを言う。○**御前申し**　底本「御恵衛まうし」。天皇の御前で政務を奏上すること。○**御いとまのひまなかべかめれ**　「いとまのひま」で一語。時間の空いている時、仕事のあいまの意。「暇の隙」と書く。○**あいなけれ**　「あいなし」の已然形。本意でない。○**疾く開け**　妻戸は内側に掛け金があって錠になっている。そこではやく開けてくれと兼家が言ったのである。○**やすらひにだに**　「君やこむわれやゆかむのやすらひにまきの板戸をささで寝にけり」（『古今六帖』第二・戸）を本歌とする。ただし逆の内容を表わしている。○**かたしや**　錠が「固し」と開けるのが「難し」とを掛ける。○**さしてのみ**　兼家も前掲の古歌を踏まえて、「ささで」を逆用して「さして」と言い替え「指して」と「鎖して」とを掛けた。教養人同士の機知に富んだやりとり。

〈解説〉大納言は太政官の次官という要職で現在の閣僚にあたる。伊尹のひき立てにより実兄兼通を超えて出世街道をひた走る幸運児兼家は公務や社交に多忙をきわめ作者の所へまで姿を見せるひまがないのであろう。しかし作者の存在を忘れているわけではないことは「などか、『いかに』と言ふまじき。よろこびのかひなくなむ」の言葉や「なにごとかある。騒がしうてなむ。などか音をだに。つらし」の手紙をよこしていることでも解る。また対外的にも兼家北の方として御祝いの言葉を言ってくる人もあるので、作者も喜んでいいはずである。また兼家が後年のように兼通のために不遇であった時、やはりいっしょに心配もしている。よく伯爵夫人や億万長者の妻君が荷車を夫婦でひいていくのを見て替りたいわと言ったのをまた聞きであるが聞いている。夫の浮気や夫の心を独占できないことは妻としてこれほど悲しい苦痛なことはない。作者も兼家の逼塞より栄達の方を歓迎するであろうが、多忙で足が遠のくと兵部大輔時代がなつかしくなるのもまたどうしようもない女心である。

　後半は突然訪れた兼家と作者との間に交わされた会話が書かれている。教養人同士であるので、『古今六帖』の「君やこむわれやゆかむのやすらひにまきの板戸をささで寝にけり」を引用して、しかも兼家の夜離れを皮肉って、引歌と逆に、「やすらひにだになくなりにたれば」と述べ、引歌中の「まきの板戸」の縁語で戸の錠がさびついてしまったと「かたしや」と夜離れを強調する。引歌を自由自在に操ってまったく自己の心象叙述として文中に消化させて発言する。兼家も負けていない。「さしてのみ」と同じ引歌の言葉を転用して応酬する。機知即才を重んずる教養人同士の典型的な会話である。

「あかつきがたに、松吹く風の音、いと荒く聞こゆ」こうした自然描写が人事描写や会話の中に挿入されて来ることも下巻では注意すべきことがらであろう。夫が滞在する夜の安心感はしばしば不在の夜を味わっているだけに格別である。妻ならではの微妙な気持が何気なく表出されている。

一三二　所せき身の夫来訪

明くれば二月にもなりぬめり。雨いとのどかに降るなり。格子などあげつれど、例のやうに心あわたたしからぬは、雨のするなめり。されど、とまるかたは思ひかけられず。とばかりありて、

「をのこどもは参りにたりや」

など言ひて、起き出でて、なよよかなる直衣、しをれよいほどなる掻練の袿一襲垂れながら、帯ゆるるかにて、歩み出づるに、人々、

「御粥」

など、気色ばむめれば、

「例食はぬものなれば、なにかは、なにに」と心よげにうち言ひて、

「太刀疾くよ」

とあれば、大夫取りて、簀子に片膝つきてゐたり。

のどかに歩み出でて見廻して、

「前栽をらうがはしく焼きためるかな」

などあり。やがてそこもとに、雨皮張りたる車さし寄せ、をのこどもかるらかにて、もたげたれば、はひ乗りぬめり。下簾ひきつくろひて、中門より引き出でて、さきよいほどに追は

せてあるも、ねたげにぞ聞こゆる。

日ごろ、いと風速しとて、南面の格子は上げぬを、今日、かうて見出だして、とばかりあれば、雨よいほどにのどやかに降りて、庭うち荒れたるさまにて、草はところどころ青みわたりにけり。あはれと見えたり。昼つかた、かへしうち吹きて、晴るる顔の空はしたれど、ここちあやしうなやましうて暮れはつるまで、ながめ暮しつ。


〈現代語訳〉


夜が明けると二月になったらしい。雨がとてものどかに降っている音がする。格子などを上げたけれど、いつものようにせき立てられるような気分でないのは雨のせいであの方が急がないかららしい。しかしこのままここにとどまるとは思いもよらない。しばらくして、

「供人どもは参っているか」

などと言って起き出して、柔らかな直衣に、やや着馴れてしなやかになった紅の練絹の袿を一かさね指貫の上に垂らし、帯をゆったりと結んで、足を運んで来ると、侍女たちが、

「ご飯を」

などと勧める模様、すると、

「いつも食べないものだから、なあに、いらないよ」と機嫌よさそうに言って、

「太刀を早くな」と言うので、大夫が取って、縁側に片膝をついて控えている。

ゆったりと足を運んで、あたりを見回して、

「植込みを乱雑に焼いたようだな」

などと言う。まもなくそこに雨覆いをつけた車を近寄せて、供人たちがいかにも軽々と車の轅(ながえ)を持ち上げていると、乗り込んだようである。下簾(したすだれ)をきちんとおろし、中門から引き出して、先払いを程よくさせて遠ざかって行くのも、ねたましく感じるほど、高官らしく聞える。

数日来、とても風が強いというので、南面(みなみおもて)の座敷の格子は上げずにいたが、今日、このようにあの方を見送ったまま、しばらく外をながめていると、雨が程よくのどやかに降って、庭はだいぶ荒れた有様で、草があちらこちら一帯に青く萌(も)え出ている。しみじみと感慨を催されるのだった。昼ごろ、吹き返しの風が吹いて雨雲を払い、空は晴れ模様になったけれど、気分が妙にすぐれず、日が暮れきってしまうまで、ぼんやり外を見ながらもの思いに沈んで過ごした。

〈語釈〉○**例のやうに心あわたたしからぬは**　兼家が作者のもとで夜を過ごすと翌朝せわしく帰っていくのが常だが雨のせいでゆっくりしているのであわただしい気分でない。○**思ひかけられず**　主語は作者。○**なよよかなる**　糊(のり)気が落ちてこわばらずやわらかになっている。○**直衣**(なほし)　貴族の平常服。○**搔練**(かいねり)　練って糊を落し、柔らかにした絹布。多くは紅色(くれないいろ)である。○**袿**(うちき)　直衣(のうし)の下に着る衣服。○**垂れながら**　袿(うちき)の裾(すそ)を指貫(さしぬき)の中に着込めず、直衣の下から出す、出袿(いだしうちき)の姿。○**気色**(けしき)**ばむ**　気持の一端をあらわす。ここは食事を勧める様子をみせる。○**簀子**(すのこ)　縁側。寝殿(しんでん)造りで、一番外がわの板敷。○**雨皮**　雨天のとき、車にかける覆い。○**下簾**(したすだれ)　二二六頁参照。○**ねたげ**　なんとなく圧倒されて焦燥感を覚える気持が「ねたし」である。憎らしい。

〈**解説**〉この項を読むと、雨天であり、春先であることも関係があるであろうが、高官兼家の悠揚迫まらない風姿が目に浮かぶ。りっぱな直衣をゆったりと着、袿を指貫の上に垂らした、うちくつろいだ姿で悠然と縁側にあらわれる。そして侍女が勧める食事も断って庭をながめ、「前栽をらうがはしく焼きためるかな」と一言感想を洩らし、雨の中を大ぜいの供人が軽々担ぐ車に乗りこみ、やがて牛にひかせて出て行くと静かに煙る春雨の中を先払いの声が次第に遠ざかっていく。まるで絵巻の中の主人公である。見送った作者は乱雑に焼いた庭のあちこちから萌え出ている青い草を見ると、ああ春だなあと思うと同時に、時たま訪れてくれる夫が、来る度にいちだんと男ぶりがあがり、貫禄がついて行き、押しも押されもせぬ政治家として順風に帆をあげ時めいているのに比べ、自分は次第に容色も肉体も衰えて行くことを寂しく受けとめずにはいられない。空は吹き返しが吹いて晴れて明るい空模様になったが、作者の胸中は次第に暗雲に閉ざされて晴れる見込もない状態になるのだった。

一三二　夫の訪れにとまどふ

三日になりぬる夜、降りける雪、三四寸ばかりたまりて、今も降る。簾を巻きあげてながむれば、「あな寒む」と言ふ声、ここかしこに聞こゆ。風さへ速し。世の中いとあはれなり。

さて、日晴れなどして、八日のほどに県ありきの所にわたりたる。類多く、若き人がちにて、箏、琵琶など、折にあひたる声に調べなどして、うち笑ふことがちにて暮れぬ。つとめて、客人帰りぬる後、心のどかなり。


ただ今ある文を見れば、「長き物忌にうちつづき着座といふわざしては、つつしみければ。今日なむ、いと疾くと思ふ」など、いとこまやかなり。返りごとものして、いと疾くとあめれど、よにもあらじ、今は人知れぬさまになりゆくものをと思ひ過ぐして、あさましううちとけたること多くてあるところに、午時ばかりに、「おはしますおはします」とののしる。いとあわたたしきここちするに、はひ入りたれば、あやしくわれか人かにもあらぬにて、向かひゐれば、ここちもそらなり。しばしありて、台などまゐりたれば、少し食ひなどして、日暮れぬと見ゆるほどに、

「明日、春日の祭なれば、御幣出だし立つべかりければ」

などて、うるはしうひき装束き、御前あまた引きつれ、おどろおどろしう追ひちらして出でらる。すなはち、これかれさし集まりて、

「いとあやしううちとけたりつるほどに、いかに御覧じつらむ」

など、口々いとほしげなることを言ふに、まして見苦しきこと多かりつると思ふここち、ただ身ぞ憂じはてられぬるとおぼえける。


いかなるにかありけむ、このごろの日、照りみ曇りみ、いと春寒き年とおぼえたり。夜は月あかし。

十二日、雪、こち風にたぐひて、散りまがふ。午時ばかりより雨になりて、静かに降りくらすにしたがひて、世の中あはれげなり。今日まで音なき人も、思ひしにたがはぬここちするを、今日より四日、かの物忌にやあらむと思ふにぞ、少しのどめたる。

〈現代語訳〉

三日になった夜に降った雪が、三、四寸ほど積もり、四日の今もまだ降っている。簾を巻き上げて見るともなしにながめていると、「おお寒い」という侍女たちの声がここかしこに聞こえる。風までもひどく吹いている。世の中全体が、しみじみとした感じのするところである。

さて、その後、天気が回復して、八日ごろに、地方官歴任の父の所に出かけてゆくと、親類の者たちが大ぜい集まっていて、若い女たちの方が多くて、箏や琵琶などを、今の季節に合った調子に奏したりなどして笑い声が絶えない一日を過ごした。次の朝、客の親類の人たちが帰って行ったあとは、のんびりした気分であった。

帰宅直後、届いたあの方の手紙を見ると、「長い物忌にひきつづいて着座ということをして慎んでいたので。今日、さっそく行こうと思う」など、たいそう心こまやかな文面である。返事を出して、さっそく行くよとの文面であったが、まさか見えまい、今ではだんだん日陰の身になってゆくのにと思って気にもとめず、あきれるくらいくつろいで気を許しているところへ、午の時分ごろに、「お越しです、お越しです」と騒ぎ立てる声がする。ひどくあわてふためいているところへ、はいって来たので、変な格好で無我夢中でぼうっとして対座していると気持も上の空である。しばらくして膳部をさしあげると、少し食べたりして、日が暮れたと感じられるころに、

「明日は春日の祭のために、御幣使を出立させねばならないから」

などと言って、一糸乱れず装束をつけて、前駆を大ぜい引きつれて、大仰に先払いをさせながら、出て行かれた。するとたちまち侍女たちが集まってきて、

「あいにく変てこなだらしない格好をしておりましたときで、殿さまはどうご覧になったでしょう」

などと口々に申しわけなさそうに言うので、それ以上に私自身がみっともないことだらけだったと思う気持で、ただもうわが身がすっかり愛想をつかされてしまったと感じられたのだった。

どうしたことだったのかしら、このごろの天候は、照ったり曇ったり、春だというのに、とても寒い年だと思われた。夜は月が明るかった。

十二日、雪が東の風といっしょになって散り乱れる。正午ごろから雨になって、静かに一日じゅう、降りつづくにつれて、世の中全部が、しんみりとした感じとなった。今日まであの方からなんの音さたもないのも思ったとおりだという気持がするが、今日から四日間は、あの物忌かも知れないと思うことで、少しは心を落ちつけさせた。

〈語釈〉○三四寸　十センチばかり。○県ありき　地方官歴任の父倫寧。○類　親類。○箏　十三絃の琴。琴は絃楽器の総称。○琵琶　四絃の琴。○着座　任官して定めの席に着くこと。○いと疾くと　底本「いととけに」。○明日　「御幣出だし立つ」に掛かる。○春日の祭　春日神社の祭礼は二月と十一月の上申の日に行なわれる。天禄三年は二月十一日。その前日に御幣使が立つ。○出でる　敬語とも受身とも考えられる。○春寒き年　底本「はるさむるとし」。「春寒かる年」とも考えられるが一応「春寒き年」に従う。○音なき人　兼家。○かの物忌　どんな物忌か不明。

〈解説〉父の家で若い親類の娘たちと音楽のあそびに興じて気晴しをして帰宅すると、兼家も作者のことが気になると見えて情のこもった手紙を届け、物忌や着座で慎んだり、恐っていたが手が空いたのですぐ行くとのことであった。よもや見えまいと見なりもととのえず部屋の片づけもせず油断をしていた作者の虚をついて兼家は姿を見せた。また待ちぼうけだろうと高をくっていた作者は後悔したが後の祭りで、ひけめを感じうけ答えもしどろもどろであったであろう。作者はこれで見限られたと心を痛める。

　用意万端調えて待つと先夜のように肩すかしを食い、今日のようにわざわざ手紙ですぐ行くと予告して来ても、また待ちぼうけにちがいないと油断していると言葉どおり姿を見せる。まったく裏目に出るもので兼家に文句を言うわけにもゆかず、作者は「貧すれば鈍する」とはこんな場合の自分に当ると思ったであろう。

一三二　夢解きのことば

十七日、雨のどやかに降るに、方塞がりたりと思ふこともあり、世の中あはれに心細くおぼゆるほどに、石山に一昨年詣でたりしに、心細かりし夜な夜な、陀羅尼いと尊う読みつつ礼堂にをがむ法師ありき。問ひしかば、「去年から山籠りしてはべるなり。穀断ちなり」など言ひしかば、「さらば、祈りせよ」と語らひし法師のもとより、言ひおこせたるやう、「去ぬる五日の夜の夢に、御そでに月と日とを受け給ひて、月をば足の下に踏み、日をば胸に当てて抱き給ふとなむ、見てはべる。これ夢解きに問はせ給へ」と言ひたり。いとうたておどろおどろしと思ふに、疑ひそひて、をこなるここちすれば、人にも解かせぬ時しもあれ、夢合はする者来たるに、異人の上にて問はすれば、うべもなく、

「いかなる人の見たるぞ」

と驚きて、

「みかどをわがままに、おぼしきさまのまつりごとせむものぞ」とぞ言ふ。

「さればよ。これがそら合せにはあらず。言ひおこせたる僧の疑はしきなり。あなかま。いと似げなし」とてやみぬ。

また、ある者の言ふ、

「この殿の御門を四脚になすをこそ見しか」と言へば、

「これは大臣公卿出でき給ふべき夢なり。かく申せば、男君の大臣近くものし給ふを申すとぞ思すらむ。さにはあらず。きんだち御行先のことなり」とぞ言ふ。

また、みづからの一昨日の夜見たる夢、右の方の足の裏に、男、門といふ文字を、ふと書きつくれば、驚きて引き入ると見しを問へば、

「この同じことの見ゆるなり」

と言ふ。これもをこなるべきことなれば、ものぐるほしと思へど、さらぬ御族にはあらねば、わがひとり持たる人、もしおぼえぬさいはひもやとぞ、心の中に思ふ。

〈現代語訳〉

十七日、雨がのどかに降っているうえ、本邸からこちらへの方角がふさがっているように思われることもあって、世の中全体が、身にしみて心細く感じられる時に、――石山に一昨年お参りした折、心細い思いをした毎夜、陀羅尼をとても尊く感じられる声で読みながら、礼堂で礼拝している法師があったので、尋ねたところ、「去年から山籠りをつづけております者です。穀断ちです」などと言ったので、「それでは、私のためにお祈りをしてください」と頼んだ。――その法師のもとから、言ってよこしたことは、

「去る十五日の夜の夢に奥方様が御袖に月と日とを受けられ、その月を足の下に踏み、日を胸に当ててお抱きになっていると見ました。これを夢解きにお聞きください」と言ってきた。まあ、いやだわ、なんておおげさなこと！　と思うと、疑わしさも加って、ばかばかし

い気持もするので、だれにも夢解きをさせずにいた折も折、夢判断をする者が来たので、他の人のことにして侍女に尋ねさせると、案の定、

「どのような人が見たのですか」

とびっくりして、

「朝廷を意のままにし、自分の思いどおりの政治をしましょうぞ」と言う。

「やっぱりそうだった。この者が出たらめの夢判断をしているのではない。言ってよこした僧が疑わしいのだわ。ああ、うるさい！　とても考えられないわ」と言って、それきりにした。

　また、そばの侍女が言うには、

「このお邸の御門を四脚門にするのを夢に見ました」と言うと、

「これは大臣公卿が当家から必ずお出になるという夢です。こう申しますと、ご夫君が近い将来に大臣におなりになることを申しているとお思いでございましょう。そうではございません。若君さまのご将来のことでございます」と言う。

　また、私自身が一昨日の夜に見た夢、右の方の足の裏に、ある男が、門という文字をいきなり書きつけたので、びっくりして足をひっこめたと見た夢を問うと、

「さっきの夢と同じことが見えたのでございます」

と言う。これもばかげたことなので、常軌を逸したことと思ったけれど、あながちそう言うこともありえないご一族ではないので、私の一人息子が、もしかしたら、思いがけない幸い

にめぐり合うのではないかと、内心では思った。

〈**語釈**〉○**方塞がり**　兼家の邸から作者邸への方角が塞がっていること。すると兼家の来訪は考えられない。○**陀羅尼**　梵語のまま読み上げる長文の呪。○**礼堂**　ご本尊を礼拝読経するため、本堂の前にある堂。○**穀断ち**　修行や祈願を貫くため、五穀をいっさい食べないで過ごすこと。○**御そで**　底本「にて」、松平本「そて」。「御二手」とも考えうる。○**四脚**　四脚門。門柱の前後に二本ずつ袖柱がある門で大臣以上の家の門である。○**大臣**　太政官の長官。太政大臣、右大臣、左大臣、内大臣の称。○**公卿**　三位以上の高官。上達部ともいう。大臣・大納言・中納言（以上三位以上）、参議（四位）をさす。○**男君**　兼家。○**きんだち**　貴族のむすこ、むすめたち。ここでは道綱をさす。○**右の方の**　底本「みきの弟の」。一説では「みきのきの」と考え衍字とする。○**さらぬ御族**　「大臣公卿出で給ふべき」をうけて、そういったことのあり得ない御一族ではないの意。

〈**解説**〉ここには夢が三つ出て来る。一つは石山寺の法師が十五日の夜に見た夢で、「御そでに月と日とを受け給ひて、月をば足の下に踏み、日をば胸に当てて抱き給ふ」と見たという。二つ目は、作者のもとにいる侍女が見た夢で、「この殿の御門を四脚になす」と見たという。三つ目は作者が見た夢で、「右の方の足の裏に、男、門といふ文字を、ふと書きつくれば、驚きて引き入る」と思った。

　最初、石山寺の僧の見た夢については作者はなんていいかげんなことを言って、とり入ろうとするのだろうと思って相手にしなかったが、たまたま夢解きが来たので解かせたところ、「みかどをわがままに、おぼしきさまのまつりごとせむものぞ」と非常な吉夢に合わせた。あまりにものすごい吉夢すぎて、作者は言いよこした石山寺の僧を疑い、みなに箝口令=言い触らさぬよう=をしいたくらいだった。

しかし、第二、第三の夢も大臣公卿に当家の若君道綱が将来なられる予告の夢だといわれると、さすがに母親で、わが子のことになると、一方では理知的にばかばかしいと信じないものの、一方では「さらぬ御族にはあらねば、わがひとり持たる人、もしおぼえぬさいはひもや」と希望的観測を漏らしている。これまでも石山寺であけ方見た銚子の水を右の膝に注がれる夢の場合は仏さまが見せてくださった霊夢と感じたようであるが、その後見た、尼になる夢や蛇がお腹の肝を食べるので面に水を注ぎかけよという夢に対してはすこぶる懐疑的で、私自身の身の上を見定めてから夢や仏は信じるに足りるか否か判断してほしいと冷静な言葉を述べた作者であるが、ここでは夢を信じる、イヤ信じたい気持が強く出ている。

石山寺の僧の見た夢に類似した夢としては、『源氏物語』に明石入道が娘の出生の際見た「みづから須弥の山を右の手に捧げたり、山の左右より、月日の光さやかにさし出でて世を照らす……」（若菜上）があり、『花鳥余情』では『過去現在因果経』に拠るといっており、直接には関係がないかもしれないが、紫式部は『蜻蛉日記』を読んでいると推定されるので、この箇所の記事にヒントを得て、明石入道の夢を書いたのかも知れない。

一三四　養女を迎へる㈠

かくはあれど、ただ今のごとくにては、行く末さへ心細きに、ただ一人男にてあれば、年ごろも、ここかしこに詣(まう)でなどするところには、このことを申しつくしつれば、今はましてかたかるべき年齢(としよはひ)になりゆくを、いかで、いやしからざらむ人の女子(をんなご)ひとり取りて、後見(うしろみ)もせむ、一人ある人をもうち語らひて、わが命のはてにもあらせむと、この月ごろ思ひ立ちて、これかれにも言ひ合はすれば、

「殿の通はせ給ひし源宰相兼忠(げんさいしやうかねただ)とかきこえし人の御女(むすめ)の腹にこそ、女君いとうつくしげにて、ものし給ふなれ。同じうは、それをやはさやうにもきこえさせ給はぬ。今は志賀(しが)の麓(ふもと)になむ、かのせうとの禅師(ぜんじ)の君といふにつきて、ものし給ふなる」

などいふ人ある時に、

「そよや、さることありきかし。故(こ)陽成院の御後(のち)ぞかし。宰相なくなりてまだ服(ぶく)のうちに、例のさやうのこと聞き過ぐされぬ心にて、何くれとありしほどに、さありしことぞ。人はまづその心ばへにて、ことに今めかしうもあらぬうちに、齢(よはひ)なども、あうよりにたべければ、女はさらむとも思はずやありけむ。されど、返りごとなどすめりしほどに、みづから二度(ふたたび)ばかりなどものして、いかでにかあらむ、単衣(ひとへぎぬ)の限りなむ、取りてものしたりし。ことどもなどもありしかど、忘れにけり。さて、いかがありけむ、

　関越えて旅寝なりつる草枕かりそめにはた思ほえぬかな

とか、言ひやり給ふめりし、なほもありしかば、返り、ことごとしうもあらざりき。

　おぼつかなわれにもあらぬ草枕まだこそ知らねかかる旅寝は

とぞありしを、『旅かさなりたるぞあやしき』などもろともにも笑ひてき。後々(のちのち)しるきこと

もなくてやありけむ、いかなる返りごとにか、かくあめりき。

おきそふる露に夜な夜なぬれこしは思ひのなかにかわく袖(そで)かは

などあめりしほどに、ましてはかなうなりはてにしを、後に聞きしかば、『ありしところに女子(をんなご)生みたなり。さぞとなむいふなる。さもあらむ。ここに取りてやはおきたらぬ』などのたまひし、それなり。させむかし」

など言ひなりて、たよりを尋ねて聞けば、この人も知らぬ幼き人は十二三のほどになりにけり。ただそれ一人を身に添へてなむ、かの志賀の東(ひんがし)の麓(ふもと)に、湖を前に見、志賀の山を後方(しりへ)に見たるところの、いふかたなう心細げなるに、明かし暮らしてあなると聞きて、身をつめば、なにはのことを、さる住まひにて思ひ残し言ひ残すらむとぞ、まづ思ひやりける。

〈現代語訳〉

こんなこともあったけれど、現在のような状態では、将来も心細いうえに、子どもはただ一人きりで、それも男の子であるので、これまでも、あちらこちらご参詣(さんけい)などした神社や仏閣では、子宝が授かりますようにとありとあらゆる祈願をし尽したし、今はもうますます子どもの授かることもむずかしい年齢になってゆくので、なんとかして素姓のいやしくない人の娘を一人迎えて、世話をもしたい、一人息子とも仲むつまじくさせ、私の死水もとってもらおうと、ここ数ヵ月来、そんな気になって、二、三の人たちにも相談すると、

「殿がお通い遊ばした源宰相(げんさいしょう)兼忠とか申しあげた方の御息女(そくじょ)のお子さまに、とても可愛(かわい)らし

い姫君がおいでになるとのことでございます。同じことなら、その姫君をそのようにお願い遊ばしてはいかがでございましょうか。今は志賀山（しがやま）のふもとに、その方の兄上の禅師（ぜんじ）の君という人に従って暮しておいでになるそうでございますよ」

などと言う人がいた時に、私も、

「そうそう、そんなことがありましたっけ。故陽成院さまのご後裔（こうえい）ですね。宰相がなくなられて、まだ喪があけないうちに、あの方は例のそのほうのことは聞き流し得ぬ性分で、何かと好意を示しているあいだに、そういうことになったのですね。あの方は、最初、いつもの好色癖で近づいたのだし、女の方は特に現代風（ふう）なはでな魅力もないうえに、年齢などもかなり老（ふ）けていたはずなので、深い仲になろうとも思わなかったのでしょう。でも、返事などよこしたらしくて、そのうちに、あの方自身が二度ほど訪れたりして、どうしたわけがあったのかしら、女の単衣（ひとえぎぬ）だけを持って帰ってきたことがありましたよ。ほかにもいろいろな事などもあったけれど、忘れてしまいました。さて、どういう具合だったのかしら、

　逢坂（おうさか）の関を越えて旅寝をするように、やっとあなたと契りを結んだが、草枕でかりそめの野宿をするような、一時的な契りとはけっしてけっして思っていないよ。

とか、言っておやりになったようだったが、ごく普通の歌でしたから、返歌もたいしたことはありませんでした。

まったく不安で心細くてなりません。無我夢中であなたと一晩を過すなんて、こんな旅寝はまだ今まで経験したことがないことです。

とよこしたのを、「あちらまでが旅寝とは。旅が重なったのは妙だな」などと言って、二人で笑ってしまったのでした。その後は目に立つこともなかったのでしょう、どんな手紙への返事だったのかしら、こんな歌が来たようでした。

おいでがないので、夜露に私の涙も置き添って庭も家の中もいよいよしめっぽく、毎夜濡れる袖(そで)は思ひの火の中でもかわくことがありません。

などと便りをよこしたようでしたが、そのうちに以前にましてはかない間柄になってしまいましたけれど、あとになって聞いたところでは、『いつかの女のところでは女の子を生んだということだ。私の子だと言っているそうだ。おそらくそうであろう。ここに引き取ってそばに置いておかないかね』などとおっしゃった、その女の子でしょう。そうしましょうよ」などということになって、つてを求めて聞くと、この父親も知らない幼い子どもは、今はもう十二、三歳ぐらいになっており、その女はただその子ども一人を身から離さず、あの志賀の山の東のふもとの、湖を前に見、志賀の山をうしろに見る辺りの、なんとも言いようもなく心細そうな所で、日々を過しているそうだと聞いて、私は、わが身につまされ、思えば、さだめし、そのような住まいで、いったいどれほど悲しい思いを嘗め尽し、愚痴のありったけを言い尽していることであろうと、まっ先に察したことであった。

〈語釈〉○**一人ある人**　道綱。○**源宰相兼忠**　陽成院―源清蔭―兼忠。清和帝の皇子貞元親王の養子。天暦八年参議、天徳二年七月一日卒（五十八歳）。○**女君**　兼家の女詮子（時姫腹。円融帝女御、一条帝の母。東三条院）の皇太后宮に立たれた時、宣旨になった女性と考えられている。○**志賀**　滋賀県大津市見世町志賀。比叡山の南にある山。北白川から山中町を越えてゆくので山中越えと呼ばれる。○**禅師**　一七七頁参照。○**心**　兼家の色好みの性分。好き心。○**さありし**　「さ」は兼忠女のもとに通うこと。○**人**　兼家。○**まづその心ばへにて**　女のこととなると聞き流し得ず、最初から関係を結ぶつもりで。○**あうより**　年がだいぶ老けている。○**いかがありけむ**　結婚成立を暗示。○**関越えての歌**　兼家の歌。「仮りそめ」と「刈り（草の縁語）初め」を掛ける。○**なほもありしかば**　ごくありきたりの歌だったから。平凡であったので。○**おぼつかなの歌**　兼忠女の歌。○**旅かさなりたる**　兼家にとっては旅寝であるけれど、兼忠女にとっては自分の家で旅寝ではないのに、彼女が兼家の後朝の文にあわせて「かかる旅寝は」と言ったのがおかしいのである。○**もろともに**　兼家と作者。○**おきそふるの歌**　兼忠女の歌。「思ひ」の「ひ」に「火」を掛ける。○**さぞ**　そうだ、すなわち兼家の子だ。○**させむかし**　この項のはじめのところで「同じうは、それをやはさやうにもきこえさせ給はぬ」（橋わたしをする人のことば）に対して作者の答えた言葉。一説で兼家の「ここに取りてやはおきたらぬ」に答えた言葉とする。○**人も知らぬ**　父である兼家も知らない。○**身をつめば**　わが身をつねって人の痛さを知る。自分の不仕合せな身の上と思い合わせて、他人ごととは思えない意。○**なにはのこと**　「津の国のなには思はず山城のとはにあひ見むことをのみこそ」（『古今集』恋四・

読人知らず）や、「津の国の堀江の深く思ふともわれはなにはのなにとだに見ず」（『拾遺集』恋四・読人知らず）などを連想か。「何は」と「難波」を結びつけた和歌的修辞が見られる。

〈解説〉 今は自分に新しく子宝を得ることをあきらめて養女をすることを決心して、知人にも頼んだところ彼女の希望する「いやしからざらむ人の女子」の条件を満たす女子が見つかった。兼家が参議兼忠女（さんぎかねただむすめ）にかつて生ませた子どもで、作者がこの子を養女にしたことはきわめて賢明である。父は兼家、母は陽成院の子孫で参議源兼忠女であるから、彼女がりっぱに教養をつけてやれば后（きさき）がねとして十分期待できる、まったく希（ねが）ってもない最適の女子であるので、作者も早速この女の子を養女にしようと決めたのは当然である。そこで兼家が兼忠女に通い、女の子が生まれた当時天徳二年七月ごろのことを回想して書いている。こうした書き方にも上巻・中巻を書いて作家として円熟した彼女の力量がうかがえる。

　天徳二年七月一日参議兼忠が逝去して身寄りもなく未婚の女子があとに残った。好色家の兼家が見逃すはずがなく、何くれと好意を示して、やがて求婚し、その女も兼家に身を任かせたのであろうが、それほど魅力のある女性でもないうえ、だいぶ年も老（ふ）けていて消極的だったし、第一兼家もほんの一時的な浮気であったため、二人の関係は長つづきしなかった。しかしその女は早くも懐妊していたのにあきらめがよいのか、兼家の足が絶えると、やがて兄の僧を頼って志賀の方に行ってしまい、そこでお産をし、もうけた女児とひっそり暮していたのである。兼家はそのことを耳にして、「ありしところに女子生みたなり。さぞとなむいふなる。さもあらむ。ここに取りてやはおきたらぬ」と言っている。一夫多妻下の無責任極まる父親の姿丸出しである。いや兼家だけではない。『源氏物語』の近江の君さらに玉鬘の父親内大臣（昔の頭中将）もまったく兼家タイプである（紫式部は『蜻蛉日記』にヒントを得たのかも知れないが、こんな例は枚挙にいとまがないほど実在したのであろう）。

作者に激しい嫉妬心を燃えたたせなかったのは、相手の女性が参議兼忠女で相当身分がよかったこと、また現代的な魅力をそなえた人でなかったためはでな振舞もなく、作者を刺激しなかったこと、年齢も老けて控え目であり、かつさっさと身を引いたこと、とくに兼家が作者にいちはやくこの女性のことを告白し、歌なども見せて一時的な浮気であることを表白したこと（明石君の存在を他から耳にしては紫の上がどんなに自分の愛情を疑い気分を害するであろうと、源氏自身がいちはやく手紙で紫の上に明石君のことを告白している。紫式部が本日記のこの箇所にならったとまでは思わないが、同じ人情の機微とか心理的影響を考えた点で共通するものがある）などによるものであろう。

兼家にもし超子や詮子が無ければ兼忠女腹のこの女子を時姫か作者に強引に育てさせ入内させたにちがいない。摂関家の女子は金の卵であったからである。しかも当時の権門家がいかに冷酷・非情で自分の勢力を張ることにのみ汲々として利己的であったかは彼の「ここに取りてやはおきたらぬ」の言葉によってうかがえる。

女子を自分の勢力伸張の持ち駒としてのみ考え、兼忠女のお産の面倒はもちろん日々の生活の援助もしないくせに浮気の相手の女性から当然の権利のように産んだ子どもをとりあげるとは！　兼忠女の苦労はどのように報われるのであろうか。彼女の悲しみはだれが理解してくれるのであろうか（後項でやはり作者が同情しているが、作者とて自分の将来のことばかりを考えて女子をとりあげていることを指摘したい)。兼忠女の権利とか人格はまったく無視されており、女にとってほんとに悲しい時代である。作者は兼忠女に比較すればまだまだ兼家にたいせつにされて仕合せな方だったのである。

一三五　養女を迎へる(二)

かくて、異腹(ことはら)のせうとも京にて法師にてあり、ここにかく言ひ出(い)だしたる人、知りたりければ、それして呼び取らせて語らはするに、

「なにかは。いとよきことなりとなむ、おのれは思ふ。そもそも、かしこにまぼりてものせむ、世の中いとはかなければ、今はかたちをも異(こと)になしてむとてなむ、ささの所に月ごろはものせらるる」

など言ひおきて、またの日といふばかりに、山越えにものしたりければ、異腹(ことはら)にてこまかになどしもあらぬ人のふりはへたるをあやしがる。

「なにごとによりて」

などありければ、とばかりありて、このことを言ひ出(い)だしたりければ、まづ、ともかくもあらで、いかに思ひけるにか、いといみじう泣き泣きて、とかうためらひて、

「ここにも、今は限りに思ふ身をばさるものにて、かかる所に、これをさへひきさげてあるを、いといみじと思へども、いかがはせむとてありつるを、さらば、ともかくも、そこに思

ひ定めてものし給へ」

とありければ、またの日帰りて、

「ささなむ」

と言ふ。うべなきことにてもありけるかな。宿世（すくせ）やありけむ。いとあはれなるに、

「さらば、かしこに、まづ御文（ふみ）をものせさせ給へ」

とものすれば、

「いかがは」

とて、「かく、年ごろはきこえぬばかりに、うけたまはりなれたれば、おぼつかなくは思（おぼ）されずやとてなむ。あやしと思（おぼ）されぬべきことなれど、この禅師（ぜんじ）の君に、心細き憂（うれ）へをきこえしを、伝へきこえ給ひけるに、いと嬉しくなむのたまはせしとうけたまはれば、喜びながらなむきこゆる。けしうつつましきことなれど、尼にとうけたまはるには、むつましきかたにても、思ひ放ち給ふやとてなむ」などものしたれば、またの日、返りごとあり。「喜びて」などありて、いと心よう許したり。かの語らひけることのすぢもぞ、この文にある。かつは思ひやるここちもいとあはれなり。よろづ書き書きて、「霞にたちこめられて、筆の立ちども知られねばあやし」とあるも、げにとおぼえたり。


〈現代語訳〉

こうして、その女（ひと）の腹違いの兄弟も京で法師になっており、私にこのことを言い出した人

がその法師と知り合いであったので、その人を通じて呼び寄せて相談させると、法師は、

「どうして支障がありましょう。非常に結構なことだと、拙僧は思います。実際のところ、あの女の手もとで子どもの面倒をみながら暮していくことは、まことに心もとない暮しですから、今はもう尼にでもなってしまおうかしらと、しかじかの所に、近ごろは移り住んでいられるのです」

などと言っておいて、早速次の日に、志賀の山越えをして、出かけて行ったところ、あの女は、腹違いで、こまごまと構ってくれるような間柄でもない人が、わざわざ出向いてきたのを、不審がる。

「どんなご用向きで」

などと尋ねたので、しばらく世間話などしてから、この事を持ち出したところ、はじめ、なんとも言わず、どう思ったのか、とてもひどく泣き続け、ようやくどうにか、気を静めて、

「私としましても、今はこれまでと思うこの身はどうでもよいとして、こんな所に、この子までひき連れておりますのを、とてもつらいと思っておりますけれど、今さら仕方がないとあきらめておりましたのに、それでは、どのようにでも、あなたのご判断でお取り計らいくださいませ」

とのことだったので、法師は、次の日帰ってきて、

「これこれしかじかで」

と言う。思ったとおりであったことよ。縁があったのであろうか。しみじみ感慨を催してい

ると、法師が、

「それでは、先方へ、とりあえずお手紙をあげてください」

と言うので、

「もちろん書きましょう」

と言って、「このように、今まではお手紙こそさしあげませんでしたが、ご様子はつねづね承っておりましたので、ご不審にお思いになることはあるまいと存じまして。さぞ妙な話だとお思いになることでしょうが、この禅師の君に、私の心細い身の悩みをお訴え申しましたのを、あなたさまにお伝えくださいましたところ、たいそううれしいお返事を賜ったと承りましたので、喜びながら、一筆さし上げる次第でございます。大へんぶしつけな申し上げにくいことでございますが、尼にとお考えのよし承りますと、あるいはかわいいお子さまでございましても、お手放しなさいますかと存じまして」などと認めてやると、あくる日、返事が届いた。

「喜んで」などと書いてあって、とても快く承諾してくれた。あの禅師との間にとりかわされた顚末も、この手紙に書いてある。うれしく感じる一方では、子どもを手放す母親の胸の中を察すると、まったく胸が打たれ、気の毒でならない。いろいろ書きつらねて、「霞に立ちこめられたように涙で目がふさがれ、筆を下ろす所もわかりませぬゆえ、お見苦しい手紙になってしまいました」と書かれているのも、まったく無理もないことと思われた。

〈語釈〉○かしこ　兼忠女のもと。○ささ　志賀の禅師のところ。○山越え　志賀の山越えのことで京の北白川から山中町を経て志賀山を越えて東のふもとに出る。○ふりはへたる　わざわざ出向いて行く。○とかう　とっさに思案もめぐらせず、言葉も出なかったが、ようやく。○限りに思ふ　今後はこの俗世と縁を切って尼となろうと思う。○うべなきこと　予想どおりであること。○いかがは　下に「ものせざらむ」が略されている。もちろん、書きますよ。○かく　二様に考えられる。一つは「いかがは」とて書く。一つはここに採用したように「かく、年ごろ……」。○おぼつかなくは　この直前に、底本「うけたまはりなれたれは　おほつかなくは」と空白がある。諸写本「たれ斗」（きわめてあいまいな字で、「斗」に「本」の傍記がある）。私は「斗」は「半（は）」と考え、「たれは」を衍字と考える。○禅師の君　兼忠女と異腹の京に在住の僧で、女が身を寄せている志賀の法師とは別人。○けしう　この時代の文学では「けしうはあらず」など否定の形で使うことが多い。ここは、ひどくの意。○かの語らひけること　兼忠女と禅師との間でとりかわされた話の経緯。○すぢもぞ　この「もぞ」には危惧の意はない。

〈解説〉兼忠女腹の女子を養女に勧めてくれた人の知人が彼女の異母兄弟で京在住だったので、早速呼んで意中を打診すると、この異母兄弟の法師も賛成だといって、翌日志賀の山を越えて行ってくれた。兼忠女は突然の異母兄弟の法師の来訪を受け、用件を聞いてショックを受けるが、心を静めて、自分の現在の境遇を考え、尼になろうかと思案していた矢先だったので、子どもの将来を考え、兄法師に一任し、話はトントン拍子に進んだ。そこで作者が正式に兼忠女に、女子懇望の手紙を出し、先方も快諾して話はまとまった。作者は喜ぶ一方、子を持つ母の立場から兼忠女の心中を察し、ことに「霞にたちこめられて、筆の立ちども知られねばあやし」の文面にしみじみ同情せずにはいられない。

この項の描写の中、仲をとりもった異母兄弟の法師が志賀の兼忠女の所に行った場面は一人称の視点で書くのが普通である本日記では珍らしく物語風に描写されている点に注意すべきである。

一三六　養女を迎へる㈢

それより後も、二度ばかり文ものして、事定まり果てぬれば、この禅師たちいたりて、京に出だし立てけり。ただ一人出だし立てけむも、思へばはかなし。おぼろけにてかくあらむや、ただ親もし見給はばなどにこそはあらめ、さ思ひたらむに、わがもとにても同じごと見ること難からむこと、またさもなからむ時、なかなかいとほしうもあるべきかななど思ふ心添ひぬれど、いかがはせむ、かく言ひ契りつれば、思ひ返るべきにもあらず。

「この十九日、よろしき日なるを」と定めてしかば、これ迎へにものす。忍びて、ただ清げなる網代車に、馬に乗りたる男ども四人、下人はあまたあり。大夫やがてはひ乗りて、後に、この事に口入れたる人と乗せてやりつ。

今日、めづらしき消息ありつれば、

「さもぞある。いきあひては悪しからむ。いと疾くものせよ。しばしは気色見せじ。すべてありやうに従はむ」

など、定めつるかひもなく、先立たれにたれば、いふかひなくてあるほどに、とばかりありて来ぬ。

「大夫は、いづこに行きたりつるぞ」

とあれば、とかう言ひ紛らはしてあり。日ごろもかく思ひまうけしかば、

「身の心細さに、人の捨てたる子をなむ取りたる」

などものしおきたれば、

「いで見む。誰が子ぞ。われ、今は老いにたりとて、若人求めてわれを勘当し給へるならむ」

とあるに、いとをかしうなりて、

「さは、見せたてまつらむ。御子にし給はむや」

とものすれば、

「いとよかなり。させむ。なほなほ」

とあれば、われも疾ういぶかしさに、呼び出でたり。

聞きつる年よりもいと小さう、いふかひなく幼げなり。近う呼び寄せて、

「立て」

とて立てたれば、丈四尺ばかりにて、髪は落ちたるにやあらむ、裾そぎたるここちして、丈に四寸ばかりぞ足らぬ。いとらうたげにて、頭つきをかしげにて、様体いとあてはかなり。

見て、

「あはれ、いとらうたげなめり。たが子ぞ。なほ言へ言へ」

とあれば、恥(はぢ)なかめるを、さはれ、あらはしてむと思ひて、

「さは、らうたしと見給ふや。きこえてむ」

と言へば、まして責めらる。

「あなかしがまし。御子ぞかし」

と言ふに、驚きて、

「いかにいかに。いづれぞ」

とあれど、とみに言はねば、

「もし、ささの所にありと聞きしか」

とあれば、

「さなめり」とものするに、

「いといみじきことかな。今ははふれうせにけむとこそ見しか。かうなるまで見ざりけることよ」

とてうち泣かれぬ。この子もいかに思ふにかあらむ。うちうつぶして泣きゐたり。見る人も、あはれに、昔物語のやうなれば、みな泣きぬ。単衣(ひとへ)の袖(そで)、あまたたび引き出(い)でつつ泣かるれば、

「いとうちつけにも、ありきには、今は来(こ)じとする所に、かくていましたること。われ率(ゐ)ていなむ」

など、たはぶれ言ひつつ、夜更(よふ)くるまで泣きみ笑ひみして、みな寝ぬ。

つとめて、帰らむとて、呼び出だして、見て、いとらうたがりけり。

「今、率(ゐ)ていなむ。車寄せばふと乗れよ」

とうち笑ひて出でられぬ。それより後、文などあるには、かならず、「小さき人はいかにぞ」など、しばしばあり。


〈現代語訳〉


それから後も、二度ばかり手紙を送って、話がすっかりきまったので、この禅師たちが志賀に行き、先方では女の子を京に出向かせた。一人ぼっちで出向かせたようであるが、考えて見るとまことに浅いあっけない母子の縁である。並たいていの気持でこのようにわが子を手離せるものではあるまい。ただ、ひょっとして父親が面倒(めんどう)を見てくださるなら、などと考えてのことであろうが、そんな風(ふう)に期待していても、私のもとでも同様に、あの方が面倒をみてくれることはむつかしいであろうし、また、期待どおりにならないような場合には、かえって気の毒なことにもなりかねないなあなどと思う気持もわいてくるけれど、今さら仕方がない。このように約束してしまったのだから、考えをひるがえすわけにもいかない。

「この十九日が、養女を迎えるのに、まずさしつかえのない日だから」とすでに決めていたので、この女の子を迎えに行く。目立たぬように、ただこぎれいな網代車(あじろぐるま)に、馬に乗った侍たちが四人、下人(しもびと)は大ぜい供をする。大夫(たゆう)がすぐさま乗り込み、車の後部に、今度の一件で口をきいた人を乗せて、同行させた。

今日、めずらしくあの方から手紙が届いたので、

「見えるかもしれないが、さあ困った！　かちあってはまずいでしょう。急いで行って連れて来なさい。当分の間、養女を迎えたことを内緒にしておきたいの。でも、万事成行きに任かせましょう」

などと決めたかいもなく、あの方の方が先に見えてしまったので、どうしようもないと思っているうちに、しばらくして、大夫の一行が帰って来た。

「大夫はどこへ行っていたのだ」

と尋ねるので、なんとかかとか言い紛らわしておいた。かねてこんな場合のことも予想していたので、

「心細い身の上ですゆえ、男親の見捨てている子を迎えとることにしました」

などと話していたから、あの方は、

「どれ見たいものだ。だれの子だね。私がもう年老いたというので若い男を探してきて、私をお払い箱にしようとなさるのだろう」

と言うので、とてもおかしくなって、

「それでは、お見せ申し上げましょう。お子になさいますか」

と聞くと、

「それはいい。そうしよう。さあさあ早く」

と言うし、私もさっきから気になっていたことなので、呼び出した。

聞いていた年のわりにはとても小柄で、話にならないほど子どもも子どもしている。そばへ呼び寄せて、

「立ってごらん」

と言って立たせてみると、身の丈（たけ）は四尺ぐらいで、髪は抜け落ちたのだろうか、末の方をそいだような感じで、身の丈に四寸ほど足りない。とてもいじらしい様子で、髪の具合も美しく、姿格好がたいそう上品である。あの方が見て、

「ああ、ほんとにかわいらしい子だね。いったいだれの子だ。さあさあ言いなさい」

と言うので、素姓（すじょう）をあかしてもこの子に恥とはならないようだから、まあかまいはしない、うちあけてしまおうと思って、

「では、いとしいとお思いになりますか。申し上げましょう」

と言うと、ますますせめられる。

「まあ、うるさいこと、あなたのお子ですよ」

と言うと、びっくりして、

「なに、なんだって。どちらのだ」

と言うけれど、私がすぐに答えないでいると、

「もしかしたら、これこれのところに生まれたと聞いたその子か」

と言うので、

「ええ、まあそうですよ」と答えると、

「まったく意外なことだな。今はもう落ちぶれて行方もわからなくなってしまっただろうと思っていたのに。こんなに成長するまで見なかったことよ」

と言って思わず涙にむせばれる。この女の子もどう思っているのだろうか、うつぶして泣いている。居合せた人たちも、胸うたれて、昔物語にあるような話なので、一同涙にくれた。私も単衣の袖を幾度も幾度もひっぱり出しては泣けてくる。するとあの方は、

「まったく寝耳に水で、私がもう訪れては来まいと思っている所に、こんなかわいい人が来られたとは。私が連れて行こう」

などと冗談を言いながら、夜がふけるまで、泣いたり笑ったりして、皆寝た。

あくる朝、帰りがけに、この子を呼び出して、見て、とてもかわいがった。

「そのうちに連れて行こう。車を寄せたら、さっとお乗りよ」

と笑いながら言って、出て行かれた。以後、手紙などがあるときには、かならず、「小さい人はどうしているかね」などと、しばしば書いてよこす。

〈語釈〉○**はかなし**　底本「いかなし」。「はかなし」ととっておくが、「いとかなし」の説あり。○**さもなからむ**　「さ」は兼家が面倒を見てくれること。○**これ**　養女。○**網代車**　車の屋形と左右の脇に網代（竹・葦・檜などを細く削って編んだもの）を張った車。四位五位以下が用い、大臣・納言・大将などは略儀や遠出の際に用いる。○**口入れたる人**　兼忠女の女の子を作者に養女とすることを勧めた人。○**消息**　兼家からの手紙。○**さも**　「さ」は兼家が作者の所へ来訪するという。手紙の文面にあったのであろう。○**ものしお**

きたれば　養女を迎えることをかねがね兼家にほのめかしておいたので。さしあたりは伏せておくとしても、いずれは兼家に知らせねばならないし、また兼家が来訪しているときに養女が来るかも知れないので、作者はそういった場合を予想して布石(ふせき)しておいたのである。養女を迎えることで作者は喜びと期待で胸がふくらみ種々気をつかっている。○**勘当**(かんだう)　お払い箱にする。親が子ども、主人が召使を追放するのが普通である。つまり上位者が下位者を勘当するのが普通であるのに逆に下位者の作者に上位者の兼家が勘当されるその言い方に諧謔(かいぎゃく)がある。○**なほなほ**　感動詞。相手が逡巡(しゅんじゅん)しているとき勧め促(うなが)す語。ぜひとも。さあさあ。○**丈**(たけ)　身の丈。○**四尺**　一メートル二十センチ。○**裾**(すそ)**そぎたる**　髪が脱け落ちて毛の末の方が少くて、まるでそぎ落したように見える。十分栄養もとれず苦労したことのあらわれで、作者はそれを敏感に感じとっている。○**らうたげ**　「らうたし」は、かばいいたわってやりたい。いじらしい。弱々しくかわいい。○**様体**(やうだい)　人の体(からだ)つきにいう。○**恥**(はぢ)**なかめるを**　素姓をあかしてもこの子に別に恥とならないようだから。一説この子も恥ずかしがらないようだ、の意にとるがいかがであろう。○**責めらる**　「らる」は受身。○**ささの所**　しかじかの所。兼忠女(かねただむすめ)をさす。○**聞きしか**　聞きし子か。○**泣かれぬ**　「れ」敬語とも自発ともとれる。○**泣かるれば**　「るれ」は自発の助動詞。主語は作者。○**うちつけにも**　「かくていましたる」にかかる。意味はだしぬけに、唐突に。○**たはぶれ**　「今は来じとする所」とか「われ率(ゐ)ていなむ」と冗談を言う。○**出でられぬ**　「られ」敬語ととれるが受身ととる説もある。

〈解説〉人もうらやむ上流貴族に生を受けても後見の親を失うとたちまち女性は三界(さんがい)に住む家もなくなり、みじめな境遇に落ちるのが常である。しかもせっかく前途洋々たる貴公子と結婚し、子までもうけても一夫多妻下、夫は通わなくなり、苦労して育てた女の子は成長すると、他の妻に渡さざるを得ないはめとなり、一人寂しく草の庵(いおり)で暮す。

まさに兼忠女こそ「かげろふ」の身の上である。愛児の将来の仕合せ、出世を願って快く作者の願いに応じてその手に委ねたのは母なればこそである。作者も兼忠女の心情が痛いほど解るので、「思へばはかなし。おぼろけにてかくあらむや」と言い、さらに兼忠女が兼家が面倒を見てくれる期待から自分に女の子をゆだねたとすると、かえって期待を裏切ることになり、母娘の仲を割いただけで二人に気の毒な結果にならないかとも心配している。

二月十九日作者は自分の代理として道綱を迎えにやった。最初、養女を迎えたことを兼家に伏せておき、よい折を見計って兼家に披露し驚かせよう（源氏のもとにひきとられた玉鬘はまさにそれが実行された例）と思った。しかし、作者の計画ははずれ、兼家が珍しく来訪しているところへ道綱が養女を連れて帰って来た。作者邸での兼家・作者・養女との対面は劇的シーンで兼家の感激・感泣ぶりがよく描かれている。息をはずませて一々驚く兼家。もったいぶりじらしながら兼家の子であることを明らかにする作者、幼い女の子は新しい邸でとまどい泣いている。まったく物語の一こまである。めったに姿を見せない兼家が夜が更けぬ前に訪れて来たのも腑に落ちない。話をさらに面白くするための作者の場面設定ではあるまいか。

久しぶりに作者邸は明るい灯がともり、兼家も上機嫌でウイットや冗談を飛ばし、作者も明るい笑顔で応対している。

男親にとっては女の子は格別いとしいものである。兼家もかわいく成長した娘を初めてながめ、まったく感無量で男泣きをしているが、摂関家の女の子は父の運命を開いてくれる女神であり、父一家の栄華の礎石ともなってくれる貴重な金の卵でもある。兼忠女に生ませた少女に対面して流した彼の涙の中には、純粋な喜びと同時に政治家としての打算的な喜びも混じていたかもしれない。

前述のごとく作者にとってもこの子は銀の卵のような存在で、この子を迎えたことはきわめて賢明なよい事であった。

一三七　紅梅花盛りの日

さて、二十五日の夜、宵うち過ぎてののしる。火のことなりけり。いと近しなど、騒ぐを聞けば、憎しと思ふ所なりけり。

その五六日は例の物忌と聞くを、「御門の下よりなむ」とて、文あり。なにくれとこまやかなり。今はかかるもあやしと思ふ。

七日は方塞がる。

八日の日、未の時ばかりに、

「おはしますおはします」

とののしる。中門おし開けて、車ごめ引き入るるを見れば、御前のをのこども、あまた、轅につきて、簾巻き上げ、下簾左右おし挟みたり。榻持て寄りたれば、下り走りて、紅梅のただ今さかりなる下よりさし歩みたるに、似げなうもあるまじう、うちあげつつ、

「あなおもしろ」

と言ひつつ歩み上りぬ。

またの日を思ひたれば、また南塞がりにけり。

「などかは、さは告げざりし」

とあれば、

「さきこえたらましかば、いかがあるべかりける」

とものすれば、

「違へこそはせましか」とあり。

「思ふ心をや、今よりこそはこころみるべかりけれ」

など、なほもあらじに、たれものしけり。小さき人には手習ひ、歌よみなど教へ、ここにてはけしうはあらじと思ふを、

「思はずにてはいと悪しからむ。今、かしこなるともろともにも裳着せむ」

など言ひて、日暮れにけり。

「同じうは、院へ参らむ」

とて、ののしりて出でられぬ。

このごろ、空の気色直りたちて、うらうらとのどかなり。暖かにもあらず、寒くもあらぬ風、梅にたぐひて鶯を誘ふ。鶏の声など、さまざま和う聞こえたり。屋の上をながむれば巣くふ雀ども、瓦の下を出で入りさへづる。庭の草、氷に許され顔なり。

〈現代語訳〉

さて、二十五日の夜、宵を過ぎたころ、がやがや騒いでいる。火事なのだった。とても近

いなどと、騒ぐのを聞くと、憎いと思っているあの女の所であった。

その二十五、六日は例によってあの人は物忌(ものいみ)だと聞いていたが、「御門の下から」と言って、手紙が届く。何やかやと心こまやかな文面である。今ではこうした手紙をくれるのも怪(け)訝(げん)に思う。

二十七日は本邸からこちらの方角が塞(ふさ)がった。

二十八日の日、未(ひつじ)の時刻ごろに、

「おいでになります、おいでになります」

と呼び立てる。中門をおし開けて、車ごと引き入れるのを見ると、前駆の従者たちが、大ぜい轅(ながえ)にとりついており、車の簾(すだれ)は巻き上げ、下簾(したすだれ)は左右とも開けて、わきにはさんである。供の者が榻(しじ)を持って近寄ると、あの方はさっと下車して、紅梅がちょうどまっ盛りの下を悠(ゆう)然(ぜん)と足を運ぶが、その姿はいかにも盛りの花に似つかわしく、声をはりあげて、

「あなおもしろ」

と言いながら、部屋へ上って来た。

次の日のことを考えてみると、また南の方角が塞(ふさ)がっていた。

「どうしてそうと告げなかったのか」

と言うので、

「そう申し上げましたら、どうなさるおつもりでしたの」

と尋ねると、

「方違えをしただろうよ」と言う。

「あなたのお心のうちを、今後はいちいち確かめてみなければなりませんわね」

などと、そのまま引込んでいられないとばかり、どちらもお互いに言い合った。幼い娘には、手習いや和歌などを教え、私のもとで不足はまずまずあるまいと思うが、あの方は、

「期待にはずれては悪かろう。そのうち、あちらの娘といっしょに裳着の式をあげよう」

などと言っているうちに、日が暮れてしまった。

「同じことなら、院へ参ろう」

と言って声高く先払いをさせて、出て行かれた。

このごろは、空模様もすっかりよくなって、うらうらとのどかである。暖かくもなく、寒くもない風が、梅の香りを運んで行って、山の鶯を里へ誘い出す。鶏の声など、さまざま和やかに聞えている。屋根の上をながめると、巣を作っている雀どもが、瓦の下を出たりはいったりして、さえずっている。庭の草は氷から解放されて、うれしそうな様子である。

〈語釈〉○憎しと思ふ所　近江女をさす。○御門の下よりなむ　物忌中の手紙なので堂々とは届けられない。作者邸の門の下からそっと渡すのである。○未の時　三六一頁参照。○轅につきて　中門の所で牛をはずし、供の者が轅を握って庭に入ってくる。○下簾　二二六頁参照。○榻　二三三頁参照。○うちあげつつ　音吐朗々と。○あなおもしろ　歌謡の一節であろうか。○思ふ心　（兼家が）心中で考えていること。○たれも　兼家も作者も、お互いに。○小さき人　養女をさす。○手習ひ　習字。王朝女性の教養の第一。○歌

よみ　歌を詠み作ること。これも教養の必修課目の一つ。○けしうはあらじ　大して悪くはない。まず不十分ではあるまい。○かしこ　詮子をさす。本邸にいる娘。時姫腹。○裳着せむ　女子の成人式で、初めて裳をつけ、髪上げをする。男子の初冠に当る。○同じうは　同じ方違えをするなら。○院　冷泉院。超子が冷泉院の女御である。○暖かにもあらず　「不レ明不レ暗朧々月、非レ暖非レ寒漫々風（明ラカナラズ、暗カラズ朧々タル月、暖カニモ非ズ寒クモ非ズ漫々タル風）」（『千載佳句』『白氏文集』白楽天）。○梅にたぐひて鶯を誘ふ　「花の香を風のたよりにたぐへてぞ鶯さそふしるべにはやる」（『古今集』春上・紀友則）を本歌とする。○庭の草氷に許され顔なり　「樹根雪尽催二花発一、池畔氷消放二草生一（樹根雪尽キテ花ノ発クコトヲ催シ、池畔氷消エテ草ノ生ズルコトヲ放ス）」（『千載佳句』『白氏文集』白楽天）。

〈解説〉ライバルの近江の家が火災にあったことを記して「憎しと思ふ所なりけり」とある。上巻の町小路女が愛児を失い兼家の寵愛を失ったとき「人憎かりし心思ひしやうは、『命はあらせて、わが思ふやうに、おしかへし、ものを思はせばや』……」や「『わが思ふには今少しうちまさりて嘆くらむ』と思ふに、今ぞ胸はあきたる」を思い起させる筆づかいで激しい作者の気性の一端をのぞかせている。

兼家も鳴滝以後、ことに養女を迎えてからは時折足を向けるようにつとめているが、四十四歳の男盛りで権大納言の要職にあり態度も悠揚迫らず高官の貫禄がついてまぶしい姿である。方塞がりをめぐって兼家と作者の間に応酬があり、いささか皮肉めいた言葉もかわされるが話しあえるだけ平穏無事でとげとげしさは見られない。

中巻の後半以後になると、紀行文中以外の日常生活においても、自然描写が多く挿入され、前述のように『古今集』の神遊歌を本歌とした自然描写もあるが、下巻のこれ以後に漢詩（『白氏文集』『千載佳句』所引）をふまえてスケッチ風に書きつづった文章も表われ、簡潔で知的な格調高い叙景文となっている。作者の教養の高さもうかがわれる。

一三八　近火

閏二月のついたちの日、雨のどかなり。それより後、天晴れたり。三日、方あきぬと思ふを、音なし。四日もさて暮れぬるを、あやしと思ふ思ふ寝て聞けば、夜中ばかりに火の騒ぎする所あり。近しと聞けど、もの憂くて起きもあがられぬを、これかれ問ふべき人、徒歩からあるまじきもあり。それにぞ起きて、出でて、答へなどして、

「火しめりぬめり」

とて、あかれぬれば、入りてうち臥すほどに、先追ふ者、門にとまるここちす。あやしと聞くほどに、

「おはします」

と言ふ。ともし火の消えて、はひ入るに暗ければ、

「あな暗、ありつるものを頼まれたりけるにこそありけれ。近きここちのしつればなむ。今は帰りなむかし」

と言ふ言ふ、うち臥して、

「宵より参り来まほしうてありつるを、をのこどもも、みなまかり出にければ、えものせで、昔ならましかば、馬にはひ乗りてもものしなまし、なでふ身にかあらむ、なにばかりのことあらば、かくとて来なむなど思ひつつ寝にけるを、かうののしりつればいとをかし。あやしうこそありつれ」

など心ざしありげにありけり。

明けぬれば、

「車など異様ならむ」

とて、急ぎ帰られぬ。

六七日、物忌と聞く。

八日、雨降る。夜は石の上の苔苦しげに聞こえたり。

〈現代語訳〉

閏二月の一日の日、雨がのどかに降る。その後、空が晴れた。

三日、方角があいたと思うのに、音さたがない。

四日もそのまま暮れてしまったので、不思議だと思い思い寝ていると、夜中ごろに火事騒ぎをする家があるとのこと。近くだと聞いたけれど、たいぎで起き上がる気にもなれずにいると、あれこれ、見舞いに来るはずの人、また、とても歩いて訪れて来るような身分ではな

い人までも来る。それでやっと起きて、出て応対などしていると、

「どうやら火事もおさまったようですから」

と、見舞い客が立ち去ったので、奥にはいって横になっていると、先払いの者が門口にとまるような気がした。変だと思って聞いていると、

「殿のお越しでございます」

と言う。燈火（あかり）が消えていて、はいるのに暗いので、あの方は、

「あ！　まっ暗だ、さっきの火事のあかりをあてにしていられたのだな。火事が近いような気がしたので来てみた。鎮（しず）まったからもう帰ろうかな」

と言いながら、横になって、

「宵（よい）から参ろうと思っていたのだが、供の者どもも、みな退出してしまったので、出かけられず、昔だったら馬に乗ってでも来たろうに、なんという窮屈な身だろうか、どれほどのことがあれば、これこれだととんで来られよう、などと思いながら寝てしまったが、こんな騒ぎがおきたのだから、実際おもしろいものだ。不思議な気がしたね」

などと言って心をつかってくれている様子であった。

夜が明けると、「車などぶざまな格好だろうから」と言って急いで帰られた。

六日、七日は物忌（ものいみ）とのこと。

八日は雨が降る。夜は、石の上の苔（こけ）が雨に打たれて苦しんでいるかのように聞えた。

〈語釈〉○天　底本「天」とある。○四日　「よか」より古い形の説に従うが「よっか」の表記かも知れない。○それにぞ　近火の声では億劫で起きなかったが、見舞客の来訪でやっと起きた。○あな暗　兼家の言葉。○ありつるもの……　さき程の火事の明かりをあてにして燈火をつけなかったのかと諧謔を飛ばした。○かくとて　底本「かかとて」。一説「かうても」、また「かくて」。これこれとて。○かうののしりつればこんな火事騒ぎがおこったので。○をかし　思っていたとおりの騒ぎが起きたと偶然の一致をおかしがる。○異様　平素の外出の場合と異なり見苦しい様をいう。○夜は石の上の苔……　「春風暗剪庭前樹、夜雨偸穿石上苔（春ノ風ハ暗ニ庭前ノ樹ヲ剪リ、夜ノ雨ハ偸ニ石上ノ苔ヲ穿ツ）」（『千載佳句』傅温）。

〈解説〉前項やこの項、日時の記載や天候、方角の塞がりやあいたことがくわしく書かれている。本日記執筆の決意や執筆年時、メモなどを考える場合注目すべきであろう。

近火で多くの人々、なかには徒歩外出などしない相当な身分の人も見舞に来たことを述べているが、本邸入りはできなかったとは言え、兼家北の方として一目をおかれていることがうかがわれる。太政官の重職についた兼家は以前と違って気軽に馬に乗って出かけられぬ窮屈な身になったことをかこっているが（内心得意でもあり、またぜいたくな嘆きでもある）、それほど高官の自分が、いったん作者邸の近火と聞くと捨てておかず、すでに臥床中であったのに、居合わせたわずかの供回りを従えて駆けつけてくるではないかと作者への愛情不変をも暗に述べている。

しかも兼家が上機嫌であることは暗くなっている作者邸にはいるとき「あな暗、ありつるものを頼まれたりけるにこそありけれ」の諧謔によってもうかがわれる。兼忠女などに比べるとよほど仕合せな身である。

この項の末尾にも傅温の漢詩をふまえての自然描写が見える。

一三九　賀茂・北野・舟岡めぐり

十日、賀茂へ詣づ。

「忍びて、もろともに」

と言ふ人あれば、

「なにかは」

とて詣でたり。いつも、めづらしきここちする所なれば、今日も心のばふるここちす。田かへしなどするも、かうしひけるはと見ゆらむ。

さきのとほりに、北野にものすれば、沢にもの摘む女わらはべなどもあり。うちつけに、「ゑぐ摘む」かと思へば、「裳裾」思ひやられけり。船岡うちめぐりなどするも、いとをかし。

暗う家に帰りて、うち寝たるほどに、門いちはやくたたく。胸うちつぶれて覚めたれば、思ひのほかに、さなりけり。心の鬼は、もし、ここ近きところに障りありて、帰されてにやあらむと思ふに、人はさりげなけれど、うちとけずこそ思ひ明かしけれ。つとめて、少し日たけて帰る。さて、五六日ばかりあり。

〈現代語訳〉

十日、賀茂神社へお参りした。「こっそりと、ごいっしょにいかが」と誘う人があったので、「参りましょう」と言って、参詣した。いつも清新な感じのする所なので、今日も心がのびのびと開放感を味わう。田を耕したりしている農夫の姿もよくもこのように無理をして働いているなあと見られるだろう。

以前と同じように北野へ行くと、沢で何かを摘んでいる女や子どももなどもいる。見た瞬間、「えぐを摘んでいるのか」と思うと、「さぞ、裳裾が濡れるだろう」と思いやられた。船岡山を回ったりするのも、とてもおもしろかった。

暗くなって家へ帰り、寝ているところへ、門をとてもきつくたたく音がする。ぎょっとして目をさますと、意外にも、あの方だった。疑心暗鬼に、もしかしたら、近くの女のもとに、さしさわりがあって帰されて来たのかしらと思ったので、あの方はさりげなくふるまっていたけれど、私はうちとけぬままに思い明かしてしまった。あくる朝、少し日が高くなってから、帰って行った。そのまま五、六日ばかり経った。

〈語釈〉 ○なにかは 「なにかは詣でざらむ」の意。○心のばふる 心がのびのびとする。○ここちす 底本「心ちあら」。気持がする。○田かへし 田を耕やす。○かうしひける こんなに無理をして働く意か。○北

野　京都の北方の野。現在の北区紫野あたり一帯をいう。○うちつけに　突然。その瞬間。○「ゐぐ摘む」かと「君がため山田の沢にゐぐ摘むと雪消の水に裳の裾濡れぬ」（『万葉集』巻十）。『古今六帖』には初句「あしひきの」、第五句「裳の裾濡らす」とある。「ゐぐ」はかやつりぐさ科の多年草。浅い水中に生え、食用にする。くろくわい。○船岡　京都市北区紫野にある丘陵地帯。○心の鬼　疑心暗鬼。○ここ近きところ　近江であろう。○うちとけず　気分がほぐれない。

〈解説〉賀茂・北野・船岡と出掛けて心ものんびりと晴れやかになった。しかし日ごろ見慣れない農夫の汗水垂らして働く姿や女、童が沢に下り立って何かを摘んでいる姿に接すると、この人たちは肉体的にはどんなにか苦労であろうが、精神的には幸福な人々であろう。それにひきかえ、自分は肉体的には楽な生活であるが精神的にはきわめて苦悩深く、むしろ彼等たちがうらやましくさえ感じられる。もちろん彼女の脳中には『万葉集』の「君がため山田の沢にゐぐ摘むと雪消の水に裳の裾ぬれぬ」の明るい歌が、さらにその光景が瞼に浮んだであろう。

　その夜突然兼家が訪れた。心の一隅で近江が障りのため、近くの自分の方に足をむけかえたのではないか、との疑いの気持がもたげてきて、来訪を素直に喜べず重い気持のまま、気もほぐれず一夜を明かした。

一四〇　鴫の羽がき

十六日、雨の脚いと心細し。

明くれば、この寝るほどに、こまやかなる文見ゆ。「今日は、方塞がりたりければなむ。いかがせむ」などあべし。返りごとものして、とばかりあれば、みづからなり。日も暮れがたなるを、あやしと思ひけむかし。夜に入りて、

「いかに。御幣をや奉らまし」

などやすらひの気色あれど、

「いとようないことなり」

など、そのかし出だす。歩み出づるほどに、あいなう、

「夜数にはしもせじとす」

と忍びやかに言ふを聞き、

「さらば、いとかひなからむ。異夜はありと、かならず今宵は」

とあり。それもしるく、その後おぼつかなくて、八九日ばかりになりぬ。

かく思ひおきて、数にはとありしなりけりと思ひあまりて、たまさかに、これよりものしけること、

かたときにかへし夜数をかぞふれば鴫の諸羽もたゆしとぞなく

返りごと、
いかなれや鴫(しぎ)の羽(はね)がき数知らず思ふかひなき声になくらむ
とはありけれど、おどろかしても、くやしげなるほどをなむ、いかなるにかと思ひける。
このごろ、庭、もはらに花降りしきて海ともなりなむと見えたり。
今日は二十七日、雨昨日(きのふ)の夕(ゆふべ)より降(くだ)り、風残りの花を払ふ。

〈現代語訳〉

十六日、雨脚(あまあし)がとても心細い感じである。

夜が明けると、私がまだ寝ている時刻に、心こまやかな手紙が来た。「今日は方(かた)が塞(ふさ)がったので。どうしたらよいだろう」などと書いてあったっけ。返事を出して、しばらくすると、ご本人がやって来た。日も暮れ方なのに、どうもおかしいと私は思ったことだろうよ。

夜に入って、

「どうしよう。幣帛(へいはく)を天一神(なかがみ)様に奉って泊るお許しを得ようかな」

などと帰りをしぶっているご様子であるけれど、

「そうしてもなんにもなりませんわ」

などと勧めて送り出す。部屋を出て行くときに、私がわけもなくついつい、

「今夜は訪れの数に入れずにおきましょう」

と、そっと言うのを聞きつけて、

「それでは、禁忌を犯して来たかいがない。ほかの夜はともかく、ぜひとも今夜は」と言う。果たして案のじょうその後は音さたもなくて、八、九日ばかり経ってしまった。こんなことを計算に入れて、数に入れてもらわねばと言ったのだったとわかり、思い余って、めったにないことだが、こちらから送った歌、

かたとき見えた夜を訪れた数に入れて、かわりに訪れぬ夜数を数えると、その数だけ鴫（しぎ）が諸羽（もろは）で一夜じゅう羽掻（はねが）きしてああだるいと悲鳴をあげることでしょう。私は数多い夜（よ）離（が）れに泣くばかりです。

返事は

私は鴫（しぎ）の羽掻（はねが）きに劣らず、数かぎりなくあなたを思っているのに、そのかいもなく、なぜあなたは泣いたりするのだろうか。

と言ってよこしたけれど、このように自分の歌を先に送っても、かえって後悔するはめになってしまう、そんな現状を、どうしてこうなのかしらと思うのであった。

このごろ、庭は、ただもう一面に桜の花が散り敷いて、まるで海にでもなってしまうかのように見えた。

今日は二十七日、雨が昨日の夕方から降りつづいていて、風が枝に残っている花をすっかり吹き払う。

〈語釈〉○**方塞がりたりければなむ**　兼家邸から作者邸への方角がふさがっているので。「行くことができぬ」の略。○**あべし**　動詞「あり」に助動詞「べし」が連なった「あるべし」の音便形「あンべし」のンを表記しない形。意味は、あるだろう。だいたいこうのはずだ。○**みづからなり**　兼家当人が来た。○**あやし**　泊まれないのに夕暮、方塞がりを犯して来たので彼の心中がわからないのをいう。○**思ひけむかし**　「けむ」執筆当時における回想的表現である一面、自分の気持を客観的に述べたのである。○**御幣をや奉らまし**　天一神や太白神に幣帛を奉って方塞がりの作者邸に泊まる許可を乞うてみようかしら、というのである。「や……まし」はためらいの気持を表わす。……したものだろうか。○**あいなう**　帰るよう勧めた自分が未練たっぷり「来訪の数に入れず」など言い出したので。言わなくてもよいのについ。○**それもしるく**　そう主張した下心どおり。○**異夜はありと**　「と」は「とも」と同じで逆接の接続助詞。○**かたときにの歌**　道綱母の歌。「暁の鴫の羽がき百羽がき君が来ぬ夜はわれぞ数かく」（『古今集』恋五・読人知らず）を本歌とする。「鳴く」に「泣く」を掛ける。○**いかなれやの歌**　兼家の歌。「効」に「卵」を掛ける。卵は鳥の縁語。○**おどろかす**　歌を送って気を引く。○**海ともなりなむ**　「桜花散りぬる風のなごりには水なき空に波ぞ立ちける」（『古今集』春下・紀貫之）を連想か。

〈解説〉方塞がりの禁忌を犯して兼家が訪れたのはやはり作者に対する愛情を見せるつもりであったのであろう。まじめで律儀な作者は、帰りしぶってぐずぐずしている兼家をやっと送り出すが、なにげなくつい、「今日は泊まらないのだから来訪の数には入れない」と言うと、「禁忌を犯してまで来た誠意を買ってぜひ数に入れてもらわねば」とねばる。王朝ならではのやりとりである。

その後十日近くもなんの音さたもないのでしびれを切らして珍しく作者から歌を送り、兼家も返歌をくれるがやって来ない。歌をせっかく送ってもなんの効果も見られないくらいならやらなければよかったと、後悔する作者は兼家と自分との仲についても考えさせられるのであった。末尾には漢詩（不詳）や歌をふまえて簡潔な自然の描写があり、この項をひきしめている。

一四一　八幡の祭

三月になりぬ。木の芽雀隠れになりて、祭のころおぼえて、榊・笛恋しう、いとものあはれなるに添へても、音なきことをなほおどろかしけるもくやしう、例の絶え間よりもやすからずおぼえけむは、なにの心にかありけむ。

　この月、七日になりにけり。今日ぞ、「これ縫ひて。つつしむことありてなむ」とある。めづらしげもなければ、「給はりぬ」などつれなうものしけり。昼つかたより雨のどかにはじめたり。

　十日、公は八幡の祭のこととののしる。われは人の詣づめる所あめるに、いと忍びて出でたるに、昼つかた帰りたれば、主の若き人々、

「いかでもの見む。まだ渡らざなり」

とあれば、帰りたる車もやがて出だし立つ。

またの日、かへさ見むと、人々の騒ぐにも、ここちいと悪しうて、臥し暮らさるれば、見むここちなきに、これかれそのかせば、ただ檳榔一つに四人ばかり乗りて出でたり。冷泉院の御門の北のかたに立てり。異人多くも見ざりければ、人ごこちして立てれば、とばかりありて渡る人、わが思ふべき人も、陪従一人、舞人に一人まじりたり。このごろ、異なることなし。

〈現代語訳〉

三月になった。木の芽が茂って雀の姿が隠れるほどになり、賀茂の祭のころの時候で、榊や笛がなつかしくしのばれ、まことに感傷的になるうえに、あの方からなんの便りもないのにこちらから歌を送ったこともいまいましく感じられ、いつもの絶え間よりも落着いていられぬように思われたのはどういう心持だったのであろう。

この月も、七日になってしまった。今日、「これを縫ってもらいたい。慎むことがあって伺えないが」と言ってくる。今に始まったことでもないので、「いただきました」などとにべもなく返事をした。昼ごろから雨がのどかに降りはじめた。

十日、朝廷では、石清水の臨時の祭のことで大騒ぎである。私は知人が物詣でをするようなので、いっしょにごくこっそり出かけたが、昼ごろ帰ったところ、留守居の間主人役をしていた若い人たちが、

「ぜひ見物したい。行列はまだ通らないそうです」

と言うので、帰って来た車もそのまま出させる。
次の日、還立の行列を見物しようと、人々が騒いでいるが、私は気分がとても悪く、一日じゅう床の中で過ごしていたほどで、見物に出かける気持もなかったのに、まわりの人々が勧めるので、ただ檳榔毛の車一台に四人ほど乗って出かけた。冷泉院の御門の北側に車をとどめた。他の見物人はそれほど多くも見かけなかったので、気分も平常にもどって、そこに車をとどめていると、しばらくして、行列が来て、私が目をかけている人も、陪従に一人、舞人に一人、まじっていた。このところ、別に変ったことはない。

〈語釈〉○雀隠れ　美しい言葉である。雀の姿が隠れるくらいに木の葉などが茂ることをいう。「浅茅生も雀隠れになりにけりむべ木のもとはこぐらかりけり」(『曾禰好忠集』)の歌の言葉を思い浮かべたのかも知れない。○祭のころ　賀茂祭。四月、中の酉の日に行なわれる。この年の賀茂祭は十七日が斎院の禊、二十日が祭日であった。たまたまこの年閏二月があったので、三月になると四月ごろの季節感があったのであろう。○音なきことをなほ……　前項の、兼家から音沙汰がないのに作者の方から便り(「かたときに」の歌)を送ったことをいう。○八幡の祭　石清水八幡宮の臨時の祭。京都府綴喜郡八幡町の男山にあるので男山八幡宮ともよぶ。○主の若き人々　道綱と養女。○かへさ　祭に奉仕した勅使一行の帰京の行列。還立という。○臥し暮らさるれば　「るれ」は自発。○檳榔　「檳榔毛の車」の略。びろう(やし科の亜熱帯性高木)の葉を細くさいて糸のようにし、車の箱の屋根をふき、左右の側にも押しつけたもの。上皇・親王・大臣以下・公卿・女官・僧侶、また相当な身分の女子なども用いる。○冷泉院　大炊御門の南、堀川の西、現在の二条城付近。○人ごこちして　気分も普通にもどって。○渡る人　「ありて」を補って読む。○わが思

ふべき人　親しくつきあっている人。近親者であろう。○陪従（べいじゅう）　舞人に付き従う楽人。七二九頁参照。○舞人（まひびと）　ここでは神前で神霊を慰めるため「東遊（あずまあそび）」を舞う人。

〈解説〉賀茂祭のころ、京は雀（すずめ）の姿が木の葉の茂りでかくれるほどの新緑となる。作者はその後訪れないうえ、便りもよこさない兼家のことが念頭から離れない。気位が高い作者は、自分から兼家のもとに「かたときに」の歌を送ったのに返歌のみあって訪れようとしない兼家が憎らしくこだわっている。そこへ三月七日、またまた仕立物をたのんで来た。権利のみを行使し、夫らしい義務（つとめ）を果さない兼家！

しかし作者は今に始まったことでなし、あの人のクセがまた出た。ひまな時にすればよいと考えて、「いただきました」とのみ無愛想に返事してすませている。押し返すのも面倒（めんどう）になったというところであろう。祭の行列を道綱や養女は見たがるので出してやったりする。作者は兼家のことで神経がすりへったのであろう。一日じゅう床についていたが、道綱や養女、侍女に気晴しに見物を勧められて重い腰をあげて出かけたりする。

一四二　隣邸の火事

十八日に、清水（きよみづ）へ詣（まう）づる人に、また忍びてまじりたり。初夜（そや）果ててまかづれば、時は子（ね）ばかりなり。もろともなる人の所に帰りて、ものなどものするほどに、あるものども、

「この乾のかたに火なむ見ゆるを、出でて見よ」

など言ふなれば、

「唐土ぞ」

など言ふなり。うちには、なほ苦しきわたりなど思ふほどに、人々、

「かうの殿なりけり」

といふに、いとあさましういみじ。わが家も築土ばかり隔てたれば、騒がしう、若き人をも惑はしやしつらむ、いかで渡らむと、惑ふにしも、車の簾は掛けられけるものかは。からうじて乗りて来しほどに、みな果てにけり。わが方は残り、あなたの人もこなたに集ひたり。ここには大夫ありければ、いかに、土にや走らすらむと思ひつる人も、車に乗せ、門強うなどものしたりければ、らうがはしきこともなかりけり。あはれ、男とて、よう行なひたりけるよと、見聞くもかなし。渡りたる人々は、ただ、

「命のみわづかなり」

と嘆くまに、火しめりはてて、しばしあれど、問ふべき人は訪れもせず、さしもあるまじき所々よりも問ひ尽して、このわたりならむやのうかがひにて、急ぎ見えし世々もありしものを、ましてもなりはてにけるあさましさかな、「さなむ」と語るべき人は、さすがに、雑色や侍やと聞きおよびけるかぎりは、語りつと聞きつるを、あさましあさましと思ふほどにぞ、門叩く。人見て、

「おはします」

と言ふにぞ、少し心落ちゐておぼゆる。

さて、

「ここにありつる男ども来て告げつるになむ驚きつる。あさましう来ざりけるがいとほしきこと」

などあるほどに、とばかりになりぬれば、鶏も鳴きぬと聞く聞く寝にければ、ことしもここちよげならむやうに、朝寝になりにけり。今も問ふ人あまたののしれば、しづ心なくものしたり。

「騒がしうぞなりまさらむ」

とて急がれぬ。

しばしありて、男の着るべき物どもなど、数あまたあり。「取りあへたるに従ひてなむ。かみにまづ」とぞありける。「かく集まりたる人にものせよ」とていそぎけるは、いとにはかに、檜皮の濃き色にてしたり。いとあやしければ見ざりき。もの問ひなどすれば、三人ばかり、病ひごと、くぜちなど言ひたり。

〈現代語訳〉

十八日に、清水寺へお参りする人に、またそっと同行した。初夜の勤行が終ってお寺を退ると、時刻は子の刻限ごろであった。いっしょに行った人の家に帰って、食事などしているときに、従者たちが、

「この西北の方角に火の手が見えるから、外へ出てご覧」

などと言うと、

「唐土だよ」などとの会話が聞える。内心では、やはり気になるあたりだなと思っているうちに、人々が、

「長官殿でした」と言うので、気も転倒してしまった。私の家も、土塀一つを隔てているだけだから、きっと大騒ぎで若い人をとまどいさせているであろう、なんとか早く行きつこうと、あわてふためいて、それこそ車の簾を掛けるまもありやしない。

やっと車に乗って到着したころには何もかも済んでしまっていた。私の家は焼け残り、あちらの人も私の所へ集まっていた。この家には大夫がいたから、定めし、土の上を裸足でうろたえさせているのだろうと案じていた娘も車に乗せ、門をしっかり閉めなどしていたので、乱暴騒ぎなどもなかった。ああ、さすがに男の子だけあって、よく取りしきってくれたことよと、見聞きするにつけて胸がいっぱいになる。当家に避難した人々は、

「ただ命からがらでした」

と嘆いていたが、そのうちに火事もすっかりおさまって、しばらく経ったけれど、見舞いに来るはずのあの方は姿を見せず、とくに見舞わねばならない筋合いでもなさそうな人々からも、みな見舞いがあって、以前は、火事がこの辺ではないかと様子を見に、急いで駆けつけてくれた時代もあったのに、まして隣家が火事という非常の際に来てくれなくなってしまったとは、ほんとにあきれたことだ、「これこれです」と火事の報告をすべき人は、本邸の雑

色（しき）とか侍（さぶらい）とか、かねて聞きおよんでいたかぎりの者全部にやはり、知らせたとのことだのに、まあ、あきれた、まったくあきれた、と思っているときに、門をたたく音がする。召使が見に行って、

「おいでになりました」

と言うので、少し心が落ち着いたような気がした。

　さて、

「こちらにいた召使どもが知らせに来たのでびっくりした。なんとも遅くなってしまったこと、気の毒でならぬ」

などと話しているうちに、時刻が経ったので、鶏（にわとり）も鳴いたが、それを聞き聞き床についたので、まるで快く眠れでもしたかのように朝寝をしてしまった。一夜明けた今も見舞いに来る人が多く、がやがや騒いでいるので、気持が落ちつかないでいた。あの方は、

「もっと騒がしくなることだろう」

というので、急いで帰って行かれた。

　しばらくして、あの方から、男の着物などをたくさん届けてくれた。「あり合せのものばかりで。長官（かみ）にまず」とのことであった。「こうして集まっている人たちにあげなさい」ということで、用意したものは、まことに急ごしらえで、濃い檜皮（ひわだ）色に染め上げてある。とてもそまつな品なのでよく見なかった。焼け出（だ）された人たちの様子を問うと三人ほど病気で、みな、ぶつぶつ文句を言っていた。

〈語釈〉 **○清水**　二五三頁参照。**○初夜**　三九七頁参照。**○子**　真夜中。午後十一時より午前一時の間。一説、午前十二時より二時まで。**○あるものども**　同行の従者。**○乾**　西北の方角。**○言ふなれば**　「なれ」伝聞推定。下の、言ふ「なり」も同じ。**○唐土**　遠い距離を誇張して言った。**○かうの殿**　長官をいう。たとえば衛門督、兵衛督、右京大夫、雅楽頭等々。作者邸の隣邸。だれか不明。**○若き人**　道綱や養女。**○大夫**　道綱。りっぱな一人前の男として呼ぶ。**○思ひつる人**　養女をいう。**○かなし**　現代の「悲し」よりも、悲哀、愛惜の念が痛切である。胸がせつなく鼻の奥がジーンとしてくる。**○問ふべき人**　兼家をさす。**○さなむ**　これこれしかじか。作者邸の隣家が火事でまる焼けになったことなど。**○さすがに**　「語りつ」にかかる。それでもやはり。兼家が火事の報告を受けているのに、なかなか来てくれなかったことを含んでいう。**○雑色**　蔵人所・院の御所その他の諸官署に召し使われて、雑務に従事した無位の役人。また上流貴族の家にも置かれた。ここは後者で兼家邸に召使われている者。**○いとほしき**　心苦しい。気がとがめる。気の毒だ。困る。つらい。**○ことしも**　あたかも。まるで。**○問ふ人あまたののしれば**　底本「とふ人きまたのゝしれは」。見舞客が大ぜいやかましく訪れるので。**○しづ心なくものしたり**　底本「せてふ（あいまいな字）にてもしたり」。難解な箇所で諸説あり、まだ納得できる見解は見当らない。一応私見によるが考慮の余地あり。**○いそぎける**　用意する。主語は兼家。**○檜皮**　檜皮色。蘇芳に黒みを帯びた色。**○病ひごと、くぜち**　病気と口舌（文句。あらそい。口説とも書く）。

〈解説〉　作者はこのところ、よく神社・仏閣や近郊へ出掛ける。この日も知人と新緑の美しい清水へ出掛け、同行の知人宅で一休みしていると自邸の隣家が火事だという。道綱や養女は？　と作者は気も転倒して車を飛ばして帰ってみると幸い類焼はまぬがれ、焼け出された隣家の人々が避難して来ていた。留守を守っていた道綱がテキパキ指図して門の戸じまりを厳重にし（火事場盗人の闖入を警戒して）、万一に備えて養女を車に乗せ（類焼の場合を考慮し）て、あっぱれ若主人ぶりを発揮していた。まああの子がと作者は胸の中がジーンとする。気がちょっと落ちつくとあの方は？と気になり出す。

縁の薄いだれかれもみな火事見舞に来てくれているのに肝心の夫、兼家が来ないなんて！　火災騒ぎを知らないのかしら。イヤ当家の人たちが本邸の雑色、侍にもみな知らせたから、あの方の耳にはいらぬはずがないのに姿を見せないとはあきれ果てたことと思っている所へ兼家があらわれ、ほっとする。朝、自邸にもどった彼から、焼け出された隣家の人へと救援物資が届く。一夫多妻下、夫と一つ屋根の下に常住できぬ妻の苦悩が隣家の火事という非常の一事件を通して語られている。

一四三　物忌しげきころ

二十日はさて暮れぬ。一日の日より四日、例の物忌と聞く。

ここに集ひたりし人々は、南塞がる年なれば、しばしもあらじかし、二十日、県ありきの所へ皆渡られにたり。心もとなきことはあらじかしと思ふに、わが心憂きぞ、まづおぼえけむかし。

かくのみ憂くおぼゆる身なれば、この命をゆめばかり惜しからずおぼゆる、この物忌どもは柱におしつけてなど見ゆるこそ、ことしも惜しからむ身のやうなりけれ。

その二十五六日に、物忌なり。果つる夜しも門の音すれば、

「かうてなむ固うさしたる」

とものすれば、たふるるかたに立ち帰る音す。

またの日は、例の方塞がると知る知る、昼間に見えて、御さいまつといふほどにぞ帰る。

それより、例の障りしげく聞えつつ、日経ぬ。

ここにも、物忌しげくて、四月は十余日になりにたれば、世には祭とてののしるなり。人、

「忍びて」

と誘へば、禊よりはじめて見る。

わたくしの御幣奉らむとて詣でたれば、一条の太政大臣詣であひ給へり。いといかめしうののしるなど言へばさらなり。さし歩みなどし給へるさま、いたう似給へるかなと思ふに、大方の儀式も、これに劣ることあらじかし。これを、

「あなめでた、いかなる人」

など、思ふ人も聞く人も言ふを聞くぞ、いとどものはおぼえけむかし。

〈現代語訳〉

二十日はあの方の訪れもないままで、日が暮れた。二十一日の日から四日間、例の物忌と

のことである。

ここに集まっていた人々は、南の方角がふさがっている年なので、しばらくもとどまるわけにはいかないのであろう。二十日に、地方官歴任の父の所へ、一同移ってしまわれた。あちらなら不安なことはないであろうよと思うにつけて、自分自身のふがいなさが、何より先に感じられたことであろうよ。

このようにまったく情なく感じられる身の上だから、この命をほんの少しも惜しくないと思うのだが、この物忌（ものいみ）の札（ふだ）を幾枚も柱に張りつけたりしてあるのに目がとまると、まるで、命を惜しがっているみたいであった。

その二十五日と二十六日は物忌であった。ちょうど最後の夜に、門をたたく音がするので、

「このとおり物忌で門を固くしめております」

と言うと、閉口して帰っていく音が聞えた。

次の日は、例のように、方（かた）が塞（ふさ）がっていると知りながら、昼間に訪れて、たいまつをともすというころに帰ってゆく。それ以後、いつものように種々差支えが重なっているということを耳にしながら、日が過ぎた。

私の方でも物忌が続いて、四月は十日過ぎになったので、世間では祭だと騒いでいるらしい。ある人が

「そっと出かけましょうよ」

と誘うので、斎院の禊をはじめとしていろいろ見物する。

私個人の幣帛を奉ろうと思って、賀茂神社にお参りしたところ、ちょうど一条の太政大臣がご参拝においでになっていられた。すこぶる威風堂々と、あたりを圧しているなどというどころではない。悠然と歩を進めていらっしゃるご様子はとてもあの方によく似ていられること！　と思うが、そのほかの晴れの際の風采もあの方とてこの大臣に劣ることはあるまいよ。この大臣を、

「まあ、ごりっぱだわ。なんというすばらしいお方でしょう」

と感嘆する人も、その言葉を聞いて同感する人も、口々にほめそやすのを聞くにつけ、いっそう私は深くもの思いにふけったことであろうよ。

〈語釈〉○南塞がる年　天禄三年は壬申の年で、申酉戌年は大将軍方では南が塞がる（『簾中抄』）。○県ありきの所　倫寧邸。作者邸に避難していた罹災者は倫寧の親族であったか。○わが心憂きぞ　兼家が夫として十分な経済面での面倒も見てくれないので、避難者に対して種々世話がしてやれないわが身の情なさ。○おぼえけむかし　自分を客観視した、執筆時点における回想表現。○この物忌「この」は強く指示する語。「物忌」は柳の小さい札や紙に「物忌」と書いて、簾や柱・烏帽子・髪などにつける。○ことしも　五六二頁参照。○たふるるかたに……　七四頁参照。○さいまつ　松明と同じ。○祭　賀茂祭をいう。○禊　斎院の禊。一三四頁参照。この年四月十七日午の日に行なわれた。○一条の太政大臣　藤原伊尹。師輔の長男で兼家の同母の兄。一条の南、大宮の東に住んだので一条……と呼ばれる。天禄二年十一月二日太政大臣となる。○いたう似給へるかな　伊尹が兼家に似ているなあ。○これに劣る　兼家が伊尹に劣る。○めでた

形容詞の語幹が独立して用いられると詠嘆を表わす。まあすばらしい。ごりっぱだこと！　○思ふ人も聞く人も言ふを聞く　わかりにくい表現。一応、伊尹の容姿をすばらしいと思う人も、その人がほめそやす言葉を聞いて共感を感じる人、その両方の人たちが伊尹賛美の声をあげるのを作者が聞く、ととっておく。

〈解説〉当時貴族の女性は父や夫など後見から経済的援助を得て生活していたようであるが、肝心の夫兼家の顧みが不十分なため、自邸に避難した隣家の人々の面倒も見てあげられず、父の邸へ移ってもらわねばならないはめになった、作者のふがいなさは気位の高い人だけにこたえた。こんな情ない身なら長命など願わないと思うのに、家のあちこちに物忌（ものいみ）の札が張られているので、その矛盾に気が付いてはっとする（内心おかしくも感じたであろう）。物忌を犯しても兼家は時たま顔を見せるが、なにかと足は遠のく。

賀茂に詣（もう）でたとき、たまたま兼家の長兄伊尹（これまさ）に出あい、現在一（いち）の人であるだけ威風堂々あたりを圧する英姿に接し、周りの人たちのあげる賛嘆を耳にすると、内心、夫兼家だってこの人に劣るものかと思うが、その兼家北の方なのに夫の顧みの薄いわが身を思い、心がめいってしまう。微妙な女心の揺れがなにげなく語られている。

一四四　道綱大和（やまと）だつ女に歌を贈る

さるここちなからむ人にひかれて、また知足院（ちそくゐん）のわたりにものする日、大夫（たいふ）もひきつづけてあるに、車ども帰るほどに、よろしきさまに見えける女車の後に続きそめにければ、遅れず追ひきければ、家を見せじとにやあらむ、疾く紛れ行きにけるを、追ひてたづねはじめて、またの日、かく言ひやるめり。

思ひそめものをこそ思へ今日よりはあふひはるかになりやしぬらむ

とてやりたるに、「さらにおぼえず」など言ひけむかし。されどまた、

わりなくもすぎたちにける心かな三輪の山もとたづねはじめて

と言ひやりけり。大和だつ人なるべし。返し、

三輪の山待ち見ることのゆゆしさにすぎ立てりともえこそ知らせね

となむ。

かくて、つごもりになりぬれど、人は卯の花の陰にも見えず、音だになくて果てぬ。二十八日にぞ、例の、ひもろぎのたよりに、「なやましきことありて」などあべき。

〈現代語訳〉

そんなもの思いなどなさそうな人に誘われて、また、知足院のあたりに出掛けた日、大夫も車であとに続いていたが、私たちの車が帰るとき、相当な身分の者と見えた女車の後について行きはじめたので、大夫が、遅れないようにその車を追って行ったところ、家を知らせまいとするのだろうか、すばやくゆくえをくらましてしまったのを、追いかけて、まもなく家を尋ねあてて、次の日、こう言ってやったようだ。

あなたのことを思い始めて、悩んでおります。逢(あ)う日の名を持った葵(あおい)祭の終った今日からは来年の葵祭まで逢う日をずっと待たねばならないでしょうか。どうか早く逢いたい。

と言ってやったところ、「まったく心当りがありません」などと言って来たようだった。しかし、また、

三輪山(みわやま)のふもとのあなたの家を尋ねはじめて、私の恋心がむしょうに進んでしまいました。古歌に恋しければ三輪山麓(さんろく)の杉の立った門を目あてに訪ねていらっしゃいとあるではありませんか。

と言ってやった。先方は大和(やまと)の国に縁のある人なのでしょう。返事は、

素姓(すじょう)のわからないあなたを三輪山でお待ちしてお会いすることは昔語りもあってはばかられますので、「とぶらひ来ませ」と目じるしの杉を教えるわけにはいきません。

とあった。

こうして月末になったけれども、あの方は卯の花の陰に隠れるほととぎす同様、姿を見せず、音さたさえなくて、その月も終った。

二十八日に、例のように、神社に参拝した機会に「気分がすぐれなくて」などとあったようである。

〈語釈〉○知足院　所在不明。今の京都市紫野船岡山の南か。祭の還御の途次にあった寺。○ものする日　二十一日。○思ひそめの歌　道綱の歌。「葵」に「逢日」を掛ける。おそらく母の指導または添削を受けたのであろうが、代詠に近いかも知れない。○わりなくもの歌　道綱の歌。「わが庵は三輪の山もと恋しくはとぶらひ来ませ杉立てる門」(『古今集』雑下・読人知らず)を本とする。「杉立つ」に「過ぎ立つ」(心が度合を越えどんどん進む)を掛ける。○大和だつ人　大和守の娘であろうか。もちろん道綱側では女車の女性の素姓はすでにわかっていたから歌を贈ったのであろう。○三輪の山の歌　大和だつ女の歌。『古事記』の三輪山伝説に拠る。また、「三輪の山いかに待ち見む年ふともたづぬる人もあらじと思へば」(『古今集』恋五・伊勢)にも拠る。○卯の花の陰　兼家を「ほととぎす」にたとえて、その夜離れを「卯の花の陰にも見えず」と言った。「わが如く物思ふ時や時鳥身を卯の花の影に鳴くらむ」(『続古今集』夏・敦忠)のように和歌的表現。○ひもろぎ　神籬。神に供えるもの。○あべき　底本「あつき」。兼家の手紙を第三者的に表現したと見る説に従う。「あるべき」の音便。

〈解説〉元服をすでにすまし、この間のように母不在中の火事の場合もキビキビと処理し、急に一人前の青年らしくなった道綱は兼家の好色的な血を受けているだけに、いよいよ求婚の歌を大和守の女（推定）に贈りはじめ、作者も応援している。異母兄道隆も道綱に劣らず父兼家の好色癖の血を多量に受け継いでいると見え、すでに山城守藤原守仁女に通って、天禄二年ごろには道頼をもうけており、赤染衛門の妹とも浮名を流している（少将のころ）ので道綱も大いに刺激されたのであろう。

兼家はまったく姿を見せないが手紙でチラホラ動静は耳に入ってくる。

一四五　五月五日

五月になりぬ。菖蒲の根長きなど、ここなる若き人騒げば、つれづれなるに、取り寄せて、貫きなどす。

「これ、かしこに、同じほどなる人に奉れ」

など言ひて、

　隠れ沼に生ひそめにけりあやめ草知る人なしに深き下根を

と書きて、中に結びつけて、大夫のまゐるにつけてものす。返りごと、

　あやめ草根にあらはるる今日こそはいつかと待ちしかひもありけれ

大夫、今一つとかくして、かのところに、

　わが袖は引くと濡らしつあやめ草人の袂にかけて乾かせ

御返りごと

引きつらむ袂(たもと)は知らずあやめ草あやなき袖にかけずもあらなむ

と言ひたなり。

〈現代語訳〉

五月になった。菖蒲の根の長いのを物色して当家の娘が騒ぐので、私も時間・体をもてあましていた折柄、取り寄せて、糸を通して薬玉(くすだま)を作ったりする。

「これを、あちらの同じ年ごろの方(かた)に、さしあげなさい」

などと言って、

隠れ沼に育ったあやめの根は深く水の中に隠れていてたれにも知られません。同様に片(かた)田舎(いなか)で育ち私の家に最近来たこの娘の存在もまだ人に知られておりませんのでご披露(ひろう)申し上げます。

と書いて薬玉(くすだま)の中に結びつけて、大夫(たゆう)が参上するのにことづけて贈った。その返事、

あやめの根が引かれて五月五日の今日外にあらわれるように、その姫君のことを今日ご披露していただき、いつかしらとお待ちしていたかいもありました。

大夫は、もう一つの薬玉を用意して、例の大和だつ女の所に、

あなたに贈るあやめの根をとるために袖を濡らしてしまいました。どうかあなたの袂にこのあやめの根をかけて乾くよう祈ってください。実のところあなた恋しさに涙で濡れている私の袖をご芳情をいただいて乾かしていただきたいのですが。

お返事、

あやめを引こうとしてあなたの袖が濡れたとのことですが私の知ったことではありません。関係もない私の袂にあやめをかけて乾かさないでくださいませ。私に思いを寄せるなどとんでもないことをおっしゃらないでくださいまし。

と言ってきたようである。

〈語釈〉○貫きなどす　主語は作者。五月五日に種々の香料を袋に入れ、菖蒲・蓬などの葉（造花の場合もある）を五色の絹糸で貫いて薬玉を作る。○これ……　作者が道綱に言う言葉。○かしこ　兼家邸。○同じほどなる人　詮子。○隠れ沼にの歌　道綱母の歌。作者が時姫や詮子に養女を披露した歌。養女に代って作者が歌を詠み養女のあいさつとしたともとれる。『新勅撰和歌集』雑歌に語句を少し変えてはいる。○あや

め草の歌　時姫の歌。「いつか」に「五日」と「何日か」を掛ける。詮子に代わり時姫が詠み、詮子の返歌としたともとれる。○わが袖はの歌　道綱の歌。○御返りごと　「御」は不審。○引きつらむの歌　大和だつ女の歌。○たなり　「たるなり」の音便。「なり」は伝聞推定。

〈解説〉いかにも母親らしさが感じられる一こまである。菖蒲や蓬で薬玉をつくり歌をそえて五月五日に養女の披露を時姫母子にする。時姫の方もそれに合わせて返歌をする。まことに王朝貴族らしいみやびの行為である。この項は歌を軸としていて、私家集的な色彩がある。作者の歌の方は『新勅撰和歌集』にとられているが、あれだけの五人の子女の母である時姫の歌が返歌として同集にいれられないのは何故であろう。だれかの代詠だからであろうか。疑問である。道綱も折にふれて大和だつ女に和歌を贈るので、この絶好の機会を逃さず、あやめを素材に求婚の歌を贈っている。

一四六　訪れぬ兼家

六日のつとめてより雨はじまりて、三四日降る。川水まさりて、人流るといふ。それも、よろづをながめ思ふに、いといふかぎりにもあらねど、今は面馴れにたることなどは、いかにもいかにも思はぬに、この石山に会ひたりし法師のもとより、「御祈りをなむする」と言ひたる返りごとに、「今は、限りに思ひはてにたる身をば、仏もいかがし給はむ。ただ、今は、この大夫を人々しくてあらせ給へなどばかりを申し給へ」と書くにぞ、なにとにかあらむ、かきくらして涙こぼるる。

　十日になりぬ。今日ぞ、大夫につけて文ある。「なやましきことのみありつつ、おぼつかなきほどになりにけるを、いかに」などぞある。返りごと、またの日ものするにぞつくる。「昨日は、たちかへりきこゆべく思ひ給へしを、このたよりならでは、きこえむにもびなきここちになりにければなむ。『いかに』とのたまはせたるは、なにか、よろづことわりに思ひ給ふる。月ごろ見ねば、なかなかいと心やすくなむなりにたる。『風だに寒く』ときこえさすれば、ゆゆしや」と書きけり。日暮れて、

「賀茂の泉におはしつれば、御返りもきこえで帰りぬ」と言ふ。

「めでたのことや」とぞ、心にもあらでうち言はれける。

　このごろ、雲のたたずまひ静心なくて、ともすれば、田子の裳裾思ひやらるる。ほととぎすの声も聞かず。もの思はしき人は寝こそ寝られざなれ、あやしう心よう寝らるるけなるべし。これもかれも、

「一夜聞きき」

「このあかつきにも鳴きつる」

と言ふを、人しもこそあれ、われしもまだしと言はむも、いと恥づかしければ、もの言はで、心のうちにおぼゆるやう、
　われぞけにとけて寝らめやほととぎすもの思ひまさる声となるらむ

とぞ、しのびて言はれける。

〈現代語訳〉

六日の早朝から雨が降りはじめて、三、四日の間、降り続いた。川の水が増して、人が流されたということである。それにつけても、さまざまにもの思いにふけってぼんやり考えこんでいると、なんとも言いようのないせつなさであるけれど、今はこうした顧みの薄い生活にもすっかり慣れてしまって、格別なんとも思ってもいないのに、あの石山で出会った法師のもとから、「奥方さまのために御祈りをいたしております」と言ってよこした返事に、「今はもうこれ以上どうにもならぬとあきらめきっておりますわが身のことは、仏さまでもお手の施しようもあられますまい。ただ、今はこの大夫を一人前にしてくださいますようとだけお願いしてください」と書いていると、どうしたことだろうか、目の前が暗くなる思いで涙がはらはらこぼれた。

十日になった。今日、やっと、大夫にことづけて手紙があった。「気分がずっとすぐれないで、気がかりになるほどご無沙汰(ぶさた)してしまったが、変わりはないか」などと書いてある。返事は、次の日、大夫が行くのにことづける。「昨日は、折り返しお返事申し上げねばと存じましたが、大夫が伺うついでGでなくてはお手紙をさしあげるにも具合がわるいような気持になってしまいましたので。『変わりはないか』とおっしゃってくださいましたが、イイエご心配には及びませぬ、お見限りもすべてごもっともと存じます。幾月もお目にかからないので、かえって、まったく気楽に思うようになりました。『風だに寒く』の古歌どおりと申し上げますと、あなたを『見え来ぬ人』にしては大変でございますわね」としたためた。道綱が日が暮れてから帰って来て、

「賀茂の泉にお出ましでしたので、お返事もさしあげずに帰ってきました」と言う。

「結構なことね」と思わず知らず口から漏れた。

このごろ、雨雲の去来が慌ただしくて、ややもすると、田植えをする農婦たちの裳の裾が泥にまみれるだろうと思いやられることよ。ほととぎすの声も耳にしない。もの思いのある人は眠れないというけれど、私は妙に快く眠れるせいなのだろう。だれもかれも、

「せんだっての夜、聞きました」

「今日の夜明け前にも鳴いていましたよ」

などと話すのを聞くと、人もあろうに、この私がまだ耳にしていないと言うのも、とても恥ずかしいので、だまったまま、心の中に思い浮かべるには、

この私が実際打ちとけて寝られるだろうか、とてもおちおち寝られるものか、苦悩まさる私の嘆きがほととぎす自体の鳴き声となり、ひとしお物思わしげに聞えるのであろう。

とそっとつぶやかれるのだった。

〈語釈〉 **○川水**　賀茂川の水。**○面馴(おもな)れにたる**　兼家の夜離(よが)れや顧みの薄い生活、薄情さも、またかと思うだけですっかり慣れっこになってしまった。皮肉な言い方であり自虐(じぎゃく)的でもある。**○御祈りをなむする**　作者のために祈願する。**○ただ**　申し給へにかかる。**○なにとにかあらむ**　どうしたことだろうか。**○かきくらす**　目の前が暗くなるほど悲しみにくれる。**○このたより**　道綱が本邸へ出かけるついで。**○いと心やすく**　とても気が楽に。これも皮肉がこめられている。**○風だに寒く**　「待つ宵(よひ)の風だに寒く吹かざらば見え来ぬ人を恨みましやは」（『曽禰好忠(そねのよしただ)集』）を本歌とする。今は五月で夏、時期的にふさわしくないが、作者好みの引歌である。本歌の方も見え来ぬ人に対して素直に正面から感情をぶっつけず、ひねって裏から皮肉たっぷりにすねて、うらめしいやるせない気持を述べたもの。**○ゆゆしや**　兼家を見え来ぬ人にたとえて、それを実行されて、縁が切れては大変だというのである。「ゆゆし」は良し悪しにつけてはなはだしい意。**○賀茂の泉**　底本「かもていつみ」。下賀茂神社の東にある出雲井於(いずもいのうえの)神社の清泉という。**○めでたのことや**　「なやましきことのみありつつ」と言って、作者の邸にさえも訪れぬくせに勝手な所へ外出するなんて結構なことねと皮肉った。**○田子(たご)の裳裾(もすそ)……**　農婦が田植をするのに雨がちで裳の裾が泥んこになる意。和歌的表現であるが引歌未詳。**○寝(い)こそ寝(ね)られざなれ**　「寝(い)」はねるの名詞。ねることがねられない。「笑(ゑ)うち笑(わら)ひ」（『枕草子』うらやましげなるもの）と言った表現が行われた。「なれ」の下に「ど」（「ども」）が省略。**○われぞけにの歌**　道綱母の歌。「げに」とも読める。自分の嘆きがほととぎすに通って、鳥の声がいっそう愁いに満ちて聞える。鳥は無心に鳴いても聞く作者が愁いに閉ざされているからである。

〈解説〉　少しも訪れて来ず、病気がちだったがあなたのことが気がかりで、変りはないかと、見えすいた口実を使い、弁解たらたらの手紙をよこして来たので、作者はかなり辛辣(しんらつ)に皮肉をこめて返事をする。曽禰好忠の「待つ宵の」の引歌もまったく時節柄といい彼女の現在の心境にぴったりのおあつらえ向きの引歌で、彼女の歌人としての力量、さらに頭のよさが窺えるが、努力家の彼女は、つれづれのあまり練りに練った、一分のすきもない文面となっている。

兼家の訪れの途絶えがこうした修辞の完璧な文を作らしめるのに功を奏したのである。皮肉といえば冒頭の石山寺の僧に送った手紙の中の「今は、限りに思ひはてにたる身をば、仏もいかがし給はむ」の語句もなかなか辛辣である。

ほととぎすの声を好んで聴くのは王朝貴族の趣味を超え、教養・みやびのわざとも考えられた時代、真夜中に鳴くその声を聞いてないというのはまことに風流心のない無教養な人間の証明でもある。作者はこのところよく眠れて、皆が聞くほととぎすの声も耳にしないが、自分の苦悩深い嘆きが、ほととぎすに感情移入されて、かの鳥の絶叫となるのだろうとつぶやかれる次第であった。

一四七　六月のころ

かくてつれづれと六月になしつ。東面の朝日の気、いと苦しければ、南の廂に出でたるに、つつましき人の気、近くおぼゆれば、やをらかたはら臥して聞けば、蟬の声いとしげうなりにたるを、おぼつかなうて、まだ耳を養はぬ翁ありけり、庭はくとて、箒を持ちて、木の下に立てるほどに、にはかにいちはやう鳴きたれば、驚きて、ふり仰ぎて言ふやう、「よいぞよいぞといふなは蟬来にけるは。虫だに時節を知りたるよ」

とひとりごつに合はせて、「しかしか」と鳴きみちたるに、をかしうもあはれにもありけむここちぞ、あぢきなかりける。

大夫、柧棱のうち混りたる枝につけて、例の所にやる。

夏山の木の下露の深ければかつぞなげきの色もえにける

返りごと、

露にのみ色もえぬればことのはをいくしほとかは知るべかるらむ

などいふほどに、宵居になりて、めづらしき文こまやかにてあり。二十余日いとたまさかなりけり。あさましきことと目慣れにたれば、いふかひなくて、なに心なきさまにもてなすも、わびぬればなめりかしと、かつ思へば、いみじうなむ、あはれに、ありしよりけに急ぐ。

そのころ、県ありきの家なくなりにしかば、ここに移ろひて、類多く、事騒がしくて明け暮るるも、人目いかにと思ふ心あるまで音なし。

〈現代語訳〉

このようにして、することもなく退屈な状態で六月を迎えた。東向きの部屋の朝日の光がとても暑苦しいので、南の廂の間に出ていると、だれか人が近くにいる気配ではばかられるので、そっと横になって耳を傾けていると、蟬の声がしきりに鳴く時節になったのに、耳が遠くて、まだその声を楽しめずにいる老人がいたのだが、庭を掃こうと箒を持って、木の下

に立っているときに、突然、はげしく鳴き立てたので、はっと気づいて、上を仰いでいうには、

「よいぞ、よいぞと鳴くなわ蟬が来よったわい。虫すら時節を知っているよ」

とひとりごとを言うのに合わせて、蟬が「しか、しか、そうじゃ、そうじゃ」とあたり一面に鳴き満ちたので、おかしくもあり、胸を打たれもしたのだが、思えばどうしようもない索漠とした気持であった。

大夫が紅葉のまざった柧棱の木の枝に付けて、例の女の所に歌を贈る。

　夏山では木々が茂って露が多くしたたり落ちるので、青々と茂る一方では葉がこんなに紅葉するのでした。私もあなたを恋う涙がしきりに流れるので、私の嘆きの模様はますます目に立つようになりました。

返事は、

　露だけで葉がこんなに美しく色づきましたが、同様あなたのお言葉も幾度濃く色よく作りあげられた美辞麗句なのでしょう。

などと言ってきたが、そのうちに、夜中まで起きているときに、珍しくあの方から心こまや

かな手紙が届いた。二十余日ぶりのことで、ほんとに久しぶりだった。こんなあきれた状態にはすっかりおなじみになっていて、今更言っても始まらないし、そもそもあの方自身がなんとも無関心な風にふるまいながらも、一方ではこんな手紙をよこすのは、心を労しているのだなあと思うとひどく気の毒になって、以前より格別急いで返事をやる。

そのころ地方官歴任の父の家がなくなったので、こちらへ移って来て、我家に親類の人々が多く、にぎやかに過ごしたが、その人たちの目にどう映るかと気になるくらい、あの方からは音さたがない。

〈語釈〉○**なしつ**　「なりぬ」と書くのが普通であるが、月日そのものがむなしく過ぎ作者はそれに流されてしまった気持を表わす。○**東面**　東向きの部屋。建物の東側の部屋。○**南の廂**　南側の廂の間。「廂」は寝殿作りで母屋と簀子との間にあり、仕切って部屋として使う。○**かたはら臥して**　わきを下にして伏す。横になる。○**耳を養はぬ**　「耳を養ふ」は漢語の「養耳」を訓読したことばで、聞いて楽しむ意。○**いちはやう**　激しく。強く。○**よいぞ**　蟬の鳴き声。○**なは蟬**　『和名抄』に「蚱蟬〈作禅二音、和名奈波世美〉、雌蟬鳴ク能ハザル者ナリ」とあるがどういう蟬か不明。狩谷棭斎は馬蟬（熊蟬、山蟬）という。一説「なる（伝聞推定）蟬」と改める。○**しかしか**　蟬の鳴き声の擬音。それが、然か然か（そうだそうだ）と肯定しているように聞こえる。○**あぢきなかりける**　思うようにならず、手のつけようもない意。それに対して愛想をつかし、もはや何事も無用だ、にがにがしいとながめている気持。○**柧棱**　にしき木の古名。『和名抄』に「柧棱〈曽波乃岐〉」とある。紅葉が美しい。今は六月だが季節はずれに紅葉したもの。○**夏山のの歌**　道綱の歌。「投木（薪）」に「嘆き」を掛け、縁語、燃（萌）えるであやなす。○**露にのみの歌**　大和だつ女の歌。「ことのは（言の葉）」に「葉」を掛ける。「海にのみひちたる松の深緑幾汐とかは知るべかるらむ」（『古今六帖』第五緑・伊勢）を踏まえるか。○宵居　宵に寝ないで起きていること。○文　兼家からの手紙。○県ありき　倫寧。当時、丹波守の任を終り在京か。

〈解説〉耳の遠い翁が庭を掃いているとき、突如、蟬がけたたましく鳴き立てたので、はっとして木を仰ぎながら「よいぞよいぞといふなは蟬来にけるは。虫だに時節を知りたるよ」と独り言をつぶやいた途端、蟬が「しかしか」と鳴いたので、タイミングのよさに、作者はふとおかしさがこみあげたが、また庭掃除の翁のこと、今、わが世を謳歌して鳴き満ちている蟬のはかない命のことに考え及ぶと、しみじみ哀愁が催されて、自身どうしようもなくせつなくなるのだった。

求婚時代はとぎれずに時折手紙を送って誠意を見せる必要があるので、道綱も時はずれに美しく紅葉した、珍しい柧棱の木の枝に和歌をつけて、大和（守）の女に贈って返歌を得ている。二十日ぐらいたよりのなかった兼家からひょっこり手紙が来る。たよりの無いのが無事のしるしで、作者も驚かなくなっているが特別の関心もない風に見せかけながら、なお、心こまやかな手紙をよこす兼家の心根を思いやって、急いで返事を出す。夫婦間のある時期の微妙な心情が漏らされている。しかもそのあと、倫寧一家の人々の目に、夫の訪れの絶えたわが身がどう映るかと気になる作者である。

一四八　秋を迎へて

七月十余日になりて、客人帰りぬれば、なごりなう、つれづれにて、盆のことの料など、さまざまに嘆く人々の息ざしを聞くも、あはれにもあり、安からずもあり。四日、例のごと調じて、政所の送り文添へてあり。いつまでかうだにと、ものは言はで思ふ。

　さながら八月になりぬ。ついたちの日、雨降り暮らす。時雨だちたるに、未の時ばかりに晴れて、くつくつぼうし、いとかしがましきまで鳴くを聞くにも、「我だにものは」と言はる。いかなるにかあらむ、あやしうも心細う、涙浮かぶ日なり。たたむ月に死ぬべしといふさとしもしたれば、この月にやとも思ふ。相撲の還饗などものしるをば、よそに聞く。

　十一日になりて、「いとおぼえぬ夢見たり。ともかうも」など、例のまことにしもあるまじきことも多かれど、（本に）

ものも言はれねば、

「などか、ものも言はれぬ」とあり。

「なにごとをかは」といらへたれば、

「などか来ぬ、問はぬ、憎し、あからしとて、打ちも抓みもし給へかし」

と言ひつづけらるれば、

「きこゆべきかぎりのたまふめれば、なにかは」
とてやみぬ。つとめて、
「今、この経営過ぐして参らむよ」
とて帰る。十七日にぞ、還饗と聞く。
つごもりになりぬれば、ちぎりし経営多く過ぎぬれど、今はなにごともおぼえず。つつしめといふ月日近うなりにけることを、あはれとばかり思ひつつ経る。

〈現代語訳〉

七月十日過ぎになって、お客さまが帰ってしまったのち、にぎわいのあともとどめず、ひっそりと無聊で、盆供養の品々をどうしようなど、あれこれため息をつく人々の愚痴を聞くにつけて、胸も痛むし、心穏やかでいられない。

十四日、例年のように、供物を調えて、政所の送り状を添えて、届けてきた。こうしたことすらいつまで続くかしらと、口には出さないで、内心思った。

そのまま八月になった。ついたちの日は雨が一日じゅう降りつづいた。時雨のような雨で、未の時刻あたりには晴れて、つくつくぼうしが、とてもやかましいくらいに鳴くのを聞くと、ふと、「我だにものは言はでこそ思へ」の和歌が口をついて出る。どうしたわけか、妙に心細く、涙が浮かんでくる日である。来月に死ぬだろうというお告げも先月あったので、この月に命がなくなるのかしらと思う。相撲の還饗だなどとみなが騒いでいるのも、よそごとのように聞いた。

十一日になつて、「はなはだ思いもよらぬ夢を見た。いずれにせよ、そちらへ伺って」など、例のごとく信じられそうもないことが多く書いてあるけれど、(本に)

私が一言も発せられずにいると、

「どうして、なにも言われないの」と言う。

「なにを申し上げたらよろしいのでしょう、なにもございません」と答えると、

「なぜ来ないか、便りをくれないのか、憎らしい、せつない、と言って、打つなり、つねるなりなさいよ」

と、たて続けに言われるので、

「私の申し上げたいことはすっかりおっしゃったようですから、もう申し上げることはございません」

と言ってそのままになった。次の朝、

「そのうち、この還饗(かえりあるじ)の行事を終えてから伺うよ」と言って帰った。十七日に還饗だったと聞く。

下旬になったので、約束の行事がすんでから相当日数が過ぎたけれど、今はもうなんとも思わず、慎むように言われた月日が終り近くなって死期が迫ったことを、ただしんみりと感慨深く思いながら暮らす。

〈語釈〉○客人　倫寧一家の人たち。○盆のことの料　お盆のお供えの品々。「料」は底本「ふう」。「れ」を「ふ」に誤写と見る説に従う。○調じて　兼家が政所に命じて調整させた。○政所　三二五頁参照。○くつくつぼうし　『和名抄』に「蛁蟟　和名久豆久豆保宇之八月鳴者也」とあり、蟬の一種。今、つくつくほうし。○我だにものは　「かしがまし草葉にかかる虫の音よ我だにものはいはでこそ思へ」（『宇津保物語』藤原の君）さかのぼって『伊勢物語』（小式部内侍本）などにも見える。これらを本歌としたのであろう。○たたむ月　七月から見て「たたむ月（翌月）」。すなわち八月をさす。○相撲の還饗　四七五頁参照。○いとおぼえぬ夢　兼家からの手紙の文面。○ともかうも　ともかくそちらに行って、詳しく話をしよう。○（本に）　脱文の注記が本文に竄入した。○あからし　痛切である。ひどい。○言ひつづけらるれば　「らるれ」は受身。○きこゆべきかぎり……　作者が兼家に言いたいことはみな兼家が言ったので、それ以上何も言うことはない。作者の皮肉である。○経営　ここでは還饗の行事をいう。○ちぎりし……　兼家が「経営過ぐして参らむよ」と言った言葉をそのまま使って、約束していた還饗も終わって。○つつしめといふ月日　「たたむ月に死ぬべし」といわれた八月。○経る　連体止め。余韻を残した言い方。

〈解説〉盆供養の品々の調達を案じていたが、兼家は母のことを忘れず政所に命じて期日に届けてくれたが、作者はいつまで続くかと先のことを考えて寂しい気持がする。

常日ごろ死にたいと口走る作者であるが、来月（八月）死ぬだろうと予告されると落ち着かない。世間で話題となっている相撲の還饗も興味が湧かないのも当然である。そのころ兼家が思いがけない夢を見たからすぐ行くと言って来た。訪れて委細語ったと思うが残念ながらこの個所本文が脱落している。

兼家がいろいろ語っても作者はだまりこくって愛想のないことおびただしい。死期が近づいていると思うと気も浮かないのだろうが、自分の生死に関する大問題をなぜ夫兼家に打ちあけないのであろう。死の予告そのものについての判断も聞くべきであろうし、万が一の場合を考えて死後のことも兼家に頼んでおくべきであろうのに一言も相談せず一人でくよくよ悩んでいるのはどうしたことだろう。二人の仲がまったく冷えきっているとも考えられるが、むしろ、この予告が実現しなかったのを知ってから、この項イヤ本日記を執筆しているからであろう。

黙り込んでいる作者にしびれを切らして、兼家が「などか来ぬ、問はぬ、憎し、あからしとて、打ちも抓（つ）みもし給へかし」と兼家はにやにやしながら矢継早（やつぎばや）に、彼女の胸中を見抜いて、言いたそうな言葉を連発すると、にっこりほほえむどころか（兼家のことばに読者の方は対座している二人の姿を思い浮かべて笑い出すが）ご本人はぶすっと澄ましたまま、「きこゆべきかぎりのたまふめれば、なにかは」と答えて座をしらけさせてしまう。兼家がせっかく座を和らげようと努力しているのに融和しようとしない作者の我の強さ。これでは兼家でなくっても長座する気にはなれまい。

一四九　道綱と大和（やまと）だつ女と歌の贈答

大夫（たいふ）、例の所に文（ふみ）やる。さきざきの返りごとども、みづからのとは見えざりければ、恨みなどして、

夕されのねやのつまづまながむれば手づからのみぞ蜘蛛（くも）もかきける

とあるを、いかが思ひけむ、白い紙にものの先して書きたり。

　蜘蛛のかくいとぞあやしき風吹けば空に乱るるものと知る知る

たちかへり、

　露にても命かけたる蜘蛛のいにあらき風をばたれか防がむ

「暗し」とて、返りごとなし。

またの日、昨日の白紙思ひ出でてにやあらむ、かく言ふめり。

　たぢまのやくぐひの跡を今日見れば雪の白浜白くては見し

とてやりたるを、「ものへなむ」とて、返りごとなし。

またの日、「帰りにたりや。返りごと」と、ことばにて乞ひにやりたれば、「昨日のは、いと古めかしきここちすればきこえず」と言はせたり。

またの日、「一日は古めかしとか。いとことわりなり」とて、

　ことわりやいはで嘆きし年月もふるの社の神さびにけむ

とあれど、「今日明日は物忌」と、返りごとなし。明くらむと思ふ日のまだしきに、

　夢ばかり見てしばかりにまどひつつあくるぞおそき天の戸ざしは

このたびも、とかう言ひ紛らはせば、また、

「さもこそは葛城山になれたらめただ一言やかぎりなりける

たれかならはせる」となむ。若き人こそかやう言ふめれ。

〈現代語訳〉

大夫(たゆう)は、例の女の所に手紙を送る。これまでの返事が、自筆のものとは思えなかったので、恨んだりして、

夕方寝所のすみずみを見ながら、未来の妻あなたの事をぼんやり思いやっていると、蜘蛛(くも)だって自分で巣を組んでいますよ。あなたもご自筆の文(ふみ)をください。

と言ってやったのを、どう思ったのか、返事は白い紙に、何かの尖端(さき)でもって書いてある。

蜘蛛(くも)の組む糸はたいへん危なっかしく、風が吹くとすぐ切れて空に飛び乱れてしまいます。それを承知のうえで糸をくむとは妙なものです。私の手紙をまき散らす浮気なあなたと知りつつ返事を書くなど私は心配でできません。

折り返し、

はかなくても命をかけた蜘蛛(くも)の糸に吹く荒い風をいったいだれが防いでくれましょう。私以外にはありません。たいせつなお手紙は絶対に散らしません。安心して私にお手紙をください。

「暗くなったから」と言って、返事がない。

あくる日、大夫は、昨日の返事が白紙だったことを思い出してであろうか、このように言ってやったようである。


　やっといただいたお手紙を今日見ますと、但馬(たじま)の白浜の雪の上に鵠(くぐい)が下りたと同様、ただまっ白でなんの文字も見えません。ぜひご筆跡を拝見したいものです。


と手紙を送ったが、「外出中で」ということで、返事がない。

あくる日、「もうお帰りですか、お返事を」と口上(こうじょう)で催促してやったところ、「昨日のお歌は、とても古めかしい感じがいたしますので、お返事申し上げません」と、取り次ぎの者に言わせた。

その翌日、「先日のは古めかしい歌だとおっしゃったとか。まことにごもっともです」と言って、

　古めかしいというあなたのご批評はもっともです。あなたへの恋情を言わずに胸中に秘めて嘆いた年月も長く、まるで布留(ふる)の社が神さびているように、まったく古びてしまいました。

と送ったけれど、「今日と明日は物忌」と、返事がない。その物忌がもう明けただろうと思う日の朝早くに、

夢のようにとりとめもないご手蹟を拝見しただけで私の心はあなたへの思いで悩みつづけております。天の岩戸が閉じたようにあけるのがおそいあなたの物忌がすみ、お手紙がいただけるのを待っております。

今度もなにやかやと言い紛らわすので、また、

「さすがは大和のお方で、葛城山の一言主神とおなじみなのでしょう。それでこの間のただ一言が最後だというのですか。それはひどいですよ。

どなたがそのようにしつけたのでしょう」と書いて送った。若い人はこんなふうに歌のやりとりをしているようである。

〈語釈〉○例の所　大和だつ女。○夕されのの歌　道綱の歌。「端」に「妻」、巣を「掛く」に「書く」を掛ける。「わが背子が来べき宵なりささがにの蜘蛛のふるまひかねてしるしも」（『古今集』墨滅歌・衣通姫の

詠という）を本歌とする。○ものの先　先のとがったもの。○蜘蛛のかくの歌　大和だつ女の歌。「掛く」と「書く」、「糸」に「いと（副詞）」を掛ける。掛く、糸、乱るなど蜘蛛の縁語であやなす。大和の女が白い紙にものの先で書きつけたのは、道綱が「夕されの」の歌で彼女の自筆の手紙がほしいと言ったので、彼女も自筆でしたためたがその筆跡をあらわに見せぬための配慮ではなかろうかの説に私も同意する。後にも「夢ばかり見てしばかりに」ともあるのを考え合わせてそう考えてよいと思う。○露にてもの歌　道綱の歌。「露」ははかないもののたとえで、蜘蛛の「命」のはかなさを表わす。「蜘蛛のい」は女の手紙をたとえる。○たぢまのやの歌　道綱の歌。「たぢまのくぐひ（但馬の鵠）」は『古事記』、『日本書紀』（垂仁紀）に、垂仁天皇の皇子、誉津別命は口がきけなかったが空を飛ぶ鵠を見て初めて「これ何ものぞ」と言われたので天皇が喜ばれ、「この鳥を捕えて献上するものはないか」と言われた時、鳥取造の祖天の湯河板挙が自分が捕って奉ろうと言って出雲（一説、但馬）まで追って行き捕え、鵠を献上したので、天皇は賞めて姓を賜い鳥取造といったという伝説を踏まえている。「や」は間投助詞。「くぐひの跡」は筆跡の意を含める。「雪の白浜」は但馬の歌枕である。大和だつ女がやっと自筆の手紙をくれたと思ったら、但馬の雪の白浜に鵠が降り立った足跡同様白紙で筆跡はまったくわからない。ちゃんとした筆跡の手紙をいただきたいの意。○古めかしきここち　古代伝説を踏まえた歌であるから古めかしいと言った。○ことわりやの歌　道綱の歌。「古めかし」と言われるのももっともだと先方の言い分を肯定しながら、あなたに寄せる私の恋も長年にわたるもので古いことだ、と古い意味を転用する。「経る」に「布留（奈良県天理市の石上神宮のある地名）」を掛ける。○夢ばかりの歌　道綱の歌。「夢ばかり見てし」はとりとめもない筆跡も解らない白紙の手紙を得ての意。一説、葵祭の折ちらりと姿を見かけた意とする。あくるぞおそきの「あくる」に「開くる（天の岩戸の縁語）」と物忌の「明くる」を掛けた。天の戸ざしは天照大神の天の岩戸の神話を踏まえ、物忌をたとえる。○さもこそはの歌　道綱の歌。葛城山は奈良県南葛城郡にある山で、一言主神が住んでいた。大和だつ女が、「蜘蛛のかく」の歌一首しか返して来ないので、一言主神の「一言」に響かす。大和だつ女なのでその縁で葛城山を出し、「一言(ひとこと)」主神(ぬしのかみ)を出した。

〈**解説**〉このところ道綱は刻苦勉励して大和(やまと)だつ女に求婚歌を送りつづけている。作者が兼家からさかんに求婚歌を届けられてからもう十八、九年の月日が経っている。作者も（読者も）世代の移り変りを感ぜずにはいられない。

こうして道綱の求婚歌や大和だつ女の手紙が克明に書きとめられていること、また道綱の歌に縁語、掛詞(かけことば)が種々巧みに使用されていたり、古代伝説などもとり入れられているのは道綱だけの知恵ではあるまい。道綱母が大和だつ女の人物調査を終り吾が子の妻としてふさわしいと考え、求婚歌の応援をしているからであろう。求婚歌は男の方が種々趣向を凝らしてイニシアチブをとり、女性の方は黙殺するか、揚足をとった歌で返せばよいので、作者の代詠に近いアドバイスが道綱の歌には行なわれているのであろう。

しかし冒頭の兼家の求婚歌や兼家と作者の贈答歌と、道綱の歌や道綱と大和だつ女との贈答歌を比較してみると前者の歌の方がずっと傑出している。後者の場合よりいちだん格調が高いように感じられるのは私だけであろうか。冒頭の場合は求婚歌を受けとる女性側から書かれているが、こちらは求婚歌を送る男性側から書かれている。

一五〇　一条の太政大臣(だいじやうのおとど)薨去

われは、春の夜の常、秋のつれづれ、いとあはれ深きながめをするよりは、残らむ人の思ひ出でにも見よとて、絵をぞかく。

さるうちにも、今や今日やと待たるる命、やうやう月立ちて日もゆけば、さればよ、よも死なじものを、さいはひある人こそ、命はつづむれと思ふに、うべもなく、九月もたちぬ。二十七八日のほどに、土犯すとて、ほかなる夜しも、めづらしきことありけるを、人告げに来たるも、何事もおぼえねば、憂くてやみぬ。

十月、例の年よりも時雨がちなるころなり。十余日のほどに、例のものする山寺に、「紅葉も見がてら」と、これかれいざなはるればものす。今日しも時雨降りみ降らずみ、ひねもすに、この山いみじうおもしろきほどなり。

ついたちの日、「一条の太政大臣、失せ給ひぬ」とののしる。例の、「あないみじ」など言ひて聞きあへる夜、初雪七八寸のほどたまれり。あはれ、いかできんだち歩み給ふらむなど、わがすることもなきままに、思ひをれば、例の世の中いよいよさかえののしる。

十二月の二十日あまりに見えたり。

〈現代語訳〉

私は、きまって春の夜だとか、また秋の日の所在ない折々に、ひどく深い物思いに沈み憂鬱な気分でいるよりは、亡き後に残る人たちの偲び草にもなれかしと思い、絵を書いている。

そうしているうちにも、もう死ぬか、今日死ぬかと待たれる命が、そんな気配もなく、死ぬと予告された八月に入り、だんだん日も過ぎてゆくので、やはり思った通りだ！　まさか死ぬことはあるまいものを、幸せな人こそ寿命は短くなるのだけれど……と思っていると、案の定、異常なく九月になった。二十七、八日のころに、土を犯すというので、他へ移ったちょうどその夜、あの方から珍しく使いが来たことを、留守居の者が知らせに来たけれど、なにも思い浮かばなかったので、もの憂いまま返事もせずじまいになった。

十月、例年よりも時雨がちなころである。十日過ぎぐらいに、いつも行く山寺に、「紅葉でも見がてら」と家の者たちが誘われたので、私も出かける。ちょうど、今日は時雨が降ったり、止んだりして、一日じゅう、この山はたいへんすばらしく見ごろであった。

十一月一日の日「一条の太政大臣さまがおなくなり遊ばした」と大騒ぎである。ご多分にもれず、だれもかれも、「まあお気の毒に」などと話し合っていた夜、初雪が七、八寸ほど積もった。ああ、どんな悲しいご心情でご子息たちが、御葬送に連なっていらっしゃるだろうなどと、私が所在ないままに、思っていると、例のようにあの方はいよいよ威勢を増して大した騒ぎである。

十二月の二十日過ぎにあの方が訪れて来た。

〈語釈〉○月立ちて　八月を迎えて。○こそ、命はつづむれ　逆接の接続助詞「ど（ども）」省略。だが、幸せでない私は短命にはならないだろうの意を含む。○土犯す　土公神（陰陽道でいう土をつかさどる神で春は竈、夏は門、秋は井、冬は庭にあって、その時期にその場所を動かすとたたりがあるという）がいる所を犯して造作をすること。その場合は家人は忌を避けて他所へ移る。○山寺　鳴滝の般若寺か、他の寺か不明。○時雨降りみ降らずみ　「神無月降りみ降らずみさだめなき時雨ぞ冬の初めなりける」（『後撰集』冬・読人知らず）を本歌とする。○ついたちの日　十一月一日。○一条の太政大臣　太政大臣従一位藤原朝臣伊尹薨ズ（年四十九）（『日本紀略』天禄三年の条）。○七八寸　二十センチ余。○きんだち歩み給ふ　伊尹の子息たち（親賢、惟賢、挙賢、義孝、義懐など）遺族や家人たちは霊柩車の後に徒歩で続くのである。○例の世の中　伊尹の薨後、兼家はますます政界の重鎮となる。

〈解説〉当時の上流女性で絵を描く趣味を持った方は時折ある。兼家の孫の定子皇后も気軽に絵筆をお持ちになったと見えて、たとえば清少納言にも大笠の絵を描いて、その柄を握っている手のみを描いて「山の端明けし朝より」とお書きになって送って来られたこともある（『日本古典全書』本二二五段）。また同じく兼家孫の彰子中宮も和泉式部が丹後に下るとき、扇に天の橋立の絵を描かれ、「秋霧のへだつる天の橋立を……」の賛を書いて賜っている。かように上流階級の女性はたしなみとして絵も習っていられたのであろう。

　作者の父も絵心を有していたことは巻末歌集に陸奥守のとき陸奥国の景色を絵に画いて持ち帰っていることで伺われる（七五一頁）。作者も父の血を引いたのか絵心を有したらしく、鳴滝参籠中にも「昔、わが身にあらむこととは夢に思はで、あはれに心すごきこととて、はた、高やかに、絵にもかき」（四〇九頁）とも書いている。もう少しくわしく書いていてくれたらと絵の内容が解らないだけに残念でならない。おそらくつれづれには歌を詠み、絵を描くことで慰めていたのであろう。

　死の予告ははずれたが作者は幸福な人は薄命（今は美人薄命という言葉もあまり耳にしないが昭

和初年ごろにはまだよく言われた）だが、自分は幸福には縁が遠いからまだなかなか死なないだろうと自嘲めいた言葉を漏らしている。前述のように物詣で即遊山の当時、紅葉狩をかねて山寺にも北山時雨の中を出かけ山の風情を満喫している。十一月一日には兼家長兄の太政大臣伊尹が薨じ、七、八寸も積った初雪の中を葬儀の列の進む様を推察して公達の上に心を寄せている。

伊尹にはこの四月賀茂詣での折、偶然出会いその威厳のある姿を見て賛嘆する人々の声を聞き、兼家がこの長兄に似ているなあと感じた作者であり、兼家を通じて、伊尹がつねに兼家を兼通より引き立ててくれることを耳にして、作者も伊尹に好感を抱いていたであろう。『大鏡』は「ただ御かたち身のざえ、何事もあまり勝れさせ給へれば、御命のえととのはせ給はざりけるにこそ」とか「御年五十にだに足らで、うせさせ給へる惜しさは父大臣にも劣らせ給はずこそ世人惜しみ奉りしか」と述べてその短命を惜しんでいるが作者も同感であったであろう。文末に「思ひをれば、例の世の中いよいよさかえののしる」と記しているが、史実を検討すると作者のこの言葉はかならずしも真実を伝えていない。今まで四歳年下の実弟兼家に官職を越されていた次兄兼通が好機逸すべからずと、妹の村上天皇中宮安子（円融天皇生母）に生前懇願して書いてもらっていた、「関白は次弟のままにせさせ給へ」のお墨付を錦の御旗と振りかざし、円融天皇の御心を動かし、権中納言から一挙に関白内大臣に昇進してしまい、陰に陽に同母弟の兼家を圧迫したからである。この件については『大鏡』「兼通」や『栄花物語』「花山尋ぬる中納言」などにくわしい。

天延元年

一五一　鶯の初音（正月）、色濃き紅梅（二月）に感慨深し

さて年暮れはてぬれば、例のごとして、ののしり明かして、三四日にもなりにためれど、ここには改まれる心地もせず。鶯ばかりぞいつしか音したるをあはれと聞く。五日ばかりのほどに昼見え、また十余日、二十日ばかりに、人寝くたれたるほど見え、この月ぞすこしあやしと見えたる。このごろ司召とて例の暇なげにののしるめる。二月になりぬ。紅梅の、常の年よりも色濃く、めでたうにほひたり。わがここちにのみあはれと見たれど、なにと見たる人なし。大夫ぞ折りて、例の所にやる。

　かひなくて年経にけりとながむれば袂も花の色にこそしめ

返りごと、

　年を終てなどかあやなく空にしも花のあたりにたちはそめけむ

と言へり。なほありのことやと待ち見る。

〈現代語訳〉

そうしてその年も暮れてしまったので、年末には例年どおりの事をして、あれこれ騒がしく大晦日(おおみそか)の夜を明かし、正月三、四日にもなったようだが、私の家では、新年を迎えたような気分もしない。鶯(うぐいす)だけが早くも訪れて来たのをしみじみと感慨深く聞く。

あの方は五日ごろの昼に姿を見せ、また十日過ぎに訪れ、二十日ごろに、皆がくつろいで寝入っている時分に見えて、この月は少し妙だと思うぐらいに訪れて来る。このごろ司召(つかさめし)ということで、例のように、ひまもなさそうに騒いでいるようだった。

二月になった。紅梅がいつもの年よりも色が濃く見事に咲き映えている。私一人感慨深くながめているけれど、他には格別目をとめて見入っている人もいない。大夫(たゆう)が折って、例の女のもとに届ける。

いくら思ってもなんのかいもなく年がたったなあと思いにふけっていると、私の袂(たもと)も紅梅の色同様、血の涙で紅(くれない)に染まっているのです。

返事は、

長い年月、何故(なにゆえ)に分別もなくむなしく花の辺りに立って袂(たもと)を血涙で染めたりなさったのでしょう。しょせんむだなことでございますのに。

とよこした。待ち受けた返事をやはり相変らずだなあと見る。

〈語釈〉○明かして　天延元年（九七三）となる。兼家四十五歳、作者三十七歳くらい。道綱十九歳。○改まれる心地　「百千鳥囀る春はものごとに改まれどもわれぞふりゆく」（『古今集』春上・読人知らず）を本歌とする。○かひなくての歌　道綱の歌。袂で涙を拭うのでこういう。「花の色」は紅梅の色で悲しみのあまり流す血涙を響かす。○年を経ての歌　大和だつ女の歌。「たち」に「立ち」と「裁ち」、「そめ」に「初め」と「染め」を掛ける。あや、裁ち、染めなどは贈歌の「袂」の縁語。○なほありのことや　やはり以前と変らぬ意か。平凡な歌である意ともとれる。

〈解説〉兼家がよく訪れるので作者は「あやしと見えたる」と書いている。史実では兼通が一月七日従三位より正三位になり、右大臣の頼忠は従二位になっている。十一日には左大臣（兼明）家大饗、十二日には右大臣（頼忠）家大饗、十五日には内大臣（兼通）家大饗で兼家は心中穏やかでなく、兵部大輔時代のように作者宅などに訪れているのかもしれない。

道綱は見事な紅梅の枝に求婚歌を添えて大和だつ女に贈り返歌を得ている。自筆の返歌が来はじめるとこの結婚は成立間近の感がするが、後のところを見るとこの縁談は不成立に終っているので代筆と見るべきか。

一五二　花やぐ兼家の訪れに嘆きの芽をもやす

さて、ついたち三日のほどに、午時ばかりに見えたり。老いて恥づかしうなりにたるに、いと苦しけれど、いかがはせむ。とばかりありて、「方塞がりたり」とて、わが染めたるとも言はじ、にほふばかりの桜襲の綾、文はこぼれぬばかりして、固文の表袴つやつやとして、はるかに追ひ散らして帰るを聞きつつ、あな苦し、いみじうもうちとけたりつるかななど思ひて、なりをうち見れば、いたうしほなえたり、鏡をうち見れば、いと憎げにはあり。またこたび憂じはてぬらむと思ふこと限りなし。かかることを尽きせずながむるほどに、ついたちより雨がちになりにたれば、「いとど歎きの芽をもやす」とのみながめありける。

五日、夜中ばかりに、世の中騒ぐを聞けば、さきに焼けにし憎所、こたみはおしなぶるなりけり。

十日ばかりに、また昼つかた見えて、

「春日へなむ詣づべきほどのおぼつかなさに」

とあるも、例ならねば、あやしうおぼゆ。

〈現代語訳〉

さて、月はじめの三日のころに、午の時刻ぐらいに、あの方が訪れて来た。私は年をとって恥ずかしい身になってしまったので、とてもつらい気がするがどうしようもない。しばらくして、

「方角が塞がっている」

と言って、私が染めたから言うわけではないが、におうばかりの美しい桜襲の綾織で、今にもこぼれそうにくっきりした浮文になっている下襲、つやつやとした固文の表袴をつけ、遠方まで響く大声で堂々と先払いをさせながら帰ってゆくのを聞きながら、ああつらい！　すっかりうちくつろいでいたものだわ、と思って、身なりを見ると、まったく着古してよれよれになっており、鏡をのぞくと、とても憎らしげな顔付きである。あの方は、また今度こそすっかり愛想をつかしたことであろうとしきりに思われた。こんなことを際限なく思ってぼんやりもの思いにふけっていると、月はじめから雨がちになっていたので、まったく、「いとど歎きの芽をもやす」の古歌どおりの心境であった。

五日、真夜中ごろに、世間が騒がしいので、どうしたのかと聞いて見ると、以前に焼けたあの憎らしい女の家が、今度はまる焼けになったというのだった。

十日ごろに、また昼ごろ、あの方が姿を見せて、

「春日神社へ参詣に行かねばならないが、その間が気がかりなので」

と言うのも、いつもと勝手がちがうので、妙な気がした。

〈語釈〉○午時　午前十一時より午後一時まで、一説では十二時より午後二時までをいう。○桜襲　襲の色目。表が白、裏が濃い蘇芳。○綾　綾織物のこと。いろいろの模様を地文として織り出した絹織物。○文　綾に織り出した模様。固紋と浮紋とがあるがここは浮紋で糸を浮き出すように織った模様。○固文　織物の紋様を糸を浮かさず、固くしめて織り出したもの。○表袴　束帯を着るとき、大口の袴の上に着用する袴で表は白、裏は紅。綾や絹で作る。○なり　身なり。服装。○いとど歎きの芽をもやす「春雨の降らば思ひの消えもせでいとど歎きの芽をもやすらむ」（『後撰集』「春中」の詞書の中の引用歌）、『古今六帖』第一には「春雨の降るに思ひは消えなくていとど思ひのめをもやすらむ」とある。これを本歌とする。ただしここでは作者自身の嘆きを表わした。○さきに焼けにし憎所　以前火災があった（五三八頁）近江の所。○おしなぶる　全焼。○春日　春日神社。二月の条に、十一日丙申春日祭（『日本紀略』）。

〈解説〉前述のように兼家は心中鬱々としていたであろうが、政界の大立物であることには変りはない。二月三日男ざかりの彼が高官らしく悠々と貫禄のついた体を美々しい衣服で装おって訪れるにつけて、作者は美貌の衰えより引け目を感じる。

当時、女は三十歳を過ぎると、さだ（盛り）を過ぎると言われたが作者も今や三十七歳である。人間にとって老の訪れはどうしようもないだけに切実な苦悩である。まして美貌によって兼家に選ばれ、彼の手生けの花としてしか生きる道の閉ざされている彼女、しかも本邸に迎えられず将来の保証がまったくない作者には、男ざかりの兼家の目に色褪せた自分がどのように映ずるかと思うと「こたび憂じはてぬらむ」と絶望に襲われる。折柄春雨がちで木々や草にとっては慈雨であるが、自分にとってはいよいよ嘆きを増す雨である。

語釈で述べたように「春雨の降らば思ひの消えもせでいとど歎きの芽をもやすらむ」を引歌としているが（きわめて巧みな引歌である）、もう愛想をつかされ捨てられ、自分の嘆きがいよいよ増すであろうという不安が、眼前の木の芽が萌えるという自然現象とひびき合って現実の憂愁を強く表現している。

一五三　道綱の殊勲

三月十五日に院の小弓始まりて、出居などののしる。まへ、しりへ分きて装束けば、そのこと、大夫により、とかうものす。

その日になりて、「上達部あまた、今年やむごとなかりけり。小弓思ひあなづりて念ぜざりけるを、いかならむと思ひたれば、最初に出でて諸矢しつ。つぎつぎあまたの数、この矢になむ刺して勝ちぬる」などののしる。

さてまた二三日過ぎて「大夫の諸矢はかなしかりしかな」などあれば、ましてわれも。

〈現代語訳〉

三月十五日に院の小弓が行われることになってその練習が始まって大騒ぎである。先手組、後手組に分けて装束をととのえるので、その支度を大夫の指図によりあれこれとする。

その当日になって、あの方は「上達部が大ぜい参観して、今年はとても盛大だった。あの子は小弓をあなどって真剣にやらなかったので、どうかと案じていたところ、最初に出て諸矢を射当てたのだよ。つぎつぎと、その矢が糸口となって、多くの得点を得て勝ってしまった」などと騒ぎ立てて言って来る。

そしてまた、二、三日たってからも「大夫の諸矢はすばらしかったよ」などと言ってよこすので、なおのこと私もうれしくて。

〈語釈〉○院　冷泉院。○小弓　遊戯用の小弓を使ってする競射。左膝を立て、その上に左肘をささえて引く。○上達部　公卿と同じで、三位以上（参議は四位でも中にはいる）の官人をいう。大臣・大中納言などである。○諸矢　甲矢・乙矢の二本とも的に射当てたこと。

〈解説〉道綱はひよわい女性的なタイプの青年と思われるのに運動神経が発達しているのであろうか、天禄元年三月十五日の賭弓のときも味方の劣勢を彼の働きで挽回して、持にもちこみ、納蘇利を舞って賞賛を得、天皇の御衣まで賜っている。この度も最初に出場して二本の矢を的に射当て味方の士気をもり上げ後組の勝利に導くきっかけを作った。親の兼家も息子のたのもしい奮闘ぶりに感激興奮して作者にも告げ知らせてくれたので、作者も心から喜んでいる。道綱が父兼家の面目をほどこす手柄を立てることは、本邸に同居する時姫腹の息子が手柄を立てるのとは違って、作者と父との結びつきを強靭にするのに大いに役立つ。父に道綱母の存在を強く認識させることにもなるのである。

一五四　八幡の祭

おほやけには、例の、そのころ、八幡の祭になりぬ。つれづれなるをとて、忍びやかに立てれば、ことにはなやかにて、いみじう追ひちらす者来。誰ならむと見れば、御前どもの中に、例見ゆる人などあり。さなりけりと思ひて見るにも、ましてわが身いとほしきここちす。簾巻き上げ、下簾おし挟みたれば、おぼつかなきこともなし。この車を見つけて、ふと扇をさし隠して渡りぬ。

御文ある返りごとの端に、「『昨日はいとまばゆくて渡り給ひにき』と語るは、などかは。さはせでもありけむ、若々しう」と書きたりけり。返りごとには、「老いの恥づかしさにこそありけめ。まばゆきさまに見なしけむ人こそ憎けれ」などぞある。

またかき絶えて、十よ日になりぬ。日ごろの絶え間よりは久しきここちすれば、またいかになりぬらむとぞ思ひける。

〈現代語訳〉

朝廷では、例年どおり、そのころ、石清水の臨時の祭の時期となった。無聊だからというので、こっそり出かけて、車をとどめて見ていると、格別華やかに行列を作り、大仰に先払いをさせながら来る者がある。誰かしらと目をとめて見ると、前駆の者たちの中に、いつも私の所へ顔を見せる人などがいる。あの方だったのだ、と気がついて見るにつけても、ますます自分自身がみじめに感じられてくる。あの方の車は簾を巻き上げ、下簾を左右に押しはさんで開けてあるので、車の中がまる見えである。私の車を見つけると、さっと扇で顔を隠して通り過ぎた。

あの方からお手紙が来た返事の端に、「侍女たちが、『殿さまは、昨日はとても恥ずかしそうに、お顔をそむけて、お通りなさいました』と話しておりますが、あれはどうしてなのでしょうか。あんな風になさらなくてもよかったでしょうに、お年がいもなく……」と書いた。返事には、「年寄りの気恥かしさであったのだろうよ。それを顔をそむけたように見なした人がとても憎いね」などと書いてある。

またさっぱり音信不通で、十日あまり経ってしまった。いつもの絶え間よりは長い気がするので、またしてもどうなっているのかしらと思うのだった。

〈語釈〉 ○**八幡の祭** 石清水八幡宮の臨時祭(五五六頁参照)。三月の条に「廿七日辛巳、八幡臨時祭」(『日本紀略』)とある。○**下簾** 二二六頁参照。○**御文** 兼家の手紙。○**さはせでもありけむ** 底本「さはせてそなりけん」。一説「さはせでぞありなむ」。○**老いの恥づかしさ** 年寄りのてれくささ。年輩なので気がひけてしまって。扇で顔を隠したのはバツが悪かったのである。○**十よ日** この間に四月にはいる。

〈解説〉以前は祭を見物するときも桟敷を無理に都合してくれたり、また葵祭の日なども訪れてくれて、作者と時姫の連歌を耳にして、「『食ひつぶしつべきここちこそすれ』とや言はざりし」と諧謔を飛ばして悦に入っていたこともあったのに、自分が行列に加わって華やかに行く時でも（たとえ見物に来たにしろ）ちょっとも知らせてくれない。道綱も作者に言わなかったのだろうか。時間と体を持て余していた作者なのに。

そこで堂々と華やかに先払いをさせて、やって来る一行を認めて、「誰ならむ」と書いたのである。兼家だと気づいたとき、彼の社会的地位の高さ、官人としての権勢を目のあたりに見て、その北の方である自分の置かれた立場のみじめさ、哀れさがしみじみ感じられて、やりきれない思いに駆られたであろう。作者の車を認めて兼家もてれくささを隠すため扇を顔に当てたのであろう。バツが悪かったことと思われる。

しかし手紙だけはよこしてくれたので、作者もそう気を悪くせず、気軽に兼家の振舞いを「……若々しう」としたためて送った。兼家も磊落に返事を届けて来る。また音さたが絶えて十日余りにもなったので、いったいどうなっているのだろうと案じているが、多妻下の、本邸に迎え入れられなかった上流夫人の、片時も気の休まらない苦しい心情がよくうかがえる。

一五五　道綱の求婚歌の応援

大夫、例の所に文ものす。かごといひつづけてもあらず。これよりもいと幼きほどのことをのみ言ひければ、かうものしけり。

みがくれのほどといふともあやめ草なほ下刈らむ思ひあふやと

返りごと、なほなほし。

下刈らむほどをも知らず真菰(まこも)草よにおひそはじ人は刈るとも

〈現代語訳〉

大夫(たゆう)はいつもの所へ手紙を送る。先方は逃げ口上を言いつづけていたわけでもない。こちらからもまったく幼稚なことばかりを言っていたので助け舟を出してこう言ってやった。

水に隠れて見えなくっても、まだ稚(おさな)くいらして目立たなくても、こちら同様思っていてくださるかどうか、あやめの下根を刈るようにはっきりあなたのお気持をたしかめたいのです。

返事はごく平凡だった。

私はあやめでなくつまらぬ真菰草(まこもぐさ)ですのよ。ですから下根を刈るなんてまだ聞いたこともありません。たとえ刈られても生い添うことはありません。同様に求婚されてもあなたに添う気はありません。あなたがお思いくださるはずがありませんから。

〈語釈〉○例の所　大和だつ人。○文ものす。かごといひつづけても　底本「ふみものすることついつけても」。難解でまだ納得できる本文を得られない。誤写の点から一応右のような本文とした。大夫（道綱）が例の所（大和だつ人）のもとに求婚の手紙を送る。「かごと」は言い訳。先方はぬらりくらり言い逃れの返事をよこしつづけること。○みがくれの歌　道綱（作者代詠）の歌。「み」（〈水〉と〈身〉を掛ける）隠れ」は菖蒲が水面に出ないほど若く小さいこと。「あやめ草」は大和だつ人をたとえる。「下刈る」は内意を聞く。一首はあやめの縁語であやなされている。○下刈らむの歌　大和だつ人の歌。卑下して自身を「真菰草」にたとえ、刈る、生ひ、よ（「節」に「世」を掛ける）と縁語を用いた。「人」は道綱をさす。

〈解説〉道綱の縁談が進行しないので母親として、自分の歌才にもの言わせ我が子の加勢をしたのである。時節は四月で、水中に隠れていた菖蒲がそろそろ水面に姿を表わして伸びはじめる時でふさわしい歌なのであろう。相手の大和だつ人は受領階級の女なので、道綱が兼家の息子ゆえ、卑下して真菰草にたとえて返歌して来たのである。歌人道綱母から見れば平凡な歌と感じられたのであろう。

一五六　近火の夜

かくてまた二十よ日のほどに見えたり。さて、三四日のほどに、近う火の騒ぎす。驚き騒ぎするほどに、いと疾く見えたり。風吹きて、久しううつりゆくほどに、鶏鳴きぬ。

「さらなれば」

とて帰る。

「『ここにと見聞きける人は、参りたりつるよしきこえよとて、帰りぬ』と聞くも、面立たしげなりつる」

など語るも、屈しはてにたる所につけて見ゆるならむかし。

また、つごもりの日ばかりにあり。はひ入るままに、

「火など近き夜こそにぎははしけれ」

とあれば、

「衛士のたくはいつも」

と答へたり。


〈現代語訳〉


こうして、また二十日過ぎに、あの方は訪れて来た。そして二十三、四日ごろに、近所に火事騒ぎがあった。びっくりして騒いでいると、とても早くあの方が駆けつけてくれた。風が吹いて、久しく燃えつづけた火がだんだん遠ざかってゆくうちに、鶏が鳴いた。

「もう大丈夫だから」

と言って帰って行った。侍女たちが、

「『殿さまがこちらにおいでだと知った人は、お見舞いに参上したよしを申し上げてください、と言って帰りました』と下僕が言うのを聞くにつけ、いかにも面目ありげな感じがいた

しました」

などと話すのも、すっかり顧みられず、卑屈になりきっているわが家だから、そのように感じられるのであろうよ。

また、月末のころに姿を見せた。はいってくるなり、

「火事などの近い夜は、この家もにぎやかだが……」

と言うので、

「衛士(えじ)のたく火のように、私の思いの火はいつも燃えさかっていますわ」

と答えた。

〈語釈〉○三四日　二十三、四日の意。史実では、「二十四日丁未(ひのとひつじ)、今夜前越前守(さきのえちぜんのかみ)源満仲宅、強盗繞囲放(シッ)レ火(ヲ)……余煙及(ブ)二三百余家(ニ)一」(『日本紀略』)。○久しううつりゆく　「底本」ひさしううつりゆく。一説、ひさしうくゆりゆく。○鶏(とり)鳴きぬ　「底本」とりすきぬ。「酉過ぎぬ」とも考えられるが、一応「鶏鳴きぬ」の説に従う。○さらなれば　もうだいじょうぶだから。特異な言い方で誤写があるかも知れない。○参りたりつるよし　火事見舞に訪れた人のことば。○屈(く)しはてにたる所につけて　兼家の顧みが薄くいつもひけ目を感じきっている作者宅なのでそんな当然なことにも面目ありげに感じる。○にぎははしけれ　「こそ……けれ」の下に「ど」また「ども」の逆接の接続助詞が省略。したがって、火事のある夜はにぎやかだけれど、そうでない夜はひっそりと静かだねの意を含む。○衛士(えじ)のたくはいつも　「御垣守(みかきもり)衛士(えじ)のたく火の昼は絶え夜は燃えつつものをこそ思へ(『古今六帖』第一)を引歌とする。作者は兼家の「火など近き夜……」と言ったので、「御垣守(みかきもり)」の歌を連想し、余情の「火の無い時は」絶え入る思いを

していると言い、要するに衛士は火を焚いて夜皇居を守るが、自分は昼は絶え入る悲しい思い（火）をし、夜はあなた恋しさに胸の中で「思ひ」の火をもやしつづけていて、火の無いときはないと恨みの言葉で応酬したのである。

〈解説〉 作者の家が放火にあったかどうかは解らないが、史実では類焼した家が数百に及んでいるので、大火には相違ない。兼家が急いで駆けつけたのを見ると一時は延焼の危険もあったのであろう。知人も見舞いに訪れている。しかし風向きが変わり火が遠のいたので作者邸は避難の用意もせずにすんだのであろう。余裕を持って書いていることによってうかがわれる。しかし兼家の記憶にはなまなましかったと見えて月末に来訪したとき、「火など近き夜こそにぎははしけれ」と言ったところ、すかさず作者に「衛士のたくはいつも」と応酬された。語釈に記したようになかなか頭のよい受け答えで兼家はうっかり先夜と比べて実感を述べたのだが、とっさに巧みな引歌で夜離れを恨まれてしまった。作者の歌人としての面目がよく出ていて感心される。

一五七　道綱と大和だつ女と歌の贈答

五月のはじめの日になりぬれば、例の、大夫、

うちとけて今日だに聞かむほととぎすしのびもあへぬ時は来にけり

返りごと、

ほととぎす隠れなき音を聞かせてはかけはなれぬる身とやなるらむ

五日、

もの思ふに年経(へ)けりともあやめ草今日(けふ)をたびたび過ぐしてぞ知る

返りごと、

つもりける年のあやめも思ほえず今日(けふ)もすぎぬる心見ゆれば

とぞある。「いかに恨みたるにかあらむ」とぞあやしがりける。

〈現代語訳〉

五月のはじめの日になったので、例のように、大夫(たゆう)が、

五月になるとほととぎすがおおっぴらに鳴きます。せめて今日だけでもあなたのご本心をはっきり聞かせてほしいものです。もう、がまんしていられなくなりました。

返事、

ほととぎすがおおっぴらに鳴き声を聞かせるのは卯(う)の花陰(はなかげ)を離れて飛び回るときです。私もうちとけた返事をしましたら、あなたとかかわりのないものとして捨てられる身となりましょう。

五日、

あなたに歌を贈る菖蒲(あやめ)の節供を度々過ごして、あなたに逢えぬ悩みのうちに年を重ねたことをしみじみ知りました。早く色よい返事をください。

返事、

どれほど年を経たか、あなたを思う心の乱れではっきりとわかりません。菖蒲(あやめ)の節供の今日もあなたは他の女(ひと)にお心を移して、つれなく過ごしてしまわれるようですゆえ。

と書いてよこす。大夫(たゆう)は「なにゆえ恨んでいるのだろうか」と不審がった。

〈語釈〉○うちとけての歌　道綱の歌。大和(やまと)だつ女をほととぎすにたとえる。五月になるとほととぎすは忍び音(ね)でなく公然と鳴く。そのようにあなたもうちとけて本心を聞かせてくれ、を響かす。○ほととぎすの歌　大和だつ女の歌。最初は卯(う)の花の陰で忍び鳴きをしていたほととぎすも五月ともなればその花陰を出て、あちらこちらに飛び回って鳴くので、鳥の習性にちなんで詠んだのである。「かけはなれ」の「掛け」に卯の花の「陰」を掛ける。「隠れなき音」に結婚の承諾を響かす。○もの思ふにの歌　道綱の歌。大和だつ女を懸想し手紙を贈り始めてから二度目の五月の節供を迎えたが誇張して（文学・芸術には多かれ少なかれ誇張はつきもの）「たびたび」という。〇**つもりけるの歌**　大和だつ女の歌。「あやめ」に「文目（見分け、聞き分けられる区別。考えられる筋目。条理）」と「菖蒲」を掛ける。「過ぎ」に「好き（他の女性に心を移す）」を掛ける。大和だつ女の歌は代詠であろうか。現実の二人の関係とくい違っているようである。

〈解説〉この項も道綱と大和だつ女との歌の贈答が記されている。ところで、岡一男博士のご指摘のように史実を検討してみると道綱の長男道命阿闍利は作者宅の女房源広女を母として天延二年に生まれている（九条家本『小右記』目録〈十六臨時六僧侶入滅事〉によると寛仁四年七月四日四十七歳で入寂しているので逆算すると天延二年の生誕となる）。したがって天延元年の五月には源広女は道綱の召人となっているはずである。こうした浮名が世評にのぼり大和だつ女は承知しなかったのかも知れない。作者は源広女と道綱の関係を知りつつ、一夫多妻の折柄大和だつ女を調査の結果、道綱の妻としてふさわしいと考え、この縁談に乗り気で応援したのであろうか。

一五八　兼家から歌の依頼

さて、例のもの思ひは、この月も時々同じやうなり。二十日のほどに遠うものする人に取らせむ、この餌袋のうちに袋結びて」とあれば、結ぶほどに、「出で来にたりや。歌を一餌袋入れて給へ。ここに、いとなやましうてえ詠むまじ」とあれば、いとをかしうて、「のたまへるもの、あるかぎり詠み入れて奉るを、もし、漏りや失せむ、こと袋をぞ給はまし」とものしつ。

二日ばかりありて、「ここちのいと苦しうても、こと久しければなむ、一餌袋といひたりしものを、わびて、かくなむものしたりし。返しかうかう」などあまた書きつけて、「いとようさだめて給へ」とて、雨もよにあれば、少し情あるここちして、待ち見る。劣り優りは見ゆれど、さかしうことわらむもあいなくて、かうものしけり。

こちとのみ風の心をよすめればかへしは吹くも劣るらむかし

とばかりぞものしける。

〈現代語訳〉

さて、例の途絶えに対するもの思いは、この月も、折々につけ変わりがない。二十日ごろに、あの方から、「遠方へ旅立つ人に贈ろうと思うが、この餌袋の内に袋をもう一つ作ってほしい」と言ってよこしたので、作っていると、「できたかね。歌をその餌袋いっぱい入れてください。私は気分がすぐれず、よう詠めそうもない」と言って来たので、とてもおもしろくなって、「ご注文のもの、詠んだだけは全部入れてさしあげますが、ひょっとして、こぼれ落ちてなくなるかもしれませんし、別の袋をくださいませんか」と言ってやった。

二日ほど経って、「気分がひじょうに苦しいのだが、あなたの方がずいぶんひまどるので、餌袋にいっぱいとたのんだ例のものを、苦心してこのように詠んでやった。先方からの返歌はこれこれ」などと、歌をたくさん書きつけて、「どちらが優れているか判定して返してください」と言って、雨の降る中を届けて来たので、少し風流な心持がして、期待して見る。優劣はあるけれども利口ぶって判定するのも興ざめな気がして、こう言い送った。

東風(こち)にばかり風が味方して吹くので、返しの風のほうが吹いてもまったく勢いが劣っております。同様に私はあなたに味方するせいでしょうか、返歌は劣っているように思われますのよ。

とだけ書いてやった。

〈語釈〉○もの思ひ　兼家の夜離(よが)れによる悲しいもの思い。○餌袋(えぶくろ)　三〇七頁参照。○のたまへるもの　お申し出での和歌。○漏りや失せむ　餌袋は竹籠(かご)風のもので編み目があり、口も広いので、使いがうっかりすると落とす恐れがあるでしょう。○給はまし　仮定の希望をあらわす。くだされればよいのだが。○さだめて　品評。是非・優劣をきめるための評定をして。○劣り優(まさ)りは見ゆ　兼家の歌が返歌より劣ったのもあるし、まさったのも見える。○あいなし　不調和である。興ざめである。○こちとのみの歌　道綱母の歌。「東風(こち)」に「此方(こち)」（兼家の方）を掛ける。「かへし」に、吹き返す風の「返し」と返歌の意味の「返し」を掛ける。「風」は作者をたとえる。

〈解説〉兼家が最初遠国へ行く人に内袋のついた餌袋(えぶくろ)を贈ろうと手先の器用な作者に頼んで来た。

だれになぜ贈るかは不明（作者は知っていたかどうかはわからない）だが作者は快く作っていると、兼家がその袋の中に歌をいっぱい入れてくれと代詠を依頼して来た。作者も興がわいて承知したが漏れるといけないから、他の袋をほしいと言ってやる。

すると二、三日経って、あなたに依頼した和歌を待っていると間にあわないから、苦痛をこらえて作り、相手と贈答したから、二人の歌をそれぞれ比べて、優劣を品評してほしいと届けて来たので、作者は和歌をそれぞれ読み比べ、判定せずに、和歌で私はどうもあなたびいきなせいか、あなたに軍配をあげることにしたいと言って、兼家へ手紙を送ったという話で、楽しいエピソードが記されている。

『和泉式部日記』にも帥宮敦道親王がご自分の愛人が今度地方へ行ってしまうので、その人が「ああたまらない！」と満点をつけるような惜別の歌を作ってほしい。あなたから貰う歌はいつもすばらしくてため息がでるからぜひ自分のために代詠してほしいと依頼して来られ、式部も内心「宮さまったらいい気なものだわ」と思うが、とにかく注文どおりのすばらしい歌を詠み、奥に自分の感想の和歌をそえて宮に届ける話が載っているのを連想した。作者の場合は結局兼家が作って贈り、先方からも返歌をもらったのを届けて来て、優劣の判定を乞うてきたことになる。

このころ兄兼通は内大臣、関白であり、二月二十九日は女媓子を入内させ、勝手気ままに人事を行い、兼家は憂鬱至極のころであったので作者を相手に冗談を言って来たり、また作者も明るく冗談を言って応対もしたのであろう。

一五九　広幡中川（ひろはたなかがは）へ転居

六七月（みなづきふみづき）、同じほどにありつつはてぬ。つごもり二十八日に、「相撲（すまひ）のことにより、内裏（うち）にさぶらひつれど、こちものせむとてなむ、急ぎ出でぬる」などて、見えたりし人、そのままに、八月（はづき）二十よ日まで見えず。聞けば、例の所にしげくなむと聞く。移りにけりと思へば、現（うつ）し心もなくてのみあるに、住む所はいよいよ荒れゆくを、人少なにもありしかば、人にものして、わが住む所にあらせむといふことを、わが頼む人さだめて、今日明日、広幡中川（ひろはたなかがは）のほどに渡りぬべし。さべしとは、さきざきほのめかしたれど、「今日などもなくてやは」とて、「きこえさすべきこと」と、ものしたれど、「慎しむことありてなむ」とて、つれもなければ、なにかはとて、おともせで渡りぬ。

山近う、河原片かけたる所に、水は心のほしきに入りたれば、いとあはれなる住まひとおぼゆ。二三日になりぬれど知りげもなし。五六日ばかり、「さりけるを告げざりける」とばかりあり。返りごとに、「さなむとは告げきこゆべしとなむ思ひしかど、びなき所に、はたかたうおぼえしかばなむ。見給ひ馴（な）れにし所にて、今一度（ひとたび）きこゆべくは思ひし」など、絶えたるさまにものしつ。「さもこそはあらめ。びなかなればなむ」とて、あとをたちたり。

〈現代語訳〉

六月、七月は同じ程度の訪れで過ぎてしまった。七月の月末（ずえ）、二十八日に、「相撲（すまい）のことで宮中に伺候していたけれど、こちらへ来ようと思って、急いで出て来た」などと言って、姿を見せたあの方は、そのまま、八月二十日過ぎになっても姿を見せない。聞くところによると、例の女のもとに足しげく通っているとのことである。まるで変ってしまったと思うと、すっかり正気も失ってぼんやり過ごしているうちに、この住（す）まいはますます荒れていく一方であるのに、人少なでもあったので、これを人に譲って、自分の家に住まわせようということを、私の頼りにしている父がとりきめて、今日明日にも広幡（ひろはた）中川のあたりに引越すことになった。そうする予定だということは、あの方に以前から、ほのめかしていたけれど、「やはり今日移るということを知らせておかなくてはなるまい」というので、「申し上げたいことがございまして」と言ってやったが、「慎むことがあって外出できない」と、そっけないので、なに、かまいはしないと思って、黙って引越した。

山が近く、住居の片側が河原に添っている所で、川の水を思う存分、邸内に引き入れてあるので、とても風情のある住（す）まいに思われた。二、三日経ったけれど、あの方は気がついた様子もない。二十五、六日ごろ、「引越したのを知らさなかったね」とだけ言ってきた。返事に、「引越しましたということはお知らせ申し上げねばと思いましたけれど、不便な所で、まずまずおいでいただけまいと存じましたので。お親しみくださいましたあの家で、今一度お話し申し上げたいと思っておりましたのに」などと、縁が絶えたようなふうに書き送った。あの方は、「まったくそうであろう。不便な所だそうだからな」と言ってよこしたきり、ぱったり音信不通となった。

〈語釈〉○見えたりし人　訪れた兼家。○例の所　近江。○移りにけり　自分は顧みがなくなり、近江に兼家の愛情がすっかり移ってしまったのだわ。○現し心もなくて　正気を失う。心がうわの空になってぼんやりする。一種のノイローゼになった状態をいう。○人にものす　他人に貸すか売るのであろう。○わが住む所　倫寧が住んでいる家。○わが頼む人　父倫寧。○広幡中川　「広幡」は一説に、京極東、近衛南、勘解由小路北で中御門にあった祇陀林寺の北にあたる辺で、今の上京区寺町荒神橋筋の付近の由。「中川」は京極川のことで賀茂川の西側をほぼ寺町通に並行して流れていた川をいう由。広幡中川はだいたい今の鴨沂高校（旧京都府立第一高女）のあたり一帯の地名と考えられるがはっきりわからない。○さべし　さるべしの音韻転化。移転するつもりである意。○今日などもなくてやは　今日移転するということを兼家に知らせなくてはならない、の意で作者の心中思惟の言葉。○きこえさすべきこと　兼家に相談したいことがあるので来てほしいという作者の言葉ととる見解に従う。したがって「と」を下に補う。一説地の文ととり、倫寧から挨拶すべきことの意ととる。○慎しむこと　物忌か。○なにかは　なに、挨拶して了解を得る必要はあるまい。○河原　西側にある中川の河原をいうか。○片かけたる　片側が接している。○二三日になりぬれど　移転後二、三日過ぎたが。一説では八月二十二、三日になったが。○五六日　二十五、六日。暦日である。○さりける　作者が黙って移転したことをさす。兼家よりの手紙。○さなむ　兼家の手紙の文句を受け、移転したことをさす。○きこゆべし　底本「べし」なし。補う説に従う。○思ひしかど　底本「おもひしいと」。意味の上から「い」を「か」の誤写ととる説に従う。○なむ　下に「知らせざりし」等の省略。○見給ひ馴れにし所　兼家が以前通いなれた所の意で一条西洞院の邸をいう。○思ひし　連体形止め。余情を表わす。○あとをたちたり　訪れはむろんたよりもなくなった。

〈解説〉兼家が兵部大輔の時「世の中をいとうとましげにて、ここかしこ通ふよりほかのありきなどもなければ」とあったと同様、兄兼通の専横下、政治的に不遇であった彼は近江のもとへ足しげく通って、作者の所へは足をむけなかったので、とうとう兼家に顧みられなくなったかと思い、荒れ放題の一条西洞院を思い切って人に譲り（道綱の将来を考え貸したのかもしれない）、父倫寧のすすめに従い京の郊外、広幡中川に移転することを決心した、その前後の作者と兼家のやりとりを記した。兼家は作者の移転に対してきわめて冷淡なようである。一夫多妻下本邸に同居しない北の方のあり方とくに年がたけてからの生き方について種々問題を提供している。

一六〇　広幡中川の暮し

九月になりて、まだしきに格子を上げて見出だしたれば、内なるにも外なるにも、川霧立ちわたりて、麓も見えぬ山の見やられたるも、いとものなしうて、

流れての床と頼みて来しかどもわがなかがははあせにけらしも

とぞ言はれける。

東の門の前なる田ども刈りて、結ひわたしてかけたり。たまさかにも見え訪ふ人には、青稲刈らせて馬に飼ひ、焼米せさせなどするわざに、おり立ちてあり。小鷹の人もあれば、

鷹ども外に立ち出でて遊ぶ。例の所に、おどろかしにやるめり。

　さごろものつまも結ばぬばたまの緒（を）の絶えみ絶えずみよをや尽くさむ。

返りごとなし。また、ほど経て、

　露深き袖（そで）にひえつつ明かすかなたれ長き夜のかたきなるらむ

返りごとあれど、よし書かじ。

〈現代語訳〉

　九月になって、朝、まだ早い時刻に、格子を上げて外をながめると、邸内の流れにも外の川にも、川霧が一面に立ちこめ、ふもとも見えない山が空にながめやられるのも、とてももの悲しい気持がして、

　　移転しても殿は訪れてくれるものとたのみにして来たが、中川の水が涸（か）れるように私どもの仲も疎遠になってしまったらしい。

と口ずさまれたのだった。

　東の門の前にある田を刈って、その稲を束（たば）にして稲掛けに掛けわたしてある。たまたま訪れて来た人には、青稲を刈らせて馬の飼いばに与えたり、焼米（やいごめ）を作らせたりする仕事を、私自身が身を入れて指図もする。小鷹狩りをする大夫（たゆう）もいるので、その鷹が何羽も外に出て遊

んでいる。大夫は、例の女の所に、手紙を届けるようである。

私の魂は夜ごとにあなたのもとに行きますが、あなたは着物の褄を結んで魂を鎮めてくださらないので、宙に迷い、私の命は絶え絶えになったまま、生涯を終わるのでありましょうか。

返事は来ない。また、しばらく経って、

私は独り寝の涙にぬれた袖に冷えつつ寂しい一夜を明かしますが、この秋の長夜をあなたと過ごす男の人はいったいだれなのでしょう。

返事はあったけれど、ええ、ままよ、書かずにおこう。

〈語釈〉○川霧立ち……麓も……山の見やられ　「川霧の麓をこめて立ちぬれば空にぞ秋の山は見えける」(『古今六帖』第一)を踏まえる。○流れてのの歌　道綱母の歌。「流れて」に川の流れる意に時が流れる意を掛け、「床」に「川床」と「寝床」をかけて夫婦の仲を意味する。「なかがは」の「なか」に「中川」と「わが仲」を掛ける。「あせ」に川水が浅せる意に愛情が褪せる意を掛ける。○焼米　「やきごめ」の音便。籾のままの米を炒り、それを搗いてもみがらを取り去った米。いりごめ。「夜岐古米」(『和名抄』)。○おり

立ちて　直接身を入れてする。作者があれこれ指図をしてやらせるのである。○小鷹の人　小鷹を飼いならして小鷹狩りをする道綱のこと。小鷹は隼・鷂など小型の鷹。小鷹狩りは右の小型の鷹を使って鶉などの小鳥を捕える狩猟で秋に行なわれる。道綱が鷹を飼うことは中巻七九項にも見える。○例の所　大和だつ女。○さごろもの歌　道綱の歌。「さ衣の（「さ」は接頭語）」は「つま（「褄」と「妻」を掛ける）」の枕詞。「よ」に「夜」と「世」を掛ける。結ぶ（褄を結ぶ意に契りを結ぶを掛ける）、絶ゆ、たまの緒（命の意）と縁語であやなす。『袋草紙』希代歌の誦文歌に「見二人魂一歌　タマハミツヌシハタレトモシラネドモ結ビトヾメツシタガヒノツマ三返誦レ之。男左女右ノツマヲ結ビテ三日ヲ経テ解レ之……」とあり、古代の風習がうかがわれる。人魂を見たとき、この歌を三回唱えて褄を結ぶ（三日後に解く）と、迷い出た魂が主に帰り鎮まるという魂結びの俗信に基づく。○露深きの歌　道綱の歌。折柄晩秋で「露」は涙を意味する。「涙」は袖でぬぐう。「かたき」は結婚などの相手で夫をいう。「聟〈毛古又加太支〉」（『新撰字鏡』）。

〈解説〉広幡中川での生活が描かれている。郊外の閑静な田園生活である。しかし作者の心はやはり兼家から離れられないことは、「流れての床と頼みて……」の歌が、そうした生活を詠んだ牧歌的な内容のものでないことで示されている。生涯で作者が肌身を許したのは夫兼家だけに幾歳になっても、どんな処にいても兼家のことは彼女の脳裏から離れないのは当然であろう。父倫寧はこのころ従四位上で散位（『本朝文粋』巻第六・奏状中）で京都に在住中であるが、四、五条辺に住んで、作者に広幡中川の別邸を提供しているのであろうか。前項に「わが住む所にあらせむ」というと同居のようにも思われるが、ここではまったく触れられていず、また、一六二項の「県ありきの所に、産屋のことありしを、え問はで過ぐしてしを」から推察するとやはり別の所（四、五条か）

に居住しているようである。この広幡中川の生活では、わずかに道綱が小鷹の遊ぶことから登場して、求婚中の大和だつ女に贈る歌が二首書かれている。「大和だつ女」の返歌が書きとめられなかったのは作者を感心させるような出来栄えでなかったことにもよるであろうが、彼女が道綱を袖にして結婚の成立に至らなかったことにもよるのであろう。

一六一　縫ひ物の依頼

さて、二十よ日にこの月もなりぬれど、あと絶えたり。あさましさは、「これして」とて、冬の物あり。

「御文ありつるは、はやおちにけり」と言へば、「おろかなるやうなり、返りごとせぬにてあらむ」とて、何事ともえ知らでやみぬ。ありしものどもはして、文もなくてものしつ。

その後、「夢の通ひ路」絶えて、年暮れはてぬ。つごもりにまた、「『これして』となむ」とて、果ては文だにもなうてぞ、下襲ある。いかにせましと思ひやすらひて、これかれに言ひ合はすれば、「なほ、このたびばかりこころみにせよ。いと忌みたるやうにのみあれば」など、さだむることありて、とどめて、きたなげなくして、ついたちの日、大夫に持たせてものしたれば、「『いと清らなり』となむありつる」とてやみぬ。あさましといへばおろかなり。

〈現代語訳〉

さて、二十日過ぎにこの月もなってしまったけれど、あの方はまったく音さたなしである。あきれたことには、「これを仕立ててください」と言って、冬の着物をよこしてきた。使いの者が、

「お手紙がございましたが、さっき落してしまいました」

と言うので、「ぞんざいに扱ったようだ、返事はしないでおこう」ということで、あの方からの手紙の内容も、どんな事情だったかも、いっさいわからずじまいで終った。よこした着物は仕立てて、手紙もつけずに届けた。

その後は、夢の中でもあの方の訪れもなしに、年が暮れてしまった。

九月の下旬に、また、「『これを仕立ててください』との仰せで」と、しまいには手紙すらも添えずに、下襲（したがさね）をよこしてくる。どうしたものかしらと思いあぐんで、二、三の人たちに相談すると、

「やはり、今度だけは、殿のご様子を見がてら、なさいませ。おことわりしては、ほんとにすっかり忌みきらっているみたいですから」

などということになって、受け取り、こぎれいに仕立てて、十月一日に、大夫（たゆう）に持たせて届けたところ、「『とってもきれいにできた』との仰せでした」とのことで、それきりになって

しまった。あきれてしまったというぐらいでは胸がおさまらない。

〈語釈〉○おろかなるやうなり…… 使いが主人の手紙をぞんざいに扱ったため落してしまった。兼家の手紙を見ていないので返事のしようもないし、正直に事実を書くと使いが主人に叱られるだろう。むしろ返事を書かない方がよいと思案して返事しなかったのでもあるが、そもそも使いが作者あての兼家の手紙を落したこと自体に問題がある。兼家が作者に一目を置き、使いにこれはたいせつな手紙だからと一言注意して渡せば丁寧に扱って落すようなことはしなかったであろう。（さらに勘ぐると最初から手紙は書いていないのかもしれない）要は兼家の作者に対する姿勢・愛情につながると作者は感じたので返事をする気持にもなれなかったのであろう。○何事ともえ知らで 「え知らで」は底本「ししらで」（「え」〈衣の草体〉と「之」の混同誤写）。兼家の手紙の内容や仕立てを頼んだ事情が皆目わからずじまいで。○夢の通ひ路 「住江の岸に寄る波よるさへや夢の通ひ路人目よくらむ」（『古今集』恋二・藤原敏行）の歌句に基づく和歌的表現。はかない交渉をいう。○つごもり 下旬は月が籠もり見えなくなる。ここは九月の月末。○下襲 束帯のとき、袍・半臂の下に着る衣。背後の裾を長くして袍の下に出す。ここは下襲の仕立物。○忌みたるやう 忌みきらっているよう。○とどめて 仕立物を返さず手もとにとどめて。○ついたちの日 十月一日。○あさましといへば…… 強い不満を表わす言葉。あきれ返るなどといった言葉では言い足りない。「おろか」は通り一ぺんなさま。

〈解説〉作者が広幡中川に移居してから兼家の訪れはもちろん、やさしい便りさえもない。一説にはこの移転を「床離れ」と見る。そうとも考えられるが、いずれにせよ、兼家はまったく無沙汰を続けて我関せずの有様であるにかかわらず、相変らず仕立物を次から次へと頼んでくる。しかも依頼状やねぎらいの手紙さえもないので、作者もどうしたものかとためらうのも当然であろう。侍女たちに相談するとやはり事を荒立てずにして上げるように勧める。以前は亡き母が仕立てるようととりなしても突き返すように勧めた（十六項）侍女たちも年をとって角がとれたのであろう。このように夫らしい義務や責任にはそっぽを向いて権利のみ行使する相変らずの身勝手者の兼家である。

一六二　出産の祝ひ

さて、この十一月に、県ありきの所に、産屋のことありしを、え問はで過ぐしてしを、五十日になりにけむ、これにだにと思ひしかど、ことごとしきわざは、えものせず、ことほぎをぞさまざまにしたる。例のごとなり。白う調じたる籠、梅の枝につけたるに、

　冬ごもり雪にまどひし折過ぎて今日ぞ垣根の梅をたづぬる

とて、帯刀の長それがしなどいふ人、使ひにて夜に入りてものしけり。使ひ、つとめてぞ帰りたる。薄色の袿一襲かづきたり。

　枝わかみ雪間に咲ける初花はいかにととふににほひますかな

などいふほどに、行なひのほども過ぎぬ。

〈現代語訳〉

さて、この十一月に、地方官歴任の父の所でお産のことがあったが、お祝いもできずに過ごしてしまったので、五十日（いか）のお祝いの時になったかしら、せめてこの機会にでもお祝いをと思ったが、大仰（おおぎょう）なことはようせずに、心をこめてお祝いをいろいろとした。しきたりどおりである。白い色で調えた籠（かご）を、梅の枝につけたのに、

冬の間雪に閉じこめられてどうしようもなく、ご出産のお祝いもせずに過ごした冬がようやく終わり、明るい春の今日、垣根（かきね）の梅を尋ねます。美しいお子さまの誕生を心からお祝い申し上げます。

という歌を添えて、帯刀（たちはき）の長某（おさなにがし）という人を使いにして、夜になってから届けた。その使いはあくる朝、帰ってきた。薄紫色の袿一襲（うちきひとかさね）を祝儀としてもらってきた。

雪間に咲き出た梅の若い枝の初花、すなわち若い母親から生れたこの初子はあなたさまからどんな様子かとお祝詞をいただいて、いよいよ美しさが増すことでございましょう。

などと返歌が届くうちに正月の勤行（おつとめ）の時期も過ぎた。

〈語釈〉○この十一月　天延元年十一月のことである。○県ありき　父倫寧。○産屋のこと　出産をいう。一説では作者の異母妹にあたる、後年菅原孝標の妻になり更級日記著者を産んだ女性という。○五十日になりにけむ　通説では「如何になりにけむ」とするが、「五十日になりにけむ（挿入句）」の説に従う。出産後五十日目に当る日、お祝いをする風習があった。十一月にお産があって五十日目というと、この時は天延二年の春になっている。次の歌も春の時期のものである。○籠　産屋には白色を用いるので髭籠（果物やいろいろの物を入れてたずさえる竹編みの籠。竹の端を長く残しておき、それが髭のように見えるところからいう）を白く塗って白梅の枝につけたとする説に従う。○冬ごもりの歌　道綱母の歌。冬ごもりは冬の寒い間じっと閉じこもって活動を停止していること。「折」は冬をさす。「今日」は春。「梅」は生まれた子。○帯刀の長　「帯刀」は東宮坊の舎人監の役人で、刀を帯びて皇太子に侍し、警衛した者。「長」はその長官。○薄色　薄紫色か薄紅色。○袿　五〇六頁参照。○枝わかみの歌　出産した女性の歌か。「枝」は出産した女性自身をたとえる。生まれた子を花にたとえる。「如何に」に「五十日」を掛ける。○行なひ　年頭に仏事をするのが当時の風習。

〈解説〉出産の祝のあったのは「県ありき」とあるので父倫寧の所と考えられるが、理能が作者より四歳ほど年長とすると天延元年四十一、二歳となるので倫寧二十歳の時の子として、倫寧は六十一、二歳となる。清少納言は清原元輔の五十九歳の時の子であるから、子どもが生まれてもおかしくはない。長能は、『長能集』（群書類従本）の奥書の略伝を見ると蔵人に補せられた時三十六歳（ただし歌仙伝九とある）、逆算すると天暦三年の出生となるので天延元年は二十五歳となる。

源認女（みとむのむすめ）が天暦三年に長能を出産してから二十四、五年も経って出産したとは考えられない。年齢的にも不可能であろう。歌に「枝わかみ」とか「初花」とあるので倫寧が若い女性を妻にして出来た子であろうか。なお「枝わかみ」の作者には道綱母の詠（帯刀（たちはき）から先方の模様の報告を受けて作者が独自述懐した）とみる説もある。

ところで「冬ごもり」の歌は出産のお祝、あるいは五十日の時のお祝いの歌としてはあまり祝意があふれていない感じがする。子宝を種々の寺社に祈願した作者であったが、ついに道綱以外には授からなかった作者の寂しい心情の反映でもあろうか。

天延二年（このあたり暦日が前後している）

一六三　物詣（ものまう）で

「忍びたるかたに、いざ」と誘ふ人もあり、「なにかは」とて、ものしたれば、人多う詣（まう）でたり。誰（たれ）と知るべきにもあらなくに、われひとり苦しうかたはらいたし。祓（はら）へなどいふ所に、垂氷（たるひ）いふかたなうしたり。をかしうもあるかなと見つつ帰るに、大人（おとな）なるものの、童装束（わらはさうずく）して髪をかしげにて行くあり。見れば、ありつる氷を単衣（ひとへ）の袖（そで）に包みもたりて、食ひゆく。ゆゑあるものにやあらむと思ふほどに、わがもろともなる人、ものを言ひかけたれば、氷くくみたる声にて、「まろをのたまふか」といふを聞くにぞ、直者なりけりと思ひぬる。かしらついて、「これ食はぬ人は、思ふこと成らざるは」と言ふ。「まがまがしう、さいふ者の袖ぞ濡らすめる」とひとりごちて、また思ふやう、

　わが袖のこほりははるも知らなくに心とけても人の行くかな

〈現代語訳〉

「人目につかぬ所に、さあ、ごいっしょに」と誘う人があって、「ええ、まいりましょう」といって出かけると、大ぜいの参詣人であった。私をだれと見知る人もいるはずはないのに、自分だけは苦しく気はずかしい思いがした。祓殿に、氷柱が言いようがないほど、見事に垂れさがっている。とてもすばらしいなあとながめながら帰る時に、大人でありながら、童装束をして、髪をきれいにととのえて行く者がある。見ると、さっきの氷を単衣の袖に包んで持って、食べながら歩いて行く。由緒ある家柄の者なのであろうかと思っていると、私の連れの人がものを言いかけると、氷をほおばった声で、「私に仰せでございますか」と言うのを聞くと、とりたてて言うほどでもない下賤の者だなあと思われた。頭を地面につけてかしこまり、「これを食べない人は、願いごとがかなわないのですよ」と言う。「縁起でもない。そういう自分自身が見たところ袖を濡らしている様子じゃないの」とひとり言をつぶやいて、それ

からまた心の中で思うには、

私の袖で凍った涙は春の来たことを知らず、少しも溶けないのに、人々は打ちとけた様子ではればれと参詣に行くことだなあ。

〈語釈〉○忍びたるかた　このあたり錯簡があるのか、またはこうした書き方なのか、いずれにせよ年月日が判然としない。記事が前後しているようである。通説では正月の物詣でととるが、一説では天延元年の冬と見る。天延二年（九七四）は兼家四十六歳、作者三十八歳ぐらい、道綱二十歳。○なにかは　下に「参らざらむ」の意。○かたはらいたし　傍らの人が自分をどう見るだろうと意識して、気がひける。○祓へ　祓殿のこと。○垂氷　氷柱。○大人なるもの　女性か男性か不明。○童装束　童男・童女の装束をいう。童直衣・童水干・半尻（以上童男）、細長（童男女）、汗衫（童女）等である。童直衣は上級の公家の未成年者の童形姿。細長は童女の場合は小袿の上に着る略服だが、童男は晴れ（正式）の儀に着用する。汗衫は童女の礼装として用いられた。また、良家の子女の装束の称のみでなく、葵祭の使者に従う童や五節童の装束も言う。さらに、楽人や一般庶民の大人が童装束をする場合もある。○ありつる氷　さっきの氷。垂氷をとった氷をさす。○ゆゑあるもの　由緒正しいもの。相当な良家のもの。一説ではなにか理由がある者とする。○まろ　この時代には広く男女にわたって自称の語として用いられた。○直者　取り立てていうほどの事もない人。普通の者。上の「ゆゑあるもの」と思ったのと対応する。○まがまがしう　いまわしい。不吉な感じである。とんでもない。相手の言葉に反発して激しい表現である。○わが袖の歌　道綱母の歌。独詠。春は氷の溶ける季節であるし、人々も気の結ぼれる冬から解放されて浮き浮きと外へ出かける時期である。「氷」は涙が寒さで凍ったもの。「春」に「張る」を掛け、「溶く」に「解く」を掛け、氷の縁語であやなす。

〈解説〉親しい女性（友だちか親戚の人であろう）に誘われて寺社（どこか不明）へ参詣したところかなりの人ごみでにぎわっていた。こうした壺装束で（境内は徒歩であろう）微行の参詣ゆえ、誰も自分を大納言兼右大将兼家公北の方という素性を知るまいと思う（彼女の心中では兼家の北の方であるという誇りと今では彼の北の方とは名のみで顧みが少なく大手を振って北の方としての外出もできない自分を寂しくも感じる。我の強い人だけにこうした思いが彼女を苦しめたであろう）と「われひとり苦しうかたはらいたし」の言葉となる。

そこへ童装束をした大人が垂氷を袖に包んでほおばりながら来た。髪もきれいにつくろっているので最初由緒ある家柄の人かなと思っていたところ、同伴者が言葉をかけて見ると、意外にも直者（普通のもの、庶民）であった。そして社寺の垂氷を食べないと、せっかくお参りしても願いごとがかなわないですよと言うので、作者はすっかり軽べつしてしまう。垂氷を食べたからって願いが成就するという俗信を、単純に信じて実行する直者に反発を感じる。

自分はこれまで多くの神社仏閣に参籠したり、幣や歌を奉納して誠心誠意祈願したが願いがかなわず、以前から袖は涙で濡れどおしで寒い今それが凍っている身である。そういえば見かけたところ、その直者だって袖が氷の水か涙か知らないが濡れているではないか！

一六四　儺火（なび）

帰りて、三日ばかりありて、賀茂に詣（まう）でたり。雪風いふかたなう降り暗がりて、わびしかりしに、風邪（かぜ）おこりて臥（ふ）しなやみつるほどに、十一月（しもつき）にもなりぬ、十二月（しはす）も過ぎにけり。十五日、儺火（なび）あり。大夫（たいふ）の雑色（ざふしき）のをのこども、「儺火す」とて騒ぐを聞けば、やうやう酔（ゑ）ひすぎて、「あなかまや」などいふ声聞こゆる、をかしさに、やをら、端のかたに立ち出でて見出だしたれば、月いとをかしかりけり。東（ひんがし）ざまにうち見やりたれば、山霞みわたりて、いとほのかに、心すごし。柱に寄り立ちて、「思はぬ山」なく思ひ立てれば、八月（はづき）より絶えにし人、はかなくて正月（むつき）にぞなりぬるかしとおぼゆるままに、涙ぞさくりもよよにこぼるる。さて、

　もろ声に鳴くべきものを　鶯（うぐひす）は正月（むつき）ともまだ知らずやあるらむ

とおぼえたり。

〈現代語訳〉

家に帰って、三日ほど経ってから、賀茂神社にお参りした。雪と風がたとえようもなく激しくふぶいて、あたりが暗くなり、とてもつらかったが、そのうえ、風邪をひいて、寝込んで悩んでいるうちに、十一月にもなり、やがて十二月も過ぎてしまった。

一月十五日に、儺火がある。大夫の召使たちが、「儺火をする」と言って騒いでいるのを聞いていると、だんだん酔いが回って、「しっ、静かに」などと言う声が聞えてくる。興味をそそられて、そっと端近に出て外をながめると、月がたいへんきれいであった。東の方はるかかなたに視線をむけると、山々が一面に霞んでいて、とてもぼんやりと見え、ずっと身にしむ寂しさに襲われる。柱に寄りかかって、しょせんどこに行ってももの思いの種は尽きないのだと思いながら立っていると、八月以来とだえてしまったあの方は、音さたのないままに、いつのまにか正月にもなってしまったなあと思われるにつけて、涙がしゃくりあげるようにこみあげこぼれてくる。そこで

私といっしょに声をそろえて鳴いてくれるはずであるのに、鶯はまだ正月の来たことを知らないのであろうか、鶯の声も聞えず、私はただ一人で泣いてばかりいる。

という歌が浮かぶのだった。

〈語釈〉○雪風　風をまじえた雪。吹雪。○十一月にもなりぬ、十二月も過ぎにけり　すでに一六二項に、「さて、この十一月に……」とあるので、「十一月にもなりぬ」はおかしい。誤入か錯簡か疑問がわく。「十五日、儺火あり」からを天延二年と見る説もある。その場合では、作者の作品の構成の仕方に起因するのではないかとされる。その他脱落補記と見る説もあり、今少し検討を要する。○儺火　まだ確実なことはわか

らない。一説では「左義長・三毬杖」（正月十四日の夜から十五日にかけてと十八日に行なわれた、陰陽師による悪魔払いの行事。火祭）だともいう。○雑色　五六二頁参照。○聞こゆる　『解環』に従い、「聞こゆるに」の意にとる。連体形。○心すごし　心がしめつけられるようにせつなく感じる。○思はぬ山　引歌。三七〇頁参照。○人　兼家。○正月　「六ヵ月」ととる説もあり、「正月」と「六ヵ月」を兼ねるともとる説もある。○もろ声にの歌　道綱母の歌。正月は鶯が山から里へ出て来る時である。『玉葉集』恋四や『万代集』に「もろともに」で入る。

〈解説〉語釈にも記したが前項（一六二項）よりこの項にかけて暦日の順序が錯綜している。天延元年九月下旬に下襲の仕立を兼家から頼まれ、十一月に県ありきの所（父倫寧）で出産があり、お祝いが遅れて、五十日の祝いのある時、すなわち天延二年一月にお祝いの歌と贈物を届け、返歌をもらっている。そして「十五日、儺火あり」は確実に天延二年一月十五日であることは間違いない。「忍びたるかたに……」から「十二月も過ぎにけり」の暦日が問題である。種々解釈がつくが結論は出まいと思う。

郊外の住居であるだけに日常生活の中に自然の叙述が入って来る。住み慣れた所を離れただけでも寂しいのに、京の市中と異なり、人かげや車の音の絶えた郊外生活であるところへ、夫兼家の訪れがまったくないだけに「心すごし」の感に襲われるのも無理がない。「もろ声に……」の歌には作者の心情が素直によく出ている。

一六五　道綱右馬助に任官

二十五日に、大夫しも、ひんがしなどにそそき行なひなどす。などぞすらむと思ふほどに、司召のことあり。めづらしき文にて、「右馬助になむ」と告げたり。

ここかしこに、よろこびものするに、その寮の頭、叔父にさへものし給へば、まうでたりける、いとかしこうよろこびて、ことのついでに、「殿にものし給ふなる姫君は、いかがものし給ふ。いくつにか、御年などは」と問ひけり。帰りて、「さなむ」と語れば、いかで聞き給ひけむ、なに心もなく、思ひかくべきほどしあらねば、やみぬ。

そのころ、院の賭弓あべしとて、騒ぐ。頭も助も同じ方に、出居の日々には行きあひつつ、同じことをのみのたまへば、「いかなるにかあらむ」など語るに、二月二十日のほどに、夢に見るやう、(本)

〈現代語訳〉

二十五日に、大夫が東の廂の間で忙しく勤行などにはげんでいる。なぜ、あのようにするのだろうと思っていると、司召のことがあって、あの方から珍しい手紙で、「右馬助になったよ」と知らせてきた。

助があちらこちらへ任官のお礼回りをした時に、その役所の長官は叔父にでも当る方でいられたので、ごあいさつに伺ったところ、たいへん喜んで、話のついでに、

「お宅においでになるという姫君は、どういうお方ですか。おいくつにおなりですか、お年のほどは」

と尋ねた。助が帰って来て、

「これこれでした」

と話すので、どうして娘のことをお聞きになったのかしら、あの娘(こ)はまだまるっきり子どもで、懸想(けそう)の相手にされる年ごろではないからと思って、そのままにした。

そのころ、院の賭弓(のりゆみ)があることになっている、ということで、人々が騒いでいる。頭(かみ)も助も同じ組で、助は練習場へ出かける日ごとに、頭(かみ)と顔を合せると、その度に、頭が同じことばかりをおっしゃるので、助は、

「どうしたことでしょうか」などと私に話していたが、二月二十日ごろ、夢に見たことは、

(本)

〈語釈〉○二十五日　底本「十五日」。『日本紀略』の「二十六日乙亥(きのとゐ)除目(ぢもく)始ム」の記事を考え合せ、通説に従って改める。○大夫(たいふ)しも、ひんがしなどにそそき行なひなどす　底本「大夫しもにかしなとにもきおこなひなとす」。誤写があり、いろいろの説がある。一説「大夫しも精進などそそきおこなひなどす」。一説「大

夫除目ぞかしなどそそき行なひなどす」。後者の本文は十分考えられるが、「などぞすらむ」の言葉を考え合わせ、「に」を「比」の誤写、「ン」を省略と考え、右の本文を立てた。さらに検討したい。「そそき」は通説に従った。○**司召**　官吏の任命をいうが、とくに京官任命の公事をさす場合が多い。○**文**　兼家から作者あての手紙。○**右馬助**　右馬寮の次官。馬寮は宮中の御厩の馬・馬具、および諸国の牧場の馬をつかさどる役所。左右に分れ、長官をそれぞれ左馬頭・右馬頭という。○**その寮の頭**　右馬頭。○**叔父**　藤原遠度。兼家の異母弟。道綱の叔父にあたる。○**かしこう**　たいそう。はなはだ。○**姫君**　養女をさす。○**院の賭弓**　「院」は冷泉院。賭弓は宮中で弓射の試合をして天覧に供する行事。年中行事では一月十八日に行なわれる。ここはそれに準じて院でも行なわれ、冷泉院がご覧になる。○**出居**　練習場。また練習することもいう。○**本**　原本のまま写したとの意の注記が本文に竄入。この箇所に夢の記事があったと思われるが脱落したのか。底本、以下行末まで空白。

〈解説〉道綱が右馬助に任官した。正六位下相当の官だが、とにかく最初の任官でこの家にとっては慶事である。兼家が任官決定をいちはやく知らせてきたのは、作者母子を一刻も早く喜ばせようとしたからである。ところが上司に道綱の叔父遠度がいて、あいさつに参上した際、養女のことを根ほり葉ほり尋ねられたので、道綱母子は怪訝に思う。なぜなら養女はまだまだ子どもで人々ことに男性の注意をひくとは思えなかったからである。しかしその後も顔を合せる毎に養女の事を聞きただすので、作者と道綱を不思議がらせる。

この項で右馬頭が登場し、後の養女に求婚する一件の前提となる。夢の話が脱落（一説、何人かの故意の削除か）しているのは残念である。

一六六　奥山の寺詣で

□ある所に忍びて思ひ立つ。「なにばかり深くもあらず」といふべき所なり。野焼などするころの、花はあやしうおそきころなれば、をかしかるべき道なれどまだし。いと奥山は鳥の声もせぬものなりければ、鶯だにおとせず。水のみぞ、めづらかなるさまに、湧きかへり流れたる。

いみじう苦しきままに、かからである人もありかし、憂き身一つをもてわづらふにこそはあめれ、と思ふ思ふ、入相つくほどにぞいたりあひたる。御燈明など奉りて、一数珠ばかり立ち居するほど、いとど苦しうて、夜明けぬと聞くほどに、雨降り出でぬ。いとわりなしと思ひつつ、法師の坊にいたりて、

「いかがすべき」

などいふほどに、ことと明けはてて、「蓑、笠や」と人は騒ぐ。われはのどかにてながむれば、前なる谷より、雲しづしづと上るに、いとものの悲しうて、

思ひきや天つ空なるあまぐもを袖してわくる山踏まむとは

とぞおぼえけらし。雨いふかたなけれど、さてあるまじければ、とかうたばかりて出でぬ。あはれなる人の、身に添ひて見るぞ、わが苦しさも紛るばかりかなしうおぼえける。

〈現代語訳〉

□ある所に、こっそりと出かけようと思い立った。「なにばかり深くもあらず」しかも、「比叡を外山と見るばかり」と言ってみたいような場所である。野焼などをするころで桜は今が咲く時期なのにどうしたことか、この年は遅いので本来美しい桜の見られる道だが、まだまだであった。古歌のように実際奥深い山は鳥の声もしないものであったから、鶯さえも鳴き声を耳にせず、川の水だけが、たぐいがないくらいに勢いよくほとばしって流れている。

とても苦しくてたまらないままに、こんな苦労を味わわないでいる人も世間にはあるのだ！ 私はつらいこの身一つをもてあましているみたいだわ、と思い思い、ちょうど入相の鐘をつく時刻に寺に到着した。み仏さまにお燈明などをあげて、数珠を一つずつ繰っては立礼し座礼して、一巡する間に、ますます苦しくなってきて、「夜が明けた」という声を耳にするころには、雨が降り出した。とても困ったことだと思いながら、庫裏に行って、

「どうしたらよいかしら」

などと話しているうちに、夜がすっかり明けきって、供人たちは、「蓑だ、笠だ」と騒いでいる。私自身は落ちついた気分で、ぼんやり外に視線を向けていると、前の谷から、雲がしずしずと立ちのぼってくるので、ひどく悲しい気分になって、

かつて思ってもみなかったことよ。大空に立ちこめている雨雲を袖でかき分けてのぼる

ような奥深い山寺に参詣する、こんなはかない身の上になろうとは。

という歌が胸中で思い浮かんだようだ。雨が言いようもなくひどく降っているが、そのまま寺に居るわけにもいかないので、あれこれと雨を防ぐ工夫をして、出発した。いじらしいあの養女が、私の身に寄り添っているのを見ると、自分の苦しさも忘れてしまうくらいにいとしく感じたことだった。

〈語釈〉 **○□** 脱文。**○なにばかり深くもあらず** 「なにばかり深くもあらず世のつねの比叡を外山と見るばかりなり」（『大和物語』四三段・ゑしう〈恵秀か〉）による。恵秀が人に「深い山にこもるとはどこか」と聞かれた時右の歌で答えた。『大和物語』では「横川といふ所にあるなりけり」と付記しているが、かならずしも横川を指したわけでなくばく然と「比叡を外山と見る程度の大した深い山でない」と、いかにも深山住まいに慣れた僧侶らしくなにげなく言った点が説話の材料となる。通説のように鞍馬あたりであろう。**○奥山は** 「飛ぶ鳥の声も聞こえぬ奥山の深き心を人は知らなむ」（『古今集』恋一・読人知らず）を本歌とする。**○鶯だにおとせず** 前行の「花はあやしうおそき」とも関連した引歌。「春やとき花やおそきと聞きわかむ鶯だにも鳴かずもあるかな」（『古今集』春上・藤原言直）を本歌とする。**○めづらかなる** 見たこともないほど。水の流れのきわめて激しく沸きたぎる状態を見ていう。**○一数珠ばかり** 底本「ひとすくはかり」。一数珠（数珠の玉百八箇で一箇を繰って一礼するその時間立礼居礼する）の意ととり一巡する間。一説「一時許」。**○ことと** とり立てて。すっかり。副詞。**○蓑、笠や** 蓑や、笠やの意。「や」は間投助詞。**○思ひきやの歌** 道綱母の歌。「あまぐもを袖してわくる山踏まむ」は高い深山の山寺で勤行する意。業平の「忘れては夢かとぞ思ふ思ひきや雪ふみわけて君を見むとは」（『古今集』雑下）によるか。**○あはれ**

なる人　養女をさす。作者が養女を同伴したことが、ここで解る。○紛る　底本・阿波本「まきる」、松平本・上野本などは「まさる」。前者に従う。

〈解説〉作者が養女を連れて鞍馬寺（推定）あたりに参詣したのであろう。二月で桜の花を期待して出掛けたがあいにく寒い年であったか、また高所のせいか、花や鳥といった春の景物は期待はずれで、作者は養女に気の毒だと思ったであろう。ただ水だけは沸きかえり激しく流れているのが見ものだった。一晩泊りの参籠であり、雨にたたられていよいよ気がめいったが、養女がぴったりと作者に寄り添っているのを見ると女の子ははじめてであるだけ、いじらしさが込み上げてくるのだった。

一説によると、先夜の夢（前項本文脱落の箇所）の内容を養女の結婚・その将来の身の上に関係するものと推定し、そこで養女を伴って物詣でを思い立ったのであろうとする。

一六七　右馬頭養女に求婚

からうじて帰りて、またの日、出居の所より夜更けて帰り来て、臥したる所に寄りて言ふやう、「殿なむ『きんぢが寮の頭の、去年よりいとせちにのたうぶことのあるを、そこにあらむ子はいかがなりたる。大きなりや。ここちつきにたりや』などのたまひつるを、また、かの頭も、『殿は仰せられつることやありつる』となむのたまひつれば、『さりつ』となむ申しつれば、『あさてばかりよき日なるを、御文奉らむ』となむのたまひつる」と語る。いとあやしきことかな、まだ思ひかくべきにもあらぬをと思ひつつ、寝ぬ。

さて、その日になりて文あり。いと返りごと、うちとけしにくげなるさましたり。うちのことばは、「月ごろは、思ひ給ふることありて、殿に伝へ申させ侍りしかば、『ことのさまばかりきこしめしつ。今はやがてきこえさせよとなむ仰せ給ふ』とうけたまはりにしかど、いとおほけなき心の侍りけると、おぼしとがめさせ給はむを、つつみ侍りつるになむ。ついでなくてとさへ思ひ給へしに、司召見給へしになむ、この助の君の、かうおはしませば、まゐり侍らむこと、人見咎むまじう思ひ給ふるに」など、いとあるべかしう書きて、端に、「武蔵といひ侍る人の御曹司に、いかでさぶらはむ」とあり。

返りごときこゆべきを、まづ、「これはいかなることぞ」と、ものしてこそはとてあるに、「『物忌やなにやと、折悪し』とて、え御覧ぜさせず」とて、もて帰るほどに、五六日になりぬ。

おぼつかなうもやありけむ、助のもとに、「せちにきこえさすべきことなむある」とて、呼び給ふ。「いまいま」とてあるほどに、まづ使ひは返しつ。そのほどに雨降れど、いとほしとて出づるほどに、文取りて帰りたるを見れば、紅の薄様一襲にて、紅梅につけたり。ことばは、「『石上』といふことは知ろしめしたらむかし。

春雨にぬれたる花の枝よりも人知れぬ身の袖ぞわりなき

あが君、あが君。なほおはしませ」と書きて、などにかあらむ、「あが君」とある上はかい消ちたり。助、

「いかがせむ」と言へば、

「あなむつかしや。道になむ会ひたるとて、まうでられね」とて出だしつ。帰りて、

「『などか、御消息きこえさせ給ふ間にても、御返りのなかるべき』といみじう恨みきこえ給ひつる」など語るに、今、二三日ばかりありて、

「からうじて見せたてまつりつ。のたまひつるやうは、『なにかは。今、思ひさだめてとなむいひてしかば、返りごとは、はやうおしはかりてものせよ。まだきに来むとあることなむ、びんなかめる。そこにむすめありといふことは、なべて知る人もあらじ。人、異様にもこそ聞け』となむのたまふ」

と聞くに、あな腹立たし、その言はむ人を知るはなぞと思ひけむかし。

さて、返りごと、今日ぞものする。「このおぼえぬ御消息は、この除目の徳にやと思ひ給へしかば、すなはちもきこえさすべかりしを、『殿に』などのたまはせたることの、いとあやしうおぼつかなきを、尋ね侍りつるほどの、唐土ばかりになりにければなむ。されど、なほ心得侍らぬは、いときこえさせむかたなく」とてものしつ。端に、「『曹司に』とのたまはせたる武蔵は、『みだりに人を』とこそきこえさすめれ」となむ。さて後、同じやうなることどもあり。返りごと、たびごとにしもあらぬに、いたうはばかりたり。

三月になりぬ。かしこにも、女房につけて申しつがせければ、その人の返りごと見せにあ

り。「おぼめかせ給ふめればなむ。これ、かくなむ殿の仰せ侍める」とあり。見れば、「『この月、日悪しかりけり。月立ちて』となむ、暦御覧じてただ今ものたまはする」などぞ書いたる。いとあやしう、いちはやき暦にもあるかな、なでふことなり、よにあらじ、この文書く人のそらごとならむと思ふ。

〈現代語訳〉

やっとのことで帰宅して、その次の日、助が弓の練習場から夜ふけにもどってきて、私の寝ている所に近寄って言うには、

「殿が、『お前の役所の頭が、去年からたいへん熱心におっしゃる件があるのだが、そちらにいるあの女の子はどんな風になったかね。大きくなったか。娘らしくなってきたかね』などと仰せになりましたが、また、あの右馬頭さまも、『殿から何か仰せ言がありましたか』とお尋ねなさいましたので、『ございました』と申しましたところ、『明後日あたりが吉日ですから、お手紙をさしあげましょう』との仰せでした」

と話す。ほんとに奇妙な話だこと、まだ懸想される年ごろでもないのにと思いながら、寝てしまった。

さて、その日になって、頭から手紙が届いた。とうてい、返事をば、気を許して書けそうにもないような手紙である。中の言葉は、「幾月も前から、考えておりますことがございまして、殿にお伝え申し上げるようにいたさせましたところ、『殿は、話の趣のほどはお聞

きとりくださいました。今はもう直接お話し申し上げるようにと仰せになっていられます』と承りましたが、まことに身の程をわきまえぬ、だいそれた望みを抱いていたと、おとがめ遊ばすであろうと、遠慮申し上げていた次第でございます。そのうえ、よい機会もなくてとも存じておりましたが、この度の司召の結果を見ましたところ、この助の君が、このように同じ役所のつとめになられましたので、お邸へ参上いたしますことを、だれも不審に思うまいと存じまして」などと、きわめてソツなく、うまく書いて、端に、「武蔵と申します人のお部屋に、ぜひとも伺候いたしたいものです」と書いてある。

返事を申し上げねばならないのだが、その前に、いったいこれはどういうことなのでしょうと、あの方に伺ってからにしようと思って、助をやったところ、「『物忌や何やで、今は都合が悪い』ということで、ようお目にかけることができません」といって、私の手紙を持ち帰って来たが、そうこうしているうちに、二十五、六日になってしまった。

右馬頭の方は気がかりだったのであろうか、助のもとに、「どうしても申し上げたいことがあります」と言ってお呼びになる。「すぐ伺います」と答えておいて、とりあえず使いは返した。そのうちに雨が降り出したが、お待たせするのはお気の毒だというので、出掛けて行ったが、すぐふたたび手紙を手にしてもどって来たのを見ると、紅色の薄様一かさねにしたためて、紅梅の枝に付けてある。文面は、「『石上』という古歌はご存じでいらっしゃるでしょうね。

春雨に濡れた紅梅の枝は色鮮やかですが、それよりも人知れず恋に泣く私の袖の方がいっそう血の涙で赤く濡れてどうしようもありません。

と書いて、どういうわけかしら、「あが君」と書いてある所は、上から墨で消してある。助が、

あが君、あが君、やはりおいでください」

「どうしましょう」と言うので、

「まあ、めんどうなこと！　途中でお使いに会ったといって、お伺いしていらっしゃいよ」

と言って送り出した。助は、帰って来て、

「右馬頭さまは、『どうして、殿にお問い合わせなさっている間であっても、お返事のいただけないはずがありましょうか』と、とてもお恨みになっておられました」

などと話したが、さらに、二、三日くらい経って、

「やっとお手紙を父上にご覧にいれました。おっしゃるには、『なに、差支えない。そのうちにこちらの考えをきめて返答すると言っておいたから、返事は、早く、よいようにおしはかって書けばよい。まだ年ごろでもないのに、通って来たいと言っているのは具合がわるいだろうよ、第一、そちらに娘がいるということは、およそだれも知ってはいないだろう。世間であらぬ噂が立っては困るな』とおっしゃっていました」

と助から聞いて、まあ腹の立つこと、そのだれもまだ知らないはずの娘あらぬ噂の種になる

娘がいることを頭が知っているのはなぜ？　そもそもあの方が漏らしたせいではないかと思ったことだろうよ。

さて、返事をば、今日したためて送った。「この思いがけないお手紙は、この度の除目のおかげかと存じましたので、ただちにお返事申し上げねばなりませんでしたのに、『殿に』などおっしゃいました点が、妙に気になりましたゆえ、尋ねておりました間に、唐土へ問い合わせるほど日時がかかりましたためでございます。けれども、やはり納得のまいりませぬことは、なんとも申し上げようもございませぬ」と書いた。手紙の端に、「『お部屋に』とおっしゃいます武蔵は、『みだりに人を』と申しているようでございます」と書き添える。それから後も、同様な便りが、幾度もよこされた。返事は、その度ごとに出したわけでもなかったので、頭はとても遠慮していた。

三月になった。右馬頭はあの方のところへも、侍女にことづけて意中を申し上げるようにとりつがせていたので、その侍女の返事を見せによこした。「ご不審の模様ですから。これ、このように殿の仰せがございましたようで」とある。見ると、「『この月は日が悪いね。月が改まってから』と、暦をご覧になって、たった今も、おっしゃっていられます」などと書いてある。どうも奇妙なこと、とんだ気早な暦沙汰だこと！　なんということだ、よもやそんなことってあるまい、この手紙を書いた人の作りごとであろうと思う。

〈語釈〉○寄りて　底本「かへりて」。主語は道綱。○殿　兼家。○のたうぶ　のたまふとほぼ同意の男性語だが、やや敬意が浅い。〇**ここちつき**　男女間の情を解する、すなわち世心がつくこと。〇**あさて……**　右馬頭遠度のことば。〇**まだ思ひかくべき……**　男性が懸想するような年ごろの女性になっていない。〇**さてその日**　底本「こてし日」。一説、其日。〇**うちとけしにくげ……**　気を許して返事のしにくい内容で。〇**申させ**　「せ」は使役。遠度は誰か人を介して意中を兼家に伝えさせた。〇**ことのさま……**　遠度の意中を兼家に伝えた仲介の人がその報告をすることば。〇**おぼしとがめ**　作者が主語。〇**あるべかしう書きて**　底本「ある人かしうになし」。「になし」は「かきて」の説に従う。たいそう、申し分なくうまく書いて。〇**武蔵**　作者の侍女か。遠度の知人であろう。〇**ものしてこそは**　兼家に伺ってから。上の「まづ」はこの句にかかる。〇**物忌やなにやと**　父兼家のもとに使いに行った道綱の報告で、物忌は兼家の物忌である。〇**いまいま**　「今」を強めていう。今すぐ。〇**文取りて……**　道綱が家を出かけようとする時に遠度からの二度目の使いに会って文を受けとる。〇**薄様**　雁皮紙や鳥の子紙の薄でのもの。〇**石上**　「石上ふるとも雨に障らめや逢はむと妹にいひてしものを」（『古今六帖』第一・大伴像見）の歌を引用し、雨が降っても道綱は自分の所へ来てくれると待っている。この歌をご存じなら約束を守って早く来てほしいと恋歌を転用した。一説では逢おうと約束した以上雨が降ろうとも約束を破らないという古歌のとおりに、この求婚を真剣に考えている、そのくらいはおわかりだと思う、と解く。〇**春雨にの歌**　遠度の歌。「人知れぬ身」は養女への恋に人知れず嘆く身。〇**あが君**　相手を親しみ敬っていう語で、親しい相手に呼びかけて懇願する場合に用う。〇**いかがせむ**　二度も上司の遠度から使いをよこされ、「春雨に」の歌までもらい、返歌をどうしたらよいか、また行ってどう言ったらよいか道綱は思案にあまり、母に尋ねた。〇**あなむつかしや**　まあ、やっかいなことね。作者のことば。〇**からうじて見せたてまつりつ**　兼家の所へ使いに行った道綱の報告。〇**人**　世間の人たち。〇**異様にもこそ聞け**　作者のもとへ遠度が通っているようにデマが飛ぶと困る。「もこそ」は危惧・懸念を表わす。〇**その言はむ人**　諸説あり、種々に解されるが、次のように解しておく。作者邸へ遠度が通うと世間の人は勘違いして右のようなデマを飛ばすであろうが、そのデマの原因になる娘、すなわち養女をさす。○返りごと　作者から遠度への返事。○唐土(もろこし)ばかり　五六二頁参照。○心得侍らぬは　遠度が養女へ求婚したことをさす。○みだりに人を　「白河の滝のいと見まほしけれどみだりに人はよせじものをや」（『後撰集』雑一・中務(なかつかさ)）を引用。むやみに人を部屋へ寄せてはいけない、の意をいう。○かしこ　兼家邸。○つがせ　取り次がせ。一説「つかせ」。○いちはやき暦　今からもう暦を見て結婚の日を選ぶとは早すぎる。○なでふことなり　底本のままに従う。「なり」を「にか」とも考え得る。○よにあらじ　底本「よかるあらし」まさかそんなことはあるまい。○文(ふみ)書く人　遠度の意中を兼家に仲介した人。兼家邸の侍女か。

〈解説〉下巻での興味ある事件の随一である右馬頭遠度(うまのかみとおのり)の、養女への求婚の記事にはいる。遠度は兼家の異母弟であるから相当な年齢であるはずである。（兼家四十六歳、為光が三十三歳であるから、遠度は四十歳前後であろう）。親子ほど年齢のちがう養女に求婚の意向をもらしたので作者も最初は信じなかったのも無理がない。

遠度は兼家にも手を回し、作者にも結婚したい旨をしたためた手紙を送ってきたので作者もすておけず、兼家の意向を聞こうと手紙を道綱にことづけたが、折あしく物忌(ものいみ)で手紙を渡せず、持ち帰るはめになった。相手が道綱の上司であるだけ始末がわるい。うっかりしたことは言えずまったく当惑し、兼家の指図を待つことにした。その間も遠度は道綱を呼び出したり、歌をよこしてせき立てる。

ようやく作者の手紙を見た兼家は道綱を通じ、「今、思ひさだめてとなむいひてしかば、返りごとは、はやうおしはかりてものせよ」ときわめて常識的な当り障りのないことを言ってきたが、そのあとで、遠度が養女を口実に作者のもとに行くのではないかと男の勘で不安に感じ、「まだきに来(こ)むとあることなむ、びんなかめる。そこにむすめありといふことは、なべて知る人もあらじ。

人、異様にもこそ聞け」と言うのである。

それを聞き作者は、まあいやだわ。第一養女のことはまだ年ごろでもないので、世間にも知らせてない。遠度だって知るはずがないのに、道綱が右馬助に任官して上司遠度にあいさつに参上した初対面のときに、「殿にものし給ふなる姫君は、いかがものし給ふ。いくつにか、御年などは」と根掘り葉掘り聞き、会う度に関心を示しているではないか。そして、この度の司召で道綱が自分の部下になったので、作者邸に出入りする手づるのできたことをとても喜んでいるようだ。

そもそも遠度に養女のことを漏らした張本人は兼家自身に違いない。それなのに今さらそんなことを言うなんて、ほんとに腹立たしい。それほど心配なら、ご自分がもっと私に関心を持って訪ねて来ればよい。平常捨てておいて右馬頭が養女のもとへ通いたいと言ったから、急に勘ぐってうろたえ、あらぬ噂が立ってはまずいとは身勝手すぎるわ、と考えたのであろう。作者は養女に后がねとして十分な教養をつけ、出来るなら宮中に入内させるか、章明親王のような妃をたいせつにする、しかるべき宮に縁づけたいと考えていたのではないかと思われる（臆測に過ぎないが）。

兼家も自邸のなま女房（養女と遠度の縁をとりもって点をかせぎたかったのであろう）を介して短兵急に遠度に責め立てられ、「この月、日悪しかりけり。月たちて」と逃げ口上をうっているのに、遠度はそれを吉日探しであるかのように、巧みに利用して作者に迫るので、作者は暦のことはなま女房のでっちあげであろう、と思う。

一六八　右馬頭の来訪

ついたち七八日のほどの昼つかた、

「右馬頭おはしたり」と言ふ。

「あなかま。ここになしと答へよ。もの言はむとあらむに、まだしきにびなし」

など言ふほどに入りて、あらはなる籬の前に立ちやすらふ。例も清げなる人の、練りそしたる着て、なよよかなる直衣、太刀ひき佩き、例のことなれど、赤色の扇、すこし乱れたるをもてまさぐりて、風はやきほどに、纓吹き上げられつつ立てるさま、絵にかきたるやうなり。

「清らの人あり」

とて、奥まりたる女らの、裳などうちとけ姿にて出でて見るに、時しもあれ、この風の簾を外へ吹き、内へ吹きまどはせば、簾を頼みたる者ども、われか人かにて、押へひかへ騒ぐまに、なにか、あやしの袖口もみな見つらむと思ふに、死ぬばかりいとほし。昨夜、出居の所より夜更けて帰りて、寝臥したる人を起こすほどに、かかるなりけり。

　からうじて起き出でて、ここには人もなきよし言ふ。風の心あわたたしさに、格子を、みなかねてより下ろしたるほどなれば、なにごと言ふもよろしきなりけり。しひて簀子に上りて、

「今日佳き日なり。円座かい給へ。居そめむ」などばかり語らひて、

「いとかひなきわざかな」とうち歎きて帰りぬ。

〈現代語訳〉

四月上旬の七、八日のころの昼時分に、

「右馬頭（うまのかみ）さまがおいでになりました」と言う。

「しっ、静かに。私は留守だと答えなさい。話がしたいというのでしょうが、まだ早過ぎて、具合が悪い」

などと言っているうちに、頭（かみ）はいってきて、中からもその姿がまる見えである、籬（まがき）の前にたたずんでいる。いつもきれいなこの人が、十分練り上げた袿（うちき）を着て、その上にしなやかな直衣（のうし）を着、太刀を腰につけ、いつものことだけれど、赤色の扇の少々形のくずれたのを手にもてあそんで、折からの疾風に冠（かんむり）の纓（えい）をまっすぐ吹き上げられながら立っている様子は、まるで絵にかいたように美しい。

「きれいな人が来ている」

というので、奥の方に引っこんでいる侍女たちが、裳（も）なども略したくつろいだ姿のまま出てきて、のぞき見をしていると、ちょうどそのとたんに、この疾風が簾（すだれ）を外へ吹きたて、内へ吹きまくるので、簾を盾（たて）にして気を許していた侍女たちが、すっかり狼狽（ろうばい）して無我夢中で簾を押（おさ）えたり引っぱったりして騒ぐ間に、イヤハヤ、見苦しい袖（そで）口も全部見られてしまっただろうと思うと、私は死んでしまいたいくらい恥かしい気持だった。助は昨夜、弓の練習場から夜ふけに帰ってきて、まだ寝ていたので、それを起こしている間に、こんなぶざまなことがあったのだった。

やっと起きて出てきた助が、目下(もっか)家の者はみな不在である由を告げる。風が激しくて気持が落ち着かないので、格子(こうし)を全部、前々から下ろしている時であったから、どうとりつくろって言ってもかまわないのだった。頭(かみ)は強引(ごういん)に簀子(すのこ)に上がって、

「今日は吉日です。円座(わろうだ)を貸してください。座り初(ぞ)めをしたいのです」などと話した程度で、

「まことに伺ったかいのないことですね」

とため息をついて帰っていった。

〈語釈〉○**ついたち**　四月の上旬。○**あなかま**　侍女たちが騒ぐのを作者が制止する。○**あらはなる籬(まがき)**　外の事物や人間の姿が内部からよく見える籬。「籬」は竹や柴(しば)で目を粗(あら)く編んだ垣根をいう。○**例(れい)も**　遠度(とおのり)の来訪は今日が最初で、彼の風姿にもまだ接していないが、「例(れい)も」とあるのは、このあと来訪の遠度の姿をよく見た作者の執筆時の意識である。○**練りそしたる**　絹糸を練ってやわらかにし、光沢を出すこと。「そす」は十分にする。徹底的にする。○**なよよかなる**　五〇六頁参照。○**乱れたる**　長期の使用のため、要(かなめ)がゆるみ形がややくずれている。○**纓(えい)**　冠の付属品。両端に骨を入れ羅(うすぎぬ)を張り、巾子(こじ)の後ろにはさんだもの。○**女らの、裳(も)など**　底本「おんなつのもなと」。○**なにか**　感動詞。いやなに。○**人**　道綱。○**円座(わらふだ)**　藺(い)・菅(すげ)・藁(わら)などを円く編んだ敷物。○**かい**　「貸し」の音便。

〈解説〉右馬頭(うまのかみ)の突然の来訪である。まず迎えて応対するべき道綱は弓の練習場から、昨夜遅く帰って来てまだ臥床(がしょう)中である。

求婚第一歩なので右馬頭（こと、恋の路とて千里も一里とやらで京郊外の作者邸へ早々訪れた）は美々しい装いを凝らし、流行の赤い扇を手まさぐりながら、しなを作って疾風の中、纓をまっすぐに立てたまま、庭の垣根のもとに立っている。このハンサムな中年男の来訪を女世帯の作者邸の侍女たちは一目拝見して目の保養をと、我がちに押し合いへし合い簾を盾にのぞき見している。その時一陣の疾風！　簾が内外に激しく揺れる。隠れ蓑の簾が動くので、それを押えひっぱる彼女たちの袖口や手まで、あわや、外のお客一行にまる見え！　まったくテレビの一こまを見るようにイキイキと作者は活写している。疾風だけを使ってその時の情景を見事に浮き彫りにして千年後の我々の目によみがえらせてくれる作者の力量に感服する。印象鮮明な場面である。

強引に遠度は簀子に上り、座り初めをしたが、作者が居留守を使ったので、仕方なくため息をつきつき帰って行った。

一六九　右馬頭と初対談

二日ばかりありて、ただことばにて、「侍らぬほどにものし給へりける、かしこまり」など言ひて奉れて後、「いとおぼつかなくてまかでにしを、いかで」とつねにあり。似げないことゆゑに、「あやしの声までやは」などあるは、許しなきを、「助にものきこえむ」と言ひがてら、暮にものしたり。

いかがはせむとて、格子二間ばかり上げて、簀子に火ともして、廂にものしたり。助、対面して、

「早く」とて、縁に上りぬ。妻戸をひきあけて、

「これより」と言ふめれば、歩み寄るものの、またたちのきて、

「まづ御消息きこえさせ給へかし」と忍びやかに言ふなれば、入りて、

「さなむ」とものするに、

「おぼしよらむところにきこえよかし」

など言へば、少しうち笑ひて、よきほどにうちそよめきて入りぬ。

助と物語忍びやかにして、笏に扇のうちあたる音ばかりときどきしてゐたり。内に音なうて、やや久しければ、助に、

「『一日かひなうてまかでにしかば、心もとなさになむ』ときこえ給へ」

とて入れたり。

「早う」と言へば、居ざり寄りてあれど、とみにものも言はず。内よりはたましして音なし。とばかりありて、おぼつかなう思ふにやあらむとて、いささかしはぶきの気色したるにつけて、

「時しもあれ、悪しかりける折にさぶらひあひ侍りて」

と言ふをはじめにて、思ひ始めけるよりのこと、いと多かり。内には、ただ、

「いとまがしきほどなれば、かうのたまふも夢のここちなむする。小さきよりも、世に

いふなる鼠生ひのほどにだにあらぬを、いとわりなきことになむ」

などやうに答ふ。声いといたうつくろひたなりと聞けば、われもいと苦し。雨うち乱る暮にて、蛙の声、いと高し。夜更けゆけば、内より
「いとかくむくつけげなるあたりは内なる人だに静心なく侍るを」

と言ひ出だしたれば、

「なにか、これよりまかづと思ひ給へむには、おそろしきこと侍らじ」

と言ひつつ、いたう更けぬれば、

「助の君の御いそぎも近うなりにたらむを、そのほどの雑役をだにつかうまつらむ。殿にかうなむ仰せられしと、御気色給はりて、またのたまはせむことききこえさせに、明日明後日のほどにもさぶらふべし」

とあれば、立つなりとて、几帳のほころびよりかきわけて見出だせば、簀子にともしたりつる火は、はやう消えにけり。内にはもののしりへにともしたれば、光ありて、外の消えぬるも知られぬなりけり。影もや見えつらむと思ふに、あさましうて、

「腹黒う、消えぬとものたまはせで」と言へば、

「なにかは」と、さぶらふ人も答へて立ちにけり。


〈現代語訳〉

二日ほど経って、私の方から、ただ口上で、「留守の間にお越しくださいましたそうで失

礼申し上げました」などと言って使いをさしあげたところ、その後、「たいへん気がかりに思いながらおいとまいたしましたが、なにとぞお目もじのほどを」としじゅう言ってくる。

どうも不似合いであるからと言って、「私のお聞き苦しい声までお耳を汚すことはどうも」などと言っているのは、許さないということなのに、「助の君にお話し申し上げたい」と言いがてら、夕暮にやってきた。

しかたがないと思って、格子を二間だけ上げて、簀子に燈火をともし、廂の間に招じた。助が会って、

「さあ、どうぞ」と勧めて、頭は縁にあがった。助が妻戸を引き開けて、

「こちらから」と言うようなので、歩み寄ったが、また、あとへ下って、

「まず、母君にお取り次ぎください」と小声で言っているようなので、助が入ってきて、

「これこれおっしゃいます」と言うので、

「思しめしの所で、お話し申し上げなさいな」

など言うと、少し笑って、程よく衣ずれの音をさせて廂の間に入ってきた。

助と話を小声で交わして、笏に扇の当る音だけが時折していた。御簾の内の方からは何も言わないで、かなり時間がたったので、助に、

「『先日はお伺いしたかいもなく帰りましたので、気がかりでございまして』と申しあげてください」

と私に言い伝えさせた。助が、

「さあ！　お話しください」

と勧めると、頭はにじり寄ってきたが、すぐには言葉を発しない、内からはなおのこと何も言わない。しばらくして、頭が不安に感じているかもしれないと思って、私が軽くせきばらいの様子を見せるのをしおに、

「先日は、ちょうど、あいにくの時に参上申し上げまして」

と言うのを皮切に、思い始めてからのことを、事細かに話すのだった。内からは、ただ、

「まだまだ子どもで縁談などほど遠くはばかられる年ごろでございますので、このように仰せられますのも、夢のような気がいたします。小さいというよりも、世間で言うとか申します『鼠生い』のほどにもなっておりませんので、まことにご無理なお申出でございまして」

などというように答える。頭がとてももとりすましたよそ行きの声で話しているように聞えるので、私もひどく気づまりである。雨が降り乱れている夕暮で、蛙の声がとても高い。夜が更けてゆくので、内から、

「このあたりは、まことに、このように気味の悪い所で、家の内にいる者でも気持が落ち着きませんのに」と言うと、

「イヤ、どういたしまして。お宅からおいとまするのだと思いますからには、恐ろしいことはございますまい」

といっているうちに、すっかり夜も更けてしまったので、

「助の君のご準備も間近かになったことでしょうが、その場合の雑用なりと、おつとめさせ

ていただきましょう。殿に、こちらではこのように仰せられたとお伝えして、思召しのほどを伺って、また、殿のお言葉を申し上げに、明日か明後日あたりにでも参上いたしましょう」と言うので、帰るようだと思って、几帳のほころびから、帷子をかき分けて外を見ると、簀子にともしてあった燈火は、とっくに消えてしまっていたのだった。内では、物の後ろに燈火をともしてあったので、明るくて、外の燈火が消えていることにも気がつかなかったのだった。内の人の姿も見えていたかもしれないと思うと、あまりのことにあきれて、

「お人の悪い、燈火が消えたともおっしゃらないで」と言うと、

「イヤ、なに、かまいません」と、控えていた従者も答えて、帰って行った。

〈語釈〉○似げないことゆゑに　作者のことばとも地の文ともとれるが、一応地の文と解く。○二間　「間」は柱と柱との間をいう。○廂　五八二頁参照。廂の間に遠度を招じ入れたのである。以下は遠度が廂の間に入ってくるまでの、作者・遠度・道綱の言動を細叙した。○ひきあけて　主語は道綱。作者のいる母屋へ。○おぼしよらむ　遠度が望んでいる所。先日「居そめむ」と言ったので。○入りて　主語は道綱。この作者のことばを道綱が遠度に伝えたことは省略。○笑ひて　遠度と考えられるが、道綱ととる説もある。○入りぬ　主語は遠度。○笏　底本「さくら」。「ら」は一説では接尾語ととる。「しゃく」とも言う。文官が束帯のとき、右手に持ち、心覚えを書きつけた板片。後に儀礼的なものになった。長さ一尺二寸が普通で身分により材質が異なる。○内　作者のいる部屋。○心もとなさ　気がかりで待遠しいこと。○早う　頭に対して促す道綱のことば。○しはぶき　存在を示して話を促す合図の咳払い。○まがまがしきほど　まだ年少で結婚話などしたら不吉な事が起りかねない心配がある。○鼠生ひ　生まれたばかりの鼠のように、

ひ弱な状態。○声いといたうつくろひたなり　主語は遠度。一説、作者ととる。○乱る　四段活用。○給へむには　底本「たまへむかし」。他の第一類本「たまへむかしは」。「たまへむからは」ととってもよいが、「かし」を「に（耳）」の誤写と考える説に従う。○いそぎ　支度。ここでは賀茂祭の使者の準備をさす。○几帳のほころび　几帳の帷子の縫い合わせていない箇所をいう。○はやう　すでに。とっくに。「はやう……けり」は今、初めて気がついた驚きを表わす。○影　内部にいる人の姿。作者をさすが養女をもさすとの説あり。○なにかは　感動詞。連語とも。反対したり、打ち消したりするときに言う語。イヤ、なにご心配には及びません。

〈解説〉作者と来訪の右馬頭遠度との簾・几帳越しの初対談である。来訪の目的は幼少の養女への求婚を表明するため。なにぶん前述のごとく息子道綱の上司であり、夫兼家の弟にあたる妻子ある（『尊卑分脈』では二女三男あり）中年の男性で作者の気の張ることおびただしい相手である。作者もひたすら養女がまだ年少で結婚などとうてい考えられないことを強調する。遠度は話題を道綱に移し、近づいた賀茂祭の右馬寮の使いの準備のお手伝いをしようと言い（この点作者は頭に恩を着せられ頭が上らない）、今夜のことを兼家に報告して、そのお指図をいただいて、また近日来訪すると言い置いて立った。そのとき、ちょっとしたハプニングがあった。それは、どうやら自分の姿を遠度に見られていたようで、作者は油断がならない人と感じたようである。

この項で注意すべきことは作者と右馬頭との対談中に挿入された、傍点の語句である。

……「いとまがまがしきほどなれば、かうのたまふも夢のここち（中略）……いとわりなきことになむ」などやうに答ふ。声いといたうつくろひたなりと聞けば、われもいと苦し。雨うちいいいて、乱る暮にて、蛙の声、いいいと高し。

蛙の声は、藤岡作太郎博士の指摘されたように（『国文学全史―平安朝篇』講談社学術文庫、第二巻、一二八頁参照）、まったく画竜点睛の感がする。この声を点ずることによって読者に与える印象はきわめて鮮明で、作者と共に一つ屋内にいて蛙の声を耳にする思いがする。かように主人公との対談の途中に自然を点じて、人事と自然の融和交流を計り、景情一致の美しい文を構成する力量を具えるまでに成長したことに注目すべきである。これは今までの文学作品には見られなかったことである。

一七〇　右馬頭のしげき訪れ

来初めぬれば、しばしばものしつつ、同じことをものすれど、

「ここには、御許されあらむ所より、さもあらむ時こそは、わびてもあべかめれ」

と言へば、

「やんごとなき許されはなりにたるを」

とて、かしがましう責む。

「この月とこそは殿にも仰せはありしか。二十よ日のほどなむ、佳き日はあなる」

とて責めらるれど、助、寮の使ひにとて、祭にものすべければ、そのことをのみ思ふに、人はいそぎのはつるを待ちけり。禊の日、犬の死にたるを見つけて、いふかひなくとまりぬ。

さて、なほここにはいといちはやきここちすれば、思ひかくることもなきを、「これより『かくなむ、仰せありし』とて責むるときこえよ」とのみあれば、「いかでさはのたまはするにかあらむ。いとかしがましければ、見せ奉りつべくて。御返り」と言ひたれば、「さは思ひしかども、助のいそぎしつるほどにて、いとはるかになむなりにけるを、もし御心変らずは、八月ばかりにものし給へかし」とあれば、いとめやすきここちして、「かくなむ侍める。いちはやかりける暦は不定なりとは、さればこそきこえさせしか」とものしたれば、返りごともなくて、とばかりありて、みづから、

「いと腹立たしきこときこえさせになむ、参りつる」とあれば、

「何事にか。いとおどろおどろしく侍らむ。さらばこなたに」と言はせたれば、

「よしよし、かう夜昼参り来ては、いとどはるかになりなむ」

とて、入らで、とばかり助と物語して、立ちて、硯、紙と乞ひたり。出だしたれば、書きて、おしひねりて入れていぬ。見れば、

「ちぎりおきし卯月はいかにほととぎすわがみのうきにかけはなれつつ

いかにし侍らまし。屈しいたくこそ。暮にを」

と書いたり。手もいと恥づかしげなりや。返りごと、やがて追ひて書く。

なほしのべ花橘の枝やなきあふひ過ぎぬる卯月なれども

〈現代語訳〉


右馬頭は、一度訪れ始めると、しばしば姿を見せて、同じことを繰り返し言うけれど、

「こちらでは、お許しの出る所から、そのような話がありました場合は、つらくてもそうしなければならないでしょうが」

と言うと、頭は、

「たいせつなお許しは、もういただいておりますのに」

と言ってやかましくせきたてる。

「この月に、と、殿にも仰せがありました。二十日過ぎのころに、吉日があるようです」

と言ってせきたてられるけれど、助が右馬寮の使者に立つということで、賀茂祭に出るはずであるので、そのことばかり考えていると、頭はその準備の終るのを待っていた。禊の日、助は犬の死んでいるのを見てしまって穢れに触れ、残念ながら使者の役は中止になった。

さて、どう考えても、こちらではずいぶん早すぎるという気がするので、本気で考えてもいないのに、頭は「私の方から、『このように殿の仰せがありました』と言ってせきたてていると、母上にドシドシ催促申し上げてください」としきりに言ってくるので、あの方に、「どうしてあんな風におっしゃるのでしょうか。とてもうるそうございますので、右馬頭さまにお見せしたいと存じまして。お返事を」といってやると、「そうは思ったけれども、助の支度をしていた最中で、ずいぶん延び延びになってしまったが、もし頭のお心が変らなけ

れば、八月ごろに行われるがよいだろう」と返事があったので、ほっとした気持になって、

「殿はこのようなご意向でございます。気ばやな暦沙汰はあてになりませんとは、だからこそ申し上げたのでございますよ」と言い送ると、返事もなくて、しばらく経って、自身訪れてきて、

「とても腹の立つことを申しあげにまいりました」と言うので、

「何事でしょうか。たいへんなご見幕のようでございますこと。では、こちらへ」と言わせると、

「まあ、まあよろしい。こんなに夜昼のべつまくなしにお伺いしては、ますます遠のいてしまいましょう」

と言って、内へは入らずに、しばらく、助と話をして、帰りぎわに、硯と紙とを所望した。出してあげると、書いて、両端をひねって、こちらへさし出して帰っていった。見ると、

「お約束してあった四月はどうなったのでしょうか。訪れたほととぎすもやがて、卯の花の木陰を離れて鳴きます。私も姫とだんだんかけはなれて逢うめどもなく、我が身のつらさに泣いています。

どうしたらよいでしょう。すっかり悲観していまして。夕暮に参上いたします」

と書いてある。筆跡もまことに見事であった。返事はさっそく追っかけて書いた。

やはり辛抱(しんぼう)して時節を待ってください。ほととぎすでも、卯(う)の花のかわりに、橘(たちばな)の枝があるように、たとえ逢う日、イヤ葵(あおい)祭のある四月は過ぎても花橘の五月があるではありませんか。

〈語釈〉○御許されあらむ所　兼家をさす。○やんごとなき許され　なくてはならない許可。必要な許可。兼家からの許しをいう。○責めらるれ　「らるれ」は受身。一説では敬語と見る。○寮(つかさ)の使ひ　右馬寮(うまつかさ)より出る賀茂祭の使い。○祭　賀茂祭でこの年は四月十九日（『日本紀略』）。○人　遠度。○禊(みそぎ)　賀茂祭に先立って行われる斎院(さいいん)の御禊(ごけい)でこの年は四月十六日に行われた（『日本紀略』）。○これより　ここより遠度の道綱へのことば。自分の所から。地の文と見て「かれより」とする説あり。○かくなむ仰せありし　このように殿のお言葉であったの意。底本「ありき」。○ときこえよ　底本「こときこえよ」。道綱から作者へ申し上げてくださいの意。○いかでさは　敬語の点などからこれ以下「御返り」まで作者から兼家への手紙と見る説に従う。○さは　右馬頭(うまのかみ)の希望を入れて四月に養女と結婚させること。一六七項参照。○八月(はづき)ばかり　五、七の月は結婚を忌む月の由。六月は暑い最中なので避けたのであろう。○いちはやかりける暦……　六五〇頁。○夜昼参り来ては……　夜昼の区別なくしつこく伺っては、うるさがられて、早期熱望の結婚が逆に先へ延びてしまうだろう。この右馬頭(うまのかみ)のことばは的(まと)を射ている。○おしひねりて　手紙を巻き両端をひねる。略式の手紙。○ちぎりおきしの歌　遠度の歌。「かけ」に「陰」と「かけ（接頭語）」を掛ける。○暮にを　「を」は間投助詞。下に「まゐらむ」など省略。○恥づかしげ　こちらの方が恥ずかしくなるくらいにりっぱな意。○なほしのべの歌　道綱母の歌。「逢ふ日」に「葵(あふひ)」を掛け、賀茂祭にちなんで四月を表わす。花橘(はなたちばな)は五月に咲く。

〈解説〉当時の求婚は求婚者の熱意がものをいうので遠度(とおのり)もなんとか兼家と作者の許可をとりつけようと一生懸命である。公務の傍ら、京の郊外まで足を運ぶことはたいへんな努力が必要だが、遠度はしばしば訪れて作者をせめる。作者も捨てておかれないので、兼家に意向のほどを表明した手紙をもらいたい。それを右馬頭(うまのかみ)に見せて了解を得ることにしたい。毎日毎夜うるさくて困るから、と言ってやったところようやく兼家から、「もし御心変らずは、八月(はづき)ばかりにものし給へかし」と返事が来た。今は四月なので八月まで数ヵ月あるので、ほっと愁眉(しゅうび)を開き、遠度に、「いちはやかりける暦は不定なりとは……」とやや皮肉まじりに言い送ったりするが、彼はあきらめずに訪れて来て、作者と歌の贈答をする。

一七一　焦立(いらだ)つ右馬頭(うまのかみ)

さて、その日ごろ選びまうけつる二十二日の夜、ものしたり。こたみは、さきざきのさまにもあらず、いとづしやかになりまさりたるものから、責むるは、さまいとわりなし。

「殿の御許されは、道なくなりにたり。そのほどはるかにおぼえ侍るを、御かへりみにて、いかでとなむ」とあれば、

「いかに思(おぼ)して、かうはのたまふ。そのはるかなりとのたまふほどにや、初事(うひごと)もせむとなむ見ゆる」と言へば、

「いふかひなきほども物語はするは」と言ふ。

「これは、いとさにはあらず。あやにくに面嫌ひするほどなればこそ」

など言ふも、聞き分かぬやうに、いとわびしく見えたり。

「胸はしるまでおぼえ侍るを、この御簾のうちにだにさぶらふと思ひ給へてまかでむ。一つ一つをだに、なすことにし侍らむ。かへりみさせ給へ」

と言ひて簾に手をかくれば、いとけうとけれど、聞きも入れぬやうにて、

「いたう更けぬらむを、例はさしもおぼえ給ふ夜になむある」

とつれなう言へば、

「いとかうは思ひきこえさせずこそありつれ。あさましう、いみじう、かぎりなう、嬉しと思ひ給ふべし。御暦も軸もとになりぬ。わるくきこえさする、御気色もかかり」

など、おりたちてわびいりたれば、いとなつかしさに、

「なほいとわりなきことなりや。院に内裏になどさぶらひ給はむ昼間のやうにおぼしなせ」

など言へば、

「そのことの心は苦しうこそはあれ」

と、わびいりて答ふるに、いといふかひなし。いらへわづらひて、はてはものも言はねば、

「あなかしこ、御気色も悪しう侍めり。さらば今は仰せ言なからむには、きこえさせじ。いとかしこし」

とて、爪はじきうちして、ものも言はで、しばしありて立ちぬ。

出づるに、松明など言はすれど、「さらに取らせでなむ」と聞くに、いとほしくなりて、まだつとめて、「いとあやにくに、松明とものたまはせで帰らせ給ふめりしは、たひらかにやときこえさせになむ。

ほととぎすまたとふべくも語らはでかへる山路のこぐらかりけむ

こそいとほしう」

と書きてものしたり。さしおきてくれば、かれより、

「とふ声はいつとなけれどほととぎすあけてくやしきものをこそ思へ

と、いたうかしこまりたまはりぬ」

とのみあり。

〈現代語訳〉

さて、右馬頭は、その、前から選び定めていた二十二日の夜、訪れてきた。今度はこれまでの様子とは違って、たいそう落ち着きはらって振舞ってはいるものの、せきたてることといったら、どうしようもないほどはなはだしい。

「早期の殿のお許しは見込みがなくなってしまいました。その八月まではとても先のことに思われますので、ご配慮によりまして、なんとか姫君にお逢わせいただきたいと存じまして」と言うので、

「どのようにお考えになって、そんなふうにおっしゃるのでしょう。そのとても先のことに

思われるとおっしゃる八月までの間に、あの娘も初事を見るようになろうかと思われます」

と言うと、

「頑是ないほどでも、話ぐらいはいたしますよ」と言う。

「この子は、ほんとにそうではありません。あいにく人見知りする年ごろでございまして」

などと言うのも聞き分けられないように、ほんとにがっくりしている様子である。

「胸がやきもきいら立つように思われますので、せめてこの御簾の内にだけでも伺候できたと思いまして退りたいと存じます。せめてどちらか一つなりと、思いを叶えることにいたしたいものです。ご高配ください」

と言って、簾に手を掛けるので、たいそう気味が悪いけれど、頭の言葉を聞かなかったふりをして、

「たいへん夜も更けてしまったようですが、平常は夜が更けたとお感じになるころですわね」とそっけなく言うと、

「ほんとにこれほどまで冷たくあしらわれるとは、思いもよりませんでした。まあ、このようにお声を聞かせていただいただけでも、とてもとても、まったくこのうえもなく、嬉しいことだと思うことにいたしましょう。御暦も残り少くなってしまいました。無躾なことを申し上げ、ごきげんを損じまして」

など、すっかりしょげかえっているので、とても親しみがわいて、

「やはり、たいそうご無理なお頼みですわ。院や宮中に伺候していられる昼間のようなお心

持におなりください」などと言うと、

「そのような格式ばった心持でいることは堪えられない気持でございます」

としょげかえって答えるので、まったくお手あげである。返答に困って、しまいにはものも言わずにいると、

「はなはだ恐縮です。ごきげんも斜めのご様子。では、今後は仰せ言がない限りは、なにも申し上げますまい。まことに恐縮です」

と言って、爪はじきをして、一言も口をきかないで、しばらくして座を立った。

出て行く際に、松明のことなど言わせたが、「まったく受け取らせずに……」と聞くと、気の毒になって、翌朝早く、「ほんとにあいにくと、松明をとも仰せにならずにお帰りになったようでございますが、途中ご無事でいらっしゃったかしらとお伺い申し上げに。


またの訪れもお約束なさらず、松明も持たずにお帰りなさいましたが、途中はさだめし暗かったことでございましょう。


それが、お気の毒で」

と書いて持たせてやった。そのまま手紙を置いて使いは帰ってきたので、あちらから、

「ほととぎすの声は時節柄毎夜聞けますが、昨夜はつい寝入って聞かず、今朝は残念に

思います。いつ訪れるか申し上げませんでしたが、一夜あけた今朝は昨夜のことをはなはだ後悔いたしております。

と、たいそう恐縮して、お手紙を頂戴いたしました」

とだけしたためてある。

〈語釈〉○選びまうけつる　「二十よ日のほどなむ、佳き日はあなる」をさす。六六七頁参照。○づしやか　重みのあるさま。どっしりした感じ。○そのはるかなり……　頭の言葉を受け、遠い先で（具体的には八月をさす）待ちきれないだろうが、その間には養女も初潮があるだろうからとの意。一説のように初潮は予測できないのはもちろんだが、作者も「……にや、初事もせむとなむ見ゆる」と推測で言っているし、また右馬頭をなんとかなだめ納得させる口実でもある。「初事」は、初潮をいう。○一つ一つをだに　せめて養女に逢わせてもらうか、御簾の内に入れてもらうか、どちらか一つだけでも。○さしも　「さ」は夜が更けたことを指す。一説「いふかひなきほども物語はするは」を受けて女と語りあうことを指す。○嬉しと思ひ給ふべし　作者の邸に訪問し、たとえ簾越しでもお話できることをうれしく思う。「給ふ」は謙譲語の下二段。○軸もと　暦は具注暦で巻子（二巻）だからその上巻の軸近く。○おりたちて　身を入れて。一生懸命に。○わびいり　気落ちする。落胆した様子を見せる。○そのことの心　院や宮中に伺候している格式ばった心持。○わびいりて　底本「にすいりて」。一説「外にすわりて」。誤写過程から「わびいりて」に従う。近接同語からも。○爪はじき　親指の腹に、人さし指または中指を当ててはじくこと。不満・嫌悪・排斥などの気持の時にするしぐさ。○さらに取らせでなむ　作者が侍女に遠度に松明を持たせるよう従者に言うよう指図した時には、すでに遠度は供人に松明を取らせることもなく急いで帰ったあとであった意。○ほとと

ぎすの歌　道綱母の歌。「とふ」に、「飛ぶ」と「訪ふ」を掛け、ほととぎすの縁語。○こそいとほしう　歌に直接続く。○とふ声はの歌　遠度の歌。○と「ど」ともとれるが、「と」に従う。

〈解説〉 右馬頭（うまのかみ）はかねて願っていた二十二日に訪れて来て、作者にうるさく、養女に逢わせるようにせがむ。作者は兼家の意向をたてにとって種々なだめ、待ちきれないとおっしゃる八月までの間には養女も初潮を見て一人前の女性になるだろうとまで言って今は早過ぎることを強調する。（作者も右のこと〈初潮〉に自信があるわけでもないし確約できることでもないがなんとか頭をなだめたい口実でもあると思う）結局今は兼家の意向から言っても養女自身の成育の度から言っても、すべて早過ぎ、逢わせる時期でないことを強調するのである。

右馬頭は純粋に養女との結婚を希（ねが）っていたのであろうか。もちろん一夫多妻の折から、名門の父を持ち、不遇な過去を持つ若い可憐な少女に興味を持ち、ぜひ妻にと願うのは好色の男性の常であろう。しかし右馬頭（うまのかみ）の場合は果たしてそれだけであろうか。

前述のごとく、右馬頭が作者宅に出入することに兼家が男の勘で一抹（いちまつ）の不安を抱いたことも一概（いちがい）に笑い去ることはできない。かならずしも結婚とまで考えなくても、美貌（びぼう）の誉れ高いこの才媛（さいえん）に兼家の訪れがほとんど絶えて心細く郊外で暮していることを聞き、親しくなり、なにかと力になりたいと考え近づこうと思っていたところ、養女がいたのに目をつけて求婚を始めたのかもしれない。

冒頭に述べたように養女と結婚できればなお好都合であろう。作者の婿（むこ）として自由に出入でき、この美しい不幸な人の力にもなってあげられると求婚に異常に熱心に迫ったのかとも考えられる。この項の「胸はしるまでおぼえ侍るを、この御簾（みす）のうちにだにさぶらふと思ひ給へてまかでむ。一つ一つをだに、なすことにし侍らむ。かへりみさせ給へ」とか「あさましう、いみじう、かぎりなう、嬉しと思ひ給ふべし……」等々のことばの端々から右のようにも憶測されるのである。作者に対してきわめて慇懃で小心であり、求婚に熱意を示していることもたしかであるが、右のように憶測することも可能であろうし、一説のように右馬頭が「あわよくば……」とまったく考えなかったとはだれも保証できないであろう。

一七二　右馬頭の訴嘆

さくねりても、またの日、「助の君、今日人々のがりものせむとするを、もろともに、寮に、ときこえになむ」とて、門にものしたり。例の硯乞へば、紙おきて出だしたり。入れたるを見れば、あやしうわななきたる手にて、「昔の世にいかなる罪をつくり侍りて、かうさまたげさせ給ふ身となり侍りけむ。あやしきさまにのみなりまさり侍るは、なり侍らむこともいとかたし。さらにさらにきこえさせじ。今は高き峰になむ登り侍るべき」などふさに書きたり。返りごと、「あなおそろしや。などかうはのたまはすらむ。恨みきこえ給ふべき人は、異にこそ侍るべかめれ。峰は知り侍らず、谷のしるべはしも」と書きて出だしたれば、助一つに乗りてものしぬ。助の、給はり馬いとうつくしげなるを取りて帰りたり。

その暮に、またものして、

「一夜のいとかしこきまできこえさせ侍りしを思ひ給ふれば、さらにいとかしこし。『いまはただ、殿より仰せあらむほどを、さぶらはむ』などきこえさせになむ。今宵は生ひなほりして、まゐり侍りつる。『な死にそ』と仰せ侍りしは、千歳の命堪ふまじきここちなむし侍る。手を折り侍れば、指三つばかりは、いとよう臥し起きし侍れど、思ひやりのはるかに侍れば、つれづれと過ごし侍らむ月日を、宿直ばかりを、簀の端わたり許され侍りなむや」と、いとたとしへなくけざやかに言へば、それにしたがひたる返りごとなどものして、今宵はいと疾く帰りぬ。

〈現代語訳〉

そのように恨み愚痴をこぼしても、次の日、
「助の君、今日はあちらこちら訪問しようと思っていますが、ごいっしょに役所まで……と申し上げに」
と言って、門口まで来た。先日のように硯を所望するので、紙を添えて出した。書いてよこしたのを見ると、妙にふるえた筆跡で、「前世でどんな罪を犯したために、このようにお妨げを受ける身となったのでございましょうか。ますますこじれて具合がわるいふうになってゆくばかりでございますが、この分では事の成就することも、たいそうむつかしゅう存じます。もうもうけっして何も申し上げますまい。今は高い峰にでも登るつもりでございます」など、いっぱい書いてある。

返事には、「まあ恐ろしいこと！　どうしてこのようにおっしゃるのでしょう。お恨みになるべき人は、私ではなく別の人でございましょう。峰のことは存じません、谷の方のご案内なら」と書いて出したところ、頭は助と同車して出かけていった。助は、たいそう見事な下され物の馬をもらって、帰ってきた。

その日の暮れ方に、右馬頭がまた訪れてきて、

「先だっての夜の、まことに恐縮なまでに申し上げましたことを思いおこしますと、あらためて、恐縮の至りでございます。『今は、ただ、殿から仰せのあるときまで、控えているつもりでございます』など申し上げに、今夜は心を入れ替えまして、参上いたしました。『死んではいけない』と仰せがございましたが、たとえ千年の寿命でありましても、こんな状態ではとても堪えられそうもない気がいたします。指を折って数えますと、指三本折る三ヵ月の間はなんとか過ごせると存じますが、考えてみますと、これから先ずいぶん長うございますので、時間を持て余して所在なく過ごすことになると思われますその月日の間、せめて宿直なりとも、簀子の端あたりでお許しくださいませんでしょうか」

と、まったくこちらの所存とまるっきり逆に、はっきり言うので、それに応じた返事などをすると、その夜はたいそうさっさと帰っていった。

〈語釈〉○助の君　呼び掛け。○ものせむ　訪問する予定。主語は右馬頭。○昔の世　三世の中の前世。因果応酬の思想。前世の罪業が因となり、現世にその結果として困った事態が起きる。○わななきたる手　思

いつめている遠度の激しい心の表れ。手は筆跡。○あやしきさま……　こじれて事がスムーズに進まない。○なり侍らむ　事の成就。ここでは養女との結婚の成立。○高き峰……　人の来ない高山に登ってしまう。遠度のおどしの文句。死をほのめかす。○恨みきこえ給ふべき人　暗に兼家をさす。○峰は知り侍らず……　峰の事は存じません。谷のご案内ならできます。おそらく引歌があると考えられる。一説では、「身投ぐとも人に知られじ世の中に知られぬ山を知るよしもがな」（『後撰集』雑二・賀朝法師）とその返歌「世の中に知られぬ山に身投ぐとも谷の心やいはで思はむ」（同、もとの男）を引いている。○助の　道綱が。「の」は主格。○さぶらふ　じっとそばで見守り待機する意。「有り」「居り」の謙譲語。○生ひなほり　成長して改まること。○な死にそ　作者が「峰は知り侍らず、谷のしるべはしも」と返事をしたことをさす。遠度は自己流に作者の言葉を解したらしい。作者の意味するところとまったくズレがある。○指三つばかり　求婚の手紙を出した二月から三ヵ月たっているので指三本という。今一つの見解は現在四月二十四日で、兼家のいう八月まで、五・六・七の三月あることを言うととる。結句、前者は、「いとよう臥し起き……」に掛け、後者は、「思ひやりのはるか……」に掛ける。○たとしへなく　こちらの思惑とまるでちがって。○けざやかに　はっきり際立って。もたもたしないで。

〈解説〉当時の男性は、こと求婚に関しては実に刻苦勉励して和歌を送りつづけたり、保護者の許可を得るため忍耐し、種々奔走をつづけるのが常である。

右馬頭も思うとおりに進捗せず、不愉快なことがあってもあきらめず、まったく粘り強く押しの一手で迫って来る。若い男性でなく、こうした場合の経験豊富な中年男だけに簡単に引き下がらない。前述のようになにぶん兼家の異母弟であり、かつ道綱の直接の上司だけに、無愛想に追払うわけにも行かず、作者の気骨の折れることとおびただしい。

一七三　女絵（をんなゑ）

助を明け暮れ呼びまとはせば、つねにものす。女絵をかしくかきたりけるがありければ、取りて懐（ふところ）に入れて持て来たり。見れば、釣殿（つりどの）とおぼしき高欄（かうらん）におしかかりて、中島の松をまぼりたる女あり。そこもとに、紙の端に書きて、かくおしつく。

いかにせむ池の水波騒ぎては心のうちのまつにかからば

また、やもめ住みしたる男の、文（ふみ）書きさして、頬杖（つらづゑ）つきて、もの思ふさましたるところに、

ささがにのいづこともなく吹く風はかくてあまたになりぞすらしも

ともの して、持（も）て帰りおきけり。

〈現代語訳〉

右馬頭（うまのかみ）が助を明け暮れ呼び寄せて離さないので、しじゅう、出かけてゆく。女絵のおもしろく描いたのがあったので、助が取って懐（ふところ）に入れて持ち帰ってきた。見ると、釣殿（つりどの）と思われる建物の高欄（こうらん）に寄りかかって、中島の松を見つめている女が描いてある。そのそばに、紙の端に書いて、このような歌を貼（は）りつけた。

どうしようかしら。こんなに待ちこがれていてもあの人は来てくれないが、もしかし

て、他の女に心を移していたら。とても心配だわ。

また、やもめ暮しをしている男が、手紙を書きさして、頰杖をついて、もの思いにふけっている様子でいる絵の所に、

蜘蛛の糸を風が方々に吹き散らすようにこの独身の男の人はあちらこちらの女のもとへ、たくさんの恋文を書き送っているようだわ。

と書くと、助が持っていって、あちらへ返しておいた。

〈語釈〉○女絵　物語や和歌などの内容をテーマとする風俗画。したがってそれぞれの趣向で男女の姿が描かれている。女性が愛玩するのでこの称がある。○釣殿　寝殿の前の池に臨むように東または西の対と廊で接続され、廊の南端に造られた建物。釣や納涼・遊宴などに使われる。○高欄　三三四頁参照。○中島　庭園の池の中につくった島。○いかにせむの歌　道綱母の歌。画中の女の心になって詠んだ歌。「待つ」に「松」を掛ける。一首は「君をおきてあだし心をわが持たば末の松山波も越えなむ」（『古今集』東歌）による。○やもめ住み……　今一枚の絵の図柄。他の一枚が女の絵なので、それと対照的な構図と見る説もある。○ささがにの歌　道綱母の歌。作者が画中の男の姿を見て想像をめぐらした歌である。ささがに（蜘蛛）の「巣」に「いづこ」の「い」、「かく」に「書く」と巣を「かく」、「て」に「手（筆跡）」と蜘蛛の「手（足）」を掛け蜘蛛の縁語でしたてる。

〈解説〉当時こうした絵を貴族の間で愛好したことは『源氏物語』はじめ『落窪物語』その他の作品によって窺われる。とくに貴族女性は姫君はもちろん夫の手生けの花としてその訪れを待つ間の消閑法として北の方たちも絵を愛好し、画中の女性や男性になったつもりで歌を作っている（『伊勢集』や『大和物語』など例が多い）。

道綱が右馬頭の所から持ち帰った絵に、歌心のある作者は紙切れに歌をすさび書きして付けたのであろう。道綱が借りて来たのであろうが（事情は不明）、「いかにせむ」の歌によって養女の結婚につき頭の心変りを案じている意を、「ささがにの」の歌によって、頭もこのようなすき者ではないかと懸念している意をほのめかすためであったろうと見る説もある。

一七四　右馬頭の重なる来訪に兼家嫌味の文

かくてなほ同じごと絶えず、「殿にもよほしきこえよ」など、つねにあれば、返りごとも見せむとて、「かくのみあるを、ここには答へなむわづらひぬる」とものしたれば、「程はさものしてしを、などかかくはあらむ。八月待つほどは、そこにびびしうもてなし給ふとか、世にいふめる。それはしも、うめきもきこえてむかし」などあり。たはぶれと思ふほどに、たびたびかかれば、あやしう思ひて、「ここにはもよほしきこゆるにはあらず。いとうるさく侍れば、『すべてここにはのたまふまじきことなり』とものし侍るを、なほぞあめれば、み給へあまりてなむ。さて、なでふことにも侍るかな。

　今さらにいかなる駒かなつくべきすさめぬ草とのがれにし身を

あなまぶゆ」とものしけり。

　頭の君、なほこの月のうちにはたのみをかけて、責む。このごろ、例の年にも似ず、「ほととぎす館をとほして」といふばかりに鳴くと世に騒ぐ。文の端つかたに、「例ならぬほととぎすのおとなひにも、やすき空なく思ふべかめり」と、かしこまりをはなはだしうおきたれば、つややかなることはものせざりけり。

〈現代語訳〉

　こうして、頭は、相変らず、同じように、とぎれもなく、「殿にご催促申し上げてください」などと、しじゅう、言ってくるので、あの方の返事でも見せようと考えて、「こんなふうにばかり言ってこられますので、こちらでは返答に困ってしまいます」と言い送ったところ、「時期については、これこれと話してあるのに、右馬頭はなぜこうあせるのだろうか。八月になるのを待っている間に、そちらでは、派手にもてなしていられるとか、世間で噂しているようだ。それに対しては、ううとうめき声を立てたいくらいだよ」などと返事がくる。冗談だろうと思っているうちに、たびたびこんなことをいってよこすので、不思議に思って、「私の方でせいてご催促申し上げるのではありません。とてもうるそうございますから、『およそ、こちらにおっしゃってこられる筋合いのものではございません』と言っておりますのに、それでも相も変らず言って来るようですので、思案に余りまして。ところで、あなたのお言葉はどういうことでございましょう。

今さら、いったいだれが私などに寄りつきましょうか。馬でさえ見向きもしない枯草のように、世を離れてしまった年寄りの私ですもの。

まあいやだこと！」と書いて送った。

頭の君は、やはりまだ、この月のうちに望みをかけて、責め立てる。このごろ、例年にも似ず、「ほととぎす館をとほして」というぐらいにしきりに鳴いていると、世間では騒いでいる。こちらから送る手紙の端の方に、「例年とは違ったほととぎすの鳴き声を耳にするにつけても、安らかな気持もなく、もの思いに沈みがちになるようでございます」と、ひどく恐れ慎んでいるように書いてやったので、頭も艶っぽいことは書いてよこさなかった。

〈語釈〉○同じごと　一説、おなじこと（事）。○などあり　底本「くとあり」。○もよほしきこゆる……　兼家にせいて催促するのではありません。通説では、遠度を誘う意にとる。○すべてここには……　およそ、当方（作者の方）へ月日の催促などを言ってみえる筋合ではないの意。○あまりてなむ　「きこゆる」の省略。○今さらにの歌　道綱母の歌。「大荒木の森の下草老いぬれば駒もすさめず刈る人もなし」（『古今集』雑上・読人知らず）を本歌とする。すさめず（好まない）、「のがれ」の「かれ」に「枯れ」をかける。

駒、草、枯れと縁語であやなす。『玉葉集』恋四に入る。○ほととぎす館をとほして　ほととぎすの鋭い声が邸宅を突き通すように響く。当時の俗諺かという。○文　作者から遠度あての手紙。

〈解説〉右馬頭のしつこい求婚沙汰に音をあげた作者が兼家にSOSを求めたところ、彼から、頭にはしかじか言い渡してあるのにどうしたことかと書いて、そのあと度々訪れる頭をそちらでは大いに歓待していると世間のもっぱらの評判で、夫の自分はうめき声をあげたいくらいだと言ってくるので、作者は冗談じゃないわと「今さらに」の歌を送る。人に謳われた美貌も今はすっかり褪せて魅力もなくなった自分にどんな物好きな人が言い寄ったりしようかの意だが、夫から見向きもされなくなった嘆きが皮肉にこめられている（小野小町の「花の色は移りにけりないたづらに我が身世にふるながめせしまに」が連想されてくる）。しかし自分がどこまでも兼家の妻であることをまたも認識せずにはいられなかった。

一七五　道綱と右馬頭との文通・往来

助、「馬槽しばし」と借りけるを、例の文の端に、「助の君に、『こと成らずは馬槽もなし』ときこえさせ給へ」とあり。返りごとにも、「馬槽は、立てたるところありておぼすなれば、給はらむにわづらはしかりなむ」とものしたれば、たちかへりて、「立てたるところはべなる槽は今日明日のほどにうちふすべきところほしげになむ」とぞある。

かくて、月はてぬれば、はるかになりはてぬるに、思ひ憂じぬるにやあらむ、音なうて月たちぬ。四日に、雨いといたう降るほどに、助のもとに、「雨間はべらば、立ち寄らせ給へ。きこえさすべきことなむある。上には『身の宿世の思ひしられ侍りて、きこえさせず』と、とり申させ給へ」とあり。かくのみ呼びつつは、なにごとといふこともなくて、たはぶれつつぞかへしける。

〈現代語訳〉

助が右馬頭から、「馬槽をしばらく」と言って借りようとしたところ、頭は、例の手紙の端に、「助の君に、『事が成就しなければ、馬槽も貸せない』と申し上げてください」と書いてある。私からの返事にも「馬槽は条件付でとの思召しのようでございますから、お貸しいただくと面倒なことになりそうでございますわね」と書いて送ったところ、折り返し、「そちらで『立てたるところ』とおっしゃっているらしいその馬槽は逆に、今日明日のうちに『うち臥すべきところ』が欲しそうでございまして……」と書いてある。

こうして四月が終ってしまうと、結婚の話は遠い先のことになってしまったため、右馬頭はすっかり落胆したのであろうか、音さたもなくて、五月になった。四日の日、雨がどしゃぶりのころに、助のもとに、「雨の晴れ間がありましたら、お立ち寄りください。申し上げねばならないことがあります。母上さまには、『我が身の前世からの因縁のほどが思い知られまして、何も申し上げません』と、よろしくお伝えくださいませ」と言ってきた。こんな具合にいつも助を呼び寄せては、格別これということもなく、とりとめもないことを言うばかりで帰すのであった。

〈語釈〉○馬槽（むまぶね） 馬のかいば桶（おけ）。○例の文（ふみ） 遠度（とおのり）からの手紙。○立てたるところ 「立てる」は計画を立てる。願を立てる。考えを持ち続ける。またものを据える。置くなどの意。○立てたるところ…… 桶（おけ）を「立て」たところと反対語の「臥（ふ）す」べきところを対応させて養女と共寝をする意を掛ける。諧謔（かいぎゃく）である。「はべなる」の「なる」は伝聞推定。○月はて 四月が終る。○雨間 以下遠度の手紙。○上（うへ） 兼家の北の方、すなわち作者。貴族の家では夫人（奥方）の敬称。

〈解説〉右馬頭（うまのかみ）は道綱に馬槽（うまぶね）一つ貸すにも早期結婚許可を条件につけてくる。それをめぐっての応答で、教養を備えているだけに互いに秀句を使用している。

五月に入ったが、右馬頭もじっと落着いていられないのであろう。格別用事もないのに部下の道綱をしじゅう呼びよせて気をまぎらわせている。

一七六 女神（めがみ）に雛衣（ひひなぎぬ）・和歌を奉納

今日、かかる雨にも障（さは）らで、同じ所なる人、ものへ詣でつ。障ることもなきにと思ひて出でたれば、ある者、

「女神には、衣縫ひて奉るこそよかなれ。さし給へ」と寄りきてささめけば、「いでこころみむかし」とて、縑の雛衣三つ縫ひたり。したがひどもに、かうぞ書きたりけるは、いかなる心ばへにかありけむ、神ぞ知るらむかし。

　しろたへの衣は神にゆづりてむへだてぬ仲にかへしなすべく

また、

　唐衣なれにしつまをうちかへしわがしたがひになすよしもがな

また、

　夏衣たつやとぞみるちはやぶる神をひとへに頼む身なれば

暮るれば帰りぬ。

〈現代語訳〉

　今日、こんなひどい雨にもめげずに、同居の人がある所へ参詣した。差し支えることもないからと思って、私もいっしょに出かけることにしたところ、侍女が、「女神さまには着物を縫って奉納するのがよいそうです。そうなさいませ」と、そばへ寄ってきてささやくので、「では、ためしてみましょう」と言って、縑の雛衣を三つ縫った。それぞれの着物の下前に、このような歌を書いたのは、どんなつもりだったのかしら、神さまはご存じでいらっしゃるであろうよ。

この白い着物は神さまにお納めいたしましょう。私ども夫婦を互いに馴れ睦んだ以前の仲にかえしていただきますようにお願いいたしまして。

また、

長年馴れ睦んだ夫を、今の状態とは逆に以前のように私の意に従うような人にする手だてがほしいものでございます。どうかよい方法をお授けくださいませ。

また、

神さまをひとえにお頼み申し上げている身なので、このように夏の単衣を縫って奉り、祈りの験の現われるのをお待ち申し上げております。

夕暮になったので、帰った。

〈語釈〉○同じ所なる人　作者と同居の人。不詳。養女の説あり。○ものへ　不明。稲荷あたりか。一九五頁参照。○縑　固織りの意。細い絹糸でこまかに固く織ったもの。地文のない薄地の平絹。○雛衣　雛人形に着せる衣服。○したがひ　下前に同じ。衣服の前を合わせて着るとき、その内側になる方。○しろたへの歌　道綱母の歌。「たへ」は楮の皮からとった白色の繊維やそれで織った布をいう。「しらたへ」ともいい、また「しろたへの」は「衣」の枕詞。○唐衣の歌　道綱母の歌。「なる」に「よれよれになる」意と「馴染む」意を掛け、「つま」に「妻」と「夫」、「したがひ（下前）」に「従ひ」を掛ける。「うちかへし」は昔に返す。一説、反対に。衣の縁語であやなす。「唐衣着つつなれにしつましあればはるばるきぬる旅をしぞ思ふ」（『古今集』羈旅・在原業平、『伊勢物語』『業平集』にも）を踏まえる。○夏衣の歌　道綱母の歌。「たつ」は「裁つ」意に「奉つ（奉る意）」を掛け、「ひとへ」に「単衣」と「偏に」を掛ける。衣の縁語であやなす。「ちはやぶる」は神の枕詞。

〈**解説**〉妻が夫の愛を享受したいと希うのは年齢に関係なく生きている限り当然であろう。年をとればなお精神的に結ばれることを希求するであろう。一夫多妻の招婿婚ではいっしょにいる時間は生涯通算しても知れている。倦怠期などまず考えられないと思われる。作者はまだ四十歳前（三十八、九歳ごろ）で子供の望みはあきらめたがまだまだ兼家に愛されたい年ごろである。侍女にはそれが痛いくらいわかるので、作者の物詣でのとき、女神に衣服を縫って奉るとよいと聞くので、ものは試しだから、今度のご参詣のとき実行遊ばせと、そっとささやいた。そういう俗信があったのであろう。作者はまったく素直に人形が着るぐらいの衣服を三枚仕立て、その下前に歌を書いて奉納している。その歌には前述のように夫婦仲が以前のように円滑にゆくよう、どれにもひたすら念願している。あまりにも素朴に純粋に作者の真情を吐露してひたすら女神に念願しているので読む者の方がつらい思いがする。

一七七　端午の節供

明くれば、五日のあかつきに、せうとなる人、ほかより来て、「いづら、今日の菖蒲は、などか遅うはつかうまつる。夜しつるこそよけれ」など言ふに、おどろきて、菖蒲葺くなれば、みな人も起きて、格子放ちなどすれば、「しばし格子はなまゐりそ。たゆくかまへてせむ。御覧ぜむにもとてなりけり」など言へど、みな起きはてぬれば、事行なひて葺かす。昨日の雲返す風うち吹きたれば、あやめの香、はやうかかへて、いとをかし。

簀子に助と二人居て、天下の木草を取り集めて、「めづらかなる薬玉せむ」など言ひて、そそくりゐたるほどに、このごろはめづらしげなう、ほととぎすの、群鳥、厠におりゐたるなど、言ひののしる声なれど、空をうちかけりて二声三声聞こえたるは、身にしみてをかしうおぼえたれば、「山ほととぎす今日とてや」など言はぬ人なうぞ、うち遊ぶめる。

少し日たけて、頭の君、「手番にものし給はば、もろともに」とあり。「さぶらはむ」といひつるを、しきりに「遅し」などいひて人来れば、ものしぬ。

〈現代語訳〉

夜が明けると五月五日、その夜明け前に、兄弟にあたる人が、よそから来て、

「どうした？　今日の菖蒲(しょうぶ)は、なぜまだ葺(ふ)いてあげないのだ。夜のうちにしておくのがよいのに」

などと言うので、召使たちが、目をさまして、菖蒲を葺(ふ)いているような物音がするゆえ、侍女たちも起きて、格子(こうし)を上げたりなどすると、

「しばらく格子は上げずにおきなさい。ゆっくり工夫して葺(ふ)きましょう。ご覧になるのにも、その方がよいと思われるからです」

などと言うけれど、みな起きてしまったので、きまりに従って葺(ふ)かせた。昨日の雲を吹き返す風が吹いているので、あやめの香が、すぐに部屋に漂って、とても趣がある。

私は簀子(すのこ)に助と二人で座って、ありとあらゆる木や草をたくさんとり寄せて、

「一風(いっぷう)変った薬玉(くすだま)を作りましょう」

などと言って、せっせと手先を動かしているときに、ほととぎすが、このごろでは珍しくもなくなって、群れをなして厠(かわや)の屋根にとまっているよ、などと人々ががやがや言う、そんな鳴き声だけれど、それでも、空を飛び翔(かけ)りつつ鳴く声が二声、三声聞えてきたのは、身に染みておもしろく感じていると、「山ほととぎす今日とてや」などという歌をだれでも彼でもみな、言い合せたように口にして楽しんでいるようである。

少し日が高くなって、右馬頭(うまのかみ)が、「手番(てつがい)の見物にお出かけなさるなら、ごいっしょに」と

言ってきた。助は「お供いたします」と答えたところ、幾度も、「早く」などと催促の使いが来るので、助は出かけて行った。

〈語釈〉○せうとなる人　理能か。○いづら　どうしたか。相手に問いただす言葉。召使に向っていう。○たゆくかまへて　ゆっくり工夫して。○事行なひて　作法どおりにして。○かかへて　香りを含んで。○天下の木草　ありとあらゆる木や草の類。○薬玉　種々の薬や香料を玉の形をした錦の袋に入れ、菖蒲・蓬などの造花を結び、五色の糸を垂らしたもの。長寿を祈って、五月五日の端午の節供に用いる。○そそくり　せかせかと忙しく手先を動かす。○めづらしげなう　「言ひののしる」にかかる。○群鳥……　ほととぎすは群をなして飛ぶものでないから他の鳥を誤ったのかとの説もある。○山ほととぎす今日とてや　「あしひきの山ほととぎす今日とてやあやめの草のねにたてて鳴く」（『古今六帖』第一）の引歌。○手番　騎射・射礼または賭弓の式日の前にする演習。五月三・四日に左右近衛府の荒手番、五・六日に真手番が行われる。古くは武徳殿の馬場で行われたが、村上天皇以後は左右それぞれの馬場で行われた。ここは五月五日の左近馬場の騎射の見物であろう。

〈解説〉王朝貴族がほととぎすの声を愛聴したことは我々現代人の想像できないくらいである。『袋草紙』に見える五秀歌（作者の「都人寝で待つらめやほととぎす今ぞ山べを鳴きて過ぐなる」〈寛和二年内裏の歌合の歌〉も入っている）はじめ多くの和歌や『枕草子』等々によってもその熱愛ぶりが窺える。清少納言などはかなり常軌を逸しているほどである。歌詠のよい材料にもなり、他に心をとらえる娯楽や趣味も少なかった時代であったことにも原因があろうし、当時の恋愛や結婚風習によって寝ざめがちな人たちが多かったことにもよるであろう。この日記にも時折ほととぎすのことが出て来る。

一七八　右馬頭懊悩の後来訪・対談

またの日も、まだしきに、「昨日は、うそぶかせ給ふこと、しげかんめりしかば、えものもきこえずなりにき。今の間も御暇あらばおはしませ。上の辛くおはしますこと、さらにいはむかたなし。さりとも、命侍らば、世の中は見給へてむ。死なば、思ひくらべても、いかがあらむ。よしよしこれは忍びごと」

とて、みづからはものせず。

また二日ばかりありて、まだしきに、「よくきこえむ。そなたにや参り来べき」などあれば、

「はやうものせよ。ここにはなにせむに」とて、出だし立つ。例の、

「なにごともなかりつ」とて、帰り来たりぬ。

いま二日ばかりありて、「とりきこゆべきことあり。おはしませ」とのみ書きて、まだしきにあり。「ただ今さぶらふ」と言はせて、しばしあるほどに、雨いたう降りぬ。夜さへかけてやまねば、えものせで、

「情なし。消息をだに」とて、「いとわりなき雨に障りてわび侍り。かばかり、

絶えずゆくわがなか川の水まさりをちなる人ぞ恋しかりける」

返りごと、

あはぬせを恋しと思はば思ふどちへむなかがはに我をすませよ

などあるほどに、暮れはてて、雨やみたるに、みづからなり。例の心もとなき筋をのみあれば、

「なにか、三つとのたまひし指一つは折りあへぬほどに過ぐめるものを」と言へば、

「それもいかが侍らむ。不定なることどもも侍めれば、屈しはてて、また折らするほどにもやなり侍らむ。なほいかで大殿の御暦、中切りて継ぐわざもし侍りにしがな」

とあれば、いとをかしうて、

「帰る雁を鳴かせて」など答へたれば、いとほがらかにうち笑ふ。

さて、かのびびしうもてなすとありしことを思ひて、

「いとまめやかには、心ひとつにも侍らず、そのかし侍らむことは、かたきここちなむする」とものすれば、

「いかなることにか侍らむ。いかでこれをだにうけたまはらむ」とて、あまたたび責めらるれば、げにとも知らせむ、ことばにては言ひにくきをと思ひて、

「御覧ぜさするにも、びなきここちすれど、ただ、これもよほしきこえむことの苦しきを見給へとてなむ」とて、かたはなべきところは破り取りてさし出でたれば、簀子にすべり出でて、おぼろなる月にあてて、久しう見て入りぬ。

「紙の色にさへ紛れて、さらにえ見給へず。昼さぶらひて見給へむ」とてさし入れつ。

「今は破(や)りてむ」と言へば、

「なほしばし破(や)らせ給はで」など言ひて、これなること、ほのかにも見たり顔にも言はで、ただ、

「ここにわづらひ侍りしほどの近うなれば、つつしむべきものなりと人も言へば、心細うもののおぼえ侍ること」とて、をりをりにその事とも聞こえぬほどにしのびてうち誦(ずん)ずることぞある。

「つとめて、寮(つかさ)にものすべきこと侍るも、助の君にきこえに、やがてさぶらはむ」

とて立ちぬ。


〈現代語訳〉


翌日も、朝早く、右馬頭(うまのかみ)は、「昨日は、お宅では歌など吟誦なさって盛んに遊んでいられるようでしたから、何も申し上げずじまいになってしまいました。今、さしあたって、お暇であったら、お出かけください。母上の冷たい態度でいらっしゃることは、なんとも言いようがありません。それでも、命がありましたら、いつかは結婚できることでしょう。死んでしまえば、どんなに姫君を心に思っていても、なんにもなりません。イヤイヤこれはないしょごと！」

と言ってよこして、自分自身はやってこない。

また、二日ほど経って、朝早く、助に、「よっく申し上げたい。そちらへ参りましょうか」など言って来たので、「早く行っていらっしゃい。こちらへは来られてもどうしようもないから」と言って、出かけさせる。いつものように、「なんでもありませんでした」と言って、帰ってきた。

それから二日ほど経って、頭(かみ)から、「ぜひ申し上げたいことがあります。おいでください」とだけ書いて、早朝に届けてきた。「さっそく、お伺いいたします」と言わせて、しばらくするうちに、雨がひどく降り出した。夜になってまでもいっこうやまないので、行くこともできず、「心ないことです。せめてお手紙だけでも」と言って、「まったくあいにくな雨に妨げられて困っております。これほどにも、

しじゅう伺っております私たちの仲ですのに、この雨で中川が増水して参れず、向う側にいられる貴殿(あなた)が恋しくてなりません」

返事、

逢えないで私を恋しいとお思いになるなら、思う同士いっしょに暮しましょう。どうか

私を中川のあなたの家に通えるようにしてください。

などと贈答しているうちに、すっかり暮れてしまって、雨のやんだころに、ご本人の来訪である。いつものように待ち遠しくてじっとしていられない求婚の話ばかりをするので、

「イエなに、三つとおっしゃった指の中の一つは、折りきらないぐらいあっという間に過ぎてしまうようですのに」と言うと、

「それもどうでございましょうか。あてにならないことなどもあるようでございますから、すっかり気がめいりきった果てに、また指を折らされる延期ということにもなりかねません。やはり、なんとかして大殿の御暦を、中ほどを切り取って、八月につなぐということにでもしたいものでございます」

と言うので、とてもおもしろく感じて、

「帰ってくる雁(かり)を鳴かせて、ね」などと答えると、とても朗らかに笑った。

さて、あの、派手(はで)にもてなしているとあの方から言ってきたことを思い出して、

「実際まじめな話、私の一存にもまいりませず、殿に催促いたしますことは、いたしにくい感じがいたします」と言うと、

「どういうことでございましょうか。ぜひ、それだけでも承りたいものでございます」と言って、幾度もせめたてられるので、納得(なっとく)のいくように解らせよう、口に出しては言いにくいからと思って、

「ご覧に入れるのも、具合がわるい気がいたしますが、ただ、このことを催促申し上げることが心苦しい次第を解っていただきたいと存じまして」と言って、先日あの方からきた手紙を、見られては具合の悪い所は破り取って、さし出すと、簀子（すのこ）へすべり出て、おぼろな月光にあてて、長い間、見てから、部屋にもどった。

「文字の墨色が紙の色にまですっかりまぎれて、どうしても読めません。昼お伺いして拝見いたしましょう」と言って返した。

「もう破ってしまいます」と言うと、

「やはり、もうしばらくお破りにならないで」などと言って、手紙の内容を、チラリとも見たようなそぶりも見せないで、ただ、

「私が悩んでおりました時期が近づきましたし、身を慎まなければならないと人も言いますから、なんとなく心細いような気がいたします」と言って、時々、何をつぶやいているかわからない程度に、そっとなにか口ずさんでいる。

「明朝、役所に行かねばならぬ用がございますが、助の君にその件を申し上げに、家を出た足でお伺いいたします」

と言って座を立った。

〈**語釈**〉○**昨日は……**　遠度（とおのり）から道綱あての手紙。○**うそぶく**　歌を吟誦すること。前項の「『山ほととぎす今日とてや』など言はぬ人なうぞ、うち遊ぶめる」を指す。○**上**（うへ）　六九〇頁参照。○**世の中**　夫婦の仲。こ

こは養女との結婚をいう。○思ひくらべても　心中で慕っても。○よしよし……　まあまあこれはこちらだけの話。自分の愚痴を言ってしまったことに気がついて言ったことば。○よくきこえむ　底本「よくきせん」。じっくり申し上げたい。「とく寄せむ」、「寄らせ給へ」と読む説あり。○情なし。消息をだに　道綱のことば。作者のことばとする説もあり。○かばかり　歌につづき「恋しかりける」に続く。○絶えずゆくの歌　道綱の歌。「わがなか（仲）」の「なか」に、「中川」の「なか」を掛ける。○あはぬせをの歌　遠度の歌。「せ」に「瀬」と「背」、「澄む」に「住む（夫が通う）」を掛ける。川の縁語。貴殿（道綱）の家でいっしょに暮したいということはすなわち養女のもとに夫として貴殿の家に通いたいの意。○屈しはてて　すっかり気落ちして、卑屈になってしまって。○折らするほど　指を折らせる。延期することをいう。○帰る雁を鳴かせて　雁は秋（七、八、九月）になると日本へ帰って来て鳴くので、雁が鳴けばもう秋だと人は思うので。遠度のことばに合せた作者の諧謔。孟嘗君の函谷関の故事を思い浮べたかという説も可能性が十分ある。○責めらるれば　「らるれ」を敬語と見る説と受身と見る見解とある。後者か。○かたはなべきところ　遠度に見せては具合の悪い個所。この日記に出てくる兼家の手紙の文章「程はさものしてしを……（中略）……それはしも、うめきもきこえてむかし」これだけでは別に「かたはなべきところ」はないが、手紙の文章はこれだけでなく、兼家から作者あてのたとえば愛の言葉や思い出の睦言など他人には見せたくない言葉もあったのであろう。作者はそうした個所を破りとって右馬頭に兼家の手紙を見せたのであろう。この時点では作者はその手紙の返事に書いた「今さらにいかなる駒かなつくべき……」の歌の下書きを兼家の手紙の端に書いていたことを忘れていて、それを記したまま右馬頭に渡してしまったのである。私も最初は「今さらに……」の下書きの部分を「かたはなべきところ」と考えたが、後の部分を読むとそうでなく右のように考えるべきであろう。○今は破りてむ　遠度が昼間伺ってゆっくり拝見すると言ったので、もうこれは破り捨ててしまうから、もうお目にかけられないの意で幾度も見せる意志のないことを言ったのである。○これなること……　先ほどの手紙に書いてあったこと。この時点では遠度が作者の不用意に書き付けたまま渡した「今さらに」の歌を見て破り取ったことを登場人物の道綱母は知るはずがないが、執筆している作者は知っているので、こうした書き方をした。○見たり顔　見たふう。読んだような様子。一説「乱り顔」。○つとめて「やがてさぶらはむ」に続く。

〈解説〉右馬頭（うまのかみ）が道綱に手紙でまた泣き言を言って、用も大してないのに呼びつけるが、激しい雨が降り続いたので歌を贈って行かなかった。すると雨が止んで夜、ご本人がやって来たので作者が簾（すだれ）、几帳（きちょう）ごしに話をする。しつこく八月まで待ちきれないので暦の途中を切って継ぎたいなどと言うので作者も「帰る雁（かり）を鳴かせてね」と応答するが、先日兼家から右馬頭を作者が歓待しすぎると気を回されたことを思い出し、その手紙を見せて、この縁談を促進するわけにはいかないこと（ひいては、右馬頭が八月までの間にしげしげ作者宅へ来訪されるのは迷惑なことをにおわした。来訪への牽制球（けんせいきゅう）でもある）をわかってもらおうと思いつき、彼に見られては困ると思った箇所を破り取って兼家の手紙を見せた。ところがその手紙の端にはうかつにも「今さらに……」の歌の草稿が書きつけてあったのだが、それに気づかず手紙を渡した。頭（かみ）はそれを見てそっと破り取っていたのに、何食わぬ顔をして、月光で見たのではっきり字が読みとれなかったから昼間お伺いして拝見しましょうと言って手紙を作者に返し、口の中でこっそり歌か何か（「今さらに」の歌であろう）を口ずさみ、明日役所へ行く前に作者邸へ助を尋ねて来ると言って辞去したのである。

一七九　昨夜（よべ）見せし文（ふみ）

昨夜見せし文、枕上にあるを見れば、わが破ると思ひし所は異にて、また破れたるところあるは、あやし、今ぞ思へば、かの返りごとせしに、「いかなる駒か」とありしことの、とかく書きつけたりしを、破り取りたるなべし。

まだしきに、助のもとに、「みだり風おこりてなむ、きこえしやうにはえまゐらぬ。ここに午時ばかりにおはしませ」とあり。例のなにごとにもあらじとて、ものせぬほどに、文あり。それには、「例よりも急ぎきこえさせむとしつるを、いとつつみ思ひ給ふることありてなむ。昨夜の御文をわりなく見給へがたくてなむ。わざときこえさせ給はむことこそかたからめ、折々にはよろしかべいさまにと頼みきこえさせながら、はかなき身のほどを、いかにとあはれに思う給ふる」など、例よりもひきつくろひて、らうたげに書いたり。

返りごとは、ようなく常にしもと思ひてせずなりぬ。

またの日、なほいとほし、若やかなるさまにもありと思ひて、「昨日は、人の物忌侍りしに、日暮れてなむ、『心あるとや』といふらむやうに、おき給へし。折々にはいかでと思ひ給ふるを、ついでなき身になり侍りてこそ。心憂げなる御端書をなむ、げにと思ひきこえさせしや。紙の色は、昼もやおぼつかなうおぼさるらむ」とて、これよりものしたりける折に、法師ばらあまたありて、騒がしげなりければ、さし置きて来にけり。まだしきにかれより、「さま変りたる人々ものし侍りしに、日も暮れてなむ、使ひも参りにける。

　歎きつつ明かし暮らせばほととぎすみのうの花のかげになりつつ

いかにし侍らむ、今宵はかしこまり」とさへあり。

返りごとは、「昨日かはりにこそかはりけめ、なにか、さまではとあやしく、
かげにしもなどかなるらむうの花の枝にしのばぬ心とぞきく」
とて、上かい消ちて、端に、「かたはなるここちし侍りや」と書いたり。
そのほどに、「左京のかみうせ給ひぬ」とものすべかめるうちにも、つつしみ深うて、山寺になどしげうて、時々おどろかして、六月もはてぬ。

〈現代語訳〉

ゆうべ右馬頭に見せた手紙が枕もとにあるのを見ると、私が破ったと思った箇所とは別に、また破れた所があるのは、どうもおかしい！　今、考えてみると、あの返事をあの方へしたときに、「いかなる駒か」と詠んだ歌をあれこれ案じながら歌句を書きつけていたところを破り取ったのであると見える。

朝早く、助のもとに、「風邪をひいて、申し上げたようにはよう伺うことができません。こちらへ午の時刻ごろにおいでください」と頭から言ってくる。例によって、大した用件ではあるまいというので、出かけないでいると、手紙がきた。それには、「いつもよりも急いで申し上げようと存じておりましたが、ひどく遠慮されるようなことがありまして。昨夜のお手紙を、私はどうも拝読いたしかねまして。わざわざ改まって私と養女の君との結婚をお話し頂くことはむずかしいでしょうけれど、おついでの折にはよろしくお口添えをいただけるものと、おすがり申し上げながら、一向うだつの上らないわが身のほどを、どうなることと

かとしみじみ悲しく愚考いたしております」などと、いつもよりも丁寧(ていねい)に、しおらしく書いてある。

返事は、その必要もないし、手紙のつどしなくてもと思って、せずじまいだった。

その翌日、やはり返事をやらぬのは気の毒だし、また大人(おとな)げないようでもあると思って、「昨日は、人の物忌(ものいみ)がございましたうえに日が暮れてしまいましたので、『心あるとや』と歌にあるように、お気を回わされてはと存じましてお返事をさし控えました。ついでのある折にはなんとかして殿におとりなしいたしたいと存じておりますが、そうしたついでもない身になっておりまして。つらそうなお端書(はしが)きを拝見して、ごもっともだとお察し申し上げましたよ。紙の色は、昼でも見えにくいと思っておいででしょうか」と書いて、こちらから使いをやったところ、法師たちが大ぜい来ていてとりこんでいたようだったので、使いはそのまま置いて帰って来た。あくる朝早く、あちらから、「僧侶たちが来ておりましたうえに、日も暮れて、使いも貴邸へ帰参してしまいました。

嘆きながら毎日を過ごしておりますので、憂い私の身はすっかり痩(や)せ細ってしまいました。

どうしたらよいでしょう。今夜は謹慎することにいたします」とまで言ってよこす。

返事には、「昨日、お気持がすっかりお変りになったのでしょうけれど、どうしてそんな

に謹慎までと、腑におちませんほどで、

どうして、そんなに痩せ細って、陰で嘆くとおっしゃるのでしょう。耐え忍ばないで大っぴらに催促されるお方だと伺っておりましたのに」

と書いて、その歌の上を墨で消して、端の方に、「しっくりせぬ妙な気持がいたしますわ」と書いた。

そのうちに、「左京大夫がおなくなりになった」と言ってきたようだが、そのうえ、右馬頭は、深く慎しむことがあって山寺に度々参詣したりして、時たまなにか言ってよこして、六月も終った。

〈語釈〉○**わが破ると**　底本「わ殿やる」。一説「わが取りやる」。○**また破れたるところ**　「また」があるので二ヵ所破れた所があることになる。一ヵ所は作者が遠度に見せたくない兼家の手紙の箇所。一ヵ所は遠度が破り取った「今さらに……」の歌の下書きの所（前項参照）。○**あやし、今ぞ思へば**　底本「あやしとに思は」。変だ！　今、よく考えてみると、（前項解説参照）「今」の草体は時折「と」と誤写される。○**いかなる駒か**　「今さらにいかなる駒か」の歌。作者が兼家の手紙の返事に書いてやった草稿を兼家の手紙の端に書きつけていたのを忘れていて気づかず遠度に見せてしまったのである。○**みだり風**　風邪。○**午時**　二二二頁参照。○**文あり**　作者あての遠度の手紙。○**人の物忌**　道綱の物忌と見る説あり。道綱にしても他の人にしても疑問が残る。もちろん返事をしなかった口実には違いないが、あるいは「人のものし」の誤写かも知れない。人が訪れていたので。○心あるとや　「絶えずゆく飛鳥の川のよどみなば心あるとや人の思はむ（『古今集』恋四・読人知らず）」を引用。○折々には　遠度の手紙の「折々にはよろしかべいさまにと」に対する答え。○心憂げ　底本「心しけ」。憂鬱そうな。つらそうな。○御端書　手紙の端に書き添えた文言。追って書。ここには書かれてない追って書があるのであろう。○紙の色は……　昨夜の遠度の言葉「紙の色にさへ紛れて」や、遠度の手紙中の「昨夜の御文をわりなく見給へがたくてなむ」を頭において書く。夜だったから読みづらくてといって兼家の手紙の意向を知らぬふりをされたが昼でも同様でしょうかとチョッピリ皮肉がまじるのであろうか。○さま変りたる人々　法師たちが集って法会でもあったのか。○歎きつつの歌　遠度の歌。ほととぎすに自身を譬え、「う」に「卯（の花）」と「憂」を掛け、ほととぎすの縁語で仕立てる。やせて影のようになる意で、「陰」と「影」を掛ける。○かしこまり　謹慎する。ご無礼のおわびに参上。いずれにもとれるが前者の方が適当か。○かはりにこそ……　遠度の「さま変りたる」といったのを転用。巧みな応酬。すっかりお変りになったのでしょう。「こそ……けめ」の下に「ど」「ども」省略。逆接。底本「かへりにこそはへりけめ」。返事がございましたのでしょうがの意とも考えられる。今少し検討の要がある。○かげにしもの歌　道綱母の歌。遠度をほととぎすに譬え、「陰」と「影」、「鳴く」と「泣く」、「しのぶ」に、隠れる意と耐えしのぶ意を掛ける。答歌もほととぎすの縁語を使用。○かたはなる　一説では歌を消したので、見苦しく取り乱している意とする。一説では遠度が謹慎して来ないと、間がぬけた感じだととる。今少し検討する余地があろう。○左京のかみ　左京大夫藤原遠基で遠度の弟。五月二十七日に死去（『天延二年記』）。兼家の異母弟。○うちにも　そのうえに（上の条件を受けて更に強力な条件の加わることを示す）。

〈解説〉前項や語釈にも触れたが、作者は遠度に兼家の手紙（見せたくない部分を破り取って）を渡したが、翌朝いま一度、その兼家の手紙を見ると自分が破り取った所とは別に今一ヵ所破り取ったあとがあるのでびっくりし、兼家へ返事を出すとき、「今さらに」の歌句を彼から来た手紙の端に書いて想を練ったことを思い出し、その歌の部分を遠度が破ってもって行ったことに気がついた。作者も困ったことになったと思ったであろう。一方その手紙を見せられた遠度はおそらく、兼家の筆跡の手紙は読んだであろうが、端に書きつけられた「今さらに……」の歌を見て、兼家の筆跡でなく、作者の筆跡であるので、なぜ作者がこの歌を兼家の手紙の端に書いたのを見せたのかまったく腑(ふ)におちず、月光にあてて見ていたが、とっさに破って持ち帰ったのであろう。折々にその歌を口ずさんでいたのも、「紙の色にさへ……昼さぶらひて見給へむ」と言ったのもこの歌を見せられた右馬頭の当惑の表われでもあろう。

翌日、昨夜の約束を破って来なかったのは兼家の手紙を見て作者邸へしばしば行くことは兼家の心証を損(そこな)うことになり、また作者を当惑させることになると考えたこと、また作者の許可なしにあの歌を勝手に破り取って持って帰ったことで作者宅の敷居が高くなったことなどにもよるであろう。またあの歌の内容にもこだわったのであろうか。

しかし手紙だけは丁重に作者あてによこしたが作者も気まずい気持ですぐ返事も出さなかったが、翌日さりげなく返事を送りさらに遠度と歌の贈答もしている。この「今さらに……」の歌はあとでまた一つの事件をもたらす。

一八〇　右馬頭(うまのかみ)の失態でこの件破談

七月(ふみづき)になりぬ。八月(はづき)近きここちするに、見る人はなほいとうら若く、いかならむと思ふことしげきに紛れて、わが思ふことは、今は絶えはてにたり。

七月中の十日ばかりになりぬ。頭の君、いとあざるれば、われを頼みたるかなと思ふほどに、ある人の言ふやう、

「右馬頭の君は、人の妻をぬすみとりてなむ、ある所に隠れゐ給へる。いみじうをこなることになむ、世にも言ひ騒ぐなる」と聞きつれば、われは、かぎりなくめやすいことをも聞くかな、月の過ぐるに、いかに言ひやらむと思ひつるに、と思ふものから、あやしの心やとは思ひけむかし。

さて、また文あり。見れば、人しも問ひたらむやうに、「いで、あなあさまし。心にもあらぬことをきこえさせ、八月にもすまじ。かからぬ筋にてもとりきこえさすること侍りしかば、さりとも」などぞある。返りごと、「『心にもあらぬ』とのたまはせたるは、何にかあらむ。『かからぬさまにて』とか、物忘れをせさせ給はざりけると見給ふるなむ、いとうしろやすき」とものしけり。

〈現代語訳〉

七月になった。頭との約束の八月もごく近い感じがするのに、世話をしている娘は、相変らず、まだまだ子どもっぽく、どうなることだろうとしきりに案じられるのにとりまぎれて、私自身の物思いは、今ではもうすっかり消えてしまった。

七月二十日ごろになった。右馬頭さまがとてもとり乱してせき立ててくるので、私を頼り

にしているのだわと思っていると、侍女が言うには、
「右馬頭さまは他人の奥方さまを盗み出して、ある所に隠れていらっしゃいます。ひどくばかげたことだと、世間でもうるさく評判しているそうでございます」とのことだったので、私はこのうえもなくほっとする話を聞いたことだわ、この七月は過ぎてゆくが、いったいどういうふうに言ってやったものだろうと気が重かったのに、と思うものの、それにしても妙なお心だことと！　と思ったことだったっけ。

さて、また頭（かみ）からお便りが来た。見ると、まるでこちらから尋ねでもしたように、「いやもう、まったくとんでもないことでございます。心にもないことをお耳に入れまして、お約束の八月にも結婚はできまいと存じます。このようなこととは無関係な面でも、申し上げることがあったのでございますから、いくらなんでもお見限りには……」などと書いてある。返事は、「『心にもない』とおっしゃっていますのは、いったい何のことでございましょう。『このようなこととは無関係な面』とかおっしゃいますのは、物忘れをなさらなかったのだなあと存じまして、まことに安心いたしました」と書き送った。

〈語釈〉○わが思ふこと　兼家に対する思慕苦悩。○あざる　底本「あさりか」。「あざれかか」とも読む見解もあるが、「りか」を「る」の誤写とみる説に従う。正常の心を失う。○ある人　そばに在る人。侍女をいう。○めやすい　安堵（あんど）する。○思ひけむかし　底本「おもひなんかし」。「けむ」の方が適当と思う。○八月にもすまじ　少し舌足らずであるが、底本のまま読むことに従う。約束の八月には結婚はできないだろ

う。「為まじ」とも「住まじ（夫が妻に通う）」ともとれる。〇かからぬ筋　養女との結婚とは別の方面のこと。道綱との役目の面をさすのであろう。

〈解説〉作者の心痛の種であった右馬頭遠度の養女求婚は遠度の不行跡であっけなく、けりとなった。しかし当の養女は全然現われず、右馬頭シテ、作者ワキ、道綱ツレの茶番能で終ったが、きわめて物語的に書かれている。作者は道綱の上司で叔父にあたる右馬頭だけに彼の感情、心証を悪くしないで断るのに心を尽くし、兼家を盾にとって慎重に事を運んだが、右馬頭が自爆したのはまことに幸いであった。醜聞を耳にして作者はまったく肩の荷をおろした思いであったろう。

一八一　道綱疱瘡を患ふが、後平癒

八月になりぬ。この世の中は疱瘡おこりてののしる。二十日のほどに、このわたりにも来にたり。助いふかたなく重くわづらふ。いかがはせむとて、言絶えたる人にも告ぐばかりあるに、わがここちはまいてせむかたしらず、さいひてやはとて、文して告げたれば、返りごといとあららかにてあり。さては、ことばにてぞ、いかにといはせたる。さるまじき人だにぞ来とぶらふめると見るここちぞ添ひてただならざりける。右馬頭も面なくしばしばとひ給ふ。

九月ついたちにおこたりぬ。

八月二十余日より降りそめにし雨、この月もやまず、降り暗がりて、この中川も大川もひとつにゆきあひぬべく見ゆれば、今や流るるとさへおぼゆ。世の中いとあはれなり。門の早稲田もいまだ刈り集めず。たまさかなる雨間には焼米ばかりぞわづかにしたる。疱瘡、世界にもさかりにて、この一条の太政の大殿の少将二人ながら、その月の十六日に亡くなりぬと言ひ騒ぐ。思ひやるもいみじきことかぎりなし。これを聞くも、おこたりにたる人ぞゆゆしき。

かくてあれど、ことなることなければまだありきもせず。

二十日あまりに、いとめづらしき文にて、「助はいかにぞ。ここなる人はみなおこたりにたるに、いかなれば見えざらむと、おぼつかなさになむ。いと憎くし給ふめれば、疎むとはなうて、いどみなむ過ぎにける。忘れぬことはありながら」とこまやかなるを、あやしとぞ思ふ。返りごと、問ひたる人の上ばかり書きて、端に、「まこと、忘るるは、さもや侍らむ」と書きてものしつ。

〈現代語訳〉

八月になった。世間では天然痘が発生して大騒ぎである。二十日のころに、この付近にも広がってきた。助が言いようもなく重くわずらう。やむをえないことゆえ、音信も絶えているあの方にも知らせねばならないほど重態なので、私はなおさら、どうしてよいやら途方にくれてしまう。そう言ってばかりもいられないと思って手紙で知らせてやると、ひどくすげない返事があった。そのほかには、ただ口上で、どんな容態かと、使いに言わせただけ。さほど懇意な間柄でもないはずの人でさえも見舞に来てくれているようなのに、と思う気持も手伝って、心穏やかではなかった。右馬頭も合わせる顔がないところなのに、度々見舞ってくださる。

九月の上旬ごろに助の病気は癒った。

八月二十日過ぎから降り始めた雨が、この月もやまず、あたり一帯が薄暗くなるくらいに降って、この中川も大川も一つに合流してしまいそうな様子なので、私の家も今にも流れるかしらとまで思われた。世の中がとても暗いじめじめした感じである。門の前の早稲田もまだ刈り集めていないし、たまの晴れ間には稲を刈り焼米ぐらいをつくるのが関の山だった。疱瘡は世間でも猛威を奮っていて、あの一条の太政大臣の御子息の少将がお二人そろって、九月の十六日に亡くなったと、たいへんな評判である。お察しするだけでも、限りなくご同情に堪えない。この話を聞くにつけ、全快した子どもはまったく幸運だった。

こうして回復したが、別にこれという用事もないのでまだ外出もしない。

二十日過ぎに、たいへん珍しいあの方からの手紙で、「助はどんな工合か。こちらの人はみな癒ったのに、どういうわけで、助が顔を見せないのだろうと気がかりでね。たいそう私をけぎらいしていられるようだから、疎んじているわけではないが、意地を張り合って過ごしてしまった。忘れ難く思いながらも」と心こまやかな文面なので、どうしたわけかと腑に落ちない。返事は、問われたあの子どもの様子だけを書いて、その端に、「それはそうと、忘れるとかおっしゃったことは、まったくその通りでございましょうね」と書いて送った。

〈語釈〉○皰瘡　「皰瘡　此ノ間ニ云フ毛加佐」（『和名抄』）。『日本紀略』天延二年八月二十八日の条に「紫宸殿ノ前庭、建礼門、朱雀門ニ於テ大祓……是皰瘡ノ災ヲ除カンガ為ナリ」とある。この年天然痘が大流行して死者を多く出したことが他の記録にも書かれている。○言絶えたる人　兼家をさす。○面なく　不面目な状態で。厚かましく、恥知らずなさまで。いずれにもとれる。○大川　賀茂川。○早稲田　早稲を植えてある田。○焼米　六二六頁参照。○世界　世間の意だが、はるか遠い未知の所をも含む。三四二頁参照。○一条の太政の大殿　伊尹。兼家の長兄。○少将二人　左少将挙賢（二十二歳）と右少将義孝（二十一歳）は伊尹の子息。共に代明親王女の腹。二人とも優秀な青年で、義孝は歌才にもすぐれていた。義孝集を残す。○文　兼家から作者あての文。○ここなる人　兼家邸にいる人。時姫腹の道隆や道兼、道長などをさすのであろう。○いどみなむ……　作者の意地っぱりに屈するものかと張り合う。○あやし　最近とんと、心こまやかな手紙をもらわなかったので、どうした風の吹きまわしかと不思議がる。○問ひたる人の上　尋ねてきた道綱の容態。○まこと　ああ、そうそう。話題を転換させることば。○忘るるは　兼家の手紙の中にあった、「忘る」をさす。作者との関係についてはの意をいう。

〈解説〉天延二年の皰瘡の流行蔓延はこの年の大事件で前述のように『日本紀略』『扶桑略記』その他の文献にも記載され、ことに太政大臣令息の二人の少将挙賢・義孝の皰瘡による死去は『栄花物語』や『百錬抄』などにも記され、当時の話題をさらった事件であった。それだけに道綱が罹病して一時はどうなるかと案じとおした時の喜びは察するに余りある。

それにしても、多妻下の折から、わが愛児が大病にかかって生死の境をさまよっても、心配を分けあい共に看病してくれるはずの夫が傍らに常住してくれない悲しさ、心細さはどんなであったろう。これは作者だけでなく、赤染衛門や和泉式部も味わっているし、他にも枚挙にいとまがないであろう。

作者はここでも本邸に住んでいないわが身のつらさをいやというほどかみしめたであろう。兼家の「忘れぬことはありながら」と書いた手紙の返事にも「まこと、忘るるは、さもや侍らむ」と書かずにいられなかったのも無理がないが、兼家が「いと憎くし給ふめれば、疎むとはなうて、いどみなむ過ぎにける」と心こまやかに言って来ているので、もう少し他に手紙の書き方もありそうに思われる。作者の方が意地を張り過ぎて不幸を自ら招いているような感がする。

一八二　道綱、大和だつ女に歌を贈る

助、ありきし始むる日、道に、かの文やりしところ、ゆきあひたりけるを、いかがしけむ、車の筒かかりてわづらひけりとて、あくる日、「昨夜はさらになむ知らざりける。さても、

年月のめぐりくるまのわになりて思へばかかるをりもありけり」

と言ひたりけるを取り入れて見て、その文の端に、なほなほしき手して、「あらず、こゝには。〳〵」と重点がちにて返したりけむこそなほあれ。

〈現代語訳〉

助が回復後はじめて外出した日、道で、以前手紙を送った女にぱったり出会ったところ、どうしたのか、双方の車の筒が引っかかって、難儀したということで、あくる日、助が、

「昨夜は全然存じませんでした。それにしても、

長い間あなたを思っていると、年月がめぐりめぐって、出あいがしらに車の輪があなたの車にひっかかって、時にはこのようにお会いする折もあったのですね」

と言い送ったのを、あちらでは受け取って読んで、その手紙の端に、ごく平凡な筆跡で、「違います、こゝには。〱」と踊り字だらけに書いてよこしたのは、見ばえのないことである。

〈語釈〉○かの文やりしところ　大和だつ女。○車の筒　『和名抄』に「轂……楊氏漢語抄ニ云フ、車乃古之岐。俗ニ云フ筒。輻ノ湊マル所也」とある。車輪の中央にあって、軸がとおり、輪との間をつなぐ輻が集まる部分をいう。○年月のの歌　道綱の歌。「くるま」に「車」と「来る間」、「斯かる」に「懸る」を掛ける。めぐる、くるま、わ、かかるなどは縁語。○あらず……　そうではありません。私は知りません。○重点　ゝゝ。々々。〱などの類。繰り返しの符号。○なほあれ　平凡である。能がないとも言える。

〈解説〉狭い道路で、道綱の車と他の車（たまたま大和だつ女の乗車）のこしきがぶつかって、すれちがえなかったのである。さっそくこの件を活用して道綱は大和だつ女に歌を贈るが先方はまったく気がないことはなはだしい。筆跡も内容もおよそ王朝貴族の教養程度からかけはなれたおそまつなものであった。

一八三　堀川の太政大臣より懸想文

かくて十月になりぬ。二十日あまりのほどに、忌たがふとて、わたりたる所にて聞けば、かの忌の所には、子産みたなりと人言ふ。なほあらむよりは、あな憎とも聞き思ふべけれど、つれなうてある、宵のほど、火ともし、台などものしたるほどに、せうとおぼしき人、近うはひ寄りて、懐より、陸奥紙にてひきむすびたる文の、枯れたる薄にさしたるを、取り出でたり。

「あやし、誰がぞ」と言へば、

「なほ御覧ぜよ」と言ふ。開けて、火影に見れば、心つきなき人の手の筋にいとよう似たり。書いたることは、「かの『いかなる駒か』とありけむはいかが、

　霜枯れの草のゆかりぞあはれなるこまがへりてもなつけてしがな

あな心苦し」とぞある。わが人に言ひやりて、くやしと思ひしことの七文字なれば、いとあ

やし。

「こはなぞ」と、

「堀川殿の御ことにや」と問へば、

「太政大臣の御文なり。御随身にあるそれがしなむ、殿に持て来たりけるを、『おはせず』

と言ひければ、『なほたしかに』とてなむおきてける」

と言ふ。いかにして聞き給ひけることにかあらむと、思へども思へどもいとあやし。

また、人ごとに言ひあはせなどすれば、古めかしき人聞きつけて、

「いとかたじけなし。はや御返りして、かの持て来たりけむ御随身にとらすべきものなり」

とかしこまる。されば、かくおろかには思はざりけめど、いとなほざりなりや。


　ささわけばあれこそまさめ草枯れの駒なつくべき森の下かは

とぞきこえける。

ある人の言ふやう、「これが返し、今一度せむとて、なからまでは遊ばしたなるを、『末なむまだしき』とのたまふなる」

と聞きて、久しうなりぬるなむ、をかしかりける。


〈現代語訳〉

こうして十月になった。二十日過ぎのころに忌を違えるために、行った先で聞いたのだが、あの鬼門にあたる所では、子どもを産んだそうなと人たちが話している。だまって聞き

流しにせず、まあ憎らしい！と思うのがあたりまえなのだけれど、私は無関心でいた、その宵の時分に、燈火をともし、食事などしているときに、兄弟にあたる人が、近くへ寄って来て、懐から、陸奥紙に書いて結び文にした手紙で、枯れた薄にさしてあるのを取り出した。

「おや、どなたの？」

と言うと、

「まあご覧ください」

と言う。開いて燈火の光で見ると、癪にさわるあの方の筆跡にとてもよく似かよっている。書いてあることは、「あの『いかなる駒か』とあったのはどんな具合ですか。

霜枯れの草同様な私のゆかりのあなたが顧みられぬとはお気の毒。いっそのこと私も若返ってあなたと馴れ親しみたいものです。

ああ、やるせない！」と書いてある。私が、あの方に言い送って、やらねばよかったと後悔していた歌の七文字なので、ほんとに不思議である。

「これはどういうこと？」

また、

「堀川の大殿のお手紙ではありませんか」と問うと、

「太政大臣さまのお手紙です。御随身(ずいじん)をしている某(なにがし)がお邸に持参しましたので、『ご不在です』と言いましたが、『やはり、しかとお渡しください』と言って、置いて行ったのです」と言う。どうしてあの歌のことをお耳にお入れなさったのであろうかと、どう考えてみても、不思議でたまらない。

また、いろいろな人たちに、相談などしていると、古風な父が聞きつけて、

「まことにおそれおおいこと！　さっそくお返事を書いて、その持参した御随身(ずいじん)に渡さなければいけない」

と恐れ入って言う。そこで、別に粗略には思っていなかったはずだが、とてもいいかげんな、おそまつな返事であったわ。

　駒が笹(ささ)をわけて通ったらいよいよ荒れるでしょう。貴殿(あなた)が言い寄られると私はますます離れてゆくことでしょう。今はもう森の草が枯れてしまって駒をなつけることができないように霜枯れ同様の私には人をひきつける魅力など残っておりません。

と申し上げた。

そばにいた侍女が言うには、「この返歌を、今一度、しようということで、半分まではお詠みあそばしたそうでございますが、『下の句がまだできない』とおっしゃっているそうでございます」と聞いて、その後、ずいぶん時がたったのに、そのままになってしまったのは

おかしかった。

〈語釈〉○忌の所　私が忌みきらっている女の所、近江をさす。○子産みたなり　この子は兼家の女、綏子で、後、三条天皇が東宮のとき御息所となった。綏子の母は藤原国章女なので、近江は藤原国章女ということになる。○つれなうて　気にかけない。平気で。○台　台盤。食膳。○せうととおぼしき人　兄弟をいう。朧化的表現、理能であろうか。長能との説もある。○陸奥紙　檀の皮から作った白くて、表面にこまかいしぼのある厚での紙で、包装・文書等に使われ檀紙ともいう。陸奥から多く産するので陸奥紙という。○心つきなき人　厭わしく感ずる人。兼家をさす。○いかなる駒か　「今さらに……」の歌。六八六頁参照。○霜枯れの歌　兼通の歌。霜枯れの草に兼通自身を譬え、老いぼれだという。「草のゆかり」は「紫の一本ゆゑに武蔵野の草はみながらあはれとぞ見る」（『古今集』雑上・読人知らず）の意味を踏まえ、「こまがへりて」に兼通が若返っての意を表わし、「駒」を掛ける。○あな心苦し　形容詞の語幹が独立して用いられ詠嘆を表わす。ああせつない。また、ああ気の毒ともとれる。○人　兼家。○こはなぞ　底本「こはかそ」。普通「こはたがぞ」。「た」を補うことも一案だが「か」と「な」の混同と見る説の方がよいと思う。○堀川殿　藤原兼通が堀川院（二条の南、堀川の東）に住んでいたのでこう呼ぶ。兼家の同母兄（四歳上）で、このころ関白太政大臣で兼家を陰に陽に圧迫していた（一五〇項の解説参照）。○随身　四五八頁参照。○殿　作者邸。○古めかしき人　父倫寧。昔かたぎで律儀な人。○ささわけばの歌　道綱母の歌。「荒れ」に「離れ」を掛ける。「駒」は兼通、一説、兼家。「森の下」は草が生えている所。作者を譬える。馬が笹を分けて通ることに兼通が作者の家へ通うことを響かす。「草枯れ」に作者の老年を譬える。○ある人　そばにいる侍女。○遊ばしたなる　「なる」は伝聞推定。のたまふなるの「なる」も同様。○末なむ……　兼通の言葉の引用。下の句がうまくできない。

〈解説〉作者が忌みきらっている近江が女児を産んだと聞いて、もちろん、ショックを受けたであろうが、町小路女の場合のように取り乱したりせず無関心を装うているが、日記に書きとめるくらいであるから、やはり気にかかっているのであろう。嫉妬もあろうし、養女のライバルともなるであろうと案じたのでもあろう。

ここにこの日記の最後をかざる一つの事件が起きた。太政大臣兼通が「かの『いかなる駒か』……」の詞書で作者に懸想文を送って来たのである。瓢箪から駒が出て来たとはこの事で作者は仰天した。そもそも「いかなる駒か」の歌句を兼通がどうして知ったか不思議でならないので「いとあやし」とか、「思へども思へどもいとあやし」と首をひねっている。兼家の「程はさものしてしを……びびしうもてなし給ふとか、世にいふめる。それはしも、うめきもきこえてむかし」の返事に、「今さらにいかなる駒か……」の歌を贈ったのであるから兼家はこの歌を知っている。

しかし兼通が太政大臣としてときめいている陰に切歯扼腕しているのは兼家である。血で血を洗う二人の仲であるから、兼家が兼通にこの歌句を漏らすことはあり得ない。すると兼通はどうしてこの歌句を知り得たか。この歌句を知っている今一人の人は右馬頭遠度である。しかも彼はそれをそっと破り取って持ち帰っていたことは前に述べたとおりである（一七八項参照）。

遠度は作者邸に出入りしている間に、兼家の訪れのないこと、彼の顧みの薄いことを知った。しかし作者の性格やプライドの高いこと、また兼家の北の方である点等から、遠度にとっては高嶺の花で、遠度はひきさがって他人の妻をぬすんだのであろう。遠度は兼通に会ったとき、作者のことを話したのであろうか（兼通の機嫌をとるためか、どうかはわからないが、昇任の頼みで訪れたとき、話のついでに、作者の近況やこの歌の事を漏らしたと思われる)。

兼通は陰険で一筋なわで行かぬ男である。兼家の鼻を明かしてやろうと、この才媛に懸想文を贈ったと憶測するのである。

作者は途方にくれたであろうが、昔気質の律儀な父倫寧が恐縮して返歌を勧めるので、柳に風と当り障りのない辞退の歌を贈ってすませた。

一八四　賀茂の臨時の祭

臨時の祭、明後日とて、助にはかに舞人にめされたり。これにつけてぞ、めづらしき文ある。「いかがする」などて、いるべき物、みなものしたり。試楽の日、あるやう、「穢らひのいとまなるところなれば、内裏にもえまゐるまじきを、まゐりきて見出だしたてむとするを、寄せ給ふまじかなれば、いかがすべからむ、いとおぼつかなきこと」とあり。胸つぶれて、今さらになにせむにかと思ふことしげければ、

「とく装束きてかしこへを参れ」

とて、いそがしやりたりければ、まづぞうち泣かれける。もろともに立ちて、舞ひとわたりならさせて、参らせてけり。

祭の日、いかがは見ざらむとて、出でたれば、北のつらに、なでふこともなき檳榔毛、後、口、うちおろして立てり。口のかた、簾の下より、清げなる掻練に紫の織物重なりたる

袖ぞさし出でためる。女車（をんなぐるま）なりけりと見るところに、車の後（しり）のかたにあたりたる人の家の門（かど）より、六位なるものの太刀佩（たちは）きたる、ふるまひ出（い）で来て、前のかたにひざまづきて、ものを言ふに、驚きて目をとどめて見れば、かれが出で来つる車のもとには、赤き人、黒き人おしこりて、数も知らぬほどに立てりけり。「よく見もていけば、見し人々のあるなりけり」と思ふ。

例の年よりは、こと疾（と）うなりて、上達部（かんだちめ）の車かいつれて来るもの、みなかれを見てなべし。そこにとまりて、同じ所に、口をつどへて立ちたり。わが思ふ人、にはかに出でたるほどよりは、供人などもきらぎらしう見えたり。上達部（かんだちめ）、手ごとに果物（くだもの）などさし出でつつ、もの言ひなどし給へば、面立（おもだ）たしき心ちす。

また、古めかしき人も、例の許されぬことにて、山吹（やまぶき）の中にあるを、うちちりたる中に、さしわきてとらへさせて、かのうちより酒などとり出でたれば、土器（かはらけ）さしかけられなどするを見れば、ただその片時ばかりや、ゆく心もありけむ。

〈現代語訳〉

賀茂の臨時の祭が明後日（あさって）ということで、助が急に舞人（まいびと）に召された。このことで珍しくあの方から手紙が来た。「支度はどうしている?」などと書かれていて、必要な品々を、全部届けてくれた。

試楽（しがく）の日、あの方から言ってよこしたことは、「穢（けが）れゆえ出仕を控えているところなので、宮中へも参るわけにはいくまいだろうから、そちらへ伺って、めんどうを見て送り出してやろうと思うのだが、あなたが寄せつけてくださらないだろうから、どうしたものだろうか、とても気がかりなこと」としたためてある。気も転倒して、今さら来てもらっても始まらないと、あれこれ思いがしきりに湧くので、

「さっそく装束をつけて、あちらへいらっしゃい」

と言って、せきたてて行かせると、そのあと何はさておき涙がしきりにこみあげてくるのだった。あちらではあの方が助の介添(かいぞ)えをして、舞をひととおり練習させて、宮中へ参らせた。

　祭の当日、ぜひとも見たいと思って出かけたところ、道の北側に、ごくありふれた檳榔毛(びろうげ)の車が、後ろも前も簾(すだれ)をおろして止まっていた。前の方の簾の下から、きれいな掻練(かいねり)の上に、紫色の織物の重なった袖が出衣(いだしぎぬ)にされているようである。女車(おんなぐるま)だったのだなあと見ているところへ、車の後ろの方にあたっている家の門から、太刀を腰につけた六位の者が、威儀を正(ただ)して出て来て、車の前の方にひざまずいて何か言っているので、おやと思って注意して見ると、その六位の者が出て来た車のそばには、緋色(ひいろ)の袍(ほう)の人や黒色(くろいろ)の袍(ほう)の人たちがぎっしり詰めかけていて、数えきれないほど立っているのであった。よくずっと見ていくと顔見知りの人々が居るのであったと気がついた。

　いつもの年よりは早く祭の儀式が済んで、上達部(かんだちめ)の車や連れだって歩いてくる者は、みな車をとり囲んでいる群を見てであろう。そこに止まって、同じ所に、車の前をそろえてとど

めた。私が心にかけている助は、急に舞人として召されて出たにしては、供人などもきらびやかに見えた。上達部(かんだちめ)が、めいめい手に果物(くだもの)などをさし出しては、何か言葉をかけたりなさるので、私も晴れがましい気持が感じられた。

また、古風な私の父親も、身分の差ゆえに例によって上達部のそばに並ぶことが許されないので、かざしに山吹をつけた陪従(べいじゅう)たちの中にまじっていたのを、散らばっている人たちの中から、特につれ出して来させて、あの家の内から酒などを運び出してあったので、酒盃(さかづき)をさされたりしているのを見ると、私もそのわずかな間だけは満ち足りた心でもあったようである。

〈語釈〉○**臨時の祭**　賀茂の臨時の祭。この年は十一月二十三日に行われた(『日本紀略』)。○**文**(ふみ)　兼家から作者あての手紙。○**試楽**(しがく)**の日**　この年十一月二十二日に行われた(『天延二年記』)。試楽については二九三頁参照。○**内裏**(うち)**にもえまゐるまじき**　試楽は宮中で行われるので、穢(けが)れのため出仕できない兼家は当日道綱の世話ができないというのである。○**今さらになにせむ……**　兼家との仲はすっかり疎遠になっているので今さらどうしてわざわざ来てもらえよう。○**かしこへを**　東三条邸へ。「を」は間投助詞。○**もろともに立ちて**　兼家も道綱といっしょに立って。○**檳榔毛**(びりやうげ)　五五六頁参照。○**後**(しり)**、口……**　車の後ろと前の簾(すだれ)をおろして車をとめてある。○**掻練**(かいねり)　五〇六頁参照。○**さし出で**　車の簾(すだれ)の下から、着用の袖(そで)や裾(すそ)などを出すこと。出衣(いだしぎぬ)をすることは女性の場合に多い。兼家がだれか女性(不詳)を連れていてその女の出衣と見る見解と兼家自身が出衣(いだしぎぬ)をしていたとの説とあり。○**六位なるもの**　袍(ほう)は位によって色が異なる。六位は緑色なので作者は出て来た男を六位と知った。○**赤き人**　緋色(ひいろ)の袍を着た官人は五位の人。○**黒き人**　時代によって位による袍の色の定めに変化があるので、四位以上の人が黒色を使うようになった時期は不詳だが、四位以上の官人と見ておいてよいであろう。○見し人々　兼家の従者で顔見知りの人々。このところ「よく見もて……なりけり」を侍女の言葉と見る説あり。したがってその直後の「と思ふ」を「といふ」に改める。妥当と思うが底本のまま「と思ふ」と読み、作者の思惟としておく。○こと疾うなりて　下社における社頭の儀が早く終了したと見る説に従っておく。○上達部　公卿。大臣・大中納言など三位以上の官人をいう。ただし参議（四位）もはいる。○わが思ふ人　道綱。作者の気にかかっていた人。○古めかしき人　父倫寧。○例の許されぬこと　倫寧は当時、従四位上で散位（無官）であったので上達部と同席できない意であろうか。○山吹　陪従（賀茂・石清水などの祭の東遊・御神楽などの時の楽人や歌人の総称）に賜わる造花の挿頭。○とらへさせて　主語兼家。○さしかけられ　「られ」は受身。主語は倫寧。○ゆく心　満足する心。○ありけむ　作者自身を客観的に言う。

〈解説〉 賀茂の臨時の祭の直前、急に道綱が舞人に指名された。舞人が差支えのため（急病とか穢れなどのため）辞退したのでその代役である。作者は喜びと同時にあわてもし、途方にもくれたであろうが、兼家が支度万端を整えて届けてくれ、供回りなどのこともいっさい指図してとり決めてくれたので作者もほっとしたであろう、父親として当然であるが、また兼家に感謝の心も湧いたであろう。

試楽の日、穢れのため宮中へ付き添ってやれないから、代わりに作者邸に来てリハーサルをしてあげようとの兼家の申出でを素直に受けず、道綱を手早く送り出したが、そのあと一人で泣きくずれてしまう。気強く会うことを避けた作者の我の強さとともに、反面弱い女心がのぞかれ、権門家の妻として物質面では事欠かなくても、夫との心の交流のない寂しさがにじみ出ている。

この項の後半はやはり下社における社頭の儀が終了したあと、祭使が上社に参向する間の休憩の一時と見る見解が妥当であろう。私もそれに従う。

久しぶりに見る兼家の姿は権門家の象徴そのものであって、夫が相当高位の官人たちに慇懃にかしずかれとりまかれている豪勢な姿や、きらびやかな供人を従えた凛々しいわが息子道綱が上達部から好感を持たれ、ちやほやされている晴姿を目のあたり見て作者も面目をほどこしたような心持になる。老いた父倫寧が兼家に目をかけられている姿もうれしかった。作者が久しぶりに明るい満足感を味わった一ときであったことをしみじみ書いている。

しかし、このころ兼家が実兄の関白太政大臣兼通に不当に圧迫され不遇であったことも前に述べたとおりである（一五〇項解説参照）。現実では兼通をはばかりこの項のような情景はなかったかも知れないが、ここには、やはり夫、兼家のあるべき姿、あらまほしき姿や試楽の日における父親としてのあるべき言動が描かれ、また道綱の晴れの姿や父倫寧の優遇された姿をも描いている。

一八五　道綱と八橋の女との歌の贈答

さて、助に、「かくてや」などさかしらがる人のありて、ものいひつく人あり。八橋のほどにやありけむ、はじめて、

　葛城や神代のしるし深からばただひとことにうちもとけなむ

返りごと、こたびはなかめり。

　帰るさの蜘蛛手(くもで)はいづこ八橋(やつはし)のふみ見てけむと頼(たの)むかひなく
こたみぞ返りごと、
　通ふべき道にもあらぬ八橋をふみ見てきともなに頼むらむ
と、書き手して書いたり。また、
　なにかその通はむ道のかたからむふみはじめたるあとを頼めば
また返りごと、
　たづぬともかひやなからむ大空の雲路(くもぢ)は通ふあとはかもあらじ
まけじと思ひ顔なめれば、また、
　大空も雲のかけはしなくはこそ通ふはかなき歎きをもせめ
返し、
　ふみみれど雲のかけはしあやふしと思ひしらずも頼むなるかな
また、やる、
　なほをらむ心たのもしあしたづの雲路おりくるつばささやはなき
こたみは、「暗し」とてやみぬ。
　十二月(しはす)になりにたり。また、
　かたしきし年はふれどもさ衣の涙にしむる時はなかりき
「ものへなむ」とて、返りごとなし。
またの日ばかり、返りごと乞ひにやりたれば、柧棱(そば)の木に、「みき」とのみ書きておこせ

たり。やがて、

わがなかはそばみぬるかと思ふまでみきとばかりもけしきばむかな

返りごと、

天雲(あまぐも)の山のはるけき松なればそばめる色はときはなりけり

ふる年に節分(せちぶん)するを、「こなたに」など言はせて、

いとせめて思ふ心を年のうちにはるくることも知らせてしがな

返りごとなし。また、「ほどなきことを、すぐせ」などやありけむ、

かひなくて年暮れはつるものならば春にもあはぬ身ともこそなれ

こたみもなし。いかなるにかあらむと思ふほどに、「とかういふ人あまたあなり」と聞く。さてなるべし、

われならぬ人待つならばまつといはでいたくな越しそ沖つ白波

返りごと、

越しもせず越さずもあらず波寄せの浜はかけつつ年をこそふれ

年せめて、

さもこそは波の心はつらからめ年さへ越ゆるまつもありけり

返りごと、

千年(ちとせ)ふる松もこそあれほどもなく越えてはかへるほどや遠かる

とぞある。あやし、なでふことぞと思ふ。風吹き荒るるほどにやる。

　吹く風につけてものを思ふかな大海の波のしづ心なく
とてやりたるに、「きこゆべき人は今日のことをしりてなむ」と、異手(ことて)して一葉ついたる枝につけたり。たちかへり、「いとほしう」などいひて、

　わが思ふ人はたそとはみなせども歎きの枝にやすまらぬかな
などぞいふめる。

〈現代語訳〉

さて、助に、「このように独り身では」などと世話をやく人があって、助が求婚する女(ひと)ができた。八橋(やつはし)のあたりに住んでいる女であったかしら、はじめに、

　葛城(かずらき)の一言主神(ひとことぬしのかみ)の神代のままのあらたかな霊験が今も多くあるならば、ただ私のこの一言でうちとけて、私の心をうけ入れてほしいものです。

返事は、この時はなかったようだった。

　八橋を通って行ったのだから、すなわち、手紙をさしあげて安心していたのですが、お返事を待っていた甲斐(かい)もなく、見たというあなたのお返事は蜘蛛手(くもで)の八橋のようにどこへふみ迷ってしまったのでしょう。期待もむなしくいただけませんで。

今度は返事が来た。

八橋の道は一度踏んでみたからといってとても通うことはできません。手紙を送り通いたいと期待されましてもそれをお受けしませんのに、一度手紙を見たと言って何をたのみにされるのでしょう。

と、達筆の侍女に書かせてあった。また、助から、

どうして通えぬことがありましょうか。踏みはじめた道の足跡、すなわち手紙をさしあげ始めて今後に期待をかけているのですから、これから通う道はむずかしくないでしょう。

また、返事に、

お訪ねくださってもなんの甲斐もないことでしょう。私の方への道は蜘蛛手ではなく、大空の雲路でございますから、踏み通う跡も残ってはいないでしょうから。

負けまいと思っている様子が見えるので、助は、また、

大空も、雲の梯子(かけはし)がないのでしたら、通うことができずに、むなしい嘆きをすることでしょうが、雲の梯子があるのですからだいじょうぶですよ。

返事、

踏んで通(かよ)おうとしても雲の梯子(かけはし)は危ない。同様にお返事を拝見したからとてお通いになることはおぼつかないともご存じなく頼みにしていられるようですこと。

また、言い送る。

やはりこのまま時期を待っておりましょう。雲路(くもじ)から私を迎えに飛びおりてくる鶴(つる)の翼がないわけではないでしょう。いつかはきっとお逢いできるとあてにしております。

今度は、「暗くなったから」ということで、返事がなかった。

十二月になってしまった。また、助が、

衣を片敷いて独り寝をして多くの年は経ってしまいましたが、今のようにあなた恋しさの涙で夜着が濡れたことはありませんでした。

「よそへ出かけまして」と言って、返事がなかった。

次の日あたり、返事をもらいに使いをやったところ、柧棱の木に、「見た」とだけ書いてよこした。助は、それを受け取るとただちに、

私たちの間柄は、そっぽをむきあう仲になったかと思うくらい、返事も「見た」だけなんて高飛車ですね。

返事、

私は雲のかかった高山のはるかな頂に生えている、年じゅう緑色の、崖ぶちの松ですから、いつもお高くとまって、人を寄せつけません。

年内に節分をするので、助は、「方違えはこちらへ」などと言わせて、

年内に春が来たように、思いつめているこの胸の中を年内にすっかりうちあけて晴れ晴

れしたと、お知らせいたしたいものです。どうかおいでいただき、私の思いをお聞き届けください。

返事は来なかった。また、「ほんのわずかな間ですから、当方でお過ごしください」などと言ってやったのかしら、

待つ甲斐もなく私はあなたにも会えず、年が暮れてしまうのでしたら、やがて訪れる新春にもあわずに死んでしまうでしょう。それでは困ります。ぜひおいでください。

今度も返事は来ない。どうしたのかしらと思っているうちに、「あの女には、いろいろ言い寄る男性がたくさんいるそうです」と耳にした。それでだろう、助が、

私以外の人を待っていられるのなら、先日の歌のように「まつ」などと言わないでください。そんな思わせたっぷりなことをして私を裏切るようなひどいことをしないでいただきたい。

返事は、

私はあなたを裏切るわけでも、また頼むわけでもありません。波が寄せる浜のように、どなたにも心を寄せながら長い間過ごしてまいりました。

年がおしつまって、

ほんとにまあ、お言葉のように波、すなわち貴女のお心は薄情でいられるのでしょう。それでも波が松を越えるだけでなく、年にまで越されてもなお色変えぬ松のように、一年間心を変えないで待っている人も、ここにはおりますよ。

返事は、

千年を経た松もあるように千年待つ人もあります。一年越すぐらいなんでもありません。あとわずかで年がたちかえります。あなたの持つ苦しみももう長くはないではありませんか。

と書いてあった。変だな！　どういうことかしらと思う。風の吹き荒れている最中(さいちゅう)に助が手紙を送る。

吹く風につけても私は種々心を砕いています。大海の波が立ち騒ぐように心が落ちつかず胸騒ぎがして。

と言ってやると、「お返事を申し上げるはずの人は、今日の事で手がいっぱいでありまして」と、今までとは違う筆跡で書いて、葉が一枚だけついた枝に付けて、手紙をよこした。折り返し、「われながらみじめな気持で」などと書いて、

私の思う人はほかならぬ貴女だ！　と見極めるものの、まるで木の葉が枝で今にも散りそうにゆらいでいるように、私も嘆きに心が安まらぬことです。

などと言い送るようである。

〈語釈〉○助　右馬助(うまのすけ)の任にある道綱。○ものいひつく　言い寄る。求婚する。○八橋(やつはし)　一説では愛知県知立市の八橋で、三河の国の官にある女。三河守女(かみのむすめ)か。一説、賀茂の八橋辺に居住する女。○葛城(かづらき)やの歌　道綱の歌。葛城山の一言主神（五九三頁参照）を踏まえて、「一言」と詠んだ。○帰るさの歌　道綱の歌。相手の女から返事が来なかったことを、八橋の帰りに蜘蛛手(くもで)のような道に迷ったのかと詠む。『伊勢物語』の「水ゆく川の蜘蛛手なれば、橋を八つ渡せるによりてなむ、八橋と言ひける」を頭に置く。ここは迷路をいう。「ふみ」に「踏み」と「文」を掛け、蜘蛛手とともに八橋の縁語。○通ふべきの歌　八橋の女の歌。「通ふ」に「往来する」と「男が女のもとに通う」を掛け「踏み」と「文」を掛ける。○なにかそのの歌

道綱の歌。通はむ「道」は「通う道」に「方法・手だて」をひびかし、「踏み」と「文」を掛ける。「あと」に「跡」と「前例」の意をひびかす。道の縁語であやなす。この歌は『続後撰集』に兼家の作とし詠者を誤り入れてある。○**たづぬともの歌**　八橋の女の歌。道綱の歌の「くもで（蜘蛛手）」に反駁し、同音で意味の異なる「雲路」を出し、これは通っても跡がつかない道だから「跡を頼」むわけにはゆかないと詠む。○**大空もの歌**　道綱の歌。雲のたなびく様を梯子に見立てた。「雲」に「蜘蛛」を掛ける。「なくは」は仮定。「こそ……め」強調逆接で余情を含む。○**ふみみれどの歌**　八橋の女の歌。「踏み」に「文」を掛ける。○**なほをらむの歌**　道綱の歌。「なほをらむ」はやはりこの状態を続けよう。一説では道綱自身を葦鶴とする。○**かたしきしの歌**　道綱の歌。「片敷く」は衣の片袖だけを下に敷くこと。寂しく独り寝をする意。「さ衣」の「さ」は接頭辞でここでは夜着をいう。○**柧棱**　五八二頁参照。○**みき**　「見き」に「幹」を掛ける。十二月には落葉して裸で幹のみであるので。『伊勢集』や『平中物語』に伊勢と平貞文との贈答に類似の話あり。この方は「みつ」である。○**わがなかはの歌**　道綱の歌。「そばむ」は横を向く。すねる。「そば（柧棱）」を掛け、「見き」に「幹」を掛ける。○**天雲のの歌**　八橋の女の歌。道綱の「柧棱（落葉低木にしきぎ）」に常緑樹の松でこたえ、「天雲の山のはるけき松」に自身を譬え、道綱とはけた違いの存在であることを諷する。「そばめる」の「そば」に「岨（山の側面の険しくがけになった所）」を掛ける。○**ふる年に節分する**　年内に立春があったこと。この「節分」は立春の前夜。その夜、方違えに外泊する風習があった。なお、この箇所から詞書の調子が変っているので、兼家と作者との贈答とする説があるが、考えられない。やはり道綱と八橋の女との贈答である。○**いとせめての歌**　道綱の歌。「春来る」に「晴くる」を掛ける。○**ほどなき……**　道綱の言ってやった言葉。節分の方違えは一泊だから「ほどなき」と言った。○**かひなくての歌**　道綱の歌。「もこそ」二五五頁参照。来訪を重ねて促すための歌である。○**われならぬの歌**　道綱の歌。「天雲の」の歌で女は自身を「松」に譬えたので、今、女に求婚者が多くあると聞くと、その「松」から、「君をおきてあだし心をわが持たば末の松山波も越えなむ」（『古今集』東歌）を連想し、これを踏まえて詠んだ。「まつ」に「松」と「待つ」を掛ける。越しは節分の縁語。道綱の抗議の歌である。○越しもせずの歌　八橋の女の歌。前歌同様、「君をおきて」の歌を本歌とする。「波」は言い寄る男、「浜」は自分を譬える。自分は道綱に特別関心を持ったことがなく、言い寄る男性すべて同じように考え扱って来たと言う。道綱はかえってはぐらかされた感じがしてがっかりしたであろう。○さもこそはの歌　道綱の歌。「さもこそは」一二五頁にもあるが、「さもこそ……め」は、困るの意はなく、強調し、逆接の気持で展開する。ほんにそのように……するにしても（であるにしても）。「波」は八橋の女の心、「松」は道綱を譬える。「まつ」に「松」と「待つ」を掛ける。○千年ふるの歌　八橋の女の歌。「ほどもなく」は、まもなくの意。「越え」は年が返る。贈歌の波の縁語で仕立てる。下の句、検討する要がある。一説では京を離れるが遠方へではないの意にとり、安心させようとしている意とする。末句を「ほどやほどかは」とする見解もある。一応あなたの待つ苦しみも間もなく終るでしょう（自分が他の人と結婚することにより）の説に従う。○吹く風にの歌　道綱の歌。風が吹き荒れていたのに因む。○きこゆべき人　八橋の女をさす。書き手とあった侍女と見る説あり。八橋の女の侍女のことば。八橋側から道綱への敬語であろう。○今日のこと　八橋の女が他の男と結婚する準備ととる説に従う。一説には「千年ふる」歌の関係（一説の方）から旅立つ準備ととる説もあり、また年末の行事ととる見解もある。○しりて　領りて。処置する意。○一葉ついたる枝　葉は言葉の意で最後の手紙を暗示するのか。○いとほしう　道綱自身がかわいそうだの意。別れを告げられた悲しさをいう。○わが思ふの歌　道綱の歌。自分の思う人はあなた以外にはない。「人は」に「一葉」、「歎き」の「き」に「木」を掛け、「みなせ」の「み」に「実」を掛け、枝など木の縁語であやなす。

〈解説〉この項は道綱が八橋の女に求婚し、彼とその女との贈答歌が記されている。前述の大和だつ女の場合にも考えられたと同様にこの項の道綱の歌も作者が応援して添削したり代詠なども行なわれていると考えられる。それゆえにこそ本日記に記事として書かれているのである。この多量の贈答歌によりこの箇所、私家集的となり、この日記に色彩を添える反面、本来散文を主とする日記にやや異分子混入の感があることは否めない。

道綱は八橋の女へ刻苦勉励して求婚歌を送り続け、この求婚に対して真剣であり、相手に対して誠意を有していることを示そうと努力している。歌の数も道綱が十三首、八橋の女が六首で彼の方がずっと多い。こうした求婚に際しての贈答歌は上巻冒頭の兼家と作者の場合もそうであったが、揚足とりの歌合戦の観がある。当事者二人とも相手の容貌（ようぼう）・風姿や人柄、性格、声などもまったく知らないのだから無理もない。

ただ当時の風習に従って知嚢（ちのう）をしぼり古歌を駆使して恋歌を送り、相手もその歌のことばをとりあげて答えているに過ぎない。歌が上手であれば相手の情熱をかき立て、その心を得ることも可能であろう。こうした慣習は現代人から見れば滑稽（こっけい）にもまた危険にも思われる。もちろん前述のごとく当人が歌を贈答しあっている間に女性の親や後見者は求婚者の身元を十分調べて、これならだいじょうぶと見極めたうえで結婚ということになるので、そう危険ときめつけることはないであろう。男性側でもほぼ適当な女性に求婚するのが普通である。

下巻、とくに天延二年には養女への求婚や道綱の求婚の話などもはいり、次の世代の人々の動静に筆が向かっているのも日記の展開としては自然でもある（しかも、いずれも不調に終ったところに、「かげろふ日記」の主題とも抵触しないこととなろう）。作者と兼家との関係を主題とする『蜻蛉日記』はもう幕を下ろす時期をすでに迎えている。さて、今一つ注目すべきこととして、この年、史実においては道綱が家の女房源広女（ひろしのむすめ）との間に道命（どうみょう）を儲（もう）けているので、遅くともこの女性と天延元年以前から関係を有していたと思われる（一五七項の解説参照）。
　しかしこの日記にはそうした道綱の行状や前述のごとき兼家の苦境時の姿はまったく描かれず、青年道綱の真剣な求婚の姿ならびに、貫禄のついた高官兼家の悠揚迫らざる姿や一八四項のように大ぜいの上達部や殿上人にかしずかれ、とりまかれている華やかな姿しか記されていないところに、本日記がありのままの事実のみを書き記した日記でなく、作家道綱母の手になる日記文学作品であることを感じるのである。こうして（この部分だけではなく三巻を通じて）作者の虚構も加わって『蜻蛉日記』が形成されているように思われるのである。

一八六　年の暮

　今年いたう荒るるとなくて、斑雪ふたたびばかりぞ降りつる。助のついたちのものども、また、白馬にものすべきなど、ものしつるほどに、暮れはつる日にはなりにけり。明日の物、折り巻かせつつ、人に任せなどして、思へば、かうながらへ、今日になりにけるも、あさましう、御魂など見るにも、例の尽きせぬことにおぼほれてぞはてにける。京の果てなれば、夜いたう更けてぞたたき来なる。（とぞ本に）

〈現代語訳〉

　この年は、天候がはなはだしく荒れるというわけではなくて、まだら雪が二度ばかり、降っただけである。助の元日の装束など、また、白馬の節会に着てゆく物などを用意しているうちに、年の最後の日になってしまった。明日の被け物にする物を、折らせたり巻かせたり、侍女に任せなどして、考えてみると、このように生きながらえて、今日まで過ごしてきたのも、あきれるばかりで、御魂祭などを見るにつけ、いつものように尽きることのない物思いにふけって、今年も終ってしまった。ここは京のはずれなので、夜がすっかり更けてから、門を叩きながら回ってくる音が聞こえてくる。（とぞ本に）

〈語釈〉○白馬に　四九四頁参照。○明日の物　元日に被け物として与える反物類。○折り巻かせ　反物を折ったり、腰差し（被け物として与える絹を丸く巻く）にしたりする。○かうながらへ　底本「かうなからこひ」。「かうながらこひつゝ」とか、「かうながらこえつゝ」など種々説があるが、前記の説に従う。○御魂　死者の霊を祭る仏事の魂祭で、当時十二月晦日に行なわれた。○京の果て　広幡中川の作者の住居。六二三頁参照。○たたき来　追儺（二〇八頁参照）をする人たちが門を叩きながら町を回る。夜が更けてから作者の家にもそれが回って来る。○とぞ本に　書写者がもとの本にこうなっているとの注記。

〈解説〉巻末の三十日の記事は次の世代を担う若い貴公子道綱の新年を迎える準備に母、作者は忙殺されたが静かな夜を迎えると、作者の脳裏には過ぎ去った二十一ヵ年のことが、ところどころ鮮明に思い浮かべられ、走馬燈のように流れ去っていった。

——摂関家の若い貴公子兼家の求婚、結婚、道綱出産、夫の漁色癖に悩んだ青春の日々、ライバル時姫の子女五人の出産、宿願の本邸入りの夢が破れたあとの不安な中年の日々、結婚十七年目元日の邸前素通り、鳴滝（なるたき）の山寺長期参籠（さんろう）、広幡（ひろはた）中川への移居等々——兼家との関係ももう書きつけるほどのこともなくなり、次の世代の人々にバトンを渡す今、道綱や養女のように新しい年に対する夢で胸のふくらむ思いもなくなったことをしみじみ感慨深く思われたであろう。外では追儺（ついな）の戸を叩（たた）く音が耳にひびき、静かな京のはずれの住居の大晦日（みそか）の夜は次第に更けて行く。

以上で下巻が終るとともに道綱母の二十一年間の日記文学「蜻蛉日記」上・中・下三巻も記事が終り擱筆（かくひつ）された。

巻末歌集

仏名(ぶつみやう)のあしたに、雪の降りければ、

年のうちに罪消(け)つ庭に降る雪はつとめてのちは積もらざらなむ

〈現代語訳〉

仏名の翌朝に、雪が降ったので、

年内に罪障を消滅させたゆえ、庭に降り積もる雪も、仏名会(ぶつみょうえ)の勤行(ごんぎょう)の翌朝後は降り積もらないでほしい。

〈語釈〉○仏名(ぶつみやう)「仏名会(ぶつみょうえ)」の略。十二月中旬（だいたい十五日から十九日）に三日間、朝廷や諸寺院で行われた法会で、諸仏の名号(みょうごう)を唱(とな)えて罪障の消滅を祈念する行事。貴族の邸でも行われるようになった。○年のうちにの歌　道綱母の歌。「積み」と「罪」、「つとめて（翌朝）」に「勤めて」を掛ける。

〈解説〉『蜻蛉日記』の現存写本にはすべて下巻の巻末に右の歌以下の歌集がついている。道綱母子(おやこ)

には敬語が用いられているから他撰である。道綱を「傅の殿」と呼んでいるので、道綱が東宮傅になった寛弘四年以後の成立と考えられ、道綱母の歌の四散するのを惜しんで誰か（長能あたりか）が歌集を編纂。それが後に『蜻蛉日記』の巻末に付載されたものであろうか。なおこの歌集とほぼ同一内容の家集が二本宮内庁書陵部に現存している。『傅大納言殿母上集』と『道綱母集』である。

殿、離れ給ひてのち、久しうありて、七月十五日、盆のことなど、きこえのたまへる御返りごとに、

かかりけるこの世も知らず今とてやあはれ蓮の露を待つらむ

〈現代語訳〉
殿の訪れがお遠のきなさった後、長らくたって、七月十五日に、盆供のことなどについて、お便りをさしあげられたお返事に、

こんなはかない私たちの仲とも知らずに亡き母は、今か今かと盆のお供えを待っていることでございましょう。

〈語釈〉○殿　兼家。○七月十五日　盂蘭盆会の日。天禄元年、同三年とも、また他の年とも考えられる。○きこえのたまへる　「きこえ」は道綱母への敬語。「のたまへる」は兼家への敬語。○かかりけるの歌　道

綱母の歌。「かかり」に「斯かり（兼家が寄りつかない現状）」と「懸かり（機縁の意で露の縁語）」が掛詞。蓮の露は仏の恵みを頂き極楽往生することと盆供養の意を重ねる。

四の宮の御子の日に、殿に代はりたてまつりて、

峰の松おのがよはひの数よりも今幾千代ぞ君にひかれて

〈現代語訳〉

四の宮の子の日の御遊びの折、殿にお代わり申し上げて、

峰の松は今日宮の御手にひかれて、松自身の千年の齢に加えて宮の御寿命にあやかって、さらに幾千年も生き延びることでしょう。

〈語釈〉○四の宮　村上天皇の第四皇子、為平親王。母は兼家の姉安子皇后。○子の日　正月最初の子の日（後ネノビという）に野に出て小松を引いて遊ぶ行事。ただし、『日本紀略』康保元年二月の条に「五日壬子、今日第四為平親王自禁中出北野有子日之興、中納言師氏以下多以陪従」とあり、『大鏡』にも盛儀が記されている。○峰の松の歌　道綱母の歌。松の「齢の数」は千年と言われる。「ひかれ」は「誘われ」の意に子の日に松を「引きぬかれる」意をかける。親王の長寿を祝うめでたい歌。

その子の日記を、宮にさぶらふ人に借り給へりけるを、その年は后の宮うせさせ給へりけるほどに、暮れはてぬれば、またの年、春、返し給ふとて、端に、

袖の色変はれる春を知らずして去年にならへるのべの松かも

〈現代語訳〉

その子の日記を、宮にお仕えしている人からお借りになったが、その年は、后の宮がおなくなりあそばした忌服のうちに、暮れてしまったので、次の年、春に、お返しになるということで、手紙の端に、

この春は、みな喪服を着て、袖の色も変っているのに、喪中を知らずに野辺の松は去年同様緑に栄えていることよ。

〈語釈〉○子の日の日記　和歌をも含む仮名日記であろうか。○宮　為平親王家。○借り　道綱母が借りの意。○后の宮　村上天皇皇后安子。為平親王の母。康保元年四月二十九日崩御。○袖の色の歌　道綱母の歌。人はみな衣服が鈍色に変わるが、松は緑のままで変らないのは后の宮の崩御を知らないのだろうの意をこめる。一説に毎年成長してゆく為平親王を暗にたとえて亡き母后への悲しみを新たにそそられるという気持を含めるかと推定する。

尚侍の殿、「天の羽衣といふ題をよみて」ときこえさせ給へりければ、

ぬれ衣にあまの羽衣結びけりかつは藻塩の火をし消たねば

〈現代語訳〉

尚侍さまが、「天の羽衣という題の歌を詠んで」とご所望なさったので、

海人が、海水に濡れた衣服に天の羽衣を結びつけて、空高く上りました。一方では藻塩を焼く火を消さないままに。すなわち、浮名の濡衣で（無根の噂がぱっと立って）お困りですが、天の羽衣を結びつけ、同時に藻塩を焼く火を消さないのでぬれ衣は乾きとんでしまうでしょう。

〈語釈〉○尚侍の殿　貞観殿登子。二〇二頁参照。○ぬれ衣にの歌　道綱母の歌。「ぬれ衣」に「海水でぬれた衣」と「無根の疑い」、「あま」に「海人」と「天」を掛け、藻塩、火、消たぬなど縁語であやなす。天の羽衣すなわち天人の羽衣を着て空高く舞い上るので、浮名がぱっと立つことをたとえる。「藻塩の火を消たねば」というので、その火で「ぬれ衣」を乾かすことができる意。一説「思いの火を燃やしたままでしたから」の意にとる。

〈解説〉作歌の事情が判明しないので題詠として訳しておく。底本「ぬれ衣に」の歌なし。

陸奥国に、をかしかりけるところどころを、絵にかきて、持てのぼりて見せ給ひければ、
　陸奥のちかの島にて見ましかばいかに躑躅のをかしからまし

〈現代語訳〉　陸奥国で興味を感じたあちらこちらの名所を、絵にかいて、京へ持ち帰って見せてくださったので、
　陸奥のちかの島で、間近にこの絵の実景を見たら、どんなに躑躅の岡はすばらしいことでしょう。

〈語釈〉○持てのぼりて　主語は道綱母の父倫寧であろうか。倫寧が陸奥守の任（天暦八年）を終えて天徳三年末から四年春ごろ、帰京した時のことであろう。五頁や一二頁参照。○陸奥のの歌　道綱母の歌。「ちかの島」詳細は不明。奥州塩釜の浜をあてられる。その「ちか」に「近」を掛ける。「躑躅の岡」の「をか」に「をかし」を掛ける。一〇六頁参照。

〈解説〉　底本「陸奥国に」以下「ければ」まで詞書の部分なし。

ある人、賀茂の祭の日、むこどりせむとするに、男のもとより、あふひうれしきよし、いひおこせたりける返りごとに、人に代りて、

頼まずよ御垣をせばみあふひばは標のほかにもありといふなり

〈現代語訳〉

ある人が、賀茂の祭の日に、婿取りをしようとしたところ、男の方から、葵祭の日に結婚とは二重にうれしいということを、言ってよこした返事に、その人に代って、

逢う日でうれしいというお言葉は信頼できませんわ。神域が狭いので葵草は外まではみ出ているように、私のほかにもお逢いになる人がおありとのことですから。

〈語釈〉○むこどり　娘に婿をとること。招婿婚の時代で婿が娘のもとに通う。○あふひ　賀茂祭に使う「葵」に「逢ふ日」を掛ける。○頼まずよの歌　道綱母の歌。底本「たのみすな」。改訂説に従う。「あふひ」に「葵」と「逢ふ日」を掛け、み垣・標など一首賀茂神社の縁語であやなす。

親の御忌にて、一つところに、はらからたち集りておはするを、異人々は、忌果てて、家に帰りぬるに、ひとりとまりて、

深草の宿になりぬる宿守るととまれる露のたのもしげなさ

返し、為雅の朝臣、

深草はたれもこころにしげりつつ浅茅が原の露と消ぬべし

〈現代語訳〉

親の服喪で、同じ家にきょうだいたちが集っていられたが、ほかの人たちは忌日が終って、自分の家に帰ってしまったのに、一人あとに残って、

父亡きあと、すっかり荒れて草の深い邸になってしまったこの深草の宿に、一人残って守っていると、我が身も草葉におく露のようにはかなく消える思いをしています。

返歌は、為雅の朝臣、

あなたと同じように、私の心も悲しみに深く包まれて、浅茅が原におく露のようにはかなく消えてしまいそうです。

〈語釈〉○親の御忌　父倫寧の服忌。倫寧は貞元二（九七七）年に没している（『尊卑分脈』）。作者四十一歳前後。○はらから　兄弟姉妹たち。元来同母の場合を言ったが、異腹のきょうだいもいう。長能もその一人。『長能集』（宮内庁書陵部蔵）に、「故守なくなりて後、人々家に集まりて侍りしを、みなあかれて、傅

の殿の母北の方はとまりて、しばし住みてほかへ渡り給ふとて、はなだの草子に書きつけ給へりし、ここにとも知らでや君はすぎにけむたてば悲しき深草の宿　返し　おぼつかなたが書きつけしことのはぞ見れば涙のかきくらしつつ」とある。この時のものであろう。○忌果て　四十九日が終って。○深草の歌　道綱母の歌。地名「深草（京都市伏見区）」に、荒れて「草が深く」なった意を掛ける。○為雅　道綱母の姉婿。六五頁参照。○深草はの歌　為雅の歌。「深」草と「浅」茅を対比。深草、茂り、浅茅が原、露、消ぬは縁語。

当帝の御五十日に、亥の子の形を作りたりけるに、

よろづ代を呼ばふ山べの亥の子こそ君が仕ふるよはひなるべし

〈現代語訳〉

今上帝のご生誕五十日目のお祝いに、猪の像を作った時に、

万代にわたって万歳を唱えつづける猪の声こそ、あなたさまがお仕えになっていられる皇子さまのご寿命でございましょう。

〈語釈〉○当帝　一条天皇。天元三（九八〇）年六月一日生誕。母は兼家の二女詮子。時姫腹で円融帝の女御。一説、円融帝（天徳三〈九五九〉年生誕）と見る。○五十日　六三三頁参照。天元三年七月二十日に当る。○亥の子　猪。猪は多産なめでたい動物とされた。○形　置物とも絵とも解される。道綱母が詮子にお

祝いとして贈った。○よろづ代をの歌　道綱母の歌。この歌を添えてお祝品を贈った。「君」は詮子をさす。一説、「君に」と改め、猪が新皇子（当帝）に仕えるの意とする。「べし」は「こそ」の結びとしては破格。

殿より八重山吹を奉らせ給へりけるを、
たれかこの数はさだめしわれはただとへとぞ思ふ山吹の花

〈現代語訳〉
殿から八重山吹を贈られたのに応えて、
だれがこの山吹の花弁の数を八重などと決めたのかしら。私は訪えと、同じ響きの十重だとよいと思います。

〈語釈〉○殿　兼家。○奉らせ給へり　「奉る」は道綱母への敬語。「せ」「給ふ」は兼家への敬語。○たれかこの歌　道綱母の歌。「とへ」に「十重」と「訪へ」を掛ける。八重山吹を贈って来て兼家が「いかが見る」と感想を問うたのに答えた歌。『詞花集』雑上・『玄々集』（能因撰）に入集。

はらからの、陸奥国の守にてくだるを、長雨しけるころ、そのくだる日、晴れたりければ、かの国に河伯といふ神あり、

わが国の神の守りや添へりけむかわくけありし天つそらかな

返し、

いまぞ知るかわくと聞けば君がため天照る神の名にこそありけれ

〈現代語訳〉

兄弟が陸奥国の守になって任国へ下るのに、長雨が続いたころ、この下る当日は晴れたので、――その国に河伯という神がある、

あれほど降っていた空が、河伯の神のご霊兆があって、晴れる気配が見えておりますよ。任国の神の御加護を頂くのでございましょうか。

返歌、

河伯の神のおかげで長雨があがったと聞きましたので、今やっとわかりましたよ。河伯とはあなたのためには大空を照らす天照大神のご別名であったのですね。

〈語釈〉○はらから　不詳。理能か長能か。ただし両人とも陸奥守になった記録がない。○河伯　宮城県亘理郡にあった安福河伯神社。○わが国のの歌　はらからの歌。「河伯」に「乾く」、「け」に「気配」と神意

照」大神の御名を掛ける。

鶯(うぐひす)、柳の枝にありといふ題を、
わが宿の柳の糸は細くともくるうぐひすは絶えずもあらなむ

〈現代語訳〉
鶯(うぐいす)が柳の枝にとまっているという題を、
私の家の柳の枝は、たとえ糸のように細くても、訪れる鶯がいつも絶えることなしに飛んで来て、よい声を聞きたいものだ。

〈語釈〉〇わが宿のの歌　道綱母の歌。細く、くる（「繰る」と「来る」を掛ける）、絶えずは糸の縁語。『玉葉集』春歌上に第四句「くる鶯の」で入集。『玄々集(げんげん)』にも入る。

傅(ふ)の殿、初めて女のがり、やり給ふに、代りて、
今日(けふ)ぞとやつらく待ち見むわが恋は始めもなきがこなたなるべし
たびたびの返りごとなかりければ、ほととぎすの形(かた)を作りて、

飛びちがふ鳥のつばさをいかなれば巣立つ歎きにかへさざるらむ

なほ返りごとせざりければ、

ささがにのいかになるらむ今日だにも知らばや風のみだるけしきを

また、

絶えてなほすみのえになき中ならば岸に生(お)ふなる草もがな君

返し、

住吉(すみよし)の岸に生ふとは知りにけり摘(つ)まむ摘まじは君がまにまに

〈現代語訳〉

傅(ふ)の殿が、はじめて女のもとに手紙をおやりになる時に、代って、

今日こそ、お返事がいただけるかとせつない気持で待つことでしょうか。私の恋は始めがわからないくらい無始以来(むしいらい)のもので、けっして昨日今日の気まぐれなものではありません。

たびたび手紙をやっても返事がなかったので、ほととぎすの像(かた)を作って、

ほととぎすは飛びまわる翼を持ちながら、どうして、その翼を返して巣のある木にもど

り、巣立とうとして嘆いている卵を自分で孵(かえ)さないのでしょうか。すなわちあなたは他の方と文を交わしていながら、なぜ、こんなに嘆くはじめての私に返事をくださらないのでしょう。

やはり、返事をしなかったので、

私はいったいどうなるのでしょう。せめて、今日だけなりと、知りたいものです。私の手紙をご覧下さったあなたの気持を。

また、

どうしても結婚できる縁のない仲なのでしたら、恋の苦しさが忘れられるよう住の江の岸に生えていると聞く恋忘れ草がほしいものです。あなた！　私の気持をお汲みとりくださってお手紙を。

返歌、

へえー　忘れ草が住吉に生えているとは、今はじめて知りました。でもね、それを摘もうと摘むまいと、ハイ、それはあなたのご自由にあそばして。

〈語釈〉○**傅の殿**　道綱。彼は寛弘四年一月二十八日に東宮（居貞親王）傅になり、居貞親王践祚（三条天皇）の同八年六月十三日に辞した。したがってこの歌集は寛弘四年以後の成立であることはたしかである。以下「わかつより」の歌まで道綱の結婚に関する歌である。○**代りて**　道綱母の代詠。○**今日ぞとやの歌**　道綱母の歌。「始めもなき……」は仏語「無始以来」の訓読という。果てしのない前世よりの意。○**形**　置き物とも絵とも考えられる。前者か。○**飛びちがふの歌**　道綱の歌。「嘆き」の「き」に「木」、「返さ」と「孵さ」を掛ける。ほととぎすは自分の卵を鶯や百舌、頬白の巣に産んで、自分は育てない習性を持つゆえ（『万葉集』巻九にも見られる）。「巣立つ」は卵が鳥になり巣を立つこと。○**ささがにの歌**　道綱の歌。「ささがに」は蜘蛛の異名（自分をさす）で、かつ「い」の枕詞。「いかに」の「い」に、「蜘蛛の巣」の「い」をかけ、「乱る（蜘蛛の巣を乱す意の他動詞）」に、道綱の手紙を見た意の「見たる」を掛ける。○**絶えてなほの歌**　道綱の歌。母の代詠か。「すみのえ」は大阪市住吉区の海岸。「すみ」のえに「住み（夫が妻のもとに通い住む）」、すみの「えに」に「縁」を掛ける。「道知らば摘みにもゆかむ住江の岸に生ふてふ恋忘れ草」（『古今集』墨滅歌・貫之）を本歌。○**住吉のの歌**　女の歌。「住吉」は住江と同じ所。「別れをば山の桜に任せてむとめむとめじは花のまにまに」（『古今集』離別・幽仙法師）と下句同表現。

〈解説〉「今日ぞとや」から、「住吉の」の歌までは一連の歌で、同じ女性への道綱の求婚歌（四首）と返歌と考えられる。母の代詠や指導、添削もあるであろう。

実方の兵衛佐にあはすべしと聞き給ひて、少将にておはしけるほどのことなるべし、

返し、

柏木の森だにしげく聞くものをなどか三笠の山のかひなき

柏木も三笠の山も夏なればしげれどあやな人の知らなく

〈現代語訳〉

実方の兵衛佐と結婚させるつもりだとお聞きになって、当時少将でいられた時のことであろう。

柏木の森にさえも、しげしげ文通があると聞いておりますのに、どうしてこの三笠の山には、お手紙もいただけず、思うかいがないのでしょうか。

返歌、

柏木も三笠の山も、夏のことゆえ、木がよく茂っております。イエイエどちらからもしきりにお手紙をくださいますけれど、あいにく私は存じませんよ。

〈語釈〉○実方　藤原実方。師尹（小一条左大臣。二八三頁参照）の孫。歌人として著名。彼が兵衛佐と呼ばれたのは天元元（九七八）年二月二日から永観二（九八四）年二月一日まで（『中古歌仙三十六人伝』）。

○あはすべし　結婚させよう。○少将　道綱は天元六（九八三）年二月から寛和二（九八六）年十月まで左近衛少将（『公卿補任』）。したがってこの話は天元六年（四月永観元年と改元）の夏のことか。○柏木のの歌　道綱の歌。「柏木」は兵衛の異名（三〇頁参照）、実方をいう。「三笠」は近衛の異名。道綱自身をたとえる。「だに」自分より下位の実方ですら。「かひ」は「峡（山あい）」に「効」をかける。山の縁語（木、森、しげく、峡）であやなす。○柏木もの歌　女の歌。「わが恋はみ山がくれの草なれやしげさまされど知る人のなき」（『古今集』恋二・小野美材）を本歌とし相手の恋に逆用している。「あなや」は「あやなし」の語幹。

〈解説〉当時道綱は二十九歳、実方は不詳。水野隆氏が『大斎院前の御集』中に「さねかたの兵ゑのすけのけさうする、みつなかゞむすめを、みちつなのせうしやうえつときくに……」とある詞書によって、この女性は、源満仲の娘であり、永観元（九八三）年十月ごろ道綱との仲が成立したと言っていられるが妥当と思う（『文芸と批評』第三巻第十号）。

返りごとするを、親はらから制すと聞きて、まろこすげにさして、
　うちそばみ君ひとり見よまろこすげまろは人すげなしといふなり

〈現代語訳〉
女が返事をするのを、その親や兄弟がとめていると聞いて、まろこすげに挿して、

そっと横を向いて、あなた一人だけで見てください。みなさんは私のことを素っ気ないと言っていられるそうですから。

〈語釈〉○まろこすげ　菅（すげ）の一種。ここは同音を繰り返すことにより美しいリズムを生むための枕詞で「まろ」にかかる。○すげなし　そっけない意に「菅（すげ）」を掛ける。

わづらひ給ひて、

みつせ川浅さのほども知られじと思ひしわれやまづ渡りなむ

返し、

みつせ川われより先に渡りなばみぎはにわぶる身とやなりなむ

〈現代語訳〉

病気になられて、

亡者（もうじゃ）がわたる三途（さんず）の川の深さ浅さのほどもわかるまいと不安に思っていた私が先に渡るのでありましょうか。

返事、

あなたが三途の川を私より先にお渡りになられたら、あとに残った私は水ぎわで嘆き悲しむ身となるでしょう。先にお渡りにならないで！　あの世に行かないで。

〈語釈〉○わづらひ給ひて　道綱が病気をしたこと。天延二年の疱瘡をさすのかもしれない（二八一項）。○みつせ川浅さの歌　道綱の歌。底本「しらはし」、『道綱母集』などは「しらせじ」。この歌は「しられじ」で『新千載集』哀傷歌に入るのでそれに従う。○みつせ川われよりの歌　女の歌。

返りごとする折、せぬ折のありければ、
かくめりと見れば絶えぬるささがにの糸ゆゑ風のつらくもあるかな

〈現代語訳〉
返事をよこす時と、よこさない時とがあったので、
巣をかけているようだと思うと、風のために切れてしまう蜘蛛の糸のように、手紙を書いてくださるかと思うと、人にとめられて、ぱったりたよりがとだえてしまう、よいかげんなあなたの心がつらく思われます。

〈語釈〉○返りごと……　女が返事をよこす時とよこさぬ時がある。○かくめりとの歌　道綱の歌。蜘蛛（くも）が巣を「掛く」に、手紙を「書く」を掛ける。「風」に女の冷い心、女からのたより、女を制止する周囲の者の無情さをたとえるとも解せられるが、制せられると手紙をよこさぬ、ふらふらの女の心と解する。

七月七日、
たなばたにけさ引く糸の露をおもみたわむけしきも見でややみなむ

〈現代語訳〉
七月七日、
七夕（たなばた）祭のためにけさ竹の竿の先に掛けた五色の糸が露を含みたわんでいますが、そのように、私になびいてくれるあなたの様子は結局見ずじまいになるのでしょうか。

〈語釈〉○七月七日　七夕祭の日。○たなばたにの歌　道綱の歌。七夕祭は宮中の清涼殿（せいりょうでん）の東庭でも種々の事が行われたが、貴族の家でも竹の竿（さお）の先に五色の糸をつけ針仕事や習字、和歌の上達を希（ねが）うのでこの糸を願いの糸と呼ばれた。前夜または当日早朝にかける。

これは、あしたの、

わかつよりあしたの袖ぞ濡れにける何をひるまの慰めにせむ

〈現代語訳〉

これは、後朝の歌、

袖をわかって別れるや否や帰途、もう私の袖はあなた恋しさの涙でぬれてしまいました。この袖のかわく昼間は何を慰めにして過ごせばよいのでしょうか。今宵が待ち遠しい！

〈語釈〉○あしたの　結婚の翌朝、後朝の歌の意。底本「あした」、他の第一類本は「あしたの」。○わかつよりの歌　道綱の歌。底本「ろ（「か」と「つ」の接近で「ろ」と誤写）より」袖をわかつ、すなわち別れる意。「濡れる」に露に「濡れる」と涙に「濡れる」を掛け、「あした」と「ひるま」を対比させ、「ひるま」に「昼間」と「干る間」を掛ける。

〈解説〉「柏木の森……」と「柏木も……」の歌は道綱と源満仲女との贈答と判明したが、そのあと「返りごとするを……」の詞書の歌「うちそばみ……」の歌が、満仲女へ贈った歌かははっきり断言できない。ただ、「わづらひ給ひて」の詞書を有する「みつせ川」の贈答歌はすでに契りを交わした仲の二人と見られるので、まず満仲女との贈答と推定すると（ただしこれも断言できない）

「うちそばみ」の歌も同女への歌とも考えられる。

また、「返りごとする折……」の詞書の「かくめりと」の歌、七月七日の「たなばたに」の歌が、だれに贈った歌か判明しない。道綱は満仲女（推定）以外にも幾人かの女性と関係し子女をもうけているので、「わかつより」の歌も満仲女への後朝の歌と断定することは危険である。したがって一応個々に切り離して読んだ。

入道殿、為雅の朝臣の女を忘れ給ひにけるのち、日蔭の糸結びてとて、給へりければ、それに代りて、

かけて見し末も絶えにし日蔭草何によそへて今日結ぶらむ

〈現代語訳〉

入道殿が、為雅の朝臣の女にお通いにならなくなって後、日蔭の蔓を編んでと言っておよこしになったので、その女に代って、

行く末かけて契った仲も絶えて今は日蔭の身となった私にこの日蔭草を何になぞらえて、今日は結べばよろしいのでしょう。

〈語釈〉○入道殿　藤原義懐。兼家の長兄伊尹（五六六頁参照）の息。権中納言。花山天皇（生母は義懐の

姉懐子）の時代に実権を握ったが、同天皇の譲位落飾の際出家した。道綱母の姉と為雅の間に生まれた女子が義懐の妻となり、成房など三人の子をもうけている。底本「にうたう殿中納言」。中納言は傍記の混入である。○日蔭の糸　日蔭の鬘。新嘗祭や大嘗祭などの神事に用い、冠の左右にたらす。つる草なので「糸」という。後、青い組ひもで代用した。○それに代りて　姪の為雅女に道綱母が代って義懐への歌を詠んだ。○かけて見しの歌　道綱母の歌。日蔭草は日蔭の鬘のこと。「かけて見し」に「日蔭の鬘を冠にかけて垂らして見る」意と「将来をかけて夫婦の契りを交わす」意を掛け、「末」に「鬘の糸の端」と「夫婦仲の末」を掛ける。○絶ゆ、結ぶも日蔭草の縁語。『続後拾遺集』恋四に「東三条入道摂政かれがれなるさまに見え侍りけるころ五節のほどに日蔭の糸結びてとありければつかはすとて、右近大将道綱母」ではいる。義懐を兼家にしている。

女院、いまだ位におはしましし折、八講行なはせ給ひける捧げ物に、蓮の数珠まゐらせ給ふとて、

　唱ふなるなみの数にはあらねども蓮の上の露にかからむ

〈現代語訳〉

女院がまだ后でいられたころ、法華八講を行わせられた、その捧げ物に、蓮の実の数珠をおさしあげなさるというので、

　極楽浄土で微妙な声で唱えているという摩尼の法水の波には及びもつきませんが、せめ

て蓮の上の露のめぐみにあずかりたいものでございます。

〈語釈〉○女院　東三条院。詮子（五二二頁参照）天元元年十一月四日女御、寛和二年七月五日皇太后、正暦二（九九一）年九月十六日出家（『日本紀略』）。○位におはし　出家以前の意。○八講　法華八講（法華経八巻を一日に朝、夕一巻ずつ四日間講説する法会）。『日本紀略』正暦元年十二月八日の条に「皇太后修法華八講訪先妣（藤時姫）菩提」とある。○数珠まゐらせ　蓮の実を干して作った数珠を道綱母が詮子にさしあげなさる。○唱ふなるの歌　道綱母の歌。「唱ふなる波」は観無量寿経「其摩尼水、流注華間、尋樹上下、其声微妙」によるという。『続後撰集』釈教歌に「上東門院御さまかはりて後、八講おこなはれける捧げ物調じて奉るとて」として、東三条院を上東門院（彰子）に誤って入集。

おなじころ、傅の殿、橘をまゐらせ給へりければ、

かばかりもとひやはしつるほととぎす花橘のえにこそありけれ

返し、

橘のなりものぼらぬみを知れば下枝ならではとはぬとぞ聞く

〈現代語訳〉

同じころ、傅の殿が橘をおさしあげになったので、

今まではこれほどまで心をこめたお尋ねはございませんでしたが、花橘の枝に寄るほ

ととぎすのように、これも橘すなわち昔のご縁でございましたのね。

返歌、

橘の実が上にならないように、うだつの上らない我が身のほどはわきまえておりますので、下枝でなくては飛ばないと聞くほととぎす同様、私も身分の低い方でなければ訪わずにおる次第でございます。

〈語釈〉○橘をまゐらせ　道綱が詮子に橘をさしあげたのであろうか。○かばかりもの歌　詮子の歌。「香」と「斯」、「飛び」と「問ひ」、「枝に」と「縁に」を掛けて橘の縁語であやなす。橘の縁でほととぎすを出し道綱を擬す。「さつき待つ花橘の香をかげば昔の人の袖の香ぞする」（『古今集』夏・読人しらず）を踏まえる。○橘のなりもの歌　道綱の歌。底本「なりものならぬ」、注記「ほら（底本ち）ぬ」に従い「のほらぬ」ととる。橘の実が上部にならないことに、自分の出世しないことをいう。「実」に「身」、「飛ばぬ」に「訪はぬ」を掛ける。

小一条の大将、白川におはしけるに、傅の殿を、「かならずおはせ」とて、待ちきこえ給ひけるに、雨いたう降りければ、えおはせぬほどに、随身して、「しづくをおほみ」ときこえ給へりける返りごとに、

濡れつつも恋しき道は避かなくにまだきこえずと思はざらなむ

〈現代語訳〉

小一条の大将が、白川においでになったときに、傅の殿を、「かならずおいでください」と言って、お待ちしておられたのに、雨がひどく降ったので、お出かけになれぬところに、随身をさしむけて、「しづくをおほみ」と申し上げられた、その返事に、

たとえ、濡れながらでも恋しい道は避けようといたしませぬのに、まだ私が訪れないとお思いくださいますな。きっとお伺いいたします。

〈語釈〉○小一条の大将　藤原済時。師尹（二八三頁参照）の息。貞元二（九七七）年十月十一日右大将、正暦六年四月二十三日薨去（『公卿補任』）。○白川　京都市左京区北白川辺。当時貴族の別荘地帯であった。○しづくをおほみ　「ほととぎす待つとき鳴かずこの暮やしづくをおほみ道やよくらむ」（『古今六帖』第一・雫）に拠る。雫が多いので道を避けて来ないのでしょう。ぜひいらしてくださいの意。また「招く人が多いので我が家以外の所へおいでなのでしょう」といささかいや味をこめたともとれる。○濡れつつもの歌　道綱の歌。「しづくをおほみ」の歌を踏まえて社交的にそつなく返歌した。

中将の尼に、家を借り給ふに、貸したてまつらざりければ、

返し、

蓮葉の浮葉をせばみこの世にも宿らぬ露と身をぞ知りぬる

蓮にもたまゐよとこそ結びしか露は心をおきたがへけり

〈現代語訳〉

中将の尼に、家をお借りになろうとしたが、お貸ししなかったので、

私は、家をお借りすることができず、また、極楽の蓮の葉が狭くて露がたまらぬように蓮台に載せていただくこともできず、この世はもちろんあの世でも安住するところのない、露のようにはかない身であると悟りました。

返事、

蓮にも露が宿るように、極楽浄土の蓮台に魂居よと、み仏は衆生済度の願いを約束されました。それなのにどこにも宿れないなどとおっしゃるのはあなた、お思いちがいをしていらっしゃいますのね。

〈語釈〉○中将の尼　大和守源清時（宇多天皇の曽孫）の女。歌人。○蓮葉のの歌　道綱母の歌。蓮葉は尼

にちなんで言い、極楽の蓮台を暗にいう。「宿らぬ」に「露が宿れぬ」と「家が借りられぬ」意を掛ける。○蓮にもの歌　中将の尼の歌。「たま」に「露（道綱母をたとえる）」と「魂」を掛ける。「魂居よ」にたまさかいらっしゃいをひびかすか。「結びしか」は仏が衆生済度の誓願を立てたことをいう。たま、結び、おきなど露の縁語であやなす。

粟田野見て、帰り給ふとて、

花すすき招きもやまぬ山里に心のかぎりとどめつるかな

〈現代語訳〉

粟田野を見て、お帰りになろうとして、

薄の美しい穂がいつまでも私を招いているこのすばらしい山里に、すっかり心を奪われ、体は帰るが、心のすべてをあとに残してしまったことよ。

〈語釈〉○粟田野　京都市東山区。粟田口辺の野（二八三頁参照）。○花すすきの歌　道綱母の歌。「心のかぎり」は心のありったけ。

故為雅の朝臣、普門寺に、千部の経供養するにおはして、帰り給ふに、小野殿の花、いと

おもしろかりければ、車引き入れて、帰り給ふに、

　薪こることはきのふに尽きにしをいざをのの柄はここに朽たさむ

〈現代語訳〉故為雅の朝臣が普門寺で千部の経供養をするのにおいでになって、お帰りなさる途中、小野殿の桜の花がたいそうきれいであったので、車を邸内に引き入れて、ご覧になってお帰りになるときに、

　苦しい仏法の行事は昨日で終ったので、さあ、今日はこの小野の仙境で、心ゆくまで花を賞美することにしましょう。

〈語釈〉○**故為雅**　道綱母の姉婿（六五頁参照）。長保四年二月三日以前に没す（『権記』の同日の記事による）。○**普門寺**　京都市北郊岩倉村長谷にあった寺。○**千部の経供養**　千部の経を写して仏に供える法会。○**おはして**　道綱の母が主語。○**小野殿**　小野は京都市左京区大原の辺。為雅の父文範の山荘か。○**薪こるの歌**　道綱母の歌。「薪こる」は法華経提婆達多品に「採レ果汲レ水拾レ薪設レ食」とあり、行基（三六九頁参照）の作という「法華経をわが得しことは薪こり菜つみ水くみ仕へてぞ得し」（『拾遺集』哀傷）などによる。ここでは千部の経供養をさす。「をのの柄はここに朽たさむ」は晋の王質が山中（仙境に迷い込み）で仙童の囲碁を見ていたが、一局終らぬ中に手にした斧の柄が腐ってしまい村へ帰ると知人はすでに亡くなっていたという故事（『述異記』）により、時の経つのを忘れて桜の花をながめようと詠んだもの。「斧」に

「小野」を掛ける。この歌は『拾遺集』巻二十哀傷に入集。『枕草子』にも見え、『玄々集』にも入る。

駒競べの負けわざとおぼしくて、銀の瓜破子をして、院に奉らむとし給ふに、「この笥にうたむ」とて、摂政殿より、歌きこえさせ給へりければ、

　千代も経よたちかへりつつ山城のこまにくらべしうりのすゑなり

〈現代語訳〉

競馬の負けわざということらしく、摂政殿が銀製の瓜の形をした破子をこしらえて、院にさしあげようとなさったときに、「この器に彫りつけたい」といって、摂政殿から歌をご所望になったので、

　たちかえりたちかえり、千年も経るがよい。山城の狛の畠で仲間といっしょに仲よく生っていた瓜の末生りよ。駒競べの結果、作られたこの銀づくりの瓜破子もいつまでもこわれずお役に立てよ。

〈語釈〉○駒競べの負けわざ　競馬（端午の節か）に負けた方が勝った方を招いて饗応すること。○瓜破子　瓜を横に切ったような形をした破子（二二二頁参照）。○院　冷泉院か。○この笥　その瓜破子。○うたむ　彫金の技術で和歌を彫りつけたいとの意。○摂政殿　兼家。兼家は寛和二（九八六）年六月二十四日から正

暦元（九九〇）年五月五日まで摂政、その年七月二日に薨去（『公卿補任』）。ここは後の身分で記す。〇千代も経よの歌　道綱母の歌。山城のこまは京都府相楽郡山城町の「狛（地名で瓜の名産地）」に「駒」を掛け、「こまにくらべ」に「駒競べ」と「狛で瓜が頭を並べて仲よく生えて」いたことを掛け、「末成り」（最後に実ったもの）に、負けた結果作った意を掛ける。破子が瓜の形をしているので瓜に見立て、それに関する修辞技巧で一首を仕立て、それが駒競べの負けわざのものであることを詠んでいる。なお、この歌は催馬楽「山城」の「山城の狛のわたりの瓜作り」を踏まえている。道綱母の歌才が縦横に発揮されたもので、兼家の右大将の時代のものであろうか。

絵のところに、山里にながめたる女あり、ほととぎす鳴くに、

都人寝で待つらめやほととぎす今ぞ山べを鳴きて過ぐなる

この歌は、寛和二年歌合にあり。

〈現代語訳〉

絵の所に、――山里で物思いにふけっている女がいて、ほととぎすが鳴いている、それに、

都の人は、ほととぎすの声を聞きたいと、ずっと起きて待っていることであろう。当のほととぎすが、今ちょうど、この山のあたりを鳴きながら飛んでゆくようだ。

この歌は、寛和二年歌合にある。

〈語釈〉○絵のところに　色紙にこの歌を書き絵に張りつけたのだろう。○山里に……　その絵の説明。○都人の歌　道綱母の歌。『拾遺集』夏に「今ぞ山べに（をイ）鳴きて出づなる」で入集、『玄々集』にも載る。藤原清輔の『袋草紙』に「時鳥秀歌五首」の一つに数えられている。「や」反語の意ともとれる（この場合「寝て」となる）が、詠嘆ととっておく。○寛和二年　寛和二年六月十日内裏歌合に（道綱出席）詠進。

法師の、舟に乗りたるところ、

わたつうみはあまの舟こそありと聞けのりたがへても漕ぎ出けるかな

〈現代語訳〉

法師が舟に乗っているところの絵に、

海には海人すなわち尼の乗る舟があると聞いているが、法師の乗った舟とは、法に違い、乗りまちがえて漕ぎ出したのだなあ。

〈語釈〉○法師の……　『拾遺集』雑下に「屏風に法師の舟に乗りて漕ぎ出でたるところ」の詞書で入る。○わたつうみの歌　道綱母の歌。「あま（海人）」に「尼」を掛け、「の（乗）り」に「法」を掛ける。法の舟は極楽の彼岸へ衆生を運ぶ舟の意で仏法をたとえる語。諧謔の歌。

殿、離れ給ひてのち、「かよふ人あべし」などきこえ給ひければ、
　今さらにいかなる駒かなつくべきすさめぬ草とのがれにし身を

〈現代語訳〉
殿がお通いにならなくなった後、「通ってくる人があるのだろう」などと、申し上げなされたので、
　今さら、いったいだれが私などに寄りつきましょうか。馬でさえ、見向きもしない枯草のように、世を離れてしまった年寄りの私ですもの。

〈語釈〉○きこえ給ひ　「きこゆ」は道綱母、「たまひ」は兼家に対する敬語。○今さらにの歌　道綱母の歌。この歌だけが『蜻蛉日記』の本文と重複している（六八六頁参照）。

歌合に、卯の花、
　卯の花の盛りなるべし山里のころもさほせる折と見ゆるは
ほととぎす、

ほととぎす今ぞさわたる声すなるわが告げなくに人や聞きけむ
あやめ草、
あやめ草今日のみぎはをたづぬればねを知りてこそかたよりにけれ
ほたる、
さみだれや木暗き宿の夕されは面照るまでも照らすほたるか
とこなつ、
咲きにける枝なかりせばとこなつものどけき名をや残さざらまし
蚊遣火、
あやなしや宿の蚊遣火つけそめて語らふ虫の声をさけつる
蟬、
送るといふ蟬の初声聞くよりぞ今かとむぎの秋を知りぬる
夏草、
駒や来る人や分くると待つほどにしげりのみます宿の夏草
恋、
思ひつつ恋ひつつは寝じ逢ふと見る夢をさめてはくやしかりけり
祝ひ、
数知らぬまさごにたづのほどよりは契りそめけむ千代ぞすくなき

こころえぬところどころは、本のままに書けり。賀の歌は日記にあれば書かず。

〈現代語訳〉

歌合に、卯の花、

卯の花の盛りなのであろう。山里が、ちょうど衣服をほしている時のように見えているのは。

ほととぎす、

ほととぎすが今まさに飛んでゆくらしい声が聞こえる。私は知らせてやらないが、あの人は聞いたかしら。

あやめ草、

五月五日の今日、あやめ草を求めて水辺に行くと、あやめがほしいという自分の声を聞き知ってこちらに好意を寄せて、そばへ寄って来たよ。

ほたる、

折から五月雨で木の茂みのため暗いこの宿の夕暮は、光がぱっと顔にあたって恥ずかしくなるくらいに、明るく螢が照らすことよ。

とこなつ、

次々と花の咲く枝がなかったならば、この花は常夏（とこなつ）というのどかな名を残さなかったであろう。美しい花が賞美されて名が残った。

蚊遣火（かやりび）、

思慮のないことをしたなあ、家の蚊遣火をつけそめて、楽しく鳴きかわしている虫の声を遠ざけてしまったことよ。

蟬（せみ）、

「麦秋（ばくしゅう）を送る」という五月の蟬の初声を聞いたとたん、もう麦の実る時節になったのかとさとった。

夏草、

馬が草を求めて来るかしら、それともあの人が踏みわけて訪れるかしらと待つうちに、馬も人も来ず、わが家は夏草のみずんずん茂っていくことよ。

恋、

あの人のことを恋しく思いながら寝ることはもういたしますまい。逢ったと夢に見ても、さめるとかえって苦しくて、なまじっか見なければよかったと悔やまれましたよ。

祝い、

おびただしい数の砂の上に立つ鶴の千年の齢の数に比べると、契りはじめられたお二人の千代の後までもという数はまだまだ不十分、もっと末長く契り遂げられよ。

意味の不明なところは、原本どおりに書いておいた。賀の歌は日記にあるので、ここには書かない。

〈語釈〉○**歌合**　正暦四（九九三）年五月五日東宮居貞親王帯刀陣歌合。居貞親王は後の三条天皇、御母は兼家長女超子（時姫腹）。右の歌合の題とこの十首の題と完全に一致し、そのうち「卯の花」「ほととぎす」「蚊遣火」「蟬」「恋」の五首が右方の歌として見える。どうしてこの歌合に道綱母が詠進したのか詳しい事情はいっさい不明である。○**卯の花の歌**　道綱母の歌。衣は夏の白い衣服。「さほせる」の「さ」美称の接頭語。○**ほととぎすの歌**　道綱母の歌。「さわたる」の「さ」も接頭語。「人」は愛人を想定していう。○**あやめ草の歌**　道綱母の歌。「ね」にあやめを探す声の「音」に、あやめの「根」を掛ける。○**さみだれやの歌**　道綱母の歌。「面照る」は顔に明るい光が当る意に、顔があらわになって恥ずかしい意を掛ける。○**とこなつ**　なでしこの異名。○**咲きにけるの歌**　道綱母の歌。とこなつ（いつも年じゅう夏の意）の名前を、のんびりしていると詠んだ。○**あやなしやの歌**　道綱母の歌。底本「あやなくにことの」。前述の歌合には「あやなしや〻との」とあるのによる。○送るといふの歌　道綱母の歌。「五月蟬声ノ送ル二麦秋ヲ一」（李嘉祐）を踏まえる。『千載佳句』『和漢朗詠集』に見える。「麦の秋」は麦を収穫する季節で夏をいう。○駒や来るの歌　道綱母の歌。「人」は愛人を想定していう。○思ひつつの歌　道綱母の歌。「思ひつつぬればや人の見えつらむ夢と知りせばさめざらましを」（『古今集』恋二・小野小町）を本歌とする。○数知らぬの歌　道綱母の歌。「まさご」こまかい砂。「たづ（鶴の歌語）」に「立つ」を掛ける。○こころえぬ……　書写者の注記。「賀の歌は日記にあれば書かず」と見合わせると巻末歌集についての注記であろうか。○賀の歌　小一条の師尹の賀の屏風歌（六九項）は日記に書かれているからここには書かないという注記である。道綱母の没後、彼女の歌のなくなるのを恐れ、日記に記載されている以外の歌を集め編集し、それを『蜻蛉日記』の巻末に付載する時に、この屏風歌が日記にあることに気づいて、それを省略したことのことわりであろう。

補注

三〇頁　あはつけかりし　底本はじめ主要な写本「あのけかりし」。誤写と考えられる。近世の学者も、「あふなかりし」とか「おふけなかりし」等々種々改訂案を出しているが、『解環』の「あはつけかりし」に一応従い、今後さらに研究をしたい。最近の一説として「あへなかりし」がある。

三九頁　痴れたるやうなりや　あるいは、「知れたるやうなりや」で、私の心中が知られているかのように。

七四頁　かくありありて　底本「かくありつゝき」。「あり続く」という言葉は無理であろう。「かくありつき」、「かくありへて」、「かくありきつつ」等の改訂説があるが、「かくありくて」と推定した。「く」が「つゝ」、「て（天の草体）」が「き（支の草体）」と誤写されたのであろうか。

一〇六頁　道綱母の長歌の中の「涙の川の　はやくより　かくあさましき……」の、「あさましき（あきれるほど）」の「あさ」に「浅」を掛け「川」の縁語であやなす。

一〇八頁　兼家の長歌「ひとりふすまの　床にして　寝覚の月の……」兼家作者に門を開けてもらえず「真木の戸もおそくあくるは……」と詠んだ一件（前述）に兼家が独り寝覚めの床に月を眺めて女に逢えないことをかこっている様子とを重ね合わせた表現とみる説があ

る。十分考えられると思う。従ってよいであろう。

二二三頁　水の声す。例の杉も空をさして　底本「みつのうゑもれいにすきもと有さして」。難解な個所で、一説に「水の声もれいにすぎ、木も空指して」と改訂されているが、前述の如く「初瀬川古川の辺に二本ある杉　年を経てまたも逢ひ見む二本ある杉」（『古今集』雑体・読人知らず）の歌を踏まえて書かれたと考え、一応右のように改訂しておく。

二六〇頁　長かるべしとのみのたまへば、見はて　底本「なかるへしとのみのたまへみえ」。諸説あってなお検討を要するが、私見では右の案か、あるいは今一案として、「なかるべしとのみ見たまへ、見えて（とても助かるまいと存じまして、お目にかかって）」と考えている。

二六〇頁　かぎりにもやなり　底本「小こらよもやなり」。誤写過程からも通説を妥当として従う。

二六五頁　源高明左遷後の西宮邸に関する資料

　後拾遺和歌集第十七　雑三

　西宮の大いまうち君筑紫にまかりて後住み侍りける西の宮の家を見ありきて詠み侍りける　　恵慶法師

1000　松風も岸うつ波も諸共にむかしにあらぬこゑ（おとイ）のするかな

三四六頁　耳おし添へて、まねびささめき　底本「みゝおしそへつまねさゝめき」。兼家が侍女たちの耳に口を寄せて、作者の口癖をまねてささやいて。てれかくしにふざけるしぐさと見ておく。

四三七頁　ここかしこ　底本「すかた」。一案として「こなたに」とも考え得る。

四五九頁　それにも障り給はぬ人　一説では「その物思いにもめげずに夫に連れ添ってゆく人」、また一説では「それも物ともせぬ仏道修行熱心なお人」と作者にとるが、ここは物忌みを冒して山寺まで迎えに赴いたり、道隆や家司(けいし)を派遣したりする人、すなわち作者を捨ておかぬ兼家ととるのが妥当だと思う。

四七六頁　あれより　底本のまま。一説「今日より」と改む。「あれ」を七月三十日を指すとする説に従い、底本のままにする。

四八三頁　など多く　底本「よしおほし」。一説「なおぼし」。誤写過程より改めた。

五六八頁　思ひそめものをこそ思へ今日よりはあふひはるかになりやしぬらむ

現代語訳　あなたのことを思いはじめて悩んでいます。逢う日の名を持った葵祭(あおいまつり)の終った今日からは来年の葵祭まで、イヤまたお逢いできる日まで長く待たねばならないでしょうか。早く逢いたいものです。

六〇五頁　つぎつぎあまたの数こ<u>の矢</u>になむ刺して勝ちぬる

数刺(かずさし)とは、競馬(くらべうま)・相撲(すまい)・競射(きょうしゃ)・歌合(うたあわせ)などの勝負で勝った数だけ串を数立てにさし入れることをいう。ここは道綱が射当てたのをきっかけに味方の者が次々得点を重ねたことをいう。

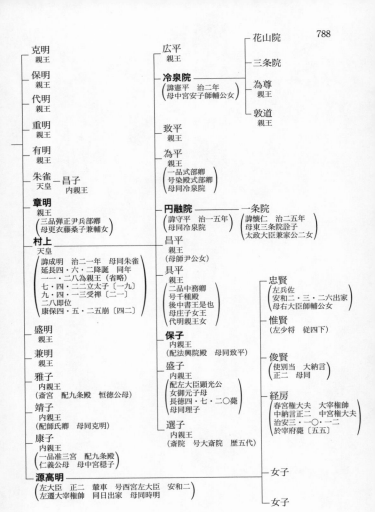

- **克明**親王
- **保明**親王
- **代明**親王
- **重明**親王
- **有明**親王
- **朱雀**天皇
  - **昌子**内親王
- **章明**親王
  （三品弾正尹兵部卿 母更衣藤桑子兼輔女）
- **村上**天皇
  （諱成明　治二一年　母同朱雀 延長四・六・二降誕　同年 一一・二八為親王（省略） 七・四・二二立太子〔一九〕 九・四・一三受禅〔二一〕 二八即位 康保四・五・二五崩〔四二〕）
  - **広平**親王
  - **冷泉院**
    （諱憲平　治二年 母中宮安子師輔公女）
    - **花山院**
    - **三条院**
    - **為尊**親王
    - **敦道**親王
  - **致平**親王
  - **為平**親王
    （一品式部卿 号染殿式部卿 母同冷泉院）
  - **円融院**
    （諱守平　治一五年 母同冷泉院）
    - **一条院**
      （諱懐仁　治二五年 母東三条院詮子 太政大臣兼家公二女）
  - **昌平**親王
    （母師尹公女）
  - **具平**親王
    （二品中務卿 号千種殿 後中書王是也 母庄子女王 代明親王女）
  - **保子**内親王
    （配法興院殿　母同致平）
  - **盛子**内親王
    （配左大臣顕光公 女御元子母 長徳四・七・二〇薨 母同理子）
  - **選子**内親王
    （斎院　号大斎院　歴五代）
- **盛明**親王
- **兼明**親王
- **雅子**内親王
  （斎宮　配九条殿　恒徳公母）
- **靖子**内親王
  （配師氏卿　母同克明）
- **康子**内親王
  （一品准三宮　配九条殿 仁義公母　母中宮穏子）
- **源高明**
  （左大臣　正二　輦車　号西宮左大臣　安和二 左遷大宰権帥　同日出家　母同時明）
  - **忠賢**
    （左兵佐 安和二・三・二六出家 母右大臣師輔公女）
  - **惟賢**
    （左少将　従四下）
  - **俊賢**
    （使別当　大納言 正二　母同）
  - **経房**
    （春宮権大夫　大宰権帥 中納言正二　中宮権大夫 治安三・一〇・一二 於宰府薨〔五五〕）
  - 女子
  - 女子

蜻蛉日記関係系図　一

『本朝皇胤紹運録』『尊卑分脈』により作成。
省略したところもあり、また、不備な点を諸資料に基づき補ったところもある。

皇室・源氏

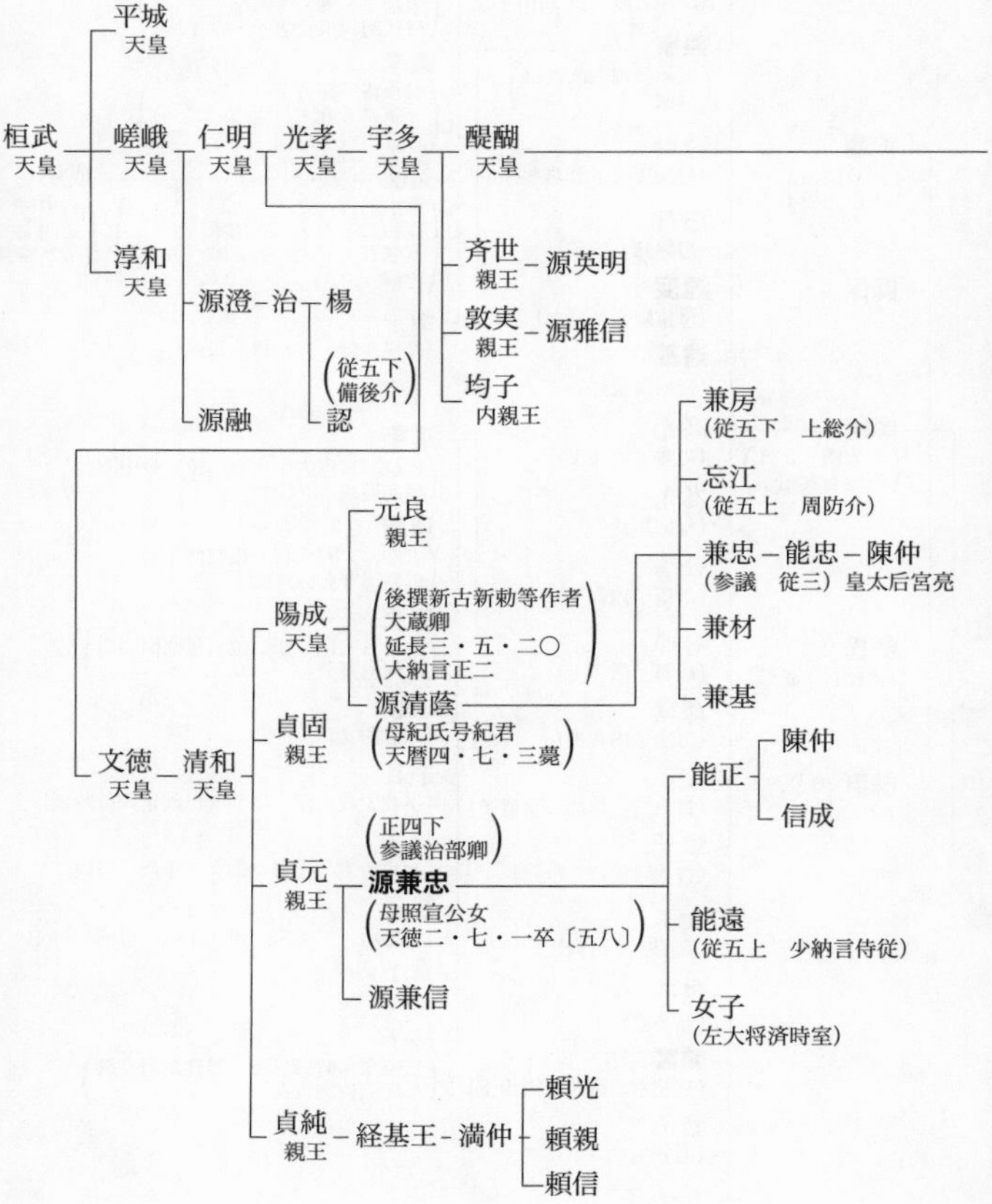

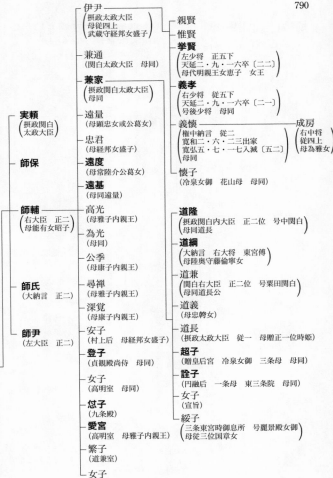

- **実頼**（摂政関白 太政大臣）
- **師保**
- **師輔**（右大臣　正二 母能有女昭子）
  - 伊尹（摂政太政大臣 母従四上 武蔵守経邦女盛子）
    - 親賢
    - 惟賢
    - **挙賢**（左少将　正五下 天延二・九・一六卒〔二二〕 母代明親王女恵子　女王）
    - **義孝**（右少将　従五下 天延二・九・一六卒〔二一〕 号後少将　母同）
    - 義懐（権中納言　従二 寛和二・六・二三出家 寛弘五・七・一七入滅〔五二〕 母同）
      - 成房（右中将 従四上 母為雅女）
    - 懐子（冷泉女御　花山母　母同）
  - 兼通（関白太政大臣　母同）
  - **兼家**（摂政関白太政大臣 母同）
    - **道隆**（摂政関白内大臣　正二位　号中関白 母同道長）
    - **道綱**（大納言　右大将　東宮傅 母陸奥守藤倫寧女）
    - 道兼（関白右大臣　正二位　号粟田関白 母同道長公）
    - 道義（母忠幹女）
    - 道長（摂政太政大臣　従一　母贈正一位時姫）
    - **超子**（贈皇后宮　冷泉女御　三条母　母同）
    - **詮子**（円融后　一条母　東三条院　母同）
    - 女子（宣旨）
    - 綏子（三条東宮時御息所　号麗景殿女御 母従三位国章女）
  - 遠量（母顕忠女或公葛女）
  - 忠君（母経邦女盛子）
  - **遠度**（母常陸介公葛女）
  - **遠基**（母同遠量）
  - 高光（母雅子内親王）
  - 為光（母同）
  - 公季（母康子内親王）
  - 尋禅（母雅子内親王）
  - 深覚（母康子内親王）
  - 安子（村上后　母経邦女盛子）
  - **登子**（貞観殿尚侍　母同）
  - 女子（高明室　母同）
  - **怤子**（九条殿）
  - **愛宮**（高明室　母雅子内親王）
  - 繁子（道兼室）
  - 女子（重信室）
- **師氏**（大納言　正二）
- **師尹**（左大臣　正二）

蜻蛉日記関係系図　二

『尊卑分脈』により作成。省略したところもあり、また、不備な点を諸資料により補ったところもある。

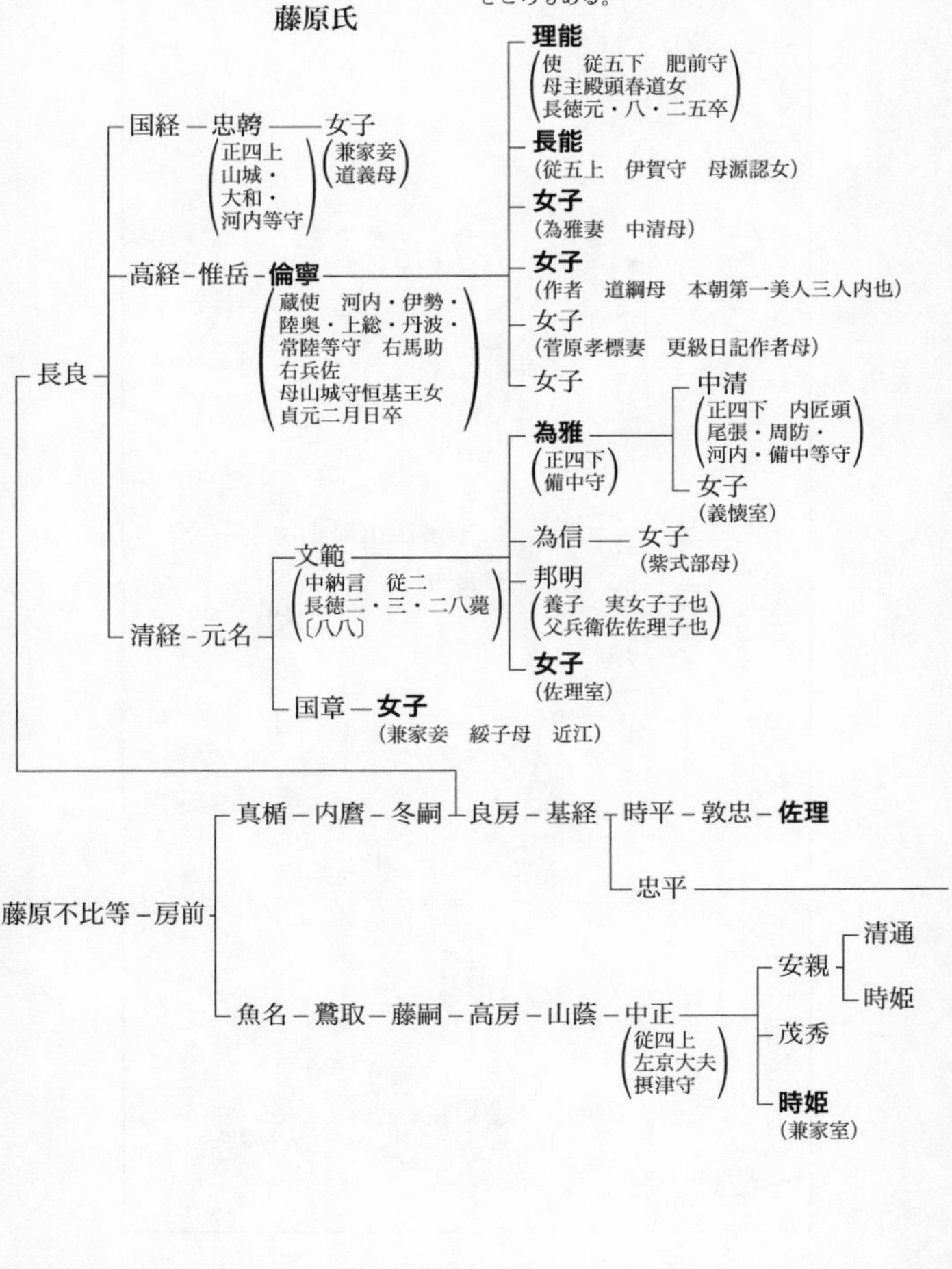

奈良付近図

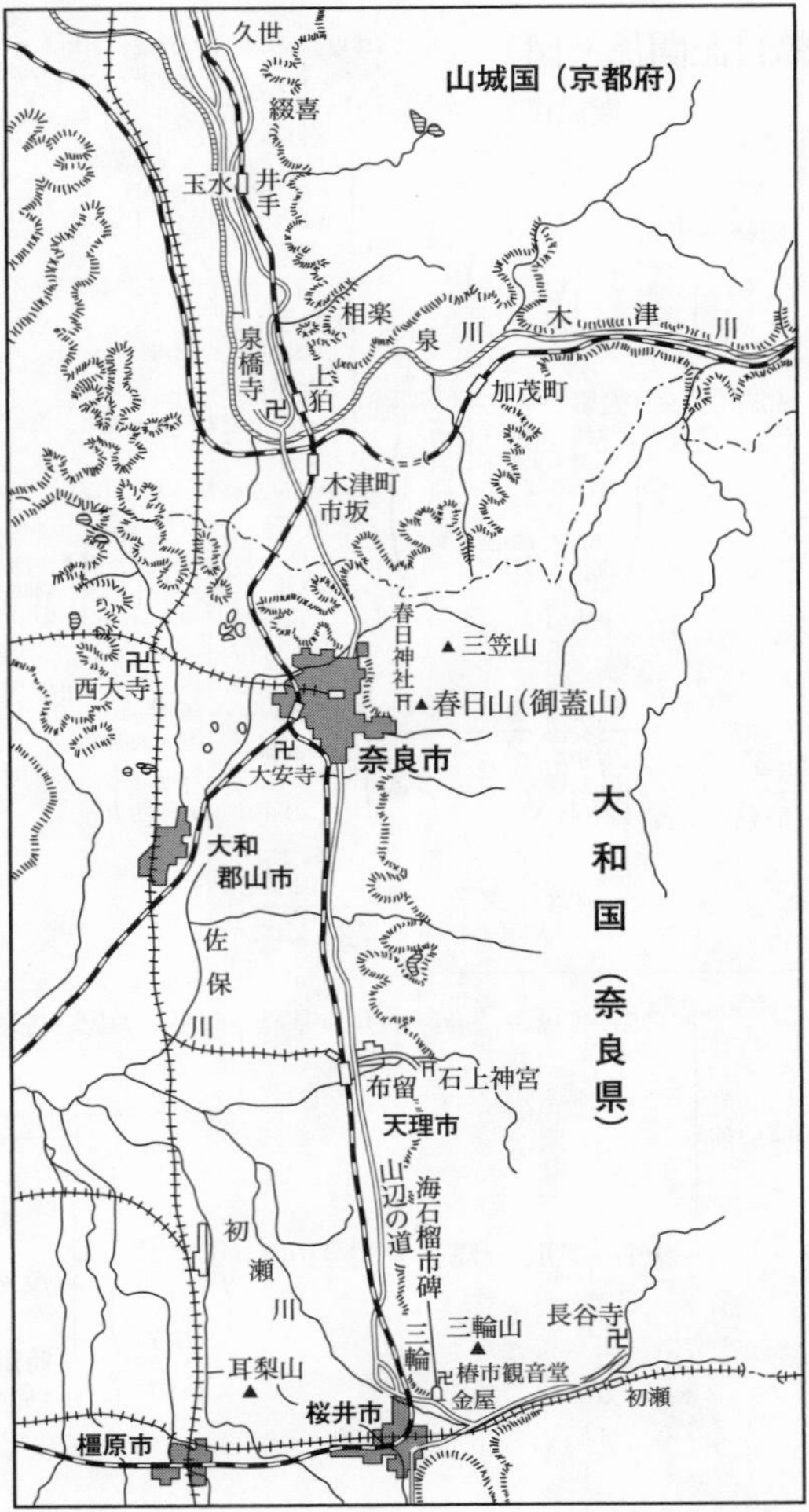

久世
山城国（京都府）
綴喜
玉水
井手
相楽
泉川
木津川
泉橋寺
上狛
加茂町
木津町
市坂
春日神社
三笠山
春日山（御蓋山）
西大寺
奈良市
大安寺
大和国（奈良県）
大和郡山市
佐保川
布留
石上神宮
天理市
山辺の道
海石榴市碑
初瀬川
三輪
三輪山
長谷寺
椿市観音堂
金屋
初瀬
耳梨山
桜井市
橿原市

京都付近図

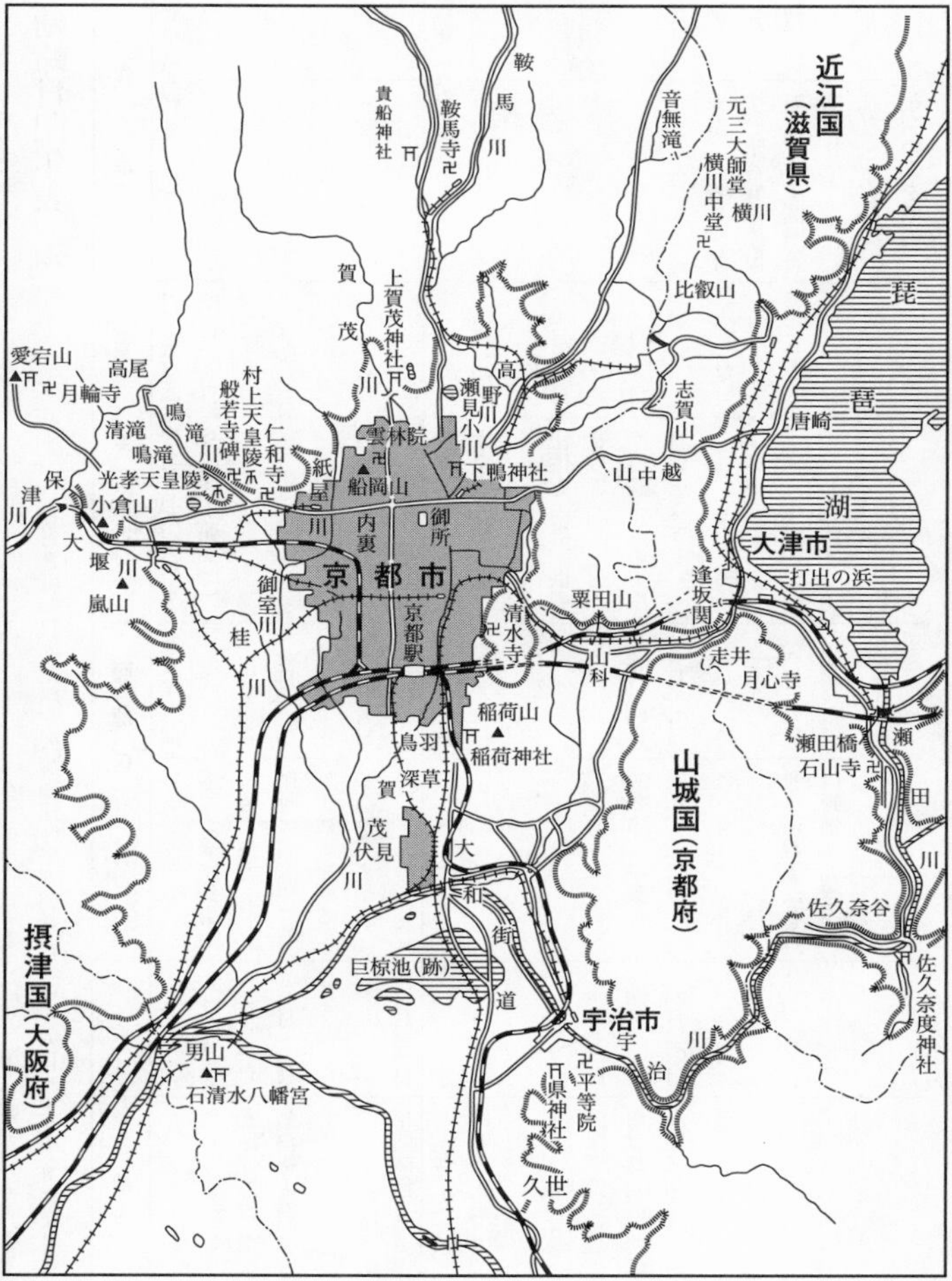

近江国（滋賀県）
山城国（京都府）
摂津国（大阪府）
京都市
大津市
宇治市
琵琶湖
鞍馬川
鞍馬寺
貴船神社
音無滝
元三大師堂
横川中堂
横川
比叡山
賀茂川
上賀茂神社
高野川
瀬見小川
志賀山
愛宕山
高尾
月輪寺
清滝
鳴滝
鳴滝川
村上天皇陵
般若寺碑
仁和寺
雲林院
船岡山
下鴨神社
山中越
保津川
光孝天皇陵
小倉山
紙屋川
内裏
御所
大堰川
嵐山
御室川
唐崎
打出の浜
逢坂関
粟田山
清水寺
山科
京都駅
桂川
走井
月心寺
稲荷山
稲荷神社
鳥羽
深草
賀茂川
伏見
大和街道
瀬田橋
石山寺
瀬田川
佐久奈谷
佐久奈度神社
巨椋池（跡）
宇治川
男山
石清水八幡宮
平等院
県神社
久世

蜻蛉日記年表

参考文献　日本紀略・公卿補任・平安朝歌合大成・大日本史年表等により作成

作品	皇室（公事含む）		藤原氏（藤原氏以外の日記関係者も含む）		一般	
天暦七年（西暦九五三年）	村上天皇	作者一七、八歳（推定）	兼家二五歳			
	閏一月一七日	長明親王薨（四一）		道隆（兼家長男母時姫）生誕	三月二一日	藤原元方没（六六）
	一〇月二八日	内裏菊合	七月	師輔（右大臣）呉越王に書を贈る	七月　二日	僧淳祐入滅（六四）
			九月二五日	源高明、大納言	一二月一八日	平随時没（六四）
天暦八年（九五四年）		作者一八、九歳	兼家二六歳			
初夏　兼家、作者に求婚す、贈答歌の往復	一月　四日	太皇太后穏子崩（七〇）	三月一四日	源兼忠、参議	一月二一日	僧明珍入滅（八四）
初秋　兼家、作者間贈答歌あり	二月二一日	法性寺の塔、供養せらる	五月一五日	実頼、正二位	四月一六日	伴保平没（八八）
兼家と作者結婚、後朝の文を贈答	三月一一日	冷然院を改めて冷泉院となす	八月二九日	雅子内親王（右大臣師輔室）薨（四五）	四月一七日	僧覚慧入滅（八二）
					四月二〇日	藤原成国没

八月	作者の外泊先に兼家来訪	九月一四日	重明親王薨（四九）				
九月下旬	翌朝帰り歌よこす 二夜来ず 歌に作者返歌 兼家来訪						
一〇月	作者物忌の為、兼家嘆き、歌の贈答 父倫寧、陸奥守となり赴任、倫寧と兼家、歌の贈答	一一月　三日	私に兵仗を帯するを禁ず	一〇月一八日	師輔、横川に法華三昧堂草創す		
一二月	兼家、横川に参籠、消息の贈答						
天暦九年（九五五年）			作者一九、二〇歳	兼家二七歳、道綱一歳			
一月	兼家、二、三日来ず、作者外出、贈答歌	一月　四日	太皇太后の為宸筆法華経供養	二月　七日	源高明、正三位		駿河介橘忠幹、賊に殺される
				二月　七日	師輔正二位、同日上表辞右大将		
				二月二三日	兼通、紀伊権介		
				二月二八日	兼家（右兵衛佐）兼紀伊権介（伊予介イ）	五月二〇日	源庶明没（五三）

八月下旬	道綱誕生					六月 九日	僧禅喜入滅（八二）
九月	作者、兼家が「町小路女」に通い始むを知る	閏 九月	内裏、紅葉合	七月二九日	兼通左少将（三一）	九月二三日	僧明達入滅（八五）
一〇月下旬	三夜来ず来訪、夕方帰宅に、後をつけさせる 兼家暁方来訪、作者閉門して入れず、贈答歌						
天暦一〇年（九五六年）			作者二〇、一歳		兼家二八歳、道綱二歳		
三月 三日	桃の節句、兼家来ず	三月二九日	麗景殿女御荘子女王歌合	一月 七日	師尹、正三位	一月一一日	僧実性入滅（六五）
三月 四日	兼家、為雅（姉婿）来訪。三人歌詠、兼家、公然と「町小路女」に通う 姉、為雅邸へ移る、作者と為雅、歌贈答、作者独り臥起	三月二九日	斎宮女御徽子女王歌合	一月二七日	兼通、兼近江権介		
		四月 二日	女御安子従二位	三月二四日	兼忠（参議）兼治部卿		

	きする状態となる						
五月三、四日	時姫と歌贈答	五月二九日	宣耀殿御息所芳子				
六月上旬	長雨、兼家来ず作		瞿麦合				
	者、悲嘆独詠						
七月	兼家来訪、作者不	七月二三日	炎旱により服御常			七月・八月頃	大旱魃あり
	機嫌、侍女、先の		膳を減じ恩赦を行				
	独詠を披露、兼家		う				
	作者の容色を詠み						
	機嫌とる						
	兼家、始終来訪、	八月　八日	公卿論奏し、封禄				天暦年中に入唐僧
	作者の不機嫌に閉		の減ぜらる事を請				日延帰朝し、呉越
	口、すぐ帰る		う、許可されず				王銭弘俶の八万四
	隣人、歌よこす						千塔を献上す
	作者、苦悩深し						
	兼家、小弓の矢と						
	りに使いよこす						
	兼家、参内の時、						
	邸前を素通り、作						
	者悲嘆	九月二八日	論奏により、臣下				
九月	時姫と歌贈答		の封禄、十分の二				
冬	兼家時折来訪		を減ず				
天徳元年（九五七年）			作者二一、二歳	兼家二九歳、道綱三歳			
		一月　一日	節会	一月　五日	左大臣（実頼）大饗		
春	兼家、忘れた書、	一月　二日	東宮大饗				

	とりに使いよこす
	歌贈答
夏	町小路女、出産の為、兼家と同車、作者邸前を通り他所へ行く
	町小路女、男児出産、兼家来訪、作者相手にせず兼家帰る
七月	兼家、仕立物をよこすが突返す
八月	兼家廿余日来ず文あり、贈答歌
八月一九日	兼家来訪、歌を詠み合う
八月野分直後	兼家来訪、歌を詠み合う

一月　八日	御斎会始
一月一四日	御斎会終
二月	蔵人所衆歌合
二月一日	夜、神祇官失火
三月二五日	祈雨の為、十六社奉幣使
三月二六日	雨降、御祈の感に依る
四月二三日	師輔の賀、天皇飛香舎に出御（女御安子行う）
七月二〇日	呉越国持礼使盛徳言、書を上る
七月二七日	相撲節会停止
□月　□日	穀価騰貴により常平所を置く

一月一四日	右大臣（師輔）大饗
四月二三日	師輔五十賀
四月二五日	師尹（中納言）兼右大将
四月二五日	師氏（権中納言）転左衛門督
六月　六日	康子内親王（師輔室）薨（三九）（三八イ）
	この年超子（兼家、長女母時姫）生誕か

二月　二日	桙星（長十二丈、広二、三寸）
四月一三日	僧定助入滅（七〇）

一〇月	兼家来訪、時雨はなはだし	一〇月 五日	残菊宴	一一月二七日	兼通正五位下	一二月 九日	僧空晴入滅（八〇）
		一〇月二七日	改元、依水旱災也			一二月二〇日	夜、疾風暴雨
		一一月二九日	大舎人寮庁舎、西門失火			一二月二七日	菅原文時、意見封事三箇条上る
		一一月三〇日	窃盗大蔵省長殿に入る			一二月二八日	参議、大江朝綱没（七二）
天徳二年（九五八年）			作者二二、三歳		兼家三〇歳、道綱四歳		
	町小路女、零落、子死去、作者胸はれる	一月 一日	節会	一月二九日	源高明、兼按察	三月 九日	源正明没（六六）
	道綱、片言で「今来むよ」と父のまねす	一月 二日	東宮大饗			三月二五日	乾元大宝銭を行う
	作者、胸中を長歌に綴り、来訪した兼家に逢わず、兼家長歌持ち帰る	一月 八日	御斎会始			三月三〇日	法性寺焼亡
	兼家長歌で返す	一月一四日	御斎会終			四月 三日	寒気冬の如し、氷雪間降
		四月一九日	賀茂斎院御禊			四月一〇日	夜強盗、右獄打破、九人の囚人奪取、内一人獄門前で打
		四月二三日	賀茂祭				
		四月二八日	孚子内親王薨				
		五月二三日	元平親王薨				
		六月一五日	二条院焼亡				
七月 五日	作者、兼家歌贈答	七月一八日	夜盗人、大蔵省下		兼家、故兼忠女に		

殿に入る
一〇月二七日 女御藤原安子を皇后となす
一〇月二八日 藤原芳子を女御となす
一一月二七日 賀茂臨時祭
□月 園城寺の僧綱等公門に参集越奏するを禁ず

通う
一〇月二七日 兼通、兼中宮亮

殺す
七月 一日 日蝕
七月 一日 源宰相兼忠没（五八）
閏七月九日 狂女待賢門前で死人の頭を食う、世人女鬼となす
一一月 一日 天陰、時々雨、日蝕

天徳三年（九五九年）

作者二三、四歳
一月 一日 節会
一月 二日 東宮大饗
一月 三日 中宮大饗
一月 八日 御斎会始
一月一三日 呉越国持礼使盛徳言上書奉呈
一月一四日 御斎会終
三月 二日 守平親王（円融天皇、母安子）生誕
四月一九日 斎院禊
四月二三日 賀茂祭
八月一六日 内裏詩合
八月二三日 （斎宮女御徽子女

兼家三一歳、道綱五歳
一月一一日 左大臣（実頼）家大饗
一月二七日 実頼、六十の賀
二月二五日 師輔（右大臣）北野神社増築
五月 九日 藤原有相没
兼忠女、兼家の女児出産か

四月一九日 酉刻、大雷雨

王）前栽合雑載

九月一八日　庚申中宮女房歌合

一一月二六日　賀茂臨時祭

一〇月　三日　地震

一一月　一日　日蝕

一二月二日　僧仁皎入滅（八二）

天徳四年（九六〇年）

作者二四、五歳

一月　二日　中宮大饗

一月　三日　東宮大饗

一月　八日　御斎会始

一月一四日　御斎会終

三月三〇日　清涼殿にて内裏歌合

四月二七日　斎院禊

四月二八日　賀茂祭

六月二三日　安子皇后、法性寺で父の四十九日法要を営む

七月二六日　炎旱により山陵使発遣

九月二三日　亥三刻内裏焼亡

九月二九日　亥刻、勧学院庁焼亡

一一月二八日　内裏木作始

兼家三二歳、道綱六歳

一月　七日　兼家正五位下

兼通従四位下

一月一一日　左大臣（実頼）家大饗

一月一二日　右大臣（師輔）家大饗

一月二四日　兼通、中宮権大夫

五月　四日　師輔（右大臣、皇后安子父）薨（五三）

八月二三日　伊尹、参議

八月二五日　伊尹、左近中将兼伊与守

顕忠、右大臣

九月　四日　兼通、春宮亮

一〇月一八日　内裏火事の際の功により少納言兼家以下に賜禄

三月一七日　摂津四天王寺焼亡

七月　七日　源脩没

□月□日　壬生忠見没

七月一九日　祈雨の祈願行わる

八月一一日　僧、昭日入滅（七五）

応和元年（九六一年）		作者二五、六歳 二月一六日 改元、依火災也 三月 五日 桜花宴 閏三月一一日 藤花宴 閏三月二七日 有明親王薨（五三） 四月一四日 斎院禊 四月一七日 賀茂祭 五月 四日 中宮（安子）横川で師輔周忌法事営む 一〇月二四日 極楽寺菊宴 一一月二〇日 天皇新造内裏に遷御 一二月二五日 賀茂臨時祭	兼家三三歳、道綱七歳 道兼（兼家三男、母時姫）生誕 一二月 五日 兼家異母弟高光出家	一月二八日 小野道風（内蔵権頭）と藤原佐理（散位）に昇殿をゆるす 二月一八日 僧明祐入滅（八四） 六月二二日 源為明没 七月二一日 僧証蓮入滅（八四）
応和二年（九六二年）	町小路女、悪あがき	作者二六、七歳 一月 二日 中宮大饗 一月 三日 東宮大饗 一月 七日 節会	兼家三四歳、道綱八歳 一月 七日 兼家、従四位下 一月一〇日 左大臣（実頼）家大饗	

五月一六日	兼家兵部大輔に任ぜらる
	兼家、作者邸に数日滞在、兵部卿宮と兼家歌の贈答
五月廿余日	四五日の忌違えに倫寧の別邸へ移る
六月	長雨、兼家と隣りの兵部卿宮と歌の贈答
七月一五、六日	兼家と作者、山寺に籠る

一月 八日～一四日	御斎会
三月	資子内親王歌合
四月一九日	斎院禊
四月二三日	賀茂祭
五月 四日	庚申内裏歌合
六月一一日	伊勢神宮はじめ諸社に止雨祈願の為奉幣
九月 五日	庚申河原院歌合
一〇月一八日	藤原貴子（尚侍）没（五九）
一一月二六日	賀茂臨時祭

一月一五日	右大臣（顕忠）家大饗
一月一六日	兼家、東宮昇殿
五月一六日	兼家兵部大輔
	詮子（兼家次女、母時姫）生誕

五月二九日	賀茂川洪水、堤破
八月三〇日	大風雨あり、大和、近江の社寺多く破壊す

応和三年（九六三年）

	兼家、作者の仲良好
四月	賀茂祭見物
四月一三日	兵部卿宮より文
	兵部卿宮より薄、歌を賜う

作者二七、八歳

一月 二日	東宮大饗
一月 七日	節会
一月 八日	御斎会
二月二八日	皇太子（憲平親王、父村上天皇、母安子）元服
	昌子内親王（朱雀天皇皇女）東宮妃に冊立
四月一三日	斎院禊

兼家三五歳、道綱九歳

一月 三日	兼家昇殿
一月二〇日（二八日イ）	源高明、去按察
一月二八日	師尹、兼按察使
	倫寧、河内守
七月中旬	宰相中将伊尹君達

六月 七日	大江維時没（七六）
七月 九日	炎旱の為神泉苑で

年・季節	日記	作者・歴史事項	兼家・道綱・人事	社会
		四月一六日 賀茂祭	春秋歌合	請雨経を始む
		八月二一日 諸宗の僧に法華経を清涼殿で講ぜしむ	九月 四日 兼通兼美乃権守	八月二三日 僧空也金字般若経供養、万燈会を設く
		一二月二五日 賀茂臨時祭		
康保元年（九六四年）		作者二八、九歳	兼家三六歳、道綱一〇歳	
夏	兼家、宮中宿直がち	一月 八日～一四日 御斎会	兼家、藤原忠幹女と関係す	一月一五日 天台座主僧正延昌入滅（八五）
	作者、兼家、歌よみ合う	四月一六日 賀茂祭	一月 七日 実頼、従一位	
	作者はかなく感ず	四月二四日 選子内親王（母安子）生誕	一月 七日 師氏、正三位	
初秋	作者、実母逝去、	四月二九日 中宮安子崩（三八）	二月 二日 伊尹、雲林別当に補す	
	作者絶え入る	四月 前女御正五位下藤原仁善子没	三月二七日 兼家、左京大夫	五月 七日 大雨、洪水、賀茂川氾濫
	兼家来訪、懇切に励ます 倫寧も作者を励ます	六月一九日 具平親王（母庄子）生誕	四月一一日 左大臣（実頼）室能子没	七月 五日 僧済源入滅（七六）
秋	母の四十九日をすます	七月一〇日 改元、依旱魃也	四月二九日 兼通、止中宮権大夫	一〇月 五日 僧鎮朝入滅（八一）
		一〇月一九日 皇太子更衣（懐子）宗子出産		一一月二一日 僧浄蔵入滅（七四）
		一二月二五日 賀茂臨時祭		この年三統元夏没
康保二年（九六五年）		作者二九、三〇歳	兼家三七歳、道綱一一歳	
		一月 一日 節会	一月 七日 伊尹正四位下	一月一五日 皆既月蝕
		一月 八日 御斎会始	一月二一日 左大臣（実頼）家大饗	
		四月二一日 賀茂祭		三月二〇日 近江崇福寺焼亡

秋	亡母一周忌、忌明	八月　二日	天皇清涼殿にて猿楽御覧	一月二三日	右大臣（顕忠）家大饗	四月一八日	藤原元名没（八一）
九月十余日	姉夫婦遠方に行く	二月一九日	賀茂臨時祭	四月二四日	顕忠（右大臣従二位）薨（六八）		
		三月　四日	天皇四十御賀	五月二一日	源高明（大納言）兼左大将		
					道義（兼家四男、母忠幹女）生誕か		

康保三年（九六六年）

			作者三〇、一歳		兼家三八歳、道綱一二歳		
三月	兼家、作者宅で急病、自邸に戻る	一月　二日	東宮大饗	一月　七日	師尹、従二位	五月　五日	下総守順馬毛名歌合
四月	賀茂祭見物	一月　七日	節会	一月一三日	左大臣（実頼）家大饗	五月一六日	藤原助信没
五月	端午節句、競馬見物	一月八日〜一四日	御斎会	一月一七日	源高明右大臣	六月二六日	丑時、暴風大雨雷電
八月	作者、兼家と争う	三月　三日	曲水宴		道長（兼家五男、母時姫）生誕	七月一七日	天台座主喜慶入滅（七九）
九月	稲荷、賀茂参詣	四月一四日	賀茂祭	九月一七日	師尹、大納言	八月二七日	天台座主、良源
		五月　五日	天皇武徳殿行幸競馬あり	一二月　二日	朝忠、没（五七）	閏八月一九日	京都洪水
		閏八月一五日	夜、内裏前栽合			一〇月二八日	延暦寺諸堂焼亡
		九月　九日	洪水により賑給を行い調徭を免ず			一二月二七日	内蔵頭、小野道風没（七三）
		一〇月二三日（一七日イ）	内裏後度前栽合				

康保四年（九六七年）

三月下旬	「かりのこ」を怤子女御に献上、歌贈答
五月廿余日	村上天皇崩御、東宮践祚
六月一〇日	兼家、蔵人頭
	作者、貞観殿登子と歌贈答す
七月	右兵衛佐藤原佐理、出家、妻も尼となる

村上天皇↓冷泉天皇　作者三一、二歳　兼家三九歳、道綱一三歳

一月　二日	東宮大饗
一月　七日	節会
一月　八日～一四日	御斎会
二月一七日	皇太子初めて心を悩ます、尋常ならず
二月二六日	清涼殿で桜花宴
三月　二日	入道式部卿敦実親王薨（七五）
	皇太子御悩甚重し
	度者三十人賜
四月一二日	斎院禊
四月一五日	賀茂祭
五月二五日	村上天皇崩御（四二）
	冷泉天皇践祚（一八）
七月一五日	先帝女御庄子女王、更衣、藤原祐姫等尼となる
七月二五日	更衣、藤原正妃没
七月二九日	先皇女御藤原芳子没

一月一〇日	左大臣（実頼）大饗
一月一一日	右大臣（高明）大饗
一月二〇日	源兼明権大納言、伊尹、権中納言、文範、参議
一月二〇日	兼家、兼美乃権守（介イ）
	兼通、内蔵頭
一月二五日	兼通、蔵人頭
二月　五日	兼家、春宮亮（冷泉）
六月一〇日	兼家、蔵人頭
六月二二日	左大臣、実頼、関白となる
九月　一日	師尹（右大臣）兼皇太弟傅
九月　一日	兼家、兼春宮権亮（円融）
九月　一日	師氏（中納言）兼春宮大夫
一〇月　七日	兼家、左中将
一〇月　八日	文範、兼大蔵卿
一〇月一一日	源高明正二位

一月三日	雷鳴
□月　□日	典侍藤原灌子、延暦寺に五智院を建立
五月　七日	僧壱和入滅（七八）
六月　一日	日蝕
七月　七日	僧延空入滅（七八）
九月　九日	黒雲、布の如く青虹暈、亥時、流星、月の如く、衆星西乱終夜流散

二月中旬	作者、兼家邸近隣へ移居	九月　一日	守平親王、皇太弟となす（九）即任坊官	一〇月一一日	師尹、正二位		
二月下旬	貞観殿登子、隣邸に退出	九月　四日	三品昌子内親王（朱雀天皇皇女）皇后となす	一〇月一一日	源兼明、従二位		
			藤原懐子（伊尹女）女御となす	一〇月一一日	兼通、従四位上		
		一〇月一一日	御即位の儀	一〇月一一日	兼家、正四位下		
				一二月一三日	実頼、太政大臣		
				一二月一三日	源高明、左大臣		
				一二月一三日	師尹、右大臣		
				一二月一三日	源兼明、大納言		
				一二月一三日	伊尹、権大納言		
安和元年（九六八年）			作者三二、三歳		兼家四〇歳、道綱一四歳		
正月	貞観殿登子と人形及び歌の贈答	一月　八日〜一四日	御斎会	一月一三日	師氏（中納言、正三位）兼按察使	二月　四日	大風雷
三月	文違え	三月二六日	狼、春宮坊西門より中院に入る	一月一三日	文範（参議）兼備後権守	二月一四日	参議、小野好古没（八五）
	登子参内		滝口武者射殺す	二月　五日	文範（参議）左大弁	四月　一日	数百の鴟群飛
		三月二七日	羽蟻敷政門下に立つ	二月一九日	兼家（右近中将）春日祭使	四月　三日	羽蟻雲の如し
		四月　一日	犬、殿上に登り、御座をかむ	二月二三日	実頼（太政大臣）般若寺に赴く	四月　七日	午刻地震
五月	先帝御一周忌	四月二二日	賀茂祭			五月二〇日	洪水
五月二五日	登子宮中より退出	五月二〇日	夜、在原義行（摂津介）内裏で強盗に刺殺さる			五月二六日	賀茂川氾溢
七月	作者、登子と一夜歌贈答	七月　一日	斎宮輔子内親王、斎院尊子内親王と			六月一四日	東大寺、興福寺乱闘
						七月一五日	

			定む				
九月	作者初瀬詣で 兼家宇治まで出迎え	八月一三日	改元			八月 四日	地震、鳥獣驚鳴
一〇月	大嘗会の御禊準備	九月二三日	式部省掌以下使部以上禁獄さる		この年忠君没		この年賀茂社造営
		一〇月 八日	式部省、文章生の試（三人学生来る）停止、役人禁獄不在の為				
		一〇月一四日	超子（兼家、長女）入内				
		一〇月二六日	兼家女超子女御代 師貞親王（父、冷泉天皇、母、懐子）生誕、大嘗会御禊				
		一一月二四日	大嘗会	一一月二三日	兼家従三位		
		一二月 七日	怤子、超子、女御となる			一二月 一日	日蝕
		一二月一三日	賀茂臨時祭			一二月一八日	信濃国藤原千常の乱あり
安和二年（九六九年）		冷泉天皇↓円融天皇　作者三三、四歳　兼家四一歳、道綱一五歳					
一月 一日	「三十日三十夜はわがもとに」と、兼家へ贈る　兼家より歌来る	一月 一日	節会	一月 八日	太政大臣（実頼）致仕表	一月 三日	僧義昭入滅（五〇）
一月 二日	作者と時姫の召使	一月 二日	東宮大饗	一月一一日	右大臣（師尹）家大饗		
		一月 八日〜一四日	御斎会	一月一三日	兼通参議		

	同士間に騒動、作者再び移転
三月　三日	桃の節句
三月二〇日	小弓
三月二五、六日	西宮左大臣源高明流罪
五月廿余日	兼家山寺籠もり
閏五月下旬	作者病気、遺書を認む
六月下旬	源高明夫人愛宮出家、作者愛宮に長歌贈る
六月廿余日	兼家、道綱、御嶽詣で、作者一条西洞院邸へ帰る
七月	作者、愛宮と歌贈答
八月	左大臣師尹五十賀、屏風歌頼まる
一一月	雪深し、憂鬱な日々

四月一四日	賀茂祭
八月一三日	冷泉天皇譲位、円融天皇(守平親王)践祚(一一) 師貞親王、皇太子になす
八月一六日	先皇(冷泉天皇)冷泉院に移る
九月一一日	入道婉子内親王薨(六九)
九月二三日	天皇御即位儀式
一〇月一〇日	登子(従五位上)尚侍になす

二月　七日	兼家中納言兼春宮大夫
	右大臣家人と兼家卿家人乱闘あり
二月二七日	師氏、権大納言
三月二六日	源高明(左大臣、正二位左大将)貶大宰権帥 師尹、左大臣 在衡、右大臣 伊尹、大納言
五月二一日	兼通兼宮内卿
七月　七日	左大臣(師尹)白川家で七夕宴
七月二一日	済時、父師尹五十賀行う
八月一三日	実頼摂政
九月二一日	兼家正三位
九月二三日	文範正四位下
九月二七日	兼通従三位
一〇月一五日	師尹(左大臣正二位)薨(五〇)
一一月一一日	師氏兼皇太子傅
一一月二八日	実頼(太政大臣)

二月　三日	僧法蔵入滅(六二)
三月一三日	藤原在衡、尚歯会を粟田山荘で行う
三月二五日	安和之変、左大臣兼左大将源高明、大宰員外帥として流謫、源満仲(左馬助)藤原善時(前武蔵介)が源連(中務少輔)橘繁延等謀反由密告、繁延、僧蓮茂、藤原千晴、久頼等配流さる
四月　一日	高明西宮邸焼亡
五月　九日	高明息致賢(但馬権介)出家
六月一日~二四日	旱魃祈雨
七月二三日夜	大暴風雨
一一月　八日	平貞時越後国に流罪

天禄元年（九七〇年）	
二月	兼家新邸へ移る
三月一五日	内の賭弓、道綱出場、舞にて御衣賜わる
四月一〇日	兼家病臥
五月	小野の宮実頼薨去
	兼家仕立物寄こすが返す
六月	兼家、来訪が三十余日絶ゆ、作者悲嘆甚し
六月廿余日	唐崎祓行
	登子と歌の贈答
	兼家来訪、機嫌取る、作者尼にと決意する、兼家近江に心を寄す
七月十余日	道綱、愛鷹を放す
	兼家盆の供物寄こす

作者三四、五歳	
一月　二日	中宮大饗
一月　三日	東宮大饗
一月　八日～一四日	御斎会
三月一五日	服御常膳四分の一を減ずる詔あり
三月二五日	改元
四月二日夜	冷泉院焼亡
四月一二日	賀茂斎院禊
四月一五日	賀茂祭

兼家四二歳、道綱一六歳	
一月二七日	在衡、左大臣 伊尹、右大臣
一月二八日	兼通（参議）宮内卿兼美乃権守文範、兼民部卿
五月一八日	摂政太政大臣従一位藤原朝臣実頼薨去（七一）
五月一九日	大臣家別当丹波守倫寧進外記給
五月二〇日	右大臣伊尹摂政となる
五月二七日	在衡、左大臣のまま
七月一三日	伊尹従二位
七月一四日	師氏没（五八）
八月　五日	兼家（中納言）兼右大将
八月　五日	源兼明、兼皇太子傅

七十の賀	
一月一七日	終日大雨
四月　三日	冷泉院御厩人と文範朝臣の仕丁と乱闘、検非違使左衛門権佐永保怪我
四月　七日	僧行誉入滅（七八）
五月　八日	豊原有秋没
六月一四日	御霊会（祇園会）開始
七月一二日	藤原後生没（六二）
七月一六日	天台座主良源廿六ヵ条の起請を定む

七月二〇日	石山詣に赴く	八月一八日	無品緝子内親王薨		頼忠、権大納言	九月　八日	金峰山寺火災
	参籠中、作者夢見	一〇月二六日	大嘗会御禊（賀茂			□月　□日	摂津守源満仲多田
	る		川）				院建立
七月　末日	道綱相撲見物	一一月一七日	大嘗会、天皇八省			一一月　九日	故在衡家失火
八月　二日	兼家来訪		院行幸	一〇月一〇日	在衡（左大臣、従	一一月　□日	小槻糸平没（六五）
八月　五日	兼家右大将任	一一月一八日	天皇豊楽院出御		二位）薨（七九）	□月　□日	源信明没（六一）
八月一九日	道綱元服	一一月二三日	賀茂臨時祭	一一月二〇日（一二月イ）	道綱従五位下	一二月二七日	源為憲藤原誠信の
一二月　七日	兼家昼立寄る	一一月二六日	登子従三位				為口遊撰

天禄二年（九七一年）			**作者三五、六歳**	**兼家四三歳、道綱一七歳**			
一月　一日	兼家来ず、邸前を	一月　一日	節会、天皇出御音				
	素通りす、慨嘆す		楽有り				
一月四、五日	又、素通りす	一月　二日	中宮大饗				
一月　某日	兼家来訪、ふざけ	一月　三日	東宮大饗	一月　五日	右大臣（伊尹）家		
	る、作者応ぜず				大饗		
二月十余日	この辺絶交状態						
	兼家近江に通う	三月　八日	石清水臨時祭				
三月中旬	呉竹を植える						
三月二四日	兼家より文、返し						
	せず						
三月下旬	妹出産、父宅へ行						
	く、兼家来訪、作						
	者打ちとけず兼家						
	失望、以後音なし						
四月　一日	長精進始む						

四月下旬	尼、蛇の怪夢みる
五月	長精進終了自邸に戻る
	兼家邸前を素通り一家悲嘆す
六月　四日	鳴滝参籠始む、兼家来るも下山せず、道綱困惑
	道隆、倫寧、人々の下山勧誘に応ぜず
六月下旬	兼家再度来訪強引に下山せしむ、あまがへるの異名を得
七月　三日	兼家来訪絶ゆ
七月　四日	登子と歌贈答
七月　八日	兼家来訪
七月二三日	父と初瀬詣（第二回目）
七月二八日	帰京
八月上旬	兼家屢々来訪
八月八、九日	兼家、山寺より文、下山、来訪、作者

四月　七日	平野祭
四月一七日	賀茂斎王禊
四月二〇日	賀茂祭
九月一〇日	兵部卿三品広平親

九月二六日	摂政右大臣（伊尹）賀茂社に参詣
一〇月二三日	摂政右大臣（伊尹）石清水八幡宮に参詣

四月二五日	天台舎利会、並総持院塔供養、件院焼亡後、座主権少僧都良源之を建立す
四月二六日	興福寺別当少僧都安秀入滅（七八）

	冷やか		王薨（三）	一一月 二日	伊尹、太政大臣正二位、源兼明左大臣		
九月下旬	自然観照深し、以後十、十一月はかなき日々を過ごす	一〇月二九日	大宰員外帥源高明召還の詔あり				
		一一月 二日	天皇、南殿出御 大臣任	一一月 二日	太政大臣伊尹、左大臣兼明、右大臣頼忠、各大饗あり	一〇月 一日	天陰、日蝕
一二月一六日	兼家来訪	一一月二〇日	大原野祭				
一二月下旬	近江に足繁しの噂、作者心重し	一一月二三日	新嘗祭	一一月 八日	兼明、蔵人所別当		
		一一月二四日	豊明節会				
天禄三年（九七二年）		作者三六、七歳		兼家四四歳、道綱一八歳			
一月 一日	作者、道綱の晴姿に涙催し喜ぶ	一月 一日	節会				
一月 三日	円融帝御元服	一月 三日	円融帝御元服（一四）				
一月 八日	兼家来訪	一月 七日	白馬節会				
一月一四日	仕立物頼まる	一月 八日	御斎会始			一月二三日	橘好古没（八〇）
一月二三日	鶯の初声、初雪	一月 九日	女叙位、中宮大饗	一月一三日	太政大臣（伊尹）家大饗		
		一月一一日	東宮大饗				
一月三〇日	兼家、作者消息贈答、夜、兼家来訪、翌朝雨	一月一四日	御斎会終	一月二〇日	左大臣（兼明）家大饗		
				一月二一日	右大臣（頼忠）家大饗		
二月 八日	父邸での遊びに赴く、兼家来訪			一月二四日	兼家、権大納言		
二月一二日～一五日	のどかな日々						
二月一七日	石山の僧、夢を告げ知らす、道綱将						

	来の吉兆の夢占に悦ぶ
	養女を迎う決意す
二月一九日	兼家女（兼忠女腹）を養女に迎う
	兼家来訪（劇的場面）
二月二五日	夜、近江の家火事
二月二八日	未刻、兼家来訪
閏二月　四日	近火、兼家来訪
閏二月一〇日	賀茂詣
閏二月中旬	兼家時折来訪
三月	（この辺の散文優れる）
三月一〇日	石清水臨時祭
三月一八日	清水詣、夜隣家火事、兼家来訪泊る
三月一九日	見舞品届く
三月下旬	両家物忌屢〻
四月一七日	賀茂禊見物、賀茂神社で伊尹（太政大臣）にあう
四月二〇日	賀茂祭
四月下旬	知足院に行く、道

三月一〇日	石清水臨時祭
三月一九日	禁中羽蟻起、仍有御占
四月一七日	賀茂斎院（尊子内親王）禊
四月二〇日	賀茂祭

閏二月一〇日	太政大臣伊尹、木幡山陵参向
閏二月二九日	兼家、大納言
三月二八日	太政大臣（伊尹）家八講、公卿以下捧物
三月三〇日	太政大臣（伊尹）家八講終わる

閏二月　六日	法務僧正寛空入滅（八九）
閏二月一四日	寅刻大地震
閏二月一九日	大中臣元房没（七四）
閏二月二一日	山崎津闘乱事出来、放火在家四十余煙、中矢之者三人
四月二〇日	源高明帰京、葛野別屋に到着

	綱大和だつ女に求婚の歌を贈る
四月二八日	兼家病気
五月　五日	端午の節句、詮子へ根長き菖蒲を贈る、時姫と歌贈答
五月　六日	石山の僧より文、道綱の将来祈願頼む
五月一〇日	兼家病気
六月	道綱と大和女歌贈答
六月廿余日	兼家より文、倫寧、作者邸滞在（七月十余日まで）
七月一四日	盆供物届く
八月一一日	兼家来訪
八月下旬	道綱大和女へ文を贈る、作者絵描く
九月　末日	土忌にて移転
一〇月十余日	山寺へ紅葉狩
一一月　一日	伊尹薨去
一二月二〇日	兼家来訪

八月二八日	規子内親王前栽歌合
九月二三日	大宰府高麗国使者対馬来着の事報告
一〇月二〇日	大宰府より高麗国に報符を送らしむ
一二月一七日	尚侍正三位藤原朝臣灌子薨

四月二八日	太政大臣（伊尹）石清水八幡宮参詣
九月一七日	頼忠（右大臣）東宮昇殿
一一月　一日	伊尹（太政大臣、正二位）薨（四九）
一一月一七日	頼忠、氏長者
一一月二七日	兼通（権中納言）関白、内大臣

四月二七日	夜、群盗、紀伊守、藤原棟利宅に入る
五月一八日	夜、施薬院判官、犬養常行、強盗の為射らる
九月一一日	僧空也入滅（七〇）
九月　□日	源兼子没

天延元年（九七三年）　作者三七、八歳　兼家四五歳、道綱一九歳

一月　五日	昼、兼家来訪
一月十余日	兼家来訪
一月二〇日	兼家来訪
二月	道綱、大和女と歌贈答
二月　三日	昼、兼家来訪、美しさに圧倒され作者我が姿を恥ず
二月　五日	近江宅全焼す
三月一五日	道綱院小弓へ出場
三月二七日	八幡臨時祭、兼家、作者歌贈答
四月二三、四日	近くで火事、延焼多し、兼家来訪
四月三〇日	近火、兼家来訪
五月　一日	道綱、大和女と歌贈答、二首ずつ
五月二〇日	兼家代詠依頼
八月廿余日	広幡中川へ移転自邸を譲渡

一月　一日	節会
二月一一日	春日祭
二月二九日	関白兼通女媓子入内
三月二七日	石清水臨時祭
四月　七日	媓子女御となす
四月一一日	賀茂斎院（尊子内親王）禊
四月一四日	賀茂祭
五月一七日	午時大暴風雨、宮中舎屋被害
五月二一日	円融院、資子内親王乱碁歌合

一月　七日	頼忠（右大臣）従二位
一月　七日	兼通（関白）正三位
一月一一日	左大臣（兼明）家大饗
一月一三日	右大臣（頼忠）家大饗
一月一五日	内大臣（兼通）家大饗
二月一四日	斉敏（参議従三位）薨（四六）
五月	頼忠五十賀

二月二七日	大和薬師寺焼亡
三月一三日	北野神社焼亡
四月二三日	強盗、前越前守源満仲の宅に放火、三百余家焼失
五月一七日	午時、大暴風雨

九月	道綱、大和女へ歌贈る	七月 一日	昌子内親王皇太后	八月 二日	右大臣（頼忠）石清水参詣		
		七月 一日	女御媓子皇后			九月二七日	辰刻、大地震
九月廿余日	仕立物届くが文なし						
一一月	倫寧邸で出産、祝品贈る						
	物詣、氷を食う男、賀茂詣	一一月二三日	賀茂臨時祭				
	（この辺、錯簡あり）	一二月二〇日（二八イ）	改元			一二月 □日	僧救世入滅（八四）
天延二年（九七四年）		作者三八、九歳		兼家四六歳、道綱二〇歳			
		一月 一日	節会				
		一月 二日	東宮、中宮大饗	一月 七日	兼通、従二位		
一月一五日	儺火	一月 八日	御斎会始				
	昨年八月より兼家の消息絶ゆ	一月 九日	皇太后大饗			一月一九日	酉刻地震
		一月一四日	御斎会終				
一月二九日	道綱、右馬助任官					二月 四日	藤原守義没（七九）
二月二〇日	（脱文あり）山寺に詣ず			二月 八日	兼通、氏長者		
二月下旬	右馬頭遠度、養女に求婚す			二月二八日	兼通（関白）、太政大臣正二位		
四月七、八日	右馬頭来訪（光景描写巧妙）					三月 □日	僧観理入滅（八一）
		四月一六日	賀茂斎院禊	四月 五日	朝成没（六八）		
四月一九日	賀茂祭	四月一九日	賀茂祭				

月日	事項
	右馬頭来訪、作者と対談
四月二三日	右馬頭来訪、作者と対面、作者兼家の指示を仰ぐ
五月	右馬頭と屢〻交渉有り
五月　四日	女神に雛衣奉納
五月　五日	端午節句、作者兄弟来訪
五月七、八日	右馬頭来訪、兼家の文破り持ち帰る
五月二七日	左京大夫遠基没
七月二〇日	右馬頭の醜聞
八月	疱瘡流行
八月二〇日	道綱疱瘡罹病
九月　一日	道綱全快
九月一六日	藤原挙賢、義孝両少将兄弟疱瘡で没す
九月廿余日	兼家より消息
	道綱、大和女へ贈歌

月日	事項
五月　七日	山城祇園観慶寺を延暦寺別院とす
九月　八日	疱瘡を抜う為、伊勢以下十六社に奉幣
閏一〇月一七日	斎宮隆子女王（章

月日	事項
五月二七日	遠基（左京大夫、従四位下）没
九月一六日	挙賢（伊尹息）没（二三）
	義孝（伊尹息）没（二一）

月日	事項
五月二三日	尾張国百姓の訴により国守藤原連真を罷免、藤原永頼を任ず
八月一〇日	勧学会所、日向守橘倚平等に牒し、仏堂建立の資募る
八月二八日	疱瘡蔓延、大祓

日付	事項	日付	事項	日付	事項	日付	事項
一〇月二〇日	倫寧邸に赴く		明親王女）疱瘡にて薨			閏一〇月三〇日	高麗交易使、貨物を具し帰京
	近江出産						
	兼通、文よこす、作者返歌						
一一月二一日	道綱、祭りの舞人						
一一月二二日	試楽、兼家文有り						
一一月二三日	賀茂臨時祭、兼家の権勢ぶり、倫寧優遇さる、道綱もてはやさる、作者、満悦	一一月二三日	賀茂臨時祭				
	道綱、八橋女に求婚、ただし此女、他に嫁す	一二月　七日	懐子（皇太子母）従二位				
				一二月一七日	道命（道綱長男、母源広女）誕生		
					倫寧（従四位上）、為雅、橘伊輔、源順、官吏任官につき連署の奉状奉る		
一二月三〇日	正月準備						

解説

一　作者および近親者たち

(1) 作者

朱雀天皇の承平六年（九三六）ごろ生誕し、一条天皇の長徳元年（九九五）五月上旬逝去する。享年六十歳ごろか。藤原倫寧の娘で兼家と天暦八年秋、結婚し、翌年八月道綱を生んだので道綱の母と呼ばれている。実名は不詳。勅撰和歌集では右大将道綱母、大納言道綱母、春宮大夫道綱母などと見えており、宮内庁書陵部の歌集には道綱母集、傅大納言殿母上集の名が冠せられている。道綱が三条天皇の東宮時代に大納言で東宮傅を兼任していたからである。

『尊卑分脈（系図の書）』に「本朝第一美人三人内也」、また、『和歌色葉集（上覚の著）』や『百人一首抄（幽斎の著）』に「本朝古今美人（三人）之内也」とあって美貌の持主と思われる。勅撰集には三十七首入り、「中古歌仙三十六人（「後六々撰」）」にも加えられ、「小倉百人一首」には日記、『拾遺集』『大鏡』に見える「歎きつつひとり寝る夜のあくるまはいかに久しきものとかは知る」の歌がとられている。寛和二年内裏歌合の歌（道綱出席作者の詠）「都人寝で待つらめやほととぎす今ぞ山べを鳴きて過ぐなる」は『袋草子』でほととぎす五秀歌の一つに数えられ、清少納言も、『枕草子』で「薪こることは昨日につきにしを今日は斧の柄ここにくたさむと詠み給ひけむこそめでたけれ」と称揚している。『大鏡』にも「きはめたる和歌の上手」と讃え、当時歌人として令名が高かったが、『愚秘抄』にも「暗き所にて詠み習ひたるとかやいつも灯火を背けて目を閉ぢて案ぜられ……」とあるように努力肌の歌人で、古歌や漢詩文にも通じ、その中の語句を活用し、種々修辞技巧を凝らしたソツのない歌を詠んでいる。この日記の中には我が身のはかなさを百パーセント歌いあげた秀歌も多く見られ、歌人としてもすぐれていたが、どちらかと言うと作家としての才能の方がより豊かであると考えられる。

(2) 父

倫寧は藤原北家の流れを汲む冬嗣の長男長良の孫惟岳と山城守恒基王女との間に延喜八年（九〇八）ころ生まれ、文章生出身で天慶四年（九四一）ころに中務少丞となり、右衛門少尉、右馬助を経て天暦八年陸奥守、応和二年河内守、天禄元年ごろ丹波守、貞元元年伊勢守となる。典型的受領として地方官を歴任したようで、日記にも「県歩きの所」としばしば呼ばれている。温厚・円満な人柄であったことは日記を通して窺われるが、実直、忠勤な受領であったことは『小右記（小野宮実資の日記）』長元五年八月二十五日の条に、陸奥守在任中毎年遺金三千余両を弁進していたことが実頼の日記を引用して記されていることにより窺われ、さらに倫寧筆と伝えられる『本朝文粋』第六記載の源順、藤原為雅、橘伊輔との連署の奏状（内容は除目に際して新旧半々に任用してほしい）により学識の程も知られる。道綱母にとってもきわめて良き父であった。貞元二年（九七七）正四位下伊勢守在任中に没している（『尊卑分脈』）。

(3) 母

倫寧には二人の妻があり、『尊卑分脈』によると、理能の母は主殿頭春道女であり、長能は源認女の腹である。作者には記載がないが、宮内庁書陵部蔵の「道綱母集」の奥に「母刑部大輔認女」とあり長能と同腹となる。しかし、長能は永観二年八月二十七日蔵人に補されているが、『長能集』の奥書三十六歳に誤りがなければ、天暦三年（九四九）の出生となり、作者より十二、三歳年少となる。作者の母が逝去した際の理能の悲嘆や兼家急病の際の分別ある言動より考えて、兄理能と同腹と思われる。この母のことは律義な昔気質の人として日記にも描かれ、康保元年逝去前後の模様は詳細に記されている。

(4) 兄弟姉妹

兄理能は従五位上肥前守となり、長徳元年八月二十五日に逝去したが、妻は清原元輔女で清少納言の姉に当たり、為善、為季、為祐をもうけている。作者の姉は藤原為雅に嫁し、中清や女子（藤原義懐妻）たちを挙げたが、為雅の弟為信の娘は紫式部の母である。弟長能は中古歌仙三十六人（「後六々撰」）にも選ばれ、勅撰集には五十二首（勅撰作者部類による）入り、『長能集』一巻を残している著名な歌人である。花山院を中心とする作歌グループの主要メンバーであり、能因の師と仰がれた。ただし日記では下巻に「せうとだつ人」とか「せうととおぼしき人」と記されているのが長能（断言できない）のようで、あまり顔を出さないが、『長能集』では道綱と親しくしていたことが窺われる。作者の妹は菅原孝標の妻となり、『更級日記』著者を生んでいる。

⑸　**夫兼家**

兼家はやはり藤原北家の系統で右大臣師輔の三男で延長七年（九二九）の生誕である。母は武蔵守藤原経邦の娘、贈正一位盛子で、同腹には村上天皇の后安子や尚侍登子、伊尹、兼通などがある。四歳年長の兄兼通より器量が秀れ、陽の当る出世街道を驀進していたが、途中兼通が弟兼家に追い越されることを予想したのか妹安子皇后に「関白は次第のままにせさせ給へ、ゆめゆめたがへさせ給ふな」のお墨付をもらっておき、伊尹薨去の際に持ち出し孝心厚い円融天皇の御心を動かし、一躍して関白に、やがて太政大臣にもなり、陰に陽に兼家を圧迫し、薨去直前、関白に頼忠を推挙し、兼家を治部卿に落したという。兼通生存中は苦境に呻吟したが、頼忠のもとに右大臣になり、次女詮子腹の皇子懐仁親王が花山天皇譲位出家（この時道兼を指図してかなり悪辣なことをしたと云われる）のあと践祚されると摂政太政大臣となり我が世の春を謳歌したが、正暦元年五月五日、摂政から関白に転じ、病のため関白を道隆に譲り、やがて七月二日薨じた。享年六十二歳。彼を一言で評すると器量抜群の男性で、豪放、磊落で明朗闊達な人物であった。

(6) 子息道綱

天暦九年八月下旬の出生で兼家の次男（『大鏡』による）。長じて道長室倫子妹を正室に迎え、兼経をもうけたが、この北の方は早逝。他に能読歌人の道命阿闍梨、斉祇、兼宗、兼綱、豊子（彰子に出仕宰相の君と呼ばれる。大江清通の妻となる）などの子女がある。道綱は正二位大納言右大将になったが、東宮傅にもなったことから、傅大納言と呼ばれた。寛仁四年十月十六日薨じた。享年六十六歳。

このように作者の縁故者には歌人作家が輩出し、文学史上に輝かしい名を連ねている。

二　作品『蜻蛉日記』

(1) 書名

『大鏡』や『古本説話集』『嵯峨のかよひ（路）』にあるように、『かげろふの日記』と、のの字を付して読むのであろう。『明月記』に『蜻蛉日記』、『本朝書籍目録』には『蜻蛉記』とあり、宮内庁書陵部本はじめ古写本の大部分も『蜻蛉日記』と漢字があてられているが、中には、『遊糸日記』と書かれたものや、草体や平がなの場合もある。

この名称は『大鏡』に「二郎君は陸奥守倫寧のぬしの女の腹におはせし君なり。道綱ときこえし。大納言までなりて右大将かけ給へりき。この母君きはめたる和歌の上手におはしければ、この殿の通はせ給ひけるほどのこと、歌など書きあつめて、かげろふのにきとなづけて世にひろめ給へり」とあって、作者の命名と見ているが、この「かげろふのにきとなづけて……」は『蜻蛉日記』上巻末尾（二三七頁）に「かく年月はつもれど、思ふやうにもあらぬ身をし歎けば、声あらたまるもよろこぼしからず。なほものはかなきを思へば、あるかなきかのここちするかげろふの日記といふべし」を指すものである。これは『大鏡』のように日記に対する作者の命名とも考え得るが、また当時の歌を踏まえて、はかないものの象徴、「かげろふ」に身を擬し、「あるかなきかのここちするいはばかげろふの如きはかなき我が身の上の日記」の意で、作者の感懐を述べたものと思われ、直接日記自身への命名と考えてよいかどうかは疑問である。しかし『大鏡』が書かれるころには広く一般に『かげろふのにき』と呼ばれていたと見てよいと思う。

「かげろふ」については従来、陽炎（野馬ともいう）、蜉蝣、蜻蛉の三解釈に、最近ゴサマー（Gossamer）説も加わって、正体が不明であるが、平安時代には蜉蝣は「ひを虫」と呼び「かげろふ」とは呼んでいないようであり、ゴサマー（多くの飛行蜘蛛が吐き出した糸にそれぞれ乗って集団移動する——ただし蜘蛛は三、四メートル流れて落ちる——ときの蜘蛛の糸をゴサマーと呼ぶ。この現象は世界各国でも場所によっては見得るそうだが、日本では霜が下りてから雪の降るまでの間、すなわち秋十月末から十一月ごろ、靄(もや)がかかったあとの快晴、無風ないし微風の日、明るい光の中に飛ぶそうで山形県置賜(おきたま)地方で見られ、「雪迎え」「雪送り」と呼ばれる）は遊糸と呼ばれて漢詩に春の現象として見えるが、京都ではまず見られぬ現象である。とんぼは王朝貴族文学にはごく稀(まれ)にしか表われず、しかも手にとってながめることも可能な虫で「あるかなきかのはかなさ」の感じはしない。やはり陽炎(かげろう)と考えるべきであろう。平安時代の勅撰集の歌、『古今六帖(こきんろくじょう)』、『宇津保(うつぼ)物語』、『浜松中納言物語』などの用例も同様であるが、この日記の「かげろふ」は陽炎の現象自体を指すというよりも陽炎の現象が実体なく、むなしくはかないところから、「あるかなきかの」の枕詞や譬喩(ひゆ)として用いられ、はかない身の上を表わす象徴用語と考えられる。執筆当時作者は自身をしみじみと「かげろふのはかない身」と感じ、和歌を踏まえた、はかない心情の象徴的表現である慣用句「あるかなきかのかげろふの身」によって、現在のはかない、心細い身の上、心情を述べたものと言えるであろう。

(2) 執筆事情・成立の時期

執筆の時期については従来行なわれている諸説を整理すると次の二つに大別できる。一つは上・中・下三巻とも天延二年（九七四）以後に追想による執筆であろうと見る。今一つは上巻は追想による執筆であるが、上巻・中巻・下巻が別々の時期に成立したと想定するのであり最近は後者の方が活発に行なわれている。私は一応次のように成立の事情・時期を推量する。

さて「かげろふ」のごとき身の上の日記を書こうと彼女に決意させた直接の契機は何であろうか。主因は安和二年本邸が東三条に完成し、時姫母子はその住人となったが、作者は迎えられなかった。やがて兼家の足は三十日四十夜絶え、天禄二年元日には今まで（十六カ年）の慣習を破り、訪れず、あまつさえ、邸前を先払いさせつつ素通りを重ね、さらに近江（おうみ）に兼家がうつつをぬかすようになったことを指摘できる。作者は悲嘆、苦悩、不安、憤怒（ふんぬ）、羨望（せんぼう）で身をさいなまれる。そのつれづれに、昔、胸を躍らせてあこがれた貴顕の妻の座も実際上って見れば、幸福と思ったのもつかのま、なんとはかないかげろふにも似た我が身であったかと観じ、安住も許されぬはかない身の上を公開することこそ意義があると考えた作者は読者を予想する日記執筆を決意したのであろう。そして主題（あるかなきかの身の上を書く）も決まり、鳴滝参籠（なるたきさんろう）中に構想を練り、下山後、メモや歌稿などを中心に上巻を自叙伝風にまとめていった。この部分は執筆時点から見れば幸福に回想される十五年間であったが、本日記の主題に合わせて喜びの記事を省略、またはごく簡潔にし、苦悩深い思い出を詳細に描写し、時には苦悩を誇張する表現を用いたり、多少虚構的記事を加えた。また幸福な記事の終末にはかない悲しい気持を表わした文句を挿入（そうにゅう）して灰色の暗い影を漂わせるなど文学的操作を行なった。

中巻においてはすでに安和（あんな）二年十一月ごろより、我が身に起こったせつない苦しい体験を日々書きつけていたが、その記事を土台として書きすすめた。書くことにより作家的資質は呼び覚まされ、磨きをかけられて執筆に生きがい、喜びを感ずるようにもなり、また中巻半ばごろ（天禄元年六月以降）になると執筆記事も体験の時点に接近して憂鬱、苦悩に充ちたなまなましい現実感情により、執筆の意図に即した内容となった。もちろん、『蜻蛉日記』はいわゆる日次記ではなく、その素材を活用してかげろふの身の上を述べた文学作品である。したがって中巻においても主題に沿って資料の取捨選択が行なわれ、また、上巻ほどでないにしても構成、表現の面での操作もあることは当然である。

上・中巻の執筆で、腹ふくるる思いもだいぶ消化し得て、切実な苦悩から解放され、下巻は兼家身辺の事情や年齢から来る諦観も加わって深い感慨をこめて「天禄三年といふめり」と筆を起こして、道綱や養女に関する記事も豊かにとり入れて三十八、九歳ごろの身の上、心境を書き綴っている。自然を観照した随筆的要素や、道綱の求婚をめぐる贈答歌を核とする私家集的要素や養女に関する物語的叙述がかなりのスペースを占めている。下巻は上・中巻の主人公の後日譚であるから道綱や養女の記事の多いのも当然であろう。下巻を書き終え一応筆を置いたのは天延三年末ごろと見たい。而して現形の『蜻蛉日記』成立は遅くとも貞元二年ごろを限度と考えるのである。

(3) 文学史的位置・意義

道綱母が生をうけた王朝は夫婦間に一対一の愛情不毛の一夫多妻の結婚風習が慣行されていた。基本的な女性の希求の入れられない不幸な時代に、歌才、美貌、誠実な愛情に矜持と自信を持つこの麗人は相手にも百パーセントの愛情を希求し続けた。五人の良き子女に恵まれた時姫はじめ多数の妻妾に伍して、道綱のみの母として不安定な妻の座にありながら、結婚後十六年間も兼家の愛情を水準以上に（おそらくだれよりも強く）保ち得たことはよほどの才媛なのであろう。しかし妥協を知らぬ自我の強さ、純粋さ、また美貌の衰えは近江の出現によって今や男盛りの兼家の足を遠のかせ、久しく孤閨に呻吟させられる結果となった。瞋恚、苦悩、悲嘆の底に沈んだ作者は鳴滝に逃避し、やがて胸中に納めていられぬ、つきあげてくる思いを文筆に託して吐露しようと決意するに至った。もともと作家的素質に恵まれた彼女は年ごろ心にとめられた兼家との語らいや、章明親王や登子、怤子との交誼の顛末などは贈答歌を中心におそらく書きとめていたであろう。また紀行のこともそれぞれ書きまとめていたであろう。とくに安和二年末ごろからの日々の記事、これらを素材に執筆内容が胸中に成熟し、「あるかなきかのかげろふ」のごとき我が身の上の告白と主題も決まるにつれて、このような自己体験は長歌や短歌の連作といった刹那的な和歌形態ではとうてい不可能であり、何か連続の相において表現する方法を求めて模索し続けた。『伊勢集』『豊蔭』などの私家集や諸々の物語も先蹤作品として『蜻蛉日記』誕生に一役買ったことは察せられるが、「男もすなる日記といふものを女もしてみむとてするなり」の冒頭を持つ、仮名文字で書かれた貫之創始の新ジャンル『土佐日記』に触れるに及んで、これこそ我が体験内容を託するにふさわしい形態と躊躇なく心は定まったであろう。自由自在に自分の意志や感情、思想を表現し得た、歌を多量に含む仮名文体の『土佐日記』に清新な魅力を覚えた作者は結婚当初より現在までの生活をこの『土佐日記』を範として試みようと決心した。天下の貴公子兼家との結婚生活の実相、自己の心情を卒直に描けば「珍しきさまにもありなむ」と考え、さらに「天下の人の品高きやと問はむためしにもせよかし」と憧憬強き世の娘たちへの警告の役割をも果すと考えた。こうして貫之によって創始された仮名文字による新ジャンルは『蜻蛉日記』作者によって受け継がれ、かつ、その外面的な叙事性を脱して内面的、心理的な自照性に深化して漢文日記とはまったく面目を一変した日記文学に昇華された。私家集や物語愛読によって育成された萌芽は『土佐日記』によって開眼され、藍より出て藍より濃き作品に結実した。

前述のごとき文学的操作により彼女の実人生は脚色され、芸術的真実として読者の前に再現され、それゆえにこそ作者が実際にたどった生涯よりさらに彼女らしい、「かげろふの身の上」の印象を読者に与える作品となっている。こうした散文精神、方法は以後の女流作家たちに継承され、『枕草子』回想段で清少納言は中関白家零落の姿はすべて切り捨て、栄光に輝く中関白一族の姿、ことに理想の女性としての定子皇后の逸話のみを描いている。また各女流日記においてもそれぞれ執筆意図を有し、主題に沿って素材を整理し、取捨選択して作品の形象化をはかっている。そして究極では『源氏物語』に発展的に継承されている。

近代に至って自然主義の洗礼を受けた心境小説、私小説と類似する性格も指摘され、こうした自己告白の文学作品がすでに千年以上も前に一人の典型的王朝貴夫人の手によって先鞭をつけられたことは注目に価する。道綱母は生涯こそ愛欲の葛藤に身をさらされ、苦悩に充ちた、あるかなきかのかげろふのごとき身の上であったが、苦悩悲嘆ゆえにこうした無二の作品を遺したことにより、実名さえも伝わらずとも、生存事実は永久不滅で、文学史上では権門家兼家よりもはるかに貴重な存在と言い得るであろう。『蜻蛉日記』作者道綱母以て瞑すべしである。

本書は拙著『蜻蛉日記　校本・書入・諸本の研究』（古典文庫　昭和38）・『蜻蛉日記』（校注古典叢書　明治書院　昭和43初版）などを拠所にしつつ新しく訳注を行なったが先学の諸々の書、とくに左の諸書から、多くの学恩をいただいたことを、心から感謝申し上げたい。

『道綱母』岡一男　昭和十八年　青梧堂
『かげろふ日記』日本古典文學大系　川口久雄　昭和三十二年　岩波書店
『全講蜻蛉日記』喜多義勇　昭和三十六年　至文堂
『蜻蛉日記全注釈』柿本　奨　昭和四十一年　角川書店
『蜻蛉日記新注釈』大西善明　昭和四十六年　明治書院
『蜻蛉日記』日本古典文学全集　木村正中・伊牟田経久　昭和四十八年　小学館

KODANSHA

本書は、一九七八年に講談社学術文庫のために訳し下ろしされた
『蜻蛉日記』上中下巻を一冊にまとめ、新版としたものです。

上村悦子（うえむら　えつこ）

1908-1999年。1933年日本女子大学本科文学科国文学部卒業。国文学（平安時代）専攻。日本女子大学名誉教授。文学博士。著書に『万葉名歌』『蜻蛉日記　校本・書入・諸本の研究』『蜻蛉日記の研究』『王朝女流作家の研究』等がある。

講談社学術文庫

定価はカバーに表示してあります。

新版　蜻蛉日記　全訳注

上村悦子

2024年3月12日　第1刷発行

発行者　森田浩章
発行所　株式会社講談社
東京都文京区音羽 2-12-21 〒112-8001
電話　編集（03）5395-3512
販売（03）5395-5817
業務（03）5395-3615

装　幀　蟹江征治
印　刷　株式会社ＫＰＳプロダクツ
製　本　株式会社若林製本工場
本文データ制作　講談社デジタル製作

ISBN978-4-06-534804-8

「講談社学術文庫」の刊行に当たって

これは、学術をポケットに入れることをモットーとして生まれた文庫である。学術は少年の心を養い、成年の心を満たす。その学術がポケットにはいる形で、万人のものになることは、生涯教育をうたう現代の理想である。

こうした考え方は、学術を巨大な城のように見る世間の常識に反するかもしれない。また、一部の人たちからは、学術の権威をおとすものと非難されるかもしれない。しかし、それはいずれも学術の新しい在り方を解しないものといわざるをえない。

学術は、まず魔術への挑戦から始まった。やがて、いわゆる常識をつぎつぎに改めていった。学術の権威は、幾百年、幾千年にわたる、苦しい戦いの成果である。こうしてきずきあげられた城が、一見して近づきがたいものにうつるのは、そのためである。しかし、学術の権威を、その形の上だけで判断してはならない。その生成のあとをかえりみれば、その根は常に人々の生活の中にあった。学術が大きな力たりうるのはそのためであって、生活をはなれた学術は、どこにもない。

開かれた社会といわれる現代にとって、これはまったく自明である。生活と学術との間に、もし距離があるとすれば、何をおいてもこれを埋めねばならない。もしこの距離が形の上の迷信からきているとすれば、その迷信をうち破らねばならぬ。

学術文庫は、内外の迷信を打破し、学術のために新しい天地をひらく意図をもって生まれた。文庫という小さい形と、学術という壮大な城とが、完全に両立するためには、なおいくらかの時を必要とするであろう。しかし、学術をポケットにした社会が、人間の生活にとってより豊かな社会であることは、たしかである。そうした社会の実現のために、文庫の世界に新しいジャンルを加えることができれば幸いである。

一九七六年六月

野間省一

日本の古典

207～209
古事記（上）（中）（下）
次田真幸全訳注
本書の原典は、奈良時代初めに史書として成立した日本最古の古典である。これに現代語訳・解説等をつけ、素朴で明るい古代人の姿を平易に説き明かし、神話・伝説・文学・歴史への道案内をする。（全三巻）

269
竹取物語
上坂信男（うえさか）全訳注
日本の物語文学の始祖として古来万人から深く愛された「かぐや姫」の物語。五人の貴公子の妻争いは風刺を盛った民俗調が豊かで、後世の説話・童話にも発展する。永遠に愛される素朴な小品である。

274～277
言志四録（げんししろく）（一）～（四）
佐藤一斎著／川上正光全訳注
江戸時代後期の林家の儒者、佐藤一斎の語録集。変革期における人間の生き方に関する問題意識で貫かれた本書は、今日なお、精神修養の糧として、また処世の心得として得難き書と言えよう。（全四巻）

325
和漢朗詠集（わかんろうえいしゅう）
川口久雄全訳注
王朝貴族の間に広く愛唱された、白楽天・菅原道真の詩、紀貫之の和歌など、珠玉の歌謡集。詩歌管絃に秀でた藤原公任の感覚で選びぬかれた佳句秀歌は、自然の美をあまねく歌い、男女の愛怨の情をつづる。

335～337
日本霊異記（りょういき）（上）（中）（下）
中田祝夫（のりお）全訳注
日本霊異記は、南都薬師寺僧景戒の著で、日本最初の仏教説話集。雄略天皇（五世紀）から奈良末期までの説話百二十篇ほどを収めて延暦六年（七八七）に成立。奇怪譚・霊異譚に満ちている。（全三巻）

414・415
伊勢物語（上）（下）
阿部俊子全訳注
平安朝女流文学の花開く以前、貴公子が誇り高く、颯爽と行動してひたむきな愛の遍歴をした。その人間悲哀の相を、華麗な歌の調べと絢い合わせ纏め上げた珠玉の歌物語のたまゆらの命を読み取ってほしい。

日本の古典

428～431
徒然草（一）～（四）
三木紀人（すみと）全訳注

美と無常を、人間の生き方を透徹した目でながめ、価値あるものを求め続けた兼好の随想録。全二百四十四段を四冊に分け、詳細な注釈を施して、行間に秘められた作者の思索の跡をさぐる。（全四巻）

442・443
講孟箚記（こうもうさっき）（上）（下）
吉田松陰（しょういん）著／近藤啓吾全訳注

本書は、下田渡海の挙に失敗した松陰が、幽囚の生活の中にあって同囚らに講義した『孟子』各章に対する彼自身の批判感想の筆録で、その片言隻句のうちに、変革者松陰の激烈な熱情が畳み込まれている。

452
おくのほそ道
久富哲雄（ひさとみてつお）全訳注

芭蕉が到達した俳諧紀行文の典型が『おくのほそ道』である。全体的構想のもとに句文の照応を考え、現実の景観と故事・古歌の世界を二重写し的に把握する叙述法などに、その独創性の一端がうかがえる。

459
方丈記
安良岡康作（やすらおかこうさく）全訳注

「ゆく河の流れは絶えずして」の有名な序章に始まる鴨長明の随筆。鎌倉時代、人生のはかなさを詠嘆し、大火・大地震・飢饉・疫病流行・人事の転変にもまれる世を遁れて出家し、方丈の庵を結ぶ経緯を記す。

491
大鏡　全現代語訳
保坂弘司訳

藤原氏一門の栄華に活躍する男の生きざまを、表では讃美し裏では批判の視線を利かして人物の心理や性格を描写する。陰謀的事件を叙するにも核心を衝くなど、「鏡物」の祖たるに充分な歴史物語中の白眉。

497
西行物語
桑原博史全訳注

歌人西行の生涯を記した伝記物語。友人の急死を機に、妻娘との恩愛を断ち二十五歳で敢然出家した武士藤原義清の後半生は数奇と道心一途である。「願はくは花の下にて春死なむ」ほかの秀歌群が行間を彩る。

日本の古典

568
啓発録（けいはつろく） 付 書簡・意見書・漢詩
橋本左内（さない）著／伴　五十嗣郎全訳注

明治維新史を彩る橋本左内が、若くして著した『啓発録』は、自己規範・自己鞭撻の書であり、彼の思想や行動の根幹を成す。書簡・意見書は、世界の中の日本を自覚した気宇壮大な思想表白の雄篇である。

577
養生訓（ようじょうくん） 全現代語訳
貝原益軒著／伊藤友信訳

大儒益軒は八十三歳でまだ一本も歯が脱けていなかった。その全体験から、庶民のために日常の健康、飲食飲酒色欲洗浴用薬幼育養老鍼灸など、四百七十項に分けて、噛んで含めるように述べた養生の百科である。

614
百人一首
有吉　保全訳注

わが国の古典中、古来最も広く親しまれた作品百首に明快な訳注と深い鑑賞の手引を施す。一首一首の背景にある出典、詠歌の場や状況、作者の心情にふれ、さらに現存最古の諸古注を示した特色ある力作。

735
五輪書
宮本武蔵著／鎌田茂雄全訳注

一切の甘えを切り捨て、ひたすら剣に生きた二天一流の達人宮本武蔵。彼の遺した『五輪書』は、時代を超えて我々に真の生き方を教える。絶対不敗の武芸者武蔵の兵法の奥儀と人生観を原文をもとに平易に解説。
電P

795・796
とはずがたり（上）（下）
次田香澄全訳注

後深草院の異常な寵愛をうけた作者は十四歳にして男女の道を体験。以来複数の男性との愛欲遍歴を中心に、宮廷内男女の異様な関係を生々しく綴る個性的な手記。鎌倉時代の宮廷内の愛欲を描いた異彩な古典。

833・834
日本書紀（上）（下） 全現代語訳
宇治谷（うじたに）　孟（つとむ）訳

厖大な量と難解さの故に、これまで全訳が見送られてきた日本書紀。二十年の歳月を傾けた訳者の努力により全現代語訳が文庫版で登場。歴史への興味を倍加させる、現代文で読む古代史ファン待望の力作。

日本の古典

1030〜1032
宇治谷 孟訳
続 日本紀（しょくにほんぎ）（上）（中）（下） 全現代語訳

日本書紀に次ぐ勅撰史書の待望の全現代語訳。上巻は全四十巻のうち文武元年から天平十四年までの十四巻を収録。中巻は聖武・孝謙・淳仁天皇の時代を、巻三十からの下巻は称徳・光仁・桓武天皇の時代を収録した。

1341
杉田玄白著／酒井シヅ現代語訳（解説・小川鼎三）
新装版 **解体新書**

日本で初めて翻訳された解剖図譜の現代語訳。オランダの解剖図譜『ターヘル・アナトミア』を玄白らが翻訳。日本における蘭学興隆のきっかけをなし、また近代医学の足掛かりとなった古典的名著。全図版を付す。

1348
三木紀人全訳注
今物語

埋もれた中世説話物語の傑作。全訳注を付す。和歌・連歌を話の主軸に据え、簡潔な和文で綴る。風流譚・遁世譚・恋愛譚・滑稽譚など豊かで魅力的な逸話を五十三編収載し、鳥羽院政期以降の貴族社会を活写する。

1382
荻原千鶴全訳注
出雲国風土記

現存する風土記のうち、唯一の完本。全訳注。古代出雲の土地の状況や人々の生活の様子はもとより、出雲の神の国引きや支佐加比売命の暗黒の岩窟での出産などの神話も詳細に語られる。興趣あふれる貴重な書。

1402〜1404
上坂信男・神作光一全訳注
枕草子（上）（中）（下）

「春は曙」に始まる名作古典『枕草子』。自然と人生に対する鋭い観察眼、そして愛着と批判。筆者・清少納言の独自の感性と文才とが結実した王朝文学を代表する名随筆に、詳細な語釈と丁寧な余説、現代語を施す。

1413
片桐一男全訳注
杉田玄白 **蘭学事始**

一八一五年に杉田玄白が蘭学発展を回顧した書。『解体新書』翻訳の苦心談を中心に、蘭学の揺籃期から隆盛期までを時代の様々な様相を書き込みつつ回想したもの。日蘭交流四百年記念の書。長崎家本を用いた新訳。

《講談社学術文庫　既刊より》

日本の古典

1452
江口孝夫全訳注
懐風藻

国家草創の情熱に溢れる日本最古の漢詩集。近江朝から奈良朝まで、大友皇子、大津皇子、遣唐留学生などの佳品百二十編を読み解く。新時代の賛美や気負に燃えた心、清新溌剌とした若き気漲る漢詩集の全訳注。

1518
秋本吉徳全訳注
常陸国風土記

古代東国の生活と習俗を活写する第一級資料。筑波山での歌垣、夜刀神をめぐる人と神との戦い、巨人伝説・白鳥伝説など、豊かな文学的世界が展開する。華麗な漢文で描く、古代東国の人々の生活と習俗とこころ。

1565
古川　薫全訳注
吉田松陰　**留魂録**

大文字版

死を覚悟して執筆した松陰の遺書を読み解く。志高く維新を先駆した思想家、吉田松陰。安政の大獄に連座し、牢獄で執筆された『留魂録』。松陰の愛弟子に対する最後の訓戒で、格調高い遺書文学の傑作の全訳注。

1577
興津（おきつ）　要（かなめ）編（解説・青山忠一）
古典落語

名人芸と伝統――至高の話芸を文庫で再現！　人情の機微、人生の種々相を笑いの中にとらえ、庶民の姿を描き出す言葉の文化遺産・古典落語。「目黒のさんま」「時そば」「寿限無」など、厳選した二十一編を収録。電P

1643
興津　要編（解説・青山忠一）
古典落語（続）

日本人の笑いの源泉を文庫で完全再現する！　大衆に支えられ、名人たちによって磨きぬかれた伝統話芸、古典落語。「まんじゅうこわい」「代脈」「妾馬」「酢豆腐」など代表的な十九編を厳選した、好評第二弾。電

1787～1789
森田　悌（てい）訳
日本後紀（上）（中）（下）全現代語訳

『日本書紀』『続日本紀』に続く六国史の三番目。延暦十一年から天長十年の四十年余、平安時代初期の律令体制再編成の過程が描かれていく貴重な歴史書。漢文編年体で書かれた勅撰の正史の初の現代語訳。

日本の古典

1814
松尾芭蕉著／ドナルド・キーン訳
英文収録 **おくのほそ道**

元禄二年、曾良を伴い奥羽・北陸の歌枕を訪い綴った文学史上に輝く傑作。磨き抜かれた文章、鏤められた数々の名句、わび・さび・かるみの心を、いかに英語にうつせるか。名手キーン氏の訳で芭蕉の名作を読む。 電P

1943
白石良夫全訳注
本居宣長「うひ山ぶみ」

「漢意（からごころ）」を排し「やまとたましい」を堅持して、真実の「いにしえの道」へと至る。古学の扱う範囲や目的と研究方法、学ぶ者の心構え、近世古学の歴史的意味等、国学の偉人が弟子に教えた学問の要諦とは？ 電P

1947〜1949
倉本一宏訳
藤原道長「御堂関白記」（上）（中）（下） 全現代語訳

摂関政治の最盛期を築いた道長。豪放磊落な筆致と独自の文体で描かれる宮廷政治と日常生活。平安貴族が活動した世界とはどのようなものだったのか。自筆本・古写本・新写本などからの初めての現代語訳。

1967
糸賀きみ江全訳注
建礼門院右京大夫集

建礼門院徳子の女房として平家一門の栄華と崩壊を目の当たりにした女性・右京大夫が歌に託した涙の追憶。『平家物語』の叙事詩的世界を叙情詩で描き出した日記的家集の名品を情趣豊かな訳と注解で味わう。

2014・2015
森田 悌訳
続日本後記（上）（下） 全現代語訳

『日本後紀』に続く正史「六国史」第四。仁明天皇の即位（八三三年）から崩御（八五〇年）まで、平安初期王朝社会における華やかな国風文化や摂関政治の発達を解明するための重要史料、初の現代語訳。原文も付載。 電P

2072
市村 宏全訳注
風姿花伝 全訳注

「幽玄」「物学（物真似）」「花」など、能楽の神髄を語り、美を理論化した日本文化史における不朽の能楽書を、精緻な校訂を施した原文、詳細な語釈と平易な現代語訳で読解。世阿弥能楽論の逸品『花鏡』を併録。 電P

2084～2086
藤原行成「権記」(上)(中)(下) 全現代語訳
倉本一宏訳

一条天皇や東三条院、藤原道長の信任を得、能吏として順調に累進し公務に精励する日々を綴った日記。宮廷の政治・儀式・秘事が細かく記され、平安中期の貴族の多忙な日常が見える第一級史料、初の現代語訳。 電P

2096
芭蕉全発句
山本健吉著（解説・尾形 仂）

俳諧を文学の高みへと昇華させた「俳聖」松尾芭蕉。その全発句九七三句に詳細な評釈を施し、巻末に三句索引と季語索引を付す。研究と実作の双方を見すえ、学者と表現者の感受性が結晶した珠玉の芭蕉全句集。 電P

2113
愚管抄 全現代語訳
慈円著／大隅和雄訳

天皇の歴代、宮廷の動静、源平の盛衰……。摂関家に生まれ、仏教界の中心にあって、政治の世界を対象化する眼を持った慈円だからこそ書きえた稀有な歴史書を、読みやすい訳文と、文中の丁寧な訳注で読む！ 電P

2140
新井白石「読史余論」現代語訳
横井 清訳（解説・藤田 覚）

「正徳の治」で名高い大儒学者による歴史研究の代表作。古代天皇制から、武家の発展を経て江戸幕府成立にいたる過程を実証的に描き、徳川政権の正当性を主張。先駆的な独自の歴史観を読みやすい訳文で。 電P

2149
荻生徂徠「政談」
尾藤正英抄訳（解説・高山大毅）

近世日本最大の思想家、徂徠。将軍吉宗の下問に応えて彼が献上した極秘の政策提言書は悪魔的な統治術に満ちていた。反「近代」の構想か。むしろ近代的思惟の萌芽か。今も論争を呼ぶ経世の書を現代語で読む。

2202
吉田松陰著作選 留魂録・幽囚録・回顧録
奈良本辰也著・訳

至誠にして動かざる者は未だ之れ有らざるなり——。幕末動乱の時代を至誠に生き、久坂玄瑞、高杉晋作、伊藤博文らの人材を世に送り出した、明治維新の精神的支柱と称される変革者の思想を、代表的著述に読む。 電P

日本の古典

2217
醒睡笑 全訳注
安楽庵策伝著／宮尾與男訳注
うつけ・文字知顔・堕落僧・上戸・うそつきなど、庶民がつくる豊かな笑いの世界。のちの落語、近世笑話集や小咄集に大きな影響を与えた。慶安元年版三百十一話に、現代語訳、語注、鑑賞等を付した初めての書。
電 P

2218
天狗芸術論・猫の妙術 全訳注
佚斎樗山著／石井邦夫訳注（解説・内田 樹）
剣と人生の奥義を天狗と猫が指南する！ のろまな古猫は、いかにして大鼠を銜え取ったか。滑稽さの中に風刺をまじえて流行した江戸談義本の傑作。宮本武蔵の『五輪書』と並ぶ剣術の秘伝書にして「人生の書」。
電 P

2292
古典落語（選）
興津 要編
語り継がれてきた伝統の話芸、落語。日本の「笑いの文化遺産」ともいえる古典作品から珠玉の二十編を、明治～昭和期の速記本をもとに再現収録。学術文庫のロングセラー『古典落語』正編、続編に続く第三弾！
電 P

2316
四國徧禮道指南（しこくへんろみちしるべ） 全訳注
眞念著／稲田道彦訳注
貞享四年（一六八七）刊の最古のお遍路ガイドが現代によみがえる！ 旅の準備、道順、宿、見所……。江戸期の大ロングセラーは情報満載。さらに現代語訳と詳細地図を付して時を超える巡礼へと、いざ旅立とう。
電 P

2330
夢酔独言
勝 小吉著／勝部真長編
「おれほどの馬鹿な者は世の中にもあんまり有るまい」「馬鹿者のいましめにするがいゝぜ」。坂口安吾も激賞した、勝海舟の父が語る放埒一途の自伝。幕末の江戸の裏社会を描く真率な文体が時を超えて心に迫る！
電 P

2332
新版 **更級日記** 全訳注
関根慶子訳注
「あづまぢの道のはてよりも、なほ奥つかた」に生まれた少女＝菅原孝標女はどう生きたか。物語への憧憬、宮仕え、参詣の旅、そして夫の急逝。仏への帰依を願う境地に至るまでを綴る中流貴族女性の自伝的回想記。
電 P

日本の古典

2372・2373
武石彰夫訳
今昔物語集　本朝世俗篇（上）（下）全現代語訳

全三十一巻、千話以上を集めた日本最大の説話集。そのうち本朝（日本）の世俗説話（巻二十二〜三十一）の読みやすい現代語訳を上下巻に収める。中世への転換期に新しい価値観で激動を生き抜いた人びとの姿。電P

2375
筒井紘一訳
利休聞き書き「南方録　覚書」全訳注

千利休が確立、大成した茶法を伝える『南方録』は、高弟の南坊宗啓が師からの聞き書きをまとめたものとされる。「覚書」はその巻一であり、茶法の根本を述べる。茶禅一味の「わびの思想」を伝える基本の書。電P

2419
上田秋成著／青木正次訳注
新版　**雨月物語**　全訳注

崇徳院や殺生関白の無念あれば朋友の信義のために命を捨てる武士あり。不実な男への女の思い、現世への執着と愛欲を捨てきれぬ苦しみ。抑えがたい情念は幽冥を越える。鬼才・上田秋成による怪異譚。（全九篇）電P

2420〜2423
杉本圭三郎訳
新版　**平家物語**（一）〜（四）　全訳注

「おごれる人も久しからず」——。権力を握った平清盛の栄華も束の間、源氏の挙兵により平家一門は都落ち、ついには西海に滅亡する。古代から中世へ、日本史上最も鮮やかな転換期を語る一大叙事詩。（全四巻）電P

2448〜2450
菅野覚明・栗原　剛・木澤　景（けい）・菅原令子訳・注・校訂
新校訂　全訳注　**葉隠**（上）（中）（下）

「武士道と云ハ死ヌ事と見付たり」——この言葉で知られる『葉隠』には、冒頭に「追って火中すべし」（燃やしてしまえ）と指示がある。本文の過激さと思想的深さを、懇切な訳・注とともに贈る決定版！（全三巻）電P

2475
井原西鶴著／矢野公和・有働　裕・染谷智幸訳注
日本永代蔵　全訳注

貨幣経済が浸透した元禄期に井原西鶴が物した、分限者（かねもち）になりたい人々の人間模様。抜群の諧謔でつづられる致富・没落談、人生訓から、市井の活気と人間臭さが匂い立つ。町人物の大傑作を完全新訳。電P

日本の古典

2491・2492
高橋　貢・増古和子訳
宇治拾遺物語（上）（下）全訳注

鎌倉時代前期に成立した代表的説話集。貴族・僧、下級官人、侍、庶民、子供など多様な人物が登場する、奇譚・情話・笑話など世の人の耳目をひく話を集める。古本系統『伊達本』を底本として全訳・解説。電P

2523
源信著／川崎庸之・秋山　虔・土田直鎮訳
往生要集　全現代語訳

平安時代中期の僧・源信が末法の世に惑う人びとに往生の方法を説くため、念仏を唱えることの重要性と、「地獄」「極楽」の概念を平易に示した日本浄土教史上最重要の書。三人の碩学が現代語訳として甦らせた。電P

2535
浅見絅斎著／近藤啓吾訳注
靖献遺言（せいけんいげん）

江戸前期、山崎闇斎学派の朱子学者が発表した、中国の忠臣義士八人の遺文と評論。君命とあらば命も惜しまぬ強烈な在り方を伝え、吉田松陰、橋本景岳ら勤皇の志士たちの思想形成に重大な影響を与えた魂の書。電P

2542〜2544
片桐洋一著
古今和歌集全評釈（上）（中）（下）

平安期成立の、わが国初の勅撰和歌集。紀貫之に壬生忠岑ら撰者自身、在原業平ら六歌仙から名もなきよみ人たちまで、約千百首、二十巻の歌集を、詳細な通釈・語釈、校異と評論とともに深く鑑賞できる決定版。電P

2578
谷口耕一・小番　達訳注
平治物語　全訳注

『平家物語』前夜、都を舞台にして源平が運命の大激突——。平治の乱を題材に、敗れゆく源氏の悲哀と再興の予兆を描いた物語世界を、流麗な原文、明快な現代語訳、詳細な注でくまなく楽しめる決定版！電P

2582
河竹繁俊編・著（解説・児玉竜一）
歌舞伎十八番集

七代目市川團十郎が、天保三（一八三二）年に選定した市川家代々の当たり狂言十八番。『助六』『勧進帳』『暫』『景清』『毛抜』など江戸以来の脚本に詳細な註釈を付けた決定版！「外郎売」のつらねも収録。電P

日本の古典

2590

国東文麿訳

今昔物語集　天竺篇　全現代語訳

天竺（インド）の地に仏教が生まれてから展開する壮大な物語。釈迦と舎利弗、文殊ら弟子たちが苦悩し活躍する様を生き生きと描く。既刊『今昔物語集』（一）～（五）より現代語訳を抽出し、一冊に再編集。 電P

2606

国東文麿訳

今昔物語集　震旦篇　全現代語訳

玄奘三蔵、孔子、始皇帝、楊貴妃、則天武后ら中国史上の大物たちが、奇譚と虚実ないまぜの豊かな人間模様を繰り広げる様を描き、教訓を遺す。『今昔物語集』（六）～（九）より現代語訳を抽出し、一冊に再編集。 電P

2694

自然真営道

安藤昌益著／野口武彦抄訳・解説

江戸中期、封建社会の低層たる農民の生活を根拠としながら、独特の時代批判をものした思想家・昌益。人間の作為を暴き、自然世への回帰を説く、「土の思想」の核心とは何か？　管啓次郎氏によるエッセイも収録。 電P

文学・芸術

620
クラシック音楽鑑賞事典
神保璟一郎著

人々の心に生き続ける名曲の数々をさらに印象深いものとする鑑賞事典。古典から現代音楽まで作曲者と作品を網羅し、解説はもとより楽聖たちの恋愛に至るまでが語られる。クラシック音楽愛好家必携の書。

631
俳句 四合目からの出発
阿部筲人著（解説・向井 敏）

初心者の俳句十五万句を点検・分類し、そこに共通して見られる根深い欠陥である紋切型表現と手を切れば、今すぐ四合目から上に登ることが可能と説く。俳句上達の秘密を満載した必携の画期的な実践入門書。

720
東洋の理想
岡倉天心著（解説・松本三之介）

明治の近代黎明期に、当時の知性の代表者のひとり天心は敢然と東洋文化の素晴らしさを主張した。「我々の歴史の中に我々の新生の泉がある」とする本書は、日本の伝統文化の本質を再認識させる名著である。

795・796
とはずがたり（上）（下）
次田香澄全訳注

後深草院の異常な寵愛をうけた作者は十四歳にして男女の道を体験。以来複数の男性との愛欲遍歴を中心に、宮廷内男女の異様な関係を生々しく綴る個性的な手記。鎌倉時代の宮廷内の愛欲を描いた異彩な古典。

813
茶道の哲学
久松真一著（解説・藤吉慈海）

茶道の本質、無相の自己とは何か。本書は、著者の茶道の実践論ともいうべき「茶道箴」を中心に展開。「日本の文化的使命と茶道」「茶道における人間形成」等の論文をもとに茶道の本道を説いた刮目の書。

868
基本季語五〇〇選
山本健吉著

『最新俳句歳時記』『季寄せ』の執筆をはじめ、多年に亘る俳句研究の積み重ねの中から生まれた季語解説の決定版。俳句研究の最高権威の手に成る基本歳時記で、作句の全てはこの五百語の熟読理解から始まる。

文学・芸術

953
目加田　誠著
詩経（しきょう）

中国古代民衆の心情を伝える美しい古典詩集。遥か遠い殷の世から紀元前五、六世紀の春秋時代までに詠われた詩を現代語に訳し解説。中国文学研究の最高権威が精魂こめて著した『詩経』研究の決定版。

961
H・D・ソロー著／佐渡谷重信訳
森の生活　ウォールデン

コンコードの村はずれのウォールデン池のほとりに、ソローは自ら建てた小屋で労働と自然観察と思索の生活を送りながら、自然に生きる精神生活のすばらしさを説く。物質文明への警鐘、現代人必読の古典的名著。

1005
B・タウト著／森　儁郎（としお）訳（解説・持田季未子）
ニッポン

憧れの日本で、著者は伊勢神宮や桂離宮に清純な美の極致を発見して感動する。他方、日光陽明門の華美を拒みその後の日本文化の評価に大きな影響を与えた。世界的な建築家タウトの手になる最初の日本印象記。

1036
田中仙樵著（解説・田中仙堂）
茶道（ちゃどう）**改良論**

明治三一年に大日本茶道学会を創設した著者は、衰退した茶道を復興するために秘伝開放を主張し、奥義の実践普及に努めた。今も大きな影響力を保つその茶道観を語った厖大な著述から、主要論文を精選した論集。

1048
B・タウト著／森　儁郎（としお）訳（解説・佐渡谷重信）
日本文化私観

世界的建築家タウトが、鋭敏な芸術家的直観と秀徹した哲学的瞑想とにより、神道や絵画、彫刻や建築など日本の芸術と文化を考察し、真の日本文化の将来を説く。名著『ニッポン』に続くタウトの日本文化論。

1090
小西甚一著（解説・ドナルド・キーン）
日本文学史

洗練された高い完成を目指す「雅」、荒々しく新奇な魅力に富んだ「俗」。雅・俗交代の視座から日本文学の歴史を通観する独創的な遠近法が名高い幻の名著の復刊。大佛賞『日本文藝史』の原形をなす先駆的名著。

1297
バッハの思い出
アンナ・マグダレーナ・バッハ著／山下　肇訳

名曲の背後に隠れた人間バッハを描く回想録。比類なき音楽家バッハの生涯は、芸術と生活の完全なハーモニーであった。バッハ最良の伴侶の目を通して愛情深くつづった、バッハ音楽への理解を深める卓越の書。

1348
今物語
三木紀人全訳注

埋もれた中世説話物語の傑作。全訳注を付す。和歌・連歌を話の主軸に据え、簡潔な和文で綴る。風流譚・遁世譚・恋愛譚・滑稽譚など豊かで魅力的な逸話を五十三編収載し、鳥羽院政期以降の貴族社会を活写する。

1360
平安の春
角田文衞（つのだぶんえい）著（解説・瀬戸内寂聴）

平安の都を彩なす人間模様を巧みに描き出す。紫式部と清少納言の比較、藤原師輔の真実の姿、専制君主白河法皇の悪評の根元などを達意の文章で見せる名エッセイ。縺れた人間関係を様々な文献によって解きほぐす。

1402～1404
枕草子（上）（中）（下）
上坂信男・神作光一全訳注

「春は曙」に始まる名作古典『枕草子』。自然と人生に対する鋭い観察眼、そして愛着と批判。筆者・清少納言の独自の感性と文才とが結実した王朝文学を代表する名随筆に、詳細な語釈と丁寧な余説、現代語を施す。

1452
懐風藻
江口孝夫全訳注

国家草創の情熱に溢れる日本最古の漢詩集。近江朝から奈良朝まで、大友皇子、大津皇子、遣唐留学生などの佳品百二十編を読み解く。新時代の賛美や気負に燃えた心、清新潑剌とした若き気漲る漢詩集の全訳注。

1453
茶と美
柳　宗悦著（解説・戸田勝久）

民芸研究の眼でとらえた茶道と茶器への想い。茶器の美とは何か。「庶民が日々用いた粗末な食器が茶人の眼によって茶器となる。美の作為を企てて名器とはなり得ない」美の本質を追求した筆者の辛口名エッセイ。